Der Andere in meinem Kopf

Martin Omansen

DER ANDERE IN MEINEM KOPF

Thriller

Bibliografische Information der Deutschen Bibliothek:
Die Deutsche Bibliothek verzeichnet diese Publikation in der Deutschen Nationalbibliografie; detaillierte bibliografische Daten sind im Internet über http://dnb.ddb.de abrufbar.

© Martin Omansen, Berlin

Herstellung und Verlag: BoD-Books on Demand, Norderstedt
Layout: Chris Kurbjuhn, MyStory Verlagsservice, Berlin
Lektorat: Chris Kurbjuhn, Gaby Sikorski

Alle Rechte vorbehalten. Kein Teil der in diesem Buch enthaltenen Werke darf in irgendeiner Form (durch Fotografie, Mikrofilm oder ein anderes Verfahren) ohne schriftliche Genehmigung des Verlages reproduziert oder unter Verwendung elektronischer Systeme verarbeitet, vervielfältigt oder verbreitet werden.

ISBN 9783739243313

1. Kapitel

Ganz am Anfang war nichts. Einfach nichts. Nichts zu hören, nichts zu sehen, nichts zu fühlen. Ehe ich die Augen öffnete, nahm ich dieses Nichts wahr wie ein langsames Erwachen aus einem traumlosen Schlaf. Vielleicht fühlt sich so der Tod an, leicht, frei von physischer Beeinträchtigung und ohne Ballast im Kopf. Nur das Nichts kann so unbeschwerlich sein, dass wir nicht einmal Glück empfinden, weil dem Glück stets auch die Angst innewohnt, es im nächsten Moment wieder zu verlieren. Aber natürlich lässt das Nichts sich nicht festhalten. Es verschwand vom ersten Moment an, da ich erwachte, und das Einsetzen des Denkens und der Sinne verdrängte die Leichtigkeit unwiederbringlich. Ich ließ es geschehen.

Ich schlug die Augen auf.

Es war sehr hell und ich musste blinzeln und die Augen mehrfach wieder schließen, ehe ich etwas sehen konnte. Und auch dann sah ich nicht viel außer der Farbe Weiß. Weiß war die Zimmerdecke, an der eine weiße Lampe hing, weiß waren die Wände und die Bettdecke, unter der ich offensichtlich lag. Weiß waren auch das Hemd und der Kittel und die Haare des Mannes, der neben meinem Bett saß und mich ansah.

„Na, aufgewacht aus dem langen Schlaf?", fragte er freundlich. Oder so etwas Ähnliches. Vor allem klang es sehr freundlich. Das nahm ich wahr und das zu helle Licht und dass es ein wenig nach Apfel roch. Ich glaube, ich hätte gern etwas gesagt, aber ich wusste nicht, was, und ich konnte es auch gar nicht. Für den Moment schien meine einzige körperliche Fähigkeit darin zu bestehen, meine Pupillen zu dem Arzt hinzuwenden, der freundlich war.

„Machen Sie sich keine Sorgen", sagte er, lange bevor ich hätte auf die Idee kommen können, mir um irgendetwas Sorgen zu machen. Er sagte noch mehr, etwa, dass alles gut gegangen sei und ich Geduld haben müsse, aber dann dämmerte ich wieder weg und verlor ihn und das Licht und den Apfelgeruch.

Als ich erneut die Augen aufschlug, war ich allein in dem Raum. Es war nicht mehr so hell und insgesamt weniger weiß, vielleicht weil bläuliches Tageslicht durch das Fenster hereinströmte und der Stuhl, auf dem der Arzt nun nicht mehr saß, dunkelbraun war.

Ich konnte meinen Kopf ein wenig bewegen. Diese Bewegung erlaubte mir zu erkennen, dass der Himmel strahlend blau war und dass auf meinem Nachttisch ein Apfel lag. Ganz ohne Zweifel handelte es sich um ein Zimmer in einem Krankenhaus. Und ich musste der Patient sein. Mehr wusste ich nicht, und mehr wollte ich im Moment auch nicht wissen.

Wenn ich meinen Kopf drehte, knirschte es ganz leicht im Nacken. Draußen fuhren Autos, aber die Straße musste in einiger Entfernung liegen. Durch das gekippte Fenster drang außerdem das gelegentliche Singen eines Vogels. Irgendwo hinter mir gab ein medizinisches Gerät ein regelmäßiges Piepen von sich und der Heizkörper tickte manchmal leise. In meinen Ohren rauschte es, und dieses Rauschen hatte einen Rhythmus, den Rhythmus meines Pulsschlages. Ansonsten war es still.

Wie fühlen Sie sich? Ich stellte mir vor, dass jeden Moment eine Schwester hereinkam und mir diese Frage stellte. Was sollte ich antworten? Wie fühlte ich mich denn?

Ich fühlte, dass ich Arme und Beine hatte, die unter der Bettdecke lagen. Dass ich eine Hose und irgendein Oberteil anhatte, konnte ich nur vermuten. Im Bauch konnte ich spüren, dass da etwas drückte, was ebenso gut ein Zeichen für Hunger wie für ein Karzinom sein konnte. Darüber wollte ich nicht nachdenken. Noch etwas anderes konnte ich spüren: Ich war ein Mann. In demselben Moment, da ich diese Feststellung traf, wurde mir bewusst, dass das durchaus nicht selbstverständlich war. Mit mehr Verwunderung als Erschrecken konstatierte ich, dass ich in diesem Moment eigentlich nichts über mich wusste.

Ich wusste nicht, wer ich war.

Als dann tatsächlich eine Schwester hereinkam, schreckte ich hoch. Ich musste wieder eingeschlafen sein. Anders als angenommen sagte sie überhaupt nichts, sondern verschwand umgehend wieder aus dem Zimmer.

Wenig später kehrte sie zurück, gefolgt von dem Arzt, der jetzt kein weißes Hemd, sondern ein hellgrünes T-Shirt trug.

„So, der Doktor wird Ihnen jetzt ein paar Fragen stellen", verkündete sie viel zu laut. Der Arzt setzte sich auf den Stuhl neben meinem Bett und schlug die Beine übereinander. Ich wartete auf die Fragen. Aber er sah mich nur schweigend an, schaute auch mal aus dem Fenster oder auf den Apfel.

„Wie fühlen Sie sich?", sagte er endlich.

Das kam mir bekannt vor. Ich hatte mir schon eine Antwort zurechtgelegt: Danke, gut. Im ersten Versuch gelang mir nicht mehr als ein speichelreicher Buchstabe „D". Im zweiten Anlauf kam das „Danke" nur geflüstert heraus, das „gut" klang schon besser. Vorsichtshalber sagte ich gleich noch einmal: „Danke, gut."

„Wir haben bei Ihnen einen komplizierten Eingriff vorgenommen", setzte er dann unvermittelt zu erklären an, „und soweit es sich im Moment beurteilen lässt, ist er gut verlaufen." Erst als er auf meine Stirn deutete, spürte ich, dass ich dort einen Verband trug. „Sie müssen sich das vorstellen, als wenn man …" – Jetzt sprach er mit mir wie mit einem Kind oder einem intellektuell sehr simplen Menschen. Vielleicht gab ich ihm Anlass dazu, weil ich wieder sehr müde wurde und ihm kaum folgen konnte.

Den Satz „Das ist völlig normal." meinte ich mehrere Male zu verstehen, ansonsten nahm ich mir vor, ihn beim nächsten Mal zu bitten, die wichtigsten Dinge noch einmal zu erklären. Oder ich konnte die Schwester fragen. Die stand hinter dem Arzt und hatte sehr rote Lippen, die immer röter wurden und anschwollen, bis sie die Form eines mittelgroßen Apfels hatten. Der Apfel fiel herab und rollte auf mein Bett, wo er aufbrach und eine Art Vanillesauce auf die Decke laufen ließ. Ich wollte danach greifen, aber jemand hielt meine Hand fest und piekste irgendetwas in sie hinein. Und ich, statt wie beabsichtigt zu protestieren, sagte nur: Danke, gut.

Diesmal schlief ich unruhig, träumte viel und wirr, und als ich in der Nacht aufwachte, konnte ich mich nur vage daran erinnern, dass ich versucht hatte, Menschen und Gegenstände zu erkennen, was mir nicht gelungen war.

Es vergingen mehrere Tage, an denen ich kaum etwas wahrnahm. Mindestens einmal wurde ich von sehr aufgeregten Menschen samt Bett aus dem Zimmer geschoben, vermutlich in einen Operationssaal. Manchmal saß jemand neben meinem Bett, wenn ich die Augen aufschlug. Das waren verschiedene Menschen. Der Arzt war nicht darunter. Manchmal sprachen sie, jemand weinte sogar, oder sie waren zu mehreren und einer ging auf und ab. Eine Hand streichelte meine Wange. Eine Frau redete sehr laut und unfreundlich. Auch ein Kind meinte ich wahrzunehmen.

Meine Gefühle in dieser Zeit waren für mich nur ebenso vage wahrnehmbar wie das Geschehen um mich herum. Von manchem fühlte ich mich bewegt, ohne dass ich hätte sagen können, wovon und in welcher Weise. Nur einmal, ein einziges Mal war da ein außerordentlich deutliches Gefühl, und das war ein Gefühl der Angst. Zwar ebenfalls unbestimmt, aber doch außerordentlich heftig.

Da war wieder jemand in meinem Zimmer, aber dieses Mal war dieser Jemand eindeutig nicht meinetwegen hier. Oder jedenfalls nicht, um mir einen Krankenbesuch abzustatten. Mir war vielmehr so, als wenn er umherschlich und nicht bemerkt werden wollte. Etwas in mir begann zu schreien, aber natürlich konnte mich niemand hören. Indessen verursachte der Eindringling Geräusche wie das Poltern gegen einen Stuhl, das Öffnen und Schließen einer Schranktür – oder bildete ich mir das ein? Schließlich fühlte ich etwas näherkommen, ganz nah an mein Gesicht, und ich hörte und spürte seinen Atem. Ein feiner Geruch von Schweiß und Lederhandschuhen ging von ihm aus. Vielleicht war da sogar eine Hand, die sich meinem Hals näherte oder meinem Kopf oder den Schläuchen, die mich mit dem Leben verbanden.

Dann war es still und dunkel. Weitere Zeit war vergangen. Kein Mensch war da, und es roch nicht mehr nach Apfel, sondern nach Blumen. Ich schlug die Augen auf.

Es musste früher Morgen sein. Eine Notbeleuchtung über meinem Kopf tauchte den Raum in ein mattes grünliches Licht, und draußen war der Himmel, der sich hinter dem Vorhang abzeichnete, etwas heller als schwarz. Ich befand mich zweifelsfrei in einem anderen Zimmer als zuvor, und auch mein Befinden war ein völlig anderes; ich fühlte mich stark und konnte sogar Kopf, Hände und Füße kontrolliert bewegen. Ich fühlte mich, als sei eine lange schwere Krankheit auf einen Schlag von mir abgefallen.

Was war passiert? Richtig, da war eine Operation gewesen. Vorsichtiges Tasten bestätigte mir, dass ich nach wie vor einen Verband trug. Der Arzt hatte es mir erklärt, ja. Und davor? Unverändert konnte ich mich an nichts erinnern, das davor lag.

Wie es schien, hatte ich das Gedächtnis verloren.

Das heißt: so ganz konnte ich es nicht verloren haben. Ich war offensichtlich der deutschen Sprache mächtig, konnte dieses Zimmer als Krankenhauszimmer erkennen und wusste den Gegenständen um mich herum ihre korrekten Bezeichnungen zuzuweisen. Dann begann ich mich zu testen: Zweiter Weltkrieg 1939 bis 1945, Fußballweltmeister 1954, 1974 und 1990, Anschlag auf das World Trade Center 2001. Die Unvollendete von Schubert, der Werther von Goethe, die Mona Lisa von Leonardo da Vinci. Das war einfach, daran erinnerte ich mich. Sah so eine Amnesie aus?

Was ich nicht kannte, war mein Name, meine persönliche Geschichte, ja – nicht einmal mein Aussehen. Wie alt mochte ich sein? Hatte ich die WM 1974 miterlebt? Deutschland gegen Holland zwei zu eins. Aber hatte ich das Spiel im Fernsehen gesehen oder nur später darüber gelesen? Und den Fall der Berliner Mauer – was hatte er für mich bedeutet? Wo hatte ich gelebt? In der DDR, in West-Berlin, in der Bundesrepublik? Oder vielleicht in Österreich? Wo war ich hier und jetzt überhaupt?

An nichts denken. Das wäre gut, wenn man das könnte. Gerade so, wie man die Augen schließen kann, um nichts zu sehen, hätte ich jetzt gern mein Gehirn geschlossen. Aber je mehr ich das wollte, desto intensiver arbeitete es. Mir wurde schwindelig, der Raum drehte sich, Übelkeit stieg auf, aber am stärksten war die Wut, eine unbändige Wut auf dieses Zimmer, auf den Arzt, auf meinen Kopf mit dem Verband darum und darauf, dass ich hier war und den Grund dafür nicht kannte. Zornig schlug ich mit den Fäusten rechts und links neben mir auf das Bett, dann gegen den Nachttisch, und als ich wahrnahm, dass infolge dieses Stoßes die darauf stehende Blumenvase wackelte und beinahe herunterfiel, ergriff ich eben diese Vase und warf sie gegen die Wand.

Der Krach, den der Aufprall auf die Wand und dann auf den Boden verursachte, war viel lauter als erwartet und erschreckte mich. Ich verharrte still, aber es passierte nichts.

Irgendwann kam mir der Gedanke, dass ich vielleicht nur warten musste. So eine Amnesie konnte doch durchaus vorübergehender Natur sein. Zweifellos hatte sie infolge der Operation eingesetzt, warum sollte sie nicht wie die Narkose, wie ein Unwohlsein und wie das Heilen der Wunden irgendwann einfach wieder verschwinden? Ich beschloss zu warten. Im Schrank entdeckte ich eine Tüte mit Büchern, einem Rätselheft und anderen Dingen, die mir offenbar ein Besucher mitgebracht hatte. Auch einige Kleidungsstücke lagen dort. Ich ließ sie, wo sie waren, setzte mich wieder auf den Stuhl und amüsierte mich mit Vorstellungen darüber, dass ich vielleicht mit einer sehr schönen Frau verheiratet war. Die mich täglich besucht, womöglich sogar an meinem Bett geweint hatte.

Was mochte überhaupt mein Beruf sein? Ohne näher nachzudenken, ließ ich mich in diesem Tagtraum ein Rechtsanwalt sein. Meine Frau unterstützte mich in der Kanzlei und bereitete zu Hause prachtvolle Diners für wichtige Mandanten. Wir wohnten in einem ansehnlichen, aber nicht unbescheidenen Einfamilienhaus am Stadtrand. Nur die Kinder fehlten noch, aber das sollte ja nun anders werden. Im Garten würden wir einen Sandkasten und ein Klettergerüst mit Schaukel bauen lassen.

Dann traf mich die Erkenntnis wie ein Blitzschlag: Ich musste ein Rechtsanwalt sein! Oder ein Jurist in anderer Tätigkeit, in einer Behörde, einem Unternehmen oder an der Universität. Daran konnte überhaupt kein Zweifel bestehen, denn wenn ich mein Wissen über Rechtsfragen ausprobierte, schien es mir doch ganz beträchtlich zu sein. Eilig ging ich einige Gesetze durch: Baurecht, Verwaltungsrecht, Straßenverkehrsrecht. Gut, Familien- und Erbrecht schienen nicht gerade meine Spezialgebiete zu sein. Aber Urheber- und Medienrecht, Gesellschaftsrecht und Grundstücksrecht, da meinte ich genügend Kenntnisse zu haben, um vermuten zu können, dass ich eine juristische Ausbildung abgeschlossen hatte.

Diese Erkenntnis verbesserte meine Stimmung erheblich. Ich verließ den Platz am Fenster und die Träume von der heimischen Idylle und machte mich daran, die Scherben der Vase aufzuheben und in den Abfallbehälter im Bad zu tragen. Die letzten kleinen Splitter wischte ich ebenso wie das Wasser mit Papiertüchern auf, die Blumen legte ich in das Handwaschbecken.

Und dann traute ich mich – ich sah in den Spiegel.

Das Seltsame war, dass ich zuallererst dachte: Nanu, das ist ja doch gar kein Spiegel. Ich sah ein Gesicht, aber es blieb vollständig das Gefühl aus, dass das mein Gesicht sein konnte. Erst als ich den Kopf ein wenig bewegte, zeigte sich, dass das fremde Gesicht das Gleiche tat. Das musste also ich sein.

Das Gesicht gehörte zu einem Mann, der etwa Mitte dreißig war und bestimmt dreißig Pfund zu viel wog. Es war rasiert, ohne Bart und Koteletten, das Haar war dicht und mittelbraun, soweit das unter dem Verband zu erkennen war. Die Augen konnte man vielleicht als gutmütig bezeichnen, die Lippen fand ich zu dick. Ein paar Sommersprossen verteilten sich über die Nase, aber alles in allem gab es keine negativen Auffälligkeiten. Ich konnte mich nicht beklagen. Und doch, irgendetwas war da, das nicht stimmte.

Als ich draußen auf dem Gang Geräusche hörte, legte ich mich wieder ins Bett. Wenig später kam ein Pfleger herein, der Guten Morgen sagte und oh, wir sind ja aufgewacht. Ich verkniff mir eine Bemerkung dazu und wartete wortlos ab, was er mir anbieten würde.

„Möchten wir ein Frühstück?"

Er stellte ein graues Plastiktablett auf den Nachttisch. Dabei sah ich sein Namensschild, das mir verriet, dass er Anton hieß. Er roch nach Moschus.

„Ich sage dann gleich mal dem Doktor Bescheid, dass wir wieder unter den Lebenden weilen." Damit wollte er aus dem Zimmer gehen.

„Anton?", sagte ich. Er stoppte und vollführte eine Drehung auf dem Absatz.

„Oh, wir können ja sprechen."

„Wer bin ich?"

Er sah mich an und schwieg. Dann wiederholte er: „Ich sage dem Doktor Bescheid."

Und verschwand aus dem Zimmer.

Das Frühstück sah ordentlich aus. Helles und dunkles Brot, Marmelade, Käse, ein Joghurt. Aber ich hatte keinen Appetit und nippte nur an dem Tee. Er war lauwarm. Mit dem Pappbecher in der Hand erwog ich, vor dem Eintreffen des Arztes kurz noch den Fernseher einzuschalten, der neben der Stelle, an der die Blumenvase aufgeschlagen war, an der Wand hing. Zumindest konnte ich das heutige Datum erfahren, anhand des Regionalsenders vielleicht auch annähernd, wo ich mich befand. Oder, so stellte ich mir vor, sie brachten es in den Nachrichten: Volker W., 35, ist nach Aussage der Ärzte außer Lebensgefahr. Er war vor vier Tagen mit einem Schuss in den Kopf auf offener Straße niedergestreckt worden und lag nach einer Notoperation im Koma. Die Hintergründe der Tat sind weiterhin ungeklärt. W., der als Rechtsanwalt möglicherweise mit einem brisanten Fall befasst war, könnte in das Visier der russischen Mafia geraten sein. Ein Polizeisprecher wies derartige Vermutungen jedoch zurück.

Meine Gedanken, die ich unterhaltsam fand, wurden davon unterbrochen, dass die Tür aufging und zwei Ärzte hereinkamen.

„Wie geht es Ihnen, Herr Fischer?", fragte unvermittelt der erste, der sich einen der beiden Stühle am Fenster gegriffen und darauf Platz genommen hatte. Der andere setzte sich weiter hinten auf den zweiten Stuhl.

„Fischer", wiederholte ich stumpf.

„Ja, Sie heißen Fischer. René Fischer. Das war Ihnen nicht bewusst?"

„Nein", beantwortete ich seine Frage bedächtig. „Ich erinnere mich an gar nichts." Und da er nichts weiter sagte, mich nur unverändert aufmerksam ansah, fuhr ich fort. „Bei meinem Anblick im Spiegel habe ich einen Schreck bekommen. Mir ist, als hätte ich mich noch nie gesehen." Seltsamer Satz. Er schmunzelte, und ich auch.

„Sprechen Sie Fremdsprachen?", fragte er überraschend. Ich zögerte nicht mit der Antwort: My English is not the best. Mi aggiusto in Italiano. Je ne parle pas français."

Mehr fiel mir nicht ein. Er nickte zufrieden. Dann sah er mich wieder schweigend an, als wolle er ausprobieren, ob ich – wie ein Aufziehauto, das ausgerollt war – noch etwas von mir gab, wenn er nicht eingriff. Seine Masche begann mir auf die Nerven zu gehen. Der andere hinter ihm blickte immer nur zwischen uns beiden hin und her.

Jetzt schien dem ersten aufzufallen, dass er etwas vergessen hatte.

„Ich habe uns noch gar nicht vorgestellt: Mein Name ist Bramberger, ich bin hier der leitende Arzt. Mein Team und ich haben Sie operiert. Übrigens eine letztlich sehr erfolgreiche Operation, zu der wir uns und Sie beglückwünschen können." Dann wandte er sich nur andeutungsweise um. „Und das ist Doktor Alexander. Doktor Alexander ist Psychiater, er wird Sie bei der psychischen Bewältigung der erlittenen Traumata begleiten."

Der Psychiater nickte knapp. Dabei wippte über seiner Stirn eine vorstehende blonde Tolle, etwas blonder als der Rest des Haars, augenscheinlich gefärbt und gepflegt, als sei es genau ihre Bestimmung, beim Nicken des Kopfes ein wenig zu wippen.

„Sie hatten einen Unfall, und wir mussten schnell handeln", fuhr dieser jetzt fort. „Schädelbruch und Gehirnverletzungen. Es ist ein Wunder, dass Sie überhaupt noch lebend auf dem OP-Tisch gelandet sind. Entweder sind Sie mit einem eisernen Lebenswillen ausgestattet oder Sie hatten einfach nur Glück. Wahrscheinlich beides. Ich erspare Ihnen eine Beschreibung, wie ihr Kopf aussah und was wir daran gemacht haben. Ich kenne niemanden, der jemals einen derartigen Eingriff vorgenommen hat. Wahrscheinlich gibt es auch niemanden weltweit, denn so eine Verletzung dürfte kaum jemals ein Mensch überlebt haben."

Er unterbrach seine Ausführungen für einen Moment und sah mich an, als müsste ich eine Art Stolz zeigen, sei es darauf, so hartnäckig zu sein, sei es auf das Glück, dass ich an eine derartige Koryphäe geraten war. Ich versuchte ihm den Gefallen zu tun, indem ich ein wenig lächelte.

„Wie dem auch sei, Sie leben noch, wie Sie merken. Da nun aber der Eingriff an einem Bereich im Gehirn erfolgte, in dem das Erinnerungsvermögen lokalisiert ist, war es – vorsichtig ausgedrückt – zumindest sehr wahrscheinlich, dass Sie sich nicht an Ihr früheres Leben würden erinnern können. Sie haben eine retrograde Amnesie. Landläufig sagt man dazu, jemand hat sein Gedächtnis verloren. Aber – und das ist die gute Nachricht – so allgemein gilt das nicht. Wie Sie selbst schon gemerkt haben, können Sie sprechen und sicher auch schreiben, sogar Ihre Fremdsprachen haben Sie nicht vergessen. Der Grund dafür ist der, dass das Sprachgedächtnis an einer völlig anderen Stelle im Gehirn liegt. Auch Ihr Wissen, das Sie in der Schule oder anderswo erworben haben, dürfte weitgehend unberührt geblieben sein. Was Ihnen fehlt, ist vor allem die Erinnerung an Ihr erlebtes Leben, sozusagen Ihre Biographie."

Wieder machte er eine Pause. Er sah mich prüfend an. Hatte ich verstanden, was er sagte? Hatte ich? Wir blieben beide zunächst ohne endgültige Antwort auf diese Frage, und er fuhr mit dem fort, was ich zweifellos als Nächstes gefragt hätte.

„Vermutlich möchten Sie wissen, ob Sie Ihr Erinnerungsvermögen zurückbekommen werden. Und da bin ich ehrlich: wahrscheinlich nicht. Wir wissen noch sehr wenig über die genauen Funktionsweisen des Gehirns, aber dass eine verlorene Erinnerung wiederkehrt, ist im Normalfall allenfalls bei psychisch begründetem Gedächtnisverlust zu erwarten. Also etwa bei einem Schocktrauma. In Ihrem Fall ist die Ursache eindeutig eine Verletzung der Gehirnsubstanz, oder zumindest war eine solche mit dem Unfall verbunden. Es ist auch nicht völlig auszuschließen, dass Sie einige Erinnerungen wiederlangen können, wenn Sie Menschen, Orte und Gegenstände aus Ihrer persönlichen Historie mit bereits früher und künftig neu Erlebtem in Zusammenhang bringen. Schon das erste Wiedersehen mit Ihrer Frau, die Rückkehr in Ihre Wohnung wird für Sie ein besonderes Erlebnis sein, auf das wir Sie übrigens intensiv vorbereiten werden." Dabei bewegte er eine Hand andeutungsweise in die Richtung des Psychiaters. „Fürs Erste rate ich Ihnen: Lassen Sie sich Zeit, seien Sie nicht ungeduldig. Je bereitwilliger Sie die Eindrücke, die auf Sie einströmen, einfach auf sich zukommen lassen, je weniger Angst Sie vor dieser Entwicklung haben und je offener Sie dafür sind, die Tatsachen um Ihre Person zu akzeptieren, desto schneller und leichter werden Sie mit Ihrer Situation fertig werden können."

Diesmal nickte ich, als er geendet hatte. Ich hatte jetzt einen Namen, aber es fehlte weiterhin die Person dazu. Ich war ein Mensch, der nur in der Zukunft existierte, weil er in der Vergangenheit ein anderer gewesen war. Einer, den die Menschen meiner Umgebung kannten, den ich selbst aber nie wirklich kennenlernen würde. Ein Anderer.

2. Kapitel

Ich hatte das Gefühl, mit meiner Sicht der Welt nicht recht voranzukommen. Erster und wesentlicher Grund dafür war, dass es mir noch nicht erlaubt war, Besuch zu bekommen. Von Prof. Bramberger wusste ich, dass ich eine Frau und einen Sohn hatte und dass auch meine Eltern bereits hier gewesen waren, bevor ich richtig erwacht war. Auch ein guter Freund drängte darauf, mich sehen und sprechen zu können, und wenn ich es mir recht überlegte, interessierte mich dessen Besuch am meisten, obwohl ich mich an ihn ebenso wenig erinnerte wie an meine Frau Esther, an meinen Sohn Jan und an meine Eltern. Aber bis auf weiteres wurden sie von mir ferngehalten. Begründet wurde das mit der Gefahr einer seelischen Überforderung, die wie jede starke Aufregung lebensbedrohlich hätte sein können. Lebensbedrohlich für mich, nicht für die anderen, so meinte er das. Ich war mir da nicht so ganz sicher. Fürs Erste sollte ich nur mit den Ärzten, über allgemeine Dinge mit dem Pflegepersonal und im Besonderen mit dem Psychiater reden können.

Im Verlaufe des Gesprächs waren die beiden Ärzte deutlich lockerer und offener geworden. Als sie merkten, dass es mich nicht nur zunehmend drängte, mehr über mich zu erfahren, sondern mir das augenscheinlich auch zugemutet werden konnte, erzählten sie bereitwillig, was sie über mich wussten. Viel war das allerdings nicht. Ich war sechsunddreißig Jahre alt, geboren in Frankfurt, von Beruf Hilfsarbeiter.

Ich war bitte was? Hilfsarbeiter? Als Antwort kam von beiden ein Schulterzucken. Ich sagte, ich sei sicher gewesen, Jurist zu sein, wahrscheinlich Rechtsanwalt. Da lachten sie beide, und fast wäre ich wieder wütend geworden. Mehr konnten sie mir über mich im Moment nicht sagen. Allerlei Allgemeines erfuhr ich noch, nämlich dass ich in einem Krankenhaus in Frankfurt lag – Frankfurt am Main, nicht an der Oder – und dass es der 12. Mai 2010 war. Ob mir das etwas sagte? Mit Frankfurt verband ich den Römer, den Flughafen und die Eintracht, konnte aber nicht sagen, ob ich früher in der Stadt gelebt hatte oder auch nur hier gewesen war. Das Datum fand ich irgendwie passend. Wenn man mich vorher gefragt hätte – was leider niemand getan hatte, sodass auch das Einbildung sein konnte –, hätte ich, so meinte ich, ungefähr auf das Jahr 2010 getippt.

Aber über meine angebliche Berufstätigkeit kam ich überhaupt nicht hinweg.

„Anton, mal ehrlich: Sehe ich aus wie ein Hilfsarbeiter?", fragte ich bei der nächsten Gelegenheit. „Bin ich ein Nichtsnutz, asozial, ein Alkoholiker vielleicht?" Aber ich erhielt keine Antwort.

Am Nachmittag dieses Tages widmete ich mich vom Bett aus intensiv dem Fernseher. Dass ich keinerlei Mühe hatte, ihn richtig zu bedienen, fiel mir erst später auf. Ich wollte jetzt alles wissen, was ich in Bezug auf mein Leben, mein Umfeld und meine Zeit in Erfahrung bringen konnte. Ich zappte durch alle Kanäle, sah Nachrichten, Teletext, Reportagen und Dokumentationen. Und fühlte mich am Ende keinen Deut klüger.

Eine Schwester brachte mir das Abendessen. Je zwei Sorten Brot, Wurst und Käse. Schon mittags hatte es recht magere Kost gegeben. „Bin ich auf Diät?", fragte ich, und sie lachte. Ihr Lachen war nett. Sie mochte etwas älter als ich sein, hatte blond gesträhnte kurze Haare und war recht mollig.

„Sie können mehr bekommen, wenn Sie möchten", antwortete sie. „Ihre Frau hat gesagt, Sie würden das C-Angebot nehmen."

Nun, ich dachte an mein Übergewicht und lehnte dankend ab. Meine Frau hatte hier also für mich entschieden. Esther. Ich rief mir in Erinnerung, dass sie Esther hieß. Wenn ich ihr zum ersten Mal begegnete, wollte ich nicht nach ihrem Namen suchen müssen. War sie vielleicht Rechtsanwältin?

„Eh, Schwester …" Sie war gerade am Hinausgehen.

„… Karin", sagte sie und trat noch einmal an mein Bett heran. Ihr Lächeln war irgendwie wohltuend. Als wenn sie mich mochte; aber auf jeden Fall mochte sie ihren Job.

„Schwester Karin. Können Sie mir sagen, ob meine Frau und ich – ich meine, ob wir vermögend sind?"

Wieder lachte sie dieses nette Lachen und setzte sich dann sogar auf den Bettrand. Holla, dachte ich, sie mag dich wirklich. Nein, falsch, du bist es, der sie mag, so ist es. Sei kein Idiot.

„Das kann ich mir vorstellen, dass Sie das beschäftigt."

„Inwiefern?"

„Na, Sie haben doch Ihr Gedächtnis verloren. Sie erinnern sich an nichts. So viel habe ich mitbekommen. Und jetzt möchten Sie alles über sich wissen. Ich war gespannt, was Sie mich als Erstes fragen würden, aber darauf bin ich nicht gekommen: ob Sie vermögend sind!" Sie lachte wieder, aber es wirkte irgendwie verständnisvoll. Trotzdem schämte ich mich ein bisschen.

„Es ist nur so", versuchte ich zu erklären, „was ich bisher über mich erfahren habe, passt nicht so recht zusammen. Von dem Professor habe ich erfahren, dass ich Hilfsarbeiter bin. Aber ich habe das Gefühl …"
„Sie sind kein Hilfsarbeiter!", sagte sie spontan und bestimmt. Aber dann verstummte sie erschrocken und wurde ein wenig rot, was ihr gut stand.
„Bin ich nicht?"
Sie stand auf. Schlagartig war die Freundlichkeit aus ihrem Gesicht gewichen.
„Das können Sie alles morgen Herrn Dr. Alexander fragen. Wir sollen gar nicht mit Ihnen darüber reden."
„Worüber?" Aber sie strebte eilig der Tür zu. „Warten Sie! Warum dürfen Sie nicht …"
Die Tür fiel ins Schloss.
Ich zwang mich dazu, nicht weiter zu grübeln. Nach den Nachrichten gab es ein Fußballspiel. Europa-League-Endspiel. Der englische FC Fulham traf auf Atlético Madrid. Das war genau das Richtige, um mich für den Abend abzulenken. Konnte ich mich daran erinnern, dass diese beiden Mannschaften das Finale erreicht hatten? Welche deutschen Teams waren in dem Wettbewerb ausgeschieden? Aber im Moment schien es mir, dass das Gehirn zu keinen großen Leistungen mehr fähig war. An dieser Stelle verschwammen Wissen und Erinnerung, löste sich das, was vielleicht als Fakten hätte abrufbar sein können, im Nebel dessen auf, was durch den Unfall in Vergessenheit geraten war. So hatte ich vorher garantiert gewusst, dass das Spiel in Hamburg stattfand, und jetzt fiel mir nicht einmal mehr der Name des Stadions ein, den doch jedes Kind kannte. Auch die Namen der Spieler sagten mir nichts. War vielleicht doch mehr beschädigt worden als die Erinnerung an mein persönliches Erleben, an meine Biographie?
Aber ich wollte ja nicht grübeln. Ich ließ das Spiel vor mir ablaufen und entschied mich dafür, den Spaniern den Sieg zu wünschen. Es gab Anstoß. Nach zehn schwachen Minuten hatte Forlán eine Chance, traf aber nur den Pfosten. Der Name kam mir entfernt bekannt vor, aber auch das konnte Einbildung sein. Nach einer halben Stunde erzielte Forlán das 1:0 für Madrid, aber Fulham glich noch vor der Pause aus. Als in der zweiten Halbzeit ein englischer Stürmer den spanischen Torwart am Kopf verletzte, griff ich mir automatisch an meinen Verband. Warum tat mir da eigentlich gar nichts weh? Ich nahm mir vor, morgen zu fragen, unter was für Medikamenten ich

stand. Der Torwart konnte weiterspielen, die Partie ging in die Verlängerung. Mehr und mehr konnte man den Spielern ansehen, wie ihre Kräfte nachließen. Ich fühlte mit ihnen, ja es war fast, als stünde ich selbst da auf dem Platz. Erschöpft, mit einem Kopfverband und nur hoffend, dass es endlich vorbei wäre, gleichgültig, wer gewinnt. Nur nach Hause und ins Bett. Bloß kein Elfmeterschießen. Und drei Minuten vor Schluss wurde ich erlöst: Forlán traf zum zweiten Mal und Atlético Madrid gewann den Pokal.

Nach dem Spiel musste ich umgehend eingeschlafen sein. Die nahe Gegenwart eines fremden Menschen fühlte sich zunächst an wie die Nähe eines Teamkameraden, mit dem ich gerade das Match gewonnen hatte. Nur ganz langsam sickerte die Erkenntnis durch, dass ich mich nicht in einem Fußballstadion befand, sondern in einem Krankenhauszimmer, in dem ich um diese Zeit eigentlich hätte allein sein sollen.
  Aber ich war nicht allein. Die Geräusche wären vielleicht noch anders erklärbar gewesen, aber als ich leicht die Lider hob, nahm ich einen Schatten wahr. Jemand schlich durch den Raum. Als er am Fenster vorbeiging, ließ die Silhouette eindeutig einen Mann erkennen. Einen schlanken, mittelgroßen Mann unbestimmbaren Alters.
  Unfähig, mich zu rühren, registrierte ich, dass er sich an dem Schrank zu schaffen machte. Als er darin offenbar nichts von Interesse fand, schloss er die Schranktür wieder und schien sich mir zuzuwenden. Tatsächlich kam er näher, und mit ihm ein leichter Geruch, eine Mischung aus Schweiß und Leder. Jetzt wäre der richtige Moment gewesen, um zu schreien. Oder blitzschnell nach dem Signalknopf zu greifen. Oder wenigstens auf der anderen Seite aus dem Bett zu rollen in der Hoffnung, dass er dann die Flucht ergriff.
  Nichts dergleichen tat ich. Der Fremde näherte sein Gesicht dem meinen, schien mich ganz aus der Nähe zu betrachten, rührte mich aber nicht an. Und dann, während er sich wieder zurückzog, sagte er etwas. Oder zumindest war mir so, als wenn er etwas gesagt hätte. Eigentlich war es fast nicht mehr als ein Zischen, ein geflüstertes „sst", aber ich hielt es durchaus für möglich, dass es ein kurzer Satz gewesen war wie: Wer bist du?

Am nächsten Morgen hatte ich zum ersten Mal Kopfschmerzen. Ich konstatierte es mit einer Mischung aus Verärgerung und grimmiger Genugtuung.

Als Dr. Alexander erschien, der Psychiater, erzählte ich ihm nichts von der nächtlichen Begegnung. Zwar hatte ich es zuerst vorgehabt, aber dann hielt mich irgendetwas davon ab. Möglicherweise war es der Umstand, dass er mittelgroß und schlank war; allerdings roch er weder nach Schweiß noch nach Lederhandschuhen, sondern ganz dezent nach einem Herrenparfüm.

„Sie haben eine sehr liebenswerte Frau", teilte er mir mit. „Sie war so oft hier, wie sie konnte, und hat Sie sogar zweimal die Woche rasiert."

Zweimal die Woche? Wie lange lag ich denn schon hier?

„Ihr Unfall passierte am 10. April, einem Sonnabend. Der Professor hat Sie noch in derselben Nacht operiert. Sie sind also schon über einen Monat bei uns."

Über den so genannten Unfall konnte er mir nicht viele Details nennen. Man hatte mich kurz vor Mitternacht in der Nähe des Hauptbahnhofs gefunden. Unbekannte hatten mich niedergeschlagen und ausgeraubt, ein Gegenstand hatte meinen Kopf getroffen und schwer verletzt. Von einer offenen Wunde war die Rede. Weder über die Täter noch über diesen Gegenstand war etwas bekannt. Die Polizei ermittelte, ein Beamter würde sich demnächst noch an mich wenden.

Ich erfuhr, dass mein Sohn Jan neun Jahre alt war und „ein aufgewecktes Kerlchen". Ungeduldig fragte ich nach meinem Beruf.

„Nun, Hilfsarbeiter ist vielleicht nicht ganz das richtige Wort. Soweit ich es von Ihrer Frau weiß, haben Sie das Abitur gemacht, dann aber mehrere Ausbildungen abgebrochen. Um Ihnen die Wahrheit zu sagen, sie hatte es, glaube ich, mit Ihnen nicht ganz leicht. Dabei ist sie eine starke Frau, nach meinem Eindruck. Sie arbeitet in der Stadtverwaltung und schafft es, dass Sie mit dem Geld ganz gut hinkommen. Sie haben eine Wohnung in einem Zweifamilienhaus in Bockenheim."

Bockenheim kam mir bekannt vor. Die Leipziger Straße fiel mir dazu ein. Der Westbahnhof – und das Verwaltungsgericht.

„Sie selbst haben zuletzt in einem Lager gearbeitet. Den Job hat Ihnen Ihr bester Freund verschafft. Frank Leuschner. Sagt Ihnen der Name etwas?" Ich verneinte. „Leider werden Sie sich nach etwas anderem umsehen müssen, denn einen Anspruch auf Weiterbeschäftigung haben Sie dort nicht."

Ich wollte wissen, wann ich meine Frau und meinen Sohn und meinen Freund Frank kennenlernen durfte, aber da verließ ihn plötzlich seine bemühte Freundlichkeit.

„Besuche kommen frühestens in einer Woche in Frage. So leid es mir für Sie tut."

Danach antwortete er zwar noch jeweils knapp, wenn ich ihn etwas fragte, begann aber eine Art psychologisches Rehabilitationsprogramm, bei dem ich mir wie ein Behinderter vorkam.

„Ich glaube, da war nachts jemand hier in meinem Zimmer", eröffnete ich ihm bei unserer nächsten Sitzung. Statt einer Antwort suchte er zuerst einen Block und einen Stift aus seiner Tasche und hielt dann beides auf seinen Knien. Anschließend nickte er mir auffordernd zu, und die blonde Tolle über seiner Stirn wippte bestätigend dazu.

„Wann war das?"

„Gestern Nacht. Es war ein Mann, der etwas zu suchen schien."

„Hm", machte Dr. Alexander und rutschte unruhig auf seinem Stuhl herum.

„Ich kann mir nicht helfen, mir kam es irgendwie so vor, als wenn er mich kannte."

„Naja", kam dann nach einer Weile von ihm. „Offen gestanden, Herr Fischer, es passiert hier gelegentlich, dass fremde Personen sich in die Zimmer schleichen. Es sind auch schon Wertgegenstände weggekommen. Vermissen Sie denn etwas?"

„Äh, nein. Ich glaube nicht. Aber das meine ich nicht …"

„Wenn Sie Wertsachen haben", unterbrach er mich, „dann können Sie die in einen zentralen Tresor tun. Leider lassen sich derartige Geschehnisse in einem Krankenhaus nie ganz ausschließen. Aber es ist immer jemand auf der Station, und ich kann Ihnen versichern, dass Ihnen persönlich hier niemand etwas Böses will."

„Vielleicht wollte er ja auch gar nichts Böses", versuchte ich es noch einmal. „Er schlich nur halt durch mein Zimmer."

„Wenn es ein Besucher war, Herr Fischer, dann kommt er nicht in der Nacht, sondern meldet sich am Empfang und bei den Schwestern an. Seien Sie ganz beruhigt!"

Er glaubte mir nicht. Oder er wollte ablenken. Fürs Erste gab ich es auf.

Zwischen den Begegnungen mit den Ärzten hatte ich viel Zeit zum Nachdenken. Vor allem ging ich den juristischen Kenntnissen nach, die da zweifellos in meinem Gehirn vorhanden waren, obwohl mir noch niemand eine Erklärung dafür hatte geben können. Ich bat darum, mir einen Laptop bringen lassen zu können, aber das wurde abgelehnt. Diese Nachricht wurde mir sogar von dem Professor persönlich überbracht.

Ich stünde ohnehin bereits unter sehr starker mentaler Belastung, hieß es, auch den Fernseher solle ich nur wenig benutzen. „Wir können nicht völlig ausschließen, dass starke Belastungen des Gehirns sowohl physische als auch psychische Schäden nach sich ziehen. So verständlich Ihr Wunsch ist, möglichst schnell möglichst viel in Erfahrung zu bringen, so gefährlich ist er auch." Ich fand das nicht überzeugend, fügte mich aber notgedrungen.

Täglich wurde ein Tomogramm gemacht. Das Liegen in dem Schacht des Gerätes bei trotz eines Ohrenschutzes dröhnenden Geräuschen machte mir nichts aus. Dr. Alexander zeigte und erklärte mir die Aufnahmen, ohne damit etwas zu sagen. Ob er mit meinen Fortschritten in irgendeiner Weise zufrieden war, ließ sich ihm nicht entlocken. „Haben Sie Geduld", war sein einziger Ratschlag. Die Medikamente, die ich bekam, wechselten täglich in Farbe, Form und Menge. Meine Fragen, worum es sich dabei handelte, blieben unbeantwortet. Alle empfahlen mir, mich bis auf weiteres sehr zu schonen. Ich sollte möglichst liegen, allenfalls mal eine Stunde am Tisch sitzen. Und nicht das Zimmer verlassen.

Im Laufe der Zeit beschlich mich zunehmend das Gefühl, dass mir etwas verheimlicht wurde. Sicher, manches ließ sich einem Laien vielleicht nicht erklären, und ich gestand den Ärzten auch zu, dass sie sich bei einer heiklen Angelegenheit nicht mehr als nötig in die Karten schauen lassen wollten. Aber ich hätte zumindest eine gewisse Überzeugungsarbeit dahingehend erwartet, dass ich nicht zu dem Eindruck käme, mir würde hier bewusst etwas verschwiegen. Und so langsam entstand tatsächlich bei mir dieses Gefühl.

Nach ein paar Tagen holte Dr. Alexander zu Beginn unserer täglichen Sitzung nicht wieder sein Equipment heraus, mit dem er sonst stets meine mentalen Fähigkeiten und spontanen Reaktionen untersucht hatte. Er forderte mich vielmehr auf, mich entspannt auf das Bett zu legen, nahm seinen Schreibblock in die Hand und begann mir Fragen zu stellen.

„Träumen Sie?", war die erste Frage.

Darauf konnte ich mühelos Auskunft geben: „Ja, sehr viel und sehr wirr."

Ich hatte nicht wirklich Albträume, es war vielmehr ein großes undurchdringliches Chaos an Geschehnissen, die ich nicht verstand und in denen ich mich nicht zurechtfand. Häufig wachte ich dann auf und war verwirrt und verunsichert.

„Inwiefern verwirrt?", fragte er.

„Nun, meistens weiß ich zunächst nicht, wo ich bin. Und sobald mir das dann klar wird, bleibt dennoch das Gefühl der Unsicherheit aus dem Traum, weil ich ja weiterhin so vieles nicht erklären kann."

„Können Sie mir einen Traum erzählen?"

Aber das konnte ich nicht. Es schien zwar Personen zu geben, die immer mal wieder auftauchten, aber es war mir nicht möglich, sie zu beschreiben.

„Seltsamerweise habe ich in meinen Träumen häufig das Gefühl, dass ich es bin, der den anderen etwas verheimlicht, und nicht umgekehrt."

„Aha", sagte er nur und notierte etwas auf seinem Block.

Einmal fragte ich ihn ganz direkt: „Könnten Sie sich vorstellen, in meiner Situation zu sein? Was würden Sie tun?"

Aber da reagierte er sehr barsch.

„Sie sind es, der in dieser Situation ist, Herr Fischer. Deswegen müssen Sie Wege finden, damit zurechtzukommen. Machen Sie sich nichts vor, laufen Sie nicht vor sich weg! Sie sind sechsunddreißig Jahre alt und können durchaus mehr als noch einmal so lange leben. Also schaffen Sie sich eine Identität, die unabhängig von dem ist, was war und sich nicht wiederbeschaffen lässt!"

Daraufhin schwieg ich beleidigt. Und wütend. Ich war nicht hier, um mich wie ein Kind maßregeln zu lassen, und seine verdammte Aufgabe war es, mir dabei zu helfen, mit meiner Situation klar zu kommen. Man ließ mich ja nicht einmal die Menschen treffen, die vor dem Unfall meine Vertrauten, meine Bezugspersonen gewesen waren. Deshalb wäre es wohl das Mindeste gewesen, sich etwas persönlicher, etwas verständnisvoller mir gegenüber zu geben! Er war doch verdammt noch mal der Psychologe!

Diese Sitzung endete eine Viertelstunde früher, weil ich in meiner Wut nicht mehr bereit war, noch irgendetwas zu sagen.

Die ersten Hinweise darauf, dass möglicherweise wirklich etwas nicht stimmte, bekam ich dann doch von Schwester Karin. Ich hielt es ein wenig meiner Verschlagenheit und meinem Charme zugute, dass es mir gelang, sie zum Reden zu bringen. Übrigens passten laut Dr. Alexander auch diese beiden Eigenschaften eigentlich keineswegs zu mir: Niemand, der mich kannte, hätte mich bis dahin für verschlagen gehalten oder gar als charmant bezeichnet. Ich machte also entweder eine Persönlichkeitsveränderung durch oder ich war doch ein anderer, als man mich glauben machen wollte.

„Karin?"

Sie maß meinen Blutdruck und vermied es wie immer, mich dabei anzusehen. Schon öfters hatte ich bei derartigen Gelegenheiten versucht, sie aus der Reserve zu locken. Aber ebenso wie Anton und zwei andere Schwestern hatte sie meine Fragen entweder ignoriert oder mit banalen Bemerkungen abgetan. Diesmal versuchte ich etwas Neues.

„Sie haben sehr hübsche Grübchen." Das stimmte übrigens. Aber bis hierhin war der Versuch plump, und sie verzog nur gelangweilt den Mund, was ihre Grübchen sehr schön zur Geltung brachte. „Ich kann mich nicht erinnern, jemals so hübsche Grübchen gesehen zu haben!"

Jetzt blickte sie immerhin auf, und deshalb sah sie auch den Schalk in meinen Augen. Das brachte sie dann doch zum Lachen.

„Na, ein großes Kompliment ist das gerade nicht, bei Ihrer Amnesie."

„Ja, schade, dass ich das nicht besser kann."

Aber ich freute mich, dass sie mich wieder anlachte.

„Das lernen Sie auch wieder."

Der Blutdruck war okay. Sie nahm die Manschette ab, blieb aber am Bett sitzen.

„Bringen Sie es mir bei?"

„Was?"

„Das Flirten."

„Wer, ich?"

„Ja, denken Sie, ich will das von Anton lernen?"

Und wieder lachte sie. Zugleich fiel damit die Verkrampfung von ihr ab, mit der sie mir in den letzten Tagen begegnet war. Die Fröhlichkeit passte viel besser zu ihr. Ich sagte ihr das. Da wurde sie ein wenig ernster.

„Mir gefällt es ja selbst nicht, dass wir Sie so im Ungewissen lassen müssen. Wenigstens Besuch von Ihrer Frau müssten Sie doch bekommen dürfen!"

„Wenn Sie schon nicht über mich sprechen können, erzählen Sie mir etwas über sich!"

Ja, fand sie, dagegen könnte eigentlich niemand etwas haben. Schließlich sei der Mensch ein geselliges Wesen, und es sei eine Schande, mich so zu isolieren. Nun, auf jeden Fall war sie das: ein geselliges Wesen! In kürzester Zeit wusste ich über ihre Schwesternausbildung, ihre Familie und große Teile ihrer Kindheit bestens Bescheid. Sie war geschieden und lebte seitdem wieder bei ihrer Mutter. Sie liebte Hunde, vor allem Cocker. Schon seit sie klein war, hatte sie mit Hunden gelebt, nur ihr

Mann duldete keinen im Haus. Doch jetzt hatte sie seit zwei Jahren wieder einen Cocker. Lasko.

„Lasko?", fuhr ich auf. „Sagten Sie gerade Lasko?"

„Ja, so heißt er. Was ist damit?"

Ich fasste mir an den Kopf und setzte eine grübelnde Miene auf. Dann legte ich die Hand an den Mund und sah sie an, als würde mir gerade etwas Unglaubliches bewusst.

„Da gab es einen Lasko! Einen Hund! Es kann aber ein Golden Retriever gewesen sein."

Ich hatte ins Schwarze getroffen: Sie schwärmte für Golden Retriever, nur kam ein so großer Hund in ihrer kleinen Wohnung nicht in Frage.

„Aber soweit ich weiß, hat Ihre Frau nie etwas von einem Hund erzählt."

„Haben Sie denn manchmal mit ihr gesprochen?"

„Aber ja! Sie hat ja mitunter lange an Ihrem Bett gesessen, als Sie im Koma lagen und sie Sie noch besuchen durfte. Ach, die Ärmste! Jetzt müssen wir sie immer abweisen."

„Kommt sie denn her?"

„Ja, häufig, oder sie ruft an. Sie fragt immer, ob sie Sie nicht wenigstens sehen darf. Dabei dürfen wir ihr nicht einmal erzählen, was Sie machen. Wir sollen nur sagen, es geht Ihnen täglich besser und sie erhält Bescheid, wenn sie zu Ihnen darf."

„Wer bestimmt das denn?"

„Na, der Professor. Und der Dr. Alexander. Sie sagen, es ist für Ihre Gesundheit unbedingt nötig, dass Sie noch keinen Kontakt mit Angehörigen haben. Dabei will doch auch Ihr Sohn Sie mal wiedersehen!"

Ihre Redseligkeit machte mir Hoffnung, mehr zu erfahren. Deshalb fragte ich ganz direkt: „Meinen Sie denn, mir wird auch etwas verheimlicht?"

„Also, einiges ganz bestimmt", plapperte sie drauflos. „Zum Beispiel, dass es einen ziemlichen Streit um Ihre Operation gegeben hat. So habe ich den Professor noch nicht erlebt! Und dass der Dr. Haake-Reuter nicht mehr kommt, hat bestimmt auch damit zu tun."

„Moment, Moment! Was für ein Streit? Und wer ist Dr. Haake-Reuter?"

„Also, nun muss ich aber wirklich so langsam meinen Mund halten", sagte sie, fuhr aber gleichwohl ungebremst fort: „Der Bernd, also Herr Dr. Haake-Reuter, ein ganz Netter, der kam immer mal ins Schwesternzimmer und hat mit uns einen Kaffee getrunken und geplaudert. Ein Junger, Gutaussehender. Für den haben wir alle hier geschwärmt. Anton natürlich auch. Der am meisten."

„Und mit dem hat sich Prof. Bramberger gestritten?"

Jetzt wurde ihre Stimme etwas leiser und sie kam näher an mein Bett, als könnte das den Umstand abmildern, dass sie längst mehr verriet, als ihr erlaubt war.

„Ich glaube, der Professor wollte die OP unbedingt machen, obwohl Bernd sie nicht für nötig hielt."

„Wie das denn? Ich denke, ich war so schwer verletzt, dass auf jeden Fall operiert werden musste!"

„Ja, aber nicht so! Normalerweise schließt man eine solche Verletzung, wenn keine Blutgerinnsel oder Fremdkörper zu entfernen sind. Ganz anders aber der Professor. Bei dem muss immer alles etwas Besonderes sein."

„Inwiefern denn?"

„Das weiß ich nicht. Es war wohl von einem Implantat die Rede, von irgendeiner stabilisierenden Maßnahme. Genau habe ich das nicht verstanden, obwohl sie beide ganz schön laut geworden sind. Und überhaupt – ich sollte ja gar nicht darüber reden!"

Mit Bedauern spürte ich, dass sie innerlich den Rückzug antrat. Ich machte noch einen Versuch:

„Hat Herr Haake-Sowieso denn mal gesagt, weshalb er dagegen war? Hielt er es für …"

„Haake-Reuter. Nein, er hat überhaupt gar nichts gesagt. Nur kommt er jetzt eben nicht mehr. Ich weiß nicht mal, ob er noch hier arbeitet."

Sie lehnte sich zurück. Mehr würde ich für den Moment nicht erfahren. Ich hoffte nur, dass der wiedergewonnene freundliche Kontakt nicht abriss. Deshalb hakte ich nicht weiter nach, sondern sagte kategorisch und mit enttäuschtem Unterton:

„Na, eigentlich haben Sie mir damit ja gar nichts verraten. Ich bin praktisch so schlau wie vorher!"

Wir sahen uns an. Sie war ja nicht dumm, und natürlich durchschaute sie mich. Wir mussten beide lachen.

„Sie sind ganz schön raffiniert! Aber im Ernst: Ich finde das nicht gut, was die hier mit Ihnen machen. Vor allem, dass Sie keinen Besuch haben dürfen. Der Mensch braucht doch jemanden zum Reden!"

„Ja, ganz genau! Aber dafür habe ich ja jetzt Sie!"

Und wir freuten uns beide, dass die unliebsame Sperre durchbrochen war.

„Ich bin Karin", sagte sie und reichte mir die Hand.

„Und ich bin René", erwiderte ich. „Glaube ich jedenfalls."

Und da war es wieder, ihr nettes, herzliches Lachen.

Anschließend war ich ganz froh, wieder allein zu sein. Ich musste nachdenken, und da konnte ich Ruhe gut gebrauchen. Mein Kopf schmerzte jetzt öfter und ich hatte immer wieder Schwierigkeiten, mich zu konzentrieren. Irgendwie gehorchte mir mein Denkapparat nicht in jeder Hinsicht so, wie ich mir das gewünscht hätte.

Ich ging zum Schrank und nahm ein paar Sachen heraus: Jeans, Hemd, Strümpfe und Schuhe. Frische Wäsche war reichlich da. Ich konnte nicht sagen, weshalb ich bis dahin nicht auf die Idee gekommen war, mir etwas anderes als diesen Krankenhausbademantel überzuziehen. Ich hatte einfach auf die ärztlichen Ratschläge gehört, ohne mir etwas dabei zu denken.

Als ich angezogen war, verließ mich der Mut. Die Sachen passten und trugen sich angenehm, aber ich war mir darin fremd. Ich blickte auf meinen Bauch hinab und fühlte mich nicht stark genug, unter fremde Menschen zu gehen. Und was mich vor allem verunsicherte: Ich wusste nicht einmal, ob sie mir fremd waren. Es konnte sein, ich ging da hinaus und traf jemanden, der mich ansprach: Mensch, René, du hier?, und ich hatte nicht den blassesten Schimmer, wer er war. Ich atmete ein paar Mal langsam ein und aus. Dann trat ich an das Fenster und sah hinaus.

Es war ein schöner, offensichtlich warmer Maitag. Der Parkplatz unter meinem Fenster war an einigen Ecken von Pflanzkübeln flankiert, in denen Stiefmütterchen in unterschiedlichsten Farben blühten. Ein Auto bog von der Straße her ein, schwarz, ich hielt es für einen Saab, war aber nicht sicher. Der Fahrer entschied sich für einen Parkplatz nahe dem Eingang und setzte rückwärts hinein. Dann öffnete sich die Fahrertür; es war eine Frau, die ausstieg. Sie mochte in den Dreißigern sein, war schlank, elegant gekleidet und hatte schwarzes Haar. Esther? Ich wusste nicht einmal, wie Esther aussah.

Unversehens hatten sich meine Hände zu Fäusten geballt. Wut kochte in mir hoch. Ich fühlte mich wie ein Idiot und erkannte, dass ich auch noch selbst schuld daran war. Bisher hatte ich ja alles brav mitgemacht! Sie mussten sich totlachen über mich und sich die Hände reiben, wie perfekt das mit einem Dummkopf wie mir funktionierte! Ich holte aus. Das war doch ein ganz durchtriebenes Spiel! Ich packte einen der Stühle, wirbelte herum und warf ihn über das Bett hinweg gegen den Schrank. Dann griff ich den zweiten Stuhl, und er folgte dem ersten mit lautem

Getöse. Immer noch in besinnungsloser Rage begann ich den Tisch so mit Fußtritten zu malträtieren, dass er auf dem engen Raum zwischen Fenster und Bett polternd hin und her flog. Bei manchen Tritten schmerzte der Fuß, aber das merkte ich kaum. Ich bemerkte auch nicht, wie die Tür aufgerissen wurde und Menschen hereingestürzt kamen. Erst den Einstich nahm ich wahr, nachdem mich jemand von hinten umklammert hatte. Dann verlor ich das Bewusstsein.

Als ich erwachte, war es dunkel. Die Sonne war untergegangen und in meinem Zimmer leuchtete nur das Notlicht. Ich fühlte mich benommen, der Kopf tat weh.
  Mühsam erhob ich mich. Sie mussten mir ein ziemlich starkes Beruhigungsmittel gespritzt haben. Ich stieg aus dem Bett und konnte mich nur schlurfend voranbewegen. Neben der Tür fand ich den Lichtschalter, aber das Licht war so hell, dass ich für einige Zeit die Augen nicht richtig öffnen konnte. Dann drückte ich die Türklinke. Die Tür war abgeschlossen. Ungläubig drückte ich noch einmal, aber sie hatten mich tatsächlich eingeschlossen! Ich setzte an, an der Klinke zu rütteln, besann mich dann aber. Nein, den Gefallen wollte ich ihnen nicht tun, dass sie mich hier als Choleriker, als Ruhestörer und womöglich als Gefahr für andere hinstellen konnten. Ich sah die Tür eine Weile nur verständnislos an und schlurfte dann zum Bett zurück.
  Dort drückte ich die Klingel. Ich meinte schon, dass sie die vielleicht auch abgeschaltet hätten, aber dann hörte ich doch einen Schlüssel im Türschloss. Die Nachtschwester kam herein, eine Koreanerin, die fließend deutsch sprach. Auf ihrem Namensschild stand nur Kim, nichts weiter. Sie war sehr klein. Auf dem Bettrand sitzend stellte ich fest, dass sie selbst so kleiner war als ich.
  „Weshalb haben Sie geklingelt?", fragte sie nicht unfreundlich, aber doch mit einem Unterton, als hätte ich das – egal, was der Grund war – lieber bleiben lassen sollen.
  „Warum ist meine Tür abgeschlossen?", fragte ich sie direkt.
  „Der Professor hat das angeordnet. Sie brauchen Ruhe und sollen das Zimmer nicht verlassen. Morgen früh wird Dr. Alexander mit Ihnen sprechen."
  Es klang wie aufgesagt. Natürlich, sie hatte mit meiner Frage gerechnet und sich entsprechend vorbereitet. Ich beschloss, sie in Ruhe zu lassen.
  „Danke", sagte ich resignierend.

In dieser Nacht schlief ich nicht mehr. Im Schrank lagen mehrere Bücher, die ich bis dahin nicht angerührt hatte; jetzt holte ich sie heraus. Las René Fischer solche Bücher? Eins war ein Krimi mit Commissario Brunetti. Nie gehört. Das zweite handelte von Fußball, genauer: von Arsenal London. Der Name des Autors, Nick Hornby, kam mir entfernt bekannt vor. Das Thema schien aber jedenfalls zu mir zu passen. Über Fußball wusste ich gut Bescheid, das war sicher. Dann nahm ich ein Buch von Charlotte Link in die Hand. Dass musste meiner Frau gehören, eindeutig.

Das letzte Buch, ein sehr dickes mit hartem Deckel, trug den Titel „Basic, C, Java und Co.", und als ich es aufschlug, wusste ich sofort, dass das mein Buch war. Es ging um Computerprogrammierung. Nichts Professionelles, eher eine Basisanleitung für Anfänger und Fortgeschrittene, aber sehr komplex. Hier war beschrieben, wie Programmierung funktionierte. Ich begann es von ganz vorn zu lesen und ließ es einige Stunden lang nicht aus der Hand.

Was ich auf den ersten Seiten las, wusste ich bereits. Es ging um Grundbegriffe, Funktionsweisen und Codestrukturen. Auf jeder Seite forschte ich, ob ich mich daran erinnern konnte, dies bereits gelesen zu haben. Oder eher daran, wie ich zum ersten Mal diese sehr abstrakten Zusammenhänge durchblickt hatte. Vielleicht fielen mir ja Programmbeispiele ein, denen ich früher begegnet war oder die ich selbst erstellt hatte. Aber erwartungsgemäß stellte sich nicht das leiseste Déjà-vu-Gefühl ein. Ich wusste nur einfach bereits das meiste dessen, was da geschrieben stand, konnte mich an den Wissenserwerb selbst aber nicht im Geringsten erinnern. Rechtskenntnisse, Programmierkenntnisse – anscheinend hatte ich durchaus nach dem Abitur einiges Wissen erworben.

Draußen dämmerte es. Die Kopfschmerzen wurden gegen Morgen immer heftiger. Ich setzte mich auf den Bettrand und stützte den Kopf in die Hände. Wenn ich bestimmte Stellen am Kopf durch den Verband hindurch mit den Fingerspitzen mal stärker und mal leichter drückte, wurden die Schmerzen erträglicher. Ich versuchte die Punkte zu finden, an denen das am besten funktionierte. Aber diese Punkte schienen zu wandern. Hatte ich einen gefunden, wo der Druck guttat, so verursachte das Berühren derselben Stelle etwas später starken Schmerz, während es wenige Zentimeter daneben Linderung gab. Es war zum Verrücktwerden. Überhaupt war das mehr und mehr etwas, das mir keineswegs abwegig erschien: Ich wurde langsam verrückt.

Ich ließ mich rückwärts auf das Bett fallen. Mein Schädel pochte, das Zimmer kreiste um mich herum und eine Vielzahl greller Farben pulsierte im Rhythmus des Herzschlages vor meinen Augen. Dann setzte die Übelkeit ein. Sie kam ganz plötzlich und vehement. Ich schaffte es gerade noch mit knapper Not ins Bad.

Dr. Alexander kam diesmal nicht allein. Der Pfleger Anton folgte ihm und trug dabei ein angestrengt konzentriertes Gesicht zur Schau, das nicht recht zu ihm passte. Wollte der Psychiater einen Zeugen für das Gespräch dabei haben? Unsinn. Ich war zu misstrauisch.
„Guten Morgen. Wie haben Sie geschlafen?"
„Naja, nicht besonders."
Er kam gleich zur Sache. Dabei wirkte er durchaus freundlich und verständnisvoll, aber irgendwie – angriffslustig.
„Uns ist sehr bewusst, wie schwierig die Situation für Sie ist und dass Sie unter massiven körperlichen und psychischen Beschwerden leiden. Aber Sie müssen sich schon darauf verlassen, dass wir uns alle hier sehr um Sie bemühen und niemand Ihnen etwas Böses will." Dass ich mit Vasen und Stühlen um mich würfe, ginge entschieden zu weit. Unverhohlene Aggressionen ließe ich Ärzte und Pflegepersonal spüren. Natürlich sei es misslich, dass man mir zunächst jede Aufregung ersparen müsse, um den Heilungserfolg nicht zu gefährden. Und dabei sei ihnen auch klar, dass allein der Aufenthalt in diesem Zimmer, allein die Beschäftigung mit mir selbst bereits ein beträchtliches Maß an Aufregung mit sich bringe. „Aber es geschieht einzig und allein in Ihrem Interesse, dass wir Ihnen zunächst keinerlei Kontakte erlauben können, die die ohnehin bestehende geistige Überforderung in unüberschaubarer Weise verstärken würden."
Ich begann schon wieder zu kochen. Für geistig überfordert hielt man mich also! Ich war hier offensichtlich der totale Trottel, dem man ein bisschen im Gehirn herumgeschnippelt hatte, dem Körperteil, dem man wahrscheinlich ohnehin keine besonders wertvolle Rolle in meinem Leben beimaß! Ratlos wandte ich meinen Blick ab und richtete ihn aus dem Fenster.
Doch da veränderte seine Stimme unvermittelt ihre Klangfarbe. Er setzte sich sogar auf meine Bettkante. Im Hintergrund legte Anton den Kopf schief.
„Verstehen Sie uns bitte auch. Das ist eine für uns alle ganz neue und ungewohnte Situation. Amnesien als Folge eines Schocks oder seeli-

schen Traumas sind ein bekanntes Phänomen, Demenz, Alzheimer und deliranten Gedächtnisverlust kennen wir auch; da wissen wir, auch wenn insofern noch längst nicht alles erforscht ist, wie damit umzugehen ist. Aber in Ihrem Fall müssen wir selbst lernen, und das fällt uns allen hier nicht leicht, glauben Sie mir das bitte."

Ich wandte meinen Blick seiner Haarpracht zu, die heute irgendwie fester saß als sonst.

„Wenn ich könnte, würde ich Ihnen Ihr Erinnerungsvermögen zurückbringen. Aber die Tests, die wir gemacht haben, lassen viel eher vermuten, dass sie davon nichts wiederbekommen werden." Er sprach sogar von anderen Problemen, auf die ich noch gar nicht gekommen war. So hatten seine bisherigen Untersuchungen vor allem darauf abgezielt zu erfahren, ob ich vielleicht auch das neu Erlebte wieder vergessen würde. „Da kann ich Ihnen aber, glaube ich, schon mal eine ganz erfreuliche Mitteilung machen. Mit aller Vorsicht natürlich. Es scheint ganz so, als wenn – um es flapsig auszudrücken – Ihr Speicher da oben wieder funktioniert. Sie scheinen sogar überdurchschnittlich intelligent zu sein, was wir, wenn ich ehrlich sein darf, angesichts Ihrer Vorgeschichte nicht unbedingt erwartet hatten. Sie dürfen sich also vermutlich darauf freuen, Ihr Gehirn künftig wie jeder andere Mensch benutzen zu können."

Überdurchschnittliche Intelligenz – schmeichelte mir das? Spontan regte sich in mir eher das Gefühl einer grimmigen Bestätigung. Der Idiot, als den man mich hinstellen wollte, war ich nicht. Ich war doch eher der Rechtsanwalt als der Hilfsarbeiter.

„Leider werden wir Sie noch eine ganze Weile hierbehalten müssen, um sicher zu gehen, dass alles in die richtige Richtung läuft. Vor allem wollen wir Sie unter Beobachtung haben, sowohl was den körperlichen als auch den seelischen Zustand anbelangt. In beiderlei Hinsicht könnte ein unvorhergesehener Zwischenfall verheerende Folgen für Sie haben." Aber er versicherte mir, dass die Einschränkungen nun schnellstmöglich abgebaut werden sollten. „Und um Ihnen ein Zeichen unseres guten Willens zu geben, haben wir Ihrer Frau bereits gesagt, dass sie Sie heute Nachmittag für eine halbe Stunde besuchen kann!"

Mit dieser Offenbarung zerstreute er schlagartig alle Bedenken und Vorbehalte, die ich gerade noch gehabt hatte. Ich dankte ihm freudig, und auch Anton setzte ein seliges Lächeln auf.

Später duschte ich ausgiebig, was mir erlaubt war, wenn ich den Kopf nicht nass werden ließ. Dann nahm ich mir von den Anziehsachen aus dem Schrank das heraus, was mir am vorteilhaftesten schien: ein weißes Hemd, eine schwarze Baumwollhose, einen weinroten Pullunder, frische schwarze Socken. Ein Eau de Toilette oder Rasierwasser fand ich im Bad nicht, dafür aber ein 4711-Erfrischungstuch, das für den Zweck reichen musste. Um halb drei sollte sie kommen. Ich setzte mich ans Fenster und sah hinaus.

Ich war aufgeregt.

3. Kapitel

Es wurde ein Desaster. Das war bei dem ersten Satz klar, den Esther sagte, nachdem sie hereingestürmt war: „Wie siehst du denn aus!"

Ja, wie sah ich denn aus? Was meinte sie? Wie war es möglich, sich in einer solchen Situation gleich bei der ersten Begegnung so offensichtlich nicht zu verstehen?

„Ich bin sehr froh, dass du endlich kommen durftest", begann ich wohlmeinend und setzte noch ein paar ähnlich allgemeine Sätze hinzu, während sie sich am Schrank zu schaffen machte.

„Ich habe dir noch ein paar Sachen mitgebracht, die du gebrauchen kannst. Und dann – was willst du eigentlich, hier sind doch deine Jeans!" Dabei wandte sie sich zu mir um, der ich mit nachlassender Erwartung auf eine herzliche Begrüßung vor dem Tisch am Fenster stand, und musterte mich geringschätzig. „Was ist das überhaupt für eine Hose, die du da anhast? So was trägst du doch sonst nicht!"

Ihr Blick war herausfordernd, provokativ. Da stand eine kleine, in ihrer Entrüstung größer wirkende Frau, eine abgetragene Jeans in den Händen, und wartete auf eine Erklärung für irgendetwas. Dr. Alexander, der noch bei der Zimmertür stand, blickte erst auf sie, dann auf mich, dann wieder auf sie.

„Dir ist schon erklärt worden, was mein Problem ist? Dass ich mich nicht erinnern kann? Das weißt du?"

Sie legte die Jeans zurück und kam um das Bett herum auf mich zu.

„So, nun erzähle mal der Reihe nach: Was ist passiert?"

Ich war einfach nur verblüfft und blickte sie sprachlos an. Mir fiel auf, dass sie mich kaum ansah. Sie schaute sich um und taxierte den Raum, warf auch einen Blick aus dem Fenster und auf die Straße und es hätte mich kaum mehr verwundert, wenn sie jetzt gesagt hätte: Schön hast du es hier. Aber als ich nicht antwortete, legte sie wieder los.

„Janni macht mir Sorgen. Er kommt mit der Situation nicht klar. In der Schule hat er jetzt einen anderen Jungen verhauen. Und die Leistungen lassen auch nach, sagt Frau Sundermann."

„Wer ist Frau Sundermann?", unterbrach ich sie.

„Ach so, ja", lenkte sie endlich ein, „deine Kopfgeschichte. Das ist schon blöd!" Und jetzt sah sie mich auch direkt an. „Tut es sehr weh?" Aber der kurze Anflug von Zuwendung war schon gleich wieder vorbei: „Was hast du eigentlich in einer Sonnabendnacht am Hauptbahnhof zu suchen? Warst du da etwa wieder in so einer, so einer …"

Ich unterbrach sie rasch, damit sie nicht das sagte, was zu befürchten war und das ich jetzt wirklich nicht hören mochte.

„Ich habe nicht die leiseste Ahnung, wo ich war und warum. Ich erinnere mich an überhaupt nichts, das vor diesem Unfall passiert ist." Und dann erzählte ich ihr in Kürze, was sie eigentlich schon hätte wissen sollen. „Deshalb brauche ich deine Hilfe", setzte ich hinzu und machte eine Pause, damit sie etwas erwidern konnte wie: Aber natürlich, Liebling. Doch nicht nur der Liebling blieb aus, sie sagte gar nichts. Hatte sie mir überhaupt zugehört? Ihr Blick weilte irgendwo draußen, weit weg.

„Esther?" Jetzt sah sie mich an. „Wirst du mir helfen?"

Unvermutet füllten sich ihre Augen mit Tränen. Sie schluckte hörbar. Dann nickte sie ein paar Mal hintereinander, wobei sich ihr Kopf immer mehr senkte, bis sie schließlich nur noch auf die Hände in ihrem Schoß sah. Ich schwieg. Für einen Augenblick war ich gerührt von ihrer Reaktion. Angesichts ihres ersten Auftritts hatte ich nicht damit gerechnet, dass sie anfangen würde zu weinen. Sie holte umständlich ein Papiertaschentuch aus ihrer Hosentasche, faltete es auseinander und schnäuzte sich leise hinein.

„Ich soll dir helfen", sagte sie, und schon der Ton ließ erahnen, dass ich den Grund für ihre Tränen gerade ziemlich falsch eingeschätzt hatte. „Wieder einmal soll ich dir helfen! Dreizehn Jahre, seit dreizehn Jahren kennen wir uns und genau so lange muss ich dir immer helfen!" Jetzt blickte sie wieder aus dem Fenster, eine Träne kullerte ihre Wange hinab. „Und immer habe ich es getan, immer wieder von Neuem. Ob du mal wieder deinen Job los warst oder unser Geld verjubelt hattest oder Streit mit deinen Eltern oder sonst was, immer hieß es, Esther, Schatz, du musst mir helfen." Sie wandte ihren Kopf herum, sagte dann aber nicht zu mir, sondern zu Dr. Alexander, der auch irgendwie ratlos wirkte: „Das hängt mir so was von zum Halse heraus!"

Der Satz hatte ein bemerkenswertes Crescendo. Begann er noch eher unterkühlt, so wurde er mit jedem Wort lauter und mündete beim letzten Wort in einem Schreien, das Dr. Alexander sichtlich verschreckte. Dazu war sie aufgesprungen, stand dann aber hilflos da, mit herabhängenden Armen, als wäre sie selbst über ihren Ausbruch irritiert.

Nun fühlte sich der Arzt bemüßigt einzugreifen.

„Liebe Frau Fischer, natürlich ist das für Sie sehr schwer. Aber bitte beruhigen Sie sich, auch wir tun unser Bestes, und damit können wir gewiss auch Ihnen helfen."

Er war ebenfalls aufgestanden, fasste sie bei den Schultern und drückte sie sanft auf ihren Stuhl zurück. Die ärztliche Autorität zeigte sogleich Wirkung. Mit seinem Arm noch auf dem ihren, fasste sie sich langsam und senkte den Blick wieder auf ihren Schoß, in dem sie jetzt das Taschentuch hielt. So hatte ich zum ersten Mal Gelegenheit, die Frau, mit der ich verheiratet war, zu betrachten. Sie mochte etwa so alt sein wie ich, war brünett und schlank und wirkte verhärmt. Als hübsch hätte man sie wohl nicht bezeichnet, aber sie hatte etwas Herbes, Naives, Proletarisches, das sie auf gewisse Weise attraktiv erscheinen ließ. Die Nase war zu groß, der Hinterkopf sehr flach, die Ohren, hinter die sie die schulterlangen Haare geschoben hatte, waren sehr klein. Nein, wenn ich ehrlich war, konnte ich mir nicht vorstellen, in diese Frau einmal verliebt gewesen zu sein. Aber dass sie auf mich sexuell anziehend gewirkt hatte, das konnte ich mir durchaus vorstellen.

Sie hatte aufgehört zu weinen. Dr. Alexander, den ich nicht eben für sehr einfühlsam hielt, erfasste nun aber offenbar doch, dass es an ihm war, aus dieser Situation noch etwas zu machen, das uns ein wenig voranbrachte.

„Ich glaube", sagte er zu mir gewandt, „Sie sollten Ihrer Frau jetzt die Fragen stellen, die Sie am meisten bewegen." Und in Esthers Richtung: „Ist Ihnen das recht, Frau Fischer?" Sie nickte langsam und kaum wahrnehmbar.

„Okay." Ich hole Luft. „Was mich vor allem beschäftigt, ist die Frage nach meiner Bildung oder Ausbildung. Weißt du etwas darüber, dass ich Jura studiert habe?"

Sie sah auf, und ihre Mundwinkel und Schultern zuckten einmal kurz wie bei einem unterdrückten Lachen über einen überraschenden Witz.

„Nein", sagte sie dann nur.

„Oder habe ich sonst eine juristische Ausbildung gemacht."

Sie schüttelte den Kopf.

„Habe ich mich mal mit Computerprogrammierung befasst?"

Wieder verneinte sie. Es war ihr anzumerken, dass sie den Sinn der Fragen nicht verstand, dass sie aber bereit war, das seltsame Spiel mitzuspielen.

„Welche Fremdsprachen spreche ich?"

Jetzt richtete sie sich auf und überlegte.

„In der Schule hattest du Englisch und Französisch. Ich bezweifle aber, dass du davon viel behalten hast."

„Und Italienisch?"

Darauf kam wieder nur das ausdruckslose Kopfschütteln als Antwort. Das veranlasste dann aber Dr. Alexander, sich noch einmal einzuschalten:

„Frau Fischer, es wäre für uns alle sehr von Vorteil, wenn Sie Ihrem Mann möglichst viel von dem erzählen könnten, an das er sich nicht erinnert. Das muss natürlich nicht alles auf einmal sein. Wir wollen auch weder Sie noch Ihren Mann überfordern, und deshalb müssen wir diesen ersten Besuch nun auch bald beenden. Aber vielleicht wären Sie so nett, einmal mit den privaten Interessen Ihres Mannes anzufangen. Was hat er für Hobbys, womit beschäftigt er sich in seiner Freizeit, was machen Sie beide gemeinsam, zum Beispiel im Urlaub?"

Das letzte Wort war ganz offensichtlich ein Reizwort. Und kein gutes. Aber Esther nahm sich sehr zusammen und bemühte sich, sachlich Auskunft zu geben über die Urlaube, die wir bislang gemeinsam verbracht hatten. Da ich offenbar stets wenig oder gar kein Geld verdient hatte und sie auch nicht viel sparen konnte, war dieser Teil meiner Lebensgeschichte ziemlich schnell erzählt. Einmal zwei Wochen auf Mallorca waren offenbar das größte Highlight gewesen, allerdings mit nicht allzu erfreulichem Verlauf. Doch darüber ließ sie sich nicht näher aus. „Die meisten Jahre bin ich mit Jan zu meinen Eltern gefahren und René blieb zu Hause. Das war für uns alle das Beste. Manchmal fuhr er aber auch mit dem Jungen nach Kirchberg. Da haben seine Eltern seit fünf, sechs Jahren ein Häuschen." Im ersten Jahr unserer Beziehung waren wir an der Ostsee gewesen, in Kellenhusen, was anscheinend der einzige halbwegs erfreuliche Urlaub gewesen sein musste. Spätere Versuche, daran anzuknüpfen, waren mehr oder weniger kläglich gescheitert.

„Gibt es Fotos?", wollte ich wissen, und sie bejahte, sie hätte immer Fotoalben geführt. „Die würden mich sehr interessieren. Könntest du das nächste Mal ein paar mitbringen?"

Aber da intervenierte Dr. Alexander: „Das halte ich für keine gute Idee. Wir werden überhaupt sehen müssen, wann Sie wieder Besuch haben können. Jetzt werden wir die neuen Erfahrungen erst einmal auswerten und dann sehen wir weiter. Ich rate dringend dazu, nichts zu überstürzen!" Und er erhob sich. „Frau Fischer, danke, dass Sie da waren. Glauben Sie mir bitte, dass wir alles denkbare Verständnis auch für Sie haben. Die Situation ist wirklich alles andere als einfach. Aber vertrauen Sie uns, dass Ihr Mann hier in guten Händen ist. Übrigens können Sie sich jederzeit gern auch direkt an mich wenden, falls Sie selbst das Gefühl haben, seelische Unterstützung zu benötigen." Meine Frau blickte dankbar zu ihm auf, was mir gerade gar nicht gefallen wollte. Das fehlte mir noch, dass die Ärzte und meine Familie hinter meinem Rücken eigene Bande knüpften! Und schon war mir die Stimmung wieder vermiest.

Dann reichte er mir die Hand, um so das Treffen für beendet zu erklären. Demonstrativ sah ich auf die Uhr, doch es war tatsächlich die vereinbarte halbe Stunde verstrichen. Gern hätte ich wenigstens noch überlegt, was wir für das nächste Treffen hätten vereinbaren können, fühlte mich aber überrollt, und zudem schmerzte der Kopf wieder mehr. Ich ergriff seine Hand, und dann standen Esther und ich uns für einen Moment unschlüssig gegenüber. Wie verabschiedete man sich? Mit einem Kuss, einer Umarmung, einem Handschlag? Schließlich traf sie die Entscheidung, indem sie sich einfach abwandte.

„Tschüss, Esther!", sagte ich ihr hinterher, und während sie durch die von Dr. Alexander aufgehaltene Tür ging, vernahm ich auch von ihr ein gemurmeltes Tschüss, ohne dass sie sich noch einmal umgedreht hätte.

An den nächsten Nachmittagen hatte statt Karin eine Schwester Dienst, die ich noch nicht kannte. Sie war unfreundlich und maulfaul. Anton wirkte sehr aufgeräumt und wir hatten eine längere Unterhaltung über antike Möbel, griechische Inseln und die Oper. So nett er auch war, ein sehr persönliches Gespräch mit ihm über mich war mir nicht möglich. Ich hatte auch den Eindruck, dass er allem auswich, das uns zu dem Thema meines Gedächtnisverlustes hätte führen können. Was das anbetraf, wirkte er verunsichert.

Mit Dr. Alexander kam ich nun recht gut klar. Er zeigte sich verständnisvoll, hatte aber eine klare Linie, was wiederum ich verstand und auch begrüßte. Er erläuterte mir, dass er langsam zu einer Art Gesprächstherapie übergehen wollte, es zuvor aber für wichtiger hielt, meine Gehirnaktivitäten zu untersuchen. Das sollte ihm und mir böse Überraschungen ersparen helfen, etwa einen psychotischen Anfall oder einen sich abzeichnenden Infarkt. Dazu dienten tägliches Wiegen – ich hatte bereits fünf Pfund abgenommen – ebenso wie körperliche Untersuchungen und die nun noch alle zwei Tage stattfindenden Tomographien. Er stellte mir viele Fragen, darunter einige, die ich schon an den Tagen zuvor beantwortet hatte. Sicher prüfte er, ob ich mir widersprach oder aktuelles Wissen wieder vergaß. Einige Fragen schienen hingegen eher darauf hinzudeuten, dass er auch meine Intelligenz testete. Und dann fragte er immer wieder, was ich träumte und wovor ich gegebenenfalls Angst hätte. Ich berichtete ihm wahrheitsgemäß, dass ich Angst davor hatte, erneut meine Erinnerung zu verlieren, diesmal an all das, was ich seit der Operation erlebt hatte.

Er machte sich einige Notizen und sagte dann: „Okay. Das ist verständlich. Das …" Unvermittelt brach er ab und schrieb noch ein paar Sätze auf seinen Block. „Das ist sogar gut so." Mehr sagte er nicht.

„Angst macht mir auch", fuhr ich fort, „die Feststellung, dass ich offensichtlich akademische Fachkenntnisse besitze, die so gar nicht zu dem zu passen scheinen, wer und was ich vor dem Unfall gewesen sein soll."

„Was fürchten Sie daran konkret?", fragte er. „Ist das nicht eher erfreulich, wenn Sie ein Wissen an sich bemerken, das sie in der Vergangenheit einfach nicht genutzt haben?"

So hatte ich es noch nicht gesehen. Aber ich fand das nicht plausibel. Schließlich war Esthers Reaktion unmissverständlich gewesen, als ich sie fragte, ob ich eine juristische Ausbildung gemacht haben könnte.

„Was meine konkrete Befürchtung ist? Das kann ich Ihnen sagen: dass man nicht ehrlich zu mir ist! Die Ärzte hier, meine Frau, später auch Freunde, Eltern und alle anderen – ich bin darauf angewiesen, dass man mir die Wahrheit sagt! Anders als alle normalen Menschen kann ich mich nicht auf meine eigenen Erinnerungen und Erfahrungen verlassen; da muss ich mich darauf, auf Sie alle verlassen können! Wenn man mich aber belügt, dann fürchte ich, dass ich mit meinem Leben scheitere!"

Er hob die Augenbrauen an. „Sie sind misstrauisch. Das ist sehr verständlich. Sie haben eine wichtige Basis für eine gesicherte Existenz verloren, die eigentlich jeder von uns braucht. Und ich rate Ihnen sogar: Pflegen Sie dieses Misstrauen, kultivieren Sie es! Je mehr Sie daran arbeiten, sich auf sich selbst statt auf andere zu verlassen, desto mehr werden Sie von der notwendigen Sicherheit zurückgewinnen, die Sie vor dem Unfall hatten, als Sie sich noch auf Ihre Erfahrungen verlassen konnten."

Und dann überraschte er mich noch einmal. Er hatte nämlich offenbar weitere Erkundigungen über mich eingeholt, Informationen, nach denen ich Esther wegen der Kürze ihres Besuches nicht hatte fragen können. Er erzählte mir meine komplette berufliche Biographie.

„Nach dem Abitur, bei dem Sie bereits einundzwanzig waren, haben Sie in einem Frankfurter Pflegeheim Ihren Zivildienst abgeleistet.

Danach schrieben Sie sich an der Uni ein, Soziologie und Geographie, können aber nicht sehr häufig dort gewesen sein. Sie lebten auf Kosten Ihrer Eltern, und das in einer Mietwohnung hier in Frankfurt."

„Sie haben mit meinen Eltern gesprochen?"

„Sicher. Was Sie in diesen zwei Jahren tatsächlich gemacht haben, wussten Sie offenbar nur selbst. Dann lernten Sie Ihre Frau kennen, die sofort zu einer großen und wichtigen Stütze für Sie wurde. Wenn Sie gerade noch an der Kippe zum Sozialfall standen, so hat sie Sie in ein halbwegs normales Leben zurückgeführt. Alkohol spielte auch eine Rolle, vielleicht Drogen, das ist nicht sicher. Das größte Problem aber war – Herr Fischer, bitte, ich bin hier jetzt ganz offen Ihnen gegenüber …"

Ich rutschte auf meinem Stuhl herum, die Situation war ungemütlich. Ich fühlte, dass ich das alles gar nicht hören wollte. Aber natürlich war es unerlässlich, dass ich es wusste. Also nickte ich, damit er fortfuhr.

„Das größte Problem war Ihre Unehrlichkeit. Es ist mir ein Rätsel, weshalb Ihre Frau Sie nicht nach kürzester Zeit auf den Mond geschossen hat! Praktisch vom Beginn Ihrer Beziehung an haben Sie sich immer wieder aus dem Staub gemacht, sich um die Arbeit gedrückt und Jobs hingeschmissen oder gar nicht erst angetreten."

Na, super. „Was hatte ich denn für Jobs?"

„Ihr Vater sagte, dass er Ihnen immer wieder angeboten hat, in seinem Geschäft zu arbeiten. Er hat ein kleines Autohaus ein Stück außerhalb. Mit Autos kannten Sie sich sehr gut aus."

Darüber stutzte ich. Das fiel ihm auf.

„Was ist? Wie steht es mit Ihrem Wissen über Autos?"

„Ich kann die Automarken unterscheiden, denke ich. Wenigstens die meisten. Aber über Leistung und Ausstattung einzelner Typen weiß ich ebenso wenig wie über die Funktionen unter der Motorhaube. Da bin ich ein absoluter Laie. Das, was Sie da sagen, ist mir vollkommen unverständlich!"

„Nun", beschwichtigte er, „es ist durchaus denkbar, dass einiges Wissen bei Ihnen erst mit Verspätung zurückkehrt. Warten Sie ab: Wenn Sie zum ersten Mal wieder im Geschäft Ihres Vaters stehen, wird schlagartig alles wieder präsent sein." Und als Reaktion auf meinen ungläubigen Blick fügte er hinzu: „Herr Fischer, nicht nur Ihre physischen Verletzungen müssen heilen – Ihre gesamte Regeneration braucht ihre Zeit! Haben Sie Geduld! Mit allem anderen schaden Sie sich nur!"

Wieder nahm der Kopfschmerz zu. Er pochte in den Schläfen und der Schädeldecke. Ich sagte ihm das.

„Dann sollten wir an dieser Stelle unterbrechen und morgen weitermachen", entschied er. Es gelang mir aber noch, ihm zu entlocken, dass meine weiteren Jobs überwiegend sehr einfacher und sehr kurzer Natur gewesen waren: Pizza ausfahren, Zeitungen oder Werbung verteilen, Ordnerdienste, Schneebeseitigung und Umzüge. Zuletzt Entlade- und Sortierarbeiten in einem Möbellager. Aber offenbar hatte ich es mit keinem Job und kein Job mit mir länger als höchstens sechs Monate ausgehalten. Das war die ernüchternde Bilanz.

Am Schluss sagte er aber noch etwas, dem ich zunächst gar keine große Bedeutung beimaß, nämlich dass ich mitunter einfach für einige Tage verschwunden war. Manchmal auch länger. Esther hatte ihm gegenüber die Vermutung geäußert, dass ich mich in Trinker- und Spielerkreisen herumgetrieben hätte. Dafür sprach, dass ich letzten Endes immer in volltrunkenem Zustand wieder bei ihr aufkreuzte. Und sie nahm mich jedes Mal wieder auf. Bis zum 10. April dieses Jahres; da kam ich nicht nach Hause, sondern sie erhielt am folgenden Sonntagmorgen einen Anruf von dem Krankenhaus, in dem ich bis heute untergebracht war.

Eine Viertelstunde, nachdem der Psychiater gegangen war, brachte mir die Schwester eine Medizin, die ich noch nicht kannte. Ich fragte sie, was das war. Sie sagte nur schroff: „Nehmen Sie sie!"

Da meine Tagesrationen festlagen und sich in einem Plastikbehältnis im Nachttisch befanden, war klar, dass mir dieses Extra von Dr. Alexander verordnet worden war. Ich betrachtete die Tablette zweifelnd. Sie war bräunlich, irgendwie unappetitlich. Ohne Aufdruck, ohne Sollbruchstelle, ohne besondere Merkmale. Es lag nahe, dass meine starken Kopfschmerzen der Anlass für den Arzt gewesen waren, mir ein zusätzlichen Mittel zu verabreichen. Ich schluckte die Tablette und trank ein Glas Wasser hinterher.

Danach schlief ich sehr schnell ein.

Als ich erwachte, war die Sonne untergegangen. Meine Armbanduhr auf dem Nachttisch zeigte halb zehn. Neben ihr stand das Tablett mit dem Abendessen. Ich stellte fest, dass ich hungrig war. Die Kopfschmerzen waren fort.

Während ich aß, gelangte ich zu der Einsicht, dass ich etwas unternehmen musste. Mein Unfall oder was immer es war, lag sechs Wochen zurück, vor zehn Tagen war ich hier endgültig aufgewacht, und seitdem hatte ich praktisch nichts selbst unternommen, um in ein normales Leben zurückzugelangen. Ich hatte mich fremdbestimmen lassen. Mehr als einige Fragen nach meiner Vergangenheit zu stellen war mir nicht möglich gewesen. Jetzt war es an der Zeit, auch eigene Wege einzuschlagen.

Ich klingelte nach der Schwester. Natürlich würde ich ihr nicht auf die Nase binden, dass ich vorhatte, mich davonzuschleichen. Mein Plan war, dass sie mich um diese Zeit – es war kurz nach zehn – noch einmal sah und dann sicher war, dass ich schlief. Ich würde sie um eine neue Flasche Mineralwasser bitten. Anschließend musste ich nur versuchen, ungesehen zum Treppenhaus zu gelangen, das, wie ich wusste, in der anderen Richtung als das Schwesternzimmer lag. Es war also im Grunde ganz einfach.

„Was hast du für einen Wunsch?"

In der Tür stand Karin und grinste fröhlich über das ganze Gesicht.

„Karin, du?"

„Ja, ich. Ich habe jetzt ein paar Tage Nachtdienst. Bist du überrascht?"

Das war ich in der Tat. Und damit änderten sich schlagartig meine Pläne.

„Meinst du, du könntest dich für einen Moment zu mir setzen?"

„Ja, klar. Warte kurz, ich sage nur Beate Bescheid, der Schwester von der Gyn." Damit verschwand sie wieder aus dem Zimmer. Als sie zurückkam, erklärte sie: „Beate wird für mich aufpassen. Aber zurzeit ist hier nachts nicht viel los. Und ich hab' uns auch gleich noch etwas mitgebracht!"

Hinter ihrem Rücken zog sie eine Plastiktüte hervor, aus der sie eine Packung Salzgebäck und eine Flasche Sekt hervorholte.

„Das ist noch von der Geburtstagsfeier von Dr. Haake-Reuter", erklärte sie. „Übrig geblieben. Das vermisst keiner."

Ich staunte nur.

„Meinst du denn, ich kann Alkohol trinken? Mit all den Tabletten, die ich nehme?"

Sie lachte ihr wundervolles Lachen.

„Wenn du dich nicht gerade sinnlos betrinkst …! Nein, im Ernst, ein Gläschen kann dir bestimmt nichts anhaben."

Ich freute mich und sagte ihr das. Wir stießen mit Wassergläsern an. Das Knabberzeug mochte ich nicht, aber Karin langte gerne zu. Es war eine sehr gemütliche kleine Party.

„Hast du denn inzwischen schon etwas mehr über dich erfahren?", wollte sie wissen.

Ich erzählte ihr sehr bereitwillig, was die letzten Tage gebracht hatten. Viel war es ja nicht. Aber wir hatten Spaß. Karin war humorvoll und fröhlich, irgendwie keck, und lachte gern. Sie zog mich auch auf, wenn ich mal wieder etwas nicht wusste, das normalerweise jeder Mensch über sich wusste. Mir tat es gut, meine Situation einmal nicht so ernst zu nehmen, und zudem tat der Sekt bald das Seinige dazu, dass wir viel lachten und uns richtig gut fühlten.

Dann sagte ich unvermittelt: „Du, darf ich dich einfach mal in den Arm nehmen?", und war selbst ein wenig über mich erstaunt. Aber sie stand wie selbstverständlich und ohne ein Wort auf und trat auf mich zu.

Es war wundervoll. Ich legte die Arme um ihren Rücken und drückte sie leicht an mich, sie tat das Gleiche, und eine angenehm kribbelnde Wärme stieg in mir empor. Ich meinte, ein solches Gefühl niemals zuvor gehabt zu haben, aber das stimmte vermutlich nicht. Es war die schiere physische Glückseligkeit. Unsere Bäuche berührten einander – beide nicht eben flach –, und wenn ich mein Ohr an ihre Schläfe legte, konnte ich leise ihren Pulsschlag hören. Er war beschleunigt. Wie meiner. Ihre Hände glitten über meinen Rücken, was das Kribbeln noch verstärkte. Augenblicklich spürte ich, dass sich weiter unten bei mir etwas regte. Ich machte einen scheuen Ansatz, mich von ihr zu lösen, aber das ließ sie nicht zu. Sie kam im Gegenteil noch näher. Jetzt musste sie es unweigerlich spüren. Sie sah zu mir auf und lächelte.

„Ich möchte wetten, du hast noch nie."
„Du bist gemein."
„Bin ich das?"
Ich schüttelte nachdrücklich den Kopf.
„Nein. Du bist süß. Und verdammt aufregend."
„Ich hab' Lust", sagte sie einfach.
„Ich auch."

Sie begann sich auszuziehen und hatte überhaupt kein Problem damit, dass ich ihr dabei zusah. Nein, es machte ihr vielmehr offensichtlichen Spaß, mich sie beobachten zu sehen. Ich stand wahrscheinlich ziemlich blöde da, aber es war für mich einfach ein unvergleichliches Erlebnis – und ein völlig neues! In der Tat konnte ich mich nicht erinnern, jemals Sex gehabt zu haben.

Sie war ganz in Weiß gekleidet, und mit den Slippers und Socken fing sie an. Als sie die Bluse aufknöpfte, spürte ich, dass ich rot wurde, was sie derart zum Lachen brachte, dass mir der erotische Zauber schlagartig abhandenkam.

„Nun guck nicht so belämmert!", sagte sie, immer noch lachend, und drückte mir einen Kuss auf die Wange. Dabei streifte sie sich gleichzeitig den BH ab und freute sich, wie sehr sie mich mit dem Anblick ihrer Brüste zu erregen vermochte. Ich fühlte mich wie ein unreifer Schuljunge, aber zugleich genoss ich diese Erfahrung ungleich intensiver, als das vermutlich je einem Neuling möglich war.

Als wir beide nackt waren, krochen wir in das Bett. Es war sehr schmal und knarrte, aber darüber amüsierten wir uns nur. Ich war erleichtert festzustellen, dass mir der Körper einer Frau offenbar doch nicht ganz fremd war, denn dass ich nicht viel falsch machte, konnte ich ohne weiteres ihren Reaktionen entnehmen. Ich bat sie, mich zuerst vollkommen ihr widmen zu dürfen, und sie tat beleidigt, legte sich wie ein Brett auf den Rücken und verschränkte die Arme unter ihren Brüsten. Es war wie eine Einladung. Ich erkundete ihren Körper, und es kam mir vor, als brächte ich dabei zum ersten Mal so etwas wie verschüttetes Wissen wieder zum Vorschein. Ihre Reaktionen, ihr Geruch, das Gefühl meiner Hände auf ihren empfindlichsten Zonen erschienen mir nach kurzer Zeit eigenartig vertraut, und ich drängte darauf, ihr einen Höhepunkt zu verschaffen. Sie war längst bereit dazu.

Gefühlte Stunden, eher aber nur einige Minuten später öffnete ich die Augen und registrierte, dass sie aus dem Bett stieg. Splitternackt verschwand sie im Bad. Ich ließ mich von meinen Gefühlen überrollen. Hitze und Erschöpfung wichen einer angenehmen Leichtigkeit, die mit Glück verwandt sein mochte. Es war das erste Mal innerhalb der Reichweite meiner Erinnerung, dass ich mich körperlich und seelisch derart wohl fühlte. Das machte mir Hoffnung. Und was konnte ich mir schließlich Besseres wünschen als Hoffnung! Wenn es mir möglich war, uneingeschränkt Schönes zu erleben und glücklich zu sein, dann spielte es auch keine entscheidende Rolle mehr, ob ich mich an meine Vergangenheit erinnerte. Natürlich konnte es keinen Neuanfang geben, denn niemand wird mit sechsunddreißig Jahren geboren und hat seine körperlichen und geistigen Entwicklungsmöglichkeiten beim Beginn seines Lebens schon ausgereizt. Ich war gezwungen, mich mit dem zu arrangieren, was ich hatte, aber nichts hinderte mich daran, Erfahrungen und Entscheidungen hinzuzufügen, die von dem bisherigen Leben des René Fischer vollkommen abwichen.

Karin kam zurück. Nackt, wie sie war, schlüpfte sie wieder unter die Decke und kuschelte sich an mich. War ich untreu? Ergab dieses Wort in Bezug auf Esther überhaupt irgendeinen Sinn?

„Du wirst hier noch einschlafen!", sagte ich mahnend.

„Hmm", brummte Karin zustimmend.

Nein, ich schuldete Esther überhaupt nichts. Sie hatte ihren Mann am 10. April 2010 verloren. An jenem Abend hätte ich sterben können, und es wäre nicht viel anders gewesen als jetzt. Der vielleicht größte Unterschied war der, dass sie, anders als andere in vergleichbaren Situationen, eine gewisse Chance hatte, ihren Mann wiederzubekommen. Aber nach ihrem kurzen, eindrucksvollen Auftritt hier Mitte der Woche durfte sie sich darauf wohl keine großen Hoffnungen machen. Vermutlich konnte sie selbst gut auf mich verzichten. Uns verband das bürgerliche Recht in Gestalt von Ehe und Unterhalt, aber nicht mehr. Und selbstverständlich würde ich zusehen, dass irgendwann ich es war, der als der besser Verdienende den Unterhaltsausgleich leistete. Das war ich ihr vermutlich schuldig, vor allem aber war es mir ein Bedürfnis.

Ich blickte auf Karin in meinem Arm, die gleichmäßig atmete, aber wohl nicht schlief. Sie lag auf der Seite, ein Bein oberhalb der Bettdecke, sodass auch ihr Po im Freien lag. Es war nicht kalt im Zimmer. Ich fand sie auch jetzt noch anziehend, nachdem ich mich verausgabt hatte und keine sexuelle Lust mehr spürte. War das ein gutes Zeichen? Andererseits sagte mir der Verstand, dass bisher sehr wenig für eine feste Beziehung zwischen ihr und mir sprach. Ich war ein bunter Vogel in ihrer weißen Krankenhauswelt, sie hatte Lust auf Sex gehabt, aber ich wusste nichts über sie und sie wusste über mich so viel wie ich selbst ...

Jetzt sah sie zu mir auf. Ihr Blick schien die gleichen Fragen zu enthalten, die ich mir gerade gestellt hatte. Ich lächelte sie an und hoffte, dass sie sie nicht aussprechen würde. Tatsächlich schwieg sie.

Dann stand sie auf und zog sich an. In die enge weiße Hose schob sie sich mit angestrengten Drehbewegungen ihrer Hüften hinein. Ich verbarg mein Schmunzeln darüber, weil sie nicht hätte wissen können, wie gut es mir gefiel, dass sie nicht perfekt war. Anschließend kam sie zurück an mein Bett und küsste mich auf den Mund.

„Ich muss mich draußen wieder sehen lassen. Aber ich komme bestimmt später noch einmal rein."

Sie ging zur Tür.

„Karin?"

„Ja?"

Mir fiel nicht der richtige Satz ein. Nach dem Wort Liebe durfte er sich nicht anhören, und alles andere wäre nicht das gewesen, was ich sagen wollte. So schwieg ich nur und nickte dann. Sie nickte auch, lächelte und ging hinaus. Anschließend nahm ich eine ausgiebige Dusche.

Am Sonntag passierte wie immer nicht viel. Karin war nachts tatsächlich noch ein oder mehrere Male in mein Zimmer gekommen, aber ich hatte geschlafen. Am Morgen fand ich auf meinem Nachttisch ein kleines Schokoladenherz. Darauf klebte ein Haftzettel, auf den sie geschrieben hatte: „Danke für etwas Unvergessliches". Ihre Schrift war rund und gleichmäßig. Wenn ich den Zettel abnahm, erschien darunter „Frohe Ostern" in goldenen Buchstaben. Ich musste lachen. Immerhin stammte das wohl nicht von Dr. Haake-Reuters Geburtstag.
Unvergesslich. Was war schon unvergesslich? Es durchrieselte mich ein warmes Glücksgefühl, wenn ich an das Erlebnis mit Karin gestern Abend dachte. Aber niemand konnte sicher sein, dass er eine schöne Erinnerung, welche auch immer, bis an sein Lebensende mit sich herumtragen durfte. Nichts war haltbar, alles war flüchtig. Wenn man von etwas Erlebtem oder Erreichtem sagt, das könne einem niemand mehr nehmen, so ist das eine Illusion. Du kannst alles verlieren, buchstäblich alles. Und am Ende verlierst du dein Leben, so viel ist sicher.
Ich öffnete meine Zimmertür, trat hinaus und schloss sie hinter mir wieder. Da stand ich und hatte ein nervöses Zittern im Unterarm. Links lag das Schwesternzimmer. Ich sah niemanden, niemand sah mich. Obwohl ich mich irgendwie beobachtet fühlte. So gemächlich wie möglich setzte ich mich nach rechts in Bewegung.
Gleich hinter der Glastür zum Treppenhaus hing ein Schild an der Wand: Cafeteria. Der Pfeil zeigte nach unten. Ich stieg die Treppe hinab und gelangte im Erdgeschoss in eine mittelgroße Halle, deren Wände mit Kinderzeichnungen geschmückt waren. Schräg gegenüber war die Cafeteria. An der Doppeltür hing ein Schild: Geschlossen. Okay, es war Sonntag.
„Heute ist zu", sagte ein älterer Mann im Morgenmantel unnötig laut, während er hinter mir vorbeiging. Ich wandte mich um und sah ihm nach. Er nahm keine weitere Notiz von mir. Ich fühlte mich erleichtert. Das war also meine erste, sehr kurze und völlig unverfängliche Begegnung mit einem Menschen der Außenwelt gewesen. Ich hatte Grund anzunehmen, dass ich auf ihn einen ebenso beiläufigen Eindruck gemacht hatte wie er auf mich, dass ich ihm nicht aufgefallen, nicht irgendwie unpassend erschienen war. Deshalb fühlte ich mich erleichtert.

Aber als ich mich wieder umdrehte, war mir so, als wenn ich dort an der Ecke eine Bewegung wahrnahm. Es konnte Zufall sein. Jemand war herangekommen und aus einem beliebigen Grund wieder umgedreht. Oder es war schlicht eine Täuschung. Aber dieses leichte Gefühl, das sich gerade eingestellt hatte, war schlagartig wieder fort. Stattdessen fiel mir der Mann ein, der neulich Nacht durch mein Zimmer geschlichen war. Ich ging die paar Schritte bis zu der Ecke des Ganges, aber dahinter war niemand zu sehen.

Auf der anderen Seite der Halle führte eine Tür, auf der Notausgang stand, ins Freie. Ich trat hinaus und atmete die milde Maimorgenluft. In einem Bottich neben einer Bank, die am Wegrand stand, blühten Pfingstrosen. Ich befand mich in einer Art Innenhof, der einen schmalen Durchlass zur Straße hin hatte und der sehr liebevoll und ansprechend bepflanzt war. Hier herum führte ein annähernd herzförmig angelegter Weg, den ich nun langsam entlangschritt, ein Gefühl der Erleichterung festhaltend, um es mir nicht entgleiten zu lassen: Es war mir möglich, einen von mir selbst gewählten Weg zu gehen.

Eine Stunde oder mehr brachte ich hier zu, wobei ich den mit kleinen Steinen gepflasterten Weg nicht verließ. Häufig blieb ich an der der Straße am nächsten gelegenen Stelle stehen und machte mir klar, dass ich gehen konnte, wohin ich wollte. Wenn ich wollte. Aber ich ging nicht.

Zurück in meinem Zimmer schaltete ich das Fernsehgerät ein.

Irgendwann am frühen Nachmittag gab es in einem der dritten Programme eine Dokumentation über eine türkische Familie in Berlin. Ich verfolgte sie zunächst ohne besonderes Interesse. Der jüngste Sohn der Familie war acht und sprach am besten Deutsch von allen, konnte aber kaum lesen. Die Mutter wurde gezeigt, wie sie, die Haare unter einem Kopftuch verborgen, in der Knobelsdorffstraße einkaufen ging. Sie wurde hier wie eine Einheimische behandelt. Aber auf der anderen Seite des Kaiserdamms konnte es ihr passieren, dass sie wegen des Kopftuches angepöbelt wurde. Ich nickte vor mich hin. Da vorn war das ägyptische Restaurant, das es schon seit den Siebzigern gab. Im vorigen Sommer hatte die Familie am Lietzensee picknicken wollen, woraufhin sie von einer Gruppe Jugendlicher fast verprügelt worden wären. Ich mochte den Lietzensee. Er strahlte eine ungeheure Ruhe aus, ein idyllisches Refugium mitten in der hektischen Großstadt.

Moment mal! Ich sprang von meinem Stuhl auf. Da, da war der Funkturm, dort ging es zum Bahnhof Witzleben, in der anderen Richtung lag die Wilmersdorfer Straße mit ihrer Fußgängerzone! Mir blieb der Atem weg. Dann fiel ich auf meinen Stuhl zurück.

Um zehn Minuten vor zehn stand Karin in meinem Zimmer und strahlte mich an. Ich war zuerst völlig perplex, weil sie so früh kam, sprang dann auf und schloss sie in meine Arme. Sie war es, die den Kuss begann. Es wurde ein sehr langer, sehr intensiver und leidenschaftlicher Kuss. Ein Kuss, mit dem wir einander sagten, was wir den Tag über gefühlt hatten: Jeder hatte den anderen vermisst, sich sehnsüchtig an die Zärtlichkeit von gestern Abend erinnert, gespürt, dass das nichts Einmaliges und Oberflächliches gewesen war. Wir hatten uns verliebt, wir brauchten und wollten einander, und all das lag in diesem Kuss.

Nach einer Ewigkeit lösten wir uns voneinander, sahen uns an und lachten grundlos und glücklich. Sie trug hellbraune Jeans und ein T-Shirt mit dem Wort Love darauf, wobei das O ein Herz war. Sie sah mich sehr genau an, als ich es betrachtete, und erst dieser prüfende Blick machte den Aufdruck wirklich zu einer Liebeserklärung.

„Das ist schön", sagte ich und fand die Bemerkung sofort schrecklich dämlich. Aber sie freute sich. Sie bemerkte sicher auch, dass ich ihr weit länger auf die Brust schaute, als es das T-Shirt gerechtfertigt hätte. Ja, ich hatte den ganzen Tag Lust auf sie gehabt. Aber sie stieß mich freundschaftlich gegen die Seite.

„Ich muss mich erst mal umziehen und die Übergabe machen. Das kann ein bisschen dauern. Ich komme wieder, so schnell ich kann."

Ich sah sie fragend an. „Schwester Beate? Von der Gyn?"

Sie lachte. „Ja, natürlich. Ich rede gleich mit ihr." Sie gab mir noch einen flüchtigen Kuss und verschwand dann aus dem Zimmer.

Tatsächlich musste ich fast eine Stunde warten, was mir nicht leicht fiel. Als sie endlich kam, gingen wir gleich miteinander ins Bett. Das zweite Mal war vertrauter, aber auch irgendwie ungeduldiger. Ich glaube, sie kam nicht so ganz auf ihre Kosten, war anschließend aber ebenso anschmiegsam und liebevoll wie gestern. Ich war glücklich und mit meiner Welt vollkommen versöhnt. In diesen Momenten gab es keine Ungewissheit, keine Bedrohung und keine Widersprüche; das Leben war einfach schön so, wie es war.

Später in derselben Nacht standen wir am Fenster und sahen auf die Sterne, die wie kleine Diamanten am Himmel standen. Wir hatten über Gefühle gesprochen und ich hatte den Eindruck, dass ich in dieser Hinsicht nicht wirklich ein unbeschriebenes Blatt war. Zwar konnte ich mich nicht an Empfindungen erinnern, die ich vor dem Unfall gehabt hatte, aber was ich für Karin und bei Karin fühlte, kam mir nicht neu vor. Sie erzählte von den Enttäuschungen, die sie mit ihrem geschiedenen Mann und danach erlebt hatte, während ich nur über die Gegenwart reden konnte. Dabei hatte ich aber ähnliche Gefühle von Erleichterung und Befreiung wie sie, weil für uns beide nun jemand da war, auf den wir unsere Hoffnung, unser Verlangen, ja vielleicht unsere Liebe richten konnten.

Sie seufzte.

„Ich weiß gar nicht, ob ich hoffen soll, dass du deine Erinnerung wiederbekommst."

„Weshalb?"

Sie lächelte mich an, aber in ihrem Blick lag ein wenig Sorge.

„Na, es kann doch sein, dass du dann in dein altes Leben zurückwillst. Du bist verheiratet und hast einen Sohn. Ohne dieses Unglück hättest du deine Frau sicher nicht betrogen."

„Ach, wer weiß. Und außerdem bist du mir nun einmal begegnet, mit allem Drum und Dran! Das lässt sich nicht mehr zurückdrehen." Wirklich überzeugt war weder sie noch ich. Deshalb setzte ich hinzu: „Vor allem aber wird die Erinnerung nicht wiederkommen. Davon gehe ich fest aus. Und so langsam bin ich auch an einem Punkt, da ich sie gar nicht wiederhaben will."

„Bist du da sicher?"

Natürlich war ich nicht sicher. Im Gegenteil wusste niemand besser als ich, wie wichtig es ist, eine Vergangenheit zu haben, und sei es auch eine noch so unangenehme.

„Wenn ich so die Chance habe, nicht wieder ein Versager zu sein, dann kann ich gut auf sie verzichten. Aber im Grunde will ich vor allem eins wissen, das ist mir am wichtigsten: Was hat sich in der Nacht vom 10. auf den 11. April in meinem Leben wirklich verändert? Was ist in dieser Nacht passiert?"

„Du meinst, da könnte noch etwas anderes geschehen sein? Bei dem Überfall?"

„Oder bei der Operation. Keine Ahnung. Vor allem habe ich aber nicht die leiseste Idee, was das gewesen sein könnte. Ich kann ja nicht einmal genau sagen, inwieweit mein heutiges Ich mit dem, der ich vorher war, nicht zusammenpasst."

„Aber man kann doch einen Menschen nicht so ohne weiteres manipulieren."

Sie hatte natürlich recht.

„Aber seltsam ist es doch, oder?"

„Seltsam ist es irgendwie. Man müsste mal in Erfahrung bringen, ob die Polizei inzwischen etwas über den Hergang weiß. Wollte da nicht ein Beamter kommen, um mit dir zu reden."

„Das passiert frühestens nächste Woche. Stimmt, den werde ich fragen. Aber große Hoffnung habe ich nicht."

Wir schwiegen eine Weile nachdenklich. Karin streichelte meine Hand. Ich war unendlich dankbar, dass sie da war. Ich war nicht mehr allein.

„Sag mal", überlegte ich laut, „du warst doch in dieser Nacht hier im Dienst, oder?"

Sie sah zu mir auf, als verstünde sie den Sinn der Frage nicht.

„Ja?"

„Erzähl' mir: Was war da los? Was ist im Einzelnen passiert?"

Sie dachte nach. „Am Anfang der Schicht war es ruhig", begann sie, „aber dann überstürzten sich die Ereignisse. Das haben sogar wir hier oben mitbekommen, obwohl sich das Geschehen natürlich hauptsächlich in der Notaufnahme und dann in den OPs abspielte. Weißt du, wenn ein schwer verletzter Unfallpatient kommt, dann verändert sich irgendwie die Luft. Als wenn alle instinktiv die Nähe des Todes spüren. Und es wird laut und hektisch, eine Stimmung, der sich niemand entziehen kann. Auch nicht, wenn man selbst nicht wirklich beteiligt ist."

„Was passierte? Wurde ich eingeliefert?"

„Ich kann gar nicht einmal sagen, ob es mit dir anfing. Denn so ziemlich gleichzeitig kam noch ein anderer rein. Verkehrsunfall. Der hat nicht so viel Glück gehabt wie du."

„Ist er gestorben?"

Karin nickte. Die Erinnerung wühlte sie auf. Obwohl sie derlei nicht gerade selten erlebte, machte es ihr offenbar doch jedes Mal zu schaffen. Und hier ging es zudem um ein Ereignis, das heute für sie eine ganz persönliche Bedeutung hatte. Ich konnte sogar sehen, dass ihre Augen feucht wurden.

„Er war gegen einen Baum gefahren. Gar nicht weit von hier. Sie haben noch eine Notoperation versucht, aber er ist ihnen auf dem Tisch gestorben."

Ich nahm ein frisches Taschentuch vom Nachttisch und tupfte ihr die Augenwinkel ab. Sie lächelte mich gequält an.

„Stell dir vor, du wärst an seiner Stelle …"

„Hat ihn auch der Professor operiert?"

Da musste sie nicht überlegen.

„Nein, beide Operationen fanden gleichzeitig statt. Prof. Bramberger hat dich übernommen und Bernd Haake-Reuter den anderen. Das ist manchmal notwendig, und dafür ist es gut, dass die beiden OP-Säle direkt nebeneinander liegen und durch einen kleinen Raum miteinander verbunden sind. Ich glaube, das ist in allen Krankenhäusern so. Jedenfalls haben die Ärzte auch während der Eingriffe miteinander gesprochen."

„Wie, sie haben die OP unterbrochen und sich unterhalten? Wieso denn das? Ist das üblich?"

„Nun, ich war ja nicht dabei. Aber es wurde hinterher viel darüber geredet. Sie müssen sich sehr gestritten haben. Ich weiß nicht, worum es ging."

„Überleg' noch mal: Hat der Professor meine Operation unterbrochen, um mit Haake-Reuter zu streiten? Was kann denn da so wichtig gewesen sein?"

„Ich sage doch, ich habe keine Ahnung."

Gemeinsam sahen wir eine Weile schweigend aus dem Fenster. Was war da passiert? Mir war unbehaglich zumute. Aber ich sagte mir, dass das vermutlich überhaupt nichts mit mir zu tun hatte.

„Es wird der Stress gewesen sein, die Hektik, von der du gesprochen hast. Sie hatten da zwei Todeskandidaten liegen und fürchteten natürlich, sie nicht retten zu können. Da ist so ein Streit, worum es auch immer ging, sicherlich erklärlich."

Karin sagte nichts weiter. Ihr schien etwas durch den Kopf zu gehen. Ich sah sie an und fragte mich für einen kurzen Moment, ob ich es für möglich hielt, dass sie mir etwas verschwieg. Aber das wollte ich nicht glauben, und ich glaubte es auch nicht. Dann fiel mir etwas ein.

„Hast du nicht neulich einmal gesagt, Haake-Reuter hätte das abgelehnt, was Bramberger bei mir gemacht hat? Ich meine sogar mich zu erinnern, dass du einen Streit zwischen den beiden mit angehört haben willst."

„Das war am nächsten Tag. Ich war nur zufällig da, weil ich mein Handy auf der Station liegen gelassen hatte. Es wurde ziemlich laut zwischen den beiden, und danach kam Bernd nicht mehr."

„Hältst du es für möglich, dass er rausgeworfen wurde? Wegen des Streits? Oder weil sein Patient gestorben ist?"

Aber Karin verneinte. „Das kann der Professor nicht entscheiden. Für Personalangelegenheiten ist die Verwaltung zuständig. Und mit der hat Bramberger, nun, ich sag' mal: keinen besonders guten Draht."

„Egal. Blöd ist nur, dass er nicht mehr da ist. Vielleicht hättest du etwas aus ihm herausbekommen können."

Aber vielleicht sollte auch gerade das nicht sein.

„Weißt du, was das für ein Mann war?", fragte ich beiläufig, eigentlich uninteressiert.

„Du meinst das andere Unfallopfer?"

„Ja."

„Naja, der war wohl schon etwas älter. Den Namen weiß ich jetzt nicht mehr. Irgend so ein Rechtsanwalt."

Ich stutzte. „Sagtest du Rechtsanwalt?"

„Ja, hab' ich gesagt. Meinst du, das hat was zu bedeuten?"

Ich überlegte. Aber mir fiel nichts ein, was daran hätte bemerkenswert sein können. Oder vielleicht doch?

„Es wäre nett, wenn du einfach doch mal seinen Namen in Erfahrung bringen könntest. Das ist nur so ein Gedanke von mir, wahrscheinlich völlig abwegig. Aber ich könnte ja mal seine Kanzlei aufsuchen, wenn ich hier raus bin."

„Er war nicht aus Frankfurt", sagte Karin. „Du wirst ein Stückchen fahren müssen, wenn du zu seiner Kanzlei willst. Er war nämlich aus Berlin."

Ich erstarrte.

„Aus Berlin?"

4. Kapitel

Jetzt wollte Karin alles genau wissen. Ich erzählte ihr von der Fernsehsendung und dass ich sicher war, früher einmal in Berlin gelebt zu haben. Sie selbst kannte Berlin überhaupt nicht, abgesehen von einer Klassenfahrt als Schülerin, fragte aber nach jedem Detail, an das ich mich erinnern konnte. Nach einer Weile kapitulierte ich.

„Das ist zu viel, Liebes. Ich glaube inzwischen, ich könnte dir Millionen von Kleinigkeiten beschreiben. Da finden wir heute Nacht kein Ende mehr."

„Aber dann ist doch klar, dass du dort gelebt hast! Vielleicht jahrelang! Und damit ist bewiesen, dass …" Sie stockte. Wir sahen uns an und dachten das Gleiche.

„Hmm", brummte ich, „im Grunde bin ich so schlau wie vorher."

„Sag das nicht", griff sie den Faden nach einer Pause wieder auf. „Stimmt, bewiesen ist überhaupt nichts. Aber es kann auch niemand behaupten, du würdest dir das nur ausdenken, dass du Sachen kannst und weißt, die der René vor dem Koma nicht wusste."

„Ehrlich gesagt", erwiderte ich gereizt, „ist mir das im Moment ziemlich egal, was sie behaupten. Meine Frau Esther kann mich nicht ausstehen, so viel ist mal sicher, und sie wird den Teufel tun und über mich verbreiten, ich hätte so großartige verborgene Talente wie Programmieren, Fremdsprachen und was sonst nicht noch alles."

„Aber du hast diese Talente, René! Und dass du Berlin kennst, als wenn du da längere Zeit heimisch warst, wäre auch gar nicht mal etwas, wofür man dich bewundern müsste – das ist einfach ein Fakt!"

„Schöne Talente", knurrte ich nur. „Und was, bitte schön, sagt mir das nun? Möchtest du im Ernst behaupten, meine eigene Frau will mich als Trottel hinstellen, warum auch immer? Und übrigens würde dieser Schwindel ja wohl ziemlich bald auffliegen, nämlich sobald ich anderen Menschen begegne, die mich gekannt haben."

Karin schüttelte den Kopf. „Es ist kein Schwindel. Jedenfalls nicht von ihrer Seite."

„Wie meinst du das?"

„Ich weiß auch nicht. Es ist so – eigenartig. Aber ich kann mir nicht vorstellen, dass deine Frau nicht die Wahrheit sagt. Im Gegenteil, sie kennt dich so … so anders. Und wahrscheinlich warst du auch so, vor der Operation!"

„Du willst sagen, durch die Operation hat sich bei mir etwas verändert? Oder durch das Koma, durch den Schlag auf den Kopf?"

„Anders kann ich es mir nicht erklären. Du bist dadurch irgendwie – ein Anderer geworden!"

Doch das lehnte ich entschieden ab. „Sei mir nicht böse, aber das ist Unsinn. Man kann durch so ein Trauma oder so eine Operation vielleicht sein Gedächtnis verlieren oder irgendwelche Fähigkeiten und Kenntnisse, aber ganz bestimmt gewinnt man dadurch nicht etwas hinzu. Oder wird ein anderer Mensch. Du wirst sehen, mit der Zeit klären sich all diese Fragen von alleine."

Wir stritten noch ein bisschen, und irgendwann ging Karin aus dem Zimmer. Hatte ich sie verärgert? Oder war ich zu grob gewesen? Ich ging ins Bad und stellte mich vor den Spiegel, wie ich es manchmal tat, wenn ich so gar nicht wusste, wer ich war. Und wie stets bewies mir der Spiegel, dass nichts Ungewöhnliches an mir war: Ich war ein ganz normaler, einigermaßen gut aussehender, etwas zu fülliger, aber alles in allem durchschnittlicher Mann, der vorübergehend noch einen – inzwischen schon längst nicht mehr dramatisch erscheinenden – Kopfverband trug. Alles war erklärlich. Ich brauchte nicht wütend zu werden. Der da im Spiegel, das war ich; so einfach war das.

Karin kam nicht wieder. Es war mittlerweile auch schon spät geworden. Wahrscheinlich, nein: natürlich musste sie arbeiten! Ich legte mich auf das Bett und schlief sehr rasch ein.

Am Morgen fühlte ich mich zerschlagen.

„Na, sind wir bereit für ein Festtagsfrühstück?"

Anton stellte das Tablett auf den Nachttisch. Es enthielt dasselbe wie immer, nur vielleicht eine andere Sorte Joghurt. Ich musste ihn recht entgeistert angesehen haben, denn er setzte hinzu: „Nun schauen wir mal nicht so enttäuscht. Schwester Karins Dienst ist seit anderthalb Stunden beendet!" Dazu zwinkerte er krampfhaft wie einer, der partout wollte, dass sein Zwinkern auch in der hintersten Reihe einer Zirkusarena erkannt wurde.

„Danke", sagte ich und meinte das Frühstück, auf das ich nicht den geringsten Appetit hatte. Karin war in der Nacht nicht wiedergekommen, oder wenn doch, dann hatte sie mich nicht geweckt. Ich hoffte sehr, dass ich sie nicht verschreckt hatte. Mir war nur allzu bewusst, dass ich manchmal überreagierte; dann war ich mir regelmäßig selbst nicht geheuer. Es war nicht einmal auszuschließen, dass sie heute Nacht Angst vor mir bekommen hatte.

Umso wichtiger war es jetzt, dass ich mehr Klarheit gewann. Weitere Besuche oder wenigstens ein Telefon würde ich verlangen, besser noch einen Laptop mit Internetzugang. Oder gar einen ersten Besuch zu Hause. Deshalb fragte ich Anton später, als er das Frühstückstablett wieder abholte – nicht ohne vorwurfsvollen Blick auf die Überbleibsel – und den Blutdruck maß, betont gut gelaunt:

„Sind meine Ärzte heute alle im Haus?"

Doch er sah mich an, als wäre ich nicht ganz bei Trost.

„Aber, aber! Wir haben heute doch Feiertag! Da sind die Herrschaften anderweitig unabkömmlich."

Das hatte ich vergessen. Es war Pfingstmontag. Ein Tag mehr, an dem hier nichts passieren würde. Ich bemühte mich, Anton meine Verärgerung darüber nicht spüren zu lassen. Doch für mich stand fest, dass ein weiteres tatenloses Abwarten nicht in Frage kam. Ich würde etwas unternehmen, und ich hatte auch schon einen Entschluss gefasst.

Der Blutdruck war in Ordnung, genau wie an jedem der vergangenen Tage. Der Kopf schmerzte nicht. Ich fühlte mich fit.

Als Anton aus dem Zimmer gegangen war, besah ich mich noch einmal im Badezimmerspiegel. Ja, ich gestand mir ein, dass diese Angst immer noch da war. Aber ich sah – abgesehen von dem Verband – weder sonderlich krank noch befremdlich aus. Ich war kein Alien. Ich würde auf der Straße nicht auffallen. Gern hätte ich eine Mütze gehabt. Ein einfaches Basecap hätte gereicht. Aber ich hatte nichts Derartiges. Abmachen wollte ich den Verband auch nicht, da das vermutlich noch mehr Blicke angezogen hätte; also blieb ich, wie ich war.

Ich nahm die Jacke aus dem Schrank, in der Portemonnaie, Schlüssel und einiger Kleinkram steckten. Viel Geld hatte ich nicht; ich zählte zwanzig Euro zwanzig. Aber das musste reichen. Dann verließ ich das Zimmer.

Fast mein gesamtes Geld ging für ein Bahnticket drauf, und auch das reichte nur bis Mainz. Am Mainzer Hauptbahnhof nahm ich ein Taxi und erklärte dem Fahrer, er würde sein Geld am Ziel von meinen Verwandten bekommen. Ihm genügte das offenbar, er freute sich über eine so weite Fuhre.

„Was haben Sie denn mit Ihrem Kopf gemacht?", fragte er gut gelaunt, und obwohl ich mit dieser Frage gerechnet hatte, erschrak ich doch kurz.

„Ach, kleiner Unfall", wiegelte ich ab. Sein Blick im Rückspiegel verriet deutlich, dass er gern mehr darüber erfahren hätte, aber er fragte nicht weiter.

Kirchberg im Hunsrück kam mir völlig unbekannt vor. Es war größer, als ich erwartet hatte, und wir mussten ein halbes Dutzend Leute ansprechen, ehe uns jemand die Adresse von Herrn Fischer, dem Inhaber eines Autosalons in Frankfurt, nennen konnte. Wir landeten in einem reinen Wohngebiet, in dem zwar jedes Haus anders gebaut war, aber sich doch irgendwie gar nicht von den anderen zu unterscheiden schien: die Vorderfront mit einer Tür und zwei Fenstern, das Geschoss darüber schon mit Gauben, als Abschluss ein Spitzdach. Dazu eine angebaute Garage, ein kleiner Vorgarten und eine eher auf Sicherheit als auf Schönheit ausgerichtete Einzäunung.

Ich stand vor dem Haus meiner Eltern. Noch ehe ich den Klingelknopf drücken konnte, flog die Haustür auf.

„Junge!"

Das musste meine Mutter sein. Sie war dick, hatte rosige Wangen und trug eine blau gemusterte Schürze.

Doch ich bekam keine Gelegenheit, mich mit der Situation in einer Weise auseinanderzusetzen, dass ich sie hätte verarbeiten können. Zu viele Dinge geschahen gleichzeitig. Der Taxifahrer wartete auf sein Geld, und da war der Druck, diese Verpflichtung erfüllen zu müssen. Die Frau, die meine Mutter war und die ich gern für einen Moment betrachtet hätte, kam auf mich zu und redete, was ich als Mischung aus Freude und Vorwurf verstand; zugleich erschien ein großer, schwerer Mann in der Tür und erhob seine Stimme, ohne dass ich mitbekommen hätte, was er sagte. Mit einem Gefühl, als wäre ich unvorhersehbar in eine große und laute Maschinerie geraten, und mit einem Dröhnen im Schädel sackte ich zusammen und verlor das Bewusstsein.

Viel kürzere Zeit später, als ich gemeint hätte, kam ich auf dem Sofa im Wohnzimmer meiner Eltern zu mir. Erleichterung in Form eines Redeschwalls meiner Mutter schlug mir entgegen. Vorwurf, Sorge und Freude sprudelten aus ihr hervor und umgaben mich wie das Gebirge aus Kissen, auf das sie meinen Kopf gebettet hatte.

„Junge, was machst du nur wieder!"

Wenn ich den Kopf ein wenig drehte, konnte ich meinen Vater sehen. Er stand vor der Wohnwand aus Eiche-Nachbildung, sah mich an und schwieg. Er hatte die Arme verschränkt, was ihn noch massiger erscheinen ließ, da er sie nicht vor, sondern nur über seinem beachtlichen Bauch zusammenbekam. Ich nahm an, dass er den fürsorglichen Teil der Aufnahme in dieses Haus meiner Mutter überließ, um mir anschließend väterliche Ratschläge zu erteilen. Ich war zu allem bereit und fest entschlossen, mich positiv zu meinen Eltern zu stellen, ganz gleichgültig, wie sie waren und sich verhielten.

Was mir allerdings Sorgen machte, war diese unvermittelte Ohnmacht. Zwar konnte ich meine Mutter wahrheitsgemäß beruhigen, dass mir nichts wehtat, aber ich musste mir auch eingestehen, dass der eigenmächtige Schritt in die Freiheit vermutlich ein wenig zu früh erfolgt war. Entsprechende berechtigte Vorwürfe ließen nicht auf sich warten.

„Die Ärzte wissen schon, warum sie dich unter Beobachtung halten wollen. Du musst ihnen vertrauen und Geduld haben. Immerhin sind es ausgewiesene Spezialisten, und eine psychologische Betreuung hast du ja sogar auch."

Den letzten Halbsatz sagte sie mit einem Unterton, als müsse sie widerstrebend zugeben, dass ihr Sohn verrückt war.

Mein Vater bewegte sich keinen Zentimeter von der Stelle, an der er stand, während meine Mutter sich alles von mir erzählen ließ, was ich wusste. Viel war das freilich nicht. Die meisten Fragen, die sie hatte, konnte ich ihr nicht beantworten. Schließlich strich sie mir vorsichtig über den verbundenen Kopf und sagte:

„Ach, dass du uns immer solche Sorgen bereiten musst!"

Ich sah an ihr vorbei auf meinen Vater. Seine Miene war undurchdringlich. Ich hatte keine Vorstellung, was er dachte. Deshalb fragte ich ihn direkt:

„Was denkst du, Vater?"

Spontan ging ein kurzes Zucken durch seine Mundwinkel, das auf so etwas wie Emotion hindeuten konnte. Dann setzte er seinen schweren Körper in Bewegung und verließ wortlos das Zimmer.

Ich blickte meine Mutter fragend an. Sie zuckte nur mit den Schultern und sagte:

„Du weißt ja, wie er ist."

„Nein!", rief ich und richtete mich auf. „Mutter, ich weiß nicht, wie er ist!" Bei ihr fiel mir die Anrede leichter, ich hätte sogar ebenso gut eine Koseform wie Mutti oder Mama wählen können. „Ich weiß es eben gerade nicht. So traurig es ist: du und er, ihr seid zwei mir völlig fremde Menschen." Dann ließ ich mich zurücksacken und fügte hinzu: „Ich brauche eure Hilfe."

Ich saß am Küchentisch und löffelte einen hervorragenden Hühnereintopf, als mein Vater wieder dazukam. Er setzte sich mir gegenüber hin und sagte nichts, wirkte auf mich aber irgendwie bereit, sich auf die Situation einzulassen. Vermutlich war die Unerklärlichkeit des Ganzen für ihn das größte Problem.

Meine Mutter setzte sich ebenfalls, nachdem sie einiges Geschirr weggeräumt hatte. „Du musst etwas essen", hatte sie gesagt, als ich noch auf dem Sofa lag, und es hatte so geklungen, als sei das für sie die Lösung für alles und jedes. Als könnte mir, nachdem ich gegessen haben würde, die Erinnerung zurückkommen. Die beiden hatten schon vor zwei Stunden ihr Mittag gehabt, und sie wärmte mir den Rest auf. „Eintopf", sagte sie. „Pfingstmontag gibt es immer Eintopf. Weißt du das noch?" Natürlich wusste ich es nicht, was sie erneut irritierte. „Ach so, ja", setzte sie dann hinzu und schüttelte dabei den Kopf.

Umso mehr war sie bereit, mir von früher zu erzählen. Nach dem Essen holte sie Fotoalben, die mich vom Säugling bis zum Abitur zeigten. Zu fast jedem Bild fielen ihr Geschichten ein, und ich ließ sie erzählen. Ich hatte sehr den Eindruck, dass sie seit langer Zeit nicht so einträchtig mit ihrem Sohn zusammen gewesen war. Sie genoss es sichtlich und strich mir immer mal wieder zärtlich über den Kopf. Ich kann nicht sagen, dass ich es nicht auch gemocht hätte. Und ich befand, dass die Entscheidung, hierher zu kommen, die richtige gewesen war.

Als sie in die Küche ging, um das Abendbrot zu machen, ging mein Vater endlich in die Offensive. Er setzte sich in den durchgesesseneren der beiden Sofasessel und räusperte sich. Ich wartete gespannt und kam mir ein wenig wie ein Schuljunge vor, der eine Moralpredigt erwartete.

Aber zuerst war es ihm offenbar wichtig, die organisatorischen Fragen zu klären. Er erklärte sich bereit, mich mit dem Auto in das Krankenhaus nach Frankfurt zurückzubringen, mit einem gebrummelten Nebensatz machte er mir aber verständlich, dass er mich lieber dabehalten wollte. Ich freute mich darüber, und das zeigte ich ihm auch.

„Ich bleibe gerne heute Nacht bei euch, wenn es euch nichts ausmacht."

„Ich werde im Krankenhaus Bescheid sagen. Sollen sie von uns halten, was sie wollen, aber du bleibst heute hier und ich bringe dich morgen zurück. Ich rufe zweimal an: einmal jetzt gleich und einmal um kurz nach zehn, um direkt mit deiner Karin zu sprechen."

Mir war bis dahin nicht einmal bewusst gewesen, dass er mitbekommen hatte, wie ich Karin vorhin erwähnte; geschweige denn, dass er ihre Bedeutung für mich offenbar recht gut einzuschätzen wusste.

Er ging aber nicht sofort zum Telefon, sondern wollte noch etwas anderes loswerden. Ich sah ihn offen an und schwieg, bis er sprach. Er begann sehr leise.

„René, es gibt da etwas, das ich dir nie gesagt habe. Seit vielen Jahren frage ich mich, weshalb. Aber es war halt nie der richtige Zeitpunkt. Und dann schien es mir irgendwann zu spät dafür." Er rieb sich mit nervösen Fingern über das Kinn, an dem ich ein kaum merkliches Zucken beobachten konnte. „Und jetzt kommst du hierher und sagst, du erinnerst dich an nichts, alles ist ausgelöscht. Eine Amnesie. Ich verstehe zwar nicht, wie so etwas sein kann, denn offenbar hast du ja nicht alles verlernt und vergessen, aber wenn die Ärzte das erklären können, dann will ich es natürlich auch glauben. Und mir ..." Jetzt sah ich sogar seine Augen feucht werden. Er blickte mich nicht mehr an, sondern sah nur noch auf seine Finger, die nervös an den Fransen des Tischläufers drehten. „... mir bietet sich dadurch jetzt eine ganz neue Chance, das nachzuholen, was ich all die Jahre versäumt habe."

Nach einigen weiteren Umschweifen erfuhr ich, dass er als Junge Mumps gehabt hatte. Ziegenpeter sagte man damals noch dazu. Seitdem war er zeugungsunfähig, und also war er auch gar nicht mein Vater. Mein leiblicher Vater war ein Mann, für den er nur überaus verächtliche Bemerkungen übrig hatte, den er aber offensichtlich nicht kannte. Vermutlich hatte meine Mutter ihren zwischenzeitlichen Liebhaber stets gedeckt, weil sie fürchtete, ihr Mann würde ihn umbringen. Mit einem inneren Abstand, der mich selbst erstaunte, betrachtete ich mein Gegenüber, den Mann, den ich sechsunddreißig Jahre lang für meinen Vater gehalten hatte und dessen Enthüllung für mich nie weniger überraschend hätte sein können als jetzt. Könnte er einen Mann umbringen? Die reine Physis dafür hatte er. Auch wenn er mitunter unbeweglich und linkisch wirkte, strahlte er doch enorme körperliche Kraft aus. Wenn er mich als Kind geschlagen hatte, dann hatte ich das gewiss nicht vergessen. Jedenfalls bis zum 10. April.

Doch im Moment war er so klein und sanft, wie dieser mächtige Mann nur sein konnte. Ich lächelte ihn wohlwollend an und nickte ihm zu. Ich war ihm dankbar dafür, dass er so offen gewesen war, und ich sagte ihm das. Er hatte eine unverhoffte zweite Chance bekommen, und er hatte sie sofort genutzt. Das nötigte mir Respekt ab. Und ich fügte hinzu: „Für mich bist du so sehr mein Vater, wie du es überhaupt nur sein kannst."

„Wilhelm!", rief meine Mutter aus der Küche. „Trinkt ihr beide Bier zum Abendbrot?"

Er erhob sich mühsam aus dem tiefen Sessel.

„Ich würde das Gespräch mit dir gern bald fortsetzen", sagte ich, während er in Richtung Küche stapfte. Das war ehrlich gemeint. Er hatte gerade zu erzählen begonnen, wie er seine Probleme mit der Infertilität, mit der Adipositas und mit seiner Familie durch Arbeit und Ehrgeiz zu kompensieren versucht hatte. Das hatte ihm Erfolg gebracht; sein kleines Unternehmen lief, von unvermeidlichen Schwankungen abgesehen, gut. Ich war sehr froh darum. Und er war froh, jemanden zu haben, dem gegenüber er all das einmal herauslassen konnte. Umso mehr, als dieser Jemand sein Sohn war, mit dem er bis dahin im Wesentlichen nur Streit und Scherereien gehabt hatte. Umgekehrt tat es mir gut, von ihm nicht als das mir unbekannte Wesen aus der Vergangenheit behandelt zu werden, sondern dass er mich in der Rolle wahrnahm, die ich tatsächlich auch ausfüllen konnte. Bei ihm hatte ich das Gefühl, im Jetzt angekommen zu sein. Was konnte man sich von einem Vater mehr wünschen?

Nachdem er uns beiden Bier eingegossen hatte, ging er zum Telefon. Ich setzte mich zu meiner Mutter an den gedeckten Küchentisch und nippte an dem Bier. Es schmeckte mir nicht. Das gemeinsame Essen verlief recht schweigsam. Beide Eltern wunderten sich, dass ich keinen Käse mochte.

„Aber den hier mit den Löchern, den hast du doch immer so gern gegessen!"

„Tut mir leid, Mutter. Ich mag schon den Geruch nicht."

„Kein Bier, keinen Käse – Junge, was hast du dich verändert!"

„Habe ich das?"

Sie konnten es nicht verheimlichen, dass ich ihnen sehr fremd war. Zwar machten sie immer wieder Ansätze, das zu leugnen: „Nein, nein, es ist nur so ungewohnt!", und meinten damit vermutlich die Freundlichkeit und das Wohlwollen, das sie von mir nicht gewöhnt waren. Aber ihr Sohn René, wie sie ihn gekannt hatten, war ein anderer gewesen.

Nach dem Essen ging mein Vater ins Wohnzimmer und schaltete das Fernsehgerät ein, offenbar weil er das immer so tat. Aber meine Mutter rief aus der Küche: „Lass doch den Fernseher heute mal aus, Wilhelm!", was er prompt auch tat. Dann seufzte er zufrieden. Es war zu spüren, dass dies für meine Eltern ein ganz besonderer Tag war.

Und es wurde ein harmonischer Abend. Wir hatten uns viel zu erzählen. Meine Mutter sprach gern von der Vergangenheit und hätte mir am liebsten meine gesamte Kindheit erzählt. Mein Vater interessierte sich auch dafür, was ich künftig vorhatte, wollte aber nicht drängen. Ich ließ seine vorsichtig geäußerte Frage, ob ich mir nicht doch eine Tätigkeit in seinem Betrieb vorstellen könnte, mehr oder weniger unbeantwortet im Raum stehen. Vorstellen konnte ich es mir zwar wohl, aber nicht als Techniker, wie er meinte. Ich sagte nichts davon, dass alles Wissen, das ich einmal über Autos gehabt haben mochte, mit meinem Erinnerungsvermögen verloren gegangen war.

Keiner von uns dachte sich etwas dabei, als draußen ein Martinshorn zu hören war. Auch nicht, als es lauter wurde und in unmittelbarer Nähe erstarb. Nur das flackernde Blaulicht veranlasste meine Mutter, ans Fenster zu treten und den Vorhang beiseite zu schieben.

„Die wollen ja zu uns!", rief sie aus und war ehrlich überrascht.

Mein Vater und ich sahen uns an und wussten in diesem Moment, was das zu bedeuten hatte.

„Ich habe überhaupt nicht ...", setzte er zu einer Beteuerung an, aber ich nickte ihm zu:

„Natürlich nicht, das weiß ich."

Er schien keineswegs beruhigt.

Als meine Mutter die Haustür öffnete, standen zwei Polizisten vor ihr. Direkt nach ihnen stürmte der Notarzt herein. Ich wehrte mich nicht. Sollte er nur ruhig seine Spritze setzen.

„Macht euch keine Sorgen!", konnte ich meiner Mutter noch zurufen und: „Danke für alles!"

Im Inneren des Wagens verlor ich das Bewusstsein, noch ehe ich mich auf der fahrbaren Trage ausgestreckt hatte.

Nach dem Ausflug zu meinen Eltern kam ich mir vor wie ein entwichener Strafgefangener, den sie wieder eingefangen hatten. So wurde ich auch behandelt. Sie verlegten mich in ein anderes Zimmer, bei dem es sich eindeutig nicht um ein Krankenzimmer handelte. Es machte vielmehr den Eindruck, als sei es noch vor kurzem das Arbeitszimmer eines Arztes gewesen. Vor dem Fenster befand sich ein Arbeitsplatz mit Schreibtisch, entsprechendem Stuhl, Computeranschluss ohne Computer und einem Telefon, das gesperrt war. Auf dem Sideboard stand ein kleiner Röhrenfernseher, im Regal gab es einige medizinische Bücher und Info-Blättchen. Vor die Wand gegenüber, an dem vorher ein

Sofa gestanden haben mochte, hatte man ein Krankenbett gerollt. Im Schrankteil der Regalwand fand ich meine Sachen, vermisste aber die Bücher, die ich in dem anderen Zimmer gehabt hatte. Das angeschlossene kleine Bad hätte eher zu einer billigen Pension als zu einem Krankenhaus gepasst.

Das Essen wurde mir von einem schweigsamen, befangen wirkenden Pfleger hereingestellt, der dazu jedes Mal die Tür auf- und wieder zuschließen musste. Untersuchungen gab es nicht, die mir bekannten Tabletten bekam ich mit den Mahlzeiten. Ich hoffte vergeblich, Karin würde es irgendwie gelingen, zu mir zu kommen. Vielleicht wusste sie ja gar nicht, dass ich hier war, vielleicht ließen sie es nicht zu oder, was ich zerknirscht ebenfalls als Möglichkeit einräumen musste, sie war über mich verärgert.

Einige Tage lang geschah überhaupt nichts. Ich lebte hier tatsächlich wie ein Strafgefangener, nein, schlimmer noch: Sie versteckten mich vor der Welt. Anfangs gab ich mich der dünnen Hoffnung hin, ich könnte im Fernsehen etwas erfahren, jemand würde darüber berichten, denn ich war doch mit Gewissheit ein bemerkenswerter Fall. Aber das gab ich schnell auf; die wenigen hier zu empfangenden Sender brachten überhaupt nichts. Auch von dem Gedanken, den Pfleger – der übrigens stets derselbe war – tatsächlich in meine Gewalt zu bringen, rückte ich nach kurzer und nicht sehr ernsthafter Überlegung ab.

Dann, an einem frühen Vormittag, stürmte Dr. Alexander herein.

„Ich muss mich bei Ihnen entschuldigen!", begann er, noch ehe er sich auf einen der Stühle gesetzt hatte. Seine sonst so gepflegte Frisur war tatsächlich in Unordnung geraten. Ich selbst saß hinter dem Schreibtisch und sah ihn schweigend an. Seine Einleitung überraschte mich zuerst, aber dann begriff ich, dass sie nur logisch war. Ihnen war bewusst, dass sie mein Vertrauen verloren hatten, und nun wollten sie es zurückgewinnen.

„Sie sind hier eingesperrt worden, und das ist unverzeihlich. Ich habe es gerade erst erfahren. So etwas darf natürlich nicht passieren."

Aber er wirkte glaubwürdig auf mich, und das ärgerte mich. Warum ließ ich mich immer wieder von ihnen einwickeln? Im Moment zog ich es vor, weiterhin nichts zu sagen und ihm zuzuhören.

Sie hätten nach meinem Entweichen – er sagte tatsächlich „Entweichen" – aus dem Krankenhaus reagieren müssen. Deshalb wurde ich woanders untergebracht, und es sollte darauf geachtet werden, dass ich nicht wieder entwich. Das war nach seiner Aussage die ganze Anordnung gewesen, was daraus gemacht worden war, hatte er nicht gewusst und fand er auch in keiner Weise „tolerabel".

„Ich möchte Ihnen aber, gewissermaßen als Entschädigung, ein Angebot machen." Argwöhnisch hob ich die Augenbrauen, was er anscheinend als freudige Erwartung missinterpretierte. „Wir machen mit Ihnen noch ein paar abschließende Untersuchungen, und dann dürfen Sie das Krankenhaus verlassen. Sie müssen uns nur versprechen, sich jeden Tag einmal im Sekretariat von Herrn Prof. Bramberger zu melden."

5. Kapitel

In der Station im ersten Stock war das Schwesternzimmer leer. Aber ich brauchte nicht lange zu warten, und Kim, die ich schon von einigen Nachtschichten her kannte, kam aus einem der Krankenzimmer. Sie sah mich fragend an.

„Ehm", stammelte ich, „Schwester Karin hat heute wohl keinen Dienst?"

Es stellte sich heraus, dass die kleine Koreanerin erstaunlich freundlich sein konnte. Nein, Karin hatte heute frei, aber sie bot mir an, mir ihre private Telefonnummer zu geben. Das haute mich fast um. Damit, Karin hier zu treffen, hatte ich nicht ernsthaft gerechnet, aber das war ja mindestens ebenso gut! Ich bekam sogar eine ganz freimütige Erklärung:

„Karin hat Anton und mich gebeten, Ihnen ihre Nummer zu geben. Sie sollen sie anrufen. Es tut ihr leid, dass sie sich am Montag nicht noch einmal bei Ihnen hat sehen lassen." Und dann fügte sie noch einen Satz hinzu, der aus ihrem Mund so teilnahmslos klang, als verkündete sie einen Blutdruckwert: „Sie mag Sie sehr." Ich war platt.

Kim ließ mich in dem Schwesternzimmer allein, solange ich telefonierte. Es klingelte nur zweimal, dann meldete Karin sich mit „Probst". Ich stutzte und realisierte erst nach einem Moment des Zweifels, dass ich ihren Nachnamen bis dahin ja nicht gekannt hatte.

„Karin?"

„René?"

Zu Beginn war es wie ein vorsichtiges Abtasten. Jeder fürchtete, der andere könnte ihm böse sein. Erleichtert stellten wir fest, dass das keineswegs der Fall war.

„Ich möchte dich sehen", sagte ich.

„Ich dich auch. Ich habe etwas Interessantes herausgefunden."

„Was denn?"

„Nicht am Telefon. Meinst du, ich kann dich besuchen?"

Ich schilderte ihr die Situation: dass ich eingesperrt gewesen war – was sie maßlos aufbrachte – und nun nach dem Gespräch mit Dr. Alexander offenbar alle Freiheiten hatte. Morgen früh sollte ich noch einmal zum MRT, am Nachmittag würde Esther mich abholen. Karin wirkte sehr erleichtert. Aber sie sagte auch: „Bleib unbedingt noch bis morgen da! Das ist besser so; nachher wirst du verstehen, warum."

Als sie durch die Tür der Cafeteria hereinkam, machte mein Herz einen Sprung. Anders konnte man es nicht bezeichnen. Sie sah toll aus. Dabei war sie ganz leger gekleidet, mit Jeans und Sweatshirt, gar nicht viel anders als neulich Nacht, dazu dezentes Make-up, die Haare wie immer. Es war wohl dieses ungewohnte Gefühl des Vertrauten, das mir sonst so fehlte.

Ich stand auf und wir küssten uns. Dass ein halbes Dutzend Menschen uns dabei zusah, kümmerte uns nicht. Ich genoss diesen Kuss und dehnte ihn aus, auch Karin schien ihn nicht beenden zu wollen. Bis uns eine Stimme unterbrach: „Guten Tag, Schwester Karin!"

Dr. Alexander drängelte sich mit einem vollen Brötchenteller an uns vorbei und grinste ungeniert. Ich hätte ihm eine reinhauen können. Karin wurde rot und antwortete pflichtschuldigst: „Guten Tag, Herr Doktor."

Er verließ die Cafeteria, aber wir hatten dennoch beide den Wunsch, hier herauszukommen. Karin schlug vor, zu einem Italiener um die Ecke zu gehen. Ich gestand ihr, dass ich überhaupt kein Geld hatte, aber den Einwand wischte sie fort. Sie würde mich einladen. Ich fühlte mich umso mehr in ihrer Schuld, war aber ohne jeden triftigen Grund zuversichtlich, mich irgendwann revanchieren zu können.

Bei „Bella Napoli" fanden wir einen ruhigen Tisch ganz in der Ecke. Zuerst wollte sie genau wissen, wie es bei meinen Eltern gewesen war. Ich erzählte ihr jedes Detail. Wir tranken Apfelschorle und ließen uns Grissini bringen, an denen wir vergnügt knabberten. Dann sprachen wir über die spektakuläre Rückholaktion.

„Es war richtig, dass dein Vater hier angerufen hat. Meiner Meinung nach hätte es aber völlig genügt, wenn er dich am nächsten Tag zurückgebracht hätte. Da hat irgendjemand total überreagiert."

„Ist so etwas überhaupt üblich, einen Notarzt von der Polizei begleiten zu lassen?"

Von einem derartigen Fall hatte Karin auch noch nie gehört. Selbst das Zurückholen eines Patienten gegen seinen Willen war eigentlich gar nicht möglich.

„Du kannst niemanden zwingen, ins Krankenhaus zu gehen. Es sei denn, er stellt eine Gefahr dar, zum Beispiel weil er unter Quarantäne gestellt werden muss."

„Oder weil er geisteskrank ist", ergänzte ich.

Karin nickte. Es war naheliegend, dass sie den Polizeieinsatz damit begründet hatten, dass ich psychisch gestört war. Irgendwie war das ja auch nicht ganz falsch. Aber für gefährlich konnten sie mich nun wirklich nicht halten. Oder etwa doch?

„Sag mal ehrlich, Karin: Wäre es möglich, dass ich eine Bedrohung für andere darstellen kann? Diese Wutgefühle, die ich manchmal habe – sind die potenziell gefährlich? Könnte es gerechtfertigt sein, meine Umwelt vor mir schützen zu wollen?"

Aber Karin schüttelte energisch den Kopf. In diesem Punkt hatte sie eindeutig weit weniger Zweifel an mir als ich selbst. Hastig sagte sie: „Ich kann dir sagen, wem du gefährlich werden kannst: den Ärzten, die dich operiert haben und die dieses üble Spiel mit dir treiben!"

Ich sah sie entgeistert an. Diese harte Verdächtigung überraschte mich nun doch sehr. Aufgeregt beugte sie sich näher zu mir über den Tisch und fuhr mit gesenkter Stimme fort: „Ich bin überzeugt, sie haben Angst vor dir, weil du dahinter kommen könntest, was sie getan haben."

„Aber was haben sie denn getan?", fragte ich. „Ich weiß nur, dass sie mir das Leben gerettet haben, und dafür werde ich ihnen wohl dankbar sein müssen."

„Das stimmt auch. Aber das ist nur ein Teil der Wahrheit. Was in jener Nacht wirklich passiert ist, weiß ich auch nicht. Ich weiß nur, dass sie etwas zu verbergen suchen, und das hat mit deiner Operation und mit diesem Rechtsanwalt aus Berlin zu tun."

Sie erzählte mir, was sie herausgefunden hatte. Während ihres Nachtdienstes hatte sie sich heimlich an die Patientenkartei herangemacht. Dort hätte eigentlich noch die Krankenakte des Anwalts sein müssen, der in der Nacht zum 11. April auf dem Operationstisch verstorben war. Aber diese Akte fehlte. Nach den Unterlagen dieser Kartei war in der fraglichen Nacht wie auch an dem gesamten Wochenende niemand in diesem Krankenhaus gestorben.

„Das hat mir schon zu denken gegeben. Aber es kommt noch viel besser!"

Eine andere Liste, die nur in einem Buch in der Notaufnahme geführt wurde, enthielt handschriftlich sämtliche Fälle, die dort behandelt wurden, gleichgültig, ob es sich um ambulante Versorgung, um eine Aufnahme oder um einen akuten Notfall handelte.

„Aus diesem Buch – stell dir das vor! – war die Seite herausgerissen, auf der die Vorfälle dieser Nacht hätten stehen müssen. Und der das gemacht hat, hat sich nicht einmal besondere Mühe gegeben; am inneren Rand war noch ein restlicher Papierstreifen verblieben, auf dem man Teile der Eintragungen erkennen konnte. Leider ließ sich dem nichts Brauchbares entnehmen."

Im Zeitalter der IT gab es aber natürlich keine manuelle Aufzeichnung, die nicht auch in den Computer eingegeben worden wäre. Karin war es gelungen, die entsprechende Datei ebenfalls einzusehen, wo sie umgehend auf meinen Namen gestoßen war, aber nicht auf einen weiteren, der zu dem Rechtsanwalt hätte gehören können.

„Sehr wahrscheinlich ist der nachträglich einfach gelöscht worden", vermutete sie. „Ich habe mich jedenfalls mit dem Verschwinden der Daten nicht zufrieden gegeben. Irgendwo in dem ganzen verdammten Krankenhaus musste sich doch etwas über diesen Menschen finden lassen, der ja immerhin hier gestorben ist. Und da ist mir die Pathologie eingefallen."

Die Pathologie lag im ersten Untergeschoss des Krankenhauses. Dort gab es, wie ich jetzt erfuhr, eine viel umfassendere Datenbank als überall sonst im Haus. Nicht nur die Sterbefälle wurden hier dokumentiert, sondern jedes entnommene oder angelieferte Organ, jede untersuchte Probe, jeder Abstrich. Zumeist waren den Daten keine Namen zugeordnet, sondern Codes sowie der jeweils operierende, behandelnde oder überweisende Arzt. Bei den Toten war es jedoch anders.

„Und? War er dabei?" Ich wurde immer ungeduldiger. Karin nickte.

„Am Sonntag, dem 11. April um zwei Uhr vierzehn ist ein Mann namens Dr. Benjamin Korn gestorben. Er war 54 Jahre alt."

Meistens erschöpften sich die Informationen über die Verstorbenen mit diesen Daten. Da es sich aber um ein Unfallopfer handelte, hatte es erst eine Autopsie gegeben und dann einen Bericht für die Polizei.

„Macht so etwas denn nicht die Gerichtsmedizin?", fragte ich verwundert.

Karin zuckte mit den Schultern.

„Es wird nicht nach einer Straftat ausgesehen haben. Wahrscheinlich ist das Routine. Sie wollen wissen, ob es etwas Merkwürdiges gegeben hat, und dann machen sie die Akte zu."

Das klang plausibel.

„Und? Was hast du da erfahren?"

„Ja, pass auf: Der Mann hatte eine Wohnanschrift und eine Praxisadresse in Berlin-Charlottenburg. Als Unfallursache vermutet die Polizei offenbar überhöhte Geschwindigkeit, Alkohol hatte der Fahrer aber nicht im Blut. Sämtliche Verletzungen waren unfallbedingt und der Tote hatte keinerlei toxische Stoffe im Körper."

„Charlottenburg? Das ist natürlich schon ein merkwürdiger Zufall", sagte ich. „Aber ich kann nicht finden, dass das etwas zu bedeuten haben muss."

„Wart's ab!"

Sie erzählte weiter, was in dem Bericht gestanden hatte. Dr. Benjamin Korn war an inneren Verletzungen gestorben, weil er nicht angeschnallt gewesen war. Der Airbag hatte aber funktioniert.

„Ist er mit dem Kopf gegen die Frontscheibe geflogen?"

„Nein, der Kopf war völlig unverletzt. Wenn man einmal davon absieht …"

Karin stockte. Aber ich insistierte: „Wenn man wovon absieht?"

Doch Karins Blick war starr auf die Tür gerichtet. Ich wandte mich um und sah, was sie sah: Dr. Alexander war hereingekommen und blickte sich suchend in dem Lokal um, bis er uns entdeckt hatte. Dann kam er auf uns zu, gefolgt von zwei Polizisten. Ehe sie sich bis zu uns durchgeschlängelt hatten, bedrängte ich Karin noch einmal.

„Was war mit seinem Kopf?", fragte ich nachdrücklich im Flüsterton. Und sie konnte mir gerade noch zuraunen:

„Der Schädel wurde geöffnet. Obwohl er gänzlich unverletzt war!"

Die beiden Polizisten waren um Freundlichkeit bemüht, ließen aber von Beginn an erkennen, dass sie mir nicht trauten. Es gehe um den Überfall am Abend des 10. April, verkündeten sie mir. Anfangs hatte ich die naive Hoffnung, sie würden mir ihre Karte dalassen und mich auf das Kommissariat bestellen oder wie immer so etwas hieß. Aber sie bestanden darauf, alles sofort und hier zu erledigen. Der Jüngere von ihnen, ein verpickelter Rotschopf mit kleinem Schnauzbart, klappte einen vorsintflutlichen Laptop auf, mit dem er sich abgeschleppt hatte, und suchte dann umständlich nach einer Steckdose, weil der Akku offenbar schon lange das Zeitliche gesegnet hatte. Karin wurde nahegelegt, sich zu entfernen, was sie denn auch tat, gemeinsam mit Dr. Alexander. Der zweite Polizist führte das Wort; er dürfte kurz vor der Pensionierung gestanden haben, trug ebenfalls einen Oberlippenbart, der allein bereits den größten Teil seiner Kopfbehaarung ausmachte, denn auf dem Schädel war er völlig kahl. Nach seiner Haut und den verquollenen Augen zu schließen, hatte er ein Alkoholproblem.

„Sie heißen?"

Und mit dieser Frage fingen die Schwierigkeiten schon an.

Spät am Abend saß ich wieder auf demselben Platz bei demselben Italiener. Karin und ich hatten uns telefonisch hier verabredet. Sie hatte mir geraten, mich erst wieder aus meinem Zimmer zu schleichen, nachdem die Nachtschicht begonnen hatte. Nun wartete ich hier auf sie. Der Kellner brachte mir die bestellte Apfelschorle.

Viel erfahren hatte ich von den Polizisten nicht, und dennoch war es aufschlussreich gewesen. Allein schon ihre Fragen und Reaktionen gaben mir genügend Stoff zum Nachdenken, denn ähnlich wie sie würden wohl immer wieder Menschen auf meine Geschichte reagieren. So lernte ich langsam, die Tatsachen in für jeden verdaulicher Weise darzustellen, ohne die Unwahrheit zu sagen. Die aus meiner Sicht bestehenden Widersprüche und Verdachtsmomente musste ich dabei natürlich für mich behalten.

In einer Seitenstraße nahe dem Frankfurter Hauptbahnhof war ich von einem oder mehreren Tätern niedergeschlagen worden. Während die Polizisten schilderten, was sie über den Tathergang wussten, wirkten sie kurzzeitig lebhafter, fast fröhlich. Es wurde vermutet, dass ich nur einen einzigen Schlag erhalten hatte. Blaue Flecke oder sonstige Kampfspuren hatte ich nicht aufgewiesen, ich schien mich auch in keiner Weise gewehrt zu haben. Tatwerkzeug war vermutlich ein mit Metallnoppen oder Spikes besetzter Baseballschläger. Der Täter hatte ihn über seinen Kopf geschwungen und mich damit gerade von oben getroffen. Mein Glück war wahrscheinlich, dass ich sofort eingeknickt war, was dem Aufprall die Wucht nahm; das dürfte mir das Leben gerettet haben.

Ich sah auf die Uhr und fragte mich, wo Karin blieb. Aber gerade in diesem Moment kam sie durch die Tür hereingestürzt und hielt sich atemlos an der Lehne des Stuhls mir gegenüber fest.

„Tut mir leid", sagte sie und blickte fahrig auf die Uhr. „Schon fast elf. Aber ich konnte mich nicht früher loseisen."

Dr. Alexander hatte sie zum Essen eingeladen. Das war ungewöhnlich, und natürlich hatte sie nicht Nein gesagt. Als sie heute Nachmittag gemeinsam dieses Restaurant verlassen hatten, hatte er sie gefragt, ob sie sich am Abend treffen konnten. Karin war zunächst verwundert gewesen, witterte aber sogleich die Chance, Näheres über mich und die Operation in Erfahrung zu bringen.

„Und? Warst du erfolgreich?"

„Der Idiot!", schnaufte sie, nachdem sie sich gesetzt hatte. „Anscheinend hat er geglaubt, ich sei Freiwild, weil man mich mit einem Patienten gesehen hat."

„Hat er sich an dich rangemacht?"

„Keine Chance! Aber er hat noch Hoffnung!" Jetzt lachte sie wieder dieses wunderbare Lachen, das ich an ihr so liebte. „Es gab ein super leckeres Menü, schweineteuer, mit einem Rotwein, der nicht mal auf der Karte stand. Und am Ende habe ich ihm erlaubt, mich bald mal wieder einzuladen."

Ich wiegte den Kopf.

„Da weiß ich jetzt aber nicht, ob ich das gut finden soll."

Karin winkte dem Kellner und bestellte sich ebenfalls eine Apfelschorle.

„Du, wenn der erst mal sein Quantum Wein hat, wird der richtig locker und gesprächig. Durchaus möglich, dass ich von ihm noch dies und das erfahre."

Der erste Versuch hatte allerdings nicht viel ergeben, schon weil sie sehr vorsichtig zu Werke gegangen war. Nur ein einziges Mal war er auf mich zu sprechen gekommen, und auch das nur, um abzuklopfen, wie ernst das war, was er zwischen ihr und mir vermutete.

„Ich habe es heruntergespielt. Eigentlich war das glatt gelogen!" Sie lächelte, was in Verbindung mit dem gerade Gesagten praktisch eine Liebeserklärung war. „Ich hoffe, du nimmst mir das nicht übel."

Natürlich tat ich das nicht. Aber ich musste mir schon eingestehen, dass ich sie nicht so sehr gern in der Nähe eines gut aussehenden Arztes wusste, der sie anbaggerte. Zweifellos hatte er mir vieles voraus, das einen Mann für eine junge Frau attraktiv machte. Auch wenn ich zuversichtlich war, dass ich meinen Rückstand bald beträchtlich würde aufholen können.

„Was hat er denn über mich gesagt?"

„Ja, komisch: Es klang irgendwie so, als wärst du zwar ein schwieriger Patient, aber gar kein so ungewöhnlicher Fall. Dass du dich selbst immer wieder in Schwierigkeiten bringst, hat er gemeint. Aber dass du wohl einfach ein Mensch wärst, der nichts richtig auf die Reihe kriegt."

„Na, da hat er mich vor dir wohl ein bisschen schlecht machen wollen."

„Kann sein", sagte sie. Dann fragte sie aber, was die Vernehmung durch die beiden Polizisten ergeben hatte. Ich erzählte ihr das Wenige, das ich über den Tathergang erfahren hatte.

„Ob du die Täter gesehen hast?", überlegte sie dann.

„Du meinst, sie fürchten vielleicht, ich könnte sie identifizieren, wenn ich mich erinnern kann?"

„Wäre doch möglich."

Aber darum machte ich mir keine Sorgen. „Wie es aussieht, war das ein ganz gewöhnlicher Überfall. Ein Raub. Jetzt, nach anderthalb Monaten, machen die sich da keine Gedanken mehr drüber. Glaub' ich einfach nicht."

Karin schien nicht überzeugt. „Und die Polizisten, was meinten die?"

„Tja, irgendwie fragten die immer wieder dasselbe und schienen nicht zu glauben oder zu begreifen, dass ich mich nicht erinnern kann. Mit der Zeit wurde ihr Ton schärfer, beinahe so, als verlangten sie ein Geständnis von mir."

„Aber was hättest du in ihren Augen denn gestehen sollen? Dass du nur so tust, als hättest du das Gedächtnis verloren?"

„Keine Ahnung. Vielleicht denken sie, dass ich die Täter decke?" Das erschien nun wiederum Karin abwegig. Aber ich fuhr fort: „Sag das nicht. Aus ihrer Sicht könnte ich da durchaus in etwas hineingeraten sein, dem ich mich jetzt – gespielt oder nicht – durch die Amnesie entziehe. Natürlich haben sie auch längst in Erfahrung gebracht, dass ich mich wiederholt in zwielichtigem Milieu aufgehalten habe. Stell dir vor, vor dem Tattag war ich gerade mal wieder zehn Tage lang verschwunden. Auch Esther hatte keine Ahnung, wo ich war. Erst durch mein Auffinden nach dem Überfall und die Nachricht aus dem Krankenhaus hörte sie wieder von mir."

„Na, dann ist es ja wirklich kein Wunder, dass sie immer noch verärgert war, als ihr euch zum ersten Mal wieder sprechen konntet!", sagte Karin, und zweifellos war da etwas dran.

„Weißt du, was ich glaube? Wenn ich herausfinde, wo ich in diesen zehn Tagen war, dann erfahre ich bestimmt auch etwas über die Täter."

„Meinst du nicht, die Polizei hat das schon untersucht?"

„Mag sein. Aber ich habe ihnen gegenüber einen erheblichen Vorteil. Denn auch wenn ich mich an die Menschen, denen ich in dieser Zeit begegnet bin, nicht erinnern kann – umgekehrt kann es durchaus der Fall sein!" Wir sahen uns an, und mir wurde ein bisschen mulmig. „Mir ist nur die Vorstellung nicht sehr behaglich, durch die Straßen zu gehen und darauf zu warten, dass mich jemand anspricht: Hey, René, lässt dich ja gar nicht mehr bei uns blicken!"

Karin nickte. „Das kann ich gut verstehen."

Aber dann wechselte ich das Thema. „Was mich im Moment viel mehr interessiert", sagte ich, „ist, was du mir noch über deine Erkenntnisse aus der Pathologie erzählen wolltest."

„Ja, natürlich." Karin rückte etwas näher, blickte sich kurz um und sagte dann mit leicht gesenkter Stimme: „Der Schädel wurde geöffnet, noch bevor der Leichnam in die Pathologie kam."

„Also während der Operation! Hast du eine Ahnung, warum?"

„Es ist kein vernünftiger Grund ersichtlich. Der Kopf des Mannes war völlig unverletzt. Was den Pathologen betrifft, wäre es trotzdem erklärlich gewesen, wenn er, sozusagen um sicher zu gehen, auch nach inneren Kopfverletzungen gesucht hätte. Aber der Chirurg im OP?"

„Das war dann also, wenn ich es richtig verstanden habe, Dr. Haake-Reuter, der das getan hat? Eventuell nach Absprache mit Prof. Bramberger, vielleicht sogar auf dessen Anweisung hin. Aber, sag' mal, was hat er denn gemacht: nur den Schädel geöffnet und reingeguckt? Doch sicher nicht!"

Sie schmunzelte kurz, war dann aber wieder total ernst. Überhaupt wirkte sie sehr angespannt.

„Ganz bestimmt nicht. Ich sage dir, er hat da einen Eingriff vorgenommen, der nicht in dem Autopsiebericht steht. Warum auch: Für die Polizei ist er nicht von Bedeutung, weil es keine Verletzung gegeben hat, und ansonsten werden die Ärzte einander nie in die Pfanne hauen oder auch nur zulassen, dass von außen her Zweifel am Vorgehen eines Kollegen entstehen könnten."

„Wie heißt denn der Pathologe?", fragte ich.

„Das muss ich noch herausfinden. Ich kenne nur Dr. Heisemann, einen älteren Arzt, der seit vielen Jahren in der Pathologie arbeitet. Er ist sehr nett, aber ich glaube, er trinkt ein bisschen viel. Es ist am wahrscheinlichsten, dass er es war, der die Autopsie vorgenommen hat."

Dr. Heisemann war demnach nun schon der zweite Arzt, der etwas wissen konnte, den die Polizei vermutlich aber nicht befragt hatte, weil sie nichts in dieser Richtung argwöhnte. Der andere war Dr. Haake-Reuter, der aber verschwunden war. Mit beiden sollte ich sprechen, fand ich. Aber ich war mir nicht sicher, ob ich mich dazu imstande fühlte.

Ich sah Karin an. Ihre Augen waren auf mich gerichtet.

„Was denkst du?", fragte ich.

Ihr Blick wurde eigentümlich hart, auch ihre Mundwinkel verhärteten sich, und sie nickte vor sich hin, ehe sie anfing zu sprechen:

„Ich sage dir, was ich denke. Halte mich für verrückt, wenn du willst, aber das wäre eine Erklärung für alles. Auch wenn ich mir nicht wirklich vorstellen kann, wie das möglich ist."

Sie verstummte und nickte weiter, ohne sich dessen bewusst zu sein, mit dem Kopf.

„Nun sag schon!"

„Es muss so sein. Er hat etwas entnommen. Sie haben etwas vertauscht. Anders ist es nicht zu erklären."

„Entschuldige, aber jetzt redest du ein bisschen wirr. Was haben sie vertauscht?"

Sie lehnte sich zurück und atmete einmal tief ein und wieder aus.

„Eure Gehirne?"

Es klang mehr wie eine Frage als wie eine Feststellung oder Behauptung.

„Wie bitte?"

„Erinnerst du dich an unser Gespräch an dem Abend, bevor du zu deinen Eltern ausgebüxt bist? Nachdem du mir erzählt hattest, dass du all diese Straßen in Berlin wiedererkannt hattest? Da kam mir zum ersten Mal dieser Verdacht. Ich hatte irgendwie instinktiv das Gefühl, du könntest er sein. Du könntest in Wahrheit der Rechtsanwalt aus Berlin sein, der nur zufällig oder aus welchem Grund auch immer in Frankfurt war, als er einen Unfall hatte!"

„Ehm, nochmal zum Mitschreiben: Du meinst, sie hätten mir das Gehirn von diesem Dr. Korn in den Kopf operiert und dafür meins herausgenommen?"

„Ich habe ja gesagt, du wirst mich für verrückt erklären. Ich kann es mir ja auch nicht vorstellen. Es wäre nur ... es würde plötzlich alles passen!"

Tat es das? Da fiel mir ein, was Esther über meine Kleidung gesagt hatte.

„Das wird mir jetzt erst so richtig klar! Sie meckerte regelrecht an den Sachen herum, die ich anhatte, dabei hatte ich mich geradezu fein gemacht. Wie siehst du denn aus?, hat sie gefragt. Und dass ich nicht die alten Jeans genommen hatte, die im Schrank lagen, sondern die Hose, die ich jetzt auch trage, fand sie wohl völlig unmöglich. Ich glaube, sie hat sogar gesagt, dass ich so etwas sonst niemals tragen würde."

Karin überlegte.

„Dann müsste dir jemand anderes diese Sachen gebracht haben. Vielleicht dein unbekannter Eindringling?"

„Der bestimmt nicht. Der wollte allenfalls etwas mitnehmen."

„Also, während meiner Dienstzeit war das mit Sicherheit nicht. Vielleicht fragen wir Anton. Oder Kim."

„Ich wäre dir sehr dankbar, wenn du das machen könntest." Aber dann machte sich doch schlagartig Ernüchterung breit: „Nein, Karin, es kann gar nicht sein. Wir haben etwas übersehen."

„Was denn?"

Ich dachte noch einen Moment nach, aber es führte kein Weg an dieser Einsicht vorbei. Und im Grunde war ich froh, dass ich mich nicht mit einer Gruselgeschichte herumzuschlagen brauchte, die bei nüchterner Betrachtung alles andere als glaubhaft war. Nein, es konnte keine heimliche Gehirntransplantation gegeben haben.

„Nun mach' es nicht so spannend!", bohrte Karin.

„Es kann nicht die Frau des Anwalts gewesen sein. Mich kann überhaupt niemand besucht haben, der den Anwalt kannte. Denn dann hätte der ja wissen müssen, dass in meinem Kopf dessen graue Zellen arbeiten. Und wenn die Ärzte mir das verheimlichen, haben sie gewiss nicht nach der OP die Anwaltswitwe angerufen und ihr gesagt, ach übrigens, da ist so ein Hilfsarbeiter aus Bockenheim, der lebt jetzt mit dem Gehirn Ihres Mannes!" Und um es auf die Spitze zu treiben, fügte ich hinzu: „Vielleicht noch mit der gut gemeinten Empfehlung: Bringen Sie ihm doch mal ein paar ordentliche Anziehsachen vorbei!"

Karin lachte nicht. Sie sah mich lange nachdenklich an und nickte dann.

„Du wirst recht haben", sagte sie, und ich hatte dabei das Gefühl, dass sie sich das nicht wirklich gern eingestand.

6. Kapitel

Ich bog in die Straße ein, in der mein Zuhause lag. Dann blieb ich stehen.

Vor mir erstreckte sich eine lange schmale Straße, die den Autos rechts und links Platz zum Parken bot und dazwischen nicht mehr als eines durchließ. Die rot gepflasterten Fußwege ließen sie insgesamt breiter erscheinen, ebenso die daran anschließenden gepflegten, aber ungenutzt wirkenden Vorgärten. Geschäfte schien es hier nicht zu geben; nur ein paar Straßenecken weiter konnte ich eine Tankstelle ausmachen.

Der Ort, an dem ich mich befand, war mir vollkommen fremd.

Vor dem Haus Nummer acht blieb ich erneut stehen. Ich hätte es auf der rechten Straßenseite erwartet, ohne sagen zu können, warum. Aber es lag links. Die Adresse hatte ich meinem Personalausweis entnommen. Dennoch befürchtete ich ernsthaft, es könnte keiner der Schlüssel an meinem Bund passen.

Gleich der erste passte. Ich trat in ein helles, nüchternes Treppenhaus, von dem nicht mehr als zwei Wohnungen abgingen, beide auf der rechten Seite. Ich hätte nicht behaupten können, dass es mir vertraut vorkam. Ebenso erging es mir mit der Wohnungstür im Obergeschoss, an dessen Klingelschild nüchtern der Name Fischer stand. Die Tür selbst zierte ein farbenfrohes Backwerk aus Salzteig mit der Aufschrift: Hier wonen Mama Papa und Jan Fischer. Wohnen ohne h. Es war die Schöpfung eines Kindes, wie Eltern sie lieben. Ich hoffte sehr, dass ich sie genau so geliebt hatte; eine Erinnerung an sie gab es nicht.

Das Gefühl, hier fremd zu sein, setzte sich umso eindringlicher fort, als ich die Wohnung betrat. Meine Wohnung. Ich stellte die Tasche ab, in die ich meine Sachen aus dem Krankenhaus gepackt hatte, und atmete tief ein. Hier hatte ich also gelebt. Wie lange? Wenn ich mich nicht irrte, waren wir kurz vor Jans Geburt hierhergezogen, also vor neun oder zehn Jahren. Hatte Esther das erwähnt oder Dr. Alexander?

Ich stand in einem hellen Flur, von dem rechts und links Türen abgingen, die mit einer Ausnahme sämtlich offen standen. Ich schritt ihn entlang und warf in jeden Raum einen ersten, scheuen Blick. Ich fühlte mich unbehaglich. Ganz so, als dränge ich in eine fremde Wohnung ein, schnüffelte in den persönlichen Dingen von mir völlig unbekannten Menschen.

Das Telefon klingelte. Ich erschrak und sah mich um. Ich konnte es nirgends entdecken, das Klingeln schien aus mehreren Richtungen gleichzeitig zu kommen. Als ich mich entschlossen hatte, in das geradezu gelegene Wohnzimmer zu gehen, sprang schon der Anrufbeantworter an. Ich hörte die Stimme eines Jungen, die die Ansage sprach; vermutlich war es Jans Stimme. Aber der Anrufer hatte bereits aufgelegt.

Das Wohnzimmer war groß, zwei breite Fenster und eine Balkontür ließen das Maisonnenlicht herein. An der Wand links neben der Tür war ein großer Flachbildfernseher angebracht, auf der Konsole darunter stand die Feststation der Telefonanlage. Das Display meldete einen entgangenen Anruf.

Die Einrichtung ähnelte derjenigen bei meinen Eltern. Dadurch erschien sie mir irgendwie unpassend, aber das mochte mein subjektives Empfinden sein, weil ich etwas Persönlicheres erwartet hätte. So wirkte der Raum nur spießig, austauschbar, nichtssagend. Ja, nichts sagend: Er sprach nicht zu mir, ich erfuhr nicht, was ich gern gesehen, gespürt, gewusst hätte, nämlich wo ich hier hineinpasste. Saß ich dort auf dem schweren Sofa mit zwei, drei unzulänglich entfernten Saft- oder Rotweinflecken und sah mit meiner Familie die soundsovielhundertste Folge der Lindenstraße? Spielte ich mit meinem Sohn Fußball auf der Gamekonsole, den Controller verkrampft in den Händen, lachend und ehrgeizig und doch bereit, dem Spross den Sieg zu überlassen? Oder lümmelte ich mich quer über einen der Sessel und las die Zeitung oder einen Krimi oder die Werbebeilage eines Elektronikmarktes?

Ich erfuhr nichts. Ich hatte wohl zu viel erwartet. Bedrückt drehte ich ab und ging in die Küche.

Der Kühlschrank war gut gefüllt. Wie auch die auffallende Sauberkeit der Wohnung deutete das darauf hin, dass Esther ihr Leben und das unseres Sohnes gut im Griff hatte. Sie hielt Ordnung in ihrem und Jans Leben, wohl auch in meinem, so gut ich sie ließ.

Ich nahm mir Milch aus dem Kühlschrank und fand ein Glas im Hängeschrank über der Spüle. In der Ecke am Fenster stand ein kleiner Tisch mit zwei Stühlen. Es ließ sich gut vorstellen, dass Jan dort frühstückte, bevor er zur Schule ging. Ein dritter Stuhl hätte gar keinen Platz gehabt. Auch das vermittelte mir den Eindruck, dass ich hier nicht wirklich hergehörte.

Mit dem vollen Milchglas in der Hand ging ich in den Flur zurück und warf je einen Blick in die anderen Räume. Das Bad war blitzblank, über der Wanne war Wäsche aufgehängt, vor dem Spiegel über dem Waschbecken standen drei Zahnbürsten.

Das Zimmer neben der Küche gehörte offensichtlich Jan. Es wirkte unaufgeräumt, weshalb ich mich scheute, hineinzugehen oder mir auch nur längere Blicke in sein Leben zu erlauben. Ich wandte mich ab, allerdings nicht ohne zuvor bemerkt zu haben, dass die Wand über seinem Schreibtisch mit Fußballbildern und -wimpeln behangen war.

Auch in den Raum daneben warf ich nur einen Blick von außerhalb. Er war klein und zählte vermutlich als halbes Zimmer. Auf einem kleinen Schreibtisch lag nicht viel mehr als ein zugeklappter Laptop. Auch ansonsten wirkte alles in diesem Raum sehr ordentlich, gerade vielleicht noch mit einer Ausnahme, denn vor einem Schrank lehnte das Bügelbrett, das dort sicher nicht hingehörte, sondern nur für den zu erwartenden nächsten Gebrauch zusammengeklappt war. In einem Regal sah ich eine beachtliche Vielzahl von Damenschuhen, alle säuberlich aufgereiht und, wie es schien, geputzt.

Danach lag nun auf der Hand, wem das verbleibende Zimmer gehörte, das einzige, dessen Tür geschlossen war. Mir.

Als Erstes ging ich instinktiv zum Fenster und öffnete es. Dabei zertrat ich irgendetwas, was ich aber ignorierte. Ich stellte das leere Milchglas auf dem Fensterbrett ab und starrte fassungslos in den Raum, der allem Anschein nach einen wesentlichen Teil meines Lebens beherbergt hatte. Oder konnte, musste man dazu sagen: Das war ich?

Eine ganze Zeit lang stand ich da und beobachtete die Gefühle, die mich durchliefen. Ja, ich zwang mich dazu, die Rolle eines Unbeteiligten einzunehmen, der erst auf dieses Chaos blickte und dann auf sich selbst. Nur so konnte ich es halbwegs verhindern, von der Fassungslosigkeit überrollt zu werden.

Entsetzen, Scham, Traurigkeit; auch Wut war dabei. Fast war ich versucht, noch mehr kaputt zu machen als – jetzt sah ich, was es gewesen war – die leere Hülle einer CD, die auf dem Fußboden lag. Der Fußboden – das war eine an etlichen Stellen verschmutzte, Jahre alte grüne Auslegware. Auf ihr lagen überall lose Blätter, Hefte, Ordner und vieles mehr. Manches davon war lediglich vom Schreibtisch gefallen, weil darauf kein Platz mehr war. Und dieser Schreibtisch war das in jeder Hinsicht zentrale Objekt in dem Raum. Zusammen mit dem schweren schwarzen Drehstuhl bildete er den Mittelpunkt und war so gestellt, dass der, der an ihm saß, aus dem Fenster sehen konnte und jedem Hereinkommenden den Rücken zuwandte. Den Blick aus dem Fenster verstellte allerdings ein großer flacher Computerbildschirm. Vor ihm lagen Tastatur und Maus, auf den Papierstapeln rechts und links auch ein Gamepad und ein Lenkrad. Diese Gegenstände schienen hier nicht nur die am meisten verwendeten, sondern auch die einzigen zu sein, die man benutzen konnte, ohne zuvor mehrere andere Dinge fortzuräumen.

Der hervorstechendste Geruch war der nach abgestandenem Zigarettenrauch. Ich war also Raucher gewesen? Wenn das stimmte, wunderte es mich, dass ich keinerlei physisches Verlangen nach einer Zigarette verspürte. Seit dem Erwachen nach der Operation hatte ich keinen Moment an die Möglichkeit des Rauchens gedacht. Ich nahm mir vor, Esther bei Gelegenheit zu fragen, wie viel ich geraucht hatte.

Den Aschenbecher entdeckte ich erst, als ich um den Schreibtisch herumging. Er lag verkehrtherum auf dem Boden, etliche Kippen waren herausgefallen. Vorerst weigerte ich mich, hier etwas anzufassen. Doch im Innersten reifte bereits der Entschluss, dieses Chaos zu beseitigen, für das ich mich schämte, obwohl ich instinktiv jede Verantwortung dafür abgelehnt hätte. Wenn Esther nachher kam, würde ich ihr das so sagen. Die Vorstellung, in die Rolle des Menschen einzutreten, der so gelebt hatte, war mir schlichtweg unmöglich. Umso mehr verstand ich, dass sie die Tür zu diesem Zimmer vermutlich nie ohne zwingenden Grund geöffnet hatte.

Ehe ich wieder aus dem Zimmer ging, ließ ich die Blicke noch über die Möbel an den Wänden schweifen. Ein Kleiderschrank stand halb offen, aus ihm quollen ein paar Kleidungsstücke in genau der gleichen Weise, wie aus dem daneben stehenden Regal Zeitschriften quollen. Wenn man es positiv ausdrücken wollte, hätte man sagen können, dass dieses Zimmer voller Bewegung war: fallende Aschbecher, herausdrängende Hemden, rutschende Computermagazine und dazu der Blickfang eines PC-Lenkrades, zu dem sich unter dem Schreibtisch die passenden Pedale befanden. Was für ein Mensch konnte so leben?

Wieder klingelte das Telefon. Ich ging ins Wohnzimmer und hörte zum zweiten Mal Jans Stimme: „Hier ist der Anschluss der Familie Fischer. Wir sind nicht da, freuen uns aber über eine Nachricht." Es klang wie abgelesen. Ob er auch Familie Fischer gesagt hätte, wenn der Text von ihm selbst gewesen wäre?

Diesmal legte der Anrufer nicht auf.

„Hallo, ich bin's. Ich wollte dir anbieten, dass wir René zusammen abholen, was hältst du davon? Du kannst mich bis eins noch im Geschäft erreichen, ansonsten auf meinem Handy. Tschüss, bis später."

Die nächsten zwei Stunden brachte ich in meinem Zimmer zu, oder besser: in dem, was ich dafür hielt. Dabei erfuhr ich eine ganze Menge über René Fischer. Bücher las er offenbar so gut wie gar nicht. Romanhefte, PC-Zeitschriften und Anleitungen für Computerspiele fand ich reichlich, aber nicht einmal das Thema Programmierung kam darin vor. In einem Schrankfach stieß ich auf eine Sammelbox mit zehn Werken der Weltliteratur, sämtlich ungelesene Taschenbücher in einem Pappschuber, möglicherweise ein Geschenk mit dem Zweck, Bildung zu vermitteln, das aber eine völlig andere Bestimmung erhalten hatte: Dahinter standen zwei etwa halb volle Flaschen, eine mit Tequila, die andere mit billigem Weinbrand. Als Geheimversteck war dieser Platz so ungeeignet, dass sich die Vermutung aufdrängte, hier sollte eher ein Verdacht bestätigt als zerstreut werden.

An einer Wand stand ein Sofa. Darunter bemerkte ich einen Bettkasten, der nicht dazu passte und offenbar nachträglich angeschafft worden war. Ich rückte den davor stehenden kleinen Tisch ab, von dem dabei etliches herunterfiel, und fand meine Vermutung bestätigt, dass ich hier mehr als nur gelegentlich geschlafen hatte. Dennoch roch die Wäsche frisch.

Schließlich setzte ich mich an den Computer und schaltete ihn an.

Es gibt kaum etwas Persönlicheres als einen privaten PC. Obwohl ich mir sagte, dass dies mein Computer war und niemand so sehr wie ich das Recht hatte, ihn zu benutzen, fühlte ich mich erneut wie ein Eindringling in ein fremdes Privatleben. Ein fremdes Intimleben. Nicht nur E-Mails, Logs und Blogs verrieten sehr viel über den Nutzer, sondern allein schon die Art der Verwendung von Programmen und Netzen. Hatte ich Online-Shooter gespielt, Sexkram heruntergeladen, mich an Foren und Chats beteiligt? Und vor allem fragte ich mich: Wollte ich das alles überhaupt wissen?

Ich stand auf, trat an das immer noch offene Fenster und schaute hinaus. Hinter dem Haus lag ein kleiner grüner Garten mit zwei, drei lila blühenden Rhododendren. Ein Eichhörnchen flitzte den Stamm einer Kiefer empor. Neben der Kiefer stand ein Klettergerüst mit einer Schaukel, und ich versuchte mir meinen Sohn vorzustellen, wie er dort spielte und lachte. Jan.

Für einen kurzen Moment drängte sich mir die Frage auf, ob Benjamin Korn, der Berliner Rechtsanwalt, wohl Kinder gehabt hatte. Aber dann war dieser Gedanke wieder weg.

Vermutlich war ich ein lausiger Vater gewesen. Wenn ich ehrlich war, beobachtete ich auch jetzt an mir, dass mir die Vorstellung, ein Kind zu haben, nicht annähernd so viel bedeutete, wie man das hätte erwarten können. Seit ich in dieser Wohnung war, war mir nicht ein einziges Mal der Gedanke gekommen, nach einem Foto von Jan zu suchen.

Ich wandte mich vom Fenster ab und setzte mich wieder an den Schreibtisch. Und da erwartete mich dann doch eine Überraschung. Auf dem Bildschirm hatte ich die Auswahl zwischen zwei Benutzern. Der eine hieß Rene – ohne Akzent – und hatte als Symbol das Bild einer Schlange. Der andere Name war Wilhelm, mein zweiter Vorname, das zugehörige Icon stellte ein Auto dar. Ich klickte zuerst auf dieses und wurde zur Eingabe eines Passwortes aufgefordert.

Ohne viel Hoffnung probierte ich einige Wörter aus, aber keines war das richtige. Ich dachte nach. Zwar wusste ich, wie man mit Programmiersprachen Befehle, Skripte und ganze Anwendungen schrieb, aber hacken und Passwörter knacken konnte ich nicht. An dieser Stelle kam ich nicht weiter. Vielleicht diente diese Sperre ja lediglich dem Schutz meines minderjährigen Sohnes. Wenn Jan zu einem Bereich des Computers keinen Zugang hatte, konnte er hier doch jederzeit spielen oder ins Internet gehen, ohne ungewollt auf fragwürdige Inhalte zu stoßen, die sein Vater aufgerufen oder genutzt hatte.

Dann klickte ich auf das Schlangensymbol und fand mich im Betriebssystem von Windows wieder.

Am frühen Nachmittag kamen Esther und Jan nach Hause. Es wurde genau die Art Begegnung, wie ich sie mir zuvor vorgestellt hatte, und doch war sie viel unkomplizierter als befürchtet.

„Hallo, Papa!", rief Jan, als er mich aus meinem Zimmer kommen sah, und schaltete im nächsten Moment auf cool um, wohl weil man sich als Neunjähriger nicht seinem Papa an den Hals warf. Esther war sauer. Obwohl es lediglich eine Verabredung mit Dr. Alexander, nicht mit mir, gegeben hatte, hatte sie sich darauf verlassen, mich im Krankenhaus anzutreffen, auf sie wartend. Sie war eine Frau, die es nicht ausstehen konnte, wenn ihre Pläne an etwas Unvorhergesehenem scheiterten, und das schon gerade dann, wenn ihr Mann daran die Schuld zu tragen schien. Mir gab ihr Auftritt Gelegenheit, sie in einem Zustand kennenzulernen, in dem sie sehr ehrlich war, weil sie wütend war, obwohl man sich über den Grund dafür hätte streiten können. Ich stritt mich nicht mit ihr.

„Ich wollte da weg. Ich habe es nicht mehr ausgehalten", war meine knappe Erklärung.

„Es ist immer dasselbe …", brummelte sie, ohne mich den ganzen Satz hören zu lassen. Sie hatte vorgehabt, Jan mit mir zu überraschen, indem wir ihn gemeinsam von der Tagesmutter abholten. So hatte sie ihn nun ohne mich dort abgeholt. Jetzt freute er sich um nichts weniger, mich wiederzusehen, aber es war nicht mehr ihre Überraschung.

„Tut das da oben weh?", fragte er mich, nachdem wir uns auf das Wohnzimmersofa gesetzt hatten.

„Meistens nicht." Was sprach man mit einem neunjährigen Jungen?

„Jan, denk dran, was du versprochen hast!", sagte Esther barsch, die im Türrahmen stand und uns beobachtete.

Ich erschrak regelrecht über die Schärfe ihres Tones. Aber Jan brummelte nur, wand sich ein wenig, stand aber auf und schickte sich an, aus dem Zimmer zu gehen.

„Was hast du versprochen?", wollte ich wissen.

Er setzte zu einer Antwort an, aber seine Mutter kam ihm zuvor:

„Er muss ein Diktat noch einmal abschreiben. Sonst geht er mir morgen nicht zum Fußball!"

Und Jan verließ mit hängendem Kopf den Raum. Ich sah ihm nach und wusste, dass ich noch nicht so weit war, ihm ein besserer Vater zu sein als früher.

„Hast du Frank angerufen?", fragte ich Esther, die jetzt in der Küche damit beschäftigt war, die Spülmaschine auszuräumen.

Sie sah mich kurz erstaunt an und fuhr dann mit ihrer Tätigkeit fort.

„Ja. Er kommt nachher."

Das Telefon lag vor ihr auf der Arbeitsfläche. Ich nahm es mir, ging in mein Zimmer und wählte Karins Nummer.

Frank Leuschner war ein fröhlicher, kauziger Typ.

„Ey, du hast abgenommen!", sagte er zur Begrüßung und boxte mir so heftig vor den Bauch, dass ich kurz einknickte. Frank sah gut aus. Er begrüßte Esther mit zwei Küsschen und Jan wie einen guten Freund. Vom ersten Moment an war es wie ein Spiel mit vertauschten Rollen: Ich fühlte mich wie zu Besuch bei den dreien und überhaupt nicht als derjenige, der hier wohnte und der – was für ein großes Wort! – der Familienvater war.

Frank machte viele lockere Sprüche, die vor allem bei Jan gut ankamen; auch Esther lächelte häufig, was sie für mich irgendwie stark veränderte. Wir saßen alle vor dem Fernseher, auf dem Tisch stand eine Schüssel mit einer riesigen Menge Chicken Wings, die Frank mitgebracht hatte, daneben ein etwa ebenso großer Berg Pommes. Erst lief die Sportschau, dann wurde auf eine Quizsendung umgeschaltet. Ich sagte nicht, dass mich die Tagesschau mehr interessiert hätte; es war allzu offensichtlich, dass das, was hier ablief, gerade auch für mich passierte. Der René, den sie kannten, liebte halt Fastfood und Fußball, Politik war ohne Bedeutung. Ich übte mich darin, so gut wie möglich die Rolle auszufüllen, die ich als mir zugedacht zu erkennen meinte. Zwar brachte ich nicht viel von dem fetten Zeug runter, das sie alle drei in beachtlicher Geschwindigkeit vertilgten, aber ich trank sogar ein Bier. Bei dem Quiz wetteiferten wir darum, die von dem Moderator gestellten Fragen zu beantworten, und ich staunte, wie viel Esther wusste, während Frank und Jan meistens danebenlagen. Ich selbst hielt mich mittelmäßig, ohne mich dabei zu verstellen, und erntete für jede richtige Antwort wohlmeinende Anerkennung. Anfangs verunsicherte mich das ein wenig, weil ich wieder zweifelte, ob mein aktuelles Wissen zu dem aus meiner Vergangenheit etwa in Widerspruch stand, aber dann merkte ich, dass sie mich einfach ein wenig feiern wollten, weil ich aus der Krankenhauswelt zurück war. Und weil ich im Moment gerade in ihre Welt hineinpasste. Vereinzelt gelang es mir sogar, entspannter zu werden und mich wohl zu fühlen.

Als Jan ins Bett gehen sollte, schlug ich Frank vor, zu zweit in eine Kneipe zu gehen. Er war überrascht und betonte, dass er nicht lange Zeit hätte, ohne zu erklären, warum. Mir entging nicht, dass Esther und er Blicke wechselten, die etwas bedeuten mochten oder auch nicht. Aber dann willigte er ein.

„Na, kommt dir das hier bekannt vor?", fragte er, als wir die Bar betraten, obwohl er es hätte besser wissen müssen; und war dann doch enttäuscht, als ich den Kopf schüttelte. Er steuerte auf eine Ecke zu, deren Wände mit Fußballwimpeln tapeziert waren, und auf dem Weg dorthin grüßte er einige Anwesende, die zurückgrüßten, ohne dass ich mit Sicherheit hätte sagen können, ob sie auch mich meinten.

„Früher waren wir hier oft", erklärte er mir, nachdem er ein Bier bestellt hatte und ich, ungeachtet seines Protestes, eine Apfelschorle. „Als wir noch zusammen gekickt haben. Weißt du das wirklich alles nicht mehr?"

Entweder begriff er es nicht, oder er wollte es nicht wahrhaben. Aber er erkundigte sich eingehend nach der Operation und ob ich noch

Schmerzen hätte. Dass ich den Job los war, den er mir verschafft hatte, tat ihm leid, und er sagte nicht, dass das wohl eher durch mein Verschwinden als durch den Unfall ausgelöst worden war. Insgesamt war er sehr wohlwollend, es musste früher eine echte Männerfreundschaft zwischen uns gegeben haben, aber offensichtlich gab es die schon seit längerer Zeit nicht mehr. Wir waren einander fremd.

„Kannst du dich erinnern, dass ich mal Italienisch gelernt hätte?", fragte ich ihn direkt. Da lachte er künstlich.

„Nein, ausgeschlossen. Bestimmt nicht."

Genauso reagierte er, als ich ihm von den Rechtskenntnissen erzählte, die ich zu haben meinte. Wieder war seine gespielte Erheiterung wenig überzeugend. Er wolle mir ja nicht zu nahe treten, aber eher würde eine Wildsau zum Pfarrer als ich zu einem Juristen. Naja, sagte ich mir – hart, aber herzlich, so war man wohl unter Männerfreunden nach seinem Verständnis. Ich lachte möglichst amüsiert, fand mich in dieser Rolle aber ebenso schlecht wie zuvor ihn in seiner.

Warum verwunderte es ihn so wenig, dass sein ehemals bester Freund, der zwischenzeitlich total abgestürzt war, nun wie ein völlig anderer daherkam? Und was war das überhaupt für eine Freundschaft gewesen, wenn er sich jetzt nicht einmal dafür zu interessieren schien, ob ich vielleicht seine Hilfe brauchte? Mit einiger Betroffenheit stellte ich fest, dass er in dieser Situation praktisch ausschließlich über sich redete, über seine Ansichten, darüber, was er zum Lachen oder empörend fand, auch über berufliche Probleme – aber wo kam ich da vor? Gab es mich in seinem Leben überhaupt noch? Oder hatte er mich schon längst beerdigt?

„René? Hast du meine Frage überhaupt verstanden?"

Das klang eindeutig eher ärgerlich als besorgt.

„Entschuldige. Ich war mit den Gedanken gerade woanders." Er sah mich finster an. Schuldbewusst fügte ich hinzu: „Blöd eigentlich, schließlich war ich es ja, der mit dir reden wollte."

„Das stimmt."

Er lehnte sich auf seinem Stuhl zurück und verschränkte die Arme vor der Brust. Ich entschuldigte mich noch einmal.

„Zeitweise bin ich mit meiner Situation einfach überfordert", versuchte ich zu erklären, aber als er seine deutlich auf Distanz angelegte Haltung beibehielt, schwenkte ich um.

„Das mit dem Zahlungsbescheid ist ja sehr ärgerlich", sagte ich und war froh, ihm wenigstens doch so weit zugehört zu haben, dass ich ein

Stichwort aus seinen Erzählungen aufgreifen konnte. „Um wie viel Geld geht es denn?"

Die Behörde hatte ihn zur Zahlung von zwölftausend Euro aufgefordert, weil er irgendeine Auflage nicht erfüllt hatte, von der er behauptete, die hätten sie sich nachträglich ausgedacht. Frank betrieb ein kleines Callcenter, und seine Existenzgründung war vor sechs oder sieben Jahren mit diesem Betrag aus öffentlichen Mitteln gefördert worden.

„Und jetzt behaupten sie, Callcenter seien nicht förderfähig. Ich meine: Für wie blöd halten die mich eigentlich? Dann hätten sie mir das Geld ja gleich gar nicht erst geben dürfen."

Ich nickte ergeben. Jetzt war er in seinem Element. Auf die Behörde zu schimpfen, war eindeutig etwas, das ihm guttat, und ich ergriff natürlich vollkommen seine Partei. Zwar konnte ich keine Erfahrungen aus eigenem Erleben beisteuern, aber dass Beamte dumm und faul sind und der Staat den kleinen Mann nur abzocken will, meinte ich dann doch schon mal irgendwo gehört zu haben. Und so schloss sich die zwischen uns entstandene Lücke in kurzer Zeit wenigstens leidlich. Wir hatten einen gemeinsamen Feind gefunden, jedenfalls für einen Abend.

„Ich komme mir auch gerade so vor, als wenn ich verschaukelt werden soll."

„Wie das?", fragte er, und erleichtert konstatierte ich bei ihm so etwas wie Interesse. Die Gelegenheit ließ ich nicht ungenutzt.

„Na, du hast doch mitbekommen, dass die Ärzte mich ziemlich lange unter Verschluss gehalten haben. Ich durfte niemanden sehen und mit keinem sprechen. Zu Anfang durfte nicht mal Esther mich besuchen, und danach haben sie mich sogar eingeschlossen."

Frank war ehrlich empört. Das hatte er so nicht gewusst.

„Was hatten sie denn für einen Grund dafür? Du warst doch, entschuldige", er lachte ein schlecht unterdrücktes, spöttisches Lachen, „aber du warst doch total harmlos! Was hättest du denn anstellen sollen?"

Dazu grinste er frech. Ich grinste zurück. Meinetwegen sollte er mich auf den Arm nehmen; darin lag mehr von einer Freundschaft als in der Distanz, die wir gerade zuvor aneinander erlebt hatten.

„Vielleicht hatten sie ja Angst, ich nehme ihnen ihre hübschen Schwestern weg."

Darüber lachte er. Das war ein Thema für ihn, an dem er Spaß hatte.

„Und? Hast du?"

Ich zierte mich in unzweideutiger Weise, sodass er mit dem Finger wedelte und hinzufügte:

„Du, pass auf! Nicht dass mir Klagen kommen!"

Aber dann ging ich doch ernsthafter auf die Frage nach den Gründen ein. Und tatsächlich folgte er mir nun mit einigermaßen echtem Interesse.

„Ich sehe zwei mögliche Erklärungen. Zum einen waren sie natürlich um meine Gesundheit besorgt. Immerhin war es eine schwierige und wohl auch ungewöhnliche Operation. Wahrscheinlich waren sie sich selbst nicht sicher, was da für Komplikationen auftreten konnten, und vor allem, wie ich reagieren würde. Es konnte ja auch sein, ich drehe durch. Vor Schmerzen zum Beispiel oder, was weiß ich, weil ich psychisch nicht klar komme. Schließlich haben sie mir anscheinend direkt im Gehirn rumgefummelt."

Frank sah mich jetzt, wie ich fand, ausgesprochen Anteil nehmend an, mit offen stehendem Mund und ganz so, als wäre ich gerade von einem anderen Stern auf die Erde zurückgekehrt. Dann ging ein Ruck durch ihn und er bestellte sich ein neues Bier.

„Du meinst, sie haben nicht nur die Wunde da", er zeigte diffus in Richtung meiner Schädeldecke, wo immer noch die Haare nur spärlich das vormalige Schlachtfeld bedeckten, „zugemacht, sondern auch …" Dann zögerte er und ließ den Satz unvollendet.

„Genau", sagte ich. „Und da irgendwo könnte auch der zweite mögliche Grund für ihre Besorgnis herkommen. Denn je mehr ich darüber nachdenke, desto eher halte ich es für möglich, dass sie irgendetwas falsch gemacht haben."

Wieder grinste er.

„Du meinst, die haben dich da oben vielleicht falsch wieder zusammengesetzt?"

Ich bemühte mich, das auch komisch zu finden.

„Manchmal denke ich sogar, sie haben mir ein paar graue Zellen von jemand anderem einoperiert. So quasi wie Ersatzteile von einem Schrottauto." Jetzt lachte Frank laut auf; der Vergleich erheiterte ihn offenbar sehr. „Einige Gehirnwindungen von einem Patienten, der in derselben Nacht in demselben Krankenhaus gestorben ist", ergänzte ich.

„Und der sprach natürlich Italienisch, verstehe! Und war irgend so ein Rechtsverdreher. Mensch, das ist ja eine tolle Geschichte! Da hast du ja jetzt ungeahnte Möglichkeiten!"

Ich hätte mich nicht wundern sollen, dass er das nur von der komischen Seite sah. Klar, es war eine total unmögliche Geschichte. Und trotzdem machte es mich wütend, dass er mich nicht ernst nahm. Ich hatte das Problem angesprochen, das mich zurzeit am meisten beschäftigte, und er machte mich zur Witzfigur. Er wollte gar nicht aufhören, mir auszumalen, wie ich ein ganz neues Leben als Rechtsanwalt beginnen konnte, am besten in Rom oder in Bologna. Letztes Jahr war er mit seiner Fußballmannschaft für ein Wochenende in Bologna gewesen.

„Advocato Bolognese!", sagte er prustend und viel zu laut, sodass sich ein Paar am Nebentisch nach uns umdrehte. „Oder doch eher Carbonara?"

Ich wechselte das Thema. Das war nicht schwer, ich brauchte nur auf die Behörde zurückzukommen, die die zwölftausend Euro von ihm zurückverlangte. Prompt war er wieder sehr ernst und schilderte mir seine Bemühungen, den Betrag zusammenzubekommen, die nicht sehr vielversprechend wirkten. Gern hätte ich ihm geholfen, aber Geld hatte ich nun wirklich nicht. Doch mir kam ein anderer Gedanke.

„Sag doch mal, wie war das: Du hast das Angebot im Sommer 2007 umgestellt?"

Wie sich herausstellte, hatte er seinen Betrieb nicht als Callcenter begonnen, sondern als kleines Unternehmen, das Weiterbildungen anbot. Gemeinsam mit einer Handvoll Mitarbeitern schulte er Angestellte kleiner Betriebe in EDV-Anwendungen, Grundzügen des Rechnungswesens und Geschäftsorganisation. Als das nicht wie erhofft lief, stellte er auf Telefonberatung und Direktmarketing um. Das war vor drei Jahren gewesen, seitdem schrieb er wenigstens wieder schwarze Zahlen.

„Woher sollte ich denn wissen, dass ich das nicht durfte? Das ist doch nichts Verbotenes!"

„Überleg noch mal genau", sagte ich, „wann hat die Behörde davon erfahren, dass du den Geschäftszweck geändert hast?"

„Na, durch den Nachschaubericht. Das war deren eigenes Formular. Ich musste eintragen, ob sich der Betriebssitz geändert hat, ob die Arbeitsplätze noch existieren und lauter so Sachen. Und beim Gegenstand des Unternehmens habe ich dann halt nicht mehr Weiterbildung, sondern Callcenter eingetragen. Das war alles."

„Hast du davon noch eine Kopie?"

„Ja, bestimmt. Bei mir kommt nichts weg. Das muss so vor zwei oder zweieinhalb Jahren gewesen sein."

Ich nickte zufrieden. Das konnte klappen. Die Behörde hatte sich anscheinend sehr viel Zeit gelassen.

„Wenn es dir recht ist, komme ich mal bei dir vorbei und sehe mir das an. Es kann gut sein, dass ich dir helfen kann."

„Du? Wie das denn?"

„Mithilfe der Jahresfrist." Er sah mich ungläubig an. Nicht ohne eine gewissen Genugtuung fügte ich hinzu: „Paragraph achtundvierzig Absatz vier Verwaltungsverfahrensgesetz. Danach brauchst du überhaupt nichts zurückzuzahlen."

7. Kapitel

Als ich am Morgen erwachte, wusste ich nicht, wo ich war. Was mich meine Augen beim ersten Blinzeln sehen ließen, war mir total fremd. Panik packte mich für einen Moment. Aber dann berührte mich etwas, und ich schlug die Augen ganz auf.

„Guten Morgen, mein Schatz."

Dass ich noch einmal kurz erschrak, war nicht ihre Schuld. Ihr liebevolles Lächeln war so dicht über meinem Gesicht, dass sie mir im ersten Moment fremd war. Ich steckte wohl noch in dieser Angst fest. Erst mit einem Sekundenbruchteil Verzögerung erkannte ich sie, aber da hatte sie meinen Schrecken schon gespürt.

„Was ist?", fragte sie besorgt und zugleich enttäuscht. Es hätte eine schöne, zärtliche Überraschung sein sollen, aber nun war der Zauber des ersten gemeinsamen Erwachens verpufft.

„Entschuldige."

Der Typ, in den sie sich verliebt hatte, war halt ein bisschen kompliziert. Noch. Romantik sah anders aus. Aber Karin war ein sehr praktischer Mensch und konnte mit den Spleens ihrer Patienten sehr wohl umgehen. Auch wenn es einer war, mit dem sie gerade eine gemeinsame Nacht im Bett verbracht hatte, was, wie ich hoffte, nicht sehr häufig vorkam.

Ich küsste sie auf die Nase.

„Soll ich uns Frühstück machen?", fragte sie.

„Nein, überhaupt nicht!", entgegnete ich energisch, umschlang sie mit den Armen und warf sie auf ihre Seite des Bettes herum, sodass ich auf ihr zu liegen kam. Erst jetzt spürte ich, dass wir beide nackt waren, und diese Feststellung äußerte sich sogleich in nicht zu verbergender Erregung. Zwar war irgendwie überall die Bettdecke zwischen uns, aber im entscheidenden Bereich trennte uns nichts.

„Aber, Herr Fischer!", lachte sie. „Sie sind noch rekonvaleszent. Seien Sie ein braver Patient und machen Sie sich nicht an die Schwestern heran!"

Sie rang mit mir, aber ich bekam ihre Handgelenke zu fassen und drückte ihre Arme auf das Kopfkissen.

„Ich mache mich nur an eine einzige Schwester heran, und die entkommt mir jetzt gerade nicht!", erklärte ich.

Ihr Widerstand erlahmte. Für einen Moment suchte ich in ihren Augen nach einer Botschaft, und ich fand darin die erhoffte Bestätigung.

Unter keinen Umständen hätte ich ihr Zwang antun wollen. Dafür kannte ich mich selbst zu wenig, in diesem Punkt hatte ich geradezu Angst vor mir. Aber Karin schloss gelöst die Augen, schien etwas sagen zu wollen und ließ es dann doch. Als ich meinen Griff lockerte, führte sie eine Hand zwischen unsere Körper und nahm sich, was sie jetzt unmissverständlich haben wollte.

Mit einem grenzenlosen Gefühl von Glück verlor ich mich in ihr.

Schon gestern Abend hatten wir uns geliebt, hastig, planlos, unbeherrscht. Karin hatte mich mit ihrem kleinen Fiat vor der Kneipe abgeholt, nachdem Frank gegangen war. Von dort fuhren wir direkt zu ihr. Ihre Mutter, mit der sie zusammenlebte, war nicht zu Hause, und ich erfuhr nicht, ob sie sie etwa fortgeschickt hatte, weil sie wusste, dass ich kam. Kurz nach Mitternacht war ich völlig entkräftet eingeschlafen; der Tag hatte eine außerordentliche Belastungsprobe für mich dargestellt, und ich konnte noch nicht sagen, ob ich sie bestanden hatte.

„Magst du im Bett frühstücken?", fragte sie mich später, als sie aus dem Bad kam und wunderbar roch.

„Nein, wirklich nicht!", antwortete ich mit Nachdruck. „Ich habe in meinem Leben fast nicht anders gefrühstückt als im Bett!"

Sie lachte.

„Aber bei mir wäre es vielleicht doch etwas anderes als im Krankenhaus …?"

Die Sitzecke in ihrer Küche war gemütlich. Nur vielleicht ein bisschen unmodern, wie die ganze Wohnung. Überhaupt merkte man an allen Ecken, dass dies das Zuhause einer über Sechzigjährigen war, in das die Tochter nach gescheiterter Ehe wieder zurückgekommen war. Fast schien es mir, als passte Karin ebenso wenig hierher wie ich. Als wäre es ein Übergangsquartier. Außerhalb ihres eigenen Zimmers, in dem sie schon als Jugendliche gewohnt hatte, entschuldigte sie sich ständig für alles, was ihr störend, unordentlich oder peinlich erschien. Für das Geschirr zum Beispiel, das den bürgerlichen Charme der Sechziger versprühte, mir aber gefiel. Und unter dem Tisch lag das Körbchen von Lasko, dem Cocker, gegen das wir ständig mit den Füßen stießen.

„Es ist nun mal sein Lieblingsplatz", erklärte sie, ohne dass ich mich beschwert hätte.

„Wo ist er eigentlich?", wollte ich wissen und erfuhr, dass Mutter und Hund bei einem Onkel im Harz waren. Seit gestern. Ehe ich dazu eine Frage stellen konnte, sagte sie schnell:

„Ich habe übrigens etwas für dich." Sie sprang auf. „Mach die Augen zu!"

Ich gehorchte. Während ich wartete, ging mir durch den Kopf, dass ich Überraschungen durchaus nicht schätzte, aber bei Karin war das etwas anderes. Ich hatte Vertrauen zu ihr.

Gespannt lauschte ich. Draußen im Flur hörte ich sie rascheln, dann kam sie wieder herein, ging um mich herum und setzte mir von hinten etwas auf den Kopf.

„Bis deine natürliche Schönheit wieder hergestellt ist!", erklärte sie und lachte.

Ich lachte mit, war aber etwas ratlos. Ganz sicher hatte ich in meinem Leben keinen Hut getragen.

„Lass dich mal anschauen!" Sie trat vor mich und legte den Kopf schief. „Doch, genau wie ich mir dachte. Du bist ein echter Huttyp!"

„Meinst du wirklich?"

Ich ging in die Diele und schaute in den Spiegel. Es handelte sich um einen Trilby, erklärte sie mir, aus Filz. Wie ich mich da betrachtete, wollte mir scheinen, dass sie vielleicht gar nicht so unrecht hatte. Ich kam mir ein bisschen vor wie Dean Martin und fand das nun doch irgendwie richtig witzig. Vor allem, weil mir dieser Hut das Gefühl gab, völlig anders zu sein als in meinem früheren Leben – gleichgültig, wie das nun ausgesehen haben mochte.

Ich nahm sie in die Arme und küsste sie.

„Danke."

„Gefällt er dir?"

„Ja, wirklich. Sehr. Und am meisten gefällt mir, dass er von dir ist." Das war die Wahrheit. Ich ging zurück in die Küche und setzte mich wieder an den Frühstückstisch. Den Hut behielt ich auf.

Karin goss uns Kaffee ein. Dann wechselte sie erneut das Thema.

„Hattest du nicht auch einen Lasko erwähnt, einen Golden Retriever?"

Stimmt, jetzt fiel es mir wieder ein.

„Das war gelogen", gab ich zu. „Ich habe das neulich nur gesagt, um mit dir ins Gespräch zu kommen." Sie sah mich irgendwie verstört an.

„Ist das schlimm? Dass ich dich gleich zu Anfang belogen habe?"

Sie schüttelte den Kopf.

„Das ist es nicht. Aber ich habe geglaubt, du hättest dich da wenigstens an etwas aus deinem Leben vor der Operation erinnert. Einen Hund. Ich fand das nachvollziehbar und auch irgendwie rührend, dass du alles andere vergessen hattest, nur deinen Hund nicht."

Karin aß Müsli, in das sie getrocknete Früchte mischte. Aber sie hatte auch Toast und Honig und Marmelade auf den Tisch gestellt. Ich langte mit Heißhunger zu.

„Du hast gehofft, ich könnte mich doch vielleicht nach und nach wieder an meine Vergangenheit erinnern?"

„Ehrlich gesagt, ich hoffe es immer noch. Ich wünsche es mir auch für mich selbst."

Ich sah sie fragend an. Sie kaute und schien zu überlegen, wie sie sich ausdrücken sollte.

„Es fehlt mir, dass du mir nichts von dir erzählen kannst, aus deiner Kindheit, von deinen Problemen, die du in der Pubertät hattest, von deiner ersten Freundin und allen diesen Dingen, die ein Leben ausmachen."

Das stimmte. Ich hielt in der Bewegung inne und beobachtete den Honig, wie er von meinem Brot auf den Teller tropfte. Niemanden machte es trauriger als mich, dass all das einfach nicht da war.

„Es tut mir leid, René", sagte sie dann und langte nach meiner Hand, die auf dem Tisch lag und sich gerade unbewusst um die Gabel gekrampft hatte. „Ich wollte dich nicht traurig machen. Mir ist ja klar, wie schwer das Ganze für dich ist."

„Ja?", fragte ich und meinte es eigentlich gar nicht als Frage. In diesem Moment zog sie ihre Hand wieder zurück.

„Aber du musst auch mich verstehen. Ich will wissen, wer du wirklich bist. Bist du René Fischer aus Frankfurt, der seit fünfzehn Jahren nichts vernünftig gebacken bekommen hat? Habe ich mich in so einen Typen verliebt? Sorry, dass ich es so direkt sage, aber vielleicht bin ich gerade dabei, an einem Ober-Loser hängen zu bleiben. An einem, der nicht nur ziemlich tief gesunken ist – vermutlich aus eigenem Verschulden – und der in absehbarer Zeit kaum eine Chance auf eine brauchbare Existenz hat." Sie machte eine Pause und schluckte schwer. Aber natürlich, wie zu erwarten war, folgte der zweite Teil des Satzes, der folgen musste: „Sondern von dem ich auch annehmen muss, dass man sich besser nicht auf ihn verlässt, ihm nichts glaubt, und an den man keinesfalls sein Herz hängen darf, weil schon im Vorhinein garantiert ist, dass man nur Enttäuschungen erleben wird."

Sie hatte sich in Fahrt geredet. Und ich hätte meinerseits einiges darauf zu erwidern gehabt. Richtig, ich war kein Mensch, in den man Erwartungen setzen durfte ohne das Risiko, heftig enttäuscht zu werden. Aber das wusste sie, seit sie mich kannte. Deshalb sagte ich nur:

„Du wirst mich wohl so nehmen müssen, wie ich bin. Auch wenn es schwerfällt." Hörte sich das beleidigt an? „Mich zu ändern, daran arbeite ich selbst schon nach Kräften. Das musst du nicht auch noch versuchen."

„Das tust du, okay. Aber in welche Richtung geht das denn? Zurzeit habe ich den Eindruck, dass du versuchst, irgendwie wieder einen Platz zwischen deinem Sohn Jan und deinem Freund Frank zu finden, schön, Esther kann man ja vielleicht gegen Karin austauschen, und dann geht das schon irgendwie weiter."

„Du bist ungerecht!"

„Ich bin ungerecht? Ich versuche nur, dich auf etwas zu stoßen, das du nicht sehen willst."

„Und was ist das?"

Sie legte ihren Müslilöffel mit einem etwas zu lauten Geräusch neben dem Schälchen auf den Tisch ab. „Du kannst viel mehr aus dir machen, als du dir im Moment zutraust. Du bist nicht so simpel, wie du von allen hingestellt wirst – zuvorderst von dir selbst. Was ist denn mit deinen Rechtskenntnissen, was meinst du?"

„Was damit ist? Ich habe keine Ahnung, wo die herkommen. Dr. Alexander hat gesagt, ich sollte mich doch freuen, dass ich ein Wissen besitze, das ich früher nicht genutzt habe."

Jetzt schüttelte Karin erregt den Kopf. „Nicht genutzt! Du hast sie überhaupt nicht besessen, so sieht es doch aus! René, du bist ein Jurist! Du hast wahrscheinlich schon jahrelang als Rechtsanwalt gearbeitet, du hast das notwendige Wissen dafür – also mach auch etwas daraus!"

Ich lehnte mich resigniert auf meinem Stuhl zurück. „Woher willst du denn wissen, dass ich ein Jurist bin? Wir haben nichts als ein paar vage Vermutungen." Aber das ließ sie nicht gelten.

„Du weißt es selbst! Hör doch einfach mal in dich hinein und dann leg diese Scheu vor der Wahrheit ab! Du hast in deinem Kopf das Gehirn eines Anwalts!"

Ich stand auf. Und sofort wurde mir schwindelig, sodass ich mich an der Tischkante festhalten musste. Dann sah ich sie an.

„Karin, diese Theorie hatten wir doch schon verworfen. Es hat keine Gehirntransplantation gegeben, es hat auch keine Verschwörung der Ärzte gegeben und kein größeres Verbrechen als das, dass mich irgendwelche Rowdys oder Junkies im Bahnhofsviertel ausgeraubt haben."

„Du hast das vielleicht aufgegeben, ich nicht. Ich habe mich über Prof. Bramberger umgehört, und danach würde mich überhaupt nichts wundern."

„Nein, nein", wies ich das entschieden zurück, „ich kann mir einfach nicht vorstellen, dass der Professor etwas tun würde, das ethisch und moralisch so verwerflich ist wie das, woran du da denkst. Ganz abgesehen davon, ob so etwas überhaupt möglich ist. Er mag ja etwas eigen sein, aber er ist doch kein Verbrecher!"

Etwas eigen – an dieser Formulierung zog sie sich jetzt hoch. Ich erfuhr, dass der Chefarzt nicht nur als Schürzenjäger, sondern auch als eitler und geltungssüchtiger Snob verschrien war. Angeblich veröffentlichte er regelmäßig Beiträge in wissenschaftlichen Zeitschriften, in denen er Kollegen unsachlich angriff und sich selbst rühmte, revolutionäre Eingriffe meistern zu können.

„Ist das denn so ungewöhnlich?", warf ich ein.

„Es heißt, er soll schon mehrfach versucht haben, solche Sensations-Operationen vorzunehmen", erzählte Karin weiter. „Meistens hat er Glück gehabt, dass es keine Katastrophe gab. Aber ein paar Mal soll er auch schon vor Gericht gestanden haben, sagt man."

„Und Dr. Alexander, der deckt das alles?" Das Schwindelgefühl war verschwunden. Ich verspürte das unklare Bedürfnis, nicht hier zu sein. „Und der beliebte Dr. Haake-Reuter? Hat der mitgemacht? Oder ist er deshalb verschwunden, weil er zu viel wusste?" Ich drehte mich um und ging aus der Küche.

„René! Warte!"

Nicht weit von Karins Wohnung gab es einen Park, den Grüneburgpark. Der Name war mir ein Begriff, aber ich kannte mich nicht in ihm aus. Es schien mir möglich, dass ich schon einmal hier gewesen war, doch nichts kam mir wirklich bekannt vor.

Wir schlenderten die langen, gebogenen Kieswege entlang und atmeten die milde Frühlingsluft. Zahllose Jogger, Walker und Radfahrer waren unterwegs, auf den Wiesen wurde Ball gespielt. Aber all das nahmen wir kaum wahr. Es war ihr nicht schwergefallen, mich einzuholen, und ich hatte auch nicht von ihr fortgewollt, sondern von dem Thema, über das wir gesprochen hatten.

„Du läufst vor dir selber weg!", warf sie mir vor.

„Nein. Ich laufe davor weg, mich mit einer Geschichte auseinanderzusetzen, die sich so nicht zugetragen haben kann."

Aber sie ließ nicht locker. „Dann hör dir wenigstens das an, was sich wirklich zugetragen hat!"

Sie erzählte mir, dass sie mit Anton gesprochen hatte. Sie wollte wissen, wer mir die Bücher und Kleidungsstücke ins Krankenhaus gebracht hatte, wenn es, was offensichtlich schien, nicht Esther gewesen war. Zu Karins – und jetzt meiner – Überraschung hatte er darauf eine sehr klare Antwort geben können.

„Und er hatte wirklich keine Vorstellung, wer diese Frau war?", fragte ich bald zum dritten oder vierten Mal. „Nicht wenigstens, wo sie herkam oder in welcher Beziehung sie zu mir steht?"

Aber Karin hatte mir während einer halben Runde durch den Park schon wiederholt alles wiedergegeben, was sie von Anton erfahren hatte. In der Zeit, als ich ohne Bewusstsein war, genauer: in der zweiten Woche nach meiner Operation, hatte mich eine Frau besucht, die ihren Namen nicht nannte. Sie war mindestens Mitte vierzig, gutaussehend, schlank, elegant, mit schwarzem Haar. Die Dinge, die sie mitgebracht hatte, hatte Anton anschließend in den Schrank geräumt.

„Die Haare waren bestimmt gefärbt", mutmaßte Karin. „In dem Alter ..."

Ich sah sie von der Seite an und musste schmunzeln. Meine Karin war eifersüchtig! Ich registrierte das nicht ohne ein kleines bisschen Genugtuung. Dabei war es natürlich nur allzu verständlich, wenn ihr diese Frau nicht ganz geheuer war. Immerhin war zu vermuten, dass sie etwas – oder sogar sehr viel – von dem Teil meiner Vergangenheit wusste, über den wir jetzt nur spekulierten. Karin spürte meinen Blick, wandte sich mir aber nicht zu, sondern sah auf den Weg unter unseren Füßen, während sie weitersprach.

„Dass sie fast eine Stunde an deinem Bett zugebracht hat, während du im Koma lagst, heißt auf jeden Fall, dass sie dich gut kannte. Entweder dich – oder ..."

Es war ihr nicht auszureden. Immer wieder kehrte Karin zu der Vorstellung zurück, die, wie sie behauptete, alles erklären würde, die aber aus meiner Sicht vollkommen realitätsfremd war.

„Wir müssen erst einmal herausfinden, ob Esther sie gekannt haben könnte", sagte ich, ebenfalls nicht zum ersten Mal. „Wenn es stimmt, dass sie so sehr geweint hat, als sie aus meinem Zimmer kam, wird es ihr wohl nicht sonderlich auf Heimlichkeit angekommen sein. Stell dir nur vor: Es hätte doch ohne weiteres passieren können, dass sie auf Esther trifft oder auf jemand anderen, der zu mir gehört. Wie hätte sie da denn wohl reagieren sollen?"

„Vergiss nicht, dass sie anscheinend nur dieses eine Mal gekommen ist", erwiderte Karin. Und darauf basierte nun ihre Theorie: Diese Frau konnte erfahren haben, was in der Nacht vom 10. auf den 11. April in den Operationssälen des Krankenhauses geschehen war. Karin glaubte sogar, dass da ein Zusammenhang mit dem Verschwinden von Dr. Haake-Reuter bestand. Der Chirurg könnte ihrer Meinung nach der ominösen Unbekannten mitgeteilt haben, was Prof. Bramberger entschieden und dann auch durchgeführt hatte. An dieser Stelle musste ich einräumen, dass der heftige Streit der beiden Ärzte durchaus eine fragwürdige medizinische Entscheidung zum Gegenstand gehabt zu haben schien.

„Also gut, nehmen wir mal an", sagte ich, „einfach nur mal so, Haake-Reuter informiert diese Frau über die Operation. Oder anders: Fangen wir mit dem an, was wir wissen. Bernd Haake-Reuter streitet mit Bramberger, während jeder von ihnen gerade sozusagen einen Todeskandidaten auf dem OP-Tisch hat."

„So war es auf jeden Fall", bestätigte sie. „Obwohl, sicher ist nur, dass der Professor dich operiert hat. Der Anwalt … wie hieß er noch? Dr. Korn – der kann natürlich in dem Moment bereits tot gewesen sein."

„Das stimmt. Das ist sogar anzunehmen. Es ging also um die Frage, ob man das Leben eines Patienten dadurch rettet, dass man ihm von dem anderen, dem sie nicht mehr helfen können, ein Organ transplantiert."

Wenn man es so betrachtete, schien daran zunächst einmal gar nichts Verwunderliches zu sein: Dass ein Arzt ein Leben retten wollte, dass schnell entschieden und gehandelt werden musste, auch dass eine Organentnahme von einem soeben verstorbenen Menschen erwogen wurde, war ebenso erklärlich wie die Anspannung und Hektik sowie die Meinungsverschiedenheiten der beiden Mediziner.

„Sie streiten sich, und der Chefarzt setzt sich mit seiner Entscheidung durch. So weit, so gut."

Aber natürlich wies der Fall einige Besonderheiten auf, durch die die gemutmaßten Ereignisse alles andere als ärztliche Routine waren. Abgesehen von der Machbarkeit einer solchen Operation gab es eine Fülle von technischen, ethischen, rechtlichen und tatsächlichen Hindernissen, die ausgeräumt oder schlichtweg ignoriert worden sein mussten.

„Zuallererst", sagte Karin, „hätte die grundsätzliche Verträglichkeit untersucht werden müssen."

Das war ein gravierender Punkt, an den ich noch gar nicht gedacht hatte. Auch ein Herz oder eine Niere konnte man ja nicht von einem x-beliebigen Menschen nehmen, und es dauerte schon dabei vermutlich Tage, zumindest aber Stunden, um festzustellen, ob das Spenderorgan passte.

„Hältst du es für möglich, dass sie es einfach darauf ankommen ließen? Ich meine, mehr als meinen Tod haben sie ohnehin nicht riskiert."

Aber das erschien ihr vollkommen ausgeschlossen. Ein Chirurg war kein Chirurg, wenn er nicht zuverlässig wusste, was er da unter seinen Händen hatte. Außerdem waren ja noch weitere Personen an der Operation beteiligt: ein Anästhesist, mindestens eine OP-Schwester und bei einem schwierigen und langwierigen Eingriff ein weiterer Arzt, der assistierte und erforderlichenfalls übernehmen konnte. Sie alle hätten sich niemals – Notfall oder nicht – auf eine Maßnahme eingelassen, bei der die wesentlichen Grundvoraussetzungen nicht abgeklärt waren.

Ich überlegte. Auch von diesen anderen müsste doch in Erfahrung zu bringen sein, was in jener Nacht wirklich geschehen war. Karin versprach herauszufinden, um wen es sich gehandelt hatte.

„Außerdem müsste eine Einwilligung zur Organentnahme vorgelegen haben", wandte ich als Nächstes ein. „Entweder der Betroffene selbst oder seine Angehörigen müssen dem Eingriff zustimmen. Darauf kann, das weiß ich sicher, auch dann nicht verzichtet werden, wenn es eilig ist und der möglicherweise zu rettende Patient sonst stirbt."

„Na, da wäre es doch aber immerhin denkbar, dass Dr. Korn eine entsprechende Einverständniserklärung bei sich hatte", hielt Karin dagegen. Insoweit musste ich ihr recht geben.

Und dann war da natürlich noch dieser immense Berg von Unklarheiten, die das Verhalten der Ärzte in der Folgezeit betrafen. Vor allem darauf gründete sich Karins Überzeugung, dass man mich zum Gegenstand eines zweifelhaften Experiments gemacht hatte. Für mich dagegen war das zwar auch alles äußerst befremdlich, aber ich vermochte darin keine Bestätigung für eine wie auch immer geartete Verschwörung zu erkennen.

„Ich begreife es schlicht und einfach nicht", sagte ich. „Aber nur weil ich es nicht begreife, leite ich daraus noch keine Theorie über eine widerrechtliche Gehirntransplantation her. Im Gegenteil macht es mich entschlossen, all die vielen Fragen und Rätsel zu klären, soweit das geht." Schließlich gab es etliche Personen, die ich befragen konnte, was ich für die nächste Zeit fest vorhatte. Andere würde ich erst noch ausfindig machen müssen. „Wie war nochmal der Name dieses Pathologen?"

„Dr. Heisemann."

„Mit ihm werde ich anfangen!" Wenn ich morgen zur Nachuntersuchung im Krankenhaus war, würde ich anschließend versuchen, mit Dr. Heisemann zu reden. Oder seine Privatadresse in Erfahrung zu bringen. Und wenn er nicht selbst die Obduktion vorgenommen hatte, konnte er mir gewiss den Namen des betreffenden Kollegen sagen. Ich spielte sogar mit dem Gedanken, ihn ins Vertrauen zu ziehen, wenn er einen integren Eindruck machte. Mit jemandem, der eine Neigung zum Alkohol hatte, sollte das nicht ganz ausgeschlossen sein. Und vielleicht klärte sich damit ja schon alles auf.

„René?" Karin war stehengeblieben.

„Ja?"

„Bist du noch bei mir?"

„Was meinst du damit?"

„Ich weiß nicht, aber im Moment kommst du mir so unendlich weit entfernt vor. Ist das überhaupt noch unser gemeinsames Problem?"

Ich zögerte mit einer Antwort.

„Ich glaube vielmehr", fuhr sie stattdessen fort, „du willst nicht an das Naheliegendste glauben, weil es unbequem ist. Weil du sehr viel mehr aktiv dafür tun müsstest, um in dein Leben zurückzufinden. Und weil du dich von den Ärzten lossagen müsstest, obwohl du ihnen viel lieber dankbar sein und vertrauen möchtest und alles glauben willst, was sie sagen!"

„Das ist kompletter Unsinn!", rief ich jetzt und war selbst erschrocken darüber, wie laut es herauskam. „Ich will einzig und allein die Wahrheit wissen! Okay, du kannst den Professor nicht leiden und es ärgert dich, dass dein schöner Arzt, Bernd, nicht mehr da ist!"

„Nein, René …"

„Und außerdem wäre es ja ganz toll, wenn der neue Freund, der einem für die Errettung aus der Erinnerungslosigkeit und dem sozialen Abgrund dankbar zu sein hat, wenn der sich plötzlich als ein erfolgreicher und kluger und möglichst auch vermögender Rechtsanwalt entpuppt! Da!" Ich hielt ihr demonstrativ eine Wange hin. „Küss ihn doch, deinen Frosch! Vielleicht wird ja ein Dr. Korn daraus!"

„René, ich will doch gar nicht …"

„Aber ich will! Ich kann dir sogar sehr genau sagen, was ich will: meine Ruhe haben! Ein bisschen Ruhe, um langsam zu mir zu kommen und zu begreifen, in was für einer Welt ich lebe und wie ich mich in ihr zurechtfinden kann."

„Und du willst sagen, dass du mich dazu nicht brauchst?"

„Ich brauche es nicht, einer vermeintlichen Skandaltheorie nachzujagen, wenn es durchaus auch ein paar Nummern normaler geht. Diese Widersprüche, die werden sich schon auflösen, wenn ich erst einmal wieder ein eigenes, privates Leben führen kann, aber dazu hätte ich dann jetzt bitte auch gern mal die Gelegenheit!"

Karin verstummte. Ihr Blick fragte, ob mir das ernst war oder ob mein Ausbruch vielleicht gleich vorbeiging. Mich hatte er außer Atem gebracht, und ich verharrte vor ihr in einer vielleicht viel aggressiver wirkenden Haltung, als ich es beabsichtigte. Der abschließende Satz kam von ihr:„Ja, natürlich", sagte sie. „Die Gelegenheit dazu sollst du haben; ich werde sie dir nicht nehmen."

Auf Esther und Jan mochte ich wie ein feindlicher Eindringling wirken, als ich wortlos und mit finsterem Gesicht an ihnen vorbei in mein Zimmer ging und die Tür hinter mir schloss. Ich starrte den schwarzen Bildschirm an, der auf dem Schreibtisch stand. Was konnte ich als Nächstes tun? René Fischer hätte jetzt wahrscheinlich den Computer angestellt. Also bückte ich mich unter den Schreibtisch und stellte den Computer an.

Aber noch bevor mir der Bildschirm die Auswahl zwischen den beiden Usern „Rene" und „Wilhelm" anbot, musste ich wieder an Karin denken. Was, wenn sie mit ihren Vermutungen recht hatte? Musste ich mich nicht zumindest mit ihnen auseinandersetzen, um sie verwerfen zu können?

Ich klickte auf „Rene" und startete den Internetbrowser. Mir war klar, wonach ich als Erstes suchen musste.

Prof. Dr. Reinhard Bramberger, Jahrgang 1952, gebürtig in Hamm in Westfalen, wurde in den unterschiedlichsten Zusammenhängen als die große Koryphäe der modernen Organchirurgie bezeichnet. Selbst nach Wikipedia schien er eine Art Gott auf Erden zu sein. Von bahnbrechenden Erfolgen, Techniken und Veröffentlichungen war die Rede. Eine knappe Stunde lang klickte ich mich durch Lobeshymnen, Fachartikel, Sensationsmeldungen und wissenschaftliche Ausführungen. Beinahe wäre ich selbst zu seinem größten Fan geworden und in demütige Dankbarkeit dafür versunken, dass ich mit meinen schweren Verletzungen gerade an diesen großen Wunderdoktor geraten war. Keinesfalls schien es denkbar, dass dieser bedeutende Mann mit etwas Unmoralischem oder gar Gesetzeswidrigem in Zusammenhang gebracht werden konnte.

Und doch kamen erste Zweifel auf. Da gab es einen Nebensatz über eine frühere, weniger erfolgreich verlaufene Operation. Dann über einen verstorbenen Patienten, dessen Angehörige Zweifel hinsichtlich der Todesursache hatten. Die Links und Suchwörter, die mich weiterführten, veränderten sich. Es gab Berichte über unklare Diagnosen. Hier und da wurde die Notwendigkeit von Eingriffen und Methoden in Frage gestellt. Und schließlich stieß ich auf einen Prozess, bei dem der Angeklagte allgemein nur „Dr. M" genannt wurde, anscheinend aber – trotz des abweichenden Initials – niemand Geringerer als der große Professor Bramberger war.

Alles, was mir interessant erschien, kopierte ich in eine Word-Datei, die ich mit einem Passwort schützte. Die Datei wuchs schnell zu beachtlicher Größe an. Wie es aussah, hatte ich in ein Wespennest gestoßen.

Und dann notierte ich in derselben Datei Karins Verdacht, den ich gerade noch für eine abenteuerliche Verschwörungstheorie gehalten hatte und der nun immer mehr in den Bereich des Möglichen zu rücken schien. Ich schrieb ihn nieder wie eine Schilderung von bereits feststehenden Tatsachen. Dabei kam ich mir vor, als verfasste ich einen Kriminalroman, in dem ich Recherchiertes und Vermutetes ungeschützt miteinander vermengte:

Prof. Bramberger war es stets gelungen, einer Verurteilung zu entgehen, aber er fühlte – nicht ganz zu Unrecht – seinen Ruf gefährdet und sein Renommee angeknackst. Als Wissenschaftler hatte er zahlreiche beachtliche Erfolge zu verzeichnen, aber abgesehen von einigen spektakulären und glücklich verlaufenen Operationen war das reine Theorie geblieben. Um sich zu rehabilitieren und um endlich den Durchbruch zu schaffen, der ihm auch als praktischem Chirurgen zu dem ersehnten Weltruhm verhalf, brauchte er einen Erfolg, wie er noch nie dagewesen war und der zugleich der akademischen Welt wie der breiten Masse grenzenlosen Eindruck machen würde. Er musste eine Operation durchführen, nach der der Name Christiaan Barnard neben dem seinen verblassen und geradezu in Vergessenheit geraten würde. Prof. Bramberger wollte für sich nichts Geringeres als eine Weltsensation.

An welchem Teil des menschlichen Körpers er sich versuchen musste, um den gewünschten Erfolg zu erzielen, lag auf der Hand. Deshalb widmete er ab einem bestimmten Zeitpunkt sein Hauptinteresse dem menschlichen Gehirn. Zwar veröffentlichte er in den einschlägigen Fachzeitschriften nur wenige Beiträge zu diesbezüglichen Themen, aber diese Zurückhaltung diente lediglich dazu, andere Mediziner nicht auf ähnliche Gedanken zu bringen und am Ende den Überraschungseffekt für seinen geplanten großen Coup noch zu steigern. Er beschränkte sich monatelang vielmehr darauf, interessante und ausbaufähige Aspekte der chirurgischen Hirnforschung in kurzen Repliken auf die Veröffentlichungen kompetenter Kollegen herunterzuspielen, ja bisweilen sogar nachdrücklich in Frage zu stellen.

Das Gehirn war fraglos das am wenigsten erforschte Organ des menschlichen Körpers. Zwar wurde in den vergangenen hundertfünfzig Jahren keinem Körperteil eine annähernd große Aufmerksamkeit zuteil – sowohl von medizinischer als auch von geisteswissenschaftlicher Seite –, die Anzahl der Rätsel und Probleme wurde dadurch aber eher gesteigert als verringert. Rein organisch war man mittlerweile imstande, die meisten Funktionen und Zusammenhänge zu erklären, aber – und das war das Entscheidende – an eine Operation am offenen Gehirn wagte sich, abgesehen von reinen Wiederherstellungseingriffen, noch lange kein Mensch heran.

So beschloss Prof. Dr. Reinhard Bramberger, dass er der erste Mediziner sein würde, der erfolgreich und zum grenzenlosen Segen der Menschheit eine Gehirntransplantation vornahm.

Infolge seiner durchaus respektablen Fähigkeiten und Kenntnisse auf dem Gebiet der Chirurgie sowie der weiteren relevanten Gebiete gelang es ihm in erstaunlich kurzer Zeit, sich nicht nur ein beträchtliches Wissen zuzulegen, sondern auch einige geradezu revolutionäre Einsichten zu gewinnen, die er natürlich wohlweislich für sich behielt. Dazu gehörten anatomische wie biochemische, psychologische wie basistheoretische Erkenntnisse, die noch niemals in dieser Weise zusammengetragen worden waren. Mit anderen Worten: der ehrgeizige Arzt hatte vermutlich das umfassendste Wissen über die betreffenden Zusammenhänge, die jemals irgendein Mensch auf der Welt besaß – nur dass das niemand außer ihm selbst wusste.

Am Ende, nachdem er sich derart zum Spezialisten herangebildet hatte, gab es nur noch ein Hindernis für den großen Durchbruch: Es musste ein geeigneter Fall her.

Natürlich konnte er darauf warten, dass sich eine Gelegenheit ergeben würde. Er war Chefarzt in einem großen und anerkannten Krankenhaus, in dem früher oder später ein passender Patient eingeliefert werden würde. Am geeignetsten wäre zweifellos ein Unfallpatient, da Infektionen und Tumore immer ein Restrisiko mit sich brachten, ob sie durch einen Organaustausch auch vollkommen beseitigt werden konnten. Insofern erwies es sich natürlich als günstig, dass das Krankenhaus sowohl von seinem Ruf als auch von seiner Lage in der Stadt Frankfurt her prädestiniert war für die Aufnahme komplizierter und besonderer unfallchirurgischer Fälle.

Das Warten war aber nicht die Sache des Reinhard Bramberger. Außerdem war er kein Mensch, der wichtige Dinge dem Zufall überließ. Deshalb traf er gründliche Vorbereitungen, die sicherstellten, dass alles minutiös nach seinem detailliert ausgeklügelten Plan verlief.

Zunächst kam es darauf an, dass das Spenderorgan zum Empfänger passte. Und schon das sollte sich als schwere Hürde erweisen, denn eine Organspende ist keine Blutspende. Außer den Bluteigenschaften mussten auch die DNA sowie verschiedene andere Parameter kompatibel sein. Organspendeorganisationen zu kontaktieren kam schon deshalb nicht in Frage, weil Gehirne keine Spenderorgane waren. Ein Abgleich in der immerhin immens großen Datenbank des Krankenhauses ergab, dass die Wahrscheinlichkeit für eine annähernd sichere Verträglichkeit erstaunlich gering war. Unter allen dort erfassten Patienten hätte es höchstens drei geeignete Paare gegeben. Von diesen war aber in zwei Fällen jeweils ein Patient bereits verstorben, während bei dem dritten Paar auf einer Seite eine Erbkrankheit vorlag, die eine Verwendbarkeit ebenfalls ausschloss. Damit stand fest, dass Bramberger seine Probanden woanders würde suchen müssen.

Selbstverständlich war ihm bewusst, dass niemand sich freiwillig für einen derartigen Versuch zur Verfügung stellen würde. Zwar besaß er ein ganz beträchtliches Vermögen, das er auch zu investieren bereit war, aber es war davon auszugehen, dass keiner für noch so viel Geld in einer derart vagen Angelegenheit sein Leben aufs Spiel setzen würde. Zumal der Plan vorsah, dass nur einer der beiden Beteiligten weiterleben würde, und zwar mit dem Gehirn des anderen, während jenem als dem tragischen Opfer eines Unfalls lediglich der postume Ruhm blieb, einem wildfremden Menschen das Leben gerettet zu haben.

Sein Geld konnte Bramberger aber sehr gut auf andere Weise einsetzen. Dabei kamen ihm seine ansonsten äußerst unerfreulichen Erfahrungen mit dem Schadensersatz- und Strafprozess zugute, der ihn vor zwei Jahren an den Rand des Verlustes seiner Approbation gebracht hatte. Schon damals hatte sich gezeigt, wie nützlich eine gewisse Großzügigkeit gegenüber den richtigen Personen sein konnte. Als es seinerzeit darum ging, seine Unschuld zu beweisen oder zumindest die schwerwiegendsten Beweise unschädlich zu machen, hatte er gelernt, dass das nicht eine Frage des Preises war, sondern dass man an die richtigen Leute gelangen musste. Er nannte sie schlicht die Schlüsselfiguren.

Nun traf es sich, dass die Schlüsselfiguren von damals vereinzelt sehr nützliche Kontakte zu Individuen hatten, die in Zusammenhang mit seinem großen Plan selbst wiederum als die dafür geeigneten Schlüsselfiguren in Betracht kamen. Es erwies sich sogar, dass dieser Teil seines Vorhabens gar kein sonderliches Problem darstellte. Er war nur halt der kostenintensivste Teil, aber das ließ sich relativ leicht regeln.

Dieselben Kontakte waren es aber mittelbar auch, die schließlich bei der Lösung des anderen großen Problems halfen, nämlich die beiden Probanden zu finden, mit denen die Operation durchgeführt werden sollte. Auf den richtigen Weg verhalf ihm ein leitender Angestellter des Landeskriminalamtes, der ihm schon in dem unschönen Prozess mit dem Zurückziehen einer belastenden Aussage sehr hilfreich gewesen war. Dieser Mann nun wies ihn auf die Existenz einer großen Identifizierungs-Datenbank hin, die in dieser Art, Größe und Verwahrdauer vielleicht nicht vollkommen gesetzesgemäß war, der Polizei aber immer wieder gute Dienste leistete. Sie enthielt nicht nur die unterschiedlichsten medizinischen Laborwerte und Fingerabdrücke von Angeklagten und Verurteilten, sondern auch von einer Vielzahl anderer Beteiligter. Dazu gehörten mal sämtliche Einwohner eines Dorfes, in dem ein Sexualverbrechen begangen worden war, mal alle Personen, die an einem Tatort gewesen waren oder einen bestimmten Gegenstand in der Hand gehabt hatten. Auch praktisch alle Beteiligten an größeren Strafprozessen waren darin erfasst – Richter, Staatsanwälte, Verteidiger, Gutachter und Protokollführer. Die Anzahl der in dieser Datenbank enthaltenen Personen ging in die Hunderttausende.

Von dort war es dann nur noch ein kleiner Schritt, die beiden geeigneten Personen für das große Experiment zu finden. Bramberger hatte sogar eine ganz erkleckliche Auswahl zur Verfügung, aus der er sich für die vielversprechendsten Kandidaten entscheiden konnte. Es waren das ein Rechtsanwalt aus Berlin und ein Hilfsarbeiter aus Frankfurt, der ein paar Mal bei der Polizei auffällig geworden war.

Ihre Werte passten genau. Die Übereinstimmung war sogar so groß, dass Bramberger zwischenzeitlich der Verdacht kam, die beiden könnten miteinander verwandt sein. Unter medizinischen Gesichtspunkten, also für den Eingriff selbst, hätte das zwar keinerlei Problem dargestellt, aber er war als vorsichtiger Mensch auch sehr darauf bedacht, dass kein Schatten auf die Glaubwürdigkeit der Geschichte fiel. Wenn zwischen Spender und Empfänger, zwischen Retter und Gerettetem ein Verwandtschaftsverhältnis bestand, konnten Zweifel an der Zufälligkeit des Zusammentreffens aufkommen. Die aber war ein elementarer Bestandteil der Story, die die Medien entwickeln würden und natürlich durchaus entwickeln sollten. Wenn alles passte, brauchte er selbst überhaupt nichts weiter zu tun; die Presse würde von ganz allein eine Riesensache daraus machen und ihn, Prof. Dr. Reinhard Bramberger, in den Mittelpunkt stellen: Deutscher Arzt verpflanzt als erster Mensch ein Gehirn! Hoffnung für Millionen Unfallopfer weltweit! Bramberger für Nobelpreis vorgeschlagen!

So weit war er natürlich noch nicht. Im Gegenteil würde er die Sache sehr behutsam voranbringen müssen. Dazu gehörte vor allem eine sorgfältige Vorbereitung, in deren Verlauf nicht der geringste Verdacht entstehen durfte, dass die Ausgangssituation mutwillig herbeigeführt worden sein konnte.

Diese Ausgangssituation sah so aus, dass zwei schwerverletzte Unfallopfer zeitgleich in das Krankenhaus eingeliefert wurden, in dem Bramberger als Chefarzt tätig war. Hinsichtlich des Frankfurter Hilfsarbeiters stellte das kein großes Problem dar. Er hielt sich häufiger in Kreisen und an Orten auf, die allgemein als zwielichtig galten und in denen das Entstehen einer schweren Verletzung jederzeit erklärt werden konnte. Die zwei mit diesem Teil der Aufgabe betrauten Männer hatten deshalb auch keine Schwierigkeiten, ihr Opfer zum richtigen Zeitpunkt im Frankfurter Bahnhofsviertel ausfindig zu machen und dort niederzuschlagen. Alles deutete auf eine Auseinandersetzung im Asozialen-Milieu hin, wobei die verschiedensten Individuen als Täter in Frage kamen: Penner, Kleinkriminelle, Ausländer, Neonazis oder auch schlicht alkoholisierte Jugendliche. Wichtig – und nicht ganz einfach zu gewährleisten – war lediglich, dass der Mann schwer genug verletzt wurde, aber nicht vor Einleitung der Operation verstarb.

Ungleich schwieriger war der Gegenpart, nämlich die zeitgleiche Einlieferung des Berliner Anwalts. Zunächst musste er überhaupt nach Frankfurt gelotst werden, da er in Berlin tätig war und nur gelegentliche Kontakte hierher hatte. Nachdem das gelungen war, musste es auch bei ihm nach einem nachvollziehbaren Unfall aussehen. Insoweit erschien ein Autounfall als nächstliegende Ursache. Einem Rechtsanwalt war unschwer eine unvorsichtige Fahrweise zu unterstellen, und für den notwendigen Schaden konnte man entweder die Halterung des Sicherheitsgurtes manipulieren oder sogar jemanden mitfahren lassen, der kurz vor dem provozierten Aufprall unauffällig den Gurt des Fahrers löste. Es blieb zu hoffen, dass der Airbag Kopfverletzungen verhindern würde, die das Spenderorgan unbrauchbar gemacht hätten. Auf der anderen Seite war es bei diesem Opfer zu verschmerzen, wenn er schon unmittelbar bei dem Unfall verstarb; es musste nur dafür gesorgt werden, dass er in das richtige Krankenhaus verbracht wurde. Aber auch dafür ließen sich natürlich geeignete und zuverlässige Personen finden, die für eine angemessene Gegenleistung weder Fragen stellten noch Zweifel nach außen trugen.

Das Timing klappte perfekt, da sich der Hilfsarbeiter über längere Zeit in der Bahnhofsgegend herumtrieb und die auf ihn angesetzten Männer praktisch auf Zuruf – per Handy – tätig werden konnten. Sie verwendeten einen mit Metallnoppen besetzten Baseballschläger und streckten ihr Opfer mit einem einzigen Schlag nieder. Das war wahrhaft professionelle Arbeit. Anschließend wählten sie anonym die Notrufnummer, damit unverzüglich für ärztliche Hilfe gesorgt werden konnte. Auf diese Weise lagen keine zehn Minuten zwischen den beiden Angriffen, und der Rechtsanwalt traf nur kurze Zeit nach dem Mann aus dem Bahnhofsviertel in der Notaufnahme des Krankenhauses ein.

An dieser Stelle brach ich ab. Inzwischen war es Abend geworden und ich verspürte Hunger. Seit dem Frühstück hatte ich nichts gegessen. Aber mir war schon seit einigen Tagen aufgefallen, dass ich offenbar mit sehr wenig auskam. Fast schien es, als wenn mein Körper von seinen Vorräten zehrte, die er zweifellos reichlich hatte. Denn wenn ich nicht ans Essen dachte, konnte ich – gefühlt – ebenso gut darauf verzichten.

Ich ging in die Küche und nahm mir eine Banane. Unterwegs fand ich das Telefon und nahm es ebenfalls mit. Wieder in meinem Zimmer angelangt, wählte ich Karins Nummer. Dort war besetzt.

Ich überlegte einen Moment. Dann ging ich den Rufnummernspeicher durch und fand die Nummer meiner Eltern. Es klingelte nur zwei Mal, ehe meine Mutter abnahm.

„Fischer."

Sie freute sich wie verrückt, dass ich sie anrief. Ich erklärte ihr, dass ich zwar aus dem Krankenhaus entlassen war, mich aber weiterhin täglich dort einfinden musste. Meine Bestätigung, es ginge mir gut, wollte sie zuerst partout so verstehen, dass meine Erinnerung zurückgekehrt wäre. Es bereitete mir einige Mühe sie davon zu überzeugen, dass dem nicht so war. Dann reichte sie den Hörer an meinen Vater weiter, der schon eine ganze Weile unruhig neben ihr stand und mich ebenfalls sprechen wollte. Mit ihm vereinbarte ich, dass wir uns am nächsten Tag im Geschäft trafen.

„Weißt du, wo es ist?", fragte er. Ich wusste es nicht. Er beschrieb mir, wie ich hinkam. Es lag in der Nähe von Höchst und war mit der Bahn gut zu erreichen.

Danach versuchte ich es noch einmal bei Karin. Diesmal war die Leitung frei. Sie war sofort am Apparat.

„Oh, René, wie gut, dass du anrufst!" Sie war aufgeregt.

„Ich habe es vorhin schon mal versucht, aber da war besetzt."

„Es ist etwas passiert."

Ich hörte, dass sie schniefte. Hatte sie geweint?

„Was denn? Was ist passiert?"

Es entstand eine Pause. Dann sagte sie:

„Dr. Heisemann ist tot."

Ich war wie versteinert.

„Der Pathologe?"

„Ja. Er soll sich das Leben genommen haben."

8. Kapitel

In der nächsten Zeit war ich zunächst darum bemüht, mein neues Dasein außerhalb des Krankenhauses einigermaßen in den Griff zu bekommen. Wie vereinbart erschien ich täglich im Sekretariat des Chefarztes. Und ich zog bei Esther und Jan aus. Über dem kleinen Showroom im Geschäft meines Vaters gab es eine Anderthalbzimmerwohnung, die er mir überließ. Dafür half ich ihm im Geschäft. Karin und ich sahen uns hin und wieder, aber es wurde nicht wieder wie zuvor. Wir gingen verkrampft miteinander um, und beide konnten wir unsere Enttäuschung und unseren Stolz nicht überwinden. Schließlich wurden auch unsere Telefonate seltener. Von meinen Recherchen und dem Text, den ich am Computer zusammengeschrieben hatte, erzählte ich ihr nichts; ich dachte auch gar nicht mehr daran

Dreimal wöchentlich hatte ich Therapiesitzungen mit dem Psychiater. Er ließ sich zu der Aussage verleiten, dass er meine Entlassung zuvor gern intensiver mit mir vorbereitet hätte. Aber als ich ihm schilderte, wie ich die Heimkehr in die alte Wohnung empfunden und die Hinwendung zu neuen Aufgaben und Zielen vollzogen hatte, äußerte er sich darüber zufrieden. So bekam ich mehr und mehr den Eindruck, dass seine Gesprächs- und Verhaltenstherapie weniger dazu diente, Fortschritte zu erarbeiten, als die Erreichung einer Art Normalität zu überwachen. Anders ausgedrückt, ich fand das Ganze einigermaßen überflüssig.

Als ich meinen Computer abholte, war Jan zu Hause. Er wirkte sehr verunsichert. Ich schenkte ihm das PC-Lenkrad, was ihn total begeisterte. Ansonsten nahm ich nur einen Koffer voll Garderobe mit und legte zum Abschluss einen Zettel auf den Küchentisch: Mach mit meinem Zimmer, was du willst.

Im Geschäft meines Vaters konnte ich, wie erwartet, in keiner Weise seinen Hoffnungen auf eine Unterstützung in der Werkstatt entsprechen. Ich blickte unter die eine oder andere Motorhaube, ließ mir von dem Mechaniker auch dies und das erklären, fühlte mich aber vollkommen inkompetent. Nichts von all dem hier kam mir bekannt vor. Selbst im Inneren der Wagen fühlte ich mich wie ein Fahranfänger. Als ich dann aber versuchsweise einmal ein paar Runden durch die umliegenden Straßen fuhr, stellte ich immerhin fest, dass ich das mit einiger Routine konnte. Wenigstens das.

Ganz anders sah es in dem Büro aus, wo vielerlei Post unerledigt herumlag. Das war nun wiederum nicht so das Ding meines alten Herrn, und umso erfreuter nahm er zur Kenntnis, dass ich mich an diese Angelegenheiten heranwagen wollte. Rechnungen, Garantiefälle, säumige Kunden und Behördenkram waren für mich eine willkommene Herausforderung, auf die ich mich mit Eifer stürzte. Nicht, dass mir diese Dinge gefallen hätten, aber sie gaben mir Gelegenheit, mich zu beschäftigen, mich in gewissem Maße sinnvoll zu fühlen und mich zugleich von anderen Gedanken abzulenken.

Nein, ich war entschlossen, meinen Weg zu finden, und die Arbeit half mir dabei. Jedes noch so kleine gelöste Problem machte mich zufrieden und ein bisschen stolz. Anfangs waren es nur liegen gebliebene Briefe, die beantwortet werden mussten, was ich mit geradezu verbissener Entschlossenheit tat. Eine Versicherung bat um Bestätigung, dass die angeforderten Unterlagen eingegangen waren – eine Kleinigkeit, zu der mein Vater nicht gekommen war und die ich nun erledigte. Oder eine Versandaktion: die neuesten Flyer eines Herstellers waren an bestimmte Kunden zu schicken; eintüten, beschriften, absenden, keine schwierige oder verantwortungsvolle Aufgabe. Mir gab all das einen Sinn. Eine Perspektive, einen Ausblick und – Hoffnung.

Mit den Menschen in meiner Umgebung kam ich gut zurecht. Da gab es den Meister und einen Lehrling in der Werkstatt, die immer Zeit für einen Plausch hatten, am liebsten über Frauen und Fußball. Natürlich waren wir geschlossen Eintracht-Fans. Mit dem zehnten Platz waren wir zufrieden, obwohl man am letzten Spieltag auch noch Achter hätte werden können. Zurzeit ging es allerdings natürlich um die Weltmeisterschaft. Unsere Jungs konnten es schaffen, auch da waren wir uns einig. Mit Frau Brotbecke sprach ich dagegen über alles außer über Politik. Frau Brotbecke, eine Frau von Ende fünfzig mit einer Art ländlicher Gemütlichkeit und immer rosigen Wangen, war seit annähernd zehn Jahren so etwas wie die rechte Hand meines Vaters und hatte, wie sie ständig betonte, den Laden im Griff. Allerdings wurde mir nach einiger Zeit klar, dass die Arbeit, derer ich mich annahm, im Wesentlichen von ihr liegengelassen worden war. Wohl deshalb zeigte sie mir gegenüber zwar nicht gerade Dankbarkeit, aber doch ein ausgesprochenes Wohlwollen, mit dem sie meine Leistungen auch kommentierte.

Dann war da noch Klaus-Dieter Wagner, den sie in der Werkstatt Klaudie nannten. Ihn mochte niemand außer meinem Vater, der ihn als einen begnadeten Verkäufer bezeichnete. Klaudie versuchte sich nach Dandy-Art zu geben, betont locker, immer positiv und mit flotten Sprüchen, die aus den Siebzigern des vergangenen Jahrhunderts stammten.

Aber als ich ihn zum ersten Mal bei einem Beratungsgespräch erlebte, stellte ich fest, dass er die Kunden fesseln konnte, vor allem die weiblichen. Möglicherweise nahmen sie ihn nicht ernst, aber er verbreitete Fröhlichkeit und sie glaubten ihm, was er sagte. Ich hegte den Verdacht, dass er selbst im Innern keineswegs sehr fröhlich war, sondern nur eine Art clowneske Maske trug. Bekräftigt wurde dieser Eindruck dadurch, dass Frau Brotbecke erwähnte, er sei zweimal geschieden und lebe in sehr einfachen Verhältnissen. Mir schien er auszuweichen, und wegen seines recht penetranten Aftershaves hatte ich dagegen auch nichts einzuwenden.

Mein Vater ließ sich nicht jeden Tag im Geschäft blicken. Wir verstanden uns gut, und auf seine Bitte hin nannte ich ihn jetzt Wilhelm. An den ersten zwei, drei Tagen hatte er mich herumgeführt: durch den Showroom, über die beiden Parkplätze vorn und hinten, in die Werkstatt und das Büro. Dort forderte er mich auf, mich um den Stapel unerledigter Post zu kümmern und dann, wenn ich damit fertig sei, die Ablage mal durchzugehen.

„Es kann sein, dass da dies und das drin schlummert", sagte er, ohne konkreter zu werden. Dabei sah er mich mit unbewegter Miene an. Ich bestätigte eifrig, dass ich mein Bestes tun wolle, und meinte das auch genau so. Dann gab er mir ein Handy. „Das wirst du brauchen." Erst später, als er das Geschäft verließ, fügte er noch hinzu: „Sieh zu, dass du immer erreichbar bist. Ich verlasse mich auf dich."

Manchmal betrachtete ich ihn nachdenklich, wenn er seine massige Gestalt durch die Räume seines kleinen Betriebes schob oder mit seinen Angestellten sprach. Er vermittelte den Eindruck eines Mannes, der in seinem Leben alles zu seiner Zufriedenheit geregelt hat. Es sollte mich nicht wundern, wenn er vorhatte, sich bald zur Ruhe zu setzen, und den Laden am liebsten auf mich übertragen würde. Frau Brotbecke war vom ersten Tag an, da wir uns begegneten, dieser Überzeugung. Und Klaudie zeigte sich mir gegenüber vielleicht deswegen so misstrauisch, weil er insgeheim selbst Hoffnungen gehegt hatte. Mochte das sein, wie es wollte – für mich lag diese Vorstellung außerordentlich weit fern.

Gleich am ersten Abend klingelte mein neues Handy. Ich war so wenig darauf vorbereitet, dass ich zuerst zur Wohnungstür ging und sie öffnete, um dann festzustellen, dass es gar nicht die Türklingel gewesen war. Es dauerte eine weitere geraume Zeit, bis ich das Gerät in der Tasche meiner Hose fand, die ich nach der Arbeit gewechselt hatte. Ich drückte den Annahmeknopf und ging wie selbstverständlich davon aus, dass mein Vater am anderen Ende war.

„Hi René, Mensch!" Es war Frank Leuschner. „Was machst denn du so? Ich habe gehört, du bist unter die arbeitende Bevölkerung geraten?"

Er gab ein betont heiteres Lachen von sich, damit ich verstand, dass das eine witzige Bemerkung gewesen sein sollte. Und sie amüsierte mich tatsächlich; René Fischer und Arbeit – das musste früher ein echter Widerspruch gewesen sein.

„Ja, stell dir vor! Und es macht mir sogar Spaß!"

Er war neugierig zu hören, was ich im Betrieb meines Vaters tat, und frotzelte munter: „Hast du nicht mal gesagt, du würdest nur dann für deinen Alten arbeiten, wenn du den Verstand verloren hast? Na, so weit scheint es ja nun gekommen zu sein."

Er brachte mich mit seinen Sprüchen tatsächlich zum Lachen. Natürlich wollte er auch wissen, was ich dabei verdiente.

„Naja, es reicht zum Leben", antwortete ich, obwohl ich, wie mir erst durch seine Frage bewusst wurde, überhaupt keine Ahnung hatte, wie viel ich zum Leben brauchte. „Außerdem kann ich die Wohnung mietfrei nutzen, die über dem Laden liegt. Das ist eigentlich perfekt. Komm doch einfach mal vorbei!"

Das versprach er zu tun.

„Wir wollten ja auch noch über die Sache mit dem Zahlungsbescheid reden. Ich habe mir den Paragraphen mal angesehen, den du mir genannt hast. Verwaltungsdingensgesetz. Aber irgendwie habe ich das nicht richtig verstanden."

„Hast du gegen den Bescheid schon Widerspruch eingelegt?", wollte ich wissen. Das bejahte er. „Gut. Dann bring am besten mal alle Unterlagen vorbei. Ich könnte mir gut vorstellen, dass wir das hinkriegen."

Er dankte mir sehr, obwohl ich ihm tatsächlich noch gar nicht geholfen hatte. Aber er hoffte auf mich, vielleicht konnte man sogar beinahe sagen, er vertraute mir. Er also auch. Nicht, dass er etwa glaubte, ich hätte nun wirklich so etwas wie ein Juristen-Gehirn; wahrscheinlich lag es eher daran, dass ich mich zur Aufnahme einer Arbeit entschlossen hatte. Das, so schien es, war bereits Wandel genug, um mich zu einem ernstzunehmenden Menschen zu machen. Und er ahnte gar nicht, wie glücklich mich das machte. Jeder Schritt, mit dem ich Distanz zu meinem alten Dasein gewann, konnte als Erfolg zählen.

„Aber sag mal, woher hast du eigentlich meine Handynummer?"

Es stellte sich heraus, dass Wilhelm Esther angerufen hatte – oder umgekehrt. Wilhelm war vermutlich stolz auf das mit mir getroffene Arrangement, und Esther witterte sicher eine Chance, dass ich mich als irgendwie brauchbar erweisen könnte, und sei es nur, um für Jan Unterhalt zu zahlen. Beides gefiel mir in dieser Form nicht wirklich, aber es war zu verstehen. Auf jeden Fall hatte Esther auf diese Weise meine Nummer bekommen, und von ihr hatte Frank sie. Wir verabschiedeten uns mit der unbestimmten Verabredung, uns mal eines der Deutschland-Spiele zusammen anzugucken.

Von Esther hörte ich nichts. Ich selbst wollte sie nicht anrufen, obwohl mir einige Fragen auf den Nägeln brannten, die sie vielleicht hätte beantworten können. Kannte sie die Frau, die mich im Krankenhaus besucht hatte? Wusste sie, wo die Bücher abgeblieben waren? Auch bei einigen alltäglichen Dingen hätte sie mir weiterhelfen können. So wusste ich nicht, ob ich ein Bankkonto hatte, ein Adressbuch hatte ich ebenfalls nicht gefunden, dem ich eventuell Namen oder Telefonnummern von weiteren Bekannten hätte entnehmen können. Vielleicht gab es ein Handy, das ich früher benutzt hatte. Was war mit Versicherungen, früheren ärztlichen Befunden, Verträgen aller Art? Ich nahm an, dass sie sich stets um diese Dinge gekümmert hatte, aber so langsam wollte ich alles, was mich betraf, selbst in die Hand nehmen.

Deshalb machte ich mich nun intensiver über den Computer her. Zwar gelang es mir, auch mit Hilfe von Tipps aus dem Internet, nicht, das Passwort für den User „Wilhelm" zu knacken, aber auch bereits der zugängliche Teil erwies sich letztlich als einigermaßen aufschlussreich. So etwas wie ein Adressverzeichnis hatte ich allerdings schon beim ersten Versuch, am Tag der Entlassung aus dem Krankenhaus, auch hier nicht gefunden, und das E-Mail-Programm war vollständig unbenutzt. Mit der Textverarbeitung waren ein paar Briefe geschrieben worden, darunter an meinen Krankenversicherer, der mir schon durch die Versichertenkarte in meinem Portemonnaie bekannt gewesen war, und an die Bank, indem ich der Sperrung meines Kontos widersprach, was allerdings bereits fast zwei Jahre zurücklag. Auch wer mein letzter Arbeitgeber gewesen war, erfuhr ich auf diese Weise, und zwar ein Transport- und Lagerunternehmen namens Rose & Baruch. Sie hatten eine eigene Website, die aber nichts bei mir auslöste, weder Erinnerungen noch Gefühle. Ich notierte mir nur die Anschrift, um mir den Betrieb eventuell mal von außen anzuschauen, verspürte aber nicht die geringste Lust, mich dort zu melden. Okay, es konnte durchaus sein, dass irgendein Ex-Kollege mir ein paar interessante Dinge hätte erzählen können, aber viel Schmeichelhaftes wäre dabei wohl nicht rübergekommen und mein Wunsch, die Brücken zu diesem Teil meiner Vergangenheit so gründlich wie möglich abzubrechen, war einfach zu stark.

Karin war damit alles andere als einverstanden. „Du bist so sprunghaft", warf sie mir eines Abends vor, als sie bei mir war. „Manchmal bist du ganz begierig darauf, die Wahrheit über dich herauszufinden, und dann scheint es dich plötzlich wieder überhaupt nicht zu interessieren."

„Ich finde genug über mich heraus", erwiderte ich, „indem ich mich jeden Tag ausprobiere und kennenlerne. Seit ich diese Wohnung hier habe und den kleinen Job bei meinem Vater, genieße ich die Ruhe und grenzenlose Freiheit, die ja nicht zuletzt gerade auch eine Folge der Amnesie ist." Vor allem dieses Gefühl hatte ich zuletzt sehr schätzen gelernt: Ein leerer Kopf konnte, wenn man es zuließ, ein sehr leichter Kopf sein.

„Aber das kann dir doch auf die Dauer nicht genügen! Du kannst mehr, du bist mehr, und das weißt du! Du wirst doch nicht völlig auf die Chance verzichten wollen, all deine vorhandenen Möglichkeiten, wenn du sie schon nicht gleich nutzt, so doch wenigstens herauszufinden!"

„Um ehrlich zu sein: Jedes Mal, wenn ich einen neuen Hinweis auf mein früheres Leben bekomme oder auf das, was passiert sein oder nicht passiert sein oder nicht stimmen kann, gerate ich – wie soll ich das ausdrücken: in Turbulenzen. Ich werde hektisch und verkrampft. Und unglücklich."

Sie sah mich an, mit leicht schräg gehaltenem Kopf, zweifelnd.

„Unglücklich? Worüber bist du unglücklich? Über die Erkenntnisse, die du über das gewinnst, was dich in diese Situation gebracht hat? Das glaube ich dir nicht." Sie schüttelte mit Nachdruck den Kopf. „Ich denke eher, dass du Angst hast – was ich verstehe – und dass du gerade dabei bist, dich für eine billige Bequemlichkeit zu entscheiden – was ich nicht verstehe!"

„Von mir aus nenne es Angst, wenn du willst. Aber ich habe mich nun mal dafür entschieden, das Leben des René Fischer zu leben. Nur denke ich, dass ich verdammt gute Aussichten habe, es besser zu machen als er. Als früher."

Wir schwiegen eine Weile. Ob ich denn auch manchmal an sie dächte, fragte sie dann, oder so ähnlich. Ich antwortete, dass ich ständig an sie dachte, und merkte im selben Moment, dass ich log. Wenn ich über mich nachdachte, dann kam sie darin vor – so war es. Und oft kam sie nicht viel anders darin vor als zum Beispiel Esther, an die ich mich gerade eben erinnert gefühlt hatte, als Karin mir Bequemlichkeit vorwarf.

„Ich sage mir ja, dass ich mich allen aufgeworfenen Fragen stellen muss, dass mich das weiterbringt und dass es, selbst wenn ich das wollte, gar nicht möglich wäre, es zu ignorieren. Aber andererseits sehne ich mich so sehr nach diesen entspannten Momenten, wie ich sie ohne all diese Unklarheiten im Krankenhaus hatte, ganz zu Beginn; und wie wir sie hatten, wenn wir nicht über mich gesprochen haben. Und die habe ich jetzt immer häufiger auch hier, in dieser Wohnung, wo ich mir einen Abstand zu meinem früheren Leben aufbauen kann, der mir einfach gut tut."

„Du meinst also: wenn ich nicht da bin."

Ich senkte den Kopf. Ich wusste, dass ich ihr jetzt sofort widersprechen musste. Es war ja nicht so, dass ich nicht gewollt hätte, dass sie bei mir war. Warum sagte ich also nicht: Stimmt nicht, wenn du da bist, ist es ebenso schön?

Aber ich hatte schon zu lange gezögert. Karin stand auf und nahm ihre Tasche. Ich rief ihr ihren Namen hinterher, aber sie zog die Wohnungstür ins Schloss. Nicht laut, eher so, als wollte sie die Tür nicht gern oder nicht vollends schließen. Dann war ich allein.

An diesem Abend spielte ich bis weit in die Nacht hinein Computerspiele.

Am Tag verbiss ich mich mehr und mehr in meine Arbeit. Wilhelm hatte mir schon nach gut einer Woche eine Vertretungsberechtigung erteilt, die er sogar ins Handelsregister eintragen lassen wollte. In meine Wohnung ließ er einen viel zu großen, aber sehr schönen und teuren Schreibtisch liefern und stellte einen Anschluss an die Telefonanlage des Geschäfts und das WLAN her, das mir auch Zugang zu der betrieblichen Software ermöglichte. Stolz präsentierte er mich überall als seinen Sohn, es hätte nicht viel gefehlt und er hätte mich bereits als seinen Nachfolger angekündigt. Mir war sehr bewusst, dass er sich das wünschte, aber ich ließ ihn nicht im Unklaren darüber, dass er damit nicht rechnen durfte. Im Moment passte dieser Job sehr gut für mich, aber die Suche nach meiner Zukunft hatte ich gerade erst begonnen, da konnte und wollte ich mich nicht auf das erste Beste festlegen. Ich war mir nicht sicher, ob er mich verstand, aber er nickte. Insgesamt war er, auch nach diesem Gespräch, von geradezu aufgeregter Freundlichkeit jedem gegenüber, was Frau Brotbecke einmal zu der Bemerkung mir gegenüber veranlasste: „Man könnte fast meinen, er wäre gerade zum ersten Mal Vater geworden." Dabei wurden ihre stets rosigen Wangen noch eine Spur rosiger. Ich stimmte ihr zu und dachte bei mir, dass es ja wohl auch ein bisschen so war.

Frau Brotbecke war so etwas wie die Seele des Geschäftes, aber ihre Arbeit schien sie danach zu sortieren, was sie interessant fand und was nicht. Irgendwann stieß ich dann auch auf den Ordner mit Angelegenheiten, die sie nicht interessant gefunden hatte. Einiges davon war schon erstaunlich lange liegen geblieben. Ich sagte Wilhelm zunächst nichts davon und machte mich an die Arbeit.

Es handelte sich überwiegend um Streitigkeiten. Versicherungen wollten nicht bezahlen oder nahmen Regress, Kunden fielen mit Ratenzahlungen aus, Lieferanten leisteten schlecht oder gar nicht. Wie ich schnell feststellte, gab es einen Rechtsanwalt, der für unser Unternehmen tätig wurde – oder auch nicht. Frau Brotbecke leitete alle unbequeme Post stets umgehend an ihn weiter und fertigte nur eine Kopie für den Aktenschrank. Mehr war in vielen dieser Fälle nicht passiert.

Roland Leclerc war der Name dieses Anwalts. Ich ließ mir von seiner Kanzlei telefonisch einen Termin geben und machte mich daran, die unerledigten Fälle aufzulisten und den jeweiligen Handlungsbedarf festzustellen. Sehr schnell stellte sich heraus, dass da jede Menge Geld drinsteckte, das mein Vater teils einsparen, teils herausholen konnte, wenn man nur die richtigen Schritte unternahm. Am Morgen vor dem Termin bekam Herr Leclerc eine E-Mail von mir, in der ich für jeden einzelnen Fall nach dem Sachstand fragte und eine Vorgehensweise vorschlug. Ich rieb mir zufrieden die Hände und fragte mich, wie das wohl bei ihm ankam.

Aber noch einige andere Dinge erledigte ich von meinem neuen Arbeitsplatz aus. Frank konnte ich nach Durchsicht seiner Unterlagen tatsächlich Hoffnung machen, dass er die zwölftausend Euro nicht zurückzuzahlen brauchte. Ich formulierte ihm eine Widerspruchsbegründung, der die Behörde nicht viel entgegenzusetzen haben würde. Erst einmal reagierten sie aber mit Schweigen.

Einmal rief Esther an, um sich unverhohlen nach meiner neuen finanziellen Situation zu erkundigen. Bei dieser Gelegenheit erfuhr ich von ihr, dass sie keinerlei Vorstellung davon hatte, wer die fremde Frau im Krankenhaus gewesen sein konnte. Auch mit Karin tauschte ich mich weiterhin gelegentlich über Neuigkeiten aus, auch wenn der Ton zwischen uns von deutlicher Distanz geprägt war. Sie informierte mich darüber, dass es tatsächlich Dr. Heisemann gewesen war, der die Obduktion des Dr. Benjamin Korn vorgenommen hatte. Und offenbar hatte er tatsächlich selbst seinem Leben ein Ende gesetzt; ein Ermittlungsverfahren gab es in dieser Sache jedenfalls nicht. Für mich trugen diese Informationen zunächst nur dazu bei, dass ich weniger denn je an ein Komplott glaubte. Das wurde zudem dadurch verstärkt, dass ich bei meinen täglichen Besuchen im Krankenhaus wie ein ganz normaler Patient behandelt wurde, ambulante Rehabilitation und Nachkontrolle, mehr nicht. Dr. Alexander schien sogar irgendwie das Interesse an meinem Fall zu verlieren, denn er ließ mich weitestgehend von meinen Erlebnissen, Gefühlen und Träumen berichten, ohne selbst viel zu sagen. Schließlich reduzierte er die Therapiesitzungen auf einmal wöchentlich.

„Herr Leclerc lässt mitteilen, dass der Termin heute leider verschoben werden muss", ließ mich eine überarbeitet wirkende Renogehilfin am Telefon wissen, kurz bevor ich mich zum Losgehen anschickte.

„Aha", sagte ich verwundert. Aber vielleicht hätte ich damit auch rechnen können. „Hat er denn meine Mail von heute früh gelesen?"

„Das kann ich Ihnen nicht sagen. Fragen Sie bitte Anfang nächster Woche noch einmal wegen eines Termins an! Heute Nachmittag muss er noch zum Gericht." Ich vermutete, dass er in Wahrheit das Wochenende zum Abarbeiten der liegen gebliebenen Fälle nutzen wollte. Nun, mir sollte es recht sein.

Immer wieder ein eigentümliches Gefühl bereiteten mir die Sitzungen an meinem privaten Computer, vor allem dann, wenn ich mich in Onlinespiele einloggte, die mein Alter Ego gespielt hatte. Da gab es ein Strategiespiel, in dem ich mich überhaupt nicht zurechtfand, was mir jedoch nichts ausmachte, weil es mich nicht wirklich interessierte. Merkwürdig, irgendwie schizophren kam ich mir aber dabei vor, wenn ich mit der Figur, die ich sein sollte und die früher von mir geschaffen worden war, durch eine mir völlig fremde Landschaft streifte oder durch eine Stadt, in der sich rivalisierende Gruppen bekämpften. Ich zoomte heran und betrachtete meinen Avatar aus der Nähe. Er war groß und schlank und strotzte vor Kraft, sein Gesicht ähnelte meinem aber in keiner Weise. Aus der Anleitung für Einsteiger erfuhr ich, dass man bei der Gestaltung außerordentlich viele und detaillierte Möglichkeiten hatte;

weshalb hatte René Fischer sich – mich, uns – gerade so aussehen lassen und nicht anders?

Mehr Spaß hatte ich daran, gelegentlich Autorennen zu fahren, wobei ich im Gegensatz zu ihm kein Lenkrad, sondern die Pfeiltasten der Tastatur benutzte. Mehrere solche Racer waren auf dem PC installiert, am besten gefiel mir einer, der nach dem verstorbenen Rennfahrer Colin McRae benannt war. Allerdings kam ich nicht auch nur annähernd an die Highscores meines Vorgängers heran. Ähnlich bescheiden waren meine Erfolge mit einem Fußballspiel, bei dem ich den Schwierigkeitsgrad gleich mal auf „Anfänger" herunterstellte. Leider fand ich ein Genre gar nicht, das mir bekannt war und das mich mehr gereizt hätte als die ganze Action, nämlich Manager- und Wirtschaftssimulationen. Ich erwog sogar, mich gelegentlich mal danach umzusehen. Und ich nahm diese Diskrepanzen als willkommene Bestätigung dafür, dass ich auf einem guten Weg war. Auf dem Weg, anders zu sein als der René der Vergangenheit, und zwar mit der Option, es insgesamt besser zu machen als er.

Dann entdeckte ich mich zu meinem großen Erstaunen bei Facebook. Dabei war daran eigentlich gar nichts Ungewöhnliches und es machte mich nachdenklich, dass ich darauf nicht früher gekommen war. Überhaupt musste ich immer mal wieder feststellen, dass mir manche naheliegenden Gedanken einfach nicht kamen. Bei Facebook also gab es ein Foto von mir, auf dem ich, wie ich fand, einigermaßen versoffen aussah, aber es waren kaum Eintragungen vorhanden. Ich schickte Karin, die ich ebenfalls fand, sofort eine Freundschaftseinladung. Meine weiteren Freunde waren bis dahin Jan und Frank. Aber es gab da noch jemanden, und das machte mich stutzig.

Der Name war Pasquale Ranzo. Das klang eindeutig italienisch. Auf seiner Seite erfuhr ich, dass er in Sachsenhausen eine Pizzeria betrieb. Ansonsten schien er eine äußerst kommunikationsfreudige Familie zu haben, denn da waren unzählige Kommentare und Bilder und Gefällt-mir-Meldungen von ebenfalls italienisch klingenden Namen, die Hälfte davon Ranzo. Leider ließ sich nicht feststellen, wie es einmal zu unserer Facebook-Freundschaft gekommen war, und miteinander hatten wir über dieses Portal in der letzten Zeit keinen Kontakt gehabt. Ich suchte spontan seine Telefonnummer heraus, fand es dann aber doch besser, einmal persönlich hinzufahren und ihn in seinem Restaurant zu besuchen.

Die Kehrtwende in meinem Dasein kam aus einem völlig unvermuteten Anlass, und man kann noch nicht einmal sagen, dass sie folgerichtig eingetreten wäre. Vermutlich hatte ich im Innersten selbst auf einen solchen Anlass gewartet, um meine starre Haltung aufgeben zu können. Um aus der Rolle des René Fischer entkommen zu können. Alles, was es dazu brauchte, war ein Motivationsschub, und der kam an dem Tag, als Dominik Vogelehr sein Auto in unsere Werkstatt brachte.

Es handelte sich um einen drei Jahre alten Mercedes. Der Wagen war optisch völlig okay, der Kunde sagte nur, mit der Lenkung scheine irgendetwas nicht zu stimmen. Frau Brotbecke machte ihm einen Kaffee, der Meister setzte sich gleich mal hinter das Steuer und ich wollte gerade wieder an meinen Schreibtisch hinaufgehen, als Herr Vogelehr, direkt mir zugewandt, sagte: „Ich habe ihn erst seit einem Monat."

Okay, dachte ich mir, weshalb sollte nicht auch ich mal ein bisschen Kundenpflege betreiben. Dieser hier wollte offenbar nur etwas quatschen, während man sich um sein Auto kümmerte. Also ließ ich mir auch einen Kaffee bringen und unterhielt mich mit ihm.

„Was meinen Sie, wie viel ich für ihn bezahlt habe?"

Ihm strömte geradezu aus jeder Pore der Stolz darauf, wie günstig er den Wagen bekommen hatte. Ich tat ihm den Gefallen und nannte einen Preis, den ich für leicht überhöht gehalten hätte. Er strahlte.

„Ziehen Sie davon mal noch zehntausend ab, dann liegen Sie etwa richtig."

Ich staunte pflichtschuldigst. Dann berichtete er im Detail, wie raffiniert er den Verkäufer runtergehandelt hatte. Auf mich machte er den Eindruck, als wenn er sich gern mal als Erfolgsmensch herausstrich, weil er in Wahrheit das genaue Gegenteil war. Er trug einen grauen Anzug, die gelbe Krawatte saß schief. Ich schätzte ihn auf Anfang vierzig und hätte gewettet, dass er Beamter war. Während er aufgeregt erzählte, drehte er unablässig an seinem Ehering.

„Das war jetzt natürlich ein schwerer Fehler", sagte er gerade, „und damit war er bei mir ja genau an dem Richtigen. Ich sage also: Junger Mann, wenn das ein Unfallwagen ist, dann hätten Sie das schon gleich ranschreiben müssen." Ich hörte kaum zu, beobachtete aber fasziniert, wie sich die Anzahl der Bläschen in seinen Mundwinkeln ständig vermehrte. „Und dann, stellen Sie sich vor, kriege ich auch noch aus ihm raus, dass der Fahrer bei dem Unfall ums Leben gekommen ist!"

„Eh, Entschuldigung", hakte ich nun doch ein, „wer ist ums Leben gekommen?"

„Na, der Vorbesitzer des Daimler. War ein Rechtsanwalt aus Berlin, armer Teufel. Der Wagen muss ziemlich was abgekriegt haben, aber die haben ihn da wieder ganz ordentlich auf Vordermann gebracht. Nur jetzt mit der Lenkung, das kam mir halt ein bisschen komisch vor, deshalb dachte ich mir, bringst du ihn lieber bei Fischer vorbei, sollen die sich das mal ansehen."

Am Abend, nach Geschäftsschluss, saß ich lange hinter dem Lenkrad des Mercedes. Der Meister hatte festgestellt, dass Lenkung, Achse und Getriebe zur Vorsicht komplett überprüft werden mussten, was mindestens einen Tag brauchte. Jetzt stand das Fahrzeug auf dem hinteren Hof, ich hatte mir den Schlüssel genommen und mich hineingesetzt. Hier drinnen ließ nichts darauf schließen, dass hinter diesem Steuer vor zwei Monaten ein Mensch gestorben war.

Ich blickte mich prüfend um. Nein, kein Zweifel: eine Erinnerung an dieses Auto hatte ich nicht. Überhaupt nicht.

9. Kapitel

Ich fuhr sehr schnell, aber das musste sein. Ich hatte es eilig. Entgegenkommende Autos blendeten meine übermüdeten Augen, und ich blinzelte in dem Bemühen, die Linien und den Straßenrand im Blick zu behalten. Die Musik im Radio nervte, aber da ich mich konzentrieren musste, konnte ich sie nicht ausschalten. Machen Sie doch bitte die Musik mal leiser, sagte ich zu dem Mann auf dem Beifahrersitz, doch der blickte nur starr nach vorn und reagierte nicht.

In einer Kurve schleuderte der Wagen leicht. Ich war tatsächlich zu schnell, aber er fing sich wieder. Ein solides, zuverlässiges Auto. Da vorn – eine Baustelle. Dann Dreißigerzone. Zum Glück waren hier kaum Fußgänger unterwegs. Nächstes Mal, das schwor ich mir, fährst du zeitiger los.

Weit konnte es nicht mehr sein. Ich hätte das Navi einstellen sollen, aber ich war so sicher gewesen, dass ich das Haus wiederfand. Schließlich kannte ich die Gegend gut, nur jetzt in der Nacht, bei diesem Verkehr und angesichts der Eile, in der ich mich befand, schien ich mich nicht mehr auszukennen. Ging es dort vorn nicht nach links ab? Oder eine Straße später?

Nun rasen Sie doch nicht so, sagte der Mann neben mir mit einer Stimme, die eher amüsiert als besorgt klang. Wer war er eigentlich? Ich wusste, dass ich ihn kannte, erinnerte mich aber im Moment nicht. Und jetzt musste ich mich wirklich auf das Fahren konzentrieren. Da! Da vorn! Jetzt war ich ganz sicher. Da musste ich rechts um die Ecke.

Ich schlug das Lenkrad vielleicht einen winzigen Moment zu spät ein, und natürlich war ich immer noch zu schnell. Wieder geriet der Wagen ins Schleudern, aber diesmal fing er sich nicht. Wir rutschten nach links, die übersteuerten Räder griffen kurzzeitig in die Gegenrichtung, ich musste wieder gegenlenken, sodass der Mercedes erneut seitlich ausbrach. Die Hauswand kam auf uns zugerast, fast schien es noch, als würde sie an uns vorbeigleiten, doch dann erwischte das Heck des Wagens die Ecke des Gebäudes, sodass der Wagen sich drehte und zunächst vorn links, dann mit der gesamten Front gegen eine steinerne, mit einem Metalltor versperrte Einfahrt knallte. Der Motor heulte noch einmal auf, brechendes Blech und splitterndes Glas umgaben mich, ich wurde nach vorn geschleudert und verlor das Bewusstsein in dem Moment, da mein Kopf auf den oberen Rand des Lenkrades aufschlug.

Ich erwachte davon, dass mein Kopf auf den oberen Rand des Lenkrades aufschlug. Mit einem gewaltigen Schrecken fuhr ich hoch, mein Herz raste, ich rang nach Luft. Doch dann wurde mir bewusst, wo ich war: Ich saß immer noch in dem Mercedes, den der Kunde hiergelassen hatte. Ich musste eingeschlafen sein.

Es war der Mercedes, in dem Dr. Benjamin Korn gestorben war.

Ich tastete über meinen Kopf, stellte aber beruhigt fest, dass nichts passiert war. Ich war beim Einnicken offenbar nur leicht gegen das Lenkrad gestoßen. Nichts tat weh, es würde nicht einmal eine Beule geben.

Aber innerlich war ich immer noch sehr aufgewühlt. War das ein Traum gewesen, oder hatte ich einen Abschnitt meiner Vergangenheit zum zweiten Mal erlebt? Ich blickte aus dem Fenster und sah die dunklen Umrisse der anderen Autos, die auf dem Hof standen. Dann wandte ich ruckartig den Kopf nach rechts: Hatte da jemand gesessen, auf dem Beifahrersitz, als der Unfall passierte? Und wenn ja: wer? Hatte er – oder sie – meinen Tod zu verantworten? Da war dieses schizophrene Gefühl, gerade hinter diesem Lenkrad gestorben zu sein und nun, zwei Monate später, wieder zum Leben zu erwachen. Als der Berliner Rechtsanwalt Dr. Benjamin Korn.

Ich schüttelte mich, ohne dadurch etwas von diesem Gefühl loswerden zu können. Dann öffnete ich die Fahrertür und stellte ein Bein hinaus, hielt aber inne. Konnte es sein oder konnte es nicht sein? Gut, ich hatte nicht das kleinste bisschen zusätzliche Erinnerung an die Zeit vor dem Unfall, wenn man einmal davon absah, dass dieser Traum sehr wohl etwas Erlebtes gewesen sein konnte. Und dennoch kam es mir vor, als hätte sich da gerade ein Hebel umgelegt. Selbstverständlich hatte ich bislang immer geglaubt, René Fischer zu sein. Ich besaß seinen Körper, ich bewegte mich in seinem Umfeld und alle, ja: alle hatten es mir auch gesagt. Ich war René Fischer. Und was, wenn nicht?

Gedankenverloren öffnete ich die Klappe des Handschuhfachs, ganz so, wie man es vielleicht manchmal in seinem eigenen Auto tut, ohne etwas zu suchen. Dann schlug ich sie wieder zu. Ich drehte mich um, wie um mein früheres Eigentum noch einmal komplett in Augenschein zu nehmen. Und diese plötzliche Bewegung war es, die mich unvermutet draußen etwas wahrnehmen ließ. War da jemand gewesen? Ich hatte nicht mehr als einen Schatten gesehen, aber der könnte durchaus von einem Menschen gestammt haben. Nur – was sollte jemand mitten in der Nacht hier auf dem Hof des Autohauses wollen?

Langsam stieg ich aus und ließ meinen Blick wachsam kreisen. Alles war still. Nichts war zu sehen. Ich wusste, dass schon einmal in das Geschäft eingebrochen worden war, aber außer der Kaffeemaschine, Büromaterial und Ersatzteilen war hier nichts zu holen. Es sei denn, jemand wollte an eines der Autos.

Es war spät. Ich nahm zwar an, dass ich aufgeregt, wie ich war, kaum würde schlafen können. Dennoch ging ich in meine Wohnung hinauf. Zuvor versäumte ich es aber nicht, den Mercedes abzuschließen und den Schlüssel an das Brett in der Werkstatt zurückzuhängen. Und mich zu vergewissern, dass im Gebäude und auf dem gesamten Gelände niemand außer mir war.

Tatsächlich schlief ich schlecht und hatte wirre, beängstigende Träume, über die ich nach dem Erwachen nicht mehr das Geringste hätte sagen können. Ich fühlte mich zerschlagen, aber es drängte mich, aktiv zu werden.

Als Erstes wollte ich Karin Bescheid sagen, aber ich konnte sie nicht erreichen. Sie hatte Nachtdienst gehabt und schlief vermutlich. „Ich bin jetzt sicher, dass du recht gehabt hast", sagte ich auf ihre Mailbox. „Ich werde nach Berlin fahren. Vorher will ich nur noch ein paar Dinge hier erledigen. Du hörst von mir."

Während ich duschte, legte ich mir einen Plan zurecht. Es gab so viele Menschen, mit denen ich sprechen wollte, an die ich die unterschiedlichsten Fragen hatte, und doch galt es genau zu überlegen, was ich damit jeweils auslösen konnte. Schließlich war nach wie vor nicht auszuschließen, dass hinter der ganzen Sache eine – sagen wir: nicht ganz saubere Angelegenheit steckte.

Frau Brotbecke war wie immer seit halb sieben im Geschäft und wirkte dabei so frisch, als hätte sie gerade eine Stunde Wellness hinter sich.

„Ah, der junge Herr Fischer! Schon wieder so früh auf?"

„Ich habe nicht gut schlafen können."

Sie bot mir einen Kaffee an, aber ich lehnte dankend ab.

„Sagen Sie, ob ich mir wohl wieder den kleinen Honda nehmen kann?"

„Ja, natürlich. Warum denn nicht?"

Ich nahm den Schlüssel entgegen, sagte Danke und drehte ab.

„Wohin geht's denn?", rief sie mir hinterher.

„Ich mache einen Arztbesuch", rief ich aus der Tür zurück, nicht ganz wahrheitsgemäß, aber auch nicht wirklich gelogen.

Dr. Bernd Haake-Reuter besaß ein Einfamilienhaus in einer Wohngegend in Offenbach. Um das herauszufinden, genügte das gute alte Telefonbuch. Ich rechnete zwar nicht damit, ihn zu Hause anzutreffen, aber es lag am nächsten, dort mit der Suche anzufangen. Außerdem: wer sagte denn, dass der Arzt tatsächlich verschwunden war? Bisher wusste ich nur, dass er zur Verwunderung der Schwestern und Pfleger nicht mehr in dem Krankenhaus auftauchte und dass die Gründe dafür unbekannt waren.

Ich parkte direkt vor dem Haus am Straßenrand. Es schien sich hier um ein Villenviertel mit geringer Wohndichte zu handeln, und zu den meisten Häusern gehörte eine Garage oder ein Carport. Haake-Reuter hatte beides.

Vielleicht zehn Minuten lang blieb ich im Auto sitzen und beobachtete das Haus. Hatte Karin gesagt, dass der Mann verheiratet war? Ich meinte, nein. Von außen hatte man eindeutig nicht den Eindruck, dass dort drinnen Kinder lebten, die in den nächsten Minuten zur Schule mussten. Überhaupt war alles still. Entweder schliefen die Bewohner des Hauses noch, oder es war niemand da.

Als ich jemanden auf dem rechten Nachbargrundstück erblickte, stieg ich aus dem Auto. Es war ein älterer Mann im Morgenmantel, der die Zeitung aus dem Kasten am Gartenzaun holte.

„Guten Morgen!", rief ich, indem ich näherkam, und fügte gleich hinzu: „Entschuldigen Sie!"

Der Mann wandte mir seine Aufmerksamkeit zu, wirkte dabei aber distanziert und skeptisch. Ich entschloss mich gleich zu einer Lüge.

„Ich bin ein Kollege von Herrn Dr. Haake-Reuter, Ihrem Nachbarn. Wir brauchen ihn für einen Notfall. Können Sie mir sagen, wo ich ihn finde?"

Das Wort Notfall schien zu helfen.

„Leider nein", sagte er und schien das wirklich zu bedauern. „Wir haben ihn schon länger nicht gesehen. Auch seine Frau nicht."

Auf meine ergänzende Frage, wo ich ihn wohl finden könnte, wusste er ebenfalls keine Antwort.

„Kommt denn überhaupt manchmal jemand her, um nach dem Haus zu sehen?"

„Naja, die Putzfrau, nehme ich an. Sie haben dieselbe wie wir. Ich könnte meine Frau fragen …"

„Und sonst?"

Ihm schien etwas einzufallen, und er überlegte.

„Ja, neulich. Da kam ein junger Mann mit einem Cabrio. So ein teures, sportliches. Ich glaube, es war ein Audi. Der ging in das Haus. Meine Frau meint, er hatte einen Schlüssel. Aber er kann nicht lange geblieben sein. Eine Stunde später war das Auto jedenfalls wieder weg."

Die Beschreibung des Mannes fiel nicht sehr brauchbar aus. Groß, schlank, dunkelblond – das hätten Tausende sein können.

„Eine letzte Frage noch: Hat Herr Haake-Reuter Kinder?"

Das verneinte er. Ich bedankte und verabschiedete mich. Dann warf ich nebenan eine Nachricht in den Briefkasten. Wer auch immer sie fand, sollte sich bitte bei mir melden.

„Ich finde das Ganze ziemlich aufregend. Aber bitte versprich mir eins: Sag Bescheid, bevor du dich nach Berlin aufmachst!"

Ich saß im Auto, während Karin und ich telefonierten. Auf dem Rückweg von Offenbach war ich im Stau des Berufsverkehrs stecken geblieben und dann, als das Handy klingelte, auf einen Parkplatz gefahren. Ich war überrascht, dass Karin dran war. Sie erklärte, sie hätte meine Nachricht abgehört und vor Aufregung nicht schlafen können. Nach den Spannungen der letzten Zeit klang das einigermaßen versöhnlich. Jetzt schien es sogar fast, als wäre es ihr gar nicht so recht, dass ich drauf und dran war, einen anderen Weg einzuschlagen.

„Was willst du nun wegen Bernd weiter unternehmen?", fragte sie.

„Ehrlich gesagt, bin ich ein bisschen ratlos. Er kann doch nicht einfach verschwunden sein. Und ich weigere mich, an ein Verbrechen zu glauben. Nein, wir sollten versuchen jemanden zu finden, der ihn besser kennt."

Karin versprach, einige Kollegen anzusprechen, die mehr wissen konnten.

„Wusstest du eigentlich, dass er verheiratet ist?"

Sie hatte es nicht gewusst. Anscheinend gab es über ihn doch noch so einiges in Erfahrung zu bringen, und wahrscheinlich gab es auch eine ganz plausible Erklärung dafür, warum er nach dem Tag der Operation nicht mehr im Krankenhaus erschienen war.

„Was hat sich eigentlich bei diesem Anwalt ergeben, wie hieß er noch?"

„Leclerc. Gar nichts hat sich da ergeben. Er hat unser Treffen kurzfristig absagen lassen. Seine Mitarbeiterin meinte, er hätte ganz plötzlich zum Gericht gemusst, aber das glaube ich nicht. Freitagnachmittag gibt es normalerweise keine Gerichtstermine, schon gar keine plötzlichen."

„Du meinst, er hat ein schlechtes Gewissen."

„Es wird am besten sein, wenn Wilhelm ihm das Mandat entzieht. Ich denke, ich hole heute noch die ganzen Unterlagen, die bei ihm sind. Dann mache ich das später entweder selbst oder nenne ihm einen anderen Anwalt."

„Hast du vor, auch noch ins Krankenhaus zu fahren?", wollte sie dann wissen.

„Du meinst, um Bramberger zur Rede zu stellen? Ich glaube nicht. Später vielleicht." Vorerst hielt ich es für besser, wenn diejenigen, die für das Ganze verantwortlich sein konnten, nichts davon erfuhren, dass ich jetzt meine wahre Identität kannte.

Karin war da nach wie vor anderer Ansicht. „Aber du wirst nichts erfahren außer durch die Ärzte! Und je länger du wartest, desto besser können sie vertuschen, was sie getan haben. Wenn du nur rumfährst und allen zu erklären versuchst, dass du der Rechtsanwalt Dr. Benjamin Korn bist, dann machst du dich bloß lächerlich und spielst ihnen auch noch in die Hände."

„Nein, komm, Karin", widersprach ich, „halte mich bitte nicht für blöd! Mir geht es erst einmal allein darum, zu erfahren, was vorgefallen ist. Wie es überhaupt zu der Situation kommen konnte, dass die beiden Schwerverletzten gleichzeitig in der Notaufnahme deines Krankenhauses landeten. Wenn ich darüber mehr weiß, dann lassen sich auch die Motive und Hintergründe der Operation herausfinden."

„Und du meinst tatsächlich, dass dir das gelingt?"

„Und du? Was denkst du? Findest du, ich sollte zur Staatsanwaltschaft gehen und Prof. Bramberger und Dr. Alexander anzeigen? Wegen Körperverletzung? Karin, das ist absurd!"

Man konnte nicht direkt sagen, dass wir uns im Streit verabschiedeten, aber die Stimmung zwischen uns war eindeutig wieder umgeschlagen. Für Karin stand fest, was geschehen war. Ich dagegen glaubte einzig und allein an das, was ich fühlte. Und zurzeit fühlte ich nur eines mit Bestimmtheit: Ich hatte bis zum 10. April gut vierundfünfzig Jahre lang als Benjamin Korn gelebt.

Und jetzt wusste ich auch, wohin ich als Nächstes fahren würde. Ich startete den Motor und bog wieder auf die Straße ein.

„Wo woll'n Sie hin?"

Der Charme des beleibten Beamten in der Pförtnerbox der Polizeidirektion war geradezu umwerfend. Aber ich sah es ihm nach, denn er schien darin schon zu dieser frühen Stunde mächtig zu schwitzen, wie man unschwer an seiner feuchten Stirn und den Ringen unter seinen Achseln sehen konnte.

„Ich möchte eine Aussage machen. Zu einem Verkehrsunfall."

Das war schon die zweite Lüge an diesem Tag. Ich hoffte inständig, irgendwann ein besseres Verhältnis zur Wahrheit entwickeln zu können.

„Haben Sie ein Aktenzeichen?"

Das hatte ich natürlich nicht. Doch nach einigem Hin und Her erhielt ich immerhin eine Zimmernummer. Die führte mich zu einer Beamtin, die zwar nicht zuständig war, mir aber eine weitere Zimmernummer nennen konnte. In dem nächsten Zimmer durfte ich Platz nehmen und warten. So entwickelte ich das Gefühl, langsam voranzukommen.

Ob es Zufall war oder man mir tatsächlich den richtigen Weg gewiesen hatte, ließ sich nicht feststellen, aber nachdem ich etwa zwanzig Minuten gewartet hatte, betrat ein junger, rothaariger Mann in Uniform den Raum, den ich sofort erkannte. Ich sprang auf.

„Guten Morgen, Herr Steinmann!", begrüßte ich ihn, als kennten wir uns schon lange.

„Steinicke", verbesserte er. „Polizeiobermeister. Kennen wir uns?"

Sein Gedächtnis schien noch schlechter zu sein als meins, aber nach einiger Hilfestellung erinnerte er sich dann doch an den Abend bei „Bella Napoli" gegenüber dem Krankenhaus, wo er das Protokoll in seinen Laptop eingegeben hatte.

„Ach ja, Sie sind der mit dem Gedächtnis. Also vielmehr …"

„Ja", sagte ich freundlich, „der mit der Amnesie." Er nickte heftig, wohl weil er das Wort wiedererkannte, und nippte an dem Kaffee, den er in der Hand hielt. „Meinen Sie, ich könnte Sie mal eben sprechen?"

„Äh, ja, klar. Ist Ihnen noch was eingefallen? Kommen Sie, wir gehen rüber in mein Zimmer."

Dort durfte ich nun nicht nur sitzen, sondern bekam sogar einen Kaffee angeboten. Ich bedankte mich sehr herzlich und war überhaupt um jedes erdenkliche Wohlwollen bemüht, das mir ansonsten gegenüber einem Beamten wie Herrn Steinicke nicht eben leicht gefallen wäre.

„Haben Sie denn inzwischen noch etwas darüber herausgefunden", wollte ich wissen, „was in dieser Nacht wirklich passiert ist?"

Er saß hinter seinem auffallend leeren Schreibtisch, fuhr mit den Händen über die Schreibunterlage und wiegte den Kopf hin und her, als wüsste er viel mehr, als er mir sagen durfte.

„Wir haben noch keine konkrete Spur, falls Sie das meinen", ließ er sich entlocken. Dann versuchte er, seinem Blick etwas Aufforderndes, beinahe Drohendes zu geben: „Können Sie sich denn jetzt wieder an irgendwas erinnern?"

Als ich verneinte, ließ er unverhohlen durchblicken, dass man meiner Aussage nicht so ganz traute. Zwar seien es meistens die Täter, die vorgäben, sich an nichts erinnern zu können, aber wer weiß, vielleicht sei ich ja gar nicht nur das Opfer einer Straftat gewesen.

„So ist uns zum Beispiel aufgefallen, dass Sie noch Geld und Ausweis bei sich hatten. Schlüssel auch. Der einzige Hinweis darauf, dass man Ihnen etwas weggenommen hat, war ein leerer Jutebeutel, der neben Ihnen lag. Haben Sie eine Vorstellung, was da drin gewesen sein kann?"

Wieder schüttelte ich den Kopf. Aber erst in diesem Moment fiel mir wieder ein, dass ich einen solchen Beutel im Schrank meines Krankenhauszimmers gesehen hatte. Später, als ich entlassen wurde, war er hingegen nicht mehr da. Es lag nahe, dass derjenige, der die Bücher an sich genommen hatte, jetzt auch im Besitz des Beutels war.

„Wie sah der Beutel denn aus?", fragte ich direkt, und tatsächlich fiel dem Beamten nicht auf, dass ich das ja eigentlich selbst hätte wissen müssen.

„Warten Sie, da muss ich mal nachschauen." Er wandte sich dem Bildschirm auf seinem Schreibtisch zu und klickte und scrollte eine Weile schweigend herum, ehe es mit einem selbstzufriedenen „Ahh!" weiterging: „Hier steht: Neben dem Verunfallten lag ein verschmutzter Beutel. Zustand: leer. Beschreibung: Jutebeutel, gebraucht. Aufdruck: I – Herz – Frankfurt."

Nach dem zuletzt Gesagten trübte sich sein Blick von Verständnislosigkeit.

„I love Frankfurt", sagte ich, woraufhin er mich wieder ansah.

„Oder so", stimmte er mir zu. Dann nahm er den vorigen Faden wieder auf: „Sie wissen also nicht, was Ihnen gestohlen worden sein könnte?"

„Nein. Keine Ahnung."

„Können Sie denn sonst noch sachdienliche Angaben machen?"

Fast hätte ich über diese Formulierung lachen müssen, aber glücklicherweise konnte ich mich beherrschen.

„Nun, ganz wie man es nimmt", setzte ich bedeutungsschwer an, und tatsächlich richtete er sich ein wenig auf und schien gespannt darauf, was ich weiter vorzubringen hatte. „Es gab, so viel habe ich in Erfahrung bringen können, in derselben Nacht etwa zur gleichen Zeit einen

Autounfall, dessen Hergang nicht restlos aufgeklärt wurde. Wissen Sie davon?"

Natürlich wusste er nichts davon, denn es waren ja keine Ermittlungen eingeleitet worden, aber um keinen Preis hätte er das zugegeben. Mit einem vielsagenden „Ja, nun …" drehte er sich vielmehr wieder zu seinem Bildschirm hin und begann die Tastatur zu bearbeiten. Dann schaute er ausgiebig auf das, was er da sah, tippte erneut etwas ein und schaute wieder. Ich ließ ihm Zeit.

„Hier hab' ich was", verkündete er dann. „VU mit Todesfolge. Eine verunfallte Person. Letal. Vermutlich überhöhte Geschwindigkeit. Zeugen keine. Meinten Sie das?"

Ich war ehrlich überrascht.

„Ich dachte, dazu gab es keine Ermittlungen."

„Gab es auch nicht. Das ist nur der Statistikbericht der Verkehrspolizei. Offenbar kein Verdacht auf Fremdverschulden." Er sah mich an und versuchte eine strenge Miene aufzusetzen. „Haben Sie dazu etwas auszusagen?"

Jetzt kam es drauf an. Einerseits sollte er keine Schlüsse dergestalt ziehen, dass zwischen René Fischer und Benjamin Korn ein Zusammenhang bestand, andererseits wollte ich unbedingt Näheres über diesen Unfall wissen. Aber das erwies sich als leichter als gedacht.

„Das kommt darauf an, wo sich dieser Unfall zugetragen hat", sagte ich.

Und genau da kam mir sein Diensteifer sehr zustatten. Ich erhielt die genaue Beschreibung aus dem Unfallbericht, wo das Fahrzeug aus welcher Richtung kommend gegen was für eine Häuserfront gefahren war. Und um sein Werk zu krönen, machte er mir sogar noch einen Ausdruck aus Google Maps.

Ich nahm ihn entgegen und sinnierte zum Schein einige Augenblicke darüber. Dann verkündete ich:

„Nein. Nein, ich glaube nicht, dass es das war."

Er sah mich fragend an, wollte jetzt aber nicht zugeben, dass er den Zusammenhang nicht ganz verstand.

„Tut mir leid", setzte ich bedauernd hinzu, „dann können Sie mein Erscheinen hier, glaube ich, getrost vergessen. Das scheint mir überhaupt nichts mit dem Überfall zu tun zu haben."

Da lächelte er leicht, denn das verstand er.

„Das habe ich mir schon fast gedacht."

„Tut mir leid", sagte ich noch einmal, „und vielen Dank. Eh – darf ich das hier trotzdem behalten?"

„Ja, ja. Nehmen Sie es nur mit." Und als ich aus der Tür ging, fügte er hinzu: „Wenn Ihnen aber doch noch etwas einfallen sollte …"
„Natürlich", versicherte ich, „dann wende ich mich sofort an Sie."
Er war zufrieden. Ich auch.

Ich fand einen Parkplatz in der Straße, an deren Ende der Polizeiobermeister Steinicke auf dem Computerausdruck ein Kreuz gemacht hatte, um die genaue Stelle zu bezeichnen. Ich stieg aus und setzte mich zögernd in Bewegung. Schon von weitem und obwohl ich aus der anderen Richtung kam, erkannte ich die Hausfassade wieder. Für einen Moment wurde mir schwummerig und ich musste mich an der Häuserwand abstützen.

„Geht es Ihnen nicht gut?"

Ich drehte mich um. Die Frage kam von einer älteren Frau mit einem Einkaufswägelchen.

„Doch, danke. Es ist alles in Ordnung."

Sie ging ein paar Schritte weiter, behielt mich aber zweifelnd im Blick.

An der Ecke des Hauses war ein großes Stück Putz mit mehreren Steinen herausgeschlagen. Ein paar unbeschädigte Meter weiter bot sich ein ähnliches Bild, wo die ursprünglich glatte Front in eine Einfahrt überging. Hier war der Schaden noch größer, und eine notdürftige Bretterkonstruktion sollte entweder weiteres Abbröckeln verhindern oder nur die Hässlichkeit kaschieren, bis die erforderlichen Reparaturarbeiten gemacht sein würden.

Die Einfahrt war offen, aber an ihrer Innenwand lehnte ein stark verformtes und stellenweise gebrochenes Metalltor. Ich brauchte nicht näher heranzugehen, um Gewissheit zu haben, dass ich es kannte. Ich hatte dieses Tor nur für den Bruchteil einer Sekunde gesehen, und doch würde ich es nie vergessen. Hier war ich mit dem Mercedes gegen dieses Haus geprallt, gegen genau dieses Tor. Gestern am späten Abend in meinem Traum und höchstwahrscheinlich auch vor gut zwei Monaten in der Realität.

„Sieht schlimm aus, gelt?" Das war wieder die alte Frau, die mich offenbar nicht aus den Augen gelassen hatte. „Ist gestorben, der Mann", erzählte sie mir lebhaft. „Zu schnell ist er gewesen. In der Nacht. Die Kurve hier, die hat er nicht gekriegt."

Ich wandte mich ihr zu.

„Haben Sie den Unfall gesehen?", fragte ich sie ohne große Hoffnung.

„Nein, gesehen habe ich den nicht. Aber den Wagen, wie er am nächsten Tag noch da stand. Ein Mercedes war es, glaube ich."

Ich machte noch einen Versuch.

„Wissen Sie, ob der Mann noch gelebt hat, als der Notarzt kam?"

Aber auch das konnte sie mir nicht sagen.

„Kannten Sie ihn?", wollte sie wissen. Ich zögerte.

„Nein", sagte ich dann, und sie wandte sich zum Gehen. Ich sah ihr einen Moment lang nach und überlegte, ob ich sie noch etwas fragen konnte. Kurz stieg in mir der Gedanke auf, sie könnte jener fremden Frau hier begegnet sein. Der Frau, die vielleicht Benjamins Witwe war. Ich hielt es nicht für ausgeschlossen, dass sie diesen Ort aufgesucht hatte. Aber ich verwarf den Gedanken, und die alte Frau war auch schon um die Hausecke verschwunden.

Nachdenklich ging ich auf das Tor zu. Es war dunkelgrün. In der Nacht war es mir schwarz erschienen. Ich fuhr mit der Hand über einige Streben, die heil geblieben waren. Die gebrochenen mied ich; es kam mir vor, als müsste Blut daran kleben. Mein Blut. Das war natürlich Unsinn.

Und plötzlich erblickte ich etwas, das mich dann doch buchstäblich umhaute. Mit knapper Not konnte ich mich an dem Tor festhalten, während ich in den Knien einknickte und zu Boden glitt. Fassungslos starrte ich in die Ecke, dahin, wo das Metalltor einmal befestigt gewesen war.

Dort, im Schatten auf dem Steinboden, stand ein altes Marmeladenglas, in dem sich ein Strauß verwelkter kleiner Blumen befand. Es waren Margeriten und Akelei darunter, in der Mitte steckte eine weiße Rose, alle auf eine Länge gestutzt, dass sie gerade so eben über den Rand des Glases reichten. Ein letzter Rest trüben Wassers am Boden des Glases reichte schon längst nicht mehr aus, um sie am Leben zu erhalten. Sie, die gewiss blühend und farbenfroh im Gefühl der Trauer hierhergestellt worden waren, boten nun selbst ein unendlich trauriges Bild.

Und zwischen ihnen steckte, sie nur um weniges überragend, ein einfaches, schmales Holzkreuz.

10. Kapitel

Ich stand vor dem Glas mit den welken Blumen und dem Kreuz, starrte darauf hinab und fragte mich zum vielleicht tausendsten Mal, ob es nicht doch möglich war, die verlorene Erinnerung zurückzubekommen. War das nicht mit dem Traum von dem Autounfall schon ein klein wenig geschehen? Doch eigenartigerweise erschreckte mich das mehr, als dass es mir Hoffnung gemacht hätte. Und ich hatte mich im Grunde bereits mit der Prognose der Ärzte arrangiert, die eindeutig besagte, dass nichts wiederkommen würde. Das war es: Ich wollte die Wahrheit über die Vergangenheit herausfinden, aber ich wollte sie nicht erlebt haben!

Anschließend fuhr ich noch einmal zum Autohaus zurück. Als ich ankam, herrschte dort große Aufregung. Zwei Polizeibeamte kamen mir entgegen, Frau Brotbecke hatte verheulte Augen, Wilhelm verschwand gerade wutschnaubend in sein Büro.

„Was ist denn passiert?", fragte ich Frau Brotbecke, aber von ihr kam nur ein vages „Ach!", begleitet von einer wegwerfenden Handbewegung, und mit einem schon arg strapazierten Taschentuch vor dem Mund wandte sie sich ab Richtung Damentoilette.

Dann sah ich im Ausgang zum hinteren Hof Herrn Wagner stehen, unseren Verkäufer, der erregt mit einem Kunden debattierte. Auf der anderen Seite stiegen die Polizisten in ihren Wagen und fuhren davon. Irritiert wandte ich den Kopf in alle vier Richtungen: hier das abfahrende Polizeiauto, dort Klaudie mit dem Kunden, hier die Tür, hinter der soeben Frau Brotbecke verschwunden war, und gegenüber die Tür von Wilhelms Büro. Ich entschied mich für letztere Richtung.

Er sah gar nicht auf, als ich eintrat. Von seinem Schreibtischstuhl aus blickte er starr auf die Wand, wo das Gruppenfoto von ihm und seinen Mitarbeitern hing, das zum zwanzigjährigen Firmenjubiläum aufgenommen worden war. Er selbst war darauf deutlich schlanker als heute, sah aber kaum jünger aus.

„Das hat es in all den Jahren noch nicht gegeben", sagte er dann. „Unglaublich. Als wenn bei uns jemand Kunden bestehlen würde!"

Also darum ging es. Ein Kunde hatte sich beschwert, ihm sei bei uns etwas aus seinem Auto abhandengekommen. Etwas sehr Wichtiges.

„Dabei will er noch nicht einmal sagen, was es eigentlich war. Aber gleich die Polizei rufen, das fand er richtig!"

„Unglaublich!", wiederholte ich seine Vokabel.

Da sah er mich endlich an. Das Rot seines Gesichts ließ spürbar nach, und im nächsten Moment lächelte er sogar ein bisschen. Die Wut schien einer Art Hoffnung zu weichen, als er sagte: „Kann ich dich bitten, dich darum zu kümmern?"

„Ich hatte eigentlich gerade ganz andere Pläne", sagte ich. Den Entschluss, nach Berlin zu fahren, würde ich jetzt nicht aufgeben. Es war höchste Zeit, dass ich nach den Orten und Menschen suchte, die mir, Benjamin Korn, in meiner Vergangenheit vertraut gewesen waren. „Wie heißt denn der Kunde?"

Er griff nach der Kundenkarte, die vor ihm lag, und las den Namen ab. Und da war ich es, dem nun der Atem stockte.

„Vogelhehr?", wiederholte ich, offenbar mit einem Entsetzen in der Stimme, das für Wilhelm überraschend war.

„Jawohl, Vogelhehr. Warum schreist du so?"

Unwillkürlich war ich laut geworden. „Ist das nicht der Mercedes?" Ich bemühte mich, normal zu klingen, und war Wilhelm dankbar, dass er meinen Ausbruch überging. „Ich schau mal nach ihm."

Als ich nach hinten ging, traf ich Klaudie an dem Auto; Herr Vogelhehr war offenbar abgezogen.

„Was vermisst er denn?", fragte ich.

„Das will er nicht sagen. Es soll im Handschuhfach gewesen sein und war angeblich unwahrscheinlich wichtig."

„Im Handschuhfach?" Darüber stutzte ich nur kurz. „Hat er denn gegenüber der Polizei auch nicht angegeben, worum es sich handelt?"

Klaudie verneinte. Die Beamten hatten sogar erklärt, in diesem Fall überhaupt nichts für ihn tun zu können. Und das hatte Vogelhehr erst recht auf die Palme gebracht.

„Ich schlage vor", sagte ich dann, „Sie bieten Herrn Vogelhehr eine Kulanzregelung an. Dafür müsste er aber schon sagen, worum es sich gehandelt hat. Denn falls wir den Gegenstand etwa in der Werkstatt finden sollten – wovon ich nicht ausgehe –, würden wir ihn ihm ja zurückgeben wollen."

Abschließend tat ich mein Bestes, Frau Brotbecke zu beruhigen. Zuerst schämte sie sich und fühlte sich schuldig – ein Reflex, der völlig unbegründet war, aber wohl darauf zurückging, dass sie mal wieder etwas in diesem Unternehmen nicht unter Kontrolle gehabt hatte. Wir verlegten uns darauf, gemeinsam auf den Kunden zu schimpfen, und gleich ging es ihr besser. Als ich schließlich in meine Wohnung hochging, lachte sie mir sogar hinterher.

Zugverbindungen nach Berlin gab es viele; einmal stündlich fuhr ein ICE. Ich würde Wilhelm kurzfristig Bescheid sagen. Genügend Geld hatte er mir für meinen ersten Arbeitsmonat bereits vorgeschossen. Aber zuvor gab es noch ein paar Dinge zu tun.

Als Erstes führte ich einige Telefonate. Ich sagte den Therapietermin bei Dr. Alexander ab und erklärte das mit beruflichen Gründen, was nicht so ganz gelogen war. Dann fragte ich beim Anwaltsbüro Leclerc an, ob er heute Mittag da sei; das wurde mir bestätigt. Anschließend wählte ich die Nummer der „Pizzeria RomAntica", die meinem Facebook-Freund Pasquale gehörte.

„Pizzeria Romaaantica, buon giorno", kam es mir entgegengeflötet. Ich nannte meinen Namen, und sofort ging es im gleichen Tonfall weiter: „René, ciao! Come stai? Wie geht esse dir? Habe so lange nichts-e von dir gehört!" Ich hatte stark den Eindruck, dass er bedeutend besser deutsch sprechen konnte, als er es tat. Wenn ich zuvor noch gezweifelt hatte, ob wir vielleicht miteinander italienisch redeten, verwarf ich diese Möglichkeit nun endgültig.

„Hallo, Pasquale! Alles okay?"

„Ja, wasse soll ich dir sagen – meine Kusine in Parma ..."

Ich zeigte mich eine Weile lang geduldig und ließ ihn reden. Dass wir uns zehn Wochen oder länger nicht gesehen hatten, war für ihn offensichtlich kein Grund gewesen, sich Sorgen zu machen, denn er fragte nicht nach mir und was ich erlebt hatte. Stattdessen lernte ich mal eben seinen Stammbaum kennen, länger verstorbene Verwandte inbegriffen.

„Du, Pasquale, sei mir nicht böse. Ich habe gerade nicht viel Zeit. Was hältst du davon, wenn wir demnächst ein bisschen reden."

„Aber si! Kommest du vorbei! Ich köpfe eine Flasche Brunello und wir qu-ateschen."

Das klang vielversprechend, und ich versprach, mich wieder bei ihm zu melden.

„Ich-e freue mich! Ciao, René, ci vediamo!"

Er schien sich wirklich zu freuen, und so war ich gespannt, was er mir erzählen konnte. Möglicherweise kannte er ja einen etwas anderen René. Aber der Trip nach Berlin hatte erst einmal Vorrang.

Als Nächstes versuchte ich es bei Haake-Reuter. Die Nummer fand ich bei telefonbuch.de. Ich ließ es lange klingeln, ohne große Hoffnung, dass jemand ranging. Währenddessen googelte ich den Namen noch einmal. Ich hatte das schon einmal getan, aber nur auf deutschsprachigen Seiten. Jetzt stieß ich auf einen interessanten Treffer.

Da niemand abnahm, legte ich auf. „Brain Surgery – from the Pre-Incan Civilization to the 21st Century" war der Titel eines Vortrags, gehalten anlässlich des hundertsten Todestages von Ernst von Bergmann, dem Begründer der Hirnchirurgie, 2007 in Indianapolis. Autor und Redner war niemand anderes gewesen als Dr. Bernd Haake-Reuter.

Meine Englischkenntnisse reichten leidlich aus, um zu verstehen, worum es ging. Nach einem historischen Abriss kam Haake-Reuter zu einigen Visionen, die er als „not so futuristic" bezeichnete. Trotz einer beträchtlichen Menge von Fachausdrücken, die ich schon auf Deutsch nicht verstanden hätte, konnte ich mir doch zusammenreimen, worauf er hinauswollte. Als bislang entscheidendes Hindernis für eine umfassende erfolgreiche Gehirnchirurgie bezeichnete er die Unmöglichkeit, das erkrankte Organ vollständig freizulegen. Es gab zwar die Möglichkeit gezielter Teilöffnungen, schall- und lasergeleiteter Eingriffe und die so genannte stereotaktische Hirnchirurgie, aber all das half nur bei bereits erfolgreicher Lokalisierung etwa eines Tumors, Fremdkörpers oder Aneurysmas. „Wenn Sie einen Patienten mit einer multiplen Hirnverletzung haben", sagte Haake-Reuter in dem Beitrag, „etwa infolge eines Unfalls oder einer Straftat, dann wünschen Sie sich, Sie könnten sich dem verletzten Organ widmen wie einem Trümmerbruch der Extremitäten oder einer gerissenen Milz."

Ich war verblüfft, anders ließ es sich nicht bezeichnen. Haake-Reuter war es, der auf dem Gebiet der Gehirnchirurgie forschte und Vorträge hielt, und nicht – oder nicht nur – Prof. Bramberger! Aber was war daraus zu schließen? Eines war jetzt klar: Er musste es gewesen sein, der nach dem Autounfall die Schädelöffnung vorgenommen hatte, obwohl vermutlich kein medizinisch begründeter Anlass dafür bestand. Also hatte er es aus seinem Forschungsinteresse heraus getan. Was dann folgte, ließ sich nur erahnen. Aber offenbar hatte er für das Problem, das ihm vor drei Jahren noch unlösbar erschienen war, nun eine Lösung gefunden, der ich mein Leben zu verdanken hatte.

Mehr fand ich zu diesem Thema nicht, vor allem nichts Neueres. Nur nebenbei registrierte ich, dass Haake-Reuter als Dozent an der Universität Erlangen auftauchte. Ich war über die Entdeckung auch zu aufgeregt, um weiter zu suchen, und wählte nach kurzem Zögern Karins Nummer.

Aber Karin fühlte sich nicht gut. Sie hatte schlecht geschlafen und litt unter Kopfschmerzen. Ich versprach es kurz zu machen.

„Hast du etwas über Haake-Reuter in Erfahrung bringen können? Ist er wieder aufgetaucht? Ich halte es jetzt nämlich für möglich, dass er derjenige war, der die Transplantation gemacht hat."

Sie brummte unwirsch. „Das kannst du vergessen. Bernd würde so etwas nie machen."

„Bist du da so sicher? Immerhin habe ich herausgefunden, dass er auf diesem Gebiet forscht. Es gibt sogar eine Veröffentlichung …"

„René, nein!", unterbrach sie mich scharf. „Streiche ihn einfach aus dem Kreis deiner Verdächtigen! Ich kenne Bernd gut genug, um so etwas auszuschließen. Im Gegenteil bin ich sicher, dass es nur deshalb zu diesem Streit gekommen ist, weil er genau das verhindern wollte!"

„Oha!", entfuhr es mir. Bis dahin war mir Karins enge Bindung zu Dr. Haake-Reuter gar nicht so bewusst gewesen.

„Ich kann dir aber noch etwas erzählen, das vielleicht interessant ist", lenkte sie ab.

„Was denn?", fragte ich.

„Die Karteikarte ist wieder da."

Ich brauchte einen Augenblick, um zu verstehen, was sie meinte. Dann fiel der Groschen.

„Die Karte von dem Anwalt – eh, also quasi meine Karte aus der Patientenkartei?"

„Ja. Und nicht nur das: Es gibt nun auch einen ganz ordnungsgemäßen Eintrag über den Tod des Unfallopfers Dr. Benjamin Korn aus Berlin. Genau so, wie es zu sein hat. Dabei schwöre ich dir, dass vor zweieinhalb Wochen, als ich nachgesehen habe, da überhaupt nichts stand."

Da hatte offensichtlich jemand Angst, dass seine Manipulationen entdeckt werden könnten. Ich bat sie, weiter die Augen offen zu halten. Wie sich herausstellte, hatte sie gerade in den nächsten Tagen ständig Dienst, weil sie mit Anton getauscht hatte.

„Dann ist es in jedem Fall ausgeschlossen, dass du mit mir nach Berlin kommst?"

„Ja", gab sie nur knapp zur Antwort.

„Ich rufe dich an, sobald ich angekommen bin."

„Du wirst sie wiedersehen", hörte ich sie leise, fast tonlos sagen.

Ich nickte stumm vor mich hin, was für sie am anderen Ende wie eine schweigende Bestätigung ihrer Befürchtungen wirken mochte. Natürlich wollte ich auch dieser Frau begegnen, gleichgültig, ob wir eine gute Ehe, eine leidenschaftliche Beziehung miteinander gehabt hatten oder in Trennung lebten und uns hassten. Letzteres war nur halt nicht eben wahrscheinlich.

„Ich bitte dich bloß um eins", fügte sie dann hinzu, „nämlich dass du dir möglichst schnell darüber klar wirst, wie du zu ihr stehst."

„Ich verspreche dir auf jeden Fall ...", setzte ich an.

„Sei bitte so gut und versprich mir nichts."

Ich schwieg betreten. Wir beendeten das Telefonat zwar freundlich, aber das Zusammengehörigkeitsgefühl der ersten Tage war uns abhandengekommen.

Es war kurz nach zwei, und ich hatte Hunger. Die magere Ausstattung meines Kühlschrankes würde, wie ich feststellen musste, daran nicht viel ändern können. Ich aß immer noch insgesamt wenig, und deshalb vergaß ich auch häufig das Einkaufen. Egal, ich war ohnehin im Begriff, das alles hier hinter mir zu lassen, und wenn ich ehrlich war, bestand durchaus die Möglichkeit, dass ich nicht mehr als René Fischer hierher zurückkehrte.

Schräg gegenüber, ein Stück die Straße hinunter, gab es einen Döner-Imbiss, dem ich schon so manche Mahlzeit zu verdanken hatte. Kurzentschlossen griff ich nach Geld und Schlüsseln und verließ die Wohnung. Doch auf halbem Weg die Treppe hinab hielt ich inne. Nach kurzer Überlegung machte ich kehrt und ging noch einmal in die Wohnung. Dies war nicht der Moment, um halbe Sachen zu machen. In dem kleinen Schlafzimmer holte ich ein Sakko aus dem Schrank, das ich als René kaum getragen zu haben schien. Es war nicht gerade ein edles Exemplar, aber für meinen Zweck reichte es. Dazu zog ich ein frisches Hemd und die Hose an, über die Esther bei unserer ersten Begegnung im Krankenhaus so verwundert gewesen war. Zufrieden besah ich mich im Spiegel neben der Eingangstür: Ja, so fand ich mich okay. Seltsam, aber ich hatte eine ungewohnte Art Lampenfieber.

Dann griff ich nach den bereitgelegten Unterlagen, setzte mir Karins Hut auf und ging zum zweiten Mal aus der Wohnung.

Bei dem Türken bestellte ich einen Dürüm-Döner und eine Cola und setzte mich an einen der mit Wachstuchdecken bedeckten Tische. Während ich aß, ging ich meine Liste noch einmal durch. Vorige Woche war ein eigentümlicher Fall hinzugekommen, den Frau Brotbecke – leider – sofort an Rechtsanwalt Leclerc weitergeleitet hatte, ohne mich zuvor einzuweihen. Nur eine Kopie hatte sie gemacht. Eigentümlich war der Fall deshalb, weil er eigentlich gar nicht möglich war. Für mich kam hinzu, dass er sich an einem besonderen Tag zugetragen hatte. Ich seufzte, wischte mir die Soße vom Mundwinkel und nahm einen Schluck von der Cola. Warum musste das nun wieder sein?

Am späten Abend des 10. April war einer unserer Vorführwagen von der Polizei geblitzt worden. Der Opel Corsa. Erst jetzt, kurz vor Ablauf der Verjährungsfrist, hatten sie uns das Anhörungsschreiben geschickt, mit dem sie nach dem Namen des Fahrers fragten. „… konnte der männliche Fahrzeugführer zur Tatzeit nicht ermittelt werden." Beamtendeutsch. Beigefügt war ein schlechtes, schwarz-weißes Foto, auf dem auch der Fahrer selbst sich vermutlich nicht erkannt hätte. Sogar die Behauptung, dass es sich um einen Mann handelte, hätte man vor jedem Gericht mühelos in Zweifel ziehen können. Es schien allerdings wahrscheinlich. Das Bild zeigte einen Kopf, der zu einem stark untersetzten Mann gehören mochte und der eine dunkle Brille trug. Letzteres war allerdings verwunderlich, denn in einer Ecke des Fotos war als Tatzeit 22 Uhr 18 ausgewiesen. Da musste es Mitte April schon längst Nacht gewesen sein.

Ich überlegte. Der 10. April, Sonnabend – das war der Abend, an dem René durch das Bahnhofsviertel gestreift war und Benjamin mit dem Auto durch Frankfurt raste. Ich betrachtete das Bild noch einmal genauer. Konnte das Wilhelm sein? Aber es war vollkommen ausgeschlossen, dass er an einem Samstagabend unterwegs war. Und selbst wenn, dann hätte er sein eigenes Auto genommen, nicht den Corsa. Unmöglich. Ich konnte mir noch nicht einmal vorstellen, dass er schneller als erlaubt fuhr. Was stand da? Mit 72 Stundenkilometern hatten sie den Wagen geblitzt, mitten in der Frankfurter Innenstadt.

Ich nahm mir vor, Leclerc auf diese Sache besonders nachdrücklich hinzuweisen. Unter allen Umständen galt es zu vermeiden, dass der Firma Fischer eine Fahrtenbuchauflage erteilt wurde. Das ging aber nur, indem wir der Polizei gegenüber einen Fahrer benannten. Notfalls stellte ich mich selbst zur Verfügung. Dass ich an diesem Tag anderweitig unterwegs war, würde der Ordnungsbehörde nicht bekannt sein.

„Möchten Sie noch etwas?", fragte der türkische Inhaber des Imbisses von der Theke her in akzentfreiem Deutsch. Ich verneinte und zahlte. Der Besuch, den ich Roland Leclerc jetzt abstatten würde, sollte vorerst das Letzte sein, das ich für Wilhelm tat. Danach würde ich den Zug nehmen, und was mich im Weiteren erwartete, stand in den Sternen.

Das Büro lag im Hochparterre einer eindrucksvollen Villa, die früher einmal von einer einzigen Familie bewohnt gewesen sein mochte. Eine große zweiflügelige Tür trennte den Wartebereich von dem, was heute als Treppenhaus diente und die verschiedenen Wohn- oder Büroeinheiten trennte, einstmals wohl aber ein zentraler, verbindender Raum mit Freitreppe zu den oberen Gemächern gewesen war. Auch schien Leclercs Büro nicht die gesamte untere Etage einzunehmen, sondern nur eine etwas größere Hälfte davon.

Leclercs Sekretärin war freundlich gewesen, freundlicher als am Telefon. Sie erklärte, ihr Chef sei da, bat mich aber um etwas Geduld. „Herr Leclerc wird gleich Zeit für Sie haben." Es klang, als wenn ich erwartet wurde. Wahrscheinlich saß er jetzt drinnen und studierte noch einmal meine E-Mail vom vergangenen Freitag.

Der Warteraum wirkte schmuddelig. Eine schöne alte Standuhr an der Wand machte ihrem Namen insofern Ehre, als sie stehengeblieben war, und das vermutlich nicht erst vor kurzem. Insgesamt bekam der Besucher den Eindruck, dass die Geschäfte des Anwalts nicht sonderlich gut liefen.

Nach einer Weile kam ein junger Mann aus einer Seitentür herein, sagte Guten Tag und setzte sich mir gegenüber. Er mochte Mitte zwanzig sein und wirkte sportlich. Möglicherweise ein Typ, der Frauen anzog. Er griff sich eine Motorsportzeitschrift von dem niedrigen Tisch, der zwischen uns stand, und begann darin zu blättern. Dabei blickte er aber immer wieder auf mich, so, als wollte er prüfen, ob wir uns kennen oder ob ich nicht ein Gespräch beginnen würde. Ich tat ihm nicht den Gefallen. Schließlich legte er die Zeitschrift zurück und verschwand in das Zimmer der Sekretärin, aus dem diese kurz darauf auf mich zukam und mir einen Kaffee anbot.

„Es dauert leider noch ein bisschen. Milch und Zucker?"

„Danke, schwarz", sagte ich und hatte wenig später eine Tasse mit einer recht durchsichtigen schwarzen Brühe vor mir, die aber erstaunlich aromatisch schmeckte.

Drei sehr unterschiedliche, nur im Format gleiche Bilder zierten die Wände. Auch die Rahmen waren identisch. So etwas bekam man für ein paar Euro bei Ikea. Die Tapete hatte einmal ein Muster gehabt, war dann aber weiß übergestrichen worden, was ihr aktuell mal wieder gutgetan hätte. An manchen Stellen kamen die ursprünglichen geschwungenen Streifen wieder zum Vorschein. Dadurch wirkten sie irgendwie, als würden sie sich bewegen. Nein, jetzt bewegte sich eher der Raum insgesamt, auch die Standuhr stand nicht mehr still. Als Letztes spürte ich noch, wie mein Kopf nach vorn zu fallen drohte, weshalb ich ihn, um dagegenzuhalten, zurückwarf – dann war nichts mehr.

11. Kapitel

Dieses Mal wusste ich beim Erwachen sofort, wer ich war – wenigstens das. Aber der Raum, in dem ich mich befand, war mir völlig fremd. Ich hatte Schwierigkeiten, mich umzusehen, denn mir war speiübel. Deshalb blieb ich zunächst für eine Weile so, wie ich war, auf dem Rücken liegen und wartete darauf, dass das kreisende Zimmer zum Stillstand kommen würde.

Ich lag auf einer Art Schlafsofa, das ziemlich alt und durchgelegen wirkte und über das man eine grobe, einfarbige dunkelrote Decke gelegt hatte. Ich richtete mich langsam auf und registrierte befriedigt, dass mir das keinerlei Schwierigkeiten machte. Kein Zweifel, man hatte mich in ein Zimmer eingesperrt, das nicht eigentlich dafür bestimmt, aber zweifellos gut geeignet war, wenn man jemanden gekidnappt hatte. Und das war ich offenbar; jedenfalls schien mir das die einleuchtendste Erklärung für diese Situation zu sein.

Es gab ein Fenster, aber daraus ließ sich nicht hinaussehen. Offensichtlich befand ich mich im Untergeschoss eines Hauses, und es lag nahe, dass es sich dabei um die Villa handelte, in der Rechtsanwalt Leclerc seine Kanzlei hatte. Man hatte mich, so vermutete ich, mit diesem seltsamen Kaffee aus dem Verkehr gezogen und dann hierher transportiert.

Ich stand auf und ging im Zimmer umher. Ah, da gab es sogar ein Bad! Für ein Entführungsopfer schien ich es ganz ordentlich getroffen zu haben. Luxusklasse, sozusagen. Ein-Zimmer-Apartment mit Dusche und WC, kleiner Diele, aber ohne Kochgelegenheit und, was das Entscheidende war, ohne Ausgang. Die Tür, die hinausführte, war verschlossen. Ich verzichtete vorerst darauf, dagegen zu hämmern, um Hilfe zu schreien und so etwas zu rufen wie: Lasst mich hier raus!

Das Handy war natürlich nicht hier. Ebenso der Ordner mit den Unterlagen, über die ich mit Leclerc hatte reden wollen. Sogar meinen Hut, den ich auf dem Tisch abgelegt hatte, enthielten sie mir vor. Das Portemonnaie mit Geld und Scheckkarten dagegen steckte unverändert in meinem Sakko. Auch die Schlüssel waren da, und meine Armbanduhr hatten sie mir umgelassen: Es war sieben Uhr abends.

An der Wand standen ein Tisch und ein Stuhl, aber im Gegensatz zu meinem Gefängnis im Krankenhaus gab es hier nicht einmal einen Fernseher. Ein Anschluss war zwar da, aber kein Gerät. Dafür gab es ein üppig gefülltes Bücherregal. Die Bücher darin wirkten gelesen und so, als warteten sie auf eine Entscheidung, ob sie eines Tages verschenkt oder entsorgt, aber gewiss nicht noch einmal gelesen werden sollten. Fachbücher waren nicht darunter, weder medizinische noch juristische.

Einen Schrank gab es auch, und in ihm machte ich den erfreulichsten Fund: eine Kiste mit zwölf Flaschen Mineralwasser. Ich nahm mir sogleich eine heraus und trank. Und kam zu dem Schluss, dass man vorhatte, mir die notwendige Grundversorgung zukommen zu lassen. Mit Befriedigung stellte ich auch fest, dass im Bad frische Handtücher lagen und sogar eine neue, noch eingepackte Zahnbürste. Also dann, fröhlichen Urlaub!

Aber Abendessen gab es heute nicht. Eine Packung gesalzener Erdnüsse, die im Schrank gelegen hatte, strafte ich bis kurz vor zehn mit Verachtung, dann vertilgte ich sie in kürzester Zeit, was mehr Übelkeit als ein Sättigungsgefühl hervorrief. Bis spät in die Nacht las ich in etwa sieben Bücher hinein, sämtlich Thriller oder Liebesromane, denen ich nichts abgewinnen konnte. Dann schlief ich auf dem Sofa ein.

In der Nacht quälten mich Albträume, ohne dass sich daraus etwas Zusammenhängendes hätte erkennen lassen. Ich fühlte mich verfolgt und bedroht, aber ich erkannte weder Menschen noch Räume oder Orte. Mehrfach wachte ich mit dem Gefühl rasender Wut auf, wie ich sie in den ersten Wochen nach der Operation mitunter verspürt hatte, aber dann war sie sofort verflogen und ich konstatierte nur ratlos, dass ich in diesem Zimmer eingesperrt war. Mehrmals versuchte ich erfolglos, aus dem Fenster, durch das ein Lichtstreif hereinfiel, etwas zu erkennen, und ich lauschte nach Geräuschen, die auch da waren: ein Brummen wie von einem Kühlschrank, ferne Motorengeräusche, einmal ein Rummsen und dann wiederholtes Klacken, das immerhin darauf hindeutete, dass ich in diesem Haus nicht allein war. Aber nicht einmal das war sicher.

Um kurz vor sechs erwachte ich endgültig und fühlte mich missmutig, aber physisch okay. Es dämmerte bereits. Dennoch machte ich Licht, und das war ein Glück, denn sonst wäre ich auf dem Weg ins Bad mit Sicherheit in mein Frühstück getreten.

Sie hatten es, während ich schlief, in der Diele auf den Fußboden gestellt. Ein Tablett mit Kaffee, der sogar noch gut warm war, Brötchen, Butter, verschiedener Belag, Joghurt, Orangensaft. Es fehlte eigentlich nur eine kleine Vase mit einer Blume drin, dann hätte ich das Ganze als eine Art Liebeserklärung verstanden. Amüsiert machte ich mich an dem Tisch darüber her.

Während ich an dem Marmeladenbrötchen kaute, überlegte ich, dass mir dieses Frühstücksangebot tatsächlich etwas sagte. So ging man nicht mit jemandem um, den man nach Zahlung eines Lösegeldes wieder freiließ oder von dem man eine Aussage erpressen wollte. Eher schien es mir denkbar, dass ich erneut – wie schon damals im Krankenhaus – für eine Weile aus dem Verkehr gezogen werden sollte, um irgendjemandem bei irgendetwas nicht in die Quere zu kommen. Oder um ihm einen Vorsprung zu ermöglichen, bei was auch immer. Ich sollte hier mit Sicherheit nicht gequält werden, sondern dieses Frühstück war eine Entschuldigung für die Unannehmlichkeiten, die man bedauerte mir bereiten zu müssen. So sah ich das.

Der Honig war lecker, den Käse ließ ich liegen. Konnte ein Zusammenhang damit bestehen, dass ich heute nach Berlin hatte fahren wollen? Aber das wusste außer Karin niemand, denn auch mit Wilhelm hatte ich noch nicht darüber gesprochen. Am Computer hatte ich die Bahnverbindung herausgesucht – war es möglich, dass jemand meinen PC angezapft hatte? Das kam mir doch eher abwegig vor.

Den Vormittag verbrachte ich damit, jedes Detail meines Quartiers gründlich zu untersuchen. Die Fenster im Zimmer und im Bad ließen sich kippen. Ich hätte sie einschlagen können, aber hinter ihnen befand sich jeweils nur ein kleiner Lichtschacht, der den Namen nicht verdiente, weil er von oben abgedunkelt war. Und ich vermutete stark, dass diese Abdeckung nicht nur das Eindringen von Licht, sondern auch mein Aussteigen unmöglich machte. Sicher war das natürlich nicht; ich konnte unter Aufbietung von einiger Kraft und Gewalt probieren, ob dort hinauszukommen war. Aber das verschob ich auf einen späteren Zeitpunkt, wenn feststand, dass mir kein anderer Weg offen blieb. Im Grunde rechnete ich damit, dass hier bald jemand hereinkam und mir die Sache erklärte. Und wenn er das schon nicht tat, dann würde er mir wenigstens ein paar Fragen stellen oder Dinge mitteilen, aus denen ich schließen konnte, was hinter dem ganzen Unfug steckte.

Die Tür hatte kein Sicherheitsschloss, sondern ein Schnappschloss mit separatem Riegel. Für einen Profi oder einen halbwegs entschlossenen Laien sollte das kein ernsthaftes Hindernis darstellen. Irgendein Werkzeug, mit dem sich die Schrauben der Verkleidung lösen lassen würden, konnte ich mir zurechtbasteln. Dieser Weg war dem aus dem Fenster also allemal vorzuziehen. Aber auch das vertagte ich. Vorerst sollten sie die Chance haben, ihr Unrecht aus eigenem Zutun gering zu halten. Denn dass hier jemandem ein satter Strafprozess blühte, stand für mich fest. Ich war so generös, sie nicht mehr als nötig herauszufordern. Oder man konnte wohl auch sagen: Ich hatte eine gehörige Portion Schiss und zog es vor, auf einen glimpflichen Ausgang dieses Abenteuers zu hoffen. Zunächst.

Und dann machte ich noch eine interessante Entdeckung: Im Bad ließ sich die Verkleidung eines Wasserrohrs abnehmen, und dahinter befand sich ein Absperrhahn. Für einen Moment hatte ich Spaß bei der Vorstellung, dass ich ihnen da oben vielleicht das Wasser abdrehen konnte. Allerdings erschien es mir wahrscheinlicher, dass ich damit nur meine eigene Versorgung abschnitt.

Ich wollte die Verkleidung gerade wieder an ihren Platz setzen, als ich Stimmen hörte. Sie kamen zweifellos durch den Rohrschacht, den ich hier freigelegt hatte. Da oben sprachen zwei Menschen, ein Mann und eine Frau, und ich konnte sie hier unten hören! Nur leider waren ihre Stimmen zu leise, sodass nicht zu verstehen war, was sie sagten. Vielleicht, wenn sie näher kamen? Aber den Gefallen taten sie mir nicht, und nach einer Weile war es wieder still.

Ich lehnte mich gegen das Waschbecken und wartete, ob sie wiederkommen oder andere Personen zu hören sein würden. Oder wenigstens Geräusche. Was mochte hier drüber für ein Raum sein, durch den ein Wasserrohr verlief? Ich tippte auf die Küche. Wenn es sich ebenfalls um ein Bad handelte, standen meine Chancen schlecht, dass sich so bald wieder zwei Menschen darin unterhalten würden. In einer Küche dagegen …

Ich stellte die Schachtverkleidung in eine Ecke und ging dazu über, die Räume nach Wanzen abzusuchen. Dabei hatte ich nicht wirklich eine Ahnung, wo man so etwas verstecken konnte und wie die Dinger aussehen sollten. Außerdem: was würden sie hier wohl abhören wollen? Meine Selbstgespräche?

Dann, gegen Mittag, hörte ich das Geräusch eines sich drehenden Schlüssels in der Tür. Ich sprang auf, um die Tür zum Bad zu schließen, damit das Fehlen der Rohrverkleidung nicht auf den ersten Blick zu sehen war. Dann setzte ich mich aufs Sofa und wartete. Aber nichts geschah. Niemand kam herein. Ich lauschte, aber seit dem Drehen des Schlüssels im Schloss war nichts weiter zu hören gewesen. Ich holte tief Luft und gab mir einen Ruck.

Die Tür ließ sich öffnen und quietschte dabei vernehmlich. Auf dem Fußboden dahinter stand wieder ein Tablett. Es war genauso eines wie das, auf dem sie mir das Frühstück serviert hatten. Diesmal befand sich nur ein abgedeckter Suppenteller darauf, daneben lag ein Löffel. Mittagessen, na dankeschön.

Viel mehr interessierte mich allerdings der Raum, in dem ich mich jetzt befand. Es war eine Art Kellervorraum ohne Fenster, nur durch ein Lüftungsloch im Mauerwerk drang ein wenig indirektes Licht; ansonsten war es stockdunkel. Gegenüber meiner Tür befand sich eine Stahltür. Ohne große Erwartung drückte ich die Klinke, aber sie war natürlich verschlossen. Ich war also keinen Schritt weiter, kein bisschen näher an der Freiheit.

Das Tablett stellte ich auf den Tisch in meinem Zimmer. In der Suppe schwammen Gemüse und Hühnerfleischstückchen. Appetit hatte ich nicht, und ich ließ es einstweilen unberührt. Aber das Frühstückstablett stellte ich exakt auf den Fleck, von dem ich das zweite Tablett genommen hatte; dann schloss ich die Tür. Das war erkennbar die Regel: Wir liefern, wenn du uns lässt, alles was du brauchst. Dazu musste die Tür natürlich wieder verschlossen werden können.

Ich lauschte noch einmal eine ganze Weile, aber sie waren entweder sehr leise, oder sie kamen vorerst nicht wieder.

Möglich, dass ich auf dem Sofa eingenickt war. Ich hätte es nicht mit Sicherheit sagen können. Auf jeden Fall aber hatte ich nichts weiter gehört. Doch schließlich ließ mich die Neugier nicht los und ich ging erneut an die Tür.

Sie war unverschlossen. Ich sah sofort, dass das Tablett verschwunden war. Stattdessen hatten sie mir etwas anderes hingestellt. Es war ein Paket, gerade so wie ein großes Postpaket, aber ohne jede Beschriftung. Und es war schwer. Ich trug es in das Zimmer und schloss die Tür wieder.

Das erste, was mir in die Hand fiel, als ich den Karton öffnete, war ein Hochglanzprospekt. „Wohnparadies Lehnitzsee" stand darauf. Es schien sich um ein Bauprojekt zu handeln, wunderschön gelegen und mit allem Komfort ausgestattet. Aber das würde ich mir später ansehen; zuerst nahm ich den Rest heraus, der sich darunter befand, und das war im Wesentlichen ein Stapel mit Leitz-Ordnern, dazu einige lose Papiere und kleinere Hefter.

Sorgsam verteilte ich alles auf dem Tisch und setzte mich daran. Es schien tatsächlich alles mehr oder weniger zusammenzugehören, denn immer wieder stieß ich auf das Wort Lehnitzsee. Aber weshalb brachten sie mir das hier herein? Was war die Botschaft des Ganzen? Ich nahm an, dass ich das nur herausfinden konnte, wenn ich mich durch diesen ganzen Wust hindurchwühlte.

Es wurde Abend. Manchmal drohten mir die Augen zuzufallen, aber ich ließ nicht locker. Ob es aufgeblasene Präsentationen, komplizierte Schriftsätze oder endlose Zahlenkolonnen waren, ich verbiss mich in die Lektüre. Sie war mir geradezu willkommen, denn solange ich mich mit ihr beschäftigte, brauchte ich nicht näher über meine Situation nachzudenken. Weder darüber, weshalb ich hier war, noch über eine Möglichkeit, hier herauszukommen. Ich arrangierte mich mit meinem Dasein als der ewig Eingesperrte und befasste mich wie ein Hamster im Käfig mit dem, was man mir hinwarf.

Und das, was ich da las, roch insgesamt nach einer Riesensauerei. Anders ließ es sich nicht ausdrücken. Das „Wohnparadies Lehnitzsee" war ein geschlossener Immobilienfonds, der den Anlegern märchenhafte Renditen versprach. Die Idee an sich schien genial: Ein Stück außerhalb der Großstadt, nördlich von Berlin, sollte ein Bauvorhaben entstehen, das nahe einem idyllischen See Mehrfamilienhäuser ebenso vorsah wie ein Einkaufszentrum, Sport- und Spielanlagen, Gastronomie, Wellness und ein Ärztehaus. Ich musste zugeben, dass ich sowohl als Familienvater wie als Rentner sofort dort hingezogen wäre. Die CAD-Grafiken waren beeindruckend, man sah sich buchstäblich in einer Traumwelt, bei der an alles gedacht worden war, das man zum Leben, für die Gesundheit und im Rahmen der Freizeitgestaltung brauchte. Eine rundherum perfekte Sache. Scheinbar.

Der Haken daran war nur, dass zu keiner Zeit vorgesehen war, dieses Projekt auch in die Tat umzusetzen. Dem Schriftwechsel nach zu urteilen, wurde das im Herbst 2009 erstmals erkennbar, nachdem über neunzig Prozent der Fondsgelder eingeworben worden waren. Kleinanleger wie institutionelle Investoren, Spekulanten und sogar einige selbst nicht allzu gut beleumundete Geldgeber waren auf ebenso plumpe wie effektive Weise getäuscht worden. Showacts, Führungen und virtuelle Begehungen hatte es reichlich gegeben, der erste Spatenstich hingegen war ausgeblieben. Offensichtlich hatte er überhaupt niemals stattfinden sollen. Das Ganze war einzig und allein eine Geldbeschaffungsaktion gewesen, die bis auf ein paar ausstehende Beträge glänzend funktioniert hatte. Ergebnis: der Fonds war pleite, die Anleger konnten ihr Geld abschreiben und die Initiatoren hatten sich aus dem Staub gemacht.

Nicht, dass ich von eigener Erinnerung hätte sprechen wollen, aber mir kam die Art und Weise dieses Betrugsunterfangens sofort bekannt vor. Ohne Schwierigkeiten durchblickte ich die Fondskonstruktion, noch ehe sie in dem zentralen Schriftsatz im Einzelnen erläutert wurde. Aus den notariellen Verträgen hätte ich einige Passagen blind aufsagen können, bevor ich sie las. Mit einigen Anträgen, Formularen und Erklärungen ging es mir ähnlich. Da war es also wieder: das verschüttete Gedächtnis, das beträchtliche Mengen juristischen Wissens enthalten hatte und das sich einfach nicht freilegen ließ.

In der vagen Hoffnung, der Erinnerung so wenigstens ein bisschen auf die Sprünge helfen zu können, verbrachte ich die halbe Nacht mit der Lektüre der Unterlagen. Ich erfuhr, dass bereits mehrere Prozesse liefen, denen aber allen das eine Problem gemeinsam war, nämlich dass es praktisch keinen geeigneten Beklagten gab. Die juristischen Personen, die zur Umsetzung des Unterfangens zahlreich gegründet worden waren oder zumindest auf Briefköpfen standen, waren teils insolvent, teils inexistent oder bestanden nur noch in leeren Büroräumen. Deshalb richtete sich die Hauptklage, deren Klageschrift im Umfang von über zweihundert Seiten das Herzstück dieses Aktenkonvoluts bildete, zunächst einmal gegen den Notar, der sämtliche Verträge beurkundet hatte. Vermutlich war der arme Kerl genauso geprellt worden wie die Anleger, aber er hatte jenen nicht entwischen können, und nun suchten sie über ihn weiterzukommen. Das, davon war ich überzeugt, hätte ich ebenso gemacht.

Ich hielt inne, blickte auf. War da ein Stück Erinnerung? Nein, wohl eher nicht.

Plötzlich fuhr ich hoch. Ein Blick auf die Uhr sagte mir, dass es halb vier Uhr in der Nacht war. Ich war eingeschlafen und fühlte mich jetzt steif und verbogen.

Ohne Licht zu machen, tastete ich mich ins Bad. Dort stieß ich gegen die abgenommene Wandverkleidung, die scheppernd umfiel. Ich fluchte und lauschte. Nichts geschah, es war totenstill.

Ob ich eine Chance hatte, sie abzupassen, wenn sie mir wieder das Frühstück hinstellten? Vorsichtig legte ich mein Ohr an die Eingangstür, aber natürlich war auch dort nichts zu vernehmen. Irgendwann würden sie kommen, die äußere Tür aufschließen, dann die innere, dann wieder verschwinden. Dazwischen lag der Moment, in dem ich sie überraschen konnte. Voraussetzung dafür war natürlich, dass ich den richtigen Augenblick mitbekam. Sollte ich das versuchen? Und was versprach ich mir davon?

Zögernd drückte ich die Klinke herab, aber es war abgeschlossen. Mir fiel ein, dass ich kein Abendessen gehabt hatte; das Letzte, was sie mir gebracht hatten, war die Hühnersuppe gewesen, von der der Rest immer noch drüben auf dem Tablett stand, das ich auf dem Fußboden vor dem Fenster abgestellt hatte. Vielleicht hatte ich die nächste Mahlzeit ja einfach verpasst, weil ich nicht nachgeschaut hatte. Jetzt gab es jedenfalls nichts, das Restaurant war geschlossen.

Ich ging in das Zimmer zurück, wo sich im Dunkeln die Umrisse der Akten auf dem Tisch abzeichneten. Der geplatzte Traum vom Wohnparadies, das natürlich nicht in Frankfurt und Umgebung lag, sondern bei Berlin. Immer wieder Berlin.

Nun machte ich doch Licht und setzte mich vor den Tisch, auf dem ich die Papiere geordnet hatte. In der Mitte lag die zweihundertseitige Klageschrift. Warum hatten sie mir das alles hier hereingebracht, mir vorgelegt? Was für eine Beziehung bestand aus ihrer Sicht zwischen diesem groß angelegten Betrugsfall und mir? Vor allem: war ich hier als René Fischer angesprochen oder als Benjamin Korn?

Ich holte mir eine frische Wasserflasche aus dem Schrank und wog die Möglichkeiten gegeneinander ab. Eines war aus meiner Sicht klar: René hatte mit dem „Wohnparadies Lehnitzsee" nicht das Geringste zu tun. Ich hielt es für komplett ausgeschlossen, dass er, falls er überhaupt einen Bezug zu Berlin hatte, darin in irgendeiner Weise involviert war. Selbst die Vorstellung, er hätte vielleicht als Kleinanleger beteiligt sein können, war angesichts seiner wirtschaftlichen Situation lächerlich. Umso weniger kam eine Teilnahme auf Seiten der Betrüger in Betracht. Okay, skrupellos genug mochte er dafür vielleicht gewesen sein, obwohl ich auch daran meine Zweifel hatte. Aber allein dass ihn jemand bei so einer heiklen Angelegenheit mit ins Vertrauen gezogen hätte – nein, das konnte man vergessen.

Es blieb also Benjamin. Ich, Benjamin. Das Gehirn war hier angesprochen, der Verstand. Mir erschien das logisch, denn für einen Hilfsarbeiter – wenn auch mit Abitur – war das zweifellos keine geeignete Lektüre. Sehr viel eher dagegen für einen Rechtsanwalt. Aber auch da gab es wieder zwei Möglichkeiten. Möglichkeit A: Sie wollten einen kompetenten Juristen auf diesem Wege dazu zwingen, sich mit der Sache zu befassen, um sich anschließend um seine Unterstützung zu bemühen. Sie kamen nicht weiter und griffen zu dieser kriminellen Variante, weil sie voraussahen – richtig voraussahen, wie sich erwiesen hatte –, dass ich mich hier in diesem Gefängnis eingehend mit dem ganzen Vorgang befassen und das alles für einen Riesenskandal halten würde. Dass ich sie wegen Freiheitsberaubung anzeigen konnte, nahmen sie in Kauf, würden aber versuchen, mich zur Kooperation zu überreden oder zu zwingen. Vermutlich war da auch einiger Gewinn für mich drin.

Ganz anders sah dagegen die Möglichkeit B aus: Ich selbst war in diese Schmuddelgeschichte involviert, und sie hielten mir den kompletten aufgearbeiteten Sachverhalt vor, um mich unter Druck zu setzen. Sie vermuteten, dass ich Namen und Aufenthaltsorte von verantwortlichen Personen kannte, dass sie über mich an das Geld kamen oder zumindest an das, was davon noch übrig war. In diesem Fall hatte ich wahrscheinlich mit noch erheblich mehr und größeren Unannehmlichkeiten zu rechnen, als hier in dieser Kellerwohnung eingesperrt zu sein.

Über allem schwebte aber in jedem Fall eine zentrale Frage: Woher wussten sie, dass ich nicht René Fischer, sondern Benjamin Korn war? Die Antwort lag auf der Hand: Das konnten nur die Ärzte wissen, die an der Transplantation beteiligt gewesen waren.

12. Kapitel

Am Morgen erwachte ich von dem Geräusch eines Schlüssels im Türschloss. Ich brauchte einen Moment, um zu wissen, wo ich war. Als mir der Gedanke kam, aufzuspringen und die Tür aufzureißen, um meinen Peiniger und Versorger zu stellen, war es dafür schon zu spät.

Das Frühstück war exakt das gleiche wie am Vortag. Auch der Käse war wieder da. Der Kaffee war heiß. Ich ließ ihn eine Weile auf der Zunge und überlegte, ob es dieselbe Sorte sein konnte wie der, mit dem sie mich betäubt hatten. Aber er war deutlich stärker und hatte nicht diesen Beigeschmack, sodass es sich nicht beurteilen ließ. Im Grunde spielte es auch keine Rolle.

Noch ehe ich das Essen anrührte, stellte ich das alte Tablett sorgfältig an den üblichen Platz. Dann nutzte ich die Gelegenheit, mich ein wenig näher in dem Vorraum umzusehen. Er war klein, staubig und leer. Schränke hätten hier keinen Platz gehabt, aber die Wände waren rundherum mit Regalen bestückt. Nach den Staubrändern zu urteilen, die ich mehr fühlen als sehen konnte, hatten sich hier zuvor Dinge befunden, die man wahrscheinlich meinetwegen hinausgeräumt hatte. Aber dann entdeckte ich doch etwas, gleich rechts neben der Tür: einen Schreibblock, DIN A 5, und einen Kugelschreiber. Die Botschaft war klar: Wenn du etwas weißt oder uns mitteilen willst, schreib es auf und leg den Zettel auf das Tablett. Angekommen.

Natürlich konnte ich meine Tür schließen und hier warten, bis jemand kam. Wenn ich mich in der Nähe der Außenwand bei dem Lüftungsloch aufhielt, war es für sie unmöglich mich zu sehen. Ich hätte mir sogar den Stuhl herholen können, die ungefähren Zeiten, wann sie kamen, konnte ich mir auch ausrechnen, sodass es kein großes Problem gewesen wäre, sie hier zu überraschen. Ein gezielter Schlag mit einem harten Gegenstand und dann die Flucht hinaus durch die Tür.

Ich kam mir lächerlich vor.

Der Stift war ein billiger Kuli, wie man ihn überall mitnehmen kann. Der Name eines Heimwerkermarktes war eingestanzt. Ich krakelte testweise über das Papier, und er schrieb ordentlich. Während ich aß, malte ich ein paar Gesichter, die mir nicht sonderlich gut gelangen. Künstlerisches Talent besaß ich eindeutig nicht. Ansonsten ließ ich den Block unbenutzt.

Später, am Vormittag, bekam ich Besuch.

Amelie war groß – fast so groß wie ich –, schlank und ausgesprochen hübsch. Ein bisschen älter als ich mochte sie sein, vielleicht aber auch nicht. Ich muss ziemlich dämlich ausgesehen haben, wie ich sie anstarrte, als sie unvermutet zur Tür hereinkam. Als wäre das das Selbstverständlichste von der Welt, dass mich jemand besuchte wie in einer WG oder in einem Hotel, wo der andere den zweiten Zimmerschlüssel besaß. Sie kam einfach herein, schloss nicht einmal hinter sich ab, blickte sich kurz um und setzte sich auf das Sofa, mir gegenüber.

„Hallo", sagte sie.

Vorsichtig probierte ich meine seit anderthalb Tagen nicht benutzte Stimme aus:

„Hallo."

Sie funktionierte problemlos.

„Wie geht es dir?", fragte sie. Dabei sah sie mich ununterbrochen an, mit geradem, offenem Blick, als wollte sie viel mehr fragen als das.

„Gut", sagte ich schnell. Aber als sie jetzt zögerte, bekam ich den Eindruck, dass sie sich nicht weniger unbehaglich fühlte als ich. Sie schlug die Beine übereinander.

„Ich heiße René", sagte ich dann, um etwas zu sagen.

„Amelie", erwiderte sie nur knapp.

Wir saßen eine ganze Weile unbeweglich und sahen uns an und an uns vorbei. Dann nahm sie einen neuen Anlauf:

„Amelie aus Berlin. Ich bin extra deinetwegen hergekommen. Die ganze Nacht gefahren."

Eine Erklärung gab sie nicht. Wieder setzte Schweigen ein.

„Wer bist du und was machst du hier?", fragte ich schließlich. Aber sie hatte im selben Moment ebenfalls etwas gesagt, sodass keiner den anderen verstand.

„Wie bitte?"

„Entschuldige!"

„Nein, sag du zuerst!"

Sie senkte den Kopf.

„Wie waren befreundet, du und ich." Während sie sprach, pulte sie an den Ecken ihrer langen, dunkelrot lackierten Fingernägel. „Also, Benjamin und ich. Ich weiß nicht, ich habe nicht das Gefühl, dass du Benjamin bist." Ich wollte etwas erklären, aber sie fuhr fort, ohne aufzusehen: „Klar, er war verheiratet, und seine Frau wusste nichts von uns. Jedenfalls hat er das immer gesagt. Ich fand das nicht gut. Aber trotzdem wäre es natürlich – also, mir wäre es sehr wichtig …", jetzt blickte sie doch auf und sah mich direkt an, „… wenn sie es auch von Ihnen, also … von dir nicht erfahren würde. Nun, wo er tot ist, sollte man ihr das ersparen."

Sie senkte den Blick wieder. Ich wusste nicht, was ich sagen sollte. Sie fuhr fort zu erzählen, dass das mit Benjamin und ihr schon seit anderthalb Jahren gegangen war. Er hatte sie in einem Rechtsstreit mit ihrem Vermieter vertreten. Das wurde ein großer Flop, aber dann hatten sie sich ineinander verliebt.

„Oder vielleicht war es auch sein Mitleid oder schlechtes Gewissen oder was weiß ich, dass wir diesen blöden Prozess verloren hatten. Den Prozess mit dem Vermieter. Ich musste aus der Wohnung raus und wusste nicht, wohin. Da hat er mich in seiner Kanzlei untergebracht. Nur für zwei Nächte, aber immerhin. Seiner Frau hat er gesagt, er hätte die Nächte durcharbeiten müssen. Na, ob sie ihm das geglaubt hat, ich weiß nicht."

Je mehr sie von Benjamin sprach, desto fremder wurde er mir. Ich hatte ihn mir als geradlinigen, soliden, erfolgreichen Anwalt vorgestellt, wahrscheinlich verheiratet, vielleicht mit Kindern, aber auf jeden Fall ehrlich und anständig. So, wie ich sein wollte und wie René Fischer nicht war. Das Bild, das sich jetzt vor mir auftat, verwirrte mich sehr. Ich bekam wieder Gefühle von Schwindel, von einer Unausgeglichenheit der Erdbewegung, ja, von einem Trudeln der Welt. Und mir wurde ein bisschen übel.

„Sprich weiter!", sagte ich dennoch zu ihr.

„Das Schlimmste ist", fuhr sie fort, „wenn du nicht trauern darfst. Der Mann, den du liebst, oder sagen wir: der dein größter Halt ist, der soll plötzlich tot sein. Das ist ein Schock. Doch dann begreifst du, dass es schlimmer ist als das. Wäre er gestorben, könntest du ihn beerdigen, dich von ihm verabschieden, ihn betrauern." Sie schniefte und holte ein Taschentuch hervor. „Aber für mich war er einfach nur weg. Und er ist immer noch weg. Als wäre er Zigaretten holen gegangen, diese Geschichte, verstehst du? Nur mit dem Unterschied, dass keine Hoffnung besteht, dass er wiederkommen könnte."

Sie weinte. Ich hätte mich neben sie setzen können und versuchen, sie zu trösten. Stattdessen ging ich ins Bad und holte eine Packung Papiertaschentücher. Die legte ich neben sie, gerade dahin, wo ich hätte sitzen müssen, wenn ich sie hätte trösten wollen. Sie griff zu und holte sich ein frisches Taschentuch heraus.

Ich setzte mich wieder ihr gegenüber auf den Stuhl.

Nein, ich korrigierte mein erstes Urteil, Amelie war nicht hübsch. Aber sie hatte etwas Zartes, Anrührendes. Dabei wirkte sie einfach, zugewandt, außengesteuert. Eine Frau, die wusste und akzeptierte, dass sie anderen unterlegen war, aber dadurch nicht unterwürfig wurde. Und genau das machte sie interessant für einen Mann wie Dr. Benjamin Korn, den Rechtsanwalt, der sie zugleich retten und erobern konnte. So stellte ich mir das vor. Sie war die perfekte Geliebte. Reizvoll, hingebungsvoll und dankbar.

Langsam hörte sie auf zu weinen.

„Entschuldige!", sagte sie und schniefte ein letztes Mal.

Ich schüttelte abwehrend den Kopf.

„Kein Grund, sich zu entschuldigen."

Dann sah sie wieder auf und gewann ihre Haltung zurück, die sie größer und selbstbewusster erscheinen ließ, als sie war.

„Bist du Benjamin?", fragte sie rundheraus.

„Ich weiß es nicht. Ich erinnere mich an nichts", antwortete ich. „Wer hat dir gesagt, ich sei Benjamin?"

Sie zögerte. Dann entschloss sie sich, ausweichend zu antworten.

„Sie haben gesagt, du hattest auch einen Unfall. Also – es gab zwei Unfälle, Benjamins und deinen. Ihr wart beide im selben Krankenhaus. Benjamin ist gestorben und du konntest gerettet werden. Danach bist du mit seinem …" Sie schluckte schwer und sah weg, zum Fenster. Aber sie begann nicht wieder zu weinen.

„Du meinst, ich bin mit seinem Gehirn aufgewacht?"

„Ist das so?"

„Es spricht einiges dafür, wie es aussieht."

Amelie nickte, als wäre sie zufrieden mit dieser Antwort.

„Du erinnerst dich also nicht? Nicht an mich, nicht an ein Leben als Benjamin?"

Da erst begriff ich, weshalb sie hier war. Mit einem Schlag war es mir klar. Auch der Grund, weshalb ich betäubt und hier eingesperrt worden war, erwies sich plötzlich als so lächerlich offensichtlich, dass ich mich geradezu schämte, nicht früher darauf gekommen zu sein.

Als Amelie fort war, ich wieder allein in meinem Zimmer saß, blieb doch ein Gefühl der Enttäuschung zurück. Ich hatte zunehmend die Hoffnung gewonnen, sie würde mir helfen. Mir sagen, was sie wusste. Oder dass sie überhaupt viel mehr wissen würde. Immerhin: einen kleinen Verrat wollte sie für mich begehen. Falls das so klappte, wie wir es uns vorstellten.

Ich war schließlich ganz sicher gewesen, dass sie die Menschen kannte, die mich hier eingesperrt hielten. Sie bestritt das nicht einmal, nur weigerte sie sich, die Namen zu nennen. Auf meine Frage, ob sie Ärzte seien, hatte sie mich allerdings äußerst erstaunt angesehen. Als wäre das ein völlig fern liegender Gedanke.

„Du bist hier", sagte ich ihr geradezu ins Gesicht, „weil sie wissen wollen, ob ich mich erinnere." Das leugnete sie nicht. Auch dass sie daraufhin ziemlich schnell gehen wollte, bestätigte für mich die Richtigkeit meiner Vermutung. „Sie wollen überhaupt wissen, ob ich Benjamin Korn bin und mich an seine Vergangenheit erinnern kann!"

Im Gehen hatte sie dann doch noch einmal gezögert. Keine Frage, sie mochte mich, auch wenn ich vielleicht nicht ihr Benjamin sein sollte. Ich war freundlich zu ihr gewesen, gewiss freundlicher als sie, die sie hierher geholt hatten, damit sie herausfand, was ihnen so wichtig war. Ich nahm an, dass sie sie unter Druck gesetzt hatten. Auch gefiel ihr nicht, wie man mit mir umging, dass sie mich gekidnappt hatten und gefangen hielten. Ich nutzte diesen kurzen Moment für einen gezielten Hieb:

„Machst du mit diesen Verbrechern gemeinsame Sache?"

Das saß. Weshalb auch immer sie sie in der Hand hatten, mit Verbrechern wollte sie nicht zusammengeworfen werden. Sie war anständig und ehrlich, und deshalb würde sie mir doch ein wenig helfen.

Sie zeigte ins Bad. Das Fehlen der Rohrverkleidung war ihr aufgefallen. Sie zeigte darauf, sagte aber nichts.

„Du meinst, du wirst ...?"

Sie unterbrach mich, indem sie den Finger auf ihre Lippen legte. Dann ging sie hinaus und schloss die Tür von außen ab.

Was würden sie als Nächstes tun? Sie wussten jetzt zumindest, dass Benjamins Vergangenheit nicht in meinem Gehirn gespeichert war. Schlossen sie daraus, dass ich nicht er war? Oder waren sie sich des Gegenteils sicher und fürchteten nur den Moment, da ich mein Gedächtnis zurückgewann? Mit einem gewissen Entsetzen machte ich mir klar, dass sie mich in keinem Fall hier herauslassen konnten. Zum einen würde ich sie anzeigen, und zum zweiten bestand weiterhin die Gefahr, dass ich mich an etwas erinnerte, an das ich mich aus ihrer Sicht besser nicht erinnern sollte. Oder ...?

Plötzlich wurde mir bewusst, dass es noch eine ganz andere Möglichkeit gab: Sie brauchten mich; sie brauchten meine Erinnerung! Benjamin hatte etwas gewusst und mit ins Grab genommen, das ihnen sehr wichtig war. Oder er hatte es eben nicht mit ins Grab genommen, denn da lag ja nur sein Kopf ohne …

Bei diesem Gedanken meldete sich die Übelkeit wieder, diesmal so heftig wie noch nie. Ich stürzte ins Bad und riss den Klodeckel auf. Aber ebenso schlagartig, wie sie gekommen war, war sie wieder vorbei.

Langsam, um möglichst kein Geräusch zu verursachen, nahm ich die Rohrverkleidung ab. Dann setzte ich mich auf den geschlossenen Toilettendeckel und wartete. Während ich wartete, dachte ich an Karin. Okay, im Moment hätte sie mir ohnehin nicht helfen können, aber es würde auch nicht mehr so werden, wie es war. Sie stand auf ihren untadeligen, großartigen Dr. Bernd Haake-Reuter, und bei mir argwöhnte sie – ja, was? Dass ich die Welt des Dr. Korn nutzen würde, um von allem wegzukommen! Von dem Dasein als Taugenichts, von dem Leben in Frankfurt – und von ihr.

Und dann hörte ich erste Geräusche.

Ich hielt mein Ohr ganz dicht an das Rohr. Eine Tür wurde geschlossen, Wasser rauschte, dann war es wieder still. Es folgte ein Flüstern, das ich nicht verstand. Dann Amelies Stimme: „Hier brauchen wir nicht zu flüstern."

Die andere Person flüsterte gleichwohl weiterhin.

„Weil ich das nur dir sagen möchte", war Amelies Antwort auf die ihr zuvor offenbar gestellte Frage. „Er erinnert sich wirklich an nichts, aber er meint, er wäre Benjamin."

Es war ein Mann, zu dem sie sprach. Seine Reaktion war nun schon etwas besser zu verstehen und konnte gelautet haben: „Bist du dir da sicher?"

„Ziemlich sicher. Auch wenn er mal so und mal so redet. Ich glaube, mein Besuch hat ihn reichlich verwirrt. Ist ja auch kein Wunder."

„Du meinst, er hat keine Ahnung …" Der Rest des Satzes ging leider im Rauschen des Wasserhahns unter. Aber Amelie war nicht auf den Kopf gefallen. Ich stellte mir vor, dass sie selbst den Hahn zudrehte, ehe sie sehr deutlich vernehmbar sagte: „Wovon denn eigentlich? Mir sagt ihr ja auch nichts? Ich finde dafür, was ich für euch getan habe, könntet ihr mich wenigstens in die Gründe für das ganze Theater einweihen."

„Amelie, Süße …"

Aber da war er bei ihr an der Falschen. Ich musste grinsen, als ich ihre Reaktion hörte: „Hat sich was mit Amelie-Süße! Glaub' bloß nicht, weil dein Vater tot ist, gehe ich jetzt mit dir ins Bett!" Es schien eine Rangelei zu geben. Dann klatschte es. „Nimm deine Pfoten da weg!"

„Na, na, na …!"

Eine Weile lang war es wieder still. Ob sie sich küssten? Meinetwegen sollten sie. Wenn sie nur anschließend weitersprachen. Und das taten sie. Amelie legte sich für mich ganz schön ins Zeug, das musste ich ihr lassen.

„Aber nicht jetzt und hier." Es war nicht schwer zu erraten, was er ihr ins Ohr geflüstert hatte. „Ihr wollt also an das Geld ran?"

Eine kurze, beredte Pause. Dann: „Was weißt du von dem Geld?"

Amelie lachte.

„Also stimmt es! Bei euch geht es doch immer nur ums Geld! Du bist tatsächlich kein bisschen anders als dein Vater!" Jetzt rangelten sie anscheinend wieder. „Ja, stimmt, auch darin bist du wie er."

Kichern folgte, jemand stieß gegen das Rohr und erzeugte damit ein Dröhnen, das mich zurückfahren ließ.

„Oh-ho!", machte Amelie, und ich wollte mir nicht vorstellen, worauf sich das bezog. Überhaupt überlegte ich mir, ob ich nicht genug gehört hatte. Aber dann war die Männerstimme wieder zu vernehmen:

„Er weiß, wo das Geld ist! Er muss es wissen, verstehst du?"

„Er weiß gar nichts, lasst ihn in Ruhe!"

Verächtliches Schnaufen. Er war jetzt so nahe bei dem Rohrschacht, dass ich buchstäblich seinen Atem hören konnte.

„Aber es ist unsere einzige Chance! Wenn er sich nicht erinnert, dann muss es ihm eben wieder einfallen! Und wenn wir ihm dabei nachhelfen!"

„Das werdet ihr schön bleiben lassen!" Aus Amelies Stimme klang fast das gleiche Entsetzen, wie es mich soeben gepackt hatte. Was wollten sie mit mir denn noch anstellen? „Ich habe da auch schon eine andere Idee, wie ihr herausfinden könnt, was dein Vater …"

Wieder wurde der Satz von dem Wasserhahn unterbrochen. Dann schien die Tür aufzugehen, mehrere Stimmen redeten durcheinander. Schließlich entfernten sie sich und die Tür wurde zugezogen. Stille. Ich lauschte noch eine Weile und hoffte, dass das nicht alles gewesen war. Aber es blieb still. Es war vorbei.

Er war also mein Sohn. Noch einmal rief ich mir das Bild des jungen Mannes in Erinnerung, der mir bei Leclerc gegenübergesessen hatte. Nun, warum nicht! Benjamin selbst war mir schon sehr fremd, also konnte er durchaus einen Sohn haben, zu dem ich nicht die leiseste emotionale Bindung fühlte. Auch wenn er gut aussah, hatte er doch unsympathisch gewirkt. Dass ihm Geld und Frauen wichtig waren, ließ sich leicht vorstellen. Tennis, Designer-Klamotten und schnelle Autos mochten ebenfalls zu ihm passen. Und ich? Passte es, dass ich sein Vater war?

Sein Vater hatte also gewusst, wo das Geld war. Es lag nahe, dass es um das Geld ging, das aus dem Lehnitzsee-Fonds beiseite geschafft worden war. Wie viele Millionen waren das gleich noch gewesen? Egal, es brauchte sich ja nur um einen Teil davon zu handeln, der allein groß genug war, um die Begehrlichkeit von Leuten zu wecken, die auch nicht vor Entführung und Freiheitsberaubung zurückschreckten. Was, wenn sie jetzt hier hereinkamen und versuchten, das aus mir herauszuprügeln, was ich ihrer Ansicht nach wissen musste? Ja, ich hatte wieder Angst. Irrationale Angst. Angst davor, dass sie ungeduldig wurden, weil es ihnen zu lange damit dauerte, dass meine Erinnerung zurückkehrte. Andererseits: was, wenn sie ihre mutmaßlichen Rivalen glauben ließen, ich wüsste das, was ich in Wahrheit nicht wusste? Wenn sie mich als Lockvogel benutzten?

Ein Geräusch an der Tür unterbrach diese unerfreulichen Überlegungen. Kam Amelie zurück? Aber nein, ein Blick auf die Uhr sagte mir, dass es Essenszeit war.

Heute gab es Mikrowellenkost in Alufolie. Nach Abschälen des Deckels bot sich mir der nicht ausgesprochen malerische Anblick von Cevapcici mit Reis und einer Art rotem Zwiebelpamps. Aber das Zeug war scharf, was ich als angenehm empfand. Das schienen sie gewusst zu haben, denn außer dem Essen hatten sie mir eine Halbliterflasche Apfelsaft kredenzt.

Während ich am Tisch saß und speiste, suchte ich fieberhaft nach Möglichkeiten, wie ich meinen Entführern weiterhelfen und damit selbst ein wenig aus der Bredouille kommen konnte. Vielleicht gab es ja doch irgendwie eine Möglichkeit, mich an den Verbleib des Geldes zu erinnern. Oder wenigstens an einen Hinweis darauf. Andererseits: wenn es niemand wusste, ließ es sich vielleicht doch herausfinden. Zum Beispiel aus den vielen Unterlagen aus der Kiste, die ich noch längst nicht alle gelesen hatte, schon gar nicht darauf hin, ob ihnen etwas über das Geld zu entnehmen war. Und als dritter Weg kam natürlich auch in Betracht, dass es noch jemand anderen gab, der etwas wusste. Ich nahm mir vor, die Aktenordner auch speziell unter diesem Aspekt noch einmal durchzusehen.

Die Zwiebeln waren wirklich verdammt scharf. Das spürte ich besonders, nachdem ich mir davon gerade ziemlich viel auf einmal in den Mund geschoben hatte. Noch ehe ich ganz heruntergekaut hatte, nahm ich einen extra langen Zug aus der Saftflasche. Das milderte das Brennen ein wenig ab. Aber im nächsten Moment wurde mir auch schon bewusst, dass ich einen Fehler gemacht hatte. Der Beigeschmack im Apfelsaft – den kannte ich schon …

Das Erste, was ich wahrnahm, als ich erwachte, war ein ekliger Gestank. Es roch nach allen erdenklichen Varianten menschlicher Ausdünstungen und Absonderungen. Mir wurde übel, und ich übergab mich da, wo ich lag. Viel schlimmer wurde dieser Ort dadurch auch nicht.

So schnell wie möglich machte ich, dass ich hier wegkam. Ich stieg über ein, zwei Schlafende und schlug die erstbeste Richtung ein, fluchtartig. Auf den ersten Metern stürzte ich, weil ich mich nicht aufrecht halten konnte, und ein tiefes, gehässiges Lachen kommentierte das von hinter mir, als hätte ich genau das verdient. Aber ich zog mich hoch und kam irgendwie voran, fort von dem Gestank, zwischen einigen Menschen hindurch, die ganz normal gingen oder standen, durch eine Tür und hinaus ins Freie. Ein paar Schritte noch, dann ließ ich mich seitlich an der Hauswand zu Boden gleiten und schloss die Augen. Wo ich war und warum – egal. Zuerst musste dieser Schwindel sich wieder austrudeln, gerade so, wie ich das bereits kannte. Ich registrierte nur, dass die Luft frisch und angenehm war, Straßengeräusche und Gesprächsfetzen zogen vorbei, irgendwo fuhr ein Zug ein oder ab.

Nicht bewegen, nur atmen. Gleichmäßig. Hier und da tat etwas weh, aber das musste ebenso warten wie die Fragen, wo ich hier war und warum. Nicht nachdenken.

Die Nachwirkungen der K.-o.-Tropfen verschwanden diesmal schneller, aber ebenso plötzlich wie beim ersten Mal. Ich registrierte das erleichtert, ließ die Augen aber noch geschlossen, bis mir etwas Weiches auf die Hand fiel, worauf ich mit einem panischen Schrecken reagierte. Aber es war nur mein Hut gewesen, der mir vom Kopf gefallen war.

„Na, wen haben wir denn da?", sagte eine Stimme, zu der zwei schwarz beschuhte Füße gehörten, die sich vor mir aufgebaut hatten.

Ich hob den Blick und sah auf einen Bahnangestellten, der mich unschlüssig musterte. Augenscheinlich war er sich nicht sicher, ob er es hier mit einem Penner zu tun hatte oder ob es vielleicht doch ratsam war, einen Notarzt zu rufen.

„Es geht gleich wieder, danke", sagte ich in der Hoffnung, dass er sich für die dritte Variante entscheiden würde, nämlich mich einfach in Ruhe zu lassen. „Mir war nur für einen Moment nicht gut."

Er half mir auf und schien selbst erleichtert, keine Entscheidung treffen zu müssen. Ich konnte stehen, der Schwindel war fort, und so mochte ich einen leidlich normalen Eindruck machen.

„Sind Sie sicher, dass Sie keine Hilfe brauchen?"

Ich dankte ihm noch einmal und strich meine Kleidung glatt. Das Sakko, das ich – welche Ironie! – angezogen hatte, um bei Rechtsanwalt Leclerc seriös zu erscheinen, schien mir nun bei dieser Gelegenheit einen gewissen Respekt zu verschaffen. Der Mann wünschte mir alles Gute, lächelte sogar ein wenig und ging dann durch die Tür in das Gebäude, durch die ich herausgekommen war.

Ich schaute mich um. Den Platz kannte ich, die Straße, das Gebäude ebenfalls. Ich befand mich am Frankfurter Hauptbahnhof. Es mochte Nachmittag sein. Ich sah auf meine Armbanduhr, und tatsächlich, sie zeigte kurz nach halb fünf. Die Uhr hatte ich, den Hut hatte ich – wo war mein Handy?

Wenige Minuten später ließ ich mich auf einen Platz in der Ecke eines Fastfood-Restaurants nieder. Auf dem Tisch vor mir stellte ich den Saft ab, den ich gekauft hatte, um den üblen Geschmack im Mund loszuwerden. Um diese Zeit herrschte beträchtlicher Trubel im Frankfurter Bahnhof. Berufsverkehr, beginnende Urlaubszeit, dazu die übliche Geschäftigkeit, die hier auch nachts nie ganz verebbte. Ich sehnte mich nach Ruhe, aber im Moment musste mir dieses Plätzchen ganz am Rande der Betriebsamkeit genügen. Fürs erste.

Beim Durchsuchen meiner Taschen hatte ich das Handy natürlich nicht vorgefunden. Aber Geld hatte ich. Es hatte sogar mehr Geld in meinem Portemonnaie gesteckt, als ich nach meiner Erinnerung zuvor besessen hatte. Vier Fünfzig-Euro-Scheine waren hinzugekommen. Sollte ich das als eine Art Haftentschädigung verstehen? Lustig fand ich das nicht, im Gegenteil, wenn ich an das jüngst Erlebte dachte, kochte ich mal wieder vor Wut. Auch wenn ich froh sein sollte, dass ich meine Freiheit wiederhatte.

Hatte ich sie wieder?

Nicht nur die zweihundert Euro und das fehlende Handy ließen mich daran zweifeln, dass sie mich ganz aus ihrer Kontrolle entlassen hatten. In der Innentasche des Sakkos hatte ich außerdem ein Bahnticket gefunden. Frankfurt-Berlin, zweiter Klasse, Abfahrt 17 Uhr 13, Fensterplatz. Glaubten sie denn, sie konnten mit mir machen, was sie wollten? Ich würde den Zug selbstverständlich nicht nehmen.

Drei Kinder, die an meinem Tisch gesessen und einander ihre Handys vorgeführt hatten, standen auf und gingen. Sogleich setzte sich ein Mann mir gegenüber, an die fünfzig, mit Anzug und Krawatte. Er hatte sein Tablett mit dem Üblichen vollgepackt, das man hier zu sich nahm: Hamburger, Pommes, Cola. Die beiden anderen frei gewordenen Stühle wurden von einer Reisegruppe an den Nebentisch gezogen. Ich sah aus dem Fenster und bemühte mich, meine turbulenten Emotionen einigermaßen in den Griff zu bekommen.

Dass sie mich mit Geld und Fahrkarte nach Berlin schicken wollten, zeigte mir, dass sie mich ebenfalls für Benjamin Korn hielten. Die Kidnapping-Nummer hatte ihnen lediglich bewiesen, dass ich mich noch nicht wieder erinnerte. Sie bauten darauf, dass ich mein Gedächtnis zurückbekam. Warum sie das taten und ob das gut oder schlecht für mich war, konnte und wollte ich jetzt nicht bewerten. Immerhin hatten sie eines erreicht: dass meine zwischenzeitlichen Zweifel über meine wahre Identität wieder restlos ausgeräumt waren.

Telefonzellen am Bahnhof gab es früher in Massen, jetzt musste man danach suchen. Aber ich fand eine in der Nähe des Haupteingangs. Als ich darin stand und eine Münze einwarf, hatte ich das Gefühl, das seit mindestens zwanzig Jahren nicht mehr gemacht zu haben. Kein Wunder: Wahrscheinlich hatte ich als Benjamin stets ein Handy und als René kein Geld. Gleichgültig, welche Variante nun zutraf, schien mir das doch wieder eine Art Erinnerung zu sein, die ich da gerade erlebte. Die Münze in der Hand, schon halb im Schlitz, hielt ich inne und bemühte mich, diesen Augenblick wahrzunehmen und zu deuten. Kam da wirklich so etwas wie eine Erinnerung zurück?

Dann ließ ich die Münze hineinfallen und wählte Karins Nummer.

„Dies ist die Mailbox von … Karin Probst …"

Konsterniert und enttäuscht vergaß ich zu sprechen. Darauf, dass sie nicht rangehen würde, war ich nicht eingestellt gewesen. Aber natürlich konnte das alle möglichen guten Gründe haben.

„Hallo Karin, ich bin's", sagte ich dann eilig. „Ich bin da wieder raus. Jetzt stehe ich hier am Hauptbahnhof, wo sie mich offenbar abgesetzt haben. Ich rufe dich wieder an."

Erst nachdem ich die Telefonzelle verlassen hatte, wurde mir bewusst, was ich da für einen Blödsinn geredet hatte. Wenn sie das abhörte, musste sie mich für vollends bescheuert halten. Im besten Fall. Im schlechteren Fall glaubte sie mir nichts mehr.

„Ich nochmal." Beim zweiten Anlauf hatte ich mir vorher ein wenig zurechtgelegt, was ich sagen wollte. „Ich war zwei Tage in deren Gewalt. Offensichtlich glauben sie, ich könnte ihnen …" Aber mit einem Mal schien es mir vollkommen unmöglich, das Erlebte am Telefon in Worte zu fassen. Da war ein dicker Kloß im Hals, und ich fragte mich zugleich, ob das alles glaubhaft, ja, ob es überhaupt passiert war. Deshalb sagte ich zuletzt, ohne näher darüber nachgedacht zu haben, nur noch: „Ich nehme jetzt den Zug nach Berlin. Dann hörst du wieder von mir."

13. Kapitel

Das gedämpfte Rattern der Räder hatte etwas Besänftigendes, ebenso das leichte Schwingen des Zuges, das Vorbeigleiten von Häusern, Straßen und Menschen, dann zunehmend von Wiesen und Feldern. Ich schloss die Augen und döste vor mich hin. Nach den Erlebnissen der letzten Tage war das Bedürfnis nach Entspannung geradezu übermächtig geworden.

Am Ende hatte ich sogar noch rennen müssen, um den Zug zu bekommen. Und das nur, weil ich Karin am Telefon gesagt hatte, dass ich ihn nehmen würde. Eine total spontane Entscheidung war das gewesen, an deren Richtigkeit ich so meine Zweifel hatte; aber ich bereute sie nicht. Sie – wer auch immer sie waren – wollten, dass ich nach Berlin fuhr, und das war schließlich genau das, was ich vor wenigen Tagen gerade noch selbst beschlossen hatte. Was lag also näher, als es auch zu tun?

Schon wurde der nächste Bahnhof angesagt: Hanau. Ich nahm wahr, dass sich jemand auf den freien Platz neben mir setzte, aber das ignorierte ich. Ich schaute aus dem Fenster und bemühte mich, nicht darüber nachzugrübeln, was mich in Berlin erwarten würde. Oder was ich als Erstes tun würde. Das würde ich dann entscheiden, wenn ich da war.

Der Mann neben mir las die Frankfurter Rundschau von heute. Ich kam nicht umhin, das festzustellen, weil er sie nach dem Aufblättern nicht umschlug, sondern in voller Breite vor sich hielt. Den Sportteil. Die Schweiz hatte Spanien geschlagen. Ich musste an Forlán denken, der die zwei Tore für Madrid geschossen hatte. Es kam mir seltsam unwirklich vor, mich an das Fußballspiel zu erinnern, das ich vor einem Monat im Krankenhaus gesehen hatte.

Diego Forlán also. Aber ich meinte mich auch zu erinnern, dass er kein Spanier war, sondern aus Uruguay stammte. Und dann war es wieder wie ein Schock, als mir auf derselben Seite eben dieser Name entgegensprang. Weshalb mussten ständig diese Zufälle passieren? Und warum erschrak ich jedes Mal derart? Dabei war es ganz einfach: Uruguay hatte ebenfalls gestern bei der Weltmeisterschaft gespielt, und zwar gegen Südafrika. Forlán hatte zwei Tore geschossen. Nach dem 0:3 standen die WM-Gastgeber nun praktisch vor dem Aus. Und auch Spanien würde wohl wieder nicht Weltmeister werden.

„Entschuldigung, ich mache mich wohl ziemlich breit?"

Das war mein Nachbar. Er faltete seine Zeitung ein wenig zusammen und wartete offenbar darauf, dass ich sagen würde, das sei kein Problem.

„Nein, nein. Das ist kein Problem", sagte ich.

Dabei sah ich ihn an – und bekam schon wieder einen Schreck! Diesen Mann hatte ich schon einmal gesehen! Für den Bruchteil einer Sekunde hielt ich es für möglich, dass er aus meinem Leben vor dem Unfall stammte. Dass da erneut ein Stück Erinnerung wiederkam. Aber dann wurde mir klar, dass wir uns vor einer Stunde in dem Fastfood-Restaurant gegenübergesessen hatten.

Ich bemühte mich, meinen Schrecken zu kaschieren, indem ich mich möglichst gleichgütig abwandte und wieder aus dem Fenster sah. War es denkbar, dass er dazugehörte? Zu denen? Hatte er die Platzkarte neben mir gekauft, oder besser: beide Platzkarten zusammen, um mich überwachen zu können?

Du musst deine Angst und deinen Verfolgungswahn unter Kontrolle bekommen, sagte ich mir. Nicht jeder Mensch, dem du begegnest, hat etwas mit deiner Geschichte zu tun! Ich atmete bewusst langsam, tief und gleichmäßig und sprang mit dem Blick über die Objekte, die ich draußen vorbeiziehen sah: Häuser, Autos, Zäune. Windräder.

Andererseits ließ sich nicht leugnen, dass sie mich unter ihrer Kontrolle hatten. Schon dass ich hier genau das tat, was sie von mir erwarteten, bewies es im Grunde. Brav hatte ich das Ticket benutzt, das sie mir zugesteckt hatten, und auch in ihrer Kellerwohnung war ich ausschließlich das gehorsame Opfer gewesen. Sie durften glauben, dass sie sich auf mich verlassen konnten. Aber eben darin erblickte ich auch meinen Vorteil: Sie hielten sich für schlau, und genau an einem Punkt, den ich selbst bestimmte, würde ich ausscheren. Dann würde ich nicht mehr tun, was sie erwarteten, und sie würden es erst mit einiger Verspätung bemerken.

Der penetrante Klingelton eines Handys ließ mich aufschrecken. Es gehörte der Person, die in dem Sitz unmittelbar vor mir saß.

„Ja, Mama, was ist?", sagte eine mittelalte Männerstimme.

Mein Nachbar las immer noch die Berichte von den Fußballspielen. Nun, besser als jetzt konnte er mich ja nicht unter seiner Kontrolle haben. Schon um meinen Platz zu verlassen, musste ich ihn um Erlaubnis bitten. Ich entschloss mich zur Offensive.

„Was glauben Sie: Wer wird Weltmeister?", fragte ich ihn.

Als wäre das sein Stichwort, faltete er die Zeitung zusammen und steckte sie in das Netz vor seinen Knien.

„Brasilien, ganz klar. Die spielen den besten Fußball, und außerhalb Europas haben noch immer die Südamerikaner gewonnen."

Es stellte sich heraus, dass er ein durchaus netter Typ war. In Frankfurt hatte er ein zweitägiges Seminar besucht, jetzt fuhr er nach Hause. Nach Berlin. Und freute sich auf seine Frau und seine Kinder. Ein Junge, ein Mädchen, zwölf und zehn, er hatte Fotos dabei. Das Seminar war ein ziemlicher Flop gewesen. Es ging um Finanztransaktionen ins Ausland und deren steuerliche Auswirkungen.

„Sind Sie Jurist?", fragte ich und hoffte, dabei nicht besonders interessiert zu klingen.

„Nein, Steuerberater und Wirtschaftsprüfer. Aber das Thema, so wie die das aufbereitet haben, gab wirklich nichts her. Das hätte ich mir ebenso gut in meinem Büro selbst anlesen können. Und sogar besser."

Plötzlich stellte er sich vor: „Andreas Nocke." Dabei erhob er sich sogar andeutungsweise ein wenig von seinem Sitz und streckte mir die Hand hin.

Ich überlegte gar nicht und erwiderte gleich: „René Fischer."

„Und was machen Sie beruflich?", fragte er.

Da war ich nun in der Situation, die irgendwann hatte kommen müssen. Ein fremder Mensch – gleichgültig, welches Interesse er wirklich an mir hatte – wollte wissen, wer ich war. Und es war eine lange Bahnfahrt, die wir noch nebeneinander verbringen würden. Fast drei Stunden. Die Wahrheit, so viel stand fest, kam nicht in Frage.

Ich entschloss mich, ausweichend zu antworten.

„Jetzt habe ich erst einmal ein paar Tage frei. Ich fahre nach Berlin, um mich ein wenig in der Stadt umzusehen. Ich war schon ewig nicht mehr dort. Früher habe ich da mal gelebt."

„Aha, wo denn?"

„In der Nähe vom Kaiserdamm. Knobelsdorffstraße, falls Ihnen das was sagt."

„Na klar! Das ist gar nicht weit von uns. Wir wohnen in Neu Westend."

Natürlich, Neu Westend kannte ich auch. Steubenplatz, Olympiastadion. Irgendwo dort musste die Heimat des Dr. Benjamin Korn sein. Mich überkam ein behagliches Gefühl von Vertrautheit, zugleich schienen aber auch Warnlampen aufzuleuchten. Nein, in diese Gegend durfte ich mich nicht begeben, ohne mir zuvor einen Plan zurechtgelegt zu haben. Auch wenn niemand dort René Fischer kannte, wusste doch zumindest eine Person, wie ich aussah: die Witwe. Meine Frau. Sie hatte mich im Krankenhaus gesehen, als sie mir die Kleidung und die Bücher brachte.

„Dann gehen Sie sicher öfter mal zu Hertha ins Olympiastadion."
Damit hatte ich nun anscheinend einen sensiblen Punkt bei ihm getroffen. Mit seinem Sohn Mark sah er sich gern Fußballspiele an, auch im Stadion. „Aber die letzte Saison war ja nur zum Heulen." Berlins Bundesligamannschaft hatte ein Spiel nach dem anderen verloren, bis sie in der Tabelle so weit unten stand, dass ihr auch einige gute neue Spieler und ein paar beachtliche Auswärtssiege nicht mehr helfen konnten. „Das muss man sich mal vorstellen: Sechzehn Heimspiele in Folge nicht zu gewinnen – das hat vor denen noch keiner geschafft!" Am Ende waren sie abgestiegen.

Gemeinsam philosophierten wir über Fußball, Psychologie und Wirtschaft. Überall da, wo große Geldsummen bewegt würden, gerieten die Systeme ins Schlingern, behauptete er. „Das ist wie bei einem Ozeanriesen: Normalerweise liegt er immer einigermaßen gleichmäßig und ruhig im Wasser, aber wenn er erst einmal in Turbulenzen gerät, dann ist er nur sehr schwer wieder zu stabilisieren." Das galt für die immensen Beträge, um die es beim Fußball ging, ebenso wie für die Börsenunternehmen und die Börse überhaupt. „Und für Europa. Ich sage Ihnen: Einige Länder leben längst weit über ihre Verhältnisse, und wir müssen es jetzt ausbaden. Es wird nicht lange dauern, und in der Politik schreien die einen nach der Abschaffung des Euro und die anderen nach einer europäischen Zentralregierung. Das, exakt das sind die Ausschläge der europäischen Wirtschaftskräfte!"

Ich nickte freundlich, aber mit geringem Interesse und entschied für mich dafür, seine Prognosen für reichlich überzogen zu halten. Während er sprach, wartete ich geradezu darauf, dass er das Thema in eine andere Richtung lenkte. In die Richtung, die meine Entführer interessierte.

„Wie wär's", schlug Andreas Nocke jetzt unvermittelt vor, „wollen wir eben in den Speisewagen gehen und ein Bierchen trinken?"

Er war ein Routinier, was das Bahnfahren anging. Der Speisewagen war keine zehn Schritte entfernt, und er grinste zufrieden, als ich darüber staunte. Ein älteres Paar machte gerade einen kleinen Tisch frei, den wir mit Beschlag belegten.

„Zwei Bier, bitte!", rief er dem Kellner zu, noch ehe wir uns gesetzt hatten, aber ich stoppte ihn:

„Nein, für mich nicht, danke. Haben Sie Apfelschorle?"

„Oooch!", machte mein Reisepartner und schüttelte amüsiert den Kopf. „Nicht mal ein kleines Helles? Oder sind Sie Weintrinker?"

Ich entschied mich für eine kleine Flasche Mosel mit Schraubverschluss, nachdem er hatte durchblicken lassen, dass wir jetzt Brüderschaft trinken würden.

„Ich bin Andreas", sagte er und stieß fröhlich mit dem Fuß seines Bierglases gegen den Rand des Colaglases, das ich bekommen hatte, weil keine Weingläser mehr da waren.

„René", gab ich zurück.

Andreas konnte ausgesprochen witzig und unterhaltsam sein, wenn er nicht über Wirtschaft und Ozeanriesen sprach. Gemeinsam beobachteten wir einen beleibten Reisenden, der am Tresen vier Flaschen Bier gekauft hatte und nun ungeschickt zuerst sein Portemonnaie in der Gesäßtasche verstaute und dann mit seinen fetten Fingern die Flaschen zu greifen versuchte.

„Spätestens an der Tür fällt ihm eine runter", prophezeite Andreas.

„Wetten?"

Mit einem nachdrücklichen Nicken bekräftigte er, dass er das letzte Wort als Aufforderung verstanden wissen wollte. Ich grinste und holte einen Fünf-Euro-Schein hervor. Dann verfolgten wir das tragikomische Schauspiel des Fahrgastes, der seinen Auftritt am Tresen gerade beinahe abgeschlossen hatte. Aus unerfindlichen Gründen hatte er sich drei der vier Bierflaschen zwischen die vier äußeren Finger seiner linken Hand geklemmt, die letzte trug er ehrfurchtsvoll in der rechten — wahrscheinlich hatte er die für sich selbst vorgesehen. Aber schon nach zwei kleinen Schritten, die ihn in der Drehbewegung schwanken ließen, schnitten die Kronkorken schmerzhaft in seine Linke, weshalb er mit der anderen Hand versuchte, von unten Unterstützung zu geben. Ein plötzliches Rütteln des Zuges bewirkte nun, dass dieser Versuch zu einem veritablen Schlag mit dem Handrücken gegen die äußere der drei Flaschen wurde, und schon war es geschehen: Mit ungelenken, hektischen Bewegungen wollte er noch irgendetwas verhindern, stieß sich dabei aber empfindlich den Ellbogen am Tresen und konnte der fallenden Flasche nur noch hinterhersehen.

„Kann ich Ihnen eine Tüte geben?", fragte grinsend der Kellner, der wie wir die Szene mit wachsender Erheiterung beobachtet hatte.

Die entglittene Flasche war heil geblieben, der Fahrgast schwitzte sehr und hatte einen hochroten Kopf. Wenig später verließ er den Speisewagen, nicht ohne dabei versehentlich lautstark mit der gefüllten Tüte gegen die Abteiltür zu stoßen.

Andreas steckte den Geldschein ein.

„Die Flasche ist heil geblieben", gab ich zu bedenken.
„Bruch war nicht vereinbart", konterte er, und wir lachten.

„Pass auf, der hier ist auch gut", sagte Andreas und wischte sich zum wiederholten Male die Lachtränen aus den Augenwinkeln. „Ein Rechtsanwalt, ein Steuerberater und ein Pfarrer spielen Russisch Roulette. Der Rechtsanwalt fängt an, bekreuzigt sich, sagt laut ‚Im Namen des Vaters, des Sohnes und des Heiligen Geistes', drückt ab und – klick, die Kammer war leer."

Wir saßen mittlerweile wieder auf unseren Plätzen im Großraumwagen und Andreas hatte eine Flasche Glenmorangie hervorgeholt, die er eigentlich für seinen Bruder gekauft hatte, um sie ihm nächste Woche zum Geburtstag zu schenken. Er erwies sich als ausgesprochen trinkfest, bei mir genügte schon ein halber Fingerbreit, um jeden Witz, den er erzählte, komisch zu finden. Überhaupt fand ich es eigentümlich, aber doch sehr unterhaltsam, dass ich nicht einen seiner Witze kannte, ja, ich war nicht einmal in der Lage, auch nur einen einzigen selbst zu erzählen. Das Witzegedächtnis, wenn es so etwas gab, musste bei der Operation stark in Mitleidenschaft gezogen worden sein.

„Dann ist der Steuerberater dran. Weil es bei dem Anwalt so gut geklappt hat, macht er es wie der: Er schlägt ein Kreuz, murmelt ‚Im Namen des Vaters, des Sohnes und des Heiligen Geistes' und drückt ab – wieder passiert nichts."

Nachdem ich einen weiteren Versuch seinerseits, meinen Beruf in Erfahrung zu bringen, mehr oder weniger geschickt abwehren konnte, hatten wir mit Hilfe des Alkohols festgestellt, dass wir einander prächtig verstanden. Wir waren ungefähr beim zwölften Witz und ich kannte bereits seine Adresse und Handynummer. Im Gegenzug erklärte ich annähernd wahrheitsgemäß, dass ich mein Handy gerade heute verloren hatte.

„Und schließlich kommt der Pfarrer an die Reihe. Er nimmt die Pistole, bekreuzigt sich ebenfalls – natürlich viel gekonnter als die beiden anderen – und sagt ‚Im Namen des Vaters, des Sohnes und des Heiligen Geistes'. Da gibt es einen lauten Knall und der Pfarrer fällt tot vom Stuhl."

Andreas nahm noch einen Schluck aus der Flasche und sah mich auffordernd an. Folgsam stellte ich die erwartete Frage: „Und? Warum hat der Spruch bei dem Pfarrer nicht gewirkt?"

Andreas kicherte.

„Ganz einfach: hunderteinundachtzig BGB!"

Grandios! Urkomisch! Erst nach einer ganzen Zeit, in der ich vor Lachen nach Luft rang und mir wie blöd auf die Schenkel schlug, bemerkte ich, dass er mich total ernst ansah. Schlagartig verging mir die Heiterkeit.

„Du hast den Witz verstanden!", sagte er mit düsterem Gesicht.

Ich schluckte. Keine Frage, er hatte mich reingelegt. Ich war prompt vollkommen nüchtern und spürte ein vages Angstgefühl aufsteigen. Sein nächster Satz war genau der, mit dem ich rechnen musste: „Du bist Rechtsanwalt!"

Ich traute mich kaum zu nicken. Dann boxte er mich fest gegen den Oberarm und lachte laut heraus: „Siehst du, jetzt habe ich dich reingelegt!"

Unsicher, zögernd, aber dann doch erleichtert fiel ich in sein Gelächter ein.

„Okay, Mann, du hast mich erwischt!"

Und er war mit sich zufrieden.

„Der war aber auch gut, oder?"

Andreas schien keineswegs irritiert oder verärgert darüber, dass ich mich so bedeckt hielt, während er ganz offen über seinen Job, seine Familie und seine Hobbys sprach. Der Gedanke lag nahe, dass er möglicherweise schon alles Wesentliche wusste. Wenn er mit dem, der offenbar mein Sohn war, gemeinsame Sache machte, dann hatte er mich vermutlich bereits vorher für einen Juristen gehalten und konnte in meinem Versuch, das vor ihm zu verheimlichen, eine Bestätigung dafür sehen, dass ich noch mehr Fakten und Wissen nicht offenbarte. Zum Beispiel, dass mein Erinnerungsvermögen doch langsam zurückkehrte. Nun, falls er das glaubte, würde er die Bahnfahrt mit Sicherheit zu weiteren Versuchen nutzen, mich auszutricksen. Nach seinem ersten erfolgreichen Streich musste ich mich da sehr in Acht nehmen. Andererseits: Was verheimlichte ich ihnen eigentlich? Im Grunde wusste ich nichts von dem, was sie interessieren konnte. Mir war lediglich bewusst geworden, dass ich nicht René Fischer, sondern Dr. Benjamin Korn war. Und genau das wussten sie mittlerweile auch.

Wenn ich es mir recht überlegte, war vielmehr ich es, der hier etwas herausbekommen konnte. Nun hielt ich mich nicht für raffiniert genug, um ihn mit Tricks dazu zu bringen, etwas zu verraten. Aber angesichts der Tatsache, dass ich vor ihnen gar keine Geheimnisse mehr hatte – weshalb sprach ich das Thema nicht ganz offen an? Mehr, als dass

Andreas in Wahrheit ganz unbeteiligt war und mich für bekloppt halten würde, hatte ich eindeutig nicht zu befürchten.

„Den hast du jetzt aber nicht verstanden", hörte ich ihn sagen.

„Nein, ich …"

„Okay, ich erklär's dir: Einem Pferd gibt man den Gnadenschuss, Mann, aber doch nicht seiner Ehefrau!"

Ich rang mir ein gequältes Lachen ab.

„Sorry, Andreas, ich war mit meinen Gedanken gerade ganz woanders." Er blickte mich von der Seite an, fragend, auffordernd. „Weißt du, ich befinde mich gerade in einer ziemlich eigenartigen Situation."

„Eine Frau?", fragte er besorgt.

„Naja, das auch."

„Also, René! Raus mit der Sprache!"

Wenn er keine Witze erzählte, wirkte er vollkommen nüchtern. Er war wirklich ein netter Kerl, ganz anders als Frank, der eher ein Kumpeltyp war und mehr zu René passte als zu Benjamin. Andreas hörte sehr aufmerksam zu und ich merkte, dass er zu verstehen versuchte, was hinter dem steckte, das ich sagte.

„Warte mal, nur dass ich es richtig verstanden habe: Du hast dein Gedächtnis verloren, nachdem sie dich im Frankfurter Bahnhofsviertel zusammengeschlagen haben? Und? Ich meine, du hast doch bestimmt die Polizei geholt?"

Es ging sehr schnell, sodass ich es für vollkommen ausgeschlossen hielt, dass er mich schon vor dieser Bahnfahrt gekannt oder etwas von mir gehört haben konnte. Nein, Andreas steckte mit niemandem unter einer Decke. Nicht mit Leclerc und meinem Sohn und nicht mit den Ärzten. Gar nicht.

„Ja, klar. Da gibt es eine Akte über meinen Fall, aber sie sagen, in der Gegend kommt das öfters vor. Obdachlose, Zuhälter, Illegale jeglicher Herkunft. Es geht um Alkohol, Drogen, Hehlerware, also immer ums Geld. Die Aufklärungsquote ist minimal, nur bei tödlichem Ausgang betreiben sie einen etwas größeren Aufwand."

„Na, dann waren sie sicher froh, dass du am Leben geblieben bist", warf er sarkastisch ein.

Da er alles genauestens wissen wollte, erzählte ich ihm so viele Details der Nebensächlichkeiten, dass ich die Hauptfragen weitgehend überspringen konnte. Besonders spannend fand er den Teil mit meinen Eltern, mit dem Autohaus meines Vaters und den ganzen Rechtsproblemen, die ich unverhofft für ihn klären konnte. Ich ließ ihn glauben, ich wäre schon immer René Fischer, der Frankfurter Anwalt gewesen und hätte nun nur wegen der Amnesie wieder Zugang zu meinen Eltern gefunden.

„Verstehst du: Ich habe einfach nicht mehr gewusst, dass wir uns total zerstritten hatten. Ich habe ihre Adresse herausgefunden und bin bei meiner Flucht aus dem Krankenhaus schnurstracks zu ihnen gefahren. Und fand das das Selbstverständlichste von der Welt."

Nicht zum ersten Mal stellte ich fest, wie leicht es mir fiel, die Wahrheit zugunsten einer Geschichte zu verbiegen, wie es mir passend und nützlich erschien.

„Und sie haben natürlich Bauklötzer gestaunt!"

„Ich glaube fast, das war der glücklichste Tag in ihrem Leben. Zumindest seit fünfzehn oder zwanzig Jahren."

Das dürfte sogar gestimmt haben.

„Kann ich mir vorstellen. Und du konntest dich wirklich kein bisschen an sie erinnern?"

„Überhaupt nicht."

Ausgesprochen amüsiert war er dagegen, als ich ihm erzählte, ich hätte eine Frau und einen Sohn, an die ich mich nicht im Geringsten hatte erinnern können.

„Und das erfährst du erst, als du im Krankenhaus schon was mit einer Schwester angefangen hast!" Das war so recht nach seinem Geschmack. „Mensch, von so manchem, was du da erlebt hast, kann man ja nur träumen!"

„Naja, wenn man das so sieht. Aber du kannst mir glauben, dass ich zumeist keine sehr angenehmen Träume habe."

„Entschuldige. Ich bin manchmal ein ziemlicher Trampel. Um die Wahrheit zu sagen: Tauschen möchte ich mit dir nicht."

„Manches ist schon sehr seltsam." Da Andreas äußerst Anteil nehmend war, machte er es mir leicht, auch über die Gefühle zu sprechen, die mich zeitweise weit mehr als die vielen ungeklärten Fragen verunsicherten. „Zum Beispiel die Möglichkeit, jederzeit jemandem zu begegnen, der sagt: Mensch, René, sieht man dich auch mal wieder! Und dann stehst du da und hast keine Ahnung, wer das ist."

„Ist dir das schon mal passiert?"

„Eigentlich nicht. Neulich habe ich einen Italiener angerufen, von dem ich wusste, dass wir uns kannten. Er hat genau so reagiert: Ciao René, lange nichts von dir gehört! Und für mich war er ein völlig fremder Mensch. Aber das ist schon noch etwas anderes, als wenn du unvermittelt auf der Straße angesprochen wirst."

Andreas fand es richtig, dass ich jetzt erst einmal nach Berlin fuhr, um auf andere Gedanken zu kommen. Und dass ich, wie er meinte, meine Anwaltspraxis für einige Zeit zugemacht hatte. Von der Entführung und von Benjamin sagte ich natürlich ebenso wenig wie von der Operation, mit der mir ein fremdes Gehirn verpasst worden war.

„Sag mal", wollte er dann noch wissen, wobei er ein wenig herumstammelte, weil er sich nicht recht traute, es ganz direkt zur Sprache zu bringen, „wie ist das denn so, plötzlich die Frau kennen zu lernen, mit der man schon Jahre verheiratet ist und ein gemeinsames Kind hat?"

Ich musste lachen, als ich mit ein paar Rückfragen dahinterkam, worum es ihm bei der Frage ging.

„Du meinst, wie man sich fühlt, wenn man ganz legitim von einer völlig fremden Frau erwarten kann, dass sie mit einem ins Bett geht?"

Nun konnte ich seiner Fantasie in diesem Punkt leider keinerlei Nahrung geben, denn die Ehe mit Esther war durchaus nicht das, was er sich darunter vorgestellt hatte.

„Um ehrlich zu sein, läuft und lief da gar nichts mehr. Wahrscheinlich schon vor meiner Amnesie, aber spätestens seit unserem ersten Wiedersehen nach meinem Aufwachen im Krankenhaus." Ich erzählte ihm davon, wie desinteressiert, ja ablehnend sie mich von Beginn an behandelt hatte. „Natürlich war ich auch nicht gerade sehr freundlich zu ihr. Obwohl: eine Chance hätte sie bei mir durchaus gehabt! Sie ist auf ihre Art schon irgendwie …", ich zögerte einen Moment, das Wort auszusprechen, „… sexy. Vermutlich habe ich mir das aber in den Jahren zuvor selbst gründlich verscherzt." Was René Fischer für ein Nichtsnutz gewesen sein musste, verschwieg ich ebenso wie seinen wahren Beruf. „Nur wenn ich jetzt so darüber nachdenke: Du hast schon recht – die Vorstellung war durchaus nicht ohne Reiz, mit ihr mal …"

Ich ließ den Satz unvollendet; Andreas verstand ihn auch so. Umso mehr überraschte er mich, als er mich dann sehr nachdenklich ansah und sagte: „Jetzt hast du gerade an deine Karin gedacht, stimmt's?"

Es stimmte.

„Pass nur auf, was du tust!"

Ich erfuhr, dass er seine Frau vor einem halben Jahr zum ersten und einzigen Mal betrogen hatte. Da waren sie knapp sechzehn Jahre verheiratet, und sein unbedachter Seitensprung hätte fast zur Scheidung geführt. Bis heute stand der Vertrauensbruch zwischen ihnen, und er sagte traurig, es sei nicht absehbar, ob sich das jemals wieder ändern würde.

„Wenn ich nachher nach Hause komme, wird sie sich fragen, ob ich in Frankfurt eine andere hatte. Und der Grund ist gar nicht einmal verletzte Eitelkeit, sondern, René, sie vertraut mir wirklich nicht mehr! In meiner Naivität habe ich mir absolut nicht vorstellen können, dass es das jemals geben könnte."

Ich nickte nachdenklich vor mich hin.

„Hast du auch mal …?", setzte er zu fragen an und unterbrach sich dann: „Aber daran erinnerst du dich wahrscheinlich nicht."

Während ich verneinend den Kopf schüttelte, dachte ich an Amelie und daran, dass ich als Benjamin meiner Frau ebenfalls nicht treu gewesen war, René seiner hingegen vermutlich schon.

„Weshalb muss das nur alles so kompliziert sein?", murmelte ich vor mich hin.

Aber Andreas war schon wieder total obenauf und klopfte mir auf die Schulter: „Das ist halt der Lauf der Dinge! Sieh es mal so: Wenn irgendetwas daran nicht richtig wäre, dann hätte die Evolution längst dafür gesorgt, dass die untreuen Männer aussterben!"

Dazu lachte er und war wieder so fröhlich, dass ich unwillkürlich mitlachen musste.

„Dagegen lässt sich nicht viel einwenden", gab ich zu und verzichtete darauf, mir weiter darüber den Kopf zu zerbrechen.

„Komm, magst du noch einen kleinen Whisky?"

Aber ich verneinte. Ich war froh, dass der Schwips von vorhin wieder verflogen war. Wenn ich in Berlin ankam, brauchte ich auf jeden Fall einen klaren Kopf.

„Wo sind wir hier jetzt eigentlich?", fragte ich.

„Gerade war Braunschweig, wenn ich das richtig gesehen habe."

Braunschweig. Mir war so, als müsste mir die Stadt etwas sagen. Ob ich hier mal gewesen war? Aber ich erinnerte mich an keinerlei Detail. Angestrengt sah ich aus dem Fenster, als könnte mir etwas ins Blickfeld geraten, an das ich mich erinnerte.

Andreas bemerkte das offenbar.

„Kennst du hier jemanden?", fragte er.

„Ja", log ich, ohne nachzudenken, und als ich einmal mehr sein spitzbübisches Grinsen sah, war mir klar, dass er mich wieder reingelegt hatte.

„Na, so viel zu deiner Amnesie! Aber ich komme dir schon noch drauf, was du eigentlich verheimlichen willst!" Er schien es ganz locker zu nehmen und amüsierte sich köstlich über meine Betretenheit. „Also, nun guck nicht so bedrippt! Mir kannst du ruhig erzählen, was du willst. Hauptsache, du bringst dich nicht bei deinen Frauen in Schwierigkeiten!"

Aber diesmal gab ich nicht gleich auf. Ich musste nur darauf achten, dass ich bei allem, was ich sagte, immer so nahe wie möglich an der Wahrheit blieb.

„Stimmt schon", gab ich zu, „dass ich dir nicht alles erzählt habe. Aber da ist etwas, das mich sehr beschäftigt."

„Schieß los!"

„In den letzten Tagen habe ich mich sehr intensiv mit einem Fall befasst, bei dem einige Leute ziemlich viel Geld verloren haben." Jetzt konnte er, wenn er wollte, annehmen, dass einer von diesen Leuten mein Mandant war und in Braunschweig lebte. Ich fuhr fort, ohne näher darauf einzugehen: „Bei so einem Anlegerfonds. Nördlich von Berlin. Hast du davon gehört?"

„Der Lehnitzsee-Fonds", sagte er sofort. „Ja, eine reichlich üble Sache."

„Hast du beruflich damit zu tun?", wollte ich wissen, und er sagte:

„Nein. Hab nur davon gelesen. Das Geld können die Anleger wohl abschreiben."

„Hast du eine Ahnung, wer da dahintersteckt?"

Er schüttelte den Kopf. „Das weiß keiner so genau. Sie scheinen mit mehreren Strohmännern agiert zu haben, die jetzt natürlich alle verschwunden sind. Erst haben sie mit großen Versprechungen gewaltige Summen eingeworben und sich dann mit dem Geld aus dem Staub gemacht."

„Geht das denn so einfach?", fragte ich unbedarft, und ihm schien nicht aufzufallen, dass die Art der Frage eigentlich nicht recht zu meiner Behauptung von gerade eben passte, dass ich mich intensiv damit beschäftigt hatte.

„Sie scheinen es ganz geschickt angestellt zu haben. Naja, in der jetzt herrschenden Finanzkrise sind aber einige Leute auch allzu versessen darauf, ihr Geld irgendwelchen wilden Versprechungen hinterherzuschmeißen."

Er erzählte, was er aus der Zeitung wusste, und garnierte das mit seinem beruflichen Wissen. Viel Neues kam für mich nicht dabei heraus, aber er konnte die Finanzierungsmechanismen und Verschleierungsmöglichkeiten ausgesprochen gut erklären. Ich hörte aufmerksam zu.

„Falls die nicht gerade untereinander in Streit geraten oder einer von ihnen so blöd war, größere Summen in Deutschland zum Beispiel in ein Schließfach zu packen, dann haben die ausgesorgt und man kriegt sie nie."

Seltsam, das Wort „Schließfach" ließ sofort die Bilder meines Traumes vor mir erstehen. Ich steuerte in hektischer Fahrt den Mercedes durch die Nacht und dachte, nein: empfand dabei das Wort „Schließfach". Doch so schnell, wie dieses Gefühl sich eingestellt hatte, verschwand es auch wieder. Ich versuchte ihm nachzuspüren, aber es war fort. Dann schüttelte ich das aufgetretene Unbehagen ab und wandte mich wieder Andreas zu.

„Und der Notar?"

Er zögerte einen Moment mit der Antwort und beobachtete mich, als wartete er, ob ich irgendetwas zu erklären hätte. Dann antwortete er: „Du meinst den, der die Verträge beurkundet hat? Na, ich sag nur: armes Schwein! Auf den stürzen sie sich jetzt natürlich alle, obwohl er wahrscheinlich gar nichts dafür kann. War halt ein bisschen blauäugig, aber hat garantiert nicht an den großen Beträgen mitkassiert. Ich vermute mal, der kann seinen Laden jetzt dichtmachen."

Es passte durchaus alles zusammen: Alle, die bei dem Projekt Geld verloren hatten, wollten diejenigen haftbar machen, die sie betrogen und sich bereichert hatten. Dazu mussten sie erst einmal die ganze Konstruktion entwirren und die Verantwortlichen ausfindig machen. Was lag näher, als dass sie dazu Rechtsanwälte einschalteten, von denen sie sich dann ja ohnehin vor Gericht vertreten lassen würden. Ob Leclerc einer dieser Anwälte war? Das erschien mir eher unwahrscheinlich, obwohl es durchaus sein konnte, dass einige der Investoren in der Bankenhochburg Frankfurt wohnten. Ganz bestimmt aber spielte Benjamin in dieser Geschichte eine maßgebliche Rolle. Sein Sohn – mein Sohn! – mochte für einen gestandenen Volljuristen noch etwas zu jung sein, aber es sprach vieles dafür, dass auch er hinter dem Geld her war. Entweder hatte er auf der Seite seines Vaters gestanden oder, was ebenso gut vorstellbar war, auf der Gegenseite. Nur: welche Seite war eigentlich die gute Seite? Gab es so etwas überhaupt in einem derartigen Projekt, bei dem alle Beteiligten von Spekulation und Gewinnsucht getrieben gehandelt hatten?

Ich sah auf die Uhr; es war nicht mehr weit bis Berlin. In einigen Minuten würden wir Spandau erreichen. Wenn Andreas noch etwas wusste, das mir hilfreich sein konnte, musste ich ihn direkt ansprechen, gleichgültig, was das auslöste.

„Sag mal", fragte ich und sah ihn dabei geradeheraus an, „kennst du eigentlich einen Rechtsanwalt, der Dr. Benjamin Korn heißt?"

Möglich, dass er kurz zusammenzuckte. Doch dann kam er mir glaubwürdig vor, als er sagte, der Name käme ihm zwar bekannt vor, er verbinde aber nichts mit ihm.

Mit fast einer halben Stunde Verspätung kamen wir um kurz nach zehn Uhr am Berliner Hauptbahnhof an. Andreas und ich verabschiedeten uns kurz, aber sehr herzlich, nachdem er mir noch seine Visitenkarte gegeben hatte.

„Meld dich doch einfach mal, falls du länger in der Stadt bleibst!", sagte er. „Wir können ja auch mal zusammen ein WM-Spiel angucken."

„Klingt nach 'ner guten Idee", erwiderte ich. Während er mit seinem kleinen Rollkoffer aus meinem Blickfeld verschwand, fragte ich mich, wie ich jemals auf die Idee kommen konnte, er könnte etwas mit meiner Geschichte zu tun haben. Vielleicht war er sogar jemand, dem ich die volle Wahrheit erzählen konnte. Nachdenklich sah ich auf die Visitenkarte in meiner Hand. Auf einer Seite stand seine Büroadresse mit Festnetz- und Mobilnummer, auf der Rückseite die privaten Daten.

Der fünfstöckige, moderne Bahnhofsbau war um diese Uhrzeit für den Hauptbahnhof einer europäischen Metropole erstaunlich wenig belebt. Die meisten Geschäfte hatten bereits geschlossen. Zielstrebig suchte ich ein Telefon auf, was mir nicht schwerfiel, denn ich kannte den Bahnhof gut. Warum das so sein mochte, darüber machte ich mir jetzt keinerlei Gedanken.

Um nicht wieder wie ein Idiot dazustehen, falls ich es doch nur mit dem Anrufbeantworter zu tun bekam, überlegte ich kurz, was ich Karin sagen wollte. Dass ich nach Berlin gefahren war, wusste sie bereits; wo ich übernachten würde, war mir selbst noch nicht klar. Überhaupt musste ich mir eingestehen, dass ich gar keinen Plan hatte, was ich hier in der Stadt wollte. Irgendwie hatte ich angenommen, dass mir die Ideen dazu schon von allein während der Bahnfahrt kommen würden, aber dann hatte ich diese Zeit – zugegeben: auf sehr angenehme Weise – mit Andreas verbracht. Nun stand ich hier und fühlte mich ziemlich leer. Was fing ich mit mir an?

Ich stand vor einer der Telefonsäulen in der Mitte der zweiten Bahnhofsetage. Die Nummer wusste ich auswendig, die Vorwahl für Frankfurt war mir auch geläufig. Ich wollte gerade zu wählen beginnen, als mir jemand von hinten auf die Schulter klopfte.

„Hallo, René!", sagte ein Mann im grauen Anzug, der einen halben Kopf kleiner war als ich. „Oder soll ich Benjamin sagen?"

Ich war vollkommen perplex, was er mit einem befriedigten Lächeln quittierte.

„Hallo", sagte ich ebenfalls, während ich den Hörer an die Gabel zurückhängte. Dadurch, dass er beide Namen benutzt hatte, war klar, dass er nicht einfach ein Bekannter aus meiner Vergangenheit sein konnte.

„Sie wundern sich natürlich, dass ich Sie so anspreche. Das ist verständlich. Mein Name ist Schreiber, und ich bin hier, um Sie sozusagen in Berlin willkommen zu heißen."

Herr Schreiber fasste sich beim Sprechen auffallend häufig an die Nase. Er schien nervös zu sein. Ich schätzte ihn auf knapp sechzig, vielleicht auch etwas älter. Sein Anzug saß schlecht und war zerknittert, eine Hand verbarg er hinter seinem Rücken, als hielte er darin etwas, das ich nicht sehen sollte. Ein Blumenstrauß war es gewiss nicht. Was konnte er von mir wollen?

„Was wollen Sie von mir?", fragte ich ihn.

„Sie sollten mit mir kommen", sagte er hinter der Hand an seiner Nase hervor. „Das wäre am besten für Sie."

Ich schluckte.

„Weshalb sollte ich das tun? Wer sind Sie überhaupt?"

Ich blickte um mich, um festzustellen, ob es hier Menschen gab, die uns sahen. In einiger Entfernung ging ein Pärchen vorbei, ein einzelner Mann studierte an einer Stelltafel die Fahrpläne, andere waren weiter entfernt und hätten zwischen den hier ständig herrschenden Geräuschen vermutlich nicht einmal einen Schrei gehört.

„Nun seien Sie doch nicht so ängstlich!" Seine Mimik wechselte wieder zurück zu dem Grinsen, das fast noch abstoßender war. „Sie brauchen ein Quartier, und ich kann Ihnen eins beschaffen?"

„Woher wissen Sie meinen Namen?", beharrte ich, und als er nicht antwortete, stieß ich ihm unsanft gegen die Schulter.

„Was wollen Sie?", wiederholte ich.

Er wich zurück, sein penetrantes Grinsen wurde eine Spur unsicherer. Es schien, als hätte er nicht mit Widerstand gerechnet. Mit plötzlicher Entschlossenheit, die mich selbst überraschte, ging ich zum Angriff über.

„Was haben Sie da hinter Ihrem Rücken?"

Er wollte sich mir entwinden, aber es gelang mir, ihn herumzudrehen und nach dem Gegenstand zu greifen, den er hatte verbergen wollen. Es war ein Stück Papier, ein Foto. Ich zog daran, er hielt dagegen und es riss entzwei. Aber da er es nur an einer Ecke angefasst hatte, bekam ich den größten Teil zu fassen, drehte es zu mir herum – und erstarrte verblüfft.

„Was …?", wollte ich ansetzen, aber ich ersparte mir die Frage, auf die er ohnehin nicht antworten würde. Wie ein ertappter Schuljunge sah er zu mir auf. Er wusste, dass er für den Moment verloren hatte.

Ich machte auf dem Absatz kehrt und rannte durch den Bahnhof. Nach oben! Auf einer Rolltreppe, die stillstand, stolperte ich und stürzte, rappelte mich aber wieder auf und lief weiter. Ganz oben, das wusste ich, fuhren die Nahverkehrszüge. Ohne auf die Fahrzielangaben zu achten, eilte ich den erstbesten Aufgang hinauf, erreichte den Bahnsteig und sah dort eine S-Bahn mit offenen Türen stehen. Die roten Lampen leuchteten bereits, der Signalton gab den Zug zur Abfahrt frei, aber ich hastete noch zwischen die sich schließenden Türen, bekam sie schmerzhaft gegen die Schultern, doch ich war drin. Unverzüglich fuhr der Zug an. Ich sah hinaus, konnte aber keinen Verfolger erblicken.

Erschöpft und benommen ließ ich mich auf einen Fensterplatz fallen. Dann betrachtete ich das Foto. Es zeigte mich, wie ich am Empfangstresen im Autohaus Fischer stand. Mit meinem Hut auf dem Kopf.

14. Kapitel

Was erwartete mich in Berlin? Und sie: was erwarteten sie, das ich hier für sie erreichen sollte?

Mir schwirrte der Kopf. Jetzt, da ich allein war und endlich die Gelegenheit gehabt hätte, in Ruhe über all diese Dinge nachzudenken, jetzt fühlte ich mich dazu außerstande. Eine schwere Müdigkeit überkam mich, andererseits war ich noch sehr erregt wegen der Begegnung im Bahnhof. Das Bild des kleinen, alten, nervösen Herrn Schreiber erschien vor mir, sobald ich die Augen schloss.

Mir fiel das Kinn auf die Brust. Der Zug ratterte, es hätte aber auch das Rattern einer Maschine sein können. Mit geschlossenen Augen sah ich eine Maschine, die Geld zählte; in ihrem Anzeigefenster wurden die Beträge immer größer – Tausende, Millionen, Milliarden.

Abrupt fuhr ich hoch. Wo war ich?

Wir fuhren gerade in einen Bahnhof ein, und als ich den Namen der Station erfasste, packte mich wieder einmal ein panikartiger Schrecken. Charlottenburg! Genau da wollte ich doch jetzt nicht hin!

Hastig stürmte ich aus dem Zug. Für einen Moment stand ich ratlos auf dem Bahnsteig. Aber dann sah ich auf der Anzeigetafel, wohin dieser Zug fuhr: „Potsdam Hbf". Ich stieg wieder ein, setzte mich auf denselben Platz und bemühte mich, meinen Puls ein wenig zu beruhigen.

Zug nach Potsdam. Charlottenburg – da kam er durch, natürlich. Ich brauchte nur weiterzufahren.

Mein Magen knurrte. Richtig: Ich hatte seit Stunden nichts gegessen. Zuletzt die Cevapcici; war das wirklich erst heute Mittag gewesen? Auf jeden Fall verspürte ich jetzt einen unbändigen Hunger. Kurzentschlossen stieg ich an einer der nächsten Stationen aus.

„Wannsee" las ich. Ein nahezu menschenleerer Bahnsteig, Gleise, soweit das Auge in der Dunkelheit reichte. Ich sah auf die Uhr: Es war kurz nach elf. Ob man um diese Zeit hier etwas zu essen bekam?

„Wenn Se hier runterjehn und da wieder hoch", erklärte mir ein freundlicher Fahrgast, der den Zug, mit dem ich gekommen war, knapp verpasst hatte, „und denn linker Hand, denn komm Se, na, denn sehn Se schon."

Ich bedankte mich und bezweifelte, dass mich seine Anleitung zu irgendetwas Essbarem führen würde. Als ich auf dem Bahnhofsvorplatz an einem Telefon vorbeikam, stutzte ich kurz, entschied mich aber dafür, doch erst einmal den gröbsten Hunger zu stillen. Karin konnte ich auch in einer halben Stunde noch anrufen, aber die Chance, hier einen offenen Imbiss oder eine Kneipe zu finden, sank vermutlich mit jeder Minute.

„Linker Hand", wie der Mann gesagt hatte, lief ich ein gutes Stück, und siehe da, mitten im Nichts lag dort ein großes, sehr belebtes Gartenlokal. Fetzen von Sprache und Musik schlugen mir schon entgegen, ehe ich die breite Treppe hinaufgestiegen war, und oben dehnte sich ein Biergarten von etlichen hundert Quadratmetern vor mir aus, voll mit Menschen.

Am anderen Ende waren einige Verkaufsstände zu sehen. Um dorthin zu gelangen, musste ich mich zwischen zahllosen Tischen und Stühlen durcharbeiten, bevölkert von Gruppen, Paaren, Einzelpersonen buchstäblich jeden Alters. Hier klampfte einer auf seiner Gitarre, gar nicht mal schlecht, möglich, dass es ein Stück von Ten Years After war. Einige der Umsitzenden tappten mit dem Fuß oder nickten im Takt, dort unterhielten sich andere, ohne auf die Musik zu achten. Die vereinzelten hohen Lampen tauchten die ganze Szenerie in ein unwirkliches Licht, das einige Plätze grell und übertrieben wichtig erscheinen und andere in Dunkel und Bedeutungslosigkeit verschwinden ließ.

Ich schrieb es der Müdigkeit und dem Hunger zu, dass mich das Gefühl beschlich, ich wäre in einem Gemälde von Hopper oder gar irgendeinem Expressionisten gelandet. Bereitwillig wurde mir Platz gemacht, als ich mich durch die Menschen hindurchschlängelte, um zu den Buden zu gelangen, vor denen weitere Menschen in mehreren Schlangen anstanden.

„Ist das hier immer so voll?", fragte ich einen jungen Mann mit Tattoos und Muscleshirt, der vor mir am Grillstand wartete. Der nickte ungefähr zwanzig Mal cool mit verschlafenem Blick, ehe er – gar nicht unfreundlich – antwortete: „Ja, Mann. Wenn's so ist …"

Dazu deutete er auf den schwarzen Himmel und meinte offenbar die warmen Temperaturen, mit denen der Juni dieses Jahr aufwartete.

„Also, mir gefällt das", sagte ich, um das Gespräch fortzusetzen, aber er hatte sich schon wieder abgewandt, um seine Bestellung loszuwerden, die in einem gegrillten Schweinenackensteak und zwei Rostbratwürsten bestand, dazu Kartoffelsalat. Ich beobachtete, wie ihm das Essen auf einen Pappteller gelegt wurde, und hatte eigentlich schon fast keinen Appetit mehr. Aber als ich an der Reihe war, entschloss ich mich dann doch: „Zwei Wiener mit viel Brot, bitte."

„Senf gibt's da", war die Antwort. Als ich mehr Brot verlangte, viel mehr Brot, erfuhr ich: „Das kost' dann aber extra." Eine bloße Feststellung. Ich bekam den großen Brotkorb herübergereicht und bediente mich reichlich. „Drei fuffzich." Ich fand das nicht einmal teuer.

Für Getränke musste ich mich noch einmal gesondert anstellen. Auf der Kreidetafel mit dem Angebot las ich das Wort „Fassbrause"; ohne Zögern bestellte ich eine solche und bekam ein großes Glas hingestellt, dessen Inhalt optisch zwischen Bier und Apfelsaft lag. Noch am Tresen nahm ich den ersten Schluck und wusste, dass ich so etwas schon oft getrunken hatte.

Dann suchte ich mir einen Platz ganz am Rand des Biergartens und aß und trank das Gekaufte langsam, genussvoll am Kopfende eines Biertisches, an dem eine Gruppe Franzosen saß und offenbar über das heutige Spiel ihrer Mannschaft bei der Weltmeisterschaft sprach. Wie es schien, hatten sie verloren. Ich verstand fast nichts, und es interessierte mich in diesem Moment auch nicht. Ebenso wenig schienen sie sich für mich zu interessieren.

Nein, ein Telefon gebe es hier nicht, erfuhr ich wenig später am Biertresen.

„Aber da unten bei den Dampfern, da könnte eins sein. Musst du mal gucken gehen."

Man duzte sich hier.

In der Richtung, die mir gezeigt worden war, führte eine Treppe hinunter zur Straße. Schon von hier hatte ich einen wundervollen Blick über schwarze Baumschatten, vereinzelte Laternen und ein großes, dunkel spiegelndes Wasser. Das musste der Wannsee sein. Über allem funkelten Tausende von Sternen in einer Weise, dass es mir irreal vorkam. Aber irgendwie ergriff mich dieser Anblick, den andere in anderer Lage vermutlich als romantisch bezeichnet hätten. Oder als kitschig. Für mich war eher „tröstlich" das richtige Wort. Die Art, wie sich mir plötzlich eine überraschende Idylle mit einer alles erschlagenden Ruhe präsentierte, versetzte mich sofort in einen völlig veränderten Gemütszustand. Ich atmete tief ein und bemerkte, wie frisch und klar die Luft war. Tröstlich, ja – es gab in diesem Leben tatsächlich auch die Möglichkeit, sich aus der Hektik herauszunehmen. Für einen selbst gewählten Zeitraum das Drumherum zu vergessen. Auszusteigen.

Jenseits der Straße schloss sich eine abschüssige Parkanlage an, die zum See hinunterführte. Dort lagen drei oder vier Ausflugsschiffe an ihren Anlegestellen und warteten auf ihren nächsten Einsatz am folgenden Tag. Der Mond stand als Sichel darüber, morgen oder übermorgen würde er halbvoll sein.

„René, endlich!"
Neben den Kassenhäuschen für die Ausflugs- und Fährschiffe hatte ich ein Telefon gefunden. Ich merkte sofort, dass es ein Fehler gewesen war, zuerst etwas zu essen, denn nun überkam mich ein derart überirdische Müdigkeit, dass ich Schwierigkeiten hatte, hier zu stehen und Karin auch nur zuzuhören.
„Wo bist du gewesen? Was war los?"
Ich riss mich zusammen.
„Ich werde jetzt vielleicht nicht alles in voller Länge erzählen können, denn ich falle gleich um vor Müdigkeit. Vieles kann ich mir auch selbst noch nicht erklären.
„Wo warst du?"
„Ich war bei Leclerc in der Kanzlei, da haben sie mich dann betäubt und im Keller eingesperrt."
Sie schnappte hörbar nach Luft. „In einem Kellerverschlag?"
„Es war schon mehr eine Wohnung."
„Wilhelms Anwalt also! Was wollten sie von dir?"
Ich gähnte. „Sie haben mir Akten hingestellt."
„Akten? Nun lass dir doch nicht alles aus der Nase ziehen! Was für Akten?"
„Der Lehnitzsee-Fall." Ich gab mir einen Ruck und fügte hinzu: „Das ist ein großer Betrugsfall hier in Berlin. Du findest bestimmt im Internet was darüber. Wie es scheint, war Benjamin darin verwickelt."
„Benjamin? Inwiefern? Und warum sperren sie dich deshalb ein?"
„Sie wollten herausbekommen, ob ich Benjamin bin."
„Also wissen sie von der Operation!"
„Scheint so. Ich nehme an, ich habe vor dem Unfall etwas gewusst, was sie unbedingt in Erfahrung bringen wollen." Ich machte eine Pause. „Wahrscheinlich geht es um das Geld."
„Was für Geld?"
Ich überlegte. Was hatte sie gerade gefragt?
„René, bist du noch dran?"
„Ja, entschuldige. Du, ich habe einen Sohn!"
Jetzt war sie es, die verstummte. Dann kam:
„Ja, natürlich hast du einen Sohn: Jan. René, was ist mit dir?"
Wieder brauchte ich einen Moment, ehe ich antworten konnte.

„Wir sollten vielleicht morgen früh weiterreden. Jan? Ja, klar. Aber ich meine meinen Sohn, also Benjamins. Er war es, der mich da eingesperrt hat."

Das schien ihr nun total die Sprache zu verschlagen. Oder sie hatte sich gerade etwas aufgeschrieben, denn anschließend erklärte sie:

„Okay, ich werde wohl die Nacht damit zubringen, ein paar Sachen herauszufinden. Lehnitzsee, sagtest du? Und Dr. Benjamin Korn. Den gibt es doch bestimmt bei Yasni oder Xing oder so etwas."

„Ach, Karin, ja …", brachte ich in einer Aufwallung von Emotionen hervor, die aus einer Mischung von fehlender Zuwendung und fehlendem Schlaf resultierten.

„Ja, ich dich auch", erwiderte sie sarkastisch. Dann fügte sie noch an: „Du, ich habe hier inzwischen einiges in Erfahrung gebracht, das dich interessieren wird. Da gibt es eine Tania in Berlin, die bei Esther angerufen und nach dir gefragt hat. Und mit Bernd treffe ich mich wahrscheinlich morgen oder übermorgen. Bei Pasquale bin ich auch gewesen, aber das erzähle ich dir alles, wenn du dich ausgeschlafen hast. Kannst du mich morgen früh gleich wieder anrufen?"

Tania, Esther, Bernd, Pasquale – wer waren alle diese Leute?

„René! Antworte mir bitte noch dieses eine Mal!"

Ich schrak hoch, weil etwas Hartes gegen mein Knie schlug. Ich blickte hinab und stellte fest, dass es der Telefonhörer war. Hastig ergriff ich ihn und hielt ihn wieder ans Ohr.

„Karin? Bist du noch da?"

„Ja." Ich meinte sie lachen zu hören. „Sieh erst mal zu, dass du etwas Schlaf bekommst. Mach's gut, bis morgen!"

Es schmatzte, und ich hängte ein.

Dass ich beim Aufwachen erst einmal sondieren musste, ob ich wusste, wo ich war, war ja nichts Neues. Diesmal war mir sehr schnell wieder präsent, was ich am Abend zuvor erlebt hatte. Vor allem zwei Namen waren es, die mir im Kopf herumspukten und das, wie mir schien, irgendwie die ganze verkorkste Nacht lang getan hatten: Tania und Bernd.

Ich sah mich um. Ich lag auf einem Stück sehr gepflegtem Rasen hinter einer Buche, die verhinderte, dass all diese Menschen auf mich aufmerksam wurden, die ein paar Meter entfernt von der Fähre strömten, die soeben angelegt hatte. Auf einem anderen, größeren Rasenstück hatten heute Nacht noch mehrere junge Menschen kampiert, die jetzt aber bereits fort waren. Die Nacht war sehr mild gewesen, der Untergrund trocken – das war also nicht der Grund dafür, dass ich mich bis zum frühen Morgen mit quälenden Bildern und Traumfetzen hin und her geworfen hatte. Der unangenehme Typ namens Schreiber war immer wieder aufgetaucht, außerdem das Schild mit der Aufschrift „Charlottenburg", viele wirre Erinnerungen und eben diese beiden Namen.

Ich drehte mich noch einmal auf den Rücken und blickte in die Baumkrone über mir mit dem klaren, blauen Himmel dahinter. Bernd? Jetzt fiel es mir wieder ein: Das musste Bernd Haake-Reuter sein. Was also bedeutete, dass er wieder aufgetaucht war. Hatte sie gesagt, dass sie sich heute mit ihm treffen wollte? Dann gab es womöglich eine ganz gewöhnliche Erklärung für sein Verschwinden. Aber was verband Karin und ihn eigentlich? War es denkbar, dass die beiden schon länger etwas miteinander hatten? Das würde ja unter Umständen bedeuten …

Ich stand auf und blickte auf die sich entfernenden Menschen, die zur Arbeit, zur Schule oder sonst wohin gingen. Der andere Name, Tania, sagte mir überhaupt nichts. Weder kannte ich jemanden, der so hieß, noch löste das irgendwelche Gefühle aus.

Schließlich raffte ich meine Sachen zusammen und brach in die Richtung auf, in der ich den S-Bahnhof vermutete. An einem Kiosk gönnte ich mir ein kleines Frühstück, bestehend aus einem belegten Baguettebrötchen und einem Pappbecher mit Kaffee. Wenige Schritte entfernt stand die Telefonsäule, an der ich gestern Abend bereits vorbeigekommen war.

Zuerst versuchte ich es bei Esther, aber sie war nicht zu Hause. Ihre Dienstnummer in der Verwaltung hatte ich nicht. Dann rief ich Karin an, und obwohl wir ausführlich miteinander sprachen, blieb ein Gefühl von Kühle und Gespanntheit zwischen uns.

„Es gibt eine Website, www.anwaelte-siegel-und-korn.de", berichtete sie. „Ich habe die halbe Nacht im Internet zugebracht. Dr. Benjamin Korn hatte eine Kanzlei in der Lietzenburger Straße, gemeinsam mit einem Sozius, Karl-Rüdiger Siegel. Privat wohnte er am Rand des Grunewalds."

Das klang nach Villa, Geld und Familie. Ob ich den Mut haben würde, einfach dort aufzukreuzen? Ich war mir dessen nicht sicher und vertagte die Entscheidung. Die Adressen notierte ich mir jedenfalls, sowohl von der Kanzlei als auch von der Privatwohnung.

„Auch ein Foto von jedem der beiden Anwälte war auf der Internetseite zu finden. Und er sieht gar nicht mal schlecht aus", sagte Karin, um sich dann sofort zu berichtigen: „Sah. Sah nicht schlecht aus." Es folgte ein betretenes Schweigen von uns beiden.

Im Übrigen hatte sie sich ausführlich über die Lehnitzsee-Geschichte informiert. Dazu ließ sie sich jetzt von mir erzählen, was ich wusste. Wir waren uns einig, dass Benjamin und sein Sohn in die Sache verwickelt gewesen sein mussten und dass das die Erklärung dafür war, dass sich einige Leute so sehr für mich interessierten.

„Sie müssen davon überzeugt sein, dass man dir Benjamins Gehirn implantiert hat." Es klang immer noch äußerst merkwürdig, wenn sie das so sagte. „Und er muss irgendetwas gewusst haben, was für sie so außerordentlich wichtig ist, dass sie dich sogar betäuben und eingesperrt halten, um es aus dir herauszubekommen. Mehr noch: sie wissen keinen anderen Ausweg, als sich an diese schwache Hoffnung zu klammern. Selbst jetzt noch, nachdem ihnen eigentlich klar sein müsste, dass du dich an nichts erinnerst."

„Was ist mit dieser Tania?", wollte ich als Nächstes wissen.

Aber darüber konnte sie mir nicht viel sagen. Es hatte einen Anruf gegeben, am Wochenende. Nur diesen einen. Ihr Name sei Tania, sie sei eine Bekannte von mir, also von René.

„Hat sie den Namen René gesagt?", hakte ich nach.

Das hatte sie. Ob sie René sprechen könne, war ihre Frage, und dann, ob Esther wisse, ob es ihm gut geht. Dann hatte sie aufgelegt, ohne ein weiteres Wort. An der Nummer hatte Esther erkannt, dass der Anruf aus Berlin kam.

„Hat sie die Nummer aufgeschrieben?"

Nein, hatte sie nicht. An diesem Punkt des Gesprächs war Karin reichlich einsilbig. Ich konnte es ihr nicht verdenken, denn es war ihr sicher nicht ganz leicht gefallen, bei Esther anzurufen.

Wir telefonierten lange. Nur einmal musste ich auflegen, weil mir das Kleingeld ausgegangen war. In einem Bäckerladen wechselte ich einen Schein in Münzen, und weil das Mädchen hinter dem Tresen gerade anfangen wollte, sich über meine Bitte zu ärgern, kaufte ich ihr gleich noch ein Croissant und eine Flasche Kakao ab.

„Dann hatte ich wohl recht, was Leclerc angeht, oder? Ich meine mit meiner Vermutung, dass er etwas mit deiner Geschichte zu tun hat."

Aber das glaubte ich nicht. Eher hielt ich es für möglich, dass mein Sohn herausgefunden hatte, wer für die Firma Fischer juristisch tätig war. Dann hatten sie Leclerc überredet, gezwungen oder geschmiert, auf jeden Fall irgendwie dazu gebracht, dass sie ihre Nummer mit mir in seinem Haus abziehen konnten. Die Räumlichkeiten ebenso wie die Gelegenheit waren ja perfekt dafür gewesen.

„Viel spannender finde ich, dass du gesagt hast, du triffst dich mit Haake-Reuter."

Sie hatte eine ganze Reihe Kollegen angesprochen. Schließlich war sie auf die eigentlich naheliegende Idee gekommen, sich in der Personalabteilung zu erkundigen. Die Kollegin dort mauerte zwar zunächst, weil alle persönlichen Informationen natürlich vertraulich waren, aber mit viel Geschick und Emotionalität hatte Karin auch dieses Hindernis überwinden können.

„Und stell dir vor, die Sache ist ganz simpel: Bernd ist seit Mitte April freigestellt, weil er für das Sommersemester einen Lehrauftrag an der Uni in Erlangen hat."

Ich war verblüfft. Für einen Moment wurde mir sogar wieder schwindelig. Damit hatte ich wahrhaftig nicht gerechnet. Bernd Haake-Reuter hatte ich als eine der zentralen Figuren in dem ganzen Drama gesehen.

„Am Wochenende ist er in Frankfurt", sagte Karin weiter, „und ich hoffe, ich kann mich da mal mit ihm treffen." Nach einer Pause setzte sie hinzu: „Weißt du, wenn sich das alles als ganz undramatisch aufklärt, dann kann ich mir auch vorstellen, dass es da gar nichts von einer Verschwörung gegeben hat. Keinen illegalen Eingriff, keine Täuschung, keine Vertuschungsversuche. Es könnte ja sein, dass es doch für alles eine ganz normale Erklärung gibt!"

Aber davon wollte ich nichts hören.

„Dafür, dass ich mit Benjamins Wissen im Kopf lebe? Karin, sei mir nicht böse, aber das ist Unsinn."

Vielleicht reagierte ich etwas zu heftig, aber das war mir inzwischen wirklich verhasst geworden: weniger die Unsicherheit, bei der ja doch eine gewisse Aussicht bestand, dass sie sich wenigstens zum Teil beseitigen ließ, als das Hin und Her, dieses Schwanken der Gefühle, die Irritationen über meine Identität.

„Sprich mit ihm", sagte ich nur. „Es würde mich interessieren, was er vorzubringen hat."

Aber ich werde es ihm nicht glauben, fügte ich in Gedanken hinzu. Dass Karin insofern eine andere Einstellung hatte, war mir klar.

Es ging schon auf Mittag zu, als ich mir eine Fahrkarte kaufte und in die S-Bahn Richtung Ahrensfelde stieg. Eine Zeitlang hatte ich noch auf dem Bahnhofsvorplatz gesessen und über das Gespräch nachgedacht. Aber die Neugier besiegte letztlich doch die Unsicherheit, und außerdem wollte ich mir unbedingt ein paar Sachen zum Anziehen kaufen, denn ich fühlte mich in dem, was ich seit nunmehr drei Tagen trug, zunehmend unwohl.

Von ihrem Besuch vor zwei Tagen bei Pasquale hatte sie noch erzählt, aber das hatte nicht viel Neues ergeben. Interessant war nur eine Bemerkung von ihm über René. Interessant und überraschend. Als sie ihm erklärte, dass sie nicht wusste, wo ich war, ich sei seit Dienstagabend verschwunden, war er über die Maßen verwundert gewesen. Beinahe so, als wäre es gar nicht möglich, dass ich verschwand, ohne dass er davon wusste. Karin hatte nachgehakt, aber mehr erfuhr sie nicht über die Bekanntschaft von René und Pasquale.

Die S-Bahn war um diese Zeit ziemlich leer. In der Bank vor mir saß ein Mann, der etwa so alt sein mochte wie ich und offenbar mit Ohrsteckern Musik hörte, zugleich aber in einem Buch las. In einige der Tür- und Fensterscheiben waren Buchstaben gekratzt, die wie meistens keine Wörter, sondern eher Abkürzungen ergaben. Am Ende des Wagens klapperte ein Fahrrad in jeder Kurve, dessen Besitzer für mich nicht sichtbar war. Am Bahnhof Grunewald stieg ein ziemlich abgerissen wirkender junger Mann ein, der eine Obdachlosenzeitung verkaufte. Als er mich ansprach, schüttelte ich widerwillig den Kopf. Mir war überhaupt nicht danach, mit einem solchen Randindividuum in Kontakt zu treten. Aber er ging nicht weiter.

„Ehm, oder ob Sie vielleicht etwas zu essen hätten?"

Er hatte die Papiertüte in meiner Hand gesehen, in der sich das Croissant befand. Da ich es ohnehin nicht essen mochte, gab ich es ihm samt Tüte und schenkte ihm auch noch den Kakao, den ich ebenfalls nicht angerührt hatte. Er bedankte sich überschwänglich und machte, als er davonging, einen so glücklichen Eindruck, dass ich mich schämte, zuerst so abweisend zu ihm gewesen zu sein. Mehr noch: ich war ein wenig entsetzt über mich. Mit der Vita eines René Fischer konnte ich es mir wahrlich nicht erlauben, über Arbeits- oder Obdachlose die Nase zu rümpfen.

Wenig später fuhr der Zug in den Bahnhof Charlottenburg ein. Ich gab mir einen Ruck und stieg aus.

Ein leichter, warmer Wind wehte. Auf dem Stuttgarter Platz fühlte ich mich sofort irgendwie heimisch. Ich atmete die Luft ein, die nach Autos und Baustellen roch. Erstaunlich viele Menschen strömten durch die Wilmersdorfer Straße, an einem Freitagmittag. Die zahlreichen Einkaufstüten, die sie in den Händen hielten, deuteten nicht darauf hin, dass es sich etwa um Menschen ohne Job handelte. Möglich, dass viele von ihnen ihre Mittagspause nutzten oder am Freitag früher Schluss machten, um vor dem Wochenende einzukaufen.

Ein Mann mit einer großen Tüte, die den leuchtenden Aufdruck eines Elektronikmarktes trug, rempelte mich an und brummelte im Fortgehen etwas, das vielleicht ein Schimpfwort sein sollte. Viele gingen mit sehr schnellem Schritt, die meisten waren allein unterwegs. Nur ein älteres Ehepaar stand störend in der Mitte des Menschenstroms, wo sie in ihrer Handtasche nach etwas suchte und ärgerlich vor sich hin redete, während er ein Kind beobachtete, das an der Hand der Mutter schrie und sie in eine Richtung ziehen wollte, die der von ihr vorgesehenen offensichtlich entgegengesetzt lag.

Ja, ich kannte diese Fußgängerzone gut. Hier war ich oft gewesen. Ob allein oder zusammen mit jemand anderem, einer Frau, einem Sohn vielleicht, konnte ich nicht sagen. Auch die Lage der Geschäfte erschien mir vertraut, ohne dass eine Erinnerung vorhanden war, was ich jemals dort gekauft hätte.

Zu Beginn hielt ich mich dicht am Rand, nahe den Häusern, und beobachtete die Menschen, von denen ich glaubte, es könnte jeden Moment einer auf mich zukommen, der mich wiedererkannte. Freudig oder auch nicht. Jemand, der mit mir etwas verband, das mit dieser Straße, dieser Gegend zu tun hatte, das in meinem Kopf aber einfach nicht vorhanden war.

Viele Dutzend Menschen ließ ich auf diese Weise an mir vorbeiziehen. Meinen Hut hatte ich ein Stück ins Gesicht gezogen in der Hoffnung, dass ich und meine Angst so weniger leicht erkannt werden konnten. Aber niemand schien mich zu beachten. Ich war nicht existent. Es gab nur diesen gleichförmigen Strom, der in regelmäßigen Abständen vom Rotlicht der Fußgängerampel abgeschnitten wurde, um sich dann wie zuvor mit immer neuen Menschen und Tüten fortzusetzen.

Das zuverlässige Gleichmaß dieser Beobachtung beruhigte mich. Zugleich wurde mir auch wieder klar, dass mich hier ja eigentlich niemand kennen konnte. René Fischer war höchstwahrscheinlich nie in seinem Leben in Berlin gewesen!

Ich schob den Hut ein wenig höher und sah mich um, wo ich mir ein paar Sachen zum Anziehen kaufen konnte. Rechts erblickte ich ein Woolworth-Geschäft, und dort fand ich prompt, was ich suchte. Als ich wieder herauskam, hielt auch ich eine Tüte in der Hand, darin befanden sich ein paar Sätze Unterwäsche, Strümpfe und einige Poloshirts. Obwohl das Ganze erstaunlich billig gewesen war, wollte ich nicht weiteres Geld für Hosen oder Schuhe ausgeben. Da musste einstweilen das reichen, was ich anhatte.

Als Nächstes erkundigte ich mich nach einem Handy, aber weil ich keine Kreditkarte hatte, wäre nur der Kauf eines Kartenhandys in Frage gekommen. Das war teuer, und ich hatte keine Ahnung, wofür ich mein Geld noch brauchen würde. Ich hatte nicht einmal ein Quartier, und ich verspürte keine große Lust, auch die nächste Nacht im Freien zu verbringen.

An der nächsten Ecke bog ich rechts in die Goethestraße ein. Damit verließ ich den zentralen Menschenstrom und verlor sofort die Sicherheit, die mir dessen Anonymität gegeben hatte. Mehrmals blickte ich zurück, sah aber nur in mir unbekannte Gesichter. Überhaupt: wen konnte ich denn kennen? Den jungen Mann, der mein Sohn war, hatte ich in Leclercs Büro gesehen, doch dass der hier auftauchte, war kaum zu erwarten. Aber Schreiber, dieser Widerling. Vor dem, das wusste ich, würde ich umgehend Reißaus nehmen.

Die Angst war also wieder da. Man konnte sagen, dass ich geradezu damit rechnete, hier plötzlich von jemandem angesprochen zu werden. Aber als es dann passierte, kam es dennoch völlig unerwartet.

Ich sah das Unheil, wenn man es so nennen konnte, schon aus dem Augenwinkel auf mich zukommen.

„René!"

Es war der Ruf, nein: der Schrei von jemandem, der komplett außer sich ist.

„René! Du? Warte!"

Und es war die Stimme einer Frau.

15. Kapitel

Wie versteinert blieb ich stehen. Sie kam auf mich zugerannt, etwas ungelenk auf ihren Absatzschuhen, die Handtasche unter den Arm geklemmt. Ich sah sie nur an, ohne irgendetwas zu denken. Sie war keine einssiebzig groß, einige Jahre älter als ich und sah verdammt gut aus. Das schwarz-rote Sommerkleid, das sie trug, passte sehr gut zu ihren schulterlangen schwarzen Haaren, aber sie wirkte blass und hatte Ringe unter den Augen, die vermutlich nicht allein ihrem Alter geschuldet waren.

„René", sagte sie noch einmal, als sie zwei Meter vor mir zu stehen kam, diesmal mit leiser, fast brüchiger Stimme und ein wenig außer Atem. Dabei rollte sie das R leicht. Mehr sagte sie nicht. Sie sah mich nur an, und als wäre ich Zuschauer in einem sehr unwirklichen Film, beobachtete ich, wie sich ihre großen grünen Augen mit Wasser füllten.

Eine ganze Zeit standen wir so da, jeder auf den anderen blickend, wortlos. Dann formten sich ihre Lippen zu dem Versuch etwas zu sagen, brachen ab, setzten erneut an.

„Du bist schmal geworden."

Ich fühlte mich außerstande zu reagieren.

„Ich habe auf dich gewartet", sagte sie dann. „Kommst du nicht mehr?" Ihre Stimme klang … irgendwie eigenartig.

Ich hätte etwas antworten sollen, und fast wäre es mir auch gelungen. Ich hatte gar nicht richtig hingesehen, aber es genügte, um mir eine Überzeugung zu verschaffen. Die Überzeugung, dass dort hinten, vielleicht zehn, fünfzehn Meter weiter das Gesicht jenes Mannes aufgetaucht war. Des Mannes vom Hauptbahnhof, der sich Schreiber nannte.

Und sofort war sie wieder da, die Angst. Ich sah es in ihren Augen, dass sie sie an mir wahrgenommen hatte. Ihr Blick wurde zuerst fragend, dann besorgt, schließlich flehend. Aber ich konnte nicht an mich halten. Mit einer heftigen Bewegung drehte ich mich um und begann zu laufen. Ja, ich rannte weg, vor ihr, vor mir, aber speziell vor dieser ungewissen Bedrohung, die ich nicht ertrug.

Wie von Sinnen rannte ich durch die Nebenstraßen, die Tüte mit den gekauften Sachen schlenkerte im Gegenwind, einmal übersah ich ein Auto, das aber nicht schnell gefahren war und rechtzeitig bremsen konnte. Der Fahrer hupte und schimpfte mir durch das offene Fenster hinterher.

Als mir die Puste ausging, ging ich in Schritttempo über. Umsehen mochte ich mich gleichwohl nicht. Ich stellte mich keuchend vor einen

Hauseingang und merkte, dass ich mich langsam besser fühlte, als wenn ich mir gewissermaßen die Angst von der Seele gelaufen hätte. Dann erst blickte ich zurück und sah, dass mir niemand gefolgt war.

Wieder hupte es irgendwo. War mir der aufgebrachte Autofahrer etwa hinterhergefahren? Aber es war eindeutig ein anderer Hupton.

Ich sah zur Straße hin, wo ein großer schwarzer Wagen in der zweiten Reihe stand. Der Mann, der am Steuer saß, gestikulierte in meine Richtung. Durch die dunkle Scheibe konnte ich nur Umrisse von ihm erkennen. Gerade wollte ich weiterlaufen, erneut Reißaus nehmen, als er das Fenster herunterließ und rief:

„René!"

Mit grenzenloser Erleichterung erkannte ich seine Stimme.

„Komm, steig ein!"

Das musste er mir nicht zweimal sagen. Ich ging durch die parkenden Autos hindurch zu seinem Wagen, öffnete die Beifahrertür und ließ mich in den Sitz fallen.

„Ich danke dir", sagte ich noch etwas atemlos. „Mensch, Andreas, du bist genau im richtigen Moment gekommen!"

Andreas' Büro lag nur wenige Querstraßen weiter. Er war auf dem Rückweg von einem Mandanten gewesen, als er mich am Straßenrand erblickte.

„Komm erst mal rein. Möchtest du einen Schnaps?"

Ich verneinte. „Ehrlich gesagt, hätte ich ein ganz anderes Anliegen ..."

„Schieß los!"

„Kann man bei dir hier irgendwo duschen?"

Man konnte. Andreas wunderte sich allerdings nicht schlecht.

„Sag bloß, du hast die Nacht im Freien verbracht!"

„Naja", druckste ich, „das hat was damit zu tun, dass ich früher schon in Berlin war. Und dass ich mich nicht richtig daran erinnern kann."

Er nickte.

„Wieder diese Angst, jemanden zu treffen, der dich kennt?"

Das hatte er sich also gemerkt.

„Genau."

„Auch hier in Berlin?"

„Ja", gab ich zu. „Gerade auch hier."

„Aha", sagte er, als hätte ich soeben etwas gestanden, das er schon längst vermutet hatte. Er klopfte mir auf die Schulter und sagte, ich solle mir erst einmal etwas Wasser über den Kopf laufen lassen. „Aber danach – da erzählst du mir vielleicht doch ein bisschen mehr von dir und deinem Problem!"

Die Dusche war eine wahre Wohltat. Es war, als spülte sie sehr viel von dem ab, das in diesen Tagen an mir haften geblieben war, allem voran das Gefühl der Beengtheit, der gestohlenen Freiheit. Zwei Tage in Leclercs Keller und danach der ständige Eindruck, beobachtet und verfolgt zu werden – erst jetzt wurde mir richtig bewusst, wie sehr mich das mitgenommen hatte. Dazu gerade vorhin die Begegnung mit dieser beeindruckenden Frau. Wer war sie? Ich fühlte noch die Verwirrung, die mich gepackt hatte, aber eingehüllt von dem warmen, weichen Wasser, das ich mir über den Kopf mit der immer mehr verschwindenden Operationsnarbe rinnen ließ, spürte ich, wie sich die Anspannung, die Tage alte, verkrustete Aufregung gleich einer lästigen Schmutzschicht von mir ablöste.

Als ich das Bad verließ, kam ich mir vor wie neu geboren.

„Jetzt siehst du auch endlich wie ein Mensch aus!", sagte Andreas ganz unverblümt, als er mich sah.

Seine Kanzlei lag im dritten Stock eines alten Berliner Mietshauses und hatte den Charme der Vorkriegszeit ins neue Jahrtausend mitgenommen. Nahe dem Eingang teilten sich zwei Mitarbeiterinnen ein Büro, das wie alle Räume hohe Stuckdecken hatte und dazu Doppelfenster mit Rundbögen. Andreas stellte mir die beiden Frauen vor, die das Sekretariat und vielerlei Sachbearbeitung für ihn und seine zwei Kompagnons erledigten. Es gab sogar ein echtes Berliner Zimmer, das den vorderen Trakt mit den Räumen im Seitenflügel verband.

„Hast du schon was gegessen?", fragte er, als wir uns in einem der hinteren Zimmer niederließen.

Ein Kühlschrank, eine Schlafcouch und ein riesiger Fernseher ließen vermuten, dass er hier gelegentlich seine Zeit verbrachte, wenn es ihn nicht nach Hause zog.

„Nein. Nur ein Brötchen heute Morgen."

„Das trifft sich gut", sagte er und drückte eine Taste des auf dem Tisch stehenden Telefons. „Frau Kind, seien Sie doch bitte so nett und bringen Sie uns die Reste von gestern. Sie wissen schon." Dann wandte er sich mir zu und grinste. „Gestern gab es hier eine kleine Feier. Unsere Praktikantin hatte Geburtstag."

Ich schwieg. Wo sollte ich beginnen, wie weit konnte ich gehen? Vertraute ich ihm, und war ich überhaupt selbst vertrauenswürdig? Mir war in diesem Moment durchaus bewusst, dass ich meine wahre Rolle in diesem Film, der mein Leben war, nur finden konnte, wenn ich so weit wie möglich auf Täuschungen und Selbsttäuschungen verzichtete.

Andreas sah mich nur aufmerksam an.

„Es ist eine total verrückte Geschichte", begann ich schließlich. „Eine Geschichte, die einem eigentlich keiner glauben kann. Und es gibt Momente, da glaube ich sie selber nicht."

Dann schwieg ich wieder. Andreas trat zum Kühlschrank und griff nach einer Sektflasche, die im obersten Fach lag, besann sich aber und nahm stattdessen eine Flasche Mineralwasser heraus, die in der Tür stand. Ich folgte ihm mit den Blicken, während ich die letzten Zweifel abschüttelte, ob ich das Richtige tat. Ich hatte mich bereits entschieden.

„Du weißt ja schon, dass ich eine Operation hatte. Vielmehr: dass René Fischer eine Operation hatte, nachdem er in der Nähe des Frankfurter Hauptbahnhofs niedergeschlagen worden war."

Andreas zeigte keinerlei Reaktion, unterbrach mich nicht, sondern hörte nur mit äußerster Aufmerksamkeit zu.

„Ich bin nicht René Fischer", sagte ich.

Er zuckte ganz kurz, eine winzige Bewegung mit dem Kopf, die aber erkennen ließ, dass ihn diese Behauptung überraschte. Und ihm war die Spannung anzumerken, was als Nächstes kommen würde.

„Die Wahrheit ist: Mein Name ist Dr. Benjamin Korn. Ich bin Rechtsanwalt. Am Sonnabend, dem zehnten April hatte ich in Frankfurt einen Autounfall. Man brachte mich ins Krankenhaus, wo ich einen Monat lang im Koma lag. Dann bin ich aufgewacht."

Ich unterbrach mich noch einmal, denn die Tür ging auf und Frau Kind schob einen Tisch auf Rollen herein, auf dem allerlei Essbares angerichtet war. Andreas dankte ihr nur durch ein Zeichen mit der Hand, dann ging sie wieder aus dem Zimmer, geräuschlos.

„Ich wachte auf und befand mich in einem fremden Körper."

Es war keineswegs so, dass es mir auf einen besonderen Effekt angekommen wäre, dass ich unvermittelt nicht weitersprach. Vielmehr versagte mir in diesem Moment die Stimme, ich verlor regelrecht die Fähigkeit zu sprechen, was dazu führte, dass dieser ungeheuerliche Satz gewissermaßen im Raum stehen blieb und über den Dingen schwebte.

Dann fühlte Andreas sich doch veranlasst, etwas zu sagen:

„Du … bist aufgewacht und befandest dich in einem fremden Körper?"

Ich nickte nur.

„Sag mal, willst du mich …"

Aber er brach ab. Angestrengt dachte er über das Gehörte nach, und während er nachdachte, wechselte seine Miene von Skepsis über Erkennen bis hin zu einer Art Erschrecken über das Ergebnis, zu dem es ihn geführt hatte.

„Du willst sagen, du hast dich als dieser Berliner Anwalt in dem Körper von René Fischer wiedergefunden? Das hieße ja …" Er sagte es so, als wenn er es immer noch nicht glaubte: „… dass da eine Gehirntransplantation stattgefunden hätte?"

Wieder nickte ich. Nachdrücklich. Er hatte es gesagt, jetzt war es heraus.

„So muss es gewesen sein."

Und endlich, endlich fühlte ich mich imstande, über die Geschichte im Ganzen zu reden. Wie man mich zunächst sehr rücksichtsvoll behandelt, mich auch in die Behandlung eines Psychiaters übergeben hatte, aber mir jede Erklärung darüber schuldig geblieben war, dass es diese Operation gegeben hatte. Über das Verschwinden des Namens Benjamin Korn aus allen Unterlagen, dann das spätere Wiederauftauchen. Von meinen Recherchen über Bramberger und Haake-Reuter, von dem Tod des Pathologen, auch von dem Unbekannten, der nachts in mein Krankenzimmer eingedrungen war.

Je länger ich sprach, je mehr ich meine ganzen Erlebnisse, Gefühle und Gedanken vor ihm ausbreitete, desto leichter fühlte ich mich. Mehrmals machte ich eine Pause, atmete durch, ließ ihn Nachfragen stellen. Ich fing sogar an, von dem dargebotenen Essen zu nehmen, lud mir Eiersalat, Salsiccia und Mini-Buletten auf und stippte das Brot in eine Shrimps-Tunke. Die Caprese ließ ich unberührt.

„Am schlimmsten war es, in diesem Raum eingesperrt zu sein, der gar nicht für Patienten vorgesehen war. Dadurch hatten sie mich endgültig davon überzeugt, dass ich ihr Versuchsobjekt, ihr Gefangener, ihr Opfer war."

Und ich merkte selbst, dass ich mir diese Überzeugung jetzt wieder herberedete, obwohl seitens der Ärzte nun schon seit einiger Zeit keine Aktionen mehr stattgefunden hatten, die diesen früheren Verdacht bestätigt hätten.

„Und du meinst", warf Andreas ein, „dass sie es sind, die dich hier in Berlin beobachten und verfolgen lassen?" Es klang ungläubig.

Ich nickte kauend.

„Aber nicht nur sie. Dann, nachdem ich zwei Wochen in Wilhelms Autohaus gearbeitet hatte, geschah nämlich noch etwas. Bei Leclerc, dem Anwalt …"

Das Telefon auf dem Tisch unterbrach mich. Es klingelte und blinkte gleichzeitig so beeindruckend, dass ich unverzüglich verstummte.

„Entschuldige!", sagte Andreas und nahm den Hörer ab. „Ja, Frau Kind?"

Natürlich, er hatte ja schon seit einer Stunde meinetwegen seine Arbeit liegengelassen. Und ich konnte ihm die Geschichte ebenso gut später weitererzählen. Dennoch fühlte ich mich massiv gestört. Irritiert.

„Bleib hier, wenn du magst, schau dich um, sieh fern!", sagte er, nicht ohne nachdrücklich betont zu haben, dass er mir entschieden lieber weiter zugehört hätte. „Das kann jetzt ein bisschen dauern, aber ich bin so schnell wie möglich wieder bei dir."

Ein wichtiger Mandant hatte sich gemeldet, einer von denen, die ihm, wie er es ausdrückte, all die vielen anderen Dinge mitbezahlten, an denen nichts zu verdienen war. Mit anderen Worten: einer, der vermögend war und dementsprechend viele Steuern zahlte und deshalb viele Steuern erspart bekommen wollte. Ich äußerte Verständnis, das ich in der Tat hatte, und ein bisschen Mitleid, das ich nicht wirklich hatte. Leid tat es mir vielmehr, dass ich dadurch aus dem Fluss kam. Es kam mir gerade außerordentlich wichtig vor, wie er auf den Teil meiner Erzählung reagieren würde, der die Ereignisse zwischen meiner Arbeit bei Wilhelm und dem Zusammentreffen mit ihm im Zug betraf. Die Ereignisse dieser Woche.

„Lass dir ruhig Zeit", sagte ich und meinte es nicht.

„Ach ..." Ehe er aus der Tür ging, wandte er sich noch einmal um. Nach kurzer Überlegung, während der er den neben dem Kühlschrank stehenden dreiteiligen Schrank ansah, öffnete er die rechte der drei Schranktüren und nahm ein Handy heraus. „Hier, nimm das einstweilen! Du kannst damit so lange telefonieren, bis die Karte leer ist!" Er grinste. „Aber denk dran: zu den Frauen immer schön ehrlich bleiben!"

„Danke."

Ich war ein bisschen verlegen angesichts seiner Großzügigkeit. Und ich musste zugeben, dass er mich mal wieder ziemlich gut durchschaut hatte.

„Die PIN ist dreimal die Sieben, einmal die Vier", warf er mir noch zu, bevor er aus dem Zimmer ging.

Da war ich also wieder mal allein. Ich blickte mich in dem Zimmer um und stellte fest, dass ich es schon schlechter getroffen hatte. Sekt im

Kühlschrank, kaltes Büffet auf dem Tisch, digitales Fernsehen einschließlich Pay-TV – da konnten Bramberger und Leclerc mit ihren Kerkern definitiv nicht mithalten. Ich grinste in mich hinein, ließ den Fernseher laufen und sah in den Schrank, dessen Tür Andreas offengelassen hatte, während ich auf dem Handy Karins Nummer wählte.

„Ich bin's." Wie erwartet war sie nicht zu Hause, aber die paar Neuigkeiten konnte ich auch ihrem Anrufbeantworter erzählen. „Ich bin jetzt bei Andreas. Er hat mir ein Handy gegeben, ich hoffe, du kannst die Nummer sehen." Was sollte ich über die Begegnung in der Goethestraße sagen? War es überhaupt sinnvoll, sie zu erwähnen? Ich war mir ja nicht einmal selbst im Klaren, was da eigentlich geschehen war. Ich entschied mich für eine Light-Version. „Stell dir vor, heute Vormittag hat mich auf der Straße eine Frau erkannt. Keine Ahnung, wer das war. Ich erzähl dir mehr darüber, wenn wir uns das nächste Mal sprechen."

Noch während ich in das Handy redete, wanderte mein Blick über den Inhalt des Schrankes. Da gab es ein weiteres Handy, zwei Laptops, eine Playstation mit zwei Controllern und mehreren Spielen und sogar einen alten Gameboy Color. Ich amüsierte mich. Ich konnte mir Andreas durchaus als einen fähigen, ernsthaften Steuerberater vorstellen, aber er hatte fraglos auch eine kindliche Seite. Was ich sympathisch fand. Ein Fach darüber stand ein DVD-Player, auch etliche Film-DVDs gab es dazu. Was aber sehr viel mehr mein Interesse auf sich zog, waren zwei Hängeregistraturen, die im untersten Fach angebracht waren. Denn auf jeder von ihnen klebte vorn ein Pappschild; das eine war beschriftet mit „Fonds-Anleger bis 2008" und das andere mit „Fonds-Anleger LSP".

Nicht, dass ich mir bei dieser Abkürzung gleich etwas gedacht hätte. Vielmehr war es der Begriff „Fonds-Anleger", der mich neugierig machte. Aber schon als ich die erste schmale Hängeakte aufschlug, wurde mir klar, wofür die drei Buchstaben standen: Lehnitzsee-Projekt. LSP.

Gut zwei Stunden später läutete zum ersten Mal das Handy in meiner Tasche. Als ich es hervorzog, erwartete ich, dass es Andreas war, der mich anrief. Aber dann erkannte ich Karins Kliniknummer auf dem Display. Nach kurzem Zögern ging ich ran.

„Ich habe jetzt erst Zeit gefunden, dich zurückzurufen. Entschuldige. Heute ist hier die Hölle los."

Sie hatte Spätdienst, und anscheinend hatte sich während und nach der Niederlage der Deutschen gegen Serbien die Hälfte der männlichen Frankfurter Bevölkerung geprügelt oder war mit Messern aufeinander losgegangen oder vom Balkon gesprungen. „Wahrscheinlich habe ich auch nur kurz Zeit. Erzähl, wo bist du?"

Ich saß in einer Pizzeria, nicht weit von Andreas' Büro. Bis vor zwanzig Minuten war ich die Akten der LSP-Hängeregistratur durchgegangen. Da Andreas sich nicht wieder blicken ließ, hatte ich die Kanzlei verlassen und war durch die Straßen geirrt. Erst als es zu nieseln anfing, hatte ich mich in dieses Restaurant gesetzt und mir ein Wasser bestellt. Offenbar in der Hoffnung auf ein besseres Geschäft stellte mir der Kellner jetzt einen Teller mit zwei Scheiben Bruschetta hin.

„Um ehrlich zu sein, fühle ich mich gerade gar nicht sehr gut."

Es war vor allem diese Unsicherheit, wem ich vertrauen konnte und wem nicht, die mir zu schaffen machte. Natürlich zweifelte ich auch an mir selbst. Aber ich war mir ganz sicher, dass Andreas im Zug gesagt hatte, er hätte mit dem Lehnitzsee-Fall beruflich nichts zu tun.

„Vielleicht sind die Akten ja von einem seiner Büropartner", schlug Karin vor.

„Leider nein", erwiderte ich. „Es ging nur und ausschließlich um Mandanten von ihm. Und das Unglaublichste ist ...", ich musste einmal ganz tief Luft holen, denn das hatte mich tatsächlich beinahe umgeworfen, „... das Unglaublichste von allem ist, dass ich auch auf meinen eigenen Namen gestoßen bin!"

„Auf Benjamin Korn?"

Natürlich auf Benjamin Korn. Doch nicht auf René Fischer! Für einen Moment kam mir eine leichte Verärgerung darüber hoch, dass sie das so gefragt hatte. War es möglich, dass sogar Karin immer noch Zweifel hatte? Wem sollte ich denn überhaupt vertrauen, wenn nicht ihr? Aber ich sagte nichts dazu.

„Ja", antwortete ich stattdessen einfach. „Andreas vertritt einige von denen, die ihr Geld in diesem Fonds angelegt haben, um damit Steuern zu sparen. Und da hatte er gelegentlich auch mit mir zu tun."

Ob wir uns persönlich gekannt hatten, war nicht mit Sicherheit festzustellen gewesen. Auf jeden Fall hatten wir Briefe gewechselt und sogar ein paar Mal telefoniert. Es war also sicher, dass er mich angelogen hatte. Wenn er etwa den Namen vergessen hätte, so hätte ich ihm das vielleicht noch glauben können. Aber er hatte behauptet, der Name käme ihm bekannt vor, und vom Lehnitzsee-Projekt hatte er angeblich auch nur gehört. Na, danke schön!

„Und?", wollte Karin nun wissen. „Welche Rolle hat Benjamin, also du, in der Sache gespielt?"

„Tja, das ist etwas seltsam."

Schon in der Kiste bei Leclerc war mein Name überhaupt nicht vorgekommen. Gut, es war offensichtlich, dass sie da nur Unterlagen zusammengestellt hatten, die dazu bestimmt waren, dass ich sie las. Also konnten sie alles herauslassen, das auf meine Beteiligung hindeutete. Aber eine derartige Selektion hatte Andreas eindeutig nicht vorgenommen, bevor ich die LSP-Akten fand.

„Wie es scheint, haben einige von Andreas' Mandanten durch mich von dem Lehnitzsee-Fonds erfahren. Vielleicht habe ich sie sogar dahin vermittelt. Es sieht aber nicht so aus, als hätten sie in mir einen der Betrüger oder einen Beteiligten gesehen. Wenn sich Andreas an mich gewendet hat, dann immer nur in der Hoffnung, ich könnte ihm irgendwie weiterhelfen. Das scheint aber nicht der Fall gewesen zu sein."

„Und was findest du daran seltsam?"

„Nun, bisher hatte ich mir vorgestellt, dass ich Bescheid wusste. Dass ich mich in der Sache auskannte. Immerhin hätte mich mein Prachtsohn wohl nicht zwei Tage lang eingesperrt, wenn er nicht sicher war, dass ich wirklich wichtige Informationen habe. Beziehungsweise früher einmal hatte."

„Wie hat Andreas denn reagiert, als du ihm gesagt hast, du seist Benjamin?"

Ich überlegte.

„Ich weiß nicht. Ich glaube, wir wurden gerade unterbrochen, als ich darüber sprach. Seine Sekretärin kam rein. Außerdem war ich, offen gestanden, selbst ziemlich aufgeregt, davon zu reden, sodass ich gar nicht sonderlich auf ihn geachtet habe."

„Du musst unbedingt mit ihm darüber sprechen", sagte Karin.

Aber ich wusste, dass mir das schwerfallen würde. Andererseits war nicht zu leugnen, dass ich nicht weiterkam, wenn ich keine Fragen stellte. Nur handelte es sich dabei dummerweise um lauter Fragen, die ein normaler Mensch nicht zu stellen brauchte: Kennen wir uns? Bin ich ein Betrüger? Was habe ich für ein Wissen von diesem und jenem?

„Du hast recht", sagte ich. „Ich werde mit ihm reden."

Beide hätten wir gern länger telefoniert, aber Karin musste wieder an die Arbeit. Ich aß die Bruschetta und legte dem Kellner ein wohlwollendes Trinkgeld auf den Tisch. Der Nieselregen hatte aufgehört, aber die Luft war feucht und dick. Ich nahm den direkten Weg zu Andreas' Kanzlei

Wir redeten tatsächlich stundenlang, bis tief in die Nacht hinein. Zwischendurch rief er seine Frau an, sagte eine Verabredung mit ihr zum Essen ab und nahm resigniert in Kauf, dass sie ihm die Geschichte von dem wundersamen neuen Bekannten ohne Gedächtnis nicht glaubte. Er zuckte mit den Achseln und sah für einen Moment unendlich traurig aus, aber im nächsten Augenblick grinste er mich schon wieder spitzbübisch an und fragte, ob ich frische Austern mochte.

Die Erklärung für sein Verhalten mir gegenüber, das mir so widersprüchlich erschienen war, war ebenso einfach wie plausibel.

„Schweigepflicht. Mandantenschutz." Gerade das Thema Lehnitzsee-Fonds war extrem sensibel, denn niemand wollte zugeben, daran beteiligt zu sein. „Da kannst du als Steuerberater nicht mal eben mit einer Bahnbekanntschaft drüber plaudern. Im Gegenteil behauptest du besser, du weißt nicht viel davon."

Aber als ich ihm dann von meinem Unfall und der Transplantation erzählt hatte, war es bei ihm zu einem Sinneswandel gekommen. Er fand, dass ich die Chance bekommen musste, mehr über die Sache zu erfahren. Natürlich hatte das in einer Weise zu geschehen, bei der er seine berufliche Pflicht zur Vertraulichkeit nicht vorsätzlich verletzte. Und die Möglichkeit dazu ergab sich, als Frau Kind den Anruf jenes wichtigen Mandanten durchstellte.

„Du hast erwartet, dass ich in deinem Schrank rumschnüffle?", fragte ich überrascht. Zugleich schämte ich mich, wie richtig er mit dieser Einschätzung gelegen hatte.

„Nein, nicht wirklich", sagte er besänftigend. „Aber mir kam spontan die Idee mit dem Handy. Ich nehme es aus dem Schrank, gebe es dir und lasse die Schranktür offen. Ich bin sicher, niemand hätte in deiner Situation darauf verzichtet, diese quasi auf dem Silbertablett dargereichte Gelegenheit zu nutzen."

Und ich hatte sie genutzt. Zeit hatte er mir dafür genügend gelassen. Das Mandantengespräch dauerte nicht lange, aber anschließend war er nicht in das Zimmer zurückgekehrt, in dem ich die Akten durchstöberte.

„Du hast das Fußballspiel angesehen, stimmt's?", riet ich.

Er grinste.

„Du hast nichts versäumt, sie haben grottig gespielt. Und zu Recht verloren." Mit seinen beiden Praxispartnern und zwei Mitarbeiterinnen hatte er es sich in einem anderen Raum gemütlich gemacht. „Wir gucken jedes Deutschland-Spiel gemeinsam, das in die Bürozeit fällt. Sonst sitze ich natürlich zu Hause mit Mark vor der Glotze, so bei dem geilen Spiel am Sonntag gegen Australien."

„Und während andere sich Kartoffelchips reinschieben, esst ihr hier dann Austern dazu."

„Nee, nee", lachte er. „Die sind wirklich richtig frisch, ich habe sie gerade erst in dem Delikatessenladen drüben geholt."

Wir saßen in seinem Büro. Auf seinem Schreibtisch lagen etliche Ordner und Papiere ausgebreitet, während er auf einem kleinen runden Besprechungstisch die verschiedensten Leckerbissen ausgebreitet hatte, ohne sie richtig auszupacken. Die Austern mochte ich nicht, aber er schlürfte sie genuss- und geräuschvoll eine nach der anderen. Dazu hatte er Krimsekt hingestellt.

„Feiern wir hier eigentlich was?"

„Na klar!" Er klopfte mir auf den Rücken. „Wir feiern Wiedersehen!"

Tatsächlich waren wir uns einmal auch persönlich begegnet. Nicht ohne ein gewisses Gruseln ließ ich mir von ihm erzählen, welchen Eindruck ich auf ihn gemacht hatte.

„Du, der war echt ein ziemlich gut aussehender Typ." Andreas konnte nicht anders, als in der dritten Person von dem Mann zu reden, der ich gewesen war. Und nach ein paar vergeblichen Versuchen, ihn zu korrigieren, beließ ich es dabei. „Er war zwar schon etwas älter, so Mitte fünfzig, aber ganz locker und, wie ich glaube, auch durchaus anständig. Also, dass der da richtig tief mit dringehangen hat, kann ich mir eigentlich nicht vorstellen. Aber weiß man's?"

Persönliches hatte er nicht erfahren. Bis auf zwei, drei Telefonate hatte sich der Kontakt auf die Briefe und E-Mails beschränkt, die ich in den Akten gesehen hatte. Und auch die hatten nicht viel enthalten.

„Wie bist du überhaupt an ihn – an mich – geraten?"

„Eine Mandantin nannte mir den Namen. Sie hatte wohl gehört, dass aus seiner Ecke auch diese Anlagetipps gekommen waren. Er muss da aber sehr zurückhaltend und vorsichtig gewesen sein, denn es gibt keine wirklichen Hinweise darauf, dass er selbst Anleger vermittelt hätte. Eher vielleicht schon sein Sozius."

„Karl-Rüdiger Siegel?"

„Kennst du ihn?"

„Überhaupt nicht."

Von meinem Gefängnis in Leclercs Keller ließ er sich buchstäblich jede Kleinigkeit beschreiben. Mitunter irritierte es mich geradezu, in welche Begeisterung ihn diese Geschichte versetzte, die für mich selbst ja eine ziemliche Pein gewesen war.

„Großer Gott, das ist doch nichts anderes als Kidnapping. Erpresserischer Menschenraub, oder wie sagt ihr Juristen dazu? Das musst du unbedingt anzeigen!"

„Freiheitsberaubung", korrigierte ich. „Ist nicht mal ein Verbrechen, nur ein Vergehen."

„Unglaublich. Was für 'ne Story!"

Besonderen Gefallen fand er – ich hätte es mir denken können – an dem Besuch von Amelie.

„Mensch, und da ging nichts mit der?"

Irgendwie hatte ich meinen Spaß an seinen Reaktionen und Zwischenbemerkungen, aber ich begann auch zu verstehen, weshalb das mit dem Vertrauen bei seiner Frau so ein Problem war.

Auch über die Begegnung in der Fußgängerzone wollte er alles bis ins Detail wissen.

„Da kann ich gar nicht viel beschreiben. Sie schien eine sehr selbstbewusste, interessante Frau zu sein. Gutaussehend, geschmackvoll gekleidet. Sehr feminin. Ich könnte mir vorstellen, dass sie gebildet, ehrgeizig, erfolgreich ist."

Wieder einmal grinste er mich mit schief gehaltenem Kopf von der Seite an, wie er es gerne tat, wenn er mich zu durchschauen meinte.

„Du bist verknallt in sie", stellte er fest.

„Bin ich nicht!"

„Bist du doch! Hat da nicht irgendwas geklingelt? Ich meine, wenn du früher schon in Berlin warst, dann hattest du bestimmt was mit ihr. Hundert Pro. Und jetzt verguckst du dich sofort wieder in sie, wo du sie nur für so einen kurzen Moment siehst! Das ist doch kein Zufall, das kannst du mir nicht erzählen!"

Ich schüttelte den Kopf. Obwohl: wenn er recht hatte, dann war sie ja vielleicht die Frau, die ich als Benjamin geheiratet hatte.

„Du hast damals nicht zufällig mit mir über meine Frau und meinen Sohn gesprochen? Oder irgendetwas über mein Privatleben erfahren?"

Jetzt war er es, der den Kopf schüttelte.

„Es ging einzig und allein darum, wen man für die Schäden haftbar machen konnte, die mit diesem fiktiven Wohnparadies angerichtet worden sind."

Aber – typisch für ihn – er hatte sofort eine Idee: „Soll ich das für dich herausfinden? Du, das wäre überhaupt kein Problem! Ich brauche nicht einmal einen künstlichen Vorwand, um die Witwe anzurufen …"

Aber das wollte ich nicht.

„Nein. Danke. Das muss ich selbst machen."

Auch wenn es mir schwer fiel und ich sehr zögerte, war es doch unausweichlich, dass ich meiner Vergangenheit begegnen musste. Selbst, unmittelbar und am besten allein. Im Grunde war ich deswegen, nur und genau deswegen nach Berlin gekommen. Und durch Karin wusste ich sogar, wohin ich zu gehen hatte.

„Ich werde diese Frau morgen besuchen."

Andreas sah mich an und kniff die Augen leicht zusammen.

„Wirst du nicht."

Seine kategorische Art, mir zu widersprechen, begann mich zu nerven.

„Und wieso das nun wieder nicht?"

„Du denkst nicht klar."

„Wie bitte?"

Er rückte sich auf seinem Stuhl zurecht, richtete sich auf und schob seine Hemdsärmel hoch. Es wirkte fast, als wollte er jetzt eine Ansprache halten. Und so etwas Ähnliches wurde es auch.

„Du kannst da hingehen, wo Benjamin Korn früher gewohnt hat. Oder meinetwegen du. Aber du wirst da mit Sicherheit nicht die Frau treffen, der du heute begegnet bist. Weißt du, mir fällt wiederholt an dir auf, dass du die Dinge nicht immer richtig erfasst. Du siehst dich als Opfer – gut, das bist du ja auch. In mehrfacher Hinsicht sogar. Da haben ein paar Ärzte an dir herumoperiert und dich im Unklaren darüber gelassen, was sie mit deinem Kopf angestellt haben. Dann die Entführung, auch nicht schön, sicher. Aber es mag an den Ängsten liegen, die du verständlicherweise hast, vielleicht daran, dass alles so verwirrend und kompliziert ist, oder auch einfach an der Tatsache, dass du infolge des Unfalls im Kopf, wie soll ich sagen: nicht wirklich richtig sortiert bist."

Schon spürte ich, dass ich anfing mich zu ärgern. Was nahm er sich heraus? Aber ich erinnerte mich an meine früheren Wutanfälle, die ich glücklicherweise einigermaßen überwunden zu haben meinte, und bremste mich. Mit gedämpfter Stimme sagte ich:

„Kannst du mir bitte erklären, worauf du anspielst?"

„Ganz einfach. Tania ist nicht deine Frau! Sie kann es gar nicht sein!"

Ich zögerte. Aber dann begriff ich.

„Du meinst, weil sie mich mit René angesprochen hat."
„Was hat sie noch gesagt?"
„Ich hätte abgenommen oder so etwas."
„Damit hat sie bestimmt nicht deinen Bauch mit dem von Dr. Korn verglichen."
Ihre weiteren Sätze hatte ich noch wörtlich im Ohr: Ich habe auf dich gewartet. Und: Kommst du nicht mehr?
„Ich bin wirklich ein Idiot", sagte ich kleinlaut. „Sie kennt Benjamin wahrscheinlich überhaupt nicht, sondern hat ausschließlich René gemeint. Wie konnte ich so blöd sein?"
Jetzt bemühte er sich, mich zu beschwichtigen.
„Naja, ich finde das durchaus verständlich. In deiner Situation."
„Hast du noch von dem Sekt?"
Er goss mir ein, und ich leerte das Glas in einem Zug. Danach bildete ich mir ein, dass mir das gutgetan hätte.
„Und jetzt noch eine Frage, mein Lieber. Und denke über die Antwort bitte gut nach!"
„Ja?"
„Was war mit ihrer Stimme? Mit ihrer Aussprache? Du hast gesagt, dass daran irgendetwas eigenartig war."
Ich besann mich. Dann wusste ich es.
„Sie hatte einen Akzent."
„Was für einen?"
Ich wehrte mich. Wollte es nicht zugeben. Aber es ließ sich nicht leugnen.
„Es könnte ein italienischer Akzent gewesen sein."
Andreas schlug mit der flachen Hand auf die Tischplatte, dass ich erschrak. Dann lehnte er sich zurück und sah mich herausfordernd an.

Es war nach Mitternacht, als ich Andreas runterbrachte.
„Ich rufe dich morgen früh an", sagte er.
„Kann aber sein, dass ich dann schon unterwegs bin."
„Das ist okay. Du musst auch nicht rangehen, wenn es gerade nicht passt. Aber ruf dann wenigstens zurück! Ich will ja wissen, wie die Story weitergeht."
Er hatte seine Frau zwischenzeitlich noch einmal angerufen. Sie hatte schon geschlafen und schien nicht den Eindruck zu machen, dass es sie sehr interessierte, ob er noch nach Hause kam oder nicht. Aber ihm war es wichtig. Wenigstens das Wochenende sollte so weit wie möglich seiner Familie gehören. Vor allem Mark, seinem Sohn.

„Danke nochmal, dass ich hier schlafen kann. Es wird bestimmt nicht für lange sein."

„Du kannst dich hier einrichten, wie du möchtest. Gar kein Ding."

Im Treppenhaus bemühten wir uns, leise zu sprechen. Aber wir hatten sehr viel gelacht, und nicht zuletzt durch den Sekt war unsere Stimmung reichlich ausgelassen.

„Du, hier musst du aufpassen …", sagte er auf dem Treppenabsatz im zweiten Stock und prustete übermütig. „Hier wohnt ein Transvestit!"

„Ist der gefährlich?", fragte ich.

Das brachte ihn erst recht zum Lachen.

„Und wie! Vor allem: er ist eine Frau!"

„Die sich als Mann verkleidet?"

„Überhaupt nicht, das ist es ja!" Er kriegte sich gar nicht wieder ein, und ich zog ihn weiter die Treppe hinunter, weil ich fürchtete, die Tür könnte plötzlich aufgehen. „Sie ist nur sehr dick und groß und trägt eine völlig unpassende schwarze Perücke."

„Und deswegen wirkt sie wie ein Transvestit?"

Als wir die erste Etage erreicht hatten, lachte er dann laut heraus:

„Sie sieht aus, als hätte sich Hape Kerkeling als Michael Jackson verkleidet!"

Ich hielt einen Moment inne, um mir das Bild vorzustellen. Dann musste ich auch lachen. Das Beste an ihm war seine Fröhlichkeit. Sie tat mir gut. Er verhalf mir damit immer wieder zu Momenten von Unbekümmertheit. Zu Phasen, in denen ich meine Probleme regelrecht vergaß. Die ganze Ungewissheit, die Zerrissenheit, auch die Angst verschwanden, wenn wir zusammen lachen konnten.

Unten angekommen, schloss er die Haustür von innen auf und gab mir den Schlüssel.

„Vergiss nicht, wieder abzuschließen. Das ist ein anständiges Haus!", sagte er und begann schon wieder zu kichern.

Ich nahm den Schlüssel.

„Du fährst aber nicht noch mit dem Auto?"

Er sah mich an, als käme ich von einem anderen Stern. Dann warf er den Kopf zur Seite.

„Der Schluck Sekt! Sei nicht so ein Spießer!"

Ich trat mit ihm hinaus. Die Nachtluft war ebenso mild wie tags zuvor am Wannsee, nur wehte heute ein leichter Wind. Es war aber auch möglich, dass der Luftzug woanders herkam. Ich hatte gerade noch

Gelegenheit, die rasche Bewegung eines Schattens wahrzunehmen. Dann sauste etwas auf mich herab. Instinktiv bewegte ich den Kopf ein Stück zur Seite, sodass mich der Gegenstand schmerzhaft auf der Schulter traf. Ich knickte in den Knien ein und ging zu Boden. Gleichzeitig sah ich Andreas davonlaufen, ehe mir im nächsten Moment etwas Hartes gegen die Schläfe fuhr. Die weiteren Schläge und Tritte nahm ich nur noch entfernt wahr, fast wie ein Unbeteiligter. Auch von den wütenden Stimmen bekam ich nicht wirklich etwas mit. Waren das Fragen, die mir galten? Oder Beschimpfungen? Welche Sprache war das, die diese Männer sprachen?

Dann verlor ich das Bewusstsein.

16. Kapitel

Ich erwachte aus einem Traum, in dem eine Meute leuchtender Vögel um mich herumflatterte. Blauer Vögel. Sie schlugen mir mit ihren Flügeln ins Gesicht. Einer von ihnen konnte sogar sprechen.

„Hallo? Können Sie mich hören?"

Die Hand, die zu der Stimme gehörte, gab mir unentwegt kleine Klapse auf die Wange. Ich öffnete die Augen und sah blaue Lichter um mich herum tanzen. Sie tanzten auch über das Gesicht, das sich zu mir herunterbeugte.

„Okay, Patient ist wieder da", sagte eine andere Stimme, eine weibliche.

Ich lag auf dem Pflaster, aber man hatte mir etwas Weiches unter den Kopf geschoben. Sofort spürte ich die Schmerzen im ganzen Körper.

„Tut Ihnen etwas weh?" Das war wieder die erste Stimme.

„Alles", brachte ich mühsam hervor.

Sie waren sehr freundlich, und am wohltuendsten war ihre Professionalität. Ein Mann und eine Frau, die mit dem Notarztwagen gekommen waren und leuchtend rote Kleidung trugen, und zwei Polizisten, die ihr Einsatzfahrzeug wenige Schritte neben mir auf dem Gehweg geparkt hatten. Die Blaulichtkugel rotierte und schleuderte ihre Lichtfetzen durch die Nacht. Der Arzt tastete mich routiniert ab und nickte jedes Mal zufrieden, wenn ich aufschrie.

„Zahlreiche Prellungen, aber keine inneren Verletzungen. Höchstens ein leichter Schock." Bei diesen Worten räumte er diverse Gegenstände in die offen neben ihm stehende Tasche, verschloss sie anschließend und stand auf. „Dennoch sollten Sie sich gründlich untersuchen lassen. Zur Vorsicht."

Er bot mir an, mich zum Krankenhaus mitzunehmen. Auf dieses Stichwort hin fiel schlagartig die restliche Benommenheit von mir ab. Ich verneinte dankend und möglichst ruhig, obwohl ich gerade gern geschrien hätte. Ins Krankenhaus wollte ich nun wirklich nicht!

Er half mir beim Aufstehen.

„Sind Sie sicher?"

Ich war ganz sicher. Und versprach, in den nächsten Tagen einen Arzt aufzusuchen. Bei auftretenden Beschwerden auch sofort. Ich bedankte mich noch einmal und konnte tatsächlich stehen und, wenn auch schwankend, die drei Schritte bis zu der Wand neben dem Hauseingang gehen.

„Nun, wir können Sie nicht zwingen mitzukommen."

Das sollte wohl noch einmal unterstreichen, wie ernst ich seinen Rat zu nehmen hatte. Dann verschwanden er und die Frau und ihr Wagen. Aber da waren noch die beiden Polizisten. Sie bemühten sich ebenfalls, freundlich zu sein, wirkten aber irgendwie unsicher, ob sie mich wie ein Opfer oder wie einen Verdächtigen behandeln sollten.

„Wohnen Sie hier?"

Der größere, ältere und schlankere von beiden zeigte auf den Hauseingang. Ich ließ meinen Blick der Geste folgen und erinnerte mich, dass Andreas hier seine Kanzlei hatte.

„Nur vorübergehend", antwortete ich.

„Dann schlage ich vor, dass wir zusammen hinaufgehen."

Drinnen gab es zum Glück auch einen Lift. Auf dem Weg dahin stützte mich der kleinere der zwei, der ansonsten nur dadurch auffiel, dass er nichts sagte. In der Wohnung setzten wir uns gleich in das erstbeste Zimmer, und das war das Sekretariat von Frau Kind und ihrer Kollegin.

„Nun erzählen Sie mal der Reihe nach."

Der Große setzte sich breitbeinig auf einen der Schreibtischstühle, verkehrt herum, sodass er die Lehne zwischen den Oberschenkeln hatte. Vielleicht hielt er das für cool, auf mich wirkte es eher so, als wollte er jemanden nachmachen, den er in einem beliebigen Kinofilm gesehen hatte. Der andere schrieb auf einem großen Block herum und schwieg.

„Der Reihe nach", wiederholte ich. Ich ließ es eine sehr kurze Reihe werden, da all die spannenden Ereignisse des vergangenen Tages die beiden für mein Empfinden nichts angingen. „Ich habe meinen Freund, Andreas Nocke, hier in seiner Kanzlei besucht. Dann wollte er nach Hause gehen und bot mir an, hier zu schlafen. Ich bin nämlich zu Besuch in Berlin."

Sie wollten meine Meldeanschrift und den Grund meines Besuches wissen. Ich gab ihnen meinen Personalausweis, auf dem noch Esthers Adresse eingetragen war. Auf die zweite Frage log ich: „Ich besuche hier meinen Freund, wie schon gesagt."

„Hmm", machte der, der reden konnte. Und dann stellte er die spannendste aller Fragen: „Warum sind Sie überfallen worden?"

Nach einem Moment der Verblüffung darüber, dass er zu meinen schien, ich müsste das ohne weiteres erklären können, sagte ich: „Keine Ahnung."

„Wollen Sie Anzeige erstatten?"

Aha. Wenn ich auf eine Anzeige verzichtete, hatten die beiden vermutlich keine weitere Arbeit mit dem Fall. Ich tat ihnen den Gefallen:
„Nein. Kein Interesse."
„Ist Ihnen denn etwas gestohlen worden?"
„Ich hatte ja außer dem Schlüssel nichts bei mir."
„Kein Handy?"
Daran hatte ich nicht gedacht. Das Handy hatte ich in der Hosentasche gehabt. Jetzt war es weg.
„Doch. Das Handy."
Das ließ ihn jetzt enttäuscht wirken.
„Dann ist es Raub. Das müssen wir aufnehmen. Olli? Das Formular!"
Wortlos kramte Olli einen weiteren Block aus seiner schwarzen Kunstledertasche, von dem er einen zwei- oder dreiteiligen Formularsatz abriss.
„Name?"

Nach einer Dreiviertelstunde waren sie weg. Ein Gutes hatte ihre Befragung gehabt: Mir war noch etwas eingefallen. Ich hatte mich an einen Satz erinnert, den ich gehört hatte, mehrmals sogar. „Wo ist der verdammte Schlüssel?", hatte einer von den Schlägern gefragt. Wobei es durchaus sein konnte, dass es überhaupt nur ein einziger Täter gewesen war. Vielleicht hatte er auch „Wo hast du den Schlüssel?" gesagt oder etwas Ähnliches. Bei näherem Nachdenken war ich mir nicht einmal sicher, ob es wirklich das Wort Schlüssel gewesen war. Aber irgendetwas hatte er wiederholt gefragt oder gesagt, und entweder wollte er etwas von mir haben oder ich sollte etwas wissen, das er wissen wollte. Oder so.

An diesem Punkt hatte der ältere Polizist zu dem jüngeren gesagt: „Das kannst du wieder streichen."

Und ich war nur froh, als sie gingen. Ich fühlte mich müde und noch etwas benommen. Glücklicherweise hatte mein Kopf nichts abbekommen, und mir war nicht ganz klar, weshalb ich überhaupt das Bewusstsein verloren hatte. Wahrscheinlich war es der Schock. Jetzt war mir jedenfalls sehr nach Schlafen zumute.

Nachdem ich über dem Schreibtisch, an dem ich saß, mit dem Kopf auf den Unterarmen eingenickt war, ließen mich heftige Schmerzen in der Hüfte gleich wieder hochfahren. Ich drehte mich so, dass es ein wenig besser wurde. Dann schlief ich wieder.

Aber es schläft sich nicht gut auf einer Computertastatur. Schon gar nicht, wenn man gerade ziemlich rüde zusammengeschlagen worden ist. Mit mehrmaligem Herumwälzen brachte ich es immerhin auf ein paar Stunden, so müde war ich. Aber dann war Schluss. Den Rest der Nacht – jedenfalls den größten Teil – verbrachte ich damit, mich so gut es ging durch die Wohnung zu bewegen, um auf die Toilette zu gehen und mir eine Flasche Wasser und ein Glas zu holen. Dann saß ich wieder an demselben Schreibtisch und stellte den PC an. Wenn ich schon nicht schlafen konnte, wollte ich mir wenigstens endlich das ansehen, wofür ich mich schon längst hätte interessieren sollen.

Einen Passwortschutz gab es an diesem Bürocomputer nicht. Ich nahm mir vor, Andreas darauf anzusprechen, weil das ja aus datenschutz- und arbeitsrechtlichen Gründen nicht ganz unproblematisch war. Vor mir öffnete sich Windows, der Desktop hatte als Hintergrundbild das Foto einer Katze, die auf einem Sofa lag, vermutlich in der Wohnung der Mitarbeiterin von Andreas, deren Arbeitsplatz das hier war.

Einige der Icons auf dem Bildschirm deuteten auf Programme hin, mit denen die Arbeit der Kanzlei verwaltet wurde. Ich ließ sie unbeachtet, zum einen aus Diskretion, zum anderen, weil ich das Wichtigste vermutlich bereits wusste. Nein, mein Interesse galt ausschließlich dem Internet, und so startete ich den Browser.

Es war weniger spektakulär, als ich erwartet hatte, zum ersten Mal mein eigenes Gesicht zu sehen. Mein wahres Gesicht. Ich starrte lange auf das Bild, das mir auf der Website der Anwälte Siegel und Korn entgegenblickte. Sah so ein Betrüger aus? Sah so ich aus? Aber ich fragte mich auch, weshalb diese Seite nicht längst geändert worden war. Der Mann auf diesem Foto war seit über zwei Monaten tot, da hätte es doch nahegelegen, sein Konterfei herauszunehmen. Warum war das nicht geschehen?

Aber diese Fragen verdrängte ich jetzt, sie erschienen mir nicht wichtig, da sie nicht wirklich mit mir zu tun hatten. Momentan stand nur ein Mensch im Mittelpunkt meines Interesses, und das war meine Frau, die Witwe von Benjamin Korn.

Sie hieß Hanna. Hanna Korn. Ich fand ihren Namen im digitalen Telefonbuch von Berlin. Die Adresse war dieselbe wie die private von Benjamin, auch wenn nicht beide Namen zusammen auftauchten. Dann gelangte ich auf eine Website über Berliner Künstlerinnen und Künstler. Hanna Korn malte und schuf Plastiken, von denen auch einige abgebildet waren, die mir aber nicht gefielen. Sie wurde vorgestellt als die Frau eines renommierten Berliner Rechtsanwalts. Und Hanna Korn war achtundfünfzig Jahre alt.

Dann stieß ich noch einmal auf sie, und zwar bei Facebook. Ein Foto gab es nicht, und die meisten Informationen über sie waren nur für ihre Facebook-Freunde zugänglich. Aber einer dieser Freunde war mit seiner virtuellen Selbstdarstellung weit weniger zurückhaltend, und der hieß Heiner Korn, war Koch und Lebenskünstler und der Sohn von Hanna und Benjamin.

Schon sein Profilbild genügte mir, um zu wissen, dass ich ihm bereits begegnet war. Kein anderer als er war der junge Mann in der Praxis von Leclerc gewesen. Etliche weitere Fotos zeigten ihn mit Freunden, Frauen oder bei sportlichen Betätigungen wie Paragliding, Tennis und Surfen. Ein echter Spaß-Yuppie. Ganz offensichtlich lag ihm das Geldausgeben erheblich mehr als das Geldverdienen, und ich vermutete stark, dass er das im Wesentlichen auf meine Kosten betrieb.

Und schließlich war es nur ein reiner Zufall, dass ich in seiner ellenlangen Freundesliste noch einmal auf den Namen Korn stieß. Steffie Korn. Ich hatte also auch eine Tochter! Leider war sie, was ihre Daten und Mitteilungen anging, ebenso verschlossen wie ihre Mutter, sodass ich es nach einiger Zeit, in der ich die verwirrende neue Erkenntnis einfach sacken ließ, und ergebnislosem Googeln aufgab, mehr über sie in Erfahrung bringen zu wollen.

Aber ich besann mich darauf, dass es noch ganz andere, wichtigere Dinge gab, um die ich mich kümmern musste. Deshalb widmete ich mich nun den Archiven der Berliner Tageszeitungen. Auch eine große Wochenzeitschrift hatte ausführlich über den Lehnitzsee-Fall berichtet. Viel Neues erfuhr ich dabei aber nicht. Man vermutete, dass mehrere Personen – sie wurden überwiegend als Bande bezeichnet – hinter dem Betrug steckten, die allesamt verschwunden waren. Bis auf den Notar. Einer von ihnen wurde als Peter B. bezeichnet, ein Bankangestellter in mittlerer Führungsposition, der sogar seine Familie im Stich gelassen hatte. Seine Frau, Annette B., fürchtete, dass ihr Mann vielleicht gar nicht mehr am Leben sein könnte. Treibende Kraft war aber offenbar ein Geschäftsmann gewesen, der zuvor in Frankfurt mit einem größeren Unternehmen gescheitert war. Und seine Verlobte, Isabella P. Außerdem gehörten ein paar selbstständige Berater, einige Mittelsmänner und ein Rechtsanwalt zu den Verdächtigen. Letzterer wurde als Karl S. abgekürzt, und ich fragte mich natürlich, ob damit Karl-Rüdiger Siegel gemeint sein konnte. Nur ein einziges Mal stieß ich auf den Namen Benjamin Korn, und zwar in einem Artikel der FAZ: „Die Polizei hält es nicht für ausgeschlossen, dass der Tod des Berliner Rechtsanwalts

Benjamin Korn ebenfalls mit dem Betrugsfall in Zusammenhang steht. Korn verunglückte unter immer noch ungeklärten Umständen am 10. April mit seinem Auto in der Frankfurter Innenstadt. Er vertrat einige Anleger, steht aber selbst nicht im Verdacht einer Beteiligung."

Das war auch schon alles. Obwohl der kurze Absatz absolut nichts Neues enthielt, wurde mir doch komisch, als ich ihn las. Über meinen eigenen Tod las. Und noch mulmiger wurde es mir, als ich kurz darauf im „Tagesspiegel" die Todesanzeige fand. Meine Todesanzeige.

Ich erwachte mit dem unbestimmten Gefühl, dass es irgendwo geklingelt hatte. Gleichzeitig tat mir alles weh. Ich wandte meinen Kopf und sah mich um. Ich hatte mich auf das Sofa im hinteren Zimmer gelegt, in demselben Zimmer, wo ich gestern auf die Lehnitzsee-Akten gestoßen war. Es gelang mir, mich aufzusetzen. Dann klingelte es wieder.

Wer konnte das sein? Nun, zu mir wollte der bestimmt nicht. Es war Sonnabend, und ich nahm an, dass hier heute kein offizieller Bürotag war. Vielleicht war ja dennoch einer der Kollegen von Andreas bereits da.

Weil ich nun schon mal wach war, machte ich mich auf die Suche nach einer Kaffeemaschine. Dabei bewegte ich mich wie Quasimodo durch die Räume, immer bemüht eine Haltung zu finden, die mir eine Fortbewegung unter geringstmöglichen Schmerzen ermöglichte. Inzwischen klingelte es ein drittes Mal. Tatsächlich schien außer mir niemand in dieser Wohnung zu sein. Na, irgendwann würde der Besucher schon unverrichteter Dinge wieder abziehen.

In einer kleinen Küche im vorderen Bereich fand ich alles, was ich wollte. Ich setzte einen starken Kaffee auf und stieß im Kühlschrank auf eine wahre Batterie von Fruchtjoghurtbechern, von denen ich mir einen herausnahm. Dann ließ mich unvermuteter Lärm zusammenfahren.

„Herr Fischer, machen Sie auf!"

Es wurde zugleich geklingelt und gegen die Wohnungstür geschlagen. Oder getreten. Fortgesetzt. Dazwischen rief die Stimme wieder:

„Herr Fischer!"

Panik packte mich. Wer konnte wissen, dass ich hier war? Doch nur Andreas und die Schläger! Oder, was mir nicht angenehmer war, Herr Schreiber, wenn der mich weiter verfolgt hatte.

Die Wohnungstür hatte einen Spion. Leise schlich ich mich heran, soweit mir das mit all meinen blauen Flecken möglich war. Am schwersten fiel es mir, mich so weit gerade aufzurichten, dass ich durch den Spion hinaussehen konnte.

Das Bummern und Klingeln hatte aufgehört, aber da draußen stand er immer noch. Es schien ein junger Mann zu sein, fast noch ein Junge. Bedrohlich sah er nicht aus, aber ich konnte auch nicht ausschließen, dass er heute Nacht auf der Straße unter meinen Angreifern gewesen war. Eine Hand hielt er sich ans Ohr, mit der anderen klopfte er jetzt erneut. Dazu sagte er: „Herr Fischer! René!" Pause. Dann: „Ich sehe doch, dass Sie hinter dem Spion stehen!"

Erschrocken fuhr ich zurück, ruckartig, was mir sofort einen derartigen Schmerz im Oberschenkel bereitete, dass ich rückwärts umfiel. Das Poltern war natürlich nicht zu überhören.

„Was wollen Sie?", fragte ich im Liegen. Immerhin musste ich ihm die Tür ja nicht öffnen. So, als könnte man sie ohne weiteres einschlagen oder eintreten, sah sie nicht aus.

„Ich habe hier etwas für Sie", sagte die Stimme. Eindeutig eine Jungenstimme.

„Und was?" Zu meiner Angst gesellte sich langsam ein Quantum Neugier.

Statt einer Antwort kam zunächst nichts. Ich konnte erkennen, dass im Treppenhaus das Licht ausgegangen war. Dann ging es wieder an, und der Junge sagte:

„Ihr Handy!"

„Tut mir sehr leid, dass ich dich erschreckt habe", sagte Andreas nicht zum ersten Mal. Ich hatte mich inzwischen in einen Sessel im Flur gehievt und wechselte das Handy an das andere Ohr, was das Telefonieren auch nicht angenehmer machte. „Aber der Knabe wollte nicht warten, bis ich da bin."

„Ich habe ihm fünf Euro gegeben. So was hat der sicher auch noch nicht erlebt."

„Gut."

Andreas hatte, wie er sagte, schon seit Stunden versucht, mich auf dem Handy zu erreichen. Bis endlich jemand ranging. Der Junge hatte es auf der Straße klingeln gehört und dann nahe der Hauswand gefunden, war rangegangen und staunte nicht schlecht, als er von der anderen Seite der Leitung als Dieb und Schläger beschimpft wurde.

„Er scheint es ganz gut verwunden zu haben", sagte ich und lachte ein bisschen, was ich aber angesichts eines Reißens in der Rippengegend gleich wieder bleiben ließ. Inzwischen konnte ich der Geschichte auch durchaus etwas Komisches abgewinnen. „Nur ich muss mich erst noch von dem Schrecken erholen. Als er gegen die Tür bummerte und meinen Namen rief, war ich sicher, dass die Schläger zurückgekehrt sind."

Andreas entschuldigte sich auch zum wiederholten Male dafür, dass er so Hals über Kopf die Flucht ergriffen hatte. Er war in dieser Sache ebenfalls nicht frei von Ängsten, und das nicht erst, seit er meine Geschichte kannte.

„Heute Nacht habe ich sogar kurzzeitig bereut, dir den Einblick in meine Anleger-Akten gewährt zu haben. Dabei konnte der Überfall damit natürlich gar nichts zu tun haben. Aber man kann nie wissen, was eine Indiskretion so alles auslösen kann. Das mit der Geheimhaltungspflicht hat schon durchaus seine Berechtigung."

Der Kaffee war inzwischen durchgelaufen, ich war bereits bei meiner dritten Tasse. Langsam wurde ich wieder ruhiger. Zwei Joghurt hatte ich auch schon vertilgt. Ich unterbrach Andreas nur gelegentlich mit Stöhngeräuschen, wenn ich mich in meinem Sessel bewegte.

„Mandanten sind ein seltsames Völkchen", erklärte er. „Gerade wenn sie sich übers Ohr gehauen fühlen, musst du sehr behutsam mit ihnen umgehen. Den einen ist es peinlich, dass sie sich mit so unglaubwürdigen Renditeversprechen haben ködern lassen. Die anderen versuchen, gewissermaßen aus der Anonymität heraus an Informationen zu kommen, wen man wie für ihre Verluste belangen könnte. Und wieder andere haben Sorge, selbst mit hineingezogen zu werden."

Das Letzte verstand ich zunächst nicht.

„Ganz einfach: Du hast davon gehört, du hast vielleicht selbst schon investiert, und was machst du als Nächstes? Klar, du erzählst es weiter. Deine Freunde machen mit, auch schon mal welche, die keine Freunde sind, sondern dir einfach glauben. Und hinterher sind sie natürlich schon gleich dreimal nicht deine Freunde, denn sie machen dich mitverantwortlich dafür, dass sie ihr Geld in den Wind schreiben können."

So hatte das Projekt in der Folge eine völlig neue Eigendynamik bekommen. Anleger suchten Schuldige, Anleger suchten Anleger, Anleger beauftragten Anwälte, Detekteien und zweifellos auch zunehmend zwielichtige Gestalten, die auf eher illegalen Wegen versuchten, auf jeden, der noch nicht selbst alles verloren hatte, Druck auszuüben.

„Dann siehst du dich selbst auch in Gefahr?"

Andreas erzählte mir, dass er sogar schon einmal vor seiner Kanzlei zusammengeschlagen worden war. Genau wie ich heute Nacht.

„Sie wollten irgendetwas von mir wissen, ich weiß bis heute nicht einmal, was."

„Haben sie vielleicht etwas von einem Schlüssel gesagt?", erkundigte ich mich.

„Nein. Da bin ich ganz sicher. Aber etwas anderes kam immer wieder, und das war der Satz: Sag uns, wer der Finanzato ist! Oder so ähnlich."

„Fidanzato", sagte ich wie aus der Pistole geschossen. Ich hatte überhaupt nicht überlegt. Das Wort kam praktisch wie von selbst heraus.

Andreas verstummte. Dann klang seine Stimme forschend, zweifelnd, fast ein wenig bedrohlich: „Weißt du da etwa was drüber? Etwas, das du mir bisher nicht gesagt hast?"

Ich verneinte das eilig.

„Gar nicht. Ich nehme nur an, dass es ,Fidanzato' heißen sollte. Das Wort ,Finanzato' gibt es nicht. Jedenfalls ergibt es keinen Sinn."

Er lachte erleichtert.

„Du und dein Italienisch. Das du angeblich gar nicht kannst." Für einen Augenblick war da wieder dieses Gefühl von Misstrauen gewesen. Aber ebenso schnell, wie es aufgetaucht war, verschwand es wieder. „Du bist schon echt eine Wundertüte!"

Zu gern hätte ich gewusst, ob es sich um dieselben Schläger gehandelt hatte. Aber das Ganze war fast ein halbes Jahr her, und er hatte die Gesichter seiner Angreifer nicht wahrgenommen. So wenig wie die von denen heute Nacht.

„Und was heißt das Wort nun eigentlich?", wollte er schließlich wissen.

„Verlobter."

„Verlobter?"

„Ja."

„Was soll denn das für einen Zusammenhang ergeben?"

Das konnte ich ihm natürlich auch nicht beantworten. Es lag nahe, dass die Typen jemanden gesucht hatten, der diesen Spitznamen trug. Und der dann wahrscheinlich auch der Verlobte von irgendjemand war.

„Klangen die denn so, als wenn sie Italiener gewesen sein könnten?"

Er überlegte einen Moment.

„Nein, überhaupt nicht. Ich glaube eher, dass sie berlinert haben."

„Und weshalb meinst du, dass es dabei um die Lehnitzsee-Kiste ging?"

Da reagierte er fast entrüstet.

„Na, hör mal! Glaubst du, ich habe reihenweise Fälle, in denen betrogen wird? Meine Mandanten sind ein Häufchen braver Bürger, die tagein, tagaus all die Zettelchen sammeln, mit denen sie ein paar Cent von ihrer Steuer absetzen können."

Ich hörte natürlich die Ironie heraus, aber es lag tatsächlich auf der Hand, dass ein Zusammenhang mit dem einzigen großen Betrugsfall bestand, in dem er ein paar der Betroffenen vertrat. Wer war „der Verlobte"?

„Sag mal, weißt du, wie der Typ hieß, der hinter dem Ganzen gesteckt haben soll? Die treibende Kraft, sozusagen? Das war doch irgendein Geschäftsmann aus Frankfurt, wenn ich mich richtig erinnere."

„Hm, im Moment fällt mir sein Name nicht ein. Kann sein, dass er Italiener war, kann aber auch nicht sein. Ich kümmere mich drum."

„Danke."

Und dann gab es noch etwas.

„Du, sie hat hier angerufen."

„Wer?"

„Deine Tania. Gestern Abend."

Das warf mich nun wirklich um.

„Bei dir?"

„Corinna hat mit ihr gesprochen, meine Frau. Ich war ja nicht da."

Tania musste mir nach unserer Begegnung am Nachmittag nachgelaufen sein. Jedenfalls hatte sie sich Andreas' Autonummer gemerkt und darüber den Halter ermittelt.

„Geht denn das so einfach?", wollte er von mir wissen. „Gilt da nicht auch der Datenschutz?"

Das konnte ich ihm beantworten:

„Wenn du angibst, du brauchst den Namen, um zivilrechtliche Ansprüche zu verfolgen, dann rücken sie ihn dir meistens raus."

„Du meinst, sie hat gegenüber der Polizei behauptet, ich hätte sie angefahren oder so etwas?"

„Muss nicht sein. Unter Umständen reicht es schon zu sagen, da wäre einer durch eine Pfütze gefahren und hat deinen Mantel vollgespritzt."

Ihm gefiel das trotzdem nicht. Aber das war mir im Moment vollkommen egal.

„Nun erzähl schon! Was hat sie gesagt?"

„Naja, nicht viel. Corinna hatte natürlich auch keine Ahnung, wer sie war." Offenbar hatte sie auch gar nicht versucht, viel zu erklären. Sie war seiner Frau außerordentlich aufgeregt vorgekommen und war nur schwer dazu zu bewegen, verständliche Sätze zu formulieren. „Einmal war da ein südländischer Akzent, und außerdem fing sie mittendrin immer wieder an zu weinen."

„Sie hat geweint?" Ich war total fassungslos.

„Corinna hat nur verstanden, dass da ein Mann in mein Auto gestiegen wäre, und den müsste sie unbedingt wiedersehen. Es klang überhaupt nicht nach einer Romanze, sondern eher so, als wäre sie betrogen worden. Als wollte sie dir an den Kragen."

„An den Kragen?"

„Sie war völlig aufgelöst. Du musst sie total verprellt haben!"

Unwillkürlich versuchte ich, eine Verbindung zu dem Anlegerbetrug herzustellen. Natürlich war es denkbar, dass sie ebenfalls meinetwegen eine größere Summe investiert und verloren hatte. Wenn wir befreundet gewesen waren, musste sie das natürlich als einen gewaltigen Vertrauensbruch empfunden haben. Vorausgesetzt, ich steckte wirklich in dem Sumpf mit drin. Und dann war ich auch noch verschwunden, abgetaucht. Jedenfalls aus ihrer Sicht. Jetzt traf sie mich zufällig wieder, und was machte ich: ich rannte vor ihr weg. Toll. Die Nummer hätte von René Fischer stammen können!

Ich sagte Andreas, was ich dachte.

„Anscheinend haben alle Frauen nur Pech mit mir gehabt."

Einen Augenblick war es still in der Leitung. Dann kam:

„Sag mal, geht's noch?"

Ich stutzte. Was meinte er?

„Da ist genau wieder das, was ich sage: Du kriegst die Dinge einfach nicht richtig gerafft!"

„Andreas …"

„Nein, hör mir bitte zu! Auch wenn du jetzt gerade wieder einen deiner Wutanfälle bekommen willst. Aber das musst du dir einfach mal klar machen: Du schaffst es nicht, deine beiden Welten richtig zu sortieren!"

Er setzte mir erneut auseinander, dass Tania Benjamin gar nicht gekannt haben konnte. Oder wenn doch, dann hatte das nichts mit dieser Geschichte zu tun. Sie hatte mich auf der Straße erkannt, weil ich aussah wie René, nicht wie Benjamin.

„Wenn sie sagt, sie hat auf dich gewartet – das waren doch ihre Worte? –, dann hat sie auf René gewartet. Auf René Fischer aus Frankfurt."

„Das hat sie gesagt, ja. Und: Kommst du nicht mehr? Das hat sie auch noch gesagt."

„Also!" Er machte eine Pause, und ich musste wieder einmal widerstrebend zugeben, dass er recht hatte. „Es war nicht Benjamin, der nicht mehr kam. Wahrscheinlich weiß sie sogar bis heute nicht, dass Dr.

Benjamin Korn tot ist. Es interessiert sie auch nicht. Sie will ihren René wiederhaben!"

Letztlich war es die pure Versagensangst, die mich dazu brachte, wieder auf die Straße zu gehen. Ich lief eine ganze Weile die Kantstraße hinauf, schaffte es bis zum Lietzensee, dann ließ ich mich dort auf eine Bank fallen und wartete in einer halbwegs erträglichen Sitzposition, bis eine leidliche Entspannung einkehrte, die es mir ermöglichte, wieder klare Gedanken zu fassen. Am Ufer des Sees beobachtete ich eine Mutter mit Buggy, deren Kind mit tapsigen Schritten versuchte, den Enten Brotstücke zuzuwerfen, sie damit aber mehr vertrieb als anlockte.

Ich holte das Handy hervor und wählte Karins Nummer. Es klingelte dreimal, dann drückte sie mich weg. Ich überlegte einen Moment, ob ich ihr eine Nachricht hinterlassen sollte, ließ es dann aber bleiben.

Andreas hatte die Vermutung geäußert, dass wahrscheinlich alles ganz einfach war, wenn man nur klar bekam, wer was von wem wollte. Schön gesagt! Na, dann krieg das mal klar, hatte ich ihm geantwortet. Aber er ließ sich nicht beirren.

„Pass auf, wir haben doch schon einiges zusammen: Da gibt es vermutlich einen Verlobten, einen Schlüssel und … was noch?"

„Viel Geld."

„Richtig. Viel Geld. Woran denkst du, wenn du die Wörter Geld und Schlüssel hörst?"

Prompt überkam mich wieder dieses seltsame Gefühl, als befände ich mich in einem sich um mich drehenden Traum.

„Schließfach", sagte ich.

So breitete er die Theorie vor mir aus, wonach das Geld aus dem Anlegerbetrug in einem Schließfach lag. Zu diesem Schließfach hatte der „Fidanzato" den Schlüssel gehabt und irgendwer hielt es für möglich, dass ich wusste, wo dieser Schlüssel war. Ich fand das fast zu simpel, aber irgendwie leuchtete es ein.

Und plötzlich, für mich völlig unerklärlich, tauchte da ein ganz anderer Aspekt auf. Ich konnte ihn nur schwer greifen, er war irgendwie nur in Konturen vorhanden, und es war mehr ein Gefühl als eine Idee. Aber es hatte mit Gefahr zu tun.

Ruckartig setzte ich mich auf der Bank auf und nahm dabei nur ganz am Rande wahr, dass mir das kaum noch Schmerzen bereitete. Dieses Gefühl von Gefahr rührte daher, dass ja vielleicht nicht nur ich nicht richtig imstande war, zwischen René und Benjamin zu unterscheiden.

Bisher hatte ich angenommen, alle meine Widersacher, denen ich begegnet war – Heiner Korn, Schreiber, die Schläger und wer auch sonst noch immer – wussten oder vermuteten, dass es sich bei mir in Wahrheit um Dr. Benjamin Korn handelte, auch wenn ich in dem Körper von René Fischer lebte. Bestenfalls wussten sie zudem noch von meiner Amnesie, also dass auch sie nicht so einfach über mich an Benjamins Wissen herankommen konnten. Was aber, wenn sie von der Operation überhaupt nichts wussten? Wenn sie in mir René – und nur René – sahen und meinten, ich müsste von Benjamin irgendwie in diese Sache eingeweiht worden sein? Vor seinem Tod, selbstverständlich! Dann glaubten sie möglicherweise, Benjamin hätte mir den Schlüssel gegeben oder mir zumindest gesagt, wo er war.

Und dann waren natürlich auch Esther und Jan in Gefahr!

Die nächstgelegene S-Bahn-Station musste Westkreuz sein. Als ich wieder auf der Kantstraße stand, wurde mir bewusst, dass ich mich hier nicht mehr so gut auskannte wie in der Umgebung der Wilmersdorfer Straße. Welche Richtung ich einschlagen musste, war mir klar, aber dann fand ich den Bahnhof nicht und fragte einen alten Mann nach dem Weg.

Es war bereits später Vormittag. Um diese Zeit meinte ich ihr durchaus einen Besuch abstatten zu können. Und hoffte sehr, dass sie zu Hause war. Zwar war ich mir noch nicht ganz sicher, was ich eigentlich erwartete, aber ein paar neue Erkenntnisse würde ich wohl gewinnen können. Selbst dann, wenn sie sich nicht darauf einließ, sich die Geschichte anzuhören, die ich ihr zu erzählen hatte. Während ich auf den Zug wartete, versuchte ich mir eine Strategie zurechtzulegen. Aber ich konnte mich nur schwer konzentrieren. Tatsächlich war ich ziemlich durcheinander.

Auf dem Bahnsteig des Gegenzuges lärmte eine Gruppe Jugendlicher, von denen einige orangefarbene Trikots trugen. Einer hielt eine holländische Fahne in der Hand, zwei Mädchen hatten sich blaue, weiße und rote Streifen ins Gesicht gemalt. Sie waren offensichtlich unterwegs zum Public Viewing, für das Berlin seit der vorigen Weltmeisterschaft berühmt war. Ich fragte mich, ob ich damals vielleicht auch auf der Fanmeile vor dem Brandenburger Tor gewesen war. Möglicherweise mit Tania? Und das Spiel Deutschland gegen Italien gesehen hatte, das denkwürdige Halbfinale, an dessen Ende sie gejubelt haben dürfte und ich … ja, und ich?

Mein Zug kam, und ich fuhr die eine Station bis Grunewald.

Weil ich niemanden traf, den ich hätte fragen können, lief ich aufs Geratewohl durch die Alleen, die sämtlich von kleinen, aber luxuriös wirkenden Einfamilienhäusern gesäumt wurden. Es war eigenartig still hier, der nahe Grunewald prägte die beinahe dörfliche Stimmung der Siedlung. Nur die ständigen Geräusche von der unmittelbar vorbeiführenden Autobahn und das gelegentliche Vorbeirumpeln einer S-Bahn ließen von der östlichen Seite her das Dasein der Stadt unüberhörbar bleiben.

Es dauerte nicht lange, und ich las schon auf einem Straßenschild in einiger Entfernung den Namen der Straße, die ich suchte. Aber schon gleich an der Ecke blieb ich abrupt stehen. Und machte wieder ein paar Schritte zurück. Wer war das, der da stand?

Vor einem der Häuser – es mochte das der Eheleute Korn sein – stand ein Mann, leicht vornübergebeugt, für mich nur entfernt im Halbprofil zu sehen. Und doch erkannte ich ihn sofort.

Ich kannte ihn vom Autohaus Fischer. Er besaß einen Mercedes. Sein Name war Dominik Vogelehr.

17. Kapitel

Dominik Vogelhehr beugte sich über irgendetwas, das er in den Händen hielt. Ich konnte nicht erkennen, was es war. Es schien sich um einen kleinen Gegenstand zu handeln, und er untersuchte ihn augenscheinlich sehr genau, als wüsste auch er nicht, worum es sich dabei handelte. Oder als versuchte er, ein Detail davon genauer zu erkennen.

Dann richtete er sich plötzlich auf und steckte den Gegenstand in seine Hosentasche. Rasch zog ich mich noch weiter zurück, denn er setzte sich in Bewegung. In meine Richtung.

Auf einem Grundstück wenige Meter hinter mir befand sich ein Carport. Mit ein paar eiligen Schritten gelangte ich hinter einen dicken Holzpfosten dieses Carports und hoffte, so nicht gesehen zu werden. Wenn Vogelhehr zur S-Bahn wollte, würde er hier vorbeigehen.

Ich brauchte nicht lange zu warten, bis er kam. Sein Gesicht drückte Ratlosigkeit aus. So schien es mir jedenfalls. Und zugleich Entschlossenheit. Gerade so, als wüsste er genau, wo er hingehen wollte, um eine Antwort auf die Frage zu finden, die ihn gerade bewegte. Und die wahrscheinlich mit dem Gegenstand in seiner Hosentasche zu tun hatte.

Ich beschloss zu warten, bis er um die Straßenecke in Richtung Bahnhof verschwunden war, um dann meinen Weg zu Hanna Korns Haus fortzusetzen. Aber noch bevor er die Ecke erreicht hatte, geschah etwas weiteres Unerwartetes. Es kam noch jemand aus der Straße, in der Hanna wohnte.

Der Mann trug dunkle Kleidung und eine für die aktuell herrschenden Temperaturen viel zu schwere, schwarze Lederjacke. Sein Gesicht war das eines Boxers, der einige Schläge zu viel eingesteckt hatte. Auf mich wirkte er bedrohlich.

Auch er ging an mir vorbei, ohne mich zu bemerken. Spätestens daran, dass er seine Schritte beschleunigte, als Vogelhehr um die Ecke gebogen war, merkte ich, dass er jenen verfolgte. Dabei wirkte er überhaupt nicht professionell, eher ziemlich unbeholfen. Ich hätte gewettet, dass Vogelhehr ihn noch vor Erreichen des Bahnsteigs bemerkt haben würde.

Aber was wollte dieser Mann? Und was machte Vogelhehr in Berlin? Das waren momentan eindeutig die drängenderen Fragen; Hanna Korn musste warten.

Entschlossen setzte ich mich in Bewegung. Bis zu der Ecke, um die nun auch der Verfolger verschwunden war, gelang mir sogar ein kurzer

Sprint, der mir Mut machte, dass ich meinem geschundenen Körper die vor mir liegende Aktion auch zutrauen konnte.

Die Treppe zum Bahnsteig ging ich nur gerade so weit empor, bis ich einen notdürftigen Überblick hatte. Den Mann mit der Lederjacke konnte ich etwa in der Mitte des Bahnsteigs stehen sehen. Vogelhehr war außerhalb meines Blickfeldes, aber die Haltung seines Verfolgers verriet mir, dass er wenige Meter weiter stehen musste. Mein Problem war natürlich, dass beide Männer mich wiedererkennen konnten. Mit Vogelhehr hatte ich mich in Frankfurt ausgiebig unterhalten, als er sein Auto abgegeben hatte, und der andere hatte mich möglicherweise gerade vor einigen Stunden verprügelt. Ich durfte mich also um keinen Preis sehen lassen.

Die S-Bahn nach Ahrensfelde fuhr ein. Ich sah Vogelhehr einsteigen, die Lederjacke folgte ihm durch eine andere Tür in denselben Wagen. Danach rannte ich, so gut es ging, die verbleibenden Stufen empor und erreichte den ersten Wagen des Zuges.

Okay, das war geschafft. Ich stellte mich an die Tür, um an jedem Bahnhof Ausschau zu halten, ob die beiden ausstiegen. Indessen grübelte ich, welche Erklärung, welchen Zusammenhang es da geben möchte. Am liebsten hätte ich jetzt Karin angerufen, um mit ihr gemeinsam darüber nachzudenken, aber das erinnerte mich nur daran, dass ich besser mein Handy ausschaltete, um nicht später etwa durch ein Klingeln im falschen Moment Aufmerksamkeit auf mich zu ziehen.

Dass Vogelhehr mit der S-Bahn fuhr, bedeutete, dass er nicht mit seinem Auto in Berlin war. Klar, das stand wahrscheinlich noch bei Wilhelm auf dem Hof. Er mochte einen Flieger genommen haben, oder ebenfalls die Bahn. Mir fiel seine Aufregung über den angeblich aus seinem Auto gestohlenen Gegenstand ein. Ob das die Erklärung war? Aber warum kam er ausgerechnet nach Berlin? Zufall? Bestimmt nicht.

Als wir in den Bahnhof Charlottenburg eingefahren waren, beobachtete ich das Aus- und Einsteigen an den hinteren Wagen besonders aufmerksam. Ich trat sogar einen Schritt hinaus. Zwar gab es keinen zwingenden Grund dafür, aber ich konnte mir vorstellen, dass Vogelhehrs Ziel irgendwo hier in der Nähe lag. Doch nichts passierte. Ich stieg wieder ein und fuhr weiter.

Schließlich befürchtete ich schon, ich könnte die beiden verloren haben, als ich sie auf dem Bahnhof Friedrichstraße dann doch wieder erblickte. Oder genauer: den Verfolger erkannte ich gerade noch, ehe sein Kopf auf der nach unten führenden Rolltreppe verschwand. Rasch sprang ich aus dem Wagen und eilte zu der vorderen Treppe, die zu der anderen Seite der Friedrichstraße hinunterführte.

Ich hatte Glück. Als ich unten ankam, sah ich Vogelhehr gegenüber, der kurz überlegte und sich dann in Richtung Linden in Bewegung setzte. Er hielt ein Handy am Ohr und schien zu telefonieren. Nur kurz hinter ihm, im Schutz der Menschenmenge, folgte ihm der andere. Einige Meter zurückversetzt ging ich auf meiner Straßenseite in die gleiche Richtung. Auch hier waren viele Menschen unterwegs, vermutlich Touristen oder aber auch Berliner, die den Sonnabend zum Einkaufen in der City nutzten. Ich war einigermaßen sicher, dass die beiden mich, wenn ich vorsichtig war, nicht bemerken würden. Allerdings war ich mir durchaus bewusst, dass ich nicht zum Helden taugte. Falls es auch nur im Geringsten brenzlig zu werden drohte, würde ich die Verfolgung lieber abbrechen, als mir noch einmal eine Abreibung zu holen. Oder Schlimmeres.

Allerdings hatte ich nicht erwartet, dass meine Bemühungen schon so bald und so kläglich scheitern würden.

Ich sah gerade noch, wie zuerst Vogelhehr und dann auch sein Verfolger rechts in eine Seitenstraße einbogen. Ich wollte ihnen einen Vorsprung lassen, um dann die Friedrichstraße zu überqueren und es ihnen in gebührendem Abstand gleich zu tun. Aber ob es an den Prellungen lag, die ich immer noch im ganzen Körper spürte, oder eher an der Aufregung – jedenfalls war ich für einen entscheidenden kurzen Moment unachtsam, und bedauerlicherweise lief mir genau in diesem Moment eine kleine, gebückte alte Frau mit ihrem Rollator vor die Füße.

Sofort entstand ein mittlerer Auflauf. Obwohl ich selbst zu helfen versuchte, musste ich mich als Rüpel beschimpfen lassen. Es konnte keine Rede davon sein, dass die Berliner, wenn Not am Mann war, nur dastanden und glotzten. Gleich zwei Männer und eine Frau kamen mir zuvor bei dem Versuch, der Frau aufzuhelfen. Man drängte mich regelrecht von ihr ab, als müsste man sie vor mir beschützen. Dabei versuchte ich unablässig, mich zu entschuldigen, und erklärte, dass es keine Absicht war und mir leid tat.

Glücklicherweise hatte sich die alte Frau nicht verletzt. Sie schien sogar ganz munter, als sie wieder auf den Beinen stand und ihr die Gehhilfe an die Hände gegeben wurde.

„So etwas kann passieren", sagte sie einigermaßen freundlich und beschwichtigend zu mir.

Da schien die jüngere Frau, die sie begleitete, aber ganz anderer Ansicht zu sein. Sie schimpfte ohne Luft zu holen auf mich ein, und nach ein paar unbeholfenen Versuchen, ihre Tiraden in ein Gespräch münden zu lassen, gab ich auf und wandte mich einfach ab.

Die beiden Männer waren natürlich fort. Ich lief zwar noch in die Seitenstraße hinein, in die sie eingebogen waren, suchte auch die nächsten Querstraßen ab, entdeckte aber nichts mehr von ihnen. Sie blieben verschwunden. Schließlich stand ich auf dem Boulevard Unter den Linden und fluchte vor mich hin.

Im Grunde wusste ich natürlich überhaupt nicht, was ich mir von dieser Aktion versprochen hatte. Ich sagte mir auch, dass ich froh sein konnte, auf diese Art einer möglichen Gefahr entgangen zu sein. Dennoch – zu gern hätte ich eine Vorstellung davon bekommen, was Vogelhehr hier in Berlin machte. Und weshalb er beobachtet wurde.

Ich zog das Handy aus der Tasche und schaltete es wieder ein. Es meldete mir einen entgangenen Anruf. Andreas hatte auf die Mailbox gesprochen und bat darum, dass ich ihn zurückrief.

„Nocke", sagte eine weibliche Stimme. Das musste seine Frau Corinna sein.

„René Fischer, guten Tag. Ich bin …"

„Ich gebe Sie weiter", unterbrach sie mich. Es klang unfreundlich. Ob sie ein Problem mit mir hatte? Aber da war ja diese Ehekrise, von der Andreas erzählt hatte, also beschloss ich, es nicht persönlich zu nehmen.

„Hallo René, gut dass du zurückrufst."

„Hat Tania sich gemeldet?", wollte ich sofort wissen.

Aber das war nicht der Fall. Vielmehr hatte er einen Anruf von der Polizei bekommen.

„Sie haben noch ein paar Fragen an dich."

„Was hast du ihnen gesagt?"

„Nichts weiter. Nur, dass du auf Berlin-Besuch bist und wir keine Ahnung haben, wer uns da gestern Abend angegriffen hat."

Wir waren uns einig gewesen, dass die ganzen Ereignisse um meine Amnesie, die Entführung und den Lehnitzsee-Fonds die Polizei nichts angingen. Jedenfalls zurzeit noch nicht.

„Vielleicht lassen sie dich ja ihre Verbrecherkartei durchsehen." Er erwähnte auch, dass er ihnen die Nummer des Handys gegeben hatte, das ich mit mir herumtrug. „Vielleicht rufen sie dich ja gleich selbst noch an. Warum hattest du es übrigens vorhin ausgeschaltet?"

Ich erzählte ihm von Vogelhehr und meinem erfolglosen Verfolgungsversuch.

„Wie, der Typ mit deinem Mercedes? Der ist hier?" Das fand er nun außerordentlich spannend. „Was kann der wollen?"

„Keine Ahnung. Durchaus möglich, dass das nur Zufall ist."

„Zufälle gibt es nicht", sagte er entschieden.

Aber uns wollte partout nichts einfallen, was als Erklärung hätte herhalten können.

„Manchmal vielleicht eben doch."

Dann ließ ich mir noch erklären, wo ich mich bei der Polizei melden sollte.

„Landeskriminalamt", sagte er. „Das ist am Platz der Luftbrücke. Von da, wo du bist, brauchst du nur die U-Bahn zu nehmen."

Und so fuhr ich dann auch zum ersten Mal in meinem neuen Leben mit der U-Bahn. Es kam mir so vor, als hätte ich das schon Hunderte von Malen zuvor getan.

Unterwegs versuchte ich Karin zu erreichen, aber ihr Handy war immer noch ausgeschaltet und auch zu Hause ging sie nicht ran. Ich überlegte, wen ich sonst anrufen konnte. Wilhelm? Esther? Immerhin mussten sie mich alle eigentlich seit Dienstag vermissen. Ich hätte Karin fragen sollen, ob sie wenigstens meinen Eltern Bescheid gesagt hatte, wo ich war.

Schließlich, gerade als der Zug in Richtung Alt-Mariendorf einfuhr, entschied ich mich für Esther.

„Was ist mit dir? Wo bist du?" Täuschte ich mich, oder klang das ein bisschen besorgt? „Jan fragt ständig nach dir." Ah, das war es.

Ich erkundigte mich, wie es ihm ging. Über mich sagte ich nur, dass ich in Berlin war und etwas zu regeln hatte.

„Bist du bei dieser Tania?"

„Esther, ich …"

„Versteh' mich nicht falsch. Du kannst machen, was du willst. Aber lass deinen Sohn nicht so im Ungewissen!"

Nein, es war beileibe nicht der richtige Augenblick, etwas darüber anzudeuten, dass Jan nicht mein Sohn sein könnte.

„Esther, ich werde dir sehr viel erklären müssen." Sie wollte abwehren, aber ich fuhr fort: „Das ist eine Geschichte, die können wir vor allem Jan nicht vorenthalten. Und dafür musst du sie auch kennen. Und verstehen. Aber im Moment verstehe ich sie selbst noch nicht richtig."

Fast hätte ich gesagt: „Vertrau mir!", aber glücklicherweise besann ich mich noch rechtzeitig.

Ihre Antwort war Schweigen. Eines von der Art Schweigen, die mir nichts mitteilte.

„Eine Frage noch", sagte ich dann. „Hat sonst noch jemand angerufen? Tania zum Beispiel?"

„Nein, nur das eine Mal."

Aber mit Karin schien Esther mehrmals telefoniert zu haben. Ich amüsierte mich bei der Vorstellung, wie Esther sie vielleicht vor mir zu warnen versucht hatte.

„Und sonst jemand?"

„Wen meinst du?"

„Keine Ahnung. Ein Mann vielleicht, den du nicht kennst? Und der irgendwie ... bedrohlich klang?"

Ja, da ich direkt danach fragte, fiel ihr ein, dass sich mehrmals einer nach mir erkundigt hatte, der seinen Namen nicht nennen wollte.

„Wie klang er? Was hat er genau gesagt? Bitte, erinnere dich!"

Meine Aufgeregtheit färbte in keiner Weise auf sie ab.

„Nichts Besonderes. Wie es dir geht, wollte er wissen. Ich hab ihm gesagt, dass du nicht mehr hier wohnst."

„Wie es mir geht?" Darüber wunderte ich mich. „Wusste er denn von der Operation?"

„Ich glaube schon."

„Wie klang seine Stimme? Jung, alt?"

„Mmh, jung, würde ich sagen."

Ich war überzeugt, dass das mein Sohn Heiner gewesen war. Mehr war leider beim besten Willen nicht aus ihr herauszubekommen. Aber fürs Erste war ich beruhigt.

„Wieso denn eigentlich bedrohlich?", griff Esther jetzt mein Wort von vorhin auf. „René, wenn du wieder irgendeinen Scheiß ..."

Aber ich beruhigte sie, so gut ich konnte, und beendete dann das Gespräch. Überzeugungsarbeit konnte ich mir in dieser Richtung wahrlich sparen.

Das ehemalige Hauptgebäude des Flughafens Tempelhof wirkte beeindruckend auf mich. Ich meinte, es aus alten Filmen zu kennen, es nie anders als in Schwarz-Weiß gesehen zu haben, aber dass ich schon einmal hier gewesen war, konnte ich praktisch ausschließen. Überhaupt fiel mir auf, dass mir diese Stadt in ihrer Gesamtheit doch längst nicht so vertraut war, wie ich es erwartet hatte.

Auch der Neubau des Landeskriminalamtes am Tempelhofer Damm kam mir nicht bekannt vor.

Der Pförtner nannte mir eine Zimmernummer und beschrieb mir den Weg dorthin. Schmucklose, enge Gänge mit staubgedimmten Deckenlampen führten mich schließlich zu einer Tür, die wie jede andere aussah, aber die genannte Nummer aufwies. Ich klopfte.

Hinter einem beigefarbenen Schreibtisch in einem rundherum beigefarbenen Raum erhob sich ein Mann von ausgesprochen imposanter Erscheinung, den man wohl unter keinen Umständen an einem Ort wie diesem erwartet hätte. Er stellte sich als Kriminalhauptkommissar Langner vor, war groß, sportlich, mit vollem, grau meliertem Haar und einer sonoren Stimme, die mich sogleich mit Namen begrüßte und freundlich zum Platznehmen aufforderte. Woher wusste er, wer ich war?

„Ihr Bekannter, Herr Nocke, hat gerade angerufen und gesagt, dass Sie unterwegs sind", lieferte er sofort die Erklärung. „Sind Sie gut befreundet?"

Er machte das sehr geschickt. Wir plauderten eine ganze Weile über dies und das, lauter Dinge, die nichts mit seinen Ermittlungen zu tun haben mussten, ja, aus denen ich nicht einmal entnehmen konnte, in welcher Angelegenheit er mich überhaupt hergebeten hatte. Dennoch erfuhr er bereits allerlei über mich und meinen Aufenthalt in Berlin. Ich achtete sorgfältig darauf, die Themen zu vermeiden, von denen er nichts zu wissen brauchte.

„Wie geht es Ihnen überhaupt?", fragte er dann plötzlich.

„Eh, okay."

Die Frage hatte mich jetzt überrascht.

Er blätterte in einer Akte. Einer sehr dünnen Akte, wie ich sehen konnte.

„Sie sind gestern Abend in eine Schlägerei geraten."

„Man hat mich niedergeschlagen", korrigierte ich.

Er sah auf und richtete seinen Blick auf mich.

„Und? Noch Schmerzen?"

„Geht so."

Er lächelte, durchaus freundlich.

„Sie bewegen sich, wenn ich das so sagen darf, noch ein bisschen unnatürlich." Jetzt war er wieder bei seinem Plauderton. „Haben Sie eine Vorstellung, wer das war und warum?"

„Überhaupt nicht. Aber das habe ich doch schon Ihren Kollegen gesagt."

„Richtig." Er blickte wieder auf die Akte. „Die Kollegen. Aber ich ermittle hier nicht wegen Körperverletzung."

„Sondern?"

Jetzt stand er auf und öffnete eine Tür seines beigefarbenen Aktenschrankes. Dann fuhr er mit dem Zeigefinger über die Rücken einer Vielzahl von Leitz-Ordnern, die mit römischen Zahlen durchnummeriert waren und außerdem drei Buchstaben trugen, die mir schon bekannt waren: LSP.

Ich wollte etwas sagen, aber mir blieb einfach nur der Mund offen stehen. Stattdessen sprach er.

„Dies hier ist die Abteilung für Wirtschaftskriminalität. Wir ermitteln in der Betrugssache Lehnitzsee-Projekt. Schon mal davon gehört?"

Bei der Frage lächelte er wieder, aber die Freundlichkeit war aus seinem Lächeln verschwunden. Ich schluckte.

„Ja", sagte ich nur.

Wie viel mochte Andreas hier bereits über mich erzählt haben? Im Moment erschien mir nur eines wichtig: nicht bei einer Lüge ertappt zu werden.

„Gehört schon", ergänzte ich, da der Kommissar offensichtlich darauf wartete, dass ich weitersprach. „Da muss ziemlich viel Geld versenkt worden sein. Mein Bekannter, Herr Nocke, hat mir dies und das darüber erzählt."

„Und Sie selbst?" Er setzte sich wieder hinter den Schreibtisch. „Haben Sie in irgendeiner Weise mit den Vorgängen Berührung gehabt?"

„Wie meinen Sie das?"

Wir sahen einander an.

„Herr Fischer, weshalb sind Sie wirklich nach Berlin gekommen?"

Ich senkte den Blick, wollte antworten, schwieg aber dennoch.

„Ich werde Ihnen sagen, was wir über Sie wissen." Er schnaufte. Ich gab meinen Versuch auf, etwas zu sagen. „Sie arbeiten in dem Betrieb Ihres Vaters in Frankfurt. Autohaus Fischer. Nachdem Sie jahrelang bestenfalls Gelegenheitsjobs hatten. Sie haben eine Frau und einen Sohn, leben aber von ihnen getrennt. Unterhalt zahlen Sie nicht. Eine Unterhaltsklage gegen Sie ist schon in Vorbereitung."

„Was?", entfuhr es mir. Darauf wäre ich nicht im Traum gekommen, dass Esther ... Aber jetzt ging es hier um anderes.

„Geld haben Sie keines", fuhr er ungerührt fort. „Sie sind chronisch abgebrannt. Wovon haben Sie eigentlich Ihr Bahnticket bezahlt?"

Er blätterte wieder in der Akte, ganz so, als müsste er darin eine Antwort auf seine Frage finden. Ich schwieg.

„Da kam Ihnen ein überraschender Fund sehr gelegen. Ein Fund in dem Handschuhfach eines Autos."

Bei diesen Worten blickte er wieder auf und sah mir gerade ins Gesicht. Kein Zweifel, er wollte mir die Gelegenheit geben – vielleicht die letzte Gelegenheit – von mir aus zuzugeben, was ich getan hatte.

Aber was hatte ich getan?

„Sie meinen das Auto von Herrn Vogelhehr", sagte ich, um Zeit zu gewinnen.

Mehrfach schon hatte ich mich daran zu erinnern versucht, ob ich bei dem kurzen Blick in das Handschuhfach nicht doch etwas gesehen hatte.

„Ja, ich meine das Auto von Dominik Vogelhehr." Und bevor ich die Vermutung, die ich hatte, äußern konnte, ergänzte er: „Herr Vogelhehr vermisst einen Schließfachschlüssel."

Ich nickte gedankenverloren vor mich hin.

„Sie nicken?"

„Ja", sagte ich. „Dass es sich um einen Schlüssel handelt, habe ich bisher nicht gewusst. Aber ich habe es geahnt, nachdem Sie den Namen Vogelhehr erwähnten. Dass Herr Vogelhehr etwas mit dem Lehnitzsee-Fall zu tun hat, ist mir erst heute bewusst geworden." Und dann fügte ich, einer plötzlichen Erkenntnis folgend, noch hinzu: „Und ich nehme an, dass er den Schlüssel bereits wieder besitzt."

„Das wissen wir", sagte Kriminalhauptkommissar Langner ungerührt. Womit er mich einmal mehr überraschte.

„Das wissen Sie?"

„Herr Vogelhehr hat uns vor einer Stunde angerufen. Bisher wissen wir noch nicht, wie er ihn wiederbekommen hat. Aber das wird sich auch klären."

„Von mir hat er ihn nicht", sagte ich schnell.

„Na, warten wir's ab. Sie wissen nicht zufällig, zu was für einem Schließfach der Schlüssel gehört?"

Aha, das war natürlich das Problem. Es gab einen Schlüssel, es gab vermutlich eine Menge Geld, aber niemand wusste, wo das Schließfach war. Nun, wenn ich eins und eins zusammenzählte, konnte ich mir denken, wer es gewusst hatte. Nämlich derjenige, der das Geld in das Schließfach getan hatte. Und der lebte nicht mehr.

Aber vielleicht lebte sein Gehirn ja noch.

Kriminalhauptkommissar Langner machte sich eine Menge Notizen. Ich sah ihm zu. Dabei fiel mir auf, dass die Ellbogen seines dünnen grünen Baumwollpullovers, den er über einem braun karierten Hemd trug, reichlich verschlissen waren. Und ich erzählte ihm alles, von dem ich meinte, dass es zwei Bedingungen erfüllte: dass es wahr war und dass er es mir glauben würde.

Dass ich im Frankfurter Bahnhofsviertel niedergeschlagen worden war, wusste er bereits. Auch dass ich danach sieben Wochen im Krankenhaus zugebracht hatte. Neu war ihm hingegen – was mich dann doch erstaunte –, dass ich unter einer Amnesie litt.

„Sie erinnern sich an gar nichts?", wollte er wissen. Und natürlich kam auch die Frage: „Wie ist es dann möglich, dass Sie unsere Sprache beherrschen und zum Beispiel … wissen, wie Sie sich zu verhalten haben?"

Aber es stellte sich heraus, dass bei ihm an diesem Punkt die persönliche gegenüber der beruflichen Neugier dominierte. Die Sache schien ihn geradezu zu faszinieren.

Ich erklärte ihm, was mir erklärt worden war, so gut ich es eben verstanden hatte. Dass das reine Wissensgedächtnis unbeschädigt geblieben war und nur meine persönliche Erinnerung fehlte.

„Wer ich war, was ich erlebt habe, ist weg. Auch was ich früher gefühlt habe. Was mich aber nicht hindert, alle Arten von Gefühlen völlig neu zu haben."

Sein unverhohlenes Interesse tat mir irgendwie gut, ebenso wie die Gelegenheit, mir im Erzählen selbst noch einmal bewusst zu machen, was ich da eigentlich durchlebt hatte und noch durchlebte. So wurde es ein ziemlich langes Gespräch. Was er sich davon aufschrieb und wozu, war mir nicht ganz klar; es interessierte mich auch nicht. Irgendwie schwebte ich durch meine eigenen Erlebnisse der ersten Wochen nach dem Koma und hatte das Gefühl, seither ein halbes Leben gelebt zu haben.

Und dann trat eine totale Veränderung ein, als ich von der Anwaltskanzlei Leclerc zu erzählen begann.

„Roland Leclerc?", fragte er nach und schien plötzlich schneller zu schreiben, hektischer.

„Sie kennen den Namen?"

„Erzählen Sie weiter!"

War ich bis dahin noch eher unsicher gewesen, ob ich von den zwei Tagen in Leclercs Keller berichten sollte, so war mir jetzt klar, dass es unausweichlich war. Damit musste ich zwar gestehen, über meine Kenntnisse von dem Lehnitzsee-Fall anfangs nicht ganz die Wahrheit gesagt zu haben, aber nur so konnte ich einigermaßen an Glaubwürdigkeit zurückgewinnen.

„Akten?", fragte er verwundert. „Weshalb hat er wohl Ihnen eine Kiste mit Akten hingestellt?"

„Ich kann mir als Erklärung nur vorstellen", antwortete ich wahrheitsgemäß, „dass Leclerc der Meinung war, ich müsse etwas darüber wissen."

„Und wie kann er darauf gekommen sein?"

Ich zuckte mit den Schultern.

„Keine Ahnung."

„Haben Sie Leclerc überhaupt jemals zu Gesicht bekommen?"

„Nein, nie."

Er überlegte einen Moment.

„Halten Sie es für möglich, dass er Sie, seit er Sie fortgelassen hat, beobachtet? Oder beobachten lässt?"

„Das glaube ich sogar bestimmt." Ich erzählte ihm von Schreiber und dem Erlebnis in der Wilmersdorfer Straße, ohne jedoch Tania zu erwähnen. „Und schließlich waren da ja noch die, die mich vor der Kanzlei von Andreas Nocke zusammengeschlagen haben."

„Hmm", machte er und schrieb wieder. Jetzt schrieb er sogar ziemlich lange, fand ich. Als er scheinbar gar nicht damit aufhören wollte, begann ich unsicher zu werden. Das Misstrauen, mein ständiger Begleiter, war wieder da. Und wo war es wohl berechtigter als in einem Polizeibüro, in dem man gerade als Verdächtiger vernommen wurde!

Um dagegen anzugehen, entschloss ich mich zu einer eigenen Initiative.

„Hören Sie, ich weiß ja nicht wirklich, worum es in dieser Lehnitzsee-Sache genau geht", begann ich. „Aber nachdem man mich niedergeschlagen, eingesperrt und verfolgt hat, habe ich schon eine gewisse Vorstellung davon, dass mir offenbar eine nicht ganz unbedeutende Rolle darin zukommt. Oder mir vielmehr irrtümlich zugedacht wird. Mein größtes Problem besteht, wie Sie sich denken können, darin, dass ich mich nicht erinnere. Dass ich mich nicht auf das verlassen kann, was sich in meinem Kopf befindet oder auch nicht. Aus meiner Sicht erscheint buchstäblich alles möglich."

Mein Gegenüber hatte zunächst unwirsch von dem, was er da schrieb, aufgeblickt und dann den Kopf schief gelegt, als warte er ab, ob das, was da kam, überhaupt ernst zu nehmen wäre. Jetzt legte er seinen Stift ab und richtete sich interessiert auf.

„Ich vermute aber", fuhr ich fort, ohne mir zuvor vollständig zurechtgelegt zu haben, wie viel Wahrheit und wie viel Fiktion ich da überhaupt miteinander vermengen wollte, „dass diejenigen, die hinter mir her sind, sich in einem großen Irrtum befinden. Der einzige echte Anhaltspunkt, den sie für eine Beteiligung von mir an der ganzen Sache haben, ist der Umstand, dass ich im Autohaus meines Vaters war, als dieser ominöse Schlüssel gestohlen wurde."

Der Kommissar begann wieder zu schreiben.

„Dazu möchte ich ein paar Dinge klarstellen. Punkt eins: Ich habe den Schlüssel nicht gestohlen. Ich habe ihn nie besessen, ja bis eben habe ich nicht einmal gewusst, dass es ihn gibt. Und deshalb haben die, die mich letzte Nacht verprügelt haben, mir auch keinen Schlüssel abgenommen."

Ich atmete ein paarmal durch.

„Punkt zwei: Ich habe zwar in jener Nacht einen Blick in das Handschuhfach von Vogelhehrs Auto geworfen, aber ich habe weder etwas darin entdeckt, noch habe ich im Allergeringsten eine Vorstellung davon, zu was für einem Schließfach dieser Schlüssel gehört und was da drin sein könnte."

Das entsprach nun allerdings nicht ganz der Wahrheit. Ich wusste, dass es am Frankfurter Hauptbahnhof Schließfächer gab, und schließlich war der Unfall nicht allzu weit von dort passiert.

„Und Punkt drei: Mir ist bekannt, dass der Mercedes von Dominik Vogelhehr am 10. April einen Unfall hatte. Einen Unfall, der für einen Rechtsanwalt aus Berlin tödlich war. Und den Namen dieses Anwalts kenne ich auch: Er hieß Dr. Benjamin Korn."

Der Kommissar schrieb weiter, ohne aufzusehen. Keiner Regung konnte ich entnehmen, ob diese Informationen neu für ihn waren.

„Und all das", fuhr ich fort, „könnten die Gründe – bitte: die einzigen Gründe – dafür sein, dass irgendjemand meint, ich müsse mehr über den Betrug und das Geld und den Schlüssel wissen."

Damit ließ ich es zunächst einmal bewenden. Mein Gegenüber schrieb noch ein paar Sätze, legte dann den Stift beiseite und lehnte sich in seinem Stuhl zurück. Einige Momente lang blickte er mich nachdenklich an. Dann sagte er:

„Ich glaube Ihnen das."

Ich machte wohl eine Geste, die meine Erleichterung über diese Aussage erkennen ließ, denn im nächsten Augenblick wandte er mir seine erhobene Handfläche zu, als wollte er mich stoppen.

„Alles das, was Sie da gerade gesagt haben, glaube ich Ihnen. Es deckt sich sogar weitgehend mit dem, was wir bisher wissen. Aber: Sie behalten ein paar Dinge für sich, und ich bin mir noch nicht im Klaren darüber, ob Sie sie nicht für wichtig halten oder ob Sie nicht darüber reden wollen."

Ich versuchte etwas einzuwenden, aber er hob erneut abwehrend die Hand.

„Und da ist noch etwas. Das ist mehr, wie soll ich sagen: ein persönlicher Eindruck."

„Ja?"

„Gut möglich, dass das mit dieser Amnesie zusammenhängt. Nehmen Sie es mir nicht krumm, aber auf mich wirkt es so, als wenn Sie zwar Fakten erkennen und in Zusammenhang bringen. Sie sind zweifellos ein intelligenter Mensch, deshalb steht auch außer Frage, dass Sie die Bedeutung der Geschehnisse durchaus richtig bewerten können. Und trotzdem irren Sie, wie es scheint, ziemlich blind durch Ihre Welt."

„Was?", entfuhr es mir.

„Ich sagte ja, das ist mehr so ein Gefühl. Sie reden hier über Ereignisse, die den Tatbestand von Freiheitsberaubung, Nötigung und gefährlicher Körperverletzung erfüllen und deren Opfer Sie geworden sind, dann erzählen Sie im gleichen Zusammenhang von Informationen, die Sie über einen großen Betrugsfall erhalten haben, und Sie räumen auch selbst ein, dass Sie da vermutlich irgendwie drin verstrickt sind. Aber offen gestanden fehlt mir da etwas. Irgendwie – ich weiß es selbst nicht recht – fehlt mir ein Signal von Ihnen, dass das alles auch bei Ihnen innen drin ankommt. Verstehen Sie, was ich meine?"

„Nein", sagte ich wahrheitsgemäß.

Er zuckte mit den Schultern.

„Ich bin kein Psychologe. Ich mache hier nur meine Ermittlungsarbeit. Aber da bekommt man schon mitunter einige Einblicke in die menschliche Psyche und entwickelt ein, sagen wir: ein gewisses Gespür dafür, weshalb jemand die Wahrheit sagt oder auch nicht."

„Aber ich sage die Wahrheit!", beteuerte ich und kam mir schon im nächsten Augenblick lächerlich vor.

„Das tun Sie wohl", erwiderte er ruhig. „Und dennoch sind Sie für einen Ermittler ein schlechter Zeuge. Wissen Sie, warum?" Er wartete die Antwort auf seine rein rhetorische Frage gar nicht ab. „Weil Sie zwar erkennen, was Sie sehen, aber Sie sehen nur, was Sie sehen wollen. Das ist mein Eindruck. Und Sie sehen ausschließlich mit den Augen, kein bisschen mit dem Gefühl."

Das traf mich nun allerdings doch im Innersten.

„Wie meinen Sie das denn nun wieder?"

„Wissen Sie, wir haben es hier manchmal mit Menschen zu tun – Zeugen, Opfern, auch Verdächtigen, interessanterweise sind es übrigens meistens Frauen –, die gar nicht viel gesehen haben, aber durch ihre emotionale Wahrnehmung so viel zur Aufklärung eines Falles beitragen können, dass sich dadurch die Lücken schließen, die bei reiner, ich nenne es einmal: Kopf-Analyse von Tatsachen und Indizien überhaupt nicht zu schließen sind."

„Und Sie wollen sagen …"

„Wie gesagt, das ist nur so mein Eindruck. Muss nicht stimmen. Aber es wirkt auf mich, als wenn Sie sich irgendwo innen drin dagegen wehren, die Wahrheit über Ihre Rolle in dieser ganzen Geschichte zu erfahren. Oder sogar die Wahrheit über sich selbst. Und vielleicht auch über das, woran Sie sich infolge der Amnesie nicht erinnern. Überspitzt ausgedrückt, halte ich es für möglich, dass Ihnen die Amnesie gerade recht kommt, um sich nicht umfassend mit sich auseinandersetzen zu müssen."

Ich war geschockt. Aufgebracht. Mühsam zügelte ich eine aufkommende Wut. Was dachte sich dieser Büropolizist dabei, mir hier den Psychoanalytiker vorspielen zu wollen? Sollte ich ihm sagen, dass ich bei einem kompetenten Psychiater in Behandlung war, der nicht nur die nötige fachliche Kompetenz besaß, sondern der mich auch weit besser und länger kannte als er?

Aber dann sagte er:

„Lassen Sie mich versuchen, es an einem Beispiel zu erklären. Dann werde ich auch damit aufhören, versprochen."

Ich erwiderte seinen Blick ohne eine Regung. Sollte er sein Beispiel bringen.

„Wenn jemand die folgenden Informationen bekommt – es muss gar kein Kriminalermittler sein –, was glauben Sie wohl, was er sich zusammenreimt: Erstens stirbt ein Berliner Anwalt bei einem Autounfall unweit des Hauptbahnhofs. Zweitens wird ein anderer Mann von Unbekannten niedergeschlagen, ebenfalls in der Nähe des Hauptbahnhofs. Drittens begegnen sich, um es einmal so zu formulieren, wenig später der zweite Mann und das Unfallauto wieder. Also: was glauben Sie? Was wäre daraus zu schließen?"

„Sagen Sie es mir", erwiderte ich trotzig.

Aber er schüttelte den Kopf.

„Nein, das möchte ich jetzt wirklich mal von Ihnen hören. Schon um Ihnen die Gelegenheit zu geben, etwas Versäumtes nachzuholen."

Aber ich fühlte mich irgendwie blockiert. Was wollte er wirklich von mir? Ich antwortete, ohne groß nachzudenken:

„Vielleicht haben sich die beiden Männer gekannt."

Statt etwas zu sagen, blickte er mich nur starr an. Forschend. Und zweifellos konnte er beobachten, wie in mir eine Veränderung vorging.

„Sie meinen wirklich", fragte ich ungläubig, „dass Dr. Korn und ich uns gekannt haben müssen?"

An dieser Überlegung war allerdings etwas dran. Und er hatte völlig recht, dass ich auf diese Idee bisher nicht im Traum gekommen wäre. Immerhin musste es dann ja ein unglaublicher Zufall sein, dass eine Gehirntransplantation zwischen diesen beiden Menschen, die vielleicht sogar Freunde oder Komplizen waren, möglich war und auch stattfand. Aber davon sagte ich jetzt selbstverständlich nichts.

„Ja. Und ich meine sogar noch mehr."

Ich erstarrte. Und ahnte, was kommen würde.

„Was ...?"

„Nun, ein unbefangener Dritter würde fraglos den Schluss ziehen, dass der Unfall und der Überfall miteinander zusammenhängen. Und wenn es dann noch um einen verschwundenen Schlüssel geht, dann liegt die Vermutung nahe, dass der zweite Mann deshalb niedergeschlagen wurde, weil er im Besitz des Schlüssels war. Oder zumindest, weil die Täter das glaubten."

Das Telefon auf seinem Schreibtisch klingelte.

„Entschuldigen Sie mich einen Augenblick", bat er und nahm ab. Indessen kreisten meine Gedanken um das, was er gerade gesagt hatte. War ich, als der Unfall passierte, in der Nähe des Geschehens gewesen? Hatte ich, René, vielleicht mich, Benjamin, dort vorgefunden? Sterbend, womöglich? Und den Schlüssel, auf welche Weise auch immer, an mich genommen?

„Sagen Sie das nochmal!", hörte ich Kommissar Langner jetzt in sein Telefon sagen. „Und gibt es Zeugen?" Unsere Blicke trafen sich. Oder vielmehr stellte ich fest, dass er mich, während er sprach, intensiv ansah. Ganz so, als hätte ich mit dem Gegenstand seines Telefonats irgendetwas zu tun. „Ja, tun Sie das!" Fast meinte ich, er hätte das zu mir gesagt, und ich sah ihn fragend an. Aber von ihm blieb jede Reaktion aus. Stattdessen sagte er noch: „Und wo genau, sagten Sie, ist das?"

Als er aufgelegt hatte, erhob er sich.

„Wir werden unser Gespräch ein anderes Mal fortsetzen müssen."

Er suchte auf seinem Schreibtisch herum, indem er einige Papiere beiseiteschob. Dann hatte er einen kleinen Stapel mit Visitenkarten freigelegt und reichte mir die oberste.

„Ich möchte Sie bitten, am Montagvormittag hier wieder vorbeizuschauen."

„Ich bin nicht sicher", wandte ich ein, „ob ich dann noch in Berlin sein werde."

„Dann möchte ich Sie sehr darum bitten", erwiderte er nur trocken. Und ging zum Schrank, um eine Tasche herauszuholen, die bei näherer Betrachtung ein kleiner Rucksack war. „Ach, aber eine Frage hätte ich gerade noch."

„Ja?" Ich war ebenfalls aufgestanden.

„Sagt Ihnen der Begriff ‚Advocabel' etwas?"

Da brauchte ich nicht zu überlegen.

„Nein. Was soll das sein?"

Er begann, einige Dinge in seinen Rucksack zu packen, angefangen mit einem Handy und einer Pistole, die er irgendwo unter dem Schreibtisch hervorzauberte.

„Oh, das ist ein ganz geniales Tool. Anwälte verwenden es, wenn sie Fachbegriffe aus Fremdsprachen brauchen." Auch einen kleinen Stadtplan stopfte er zu den anderen Sachen. „Sprechen Sie Fremdsprachen?"

„Nur ein bisschen Englisch und Italienisch."

„Französisch nicht?"

„Nein."

„Hab ich mir gedacht."

Darüber stutzte ich noch einmal. Er hatte eine ärgerliche Art, scheinbare Nebensächlichkeiten wie Köder hinzuschmeißen.

„Wieso haben Sie sich das gedacht?"

Jetzt schritt er zur Tür und öffnete sie mir in unmissverständlicher Weise. Unser Gespräch war beendet. Nur hatte er sich noch das letzte Wort aufgespart.

„Le clerc", sagte er. „Das heißt auf Deutsch: Schreiber."

18. Kapitel

Als ich aus dem Polizeigebäude ins Freie trat, fühlte ich mich plötzlich außerordentlich durstig. Auch wenn es schon langsam Abend wurde, war es immer noch sehr warm. In dem Büro des Kommissars war es dagegen vergleichsweise kühl gewesen.

Ich brauchte nicht weit zu gehen, bis ich eine Bar fand. Die Tische draußen, die sich zwischen mehreren großen Sonnenschirmen verteilten, waren ausnahmslos belegt, aber im Inneren gab es etliche freie Plätze, nachdem auf dem großen Fernsehbildschirm an der Wand offenbar vor wenigen Minuten ein Fußballspiel zu Ende gegangen war.

„Hallo", sagte die junge Kellnerin und wischte noch einmal mit einem Lappen über den Tisch, an den ich mich setzte. Sie trug einen Ring durch die Oberlippe.

„Ein großes Wasser, bitte."

„Gern."

Als ich das Handy hervorholte, stellte ich fest, dass in der Zwischenzeit eine Nachricht gekommen war. Den zugehörigen Signalton musste ich bei dem Gespräch mit Langner überhört haben. Es war eine MMS, und zwar von Andreas.

„Kennst du den?", stand da als Text, und das mitgeschickte Bild zeigte eindeutig den Mann, der mir am Berliner Hauptbahnhof begegnet war: Schreiber. Ich grinste und staunte darüber, wie es Andreas wohl gelungen sein mochte, an so ein Bild zu kommen. Wenn ich es sehr genau betrachtete, gewann ich den Eindruck, dass es irgendwo abfotografiert war. Möglicherweise von einem Computerbildschirm.

Ich musste unbedingt schleunigst zu Hanna. Es war also doch ein Fehler gewesen, Vogelhehr zu folgen; eine Aktion, die zu überhaupt nichts geführt hatte. Vielleicht hätte Hanna ja Hilfe gebraucht, während ich mich wieder von ihr entfernte!

Das Mädchen mit dem Piercing stellte mir das Wasser hin, während ich die Nummer von Karins Station wählte. Ich nahm einen langen Zug aus dem Glas.

„Oh, René." Sie war gleich selbst dran. „Hallo. Wie geht es dir?"

Ich fand die Frage merkwürdig. Oder vielmehr die Art, wie sie sie stellte.

„Ich bin okay", sagte ich. „Und du?"

Sie brauchte nicht viel zu sagen; mir wurde schnell klar, wo das Problem lag. Wir hatten zuletzt vor mehr als vierundzwanzig Stunden miteinander gesprochen, und das Letzte, wovon ich ihr erzählt hatte, war die Begegnung mit Tania gewesen.

„Ich habe dich mehrmals versucht anzurufen", erklärte ich und fühlte mich dabei, als müsste ich mich dafür verteidigen, dass ich sie nicht erreicht hatte. Oder dass ich es nicht öfter versucht hatte. Und auch jetzt sagte sie gleich, dass sie nur wenig Zeit hatte, weil auf ihrer Station wieder sehr viel los war. Fast schien es, als wäre sie unsicher, ob sie überhaupt mit mir reden wollte.

„Die Nacht habe ich bei Andreas im Büro verbracht", sagte ich, wie um einen nicht ausgesprochenen Verdacht zu zerstreuen.

„Aha", machte sie nur.

„Ja, und stell dir vor: Ich bin nachts bei ihm vor der Tür zusammengeschlagen worden!"

Sie erschrak, und wenn da gerade noch ein Misstrauen gewesen war, so war das jetzt verflogen. Ich berichtete in gedrängter Kürze von der Nacht, von Vogellehr und dem Gespräch bei der Polizei. Dann unterbrach sie mich:

„Du, René, es tut mir leid – ich muss hier weitermachen."

„Nein, warte!" Ich begann das Telefon zu hassen. „Sag mir bitte rasch noch, ob du mit Haake-Reuter gesprochen hast!"

Und sie nahm sich die Zeit. Tatsächlich hatte sie ein ziemlich langes Gespräch mit ihm gehabt. Anscheinend verstanden sich die beiden recht gut, denn er hatte sie zum Essen eingeladen und ihr ziemlich viel von sich erzählt. Fast wollte es mir möglich scheinen, dass da schon früher etwas zwischen ihnen gewesen sein konnte. Aber das schob ich beiseite.

„Also, dass Bernd irgendetwas Unlauteres getan hätte, das kannst du komplett vergessen!", sagte sie sehr entschieden.

„Du meinst, er weiß nichts von der Transplantation?"

Ich war verwirrt, irritiert. Da war der Mann wochenlang unauffindbar gewesen, wir hatten vermutet, dass er die fragwürdigen Vorgänge aus der Nacht des Unfalls – der beiden Unfälle – würde erklären können, und nun sollte einfach nichts gewesen sein?

Am anderen Ende der Leitung war es still.

„Karin? Was ist, hast du ihn nicht darauf angesprochen?"

„Doch", sagte sie so leise, dass ich automatisch den Hörer fester ans Ohr drückte. Und dann: „Du, könntest du dir auch vorstellen, dass es gar keine Gehirntransplantation gegeben hat?"

Ein junges Paar kam herein und setzte sich an den Nebentisch.

„Nee, tut mir leid, Ronnie", sagte sie schnaufend, „ick muss jetze einfach ma sitzen. Und was trinken."

Ronnie hatte sich nur auf die Kante seines Stuhls gesetzt und schien nicht hier bleiben zu wollen.

„Aber Biene, ein paar Meter weiter finden wir bestimmt was, wo wir auch draußen sitzen können."

Sie stritten sich noch eine Weile, und ich versuchte, nicht hinzuhören. Schließlich kam die Kellnerin an ihren Tisch.

„Ich nehme 'n Eiskaffee", verkündete Biene. Damit war der Streit entschieden.

„Na gut", sagte Ronnie. „Ich auch."

Noch einmal versuchte ich, diesen Gedanken, den Karin da angesprochen hatte, an mich heranzulassen, aber sofort überkam mich ein unbeschreibliches Schwindelgefühl, so stark, wie ich es seit Tagen nicht mehr gehabt hatte. Ich krallte mich mit beiden Händen an der Tischplatte fest, weil ich glaubte, sonst vom Stuhl fallen zu müssen. Es dauerte eine Weile, bis das Gefühl nachließ.

Ronnie und Biene am Nebentisch hatten sich inzwischen wieder gänzlich vertragen. Nachdem sie jeder einmal an ihrem Eiskaffee genippt hatten, waren sie dazu übergegangen, reichlich unbekümmert miteinander zu schmusen.

Plötzlich klingelte irgendwo ein Handy. Ich sah zu dem jungen Paar hinüber, das aber ebenso fragend mich anblickte. Na klar, das war mein Handy! Die Blicke der beiden wurden um einige Grade unfreundlicher, als ich das Telefon herauszog und abnahm. Andreas war dran.

„Warte einen Moment", sagte ich, „ich gehe hier nur gerade mal raus."

Ich legte vier Euro auf den Tisch, was für das Wasser mit Sicherheit mehr als genug war, und verließ die Bar.

„So, es kann losgehen", meldete ich mich wieder, als ich auf der Straße stand. Es wehte jetzt ein leichter Wind, aber es war nach wie vor sehr mild.

„Warst du bei der Polizei?", wollte er als Erstes wissen, und ich erzählte ihm knapp von dem Gespräch mit Kommissar Langner. Aber dann fragte ich ungeduldig: „Weißt du etwas Neues von Tania?"

„René, lass uns zusammenkommen. Ich habe uns …"

„Hast du mit ihr gesprochen? Was hat sie gesagt?"

„Ja, ich habe mit ihr gesprochen. Aber mir gegenüber wollte sie nicht recht raus mit der Sprache. Ich weiß nur, dass ihr befreundet wart."

„Sie und René?"
„Sie und René. Und dass sie seit Wochen nichts von dir gehört hat."
„Wusste sie von meinem Krankenhausaufenthalt?"
„Auf mich machte es so den Eindruck, ja. Aber wie gesagt, sie wollte eigentlich gar nicht mit mir reden. Nur mit dir. Sie möchte sich mit dir treffen."
„Wie seid ihr verblieben?"
„René, pass auf: Es gibt noch mehr, das ich dir erzählen muss."
Wir verabredeten uns in einem Lokal in der Kantstraße, wo er schon einen Tisch bestellt hatte. Er wirkte ziemlich aufgeregt, fast so, als hätte er mir eine Komplettlösung der ganzen rätselhaften Geschichte anzubieten. Ob ich wüsste, wie ich zur Kantstraße kam, fragte er. Das konnte ich bejahen. Und dann wollte ich doch wenigstens eine Frage noch loswerden:
„Sag mal, woher stammt denn das Bild, das du mir geschickt hast?"
„Du weißt, wer das ist?"
„Ja, klar. Das ist Schreiber, der Mann, der mich hier in Berlin am Bahnhof angesprochen hat. Und bei dem handelt es sich um keinen Geringeren als den Frankfurter Rechtsanwalt Roland Leclerc!"
Ich freute mich, dass ich jetzt einmal ihn überraschen konnte.
„Nein, tut es nicht."
„Wie bitte?"
Um ein Haar wäre mir das Telefon aus der Hand gefallen.
„Es handelt sich dabei nicht um Leclerc."
„Aber du kennst Leclerc doch überhaupt nicht! ‚Le clerc' ist französisch und heißt auf Deutsch Schreiber. Das hat mir der Langner gesagt, ich wusste es vorher auch nicht."
„Das mag schon sein, dass es das heißt. Aber der Mann auf dem Bild ist nicht Leclerc. Er ist zwar ebenfalls Rechtsanwalt, aber nicht in Frankfurt, sondern in Berlin. Und sein Name ist Karl-Rüdiger Siegel. Er war der Sozius von Dr. Benjamin Korn."
Jetzt blieb mir doch die Spucke weg! Schreiber sollte Siegel sein? Vielleicht handelte es sich ja auch bei allen dreien um ein und dieselbe Person! Doch dann fiel mir etwas ein.
„Nein, geht nicht", sagte ich entschieden, „das ist nicht Siegel! Ich weiß, wie Siegel aussieht. Auf seiner Homepage, also auf der von der Kanzlei Siegel und Korn ist ein Foto von ihm. Direkt neben dem Foto von Benjamin. Und da sieht er völlig anders aus als Schreiber!"
Aber Andreas war nicht zu erschüttern.

„Das Bild habe ich mir auch angesehen. Und weißt du, worum es sich dabei handelt? Das ist ein Gesicht aus dem Otto-Katalog! Du findest es bei otto.de seit dem Winter hundertfach!"

Jetzt erinnerte ich mich, wie ich mich darüber gewundert hatte, dass die Homepage von Benjamin und seinem Kompagnon weiterhin so im Netz stand, als wäre nichts geschehen. Das war pure Absicht! Etwaige Besucher der Seite sollten in die Irre geführt werden. So wie ich!

„Dann steckt Karl-Rüdiger Siegel mit in der Sache drin", folgerte ich.

„Worauf du dich verlassen kannst!"

Das war nun – nach all den anderen Neuigkeiten – tatsächlich noch einmal recht starker Tobak.

„Du, Andreas." Ich holte erst einmal tief Luft und wechselte dann das Handy in die andere Hand. „Lass uns vielleicht weitersprechen, wenn wir uns in dem Lokal sehen."

„Sag' ich doch", erwiderte er. „Hast du schon was gegessen?"

Tatsächlich hatte ich den ganzen Tag kaum etwas zu mir genommen.

„Ich glaube, ich sollte mal so richtig zulangen", sagte ich. „Mit dem Appetit ist das bei mir so eine Sache, und ich habe bestimmt schon einige Kilos abgenommen." Ich dachte daran, dass auch Tania eine Bemerkung darüber gemacht hatte, dass ich dünner geworden war. „Wenn du vor mir da bist, kannst du schon mal ein Eisbein für mich bestellen. Die haben da doch Eisbein?"

„Keine Ahnung. Aber wir werden dich schon satt kriegen."

Und dann fiel mir noch etwas ein:

„Sagt dir eigentlich der Begriff ,Advocabel' etwas?"

Er verneinte, und ich buchstabierte ihm das Wort.

„Es soll irgendein Tool für das Internet sein. Für Rechtsanwälte."

„Ich informiere mich mal. Wir sehen uns dann nachher!"

Er legte auf, und ich trat aus dem Hauseingang heraus. Der Himmel hatte sich bezogen und es war kühler geworden. Möglich, dass es heute noch regnen würde.

Als die Ampel am Mehringdamm auf Grün schaltete, sah ich einen Bus von der Haltestelle an der Ecke davonfahren und begriff, dass es der war, der mich zur Kantstraße gebracht hätte. Sei's drum. Eine Telefonzelle nahe der Haltestelle brachte mich auf einen anderen Gedanken.

„Wegen Vandalismus außer Betrieb!", stand auf einem wohl schon älteren, halb abgerissenen Schild, das schräg über den Apparat geklebt war. Aber mir ging es im Moment nur darum, Hannas Nummer herauszufinden, und die Telefonbücher waren zwar stark abgegriffen, aber intakt. Ich übertrug die Nummer sogleich in mein Handy.

Eilig, ohne weiter nachzudenken, rief ich die Nummer anschließend aus dem Speicher auf und drückte die Call-Taste. Nach wenigen Sekunden kam das Klingelsignal. Ich wartete.

„Ja, bitte?"

Eine Frauenstimme. War das Hanna? Ich hätte erwartet, dass sie älter klingen würde.

„Hallo? Wer ist da?"

Doch, das musste Hanna sein! Sie sagte noch irgendetwas. Ihre Stimme klang angenehm. Irgendwie zugleich weich und stark.

Ich holte Luft. Was sollte ich sagen? Hallo, hier ist René Fischer, ich bin …? Nein, nichts dergleichen. Wenn ich mich recht besann, gab es überhaupt nichts, das ich sagen konnte. Es gab keinen Anfang, keinen Einstieg für ein Telefongespräch mit ihr.

Und es gab auch kein Telefongespräch. Denn Hanna war offenbar keine Frau, die sich lange hinhalten ließ. Jedenfalls nicht von einem Anrufer, der sich nicht meldete. Sie hatte bereits wieder aufgelegt.

Der Bus kam. Ja, es war gut, dass ich jetzt mit Andreas reden würde. Ich brauchte seine Hilfe. Ich selbst verlor im Moment gerade jedes Gefühl dafür, was in dieser Situation, in diesem Moment das Richtige war.

Er war bereits da. Ich sah ihn in einer Ecke des Lokals hinter seinem Laptop sitzen. Mich nahm er erst wahr, als ich an seinem Tisch stand und Hallo sagte.

„Ah, hallo." Er blickte kaum von dem Bildschirm auf. „Setz dich doch."

Das tat ich. Und sah ihn an.

„Was gibt es da denn so Spannendes? Fußball?"

Es dauert noch einen Moment, dann wandte er sich mir zu, als wäre eine Klappe gefallen.

„Entschuldige!" Tatsächlich klappte er den Deckel des Laptops herunter. „Wie geht es dir?"

Seine Haltung, die jetzt ganz auf mich ausgerichtet war, sagte mir, dass diese Frage nicht nur eine Floskel war.

„Danke, eigentlich ganz gut. Auf der rechten Seite zieht es bei manchen Bewegungen noch ziemlich. Aber ich bin den ganzen Tag viel gelaufen. Ist wohl nur halb so schlimm. Was gibt es Neues?"

„Das ist ganz interessant." Er deutete auf den jetzt zugeklappten Laptop. „Advocabel. Das Tool, das du vorhin erwähnt hast."

„Was ist damit?"

„Ich habe mir das auch gleich mal runtergeladen. Es kostet nur ein paar Cent, aber der Typ, der das programmiert hat, dürfte sich damit schon mehrere goldene Nasen verdient haben."

„Langner meinte, das wäre was für Anwälte."

„In erster Linie, ja. Aber das kann auch jeder andere gebrauchen, der mal schnell einen Fachbegriff übersetzt haben will. Juristisch, wirtschaftlich, kaufmännisch – was du willst."

„Ein großes Lexikon also?"

„Nein, überhaupt nicht. Das Ding enthält selbst keine einzige Vokabel. Es spürt das, was du brauchst, im Internet auf, egal in welcher Sprache. Du gibst nur das deutsche Wort ein und dann entweder die Sprache, in der du es brauchst, oder das Land, manchmal reicht sogar ein Firmenname, dann findet das Programm den Sitz des Unternehmens und schlägt die Übersetzung in allen in Frage kommenden Sprachen vor. Das ist echt genial!"

„Hmm", machte ich. So ganz verstand ich seine Begeisterung nicht. „Toll", sagte ich trotzdem.

„Es ist schon erstaunlich, für was für clevere Ideen das Internet immer wieder Gelegenheiten bietet. Und prompt findet sich dann irgendein Glücklicher, der darauf kommt und die Idee auch umsetzt. So einen Volltreffer müsste man selbst mal landen!"

„Schön und gut", erwiderte ich, immer noch mäßig begeistert. „Aber hast du eine Vorstellung, weshalb Langner dieses Programm mir gegenüber erwähnt haben könnte?"

Seine Antwort war halb ein Nicken, halb ein Wiegen des Kopfes.

„Hab ich auch überlegt. Sagtest du nicht, du hättest bei dir auch so etwas wie Programmierkenntnisse festgestellt?"

„Naja, Basiswissen, würde ich sagen. Aber so etwas zu schreiben wie dieses Advocabel-Proggi, das dürfte nicht so fürchterlich schwierig sein. Alles, was du dazu brauchst, ist ja im Internet schon vorhanden."

Andreas sah mich an, erst nachdenklich, dann begann er zu grinsen.

„Du willst sagen, das könnte eigentlich auch von dir sein?"

Da erst klingelte es bei mir. Ich schluckte.

„Sag bloß, das ist es!"

Aber er schüttelte den Kopf.

„Leider nicht. Sonst hätte ich dich jetzt liebend gern als Mandanten angeworben. Denn bei so etwas sind natürlich auch die steuerlichen Möglichkeiten ganz passabel."

„Geschenkt!", sagte ich und musste lachen. „Meine nächste Steuererklärung darfst du gerne machen!"

Aber er wurde gleich wieder ernst.

„Das Copyright für das Tool, und das ist interessant, liegt bei jemandem mit einem italienisch klingenden Namen. Er heißt: T. Tedesco." Er sprach den Namen betont akzentuiert aus und beobachtete mich dabei. „Sagt dir das was?"

Ich schüttelte den Kopf.

„‚Tedesco' heißt ‚deutsch'. Aber das ist ein in Norditalien ziemlich verbreiteter Name."

Wieder sah er mich forschend an.

„So etwas weißt du?"

„Ja. Manchmal weiß ich halt auch was."

Ich hatte schon lange aufgegeben zu hinterfragen, woher ich solche Dinge wusste. Das führte zu nichts. Fröhlich fügte ich hinzu: „Ich bin ja schließlich nicht auf den Kopf gefallen!"

Darüber lachte er.

„Stimmt. Das war ja wohl, wenn ich mich richtig erinnere, ein Baseballschläger oder so etwas Ähnliches, das dir auf den Kopf gefallen ist."

„Stimmt. Essen wir was?"

Nach einem kurzen Blick in die Speisekarte entschied ich mich für eine Terrine Gulaschsuppe. Eisbein gab es nicht. Andreas bestellte einen Grillteller und ein weiteres Bier. Ich nahm eine große Fassbrause. Essen, trinken, sich aussprechen – ich fühlte mich gerade wieder einmal wie in einem völlig fremden Leben.

„Was meinst du, ob es sich dabei um den Fidanzato handelt?", fragte ich.

„Um wen?"

„Na, den Fidanzato, den Verlobten. – Dabei fällt mir ein: Hast du den Namen von diesem Frankfurter Geschäftsmann in Erfahrung bringen können?"

Das hatte er, aber auch daraus ließ sich nichts herleiten. Der Mann hieß Zimmermann, sein Name tauchte immer wieder in Zusammenhang mit Verdächtigungen, Klagen und Strafanzeigen im Lehnitzsee-Fall auf, aber er war einfach nicht greifbar.

„Es wird vermutet, dass er sich nach Südamerika oder irgendwo da unten abgesetzt hat." Andreas hatte den Tag offensichtlich für allerlei

Recherchen genutzt. „Das ist zwar für alle blöd, aber doch schon zu lange bekannt, als dass noch irgendjemand deswegen hier dich oder mich zusammenschlagen würde."

„Und italienisch ist der Name auch nicht gerade", dachte ich laut. Aber dann kam mir ein Gedanke: „Obwohl – das muss er ja gar nicht! Wenn er der Fidanzato ist, dann genügt es ja, dass seine Verlobte Italienerin ist!"

„Stimmt", pflichtete er mir bei. „Hattest du da nicht einen Namen?"

Jetzt fiel es mir wieder ein. Im Internet hatte ein Name gestanden.

„Isabella", sagte ich. „Der Nachname war abgekürzt, aber Isabella dürfte doch ohne weiteres zu einer Italienerin gehören können!"

„Leuchtet ein. Dann waren sie also vor sechs Monaten, als ich meine Abreibung bekommen habe, noch hinter ihm her."

Der Kellner, ein kleiner, älterer Mann mit Glatze, brachte unsere Getränke. Dann verschwand er wieder. Das Lokal war mit dunklen Holzmöbeln eingerichtet, auf den Tischen lagen keine Decken, es gab nur Bierdeckel.

„Prost", sagte Andreas, und ich prostete zurück.

Uns war bewusst, dass uns die zuletzt gewonnene Erkenntnis keinen Schritt weiterbrachte. Seine Schläger mochten dieselben gewesen sein wie meine, aber heute hatten sie von mir fraglos etwas anderes gewollt als von ihm vor einem halben Jahr. Interessant war nur vielleicht, dass der Mann, der anscheinend eine zentrale Figur in der ganzen Betrugssache gewesen war, mit einer Italienerin zusammenlebte. Oder gelebt hatte. Aber ließ sich daraus irgendetwas folgern?

Dann wechselte ich entschieden das Thema.

„Jetzt sag mir aber doch bitte mal, was du von Tania erfahren hast!"

Und das tat er.

Es war nicht viel, das sie ihm anvertraut hatte. Zuerst wollte sie nur wissen, wer er war, und bestand darauf, ausschließlich mit mir selbst zu sprechen. Er hatte ihr erklärt, er sei ein guter Freund von mir und sie müsse wohl oder übel zunächst mit ihm vorliebnehmen. Aber er wollte sich darum bemühen, dass sie mit mir zusammenkommen könne.

„Sie sind kein Freund von René", hatte sie entschieden erwidert. „Er hätte Sie erwähnt."

Sie sprach mit unverkennbarem italienischen Akzent, aber doch ein klares, korrektes Deutsch.

„Wir haben uns erst diese Woche kennengelernt", versuchte er zu erklären. „Im Zug von Frankfurt. Wir kamen ins Gespräch, und inzwischen weiß ich sehr viel über ihn."

Er hätte auch sagen können, dass er ebenso viel über mich wusste wie ich selbst.

Tania hatte spürbar mit den Tränen gekämpft. Aber sie sagte auch:

„Jetzt, wo er endlich wieder da ist, jetzt will ich wissen, was los ist! Sagen Sie mir, wie ich ihn erreichen kann!"

Und um zu verhindern, dass sie das Telefonat vorzeitig abbrach, versprach er ihr, dass er den Kontakt zu mir herstellen würde. Ganz bald. Noch heute oder morgen. Da wurde sie ein wenig zugänglicher.

„Sie und René – Sie waren befreundet?"

„Ja", sagte sie zuerst nur und ließ ein Schweigen folgen. Aber dann erklärte sie, dass René und sie schon seit Jahren ein Paar waren. Also: sie und ich. Wie das möglich war, wo ich doch angeblich ein Leben in Frankfurt geführt hatte, darüber erfuhr Andreas nicht viel. Aber sie räumte ein, dass Esther davon nichts hatte wissen sollen. Und Jan erst recht nicht. Niemand. Dann hatte sie angefangen, heftig zu weinen.

Aber eine Frage hatte Andreas noch anbringen können. Eine Frage, die sie ihm knapp beantwortete, ehe sie das Gespräch beendeten. Ja, sie war in Frankfurt im Krankenhaus gewesen. Ein einziges Mal, und auch das nur mit maßlosem Herzklopfen, weil es gegen die strikte Vereinbarung verstieß. Aber sie hatte es nicht ausgehalten. Sie brachte ihrem René einige Bücher und Anziehsachen, aber er hatte noch im Koma gelegen.

Nach einer endlos langen Zeit, die wir uns stumm gegenübersaßen, sagte Andreas dann doch noch einmal etwas. Er sagte:

„Diese Frau liebt dich."

Und da brachen dann auch aus mir die Tränen heraus. Ich konnte sie überhaupt nicht aufhalten. Ich hielt das Glas zwischen meinen Händen, senkte den Kopf und wehrte mich nicht gegen das überwältigende Gefühl von Hilf- und Haltlosigkeit.

Als das bestellte Essen kam, machten wir uns ziemlich schweigsam darüber her. Ich war Andreas dankbar dafür, dass er mir diese Zeit ließ. Ich wollte nicht reden, ich wollte nicht denken; am liebsten wollte ich nicht einmal existieren. Ich löffelte die Suppe, die heiß und scharf war und einige zähe Fleischstücke enthielt, während er ähnlich lustlos an seinem Grillteller herumsäbelte. Aber es war genau das Richtige, um das Leben in den Körper zurückkehren zu spüren.

Und es dauerte nicht lange, bis alle Maschinen wieder ansprangen, einschließlich der Denkmaschinerie. Und die entwickelte prompt die auf der Hand liegende Einsicht, dass es gut war, jetzt endlich die Ungewissheit los zu sein. Zwar lag momentan vieles noch im Dunkeln, aber auch das würde sich aufhellen. Als ich meine Terrine zum größten Teil geleert hatte, ließ ich den Löffel sinken und sah Andreas an.

Auch er hob seinen Blick und begegnete meinem. Dann schmunzelte er.

„Na, geht's?", fragte er.

Und plötzlich, völlig grund- und ansatzlos, musste ich lachen. Da kamen die Tränen wieder hervor, aber jetzt waren es doch eher freudige Tränen, und auch er lachte mit, erleichtert. Wir lachten eine Weile gemeinsam wie Schuljungen, die bei einem dummen Streich nicht erwischt worden waren. Die wussten, dass sie manches von dem, was gerade in ihren Köpfen vorgegangen war, besser vergaßen und vergruben. Es war Zeit dafür, manches völlig neu aufzusetzen und manches andere als Dummheit, als Irrtum abzuhaken. Das betraf natürlich vor allem mich, und ich merkte, dass ich langsam die Bereitschaft dazu gewann.

„Jetzt brauch ich 'n Schnaps!", sagte ich.

Andreas ging zum Tresen, wechselte ein paar Worte mit dem Wirt und kam dann an den Tisch zurück.

„Sensationell ist das nicht, was er hat. Aber immerhin einen ganz ordentlichen zehnjährigen Glenlivet. Da kriegst du mal was ziemlich Edles auf die Zunge."

„Aha", machte ich und wurde schon wieder ein bisschen unsicher. „Danke. Aber, sag mal, höre ich da eine Anspielung heraus?"

„Was meinst du?"

Anscheinend verstand er wirklich nicht, was ich meinte, und ich war gar nicht einmal böse darüber.

„Na, ich meine: René und Alkohol – da war doch schon mal was! Du hast jetzt nicht gerade darauf angespielt?"

Aber er versicherte mir glaubhaft, dass er daran bei seiner Bemerkung überhaupt nicht gedacht hatte. Sehr viel „Edles" hatte ich vermutlich wirklich nicht auf die Zunge bekommen, wenn ich mich früher in die Alki-Szene zurückgezogen hatte, wie behauptet wurde. Oder wie man es mich hatte glauben lassen. Denn dass ich nicht körperlich alkoholabhängig gewesen war, das stand für mich nach wie vor eindeutig fest.

Andreas schien gerade etwas Ähnliches zu denken.

„Wenn du also manchmal tage- oder wochenlang verschwunden warst", sinnierte er, „dann warst du vermutlich hier, in Berlin. Bei ihr."

Ich nickte zustimmend und fand es doch unvorstellbar.

„Aber wie soll das gegangen sein? Ich musste doch irgendwie …" Ich sprach langsamer, weil die Gedanken Mühe hatten hinterherzukommen. „Jemand hat die Tickets bezahlt. Das war weder Esther noch ich."
Doch alle Fragen zogen jetzt auch wie von selbst die Antworten nach sich.
„Wovon habe ich gelebt? Wo gewohnt, gegessen, geschlafen?"
Die Antwort war – ganz klar – immer dieselbe.
„Tania", sagte Andreas.
„Dann hat René …"
„Dann hast du!", korrigierte er.
„… ein Doppelleben geführt."
Wie gebannt blickten wir uns an.
„Sieht ganz so aus."
Der kahlköpfige Kellner brachte den Whisky, und wir prosteten uns zu.
„Auf René Fischer!", sagte Andreas.
„Auf uns!", erwiderte ich, und ehe ich an dem Glas genippt und es wieder abgestellt hatte, rief er schon durch den Raum: „Noch einen, bitte!"
Dann freuten wir uns gemeinsam darüber, dass vielleicht doch alles nur halb so mysteriös war, wie es geschienen hatte.
„Jetzt trinken wir schon zum zweiten Mal Whisky miteinander, und das, obwohl ich mir gar nicht viel draus mache."
„Du merkst aber schon, dass dieser anders schmeckt als der Glenmorangie, den wir in der Bahn hatten?"
„Nö", sagte ich, und wir lachten wieder.
Nur ganz nebenbei registrierte ich, wie schwankend sich bei mir die Emotionen einstellten und wieder verschwanden: Gerade war mir noch so sehr nach Heulen zumute gewesen, jetzt war ich hier mit Andreas ausgesprochen fröhlich. Was würde wohl als Nächstes kommen?
„Du, ich muss dich da noch auf was vorbereiten."
Oh-oh, dachte ich; da nahte schon wieder ein neues Unheil. Aber er fügte sofort beschwichtigend hinzu:
„Keine Angst, das ist völlig ungefährlich!"
„Augenblick mal", unterbrach ich ihn. Denn in meiner Hosentasche spürte ich das Vibrieren des Handys. Ich holte es hervor und sah auf das Display, das aber keine Nummer auswies.
„Hallo?"
Nichts.
„Hallo?"
Die Leitung war nicht tot, es meldete sich nur niemand.

„Hallo?"

Ich musste an Hanna denken und daran, wie sie reagiert hatte, als ich mich ebenso nicht meldete wie dieser Anrufer jetzt. Ob sie das war? Oder Tania? Beides war kaum anzunehmen. Und Karin? Aber deren Nummer hätte angezeigt werden müssen.

Ich sagte noch ein letztes Mal Hallo und legte dann auf.

Andreas sah mich fragend an.

„Keiner dran", sagte ich nur. „Du wolltest gerade etwas Spannendes sagen."

„Ja", sagte er und blickte auf seine Armbanduhr. „Es müsste jetzt jeden Moment so weit sein."

„Wie weit sein?" Ich verstand gar nichts.

„René, hör mir bitte mal zu." Das klang ernst. „Vielleicht findest du ja, dass ich mich etwas zu sehr in dein Leben einmische. Aber du hast auch schon mitbekommen, dass diese ganze Geschichte aus mehreren Gründen für mich sehr interessant ist. Zum einen natürlich deinetwegen. Ich mag dich, wir haben uns angefreundet und irgendwie verbindet uns jetzt, nach gut zwei Tagen, schon unglaublich viel miteinander. Aber wie du weißt, habe ich auch einen Beruf, und der gibt mir einen ganz anderen, ebenso wichtigen Grund, diesen Dingen nachzugehen, in die du da irgendwie verstrickt bist."

Er machte eine Pause. Ich sah ihn argwöhnisch an.

„Das ist ja eine richtige Ansprache!"

Doch er schüttelte nachdrücklich den Kopf.

„Ich möchte nur vorbeugen. Dass du mich nicht missverstehst. Du sollst wissen, dass ich das, was wir im Hinblick auf diese Lehnitzsee-Kiste in Erfahrung bringen, auch im Interesse meiner Mandanten verwenden werde."

„Aber das ist doch ganz klar", warf ich ein.

„Schön. Schön, dass du das verstehst. Aber was ich sagen will: Ich bin mir nicht sicher, inwieweit dich das auch in Schwierigkeiten bringen kann. Ich meine, immerhin steckst du, wenn man mal allein an deine Entführung denkt und daran, wer da anscheinend so alles hinter dir her ist, doch ziemlich dick im Schlamassel."

„Du denkst, ich könnte da doch etwas angestellt haben, was mir jetzt noch auf die Füße fällt?"

Er rieb sich das Kinn. Mehrmals blickte er zur Tür, dann wieder auf seine Uhr. Auch ich drehte mich einmal zum Eingang um, aber da war nichts.

„Nun, immerhin wissen wir jetzt, dass es nicht dein Problem ist, wenn Benjamin Korn ein Betrüger war. Andererseits bin ich, da du ja offenbar häufig in Berlin warst, nicht überzeugt davon, dass du nicht auch in irgendeiner Weise mit dieser Sache in Berührung gekommen bist. Und vor allem scheint es so, als wenn ein paar andere Leute das durchaus annehmen!"

„Ich werde so bald wie möglich mit Tania sprechen müssen", sagte ich.

„Hmm", machte Andreas. „Seltsam ist das schon. Warum tut jemand so etwas?"

„Du meinst, eine Frau wegen einer anderen zu belügen?"

Er zuckte kurz zusammen.

„Nein", wehrte er ab, „ich meine dieses vermutlich doch ziemlich aufwendige Doppelleben. Und das um den Preis, von allen für einen Totalversager gehalten zu werden."

Dann sah er plötzlich auf, so plötzlich, dass ich wusste, er hatte hinter mir gerade etwas Bedeutsames erblickt. Vermutlich das, worauf er schon seit einiger Zeit gewartet hatte. Aber er hob seine Hand in meine Richtung und sagte:

„Warte! Dreh dich jetzt erst mal nicht um!"

Er stand auf, wie um jemanden zu begrüßen, der soeben hereingekommen war.

„René", sagte er dann mit einem fast feierlichen Tonfall, „ich möchte dich hier mit einer Frau bekanntmachen."

19. Kapitel

Ich gab Hanna die Hand, sie lächelte freundlich, aber die ganze Situation kam mir merkwürdig unwirklich vor. Das war sie nun also, die Frau, mit der Benjamin Korn verheiratet gewesen war.

Und dann, als Andreas mich ihr vorstellte, war da für einen kurzen Moment ein Ausdruck von Überraschung in ihrem Blick. So, als hätte sie jemand anderen erwartet. Fast machte es den Eindruck, als würde sie etwas darüber sagen wollen, aber sogleich hatte sie sich, wie nach einem Augenblick der Schwäche, wieder im Griff und nickte mir nur zu.

„Hat es angefangen zu regnen?", fragte Andreas und deutete auf den Schirm, den sie in der Hand hielt.

„Ein bisschen. Nicht der Rede wert."

Sie setzte sich auf den verbliebenen freien Stuhl an unserem Tisch und hängte ihre große braune Handtasche hinter sich an die Stuhllehne.

Hanna Korn sah keineswegs wie achtundfünfzig aus. Ich hätte sie glatt für zehn Jahre jünger gehalten. Sie saß mir gegenüber und sprach – ich hörte kaum, was. Vielmehr fühlte ich mich wie unter einer gläsernen Glocke, unter der Stimmen und Geräusche dumpf klangen und mich nicht zu betreffen schienen. Die Randbereiche meines Gesichtsfeldes verschwammen, aber was ich direkt ansah, erschien in einer geradezu überzeichneten Klarheit; und das war das Gesicht von Hanna Korn.

„Meine Herren", sagte sie und wirkte dabei kühl und zielstrebig, „ich unterstelle, dass Sie beide …", sie sandte jedem von uns einen nachdrücklichen, keinen Widerspruch duldenden Blick aus ihren dunkelbraunen Augen zu, „… weder etwas mit dem Tod meines Mannes noch mit den dunklen Geschäften zu tun haben, in die er offensichtlich verstrickt war."

Andreas nickte, und ich tat es ihm gleich. Diese Frau beeindruckte uns beide gleichermaßen. Sie wusste, was sie wollte, und war eindeutig mit einem klaren Plan hergekommen. Was man wohl von Andreas und schon gerade von mir nicht behaupten konnte.

„Da Sie anscheinend ein Interesse an meinem verstorbenen Mann haben, das Sie mir gegenüber übrigens bisher in keiner Weise erklärt oder begründet haben …", jetzt traf Andreas ein missbilligender Blick, „… will ich Ihnen gleich versichern, dass Sie von mir erfahren werden, was ich weiß und worum es mir geht. Dafür erwarte ich im Gegenzug vollständige Offenheit von Ihnen und, meine Herren, überflüssig, das zu sagen: nur die Wahrheit. Keine Ausflüchte, keine Finten und natürlich schon gar keine Lügen."

Ich begann aber auch, Hannas Auftreten amüsant zu finden. Doch mein Bemühen, Andreas' Blick aufzufangen, um so etwas wie ein ironisches Blinzeln mit ihm auszutauschen, schlug fehl. Er war vollkommen in den Bann unserer Besucherin gezogen. Und die fuhr gerade fort:

„Ich kann Ihnen versichern, dass ich in dieser Angelegenheit sehr wohl zu erkennen weiß, ob Sie die Wahrheit sagen oder nicht. Glauben Sie mir das bitte einfach!"

Mir fiel auf, dass sie zwar allerlei Schmuck, aber keinen Ehering trug. Bei den letzten Sätzen hatte sie begonnen, einen Ring mit rotem Stein wiederholt bis zum vordersten Glied von ihrem Finger zu ziehen und dann wieder in seine Ausgangsposition zurückzuschieben. Kein Zweifel, Hanna Korn war, zumindest momentan, keineswegs so souverän, wie ihr Auftreten es hätte vermuten lassen können.

„So, und jetzt sage ich Ihnen, worauf es mir ankommt."

Ich ging dazu über, Hanna näher zu betrachten. Sie hatte dunkelbraunes, sehr welliges Haar, das mit diesen beiden Attributen zugleich zweifach nicht echt war. Mit ein wenig Fantasie gelang es mir, sie mir mit grauen, glatten Haaren vorzustellen. Bei diesem Bild hatte sie auch keine Lidschatten, keine gebräunte Haut und keinen dunkelroten Lippenstift. Es enttarnte sie vielmehr als eine Frau, die sich ihre für Ende fünfzig zweifellos beeindruckende äußerliche Attraktivität herbeikaufte.

Hanna ließ uns wissen, dass der Tod ihres Mannes für sie nicht völlig überraschend gekommen war. Nur dass es gerade an jenem Wochenende in Frankfurt geschehen war, das, so sagte sie, verstünde sie nicht. Und das habe sie zugleich auch misstrauisch gemacht. Wir erfuhren, dass sie selbst zwei Tage nach dem Unfall nach Frankfurt geflogen war und am Unfallort Blumen niedergelegt hatte.

„Und, meine Herren, auch wenn die Polizei gänzlich anderer Ansicht ist: Ich bin überzeugt davon, dass mein Mann getötet wurde!"

„Was?", entfuhr es Andreas.

„Mein Mann hatte, wie Sie wohl wissen, in irgendeiner Weise Berührung mit dieser unerfreulichen Lehnitzsee-Geschichte. Er hat mit mir auch darüber gesprochen, leider aber nicht so viel, dass ich mir heute ein Bild davon machen könnte, welchen Beitrag er dabei geleistet hat. Dazu, meine Herren, hoffe ich etwas von Ihnen zu erfahren."

Sie sah erst Andreas und dann mich an, ehe sie weitersprach.

„Bedauerlicherweise habe ich das meiste von dem, was ich heute weiß, erst nach dem Unfall aus der Presse erfahren. Ich rechne es mir als unverzeihlichen Fehler an, mich nicht schon vorher mehr für die fragwürdigen Angelegenheiten meines Mannes interessiert zu haben. Aber, was soll's, es ist nun mal so."

Hauptfigur des ganzen groß angelegten Betruges sei ein gewisser Jörn Zimmermann gewesen, dem Benjamin aber nie begegnet war, wie auch den meisten anderen, die den Lehnitzsee-Fonds nach außen vertraten und die Investoren zu gewinnen suchten. Das hatte er ihr jedenfalls versichert. Kontakt hatte er nur mit zwei Personen gehabt: einem Bankangestellten namens Peter Birgel, der aus der Sache raus wollte und sich in Sorge um seine Sicherheit und die seiner Familie an ihn gewendet hatte, und mit Karl-Rüdiger Siegel, seinem Partner in der Sozietät.

„Siegel gehörte also tatsächlich mit zu der Bande?", fragte Andreas.

„Offenbar ja, und genau das war Benjamins größtes Problem."

„Das lässt sich denken. Immerhin stand ja der Ruf seiner Kanzlei auf dem Spiel."

Siegel hatte Benjamin aber nie eingeweiht. Im Gegenteil versuchte er die Sache ihm gegenüber nach Kräften zu verheimlichen, was angesichts des ansonsten zwischen den beiden bestehenden Vertrauensverhältnisses allein schon viel darüber aussagte, wie unseriös seine Beteiligung gewesen sein musste.

„Mein Mann hat ihn sogar mehrmals von sich aus darauf angesprochen, aber Karl bestand darauf, dass er nicht mehr damit zu tun hätte als Benjamin selbst."

„Was meinte er damit?"

„Nun, ein paar seiner Mandanten fühlten sich von der Fondsgesellschaft betrogen und wandten sich hilfesuchend an die Kanzlei Siegel und Korn, ohne zu ahnen, dass da eine direkte Verbindung bestehen könnte. Mein Mann nahm diese Mandate zwar an – übrigens auch alle die, die bei Karl aufliefen –, hatte aber immer ein sehr ungutes Gefühl dabei, weil er den Verdacht nicht loswurde, dass ihn das noch in massive Konflikte bringen konnte. Und so war es dann ja auch."

Hanna machte eine Pause. Sie hatte sich eine Berliner Weiße mit Schuss bestellt, die nun schon seit einiger Zeit unberührt vor ihr auf dem Tisch stand. Während sie jetzt trank, wagten Andreas und ich nicht, etwas zu sagen, sondern warteten ergeben auf die Fortsetzung ihres Berichtes.

„Als dieser Bankangestellte, Peter, verschwand, wurde mein Mann plötzlich vollkommen kopflos, wie ich ihn nie erlebt habe. Sie können ruhig wissen, dass wir uns schon seit einigen Jahren nicht mehr sonderlich gut verstanden, aber das ist eine andere Geschichte. Nur in diesen Tagen brüllte er jeden, auch mich, wegen jeder Kleinigkeit an. Er machte mich – das müssen Sie sich mal vorstellen: mich! – dafür verantwortlich, dass er Karl so lange vertraut hatte. Auch die arme Steffie war total fertig – Steffie ist unsere Tochter –, weil er auf alles, was sie tat oder sagte, nur noch aggressiv reagierte. Und unser Sohn Heiner veränderte sich sogar völlig."

Benjamin hatte sich anscheinend seinem Sohn gegenüber ausgesprochen. Sie selbst litt darunter, dass sie schon seit Jahren zu Heiner keinen rechten Zugang mehr fand. Er sei immer ein intelligenter, aufgeschlossener, kontaktfreudiger Junge gewesen, aber kurz vor dem Abitur habe er plötzlich alles, was einen Wert hatte – so drückte sie es aus – über Bord geworfen. Er hatte Geld, sie konnte nicht sagen, woher, vermutete aber, dass sein Vater ihm immer wieder aushalf. Damit lebte er reichlich üppig und großspurig. Leider kam hinzu, dass die Mädchen auf ihn flogen, was ihn noch mehr dazu veranlasste, das Leben eines Playboys zu leben und keinerlei berufliche Pläne zu entwickeln.

„Entschuldigt mich bitte einen Moment", sagte ich unvermittelt und stand auf.

Ich musste unbedingt etwas dagegen unternehmen, dass ich hier saß und das Wichtigste möglicherweise nicht richtig mitbekam. Denn Hannas Ausführungen verschwammen zunehmend mit den konfusen Gedanken, die sich in meinem Kopf breit machten, weil ich nur unter großen Schwierigkeiten akzeptieren konnte, dass diese neue, unerwartete, bis dahin nicht für möglich gehaltene Version der Zusammenhänge die Realität sein sollte.

In der Herrentoilette stand ich lange vor dem Spiegel und sah meinem Gegenüber in die Augen. Mehrmals schippte ich mir mit beiden Händen kaltes Wasser ins Gesicht und trocknete mich anschließend mit mehreren kleinen, fusselnden Papierhandtüchern ab. Das half ein wenig. Nachdenklich strich ich mit der Hand über meinen Kopf, auf dem nur der, der genauer hinsah, noch eine Operationsnarbe erkennen konnte. Wo war eigentlich mein Hut abgeblieben? Wahrscheinlich hatte ich ihn bei Andreas liegenlassen, aber zurzeit brauchte ich ihn auch wirklich nicht.

„Geht es dir besser?", fragte Andreas, als ich an unseren Tisch zurückkehrte.

„Danke, ja", sagte ich, und das entsprach auch einigermaßen der Wahrheit.

„Ich habe Frau Korn in der Zwischenzeit erzählt, was unser Kenntnisstand ist: dass offenbar mehrere Personen hinter einem Schlüssel her sind, den nach Angaben der Polizei momentan ein gewisser Dominik Vogelhehr hat. Der wiederum hatte das Unfallauto gekauft, mit dem Dr. Korn verunglückt ist, sodass wir vermuten, dass der Schlüssel in diesem Auto versteckt war. Und dazu hat Frau Korn gerade etwas sehr Interessantes gesagt."

Wir wandten beide unsere Blicke Hanna zu, und ich hoffte inständig, dass das, was sie jetzt sagen würde, mich nicht wieder völlig aus der Bahn warf.

„Ja", setzte sie an, „dieser Schlüssel. Mein Mann hatte mir kurz vor seiner Fahrt nach Frankfurt davon erzählt. Er sagte, das sei gewissermaßen seine Lebensversicherung. Er hätte in einem Schließfach zahlreiche Unterlagen verwahrt, die alles, was er inzwischen über den Betrug herausgefunden hatte, dokumentierten."

„Unterlagen?", fragte Andreas. „Kein Geld?"

„Wahrscheinlich auch Geld. Obwohl ich nicht weiß, wie er da herangekommen sein sollte."

„Und haben Sie eine Vorstellung davon, wo sich dieses Schließfach befindet?"

„Irgendwo in Berlin. Das vermutet jedenfalls mein Sohn."

„Ihr Sohn?"

Jetzt versprach die Sache wirklich interessant zu werden. Dann war Heiner mit Sicherheit wirklich hinter dem Geld her, das er in dem Schließfach vermutete, und zwar gemeinsam mit Siegel.

„Jawohl, mein Sohn. Das ist wohl auch mal wieder kein Ruhmesblatt, mit dem er sich da schmückt. Er war auch bereits im Besitz dieses Schließfachschlüssels. Ich übrigens auch. Und nun hat ihn also dieser Vogelhehr!"

Andreas und ich sahen uns nur sprachlos an.

Hanna Korn war es in erster Linie darum gegangen, die Ursachen für den Tod ihres Mannes herauszufinden und gegebenenfalls die Namen derer, die dafür verantwortlich waren. Was sie aber dabei herausgefunden hatte, war erheblich unangenehmer, als sie es sich hätte träumen lassen. Mit ihrer zielstrebigen, rigorosen Art hatte sie alle Personen, die sie ins Visier genommen hatte, derart massiv unter Druck gesetzt, dass praktisch keiner ihr die geforderten Antworten schuldig blieb. Da waren einmal die Frankfurter und die Berliner Polizei, die in ihren Augen vollkommen versagt hatten, weil sie den Ursachen für den Autounfall ihres Mannes nicht nachzugehen beabsichtigten. Überhöhte Geschwindigkeit und riskante Fahrweise waren abschließend als Gründe in den Akten vermerkt worden. Hanna aber bezweifelte das bis heute. Dann hatte sie mit Annette Birgel gesprochen, der Frau des Bankangestellten, die ihren Mann vermisste und von Tag zu Tag mehr zu der Überzeugung gelangte, dass ihm etwas zugestoßen war. Von ihr erfuhr sie immerhin so etwas wie das Gerüst der Betrugskonstruktion und verstand, dass Benjamin vermutlich wegen eines Millionenbetrages, der immer noch irgendwo in der Welt war, hatte sterben müssen. Und schließlich hatte sie ihren Sohn Heiner befragt, oder man konnte wohl sagen: in die Mangel genommen. Über mehrere Tage musste es sehr hoch und vor allem laut hergegangen sein im Hause Korn. Am Ende hatte er zwar durchaus nicht alles gesagt, was er wusste, aber ihr war doch klar geworden, dass er, zusammen mit Karl-Rüdiger Siegel, vor nichts zurückschreckte, um an das verschwundene Geld zu kommen. Er behauptete sogar, ein Teil davon stünde ihm zu, und ihr und Steffie ebenfalls. Schließlich seien sie Benjamins Erben. Das aber war für Hanna Korn am schlimmsten gewesen: die Erkenntnis, dass ihr Sohn nicht nur mit einem Betrüger gemeinsame Sache machte, sondern selbst zu einer Straftat imstande war – sie mochte sich gar nicht ausmalen, wie weit er dabei gehen würde.

Nachdem sie Heiner, was sie sich absolut nicht verzeihen wollte, von dem Schlüssel und Benjamins angeblicher „Lebensversicherung" erzählt hatte, hatte der sich auf die Suche nach dem Wagen gemacht. Schließlich hatte er herausgefunden, dass Dominik Vogelhehr ihn nach entsprechender Instandsetzung gekauft, dann aber zum Autohaus Fischer gebracht hatte. Dort drang er eines Nachts ein, fand das Auto und darin den Schließfachschlüssel, der mit einem Klebeband an der Oberseite des Handschuhfaches angebracht worden war, wo ihn bis dahin niemand gefunden hatte. Dieser Meinung war jedenfalls Heiner Korn. Wir wussten es besser: Vogelhehr musste den Schlüssel zuvor bereits entdeckt haben, beließ ihn aber dort, weil er vermutlich nicht wusste, was es mit ihm auf sich hatte. Bis er am vergangenen Dienstag anscheinend etwas Entscheidendes in Erfahrung gebracht hatte und deshalb in Wilhelms Autosalon so ausrastete.

„Und da habe nun wiederum ich einen Fehler gemacht", fuhr Hanna Korn fort.

Ich verstand nicht, was sie meinte, und Andreas schien es ebenso zu gehen. Offenbar fiel es ihr aber schwer weiterzusprechen, sodass Andreas nach einer Weile des Schweigens nachhakte: „Von was für einem Fehler sprechen Sie?"

Man hätte es sich denken können. So selbstbewusst und kompromisslos diese Frau auftrat, so hart war sie andererseits mit sich selbst. Dass ihr eine Dummheit unterlaufen war, machte ihr zu schaffen, und zwar so sehr, dass sie selbst jetzt, nachdem sie den Punkt bereits angesprochen hatte und nicht mehr zurück konnte, ein Problem damit hatte, mit der Wahrheit herauszurücken. Sie schwieg beharrlich, und plötzlich begann ich zu fürchten, sie könnte das Gespräch abbrechen und wir würden nicht mehr von ihr erfahren, als wir bis zu diesem Zeitpunkt wussten. Entschlossen wechselte ich das Thema.

„Frau Korn, darf ich Sie etwas fragen?"

„Aber ja, bitte, selbstverständlich."

„Als wir uns vorhin begrüßt haben, da hatte ich – wie soll ich sagen? – ein seltsames Gefühl. Es war so ein Gefühl, als wenn wir uns ... eventuell bereits kennen sollten."

„René!", platzte Andreas heraus.

Hanna blickte von mir zu ihm und wieder zurück zu mir.

„Ich meine", versuchte ich zu ergänzen, „ich hatte den Eindruck, als wenn Sie irgendwie überrascht waren, mir hier zu begegnen."

„René, ich glaube nicht, dass Frau Korn ..."

Er hatte einen knallroten Kopf bekommen und sah mich entgeistert an.

„Nein, lassen Sie nur!", wurde er von ihr unterbrochen. „Ihr Freund hat recht. Ich war überrascht. Ich war, um es genau zu sagen, überrascht darüber, dass Sie mir völlig fremd waren."

Jetzt fiel Andreas buchstäblich die Kinnlade herunter. Und ich konnte nicht leugnen, dass ich mit einer gewissen Genugtuung noch einmal zu hoffen begann, alles könnte sich doch als ein wenig anders herausstellen. Wenn Hanna jetzt sagte, sie hätte an mir ein wenig mehr Ähnlichkeit mit ihrem Mann erwartet, dann ...

Doch schon ihr nächster Satz beraubte mich auch der letzten kleinen Illusion, die ich noch in dieser Richtung gehegt haben mochte.

„Ich muss zugeben, dass ich Sie verwechselt habe." Sie senkte den Blick auf ihre Hände und begann wieder, den Ring vor und zurück zu schieben. „Ein Fehler. Unverzeihlich. Eine ausgemachte Dummheit!"

Als sie erneut keinen Ansatz machte weiterzusprechen, fragte Andreas wieder: „Was für einen Fehler meinen Sie?"

Sie seufzte.

„Der Schlüssel. Ich habe ihn diesem Herrn Vogelhehr gegeben. Weil ich ihn für Sie gehalten habe!"

Zuerst zögerlich, dann aber doch zunehmend wieder mit der gleichen Entschlossenheit, mit der sie zuvor aufgetreten war, berichtete sie, dass Dominik Vogelhehr an ihrer Haustür gestanden hatte. Als er sie nach einem Schlüssel fragte, war sie ohne weiteres davon ausgegangen, es mit René Fischer zu tun zu haben.

„Wie kamen Sie darauf?"

„Mein Sohn hatte mir angekündigt, dass sich vermutlich ein René Fischer an mich wenden würde. Dem sollte ich dann einen Schlüssel geben, auch wenn er mich gar nicht danach fragte. Einen Schlüssel, den mein Sohn mir ausgehändigt hatte. Ich fragte ihn natürlich, was es damit auf sich hätte, aber das wollte er mir nicht sagen."

Raffiniert. Durchtrieben. Heiner glaubte also immer noch, dass ich wissen müsste, wozu der Schlüssel passte. Er hatte geplant, mir anschließend zu folgen, bis ich irgendwie irgendwo von dem Schlüssel Gebrauch machte. Oder genauer: Nicht er selbst folgte mir, da ich sein Gesicht ja kannte, sondern er setzte jemand anderen auf mich an. Sein Pech war nur, dass der weder Vogelhehr noch mich kannte – eine große Ähnlichkeit verband uns beide ja wahrlich nicht – und deshalb nicht merkte, dass der Falsche im Besitz des Schlüssels war.

„Und Herr Vogelhehr hat den Schlüssel dann auch genommen?"

„Ja. Er sagte sogar gleich, nachdem ich ihn an der Haustür gefragt hatte, was er wolle, er käme wegen des Schlüssels. Zwar hatte er nach meinem Eindruck gar nicht erwartet, dass ich ihn selbst haben würde, aber er war äußerst erfreut und bedankte sich sehr freundlich. Nun, und da ich keine Ahnung hatte, worum es in dieser Sache ging, meinte ich einfach, das Richtige getan zu haben."

Nach diesem Schuldeingeständnis legten wir eine Art gemeinsame Schweigeminute ein. Hannas größtes Problem bestand möglicherweise gar nicht einmal darin, einen Fehler gemacht zu haben, für den sie im Grunde genommen überhaupt nichts konnte, da Heiner sie über die Gründe für seine Bitte ja total im Unklaren gelassen hatte.

Es bekümmerte sie vielmehr, das war ganz offensichtlich, dass sie wieder einmal ihrem Sohn vertraut hatte und später erkannte, wie wenig berechtigt das gewesen war. Denn inzwischen musste ihr annähernd klar geworden sein, welche immense Bedeutung diesem Schlüssel zukam.

„Aber sagten Sie nicht selbst, Ihr Mann hätte diesen Schlüssel als seine Lebensversicherung bezeichnet?", fragte Andreas. „Dann musste Ihnen doch klar sein …"

Wieder nahm der Ring, der gerade kurz zur Ruhe gekommen war, seinen Weg über ihren Finger auf.

„Das ist es eigentlich, was ich mir vorwerfen muss: Ich habe überhaupt nicht daran gezweifelt, dass es richtig war, diesem Mann den Schlüssel zu geben. Der Gedanke, dass in dem Schließfach lediglich Geld sein könnte, hinter dem mein Sohn her war, kam mir erst, als wir uns vorhin hier begegneten!"

„Sagen Sie, ich wüsste ja gerne", brachte ich zögernd vor, „was das für ein Schlüssel ist. Wie sieht er überhaupt aus?"

„Sie kennen ihn also gar nicht?", fragte sie zurück.

„Nein. Ich habe ihn weder jemals gesehen, noch wüsste ich, wozu er passen sollte. Andererseits – wenn Ihr Mann gesagt hat, er sei so etwas wie seine Lebensversicherung, dann muss er doch eigentlich irgendjemanden eingeweiht haben, wo sich das dazugehörige Schließfach befindet."

„Genau das sagt mein Sohn auch."

Das war es also! Heiner hatte nämlich noch eine zweite Option: Falls ich nicht die Reinkarnation seines Vaters war, dann war ich doch vielleicht der eingeweihte Vertraute, dem Benjamin vor seinem Tod gesagt hatte, wo das Schließfach mit dem Geld war!

„Müsste sich auf so einem Schließfachschlüssel nicht eigentlich erkennen lassen, wozu er gehört?", fragte Andreas. „Ist da nicht zumindest immer eine Nummer eingestanzt?"

Hanna nickte.

„Ja, das hatte ich auch erwartet. Und deshalb habe ich mir den Schlüssel sehr genau angeschaut. Heiner hat das Gleiche getan und übrigens auch Herr Vogelhehr, wie ich von meinem Küchenfenster aus sehen konnte, nachdem er das gute Stück von mir bekommen hatte. Aber da war nichts."

„Gar nichts? Kein Hinweis auf die Lage des Schließfachs? Keine Nummer?"

„Es ist ein kleiner, schwarzer Schlüssel. Das heißt: der Griff ist schwarz. Darauf, das ist richtig, befindet sich normalerweise eine Nummer. Aber auf dem Schlüssel, den mein Sohn mir gegeben hat und den jetzt dieser Vogelhehr hat, ist die Nummer nicht zu erkennen."

Andreas strich sich mit der Hand über das Kinn.

„Wurde sie weggefeilt?"

„Das ist gut möglich." Hanna sah Andreas geradeheraus an und bekräftigte dann: „Ja, so wird es ein!"

Ich ließ meinen Blick durch den Raum und dann aus dem Fenster wandern. Inzwischen hatte ein feiner, gleichmäßiger Regen eingesetzt, der aber immer mal wieder Pausen einlegte. Die Menschen draußen gingen weiterhin leicht bekleidet, aber zumeist mit Schirm vorbei. Die Dämmerung hatte eingesetzt.

Die beiden Personen, die hier mit mir an diesem Tisch saßen, schwiegen. Andreas, das war offensichtlich, ging all das, was wir da in der letzten Stunde erfahren hatten, im Kopf herum. Hanna wirkte eher so, als wollte sie uns Zeit geben, ehe sie einen erneuten Vorstoß unternahm. Immerhin hatte sie ja angekündigt, dass sie etwas ganz Konkretes von uns erwartete. Ich konnte mir schon denken, worauf es hinauslief: Sie wollte den Schlüssel wiederhaben.

Unvermittelt fiel mir eine Frage ein, die ich sogleich an Hanna richtete: „Sprach Ihr Mann eigentlich Italienisch?"

Sie wirkte ein wenig überrascht, antwortete aber prompt.

„Nein. Kein Wort. Weshalb fragen Sie?"

„Ach, nur so."

Andreas, der abrupt das Kinn gehoben hatte, nickte jetzt zufrieden.

Und dann begann Hanna wieder zu sprechen.

„Dieser Schlüssel, meine Herren, scheint mir doch recht wichtig zu sein. Oder vielmehr das, was da in dem Schließfach lagert. Mir geht es nicht um das Geld, sondern ich möchte wissen, weshalb mein Mann sterben musste."

Sie hatte diese Sätze gesagt, indem sie den Blick auf ihre Hände gesenkt hielt. Zwei Finger hatte sie an den Ring mit dem roten Stein gelegt, sie bewegten ihn aber nicht. Jetzt hob sie den Kopf.

„Deshalb bitte ich Sie sehr: Finden Sie diesen Schlüssel!", erklärte sie mit Nachdruck. „Und noch eine Bitte habe ich in diesem Zusammenhang an Sie."

Was kam jetzt? Sie drehte sich auf ihrem Stuhl herum, um an die Handtasche zu gelangen, die sie hinter sich an die Lehne gehängt hatte. Daraus zog sie einen Umschlag hervor.

„Was ist das?", fragte Andreas.

„Das", sie entnahm dem Umschlag ein Blatt Papier und faltete es auf, „habe ich vor drei Tagen von der Frankfurter Verkehrsordnungsbehörde erhalten."

Sie reichte Andreas das Blatt, bei dem es sich um einen Anhörungsbogen nach der Straßenverkehrsordnung zu handeln schien.

„Ich habe bereits zurückgeschrieben, dass mein Mann am Morgen des 11. April verstorben ist. Mir geht es auch gar nicht um das Verwarnungsgeld oder Bußgeld. Nur schauen Sie sich doch bitte einmal das Foto darunter an!"

Ich sah Andreas blass werden. Dann gab er mir das Papier. Und mich überkam sogleich das Empfinden eines gewaltigen Déjà vu.

Es handelte sich um das Blitzerfoto einer Polizeikontrolle, zwar von schlechter Qualität, aber doch deutlich genug, dass selbst ich mit einiger Gewissheit Benjamin als Fahrer identifizieren konnte. Das war der Mann, der auf der Homepage von Siegel und Korn abgebildet war. Zweifelsfrei. Ein Blick auf das Datum verriet mir, dass die Aufnahme vom 10. April stammte, dem Tag, an dem Benjamin in eben diesem Auto ums Leben gekommen war. Das Bild zeigte ihn mithin in einer der letzten Minuten seines Lebens. Gruselig!

Aber das war nicht alles. Vor vier Tagen hatte ich ein gleichartiges Schreiben in der Hand gehalten, mit einem gleichartigen Foto, und sogar das Datum war dasselbe gewesen.

„Man müsste die Uhrzeiten vergleichen!"

„Was meinst du?", fragte Andreas, und auch Hanna sagte irgendetwas in meine Richtung. Aber es gelang mir nicht zu antworten, denn das Handy, das ich auf dem Tisch abgelegt hatte, begann gerade wieder zu vibrieren. Das Display teilte mir mit, dass der Anrufer seine Nummer unterdrückt hatte. Ich ging dennoch ran. Und in diesem Moment geschahen viele Dinge gleichzeitig.

„Hallo?", sagte ich in das Handy. Von irgendwoher kam ein Poltern.

„Mich würde vor allem interessieren", sagte Hanna zu Andreas, „wer der zweite Mann auf dem Foto ist."

Und am Eingang des Lokals wurde es laut, ohne dass ich gleich begriff, was die Ursache dafür war.

„Hallo!", sagte ich noch einmal, aber es meldete sich niemand.

Ein paar Stühle fielen um.

„Was …?", rief Hanna aus, vielleicht war es aber auch Andreas. Oder beide.

„Keine Bewegung, Hände auf den Tisch!"

Zwei oder drei vermummte Gestalten drängten sich um uns herum. Sie hatten Waffen, die sie mit ausgestreckten Armen horizontal bewegten, ohne länger als Sekundenbruchteile auf einen von uns zu zielen.

„Was soll das? Was wollen Sie?" Das war Andreas.
Ich glaubte an einen Überfall.
„Hände flach auf den Tisch!", wurde noch einmal gerufen. Jetzt erkannte ich, dass die Männer nicht vermummt waren. Sie trugen nur Uniformen, die ihnen etwas Militärisches gaben.
„Polizei! Bleiben Sie ganz ruhig!"
Ich fühlte mich wie unter Schock, hatte aber automatisch die Hände vor mir auf den Tisch gelegt. Das Handy lag daneben und teilte mir mit, dass der Anrufer aufgelegt hatte.
„Kann mir mal jemand erklären …?", setzte Andreas erneut an. Von Hanna kam nichts. Auch ich war außerstande, etwas zu sagen. Ich begriff momentan überhaupt nicht, was hier vor sich ging.
„Welcher ist es?", rief der Mann, der mir am nächsten Stand.
„Der da!"
Wieder fiel ein Stuhl um, und ich registrierte nur am Rande, dass es mein eigener war. Mehrere Arme hatten mich unter den Achseln gepackt. Mir wurde schwindelig, zugleich ergriff mich panische Angst. Einige Stimmen überschlugen sich, von irgendwoher kam das Geräusch zerklirrenden Glases. Eine gedämpfte Männerstimme unmittelbar hinter meinem Kopf stieß Befehle aus, und ich wurde aus dem Lokal gedrängt. Menschen traten zur Seite, Andreas rief mir etwas hinterher, und für eine unwirklich lange Sekunde hatte ich Hannas erschrecktes, fragendes und zugleich besorgtes Gesicht vor mir. Als wir draußen waren, schienen die Geräusche plötzlich wie abgeschnitten. Es regnete jetzt stark, und auf dem kurzen Weg zu dem Polizeifahrzeug wurde ich auf Kopf und Schultern nass, das Hemd durchweicht. Ich dachte an mein Handy, das drinnen auf dem Tisch liegen geblieben war, und fand es plötzlich zum Lachen, dass mir das wichtig erschien. Dann fiel eine Autotür zu und ich nahm nichts mehr wahr. Schwärze hüllte mich ein.

20. Kapitel

Nein! Alles, nur das nicht!

War es das jetzt? War das meine Bestimmung? War ich hier angekommen?

In einer Gefängniszelle!

Ich drehte mich auf die Seite und heulte wie ein Kind.

Ich schrak hoch, als sie mich holten. Sofort packte mich wieder die Angst. Ich sagte mir, dass sie mich weder foltern noch schlagen würden, aber ich hatte Angst und zitterte am ganzen Körper.

„Was ist denn mit dem los?", fragte eine Stimme, die mich gerade noch sehr barsch zum Aufstehen aufgefordert hatte.

„Sein Frühstück hat er auch nicht angerührt."

„Egal, jetzt kommt er erst mal mit."

Mich gab es hier anscheinend nur in der dritten Person. Aber sie waren nicht grob, nur energisch. Kräftige Hände, von denen jeder Griff richtig saß, bugsierten mich durch Türen und Gänge in einer Weise, dass ich das Gefühl hatte, weder fallen noch fliehen zu können. Das Zittern verflog. Ich vertraute mich einfach diesen Händen an. Am Ende saß ich wieder in einem Polizeiauto.

Die Sonne schien, von dem gestrigen Regen war nichts geblieben. Am Ende einer Fahrt durch die Berliner Innenstadt ließ ich mich erneut durch einige Türen und Gänge führen, ehe man mich in einem länglichen kleinen Raum auf einen Stuhl setzte. Auf zwei weiteren Stühlen saßen bereits zwei andere Männer. Mir wurden sogar die Handschellen abgenommen.

„Warten Sie hier!", sagte einer von denen, die mich hergebracht hatten, und fügte noch hinzu: „Keine Dummheiten!"

Dummheiten? Ich hatte nicht die Absicht, überhaupt irgendetwas zu tun.

Ich sah mich in dem Raum um, in dem ich nun gelandet war. Sechs Stühle standen an der linken Wand zwischen Tür und Fenster, auf dem vorletzten saß ich. Einer der Männer las in einer Zeitschrift, aber ich sah nirgends weitere Lektüre liegen. Der zweite Mann hielt die Arme vor dem Bauch verschränkt und die Augen geschlossen. Ich hatte keine Ahnung, worauf wir warteten.

An der Wand gegenüber hing ein sehr breiter Spiegel. Wenn ich aufgestanden wäre, hätte ich mich darin sehen können. Aber ich wollte mich nicht sehen. Stattdessen sah ich zur Tür, wo nun zwei weitere Männer hereinkamen, die nicht miteinander sprachen, nicht grüßten, sich nur stumm jeder auf einen der verbliebenen freien Stühle setzten. Die beiden mochten Polizisten sein. Ich wusste nicht, wie ich zu dieser Ansicht kam, und ich konnte mich auch durchaus irren. Dann legte der erste Mann seine Zeitschrift weg, unter seinen Stuhl. Wir warteten.

Es verging vielleicht eine Viertelstunde, ohne dass etwas geschehen wäre. Plötzlich standen die anderen Männer von ihren Stühlen auf und gingen aus dem Zimmer. Wie auf ein Kommando, das mir entgangen sein musste. Der auf dem mittleren Stuhl hob auch die Zeitschrift auf, in der er zuvor gelesen hatte, und nahm sie mit. Was wurde hier gespielt? Misstrauisch sah ich ihnen nach und erwartete, dass man auch mich jeden Moment holen kommen würde.

Und da war es wieder: dieses überwältigende Gefühl der Angst.

„Kommen Sie bitte?"

Es war eine Frau, eine Polizistin in Zivil, die im Türrahmen stand. Ich erhob mich folgsam. Wir gingen den Gang rechts hinunter. Aber ehe ich ihr dort entlang folgte, warf ich noch einen kurzen Blick in die entgegengesetzte Richtung. Und hielt für einen Moment inne.

Die Frau, die da gerade aus dem Nebenzimmer kam, die kannte ich. Woher kannte ich sie? Sie war vielleicht vierzig und hatte etwas sehr Energisches an sich, wie sie in Begleitung eines uniformierten Polizisten mit kräftigen, lauten Schritten davonging. Sie hatte mich anscheinend nicht gesehen. War sie mir hier in Berlin begegnet? In Frankfurt? Oder vielleicht sogar in der Zeit vor alledem?

Der Raum, zu dem mir schließlich die Tür geöffnet wurde, war größer und leerer als der vorige. Hier standen nur ein Tisch und vier Stühle in der Mitte. Aha, dachte ich: ein Verhör! Es gab nichts weiter, keine Schränke, nicht einmal einen Papierkorb.

„Nehmen Sie bitte Platz!", sagte die Polizistin und wies mir einen der Stühle zu.

Im gleichen Moment trat ein Kollege herein, der ein mir reichlich veraltet vorkommendes kleines Diktiergerät in der Hand hielt und in der Mitte des Tisches aufstellte. Beide setzten sich mir gegenüber. Der Mann sagte etwas in das Gerät, was ich für Datum, Uhrzeit und die Namen der Anwesenden hielt. Ich versäumte es, darauf zu achten, wie die beiden hießen, weil ich bei der Nennung meines Namens einen kurzen und unerklärlichen Schrecken bekam. Dabei war es doch alles andere als verwunderlich, dass er „René Fischer" gesagt hatte!

Dann wurde ich belehrt. Es war die übliche Belehrung nach Paragraph hundertsechsunddreißig StPO. Es stand mir frei, zur Sache auszusagen oder auch nicht und einen von mir zu wählenden Strafverteidiger zu befragen. Ich nickte nur.

Und dann ging es los.

„Herr Fischer, kannten Sie einen Mann namens Dominik Vogelhehr?"

Wir verbrachten ungefähr anderthalb oder zwei Stunden zusammen in dem Verhörraum. Sie stellten mir ihre immer wieder gleichen oder nur geringfügig abgewandelten Fragen. Vor allem der Mann tat sich damit hervor, ein Kriminaloberkommissar, wie ich erfuhr. Dabei wirkte er schmächtig, war nicht viel größer als eins siebzig und hätte gut Friseur oder Florist sein können. Seine Kollegin erwähnte auch einmal seinen Namen; er hieß Pretzel oder so ähnlich. Von ihr bekam ich nur den Vornamen mit, Brigitte, den er öfters nannte, etwa wenn sie etwas holen gehen sollte.

„Sie waren also gestern an der Friedrichstraße."

„Das sagte ich doch schon."

„Wann genau?"

„Zwischen halb zwei und zwei."

„Und Sie sind auch durch die Dorotheenstraße und die Schadowstraße gegangen?"

„Wie gesagt, das kann sein. Ich hatte Herrn Vogelhehr aus den Augen verloren und habe in den Seitenstraßen nach ihm gesucht."

„Und ihn nicht gefunden?"

„Und ihn nicht gefunden."

„Erzählen Sie hier keine Märchen, Sie sind gesehen worden."

„Das mag sein, aber ich bin mit Sicherheit nicht dabei gesehen worden, wie ich Herrn Vogelhehr erschlagen habe!"

Längst war mir inzwischen bewusst geworden, woher ich die Frau von vorhin aus dem Nebenzimmer kannte. Sie war die Begleiterin der alten Dame mit dem Rollator gewesen, die mich so unflätig beschimpft hatte. Von ihr wusste die Polizei offensichtlich, dass ich in der Nähe des Tatortes gewesen war. Eine Person, die ich in extrem unangenehmer Erinnerung hatte. Ich konnte mir gut vorstellen – wollte es allerdings nicht –, wie sie der Polizei gegenüber aussagte, sie würde mir einen Mord ohne weiteres zutrauen. Schließlich hatte ich in ihren Augen ja auch die alte Frau sozusagen beinahe auf dem Gewissen gehabt.

„Wie standen Sie zu Herrn Vogelhehr?"

„Ich kannte ihn fast gar nicht. Wir haben in Frankfurt vielleicht fünf Minuten miteinander gesprochen. Oder zehn."

„Aber Sie mochten ihn nicht?"

Ich nahm an, dass der Mann es als seine Pflicht ansah, mich einzuschüchtern, zu provozieren und so vielleicht dazu zu bringen, dass ich mich verriet oder sonst einen Fehler machte. Seiner Kollegin meinte ich hingegen anzusehen, dass meine Unschuld für sie längst feststand. Oder zumindest die Tatsache, dass ich Dominik Vogelhehr nicht umgebracht hatte.

Vogelhehr war gestern um kurz nach halb zwei in einer Seitenstraße der Friedrichstraße mit einem Totschläger erschlagen worden. Ich vermutete stark, dass ich seinen Mörder gesehen hatte. Das schien Herrn Pretzel aber nur wenig zu interessieren. Dabei hatte ich sogar angeboten, Angaben zu einer Phantomzeichnung zu machen, weil ich annahm, dass das der konsequente nächste Schritt der Ermittlungsarbeit sein würde. Aber da hatte er nur abgewunken, was ihm einen fragenden Blick von Brigitte eintrug.

„Besaß Herr Vogelhehr etwas, das Sie gern gehabt hätten?"

Auch diese Frage hatte er schon mehrfach gestellt.

„Sie spielen auf den Schlüssel an", sagte ich nur müde.

„Vorhin haben Sie angegeben, Sie wüssten nichts von einem Gegenstand, den das Opfer bei sich hatte."

„Das habe ich so nicht gesagt."

Er begann sich in eine Verärgerung hineinzusteigern. Eine Verärgerung vermutlich vor allem darüber, dass er mir nicht so beikommen konnte, wie er das gern gehabt hätte.

„Ich kann Ihnen noch einmal vorspielen, was Sie gesagt haben."

„Ich weiß, was ich gesagt habe. Gestern Mittag wusste ich noch nichts von einem Schlüssel."

„Und weshalb sind Sie dem Mann dann nachgegangen?"

„Weil ich überrascht war, ihm hier in Berlin zu begegnen. Und weil ich hoffte, mich durch ihn an irgendetwas wieder besser erinnern zu können."

„Ja, ja, ja. Das sagten Sie bereits."

„Sie haben mich ja auch schon dreimal dasselbe gefragt."

Er blickte mich drohend an. Es war eindeutig nicht klug, ihm patzig zu antworten. Mir kam der Gedanke, dass er es als einen persönlichen Erfolg betrachtet hätte, wenn er mich als Täter überführen konnte, obwohl andere – zu denen jedenfalls seine Kollegin zählte – mich für harmlos hielten.

„Und warum haben Sie Vogelhehr dann nicht einfach angesprochen? Warum mussten Sie ihm heimlich folgen, als wollten Sie ihm auflauern? Auf mich macht das offen gestanden sehr den Eindruck, als wenn es Ihnen überhaupt nicht darum ging, von ihm etwas über Ihre Vergangenheit zu erfahren. Sie wollten den Schlüssel haben!"

„Ich wollte nicht den Schlüssel haben. Ich wusste noch gar nichts von dem Schlüssel."

Er brummte verärgert. Er würde mich gehen lassen müssen, falls nicht noch etwas Unvorhergesehenes geschah. Aber dann kam es doch, das Unvorhergesehene. Eine uniformierte Polizistin öffnete die Tür und bat ihn und Brigitte für einen Moment hinauszukommen.

Als ich allein war, erhob ich mich von meinem Stuhl und schlenderte zum Fenster. Das Fenster führte zu dem Hof, in dem vermutlich auch das Auto gehalten hatte, mit dem ich hergebracht worden war. Etliche Polizei- und Zivilfahrzeuge standen ordentlich zwischen den dafür vorgesehenen Linien. Einige Menschen mit und ohne Uniform liefen hin und her.

Andreas' Überraschung und Entsetzen gestern Abend waren echt gewesen, da hatte ich keinen Zweifel. Bloß nicht wieder dieses Misstrauen! Denn dass er der Polizei meine Handynummer gegeben hatte, das hatte er mir ja selbst längst vorher gesagt. Wo sie mich finden konnten, brauchte er ihnen deshalb gar nicht mehr mitzuteilen; das funktionierte zweifellos ganz einfach per Handy-Ortung. Ich nahm an, dass sie mich sofort im Verdacht hatten, nachdem Vogelhehrs Leiche gefunden worden war.

Und der Täter, das war auch sicher, hatte jetzt den Schließfachschlüssel. Oder hatte ihn seinem Auftraggeber abgeliefert.

Als die Tür wieder aufging, kamen sie zu dritt herein: Pretzel, Brigitte und ein großer, beleibter Beamter in Uniform, der sich demonstrativ neben die Tür stellte, nachdem er sie hinter sich geschlossen hatte.

„Herr Fischer", setzte Pretzel mit drohendem Unterton an, als wir wieder um den Vernehmungstisch saßen, er und seine Kollegin auf der einen Seite, ich auf der anderen, „weshalb haben Sie uns bisher nichts von Prof. Reinhard Bramberger erzählt?"

Ich war total perplex und sprachlos. Wahrscheinlich sah ich ihn mit einem Blick an, der jedweden Verdacht auf alles gerechtfertigt hätte. Zumindest war ihm aber die Genugtuung darüber anzumerken, mit seinem Überraschungscoup einen Volltreffer gelandet zu haben.

„Bramberger?", brachte ich nur stumpf heraus, was meiner Glaubwürdigkeit sicher nicht gerade dienlich war.

„Jawohl." Es klang fast wie „jawoll", was mir unwillkürlich das Gefühl verlieh, als nähme er einem imaginären Vorgesetzten gegenüber Haltung an. Und als verlangte er von mir, dass ich das Gleiche täte. Ich versuchte hingegen nach Kräften, eine Erklärung für die mir gestellte Frage zu finden. Wie kam er jetzt ausgerechnet auf Prof. Bramberger?

„Die Kollegen in Frankfurt", lieferte er mir prompt die Antwort, „haben Ihre Wohnung durchsucht. Mit richterlichem Beschluss!" Diese Feststellung war ihm offenbar wichtig. „Dabei wurde Ihr Computer beschlagnahmt."

Er machte eine Pause, die ich ungenutzt verstreichen ließ.

„Haben Sie dazu etwas zu sagen?"

Sie hatten die Word-Datei gefunden! Ich überlegte fieberhaft, was ich da alles hineingeschrieben hatte. Wie lange war das her? Drei Wochen? Ich hatte überhaupt keinen Gedanken mehr an diesen Text verschwendet.

„Hören Sie, was in dieser Datei steht …"

„Wer hat das geschrieben? Sie?"

„Ja, ich."

„Dann sind Sie der Meinung, dass dieser Prof. Bramberger Ihr Gehirn gegen das eines Menschen ausgetauscht hat, den er vorher hat umbringen lassen."

Er sagte das mit einer Miene, als müsste er es sich krampfhaft verkneifen, nicht augenblicklich vor Lachen loszuprusten.

„Nein, dieser Meinung bin ich nicht. Nicht mehr."

Aber das ignorierte er.

„Sagen Sie uns jetzt bitte, wie diese Gehirngeschichte mit dem Mordopfer Dominik Vogelhehr und dem Schlüssel zu einem Schließfach zusammenhängt." Ich holte Luft, aber er war noch nicht fertig. „Dabei sage ich Ihnen ganz direkt, dass Sie jetzt, nur noch einmal in diesem Moment, die Gelegenheit haben, die ganze Wahrheit zu sagen. Ihnen sollte klar sein, dass es Ihnen gar nicht gut bekommt, wenn Sie diese Gelegenheit verpassen und wir hinterher herausfinden, wie es wirklich war. Und das werden wir herausfinden, verlassen Sie sich darauf!"

Dabei setzte er ein Gesicht auf, das er vermutlich für drohend und unnachgiebig hielt. Ich sah seine Kollegin an, deren Blick sehr viel mehr Fragendes enthielt. Ich selbst war mindestens ebenso verunsichert. Und ich hatte diese Scheißangst. Dabei waren es nicht die beiden Beamten, die mir Angst machten, und auch nicht die Aussicht, dass sie mir die Wahrheit über das, was ich da am Computer zusammengeschrieben hatte, nicht glauben würden. Nein, eigenartigerweise spürte ich die größte, heftigste Ursache für meine Angst darin, mich vor diesen Menschen mit dem auseinandersetzen zu müssen, was ich gerade hinter mir gelassen zu haben meinte. Mit der Möglichkeit, ich könnte das Gehirn von Dr. Benjamin Korn in meinem Kopf tragen.

„Na, wird's?"

Er sagte das nun schon weniger ironisch als ungeduldig. Als erwartete er eine spannende, unterhaltsame Geschichte, die er mir ohnehin nicht abnehmen würde.

„Was ich da geschrieben habe, waren nur Vermutungen."

„Sprechen Sie bitte lauter! Wir wollen das nachher auf der Aufnahme auch noch alles verstehen können!"

Ich zögerte erst und setzte dann neu an.

„Das waren Spekulationen. Ich hatte mich ein wenig über Prof. Bramberger informiert und versuchte zu verstehen, was da mit mir passiert war. Es gab Dinge, die stimmten nicht. Die passten nicht zusammen. Und wegen dieser Dinge fühlte ich mich nicht als der Mensch, der ich angeblich sein sollte."

Redete ich wirr? Verstanden sie mich überhaupt? Den Gesichtern meiner beiden Gegenüber konnte ich überhaupt nichts dazu entnehmen.

„Ich konnte mich ja an nichts erinnern. An überhaupt nichts. Nicht einmal daran, wer ich war." Unwillkürlich schloss ich die Augen.

Ich hätte nicht sagen können, wie lange ich redete. Ich sprach über all die Zweifel nach der Operation und das Misstrauen gegenüber den Ärzten, wie ich dem mit Karins Hilfe zu entkommen versucht hatte und schließlich zu der Überzeugung gelangt war, in Wahrheit Dr. Benjamin Korn zu sein. Ich erwähnte auch meinen Besuch in Leclercs Anwaltspraxis und dass es Heiner Korn gewesen war, der mich dort zwei Tage lang gefangen gehalten hatte. Dann die Bahnfahrt nach Berlin, auf der ich Andreas kennenlernte. Die kurze Begegnung mit Tania, dieser faszinierenden Frau, mein Vorhaben, Hanna zu besuchen, das ich wegen Dominik Vogelhehr abbrach, und schließlich die Erkenntnis, dass ich vor meiner Amnesie ein Doppelleben geführt hatte, was die abwegige Theorie von einer Gehirntransplantation endgültig obsolet machte. Daran schloss sich dann der Teil der Geschichte an, den sie bereits kannten.

Irgendwann fiel mir ein leises, klackendes Geräusch auf, das mich innehalten ließ. Ich verstummte und saß eine Weile schweigend da, ehe ich die Augen wieder öffnete.

Ich fühlte mich, als erwachte ich aus einem Traum, und was die ganze Zeit um mich herum gewesen war, hatte ich vergessen. Jetzt präsentierte sich der Raum mit den Menschen darin meinen Augen wieder, und es hatte sich in der Tat etwas Wesentliches verändert: An der Wand mir gegenüber stand der Kriminalhauptkommissar Langner. Der Mann, der für Wirtschaftskriminalität zuständig war. Er musste in der Zwischenzeit hereingekommen sein, ohne dass ich es bemerkt hatte.

Der andere Kommissar, der mit mir am Tisch saß, hatte das Diktiergerät ausgeschaltet. Jetzt wandte er sich zu seinem Kollegen um und sah ihn fragend an.

„Okay, lasst ihn mir", sagte Langner knapp und bestimmt. Dann ging er zum Fenster und kippte einen der Fensterflügel. Sofort drangen unbestimmbare Laute herein, ein Gemisch aus Vogelzwitschern, Straßenlärm und entfernten Stimmen.

Als wir allein waren, setzte er sich auf den Stuhl mir gegenüber. Er trug heute ein schwarzes Hemd mit einem unleserlichen, graffitiartigen Aufdruck. Die Ärmel hatte er sorgfältig bis über die Ellbogen aufgekrempelt.

„Wir haben Karl-Rüdiger Siegel verhaftet", sagte er und sah mich sehr genau an. So eindringlich, dass ich mich bemühte, etwas zu sagen, ehe er etwa falsche Schlüsse aus meiner Mimik ziehen konnte, die ich nach wie vor nicht vollständig unter Kontrolle hatte.

„Das ist, glaube ich, eine gute Nachricht."

Er nickte zufrieden.

„Nach Heiner Korn wird noch gefahndet, aber den erwischen wir als Nächsten."

Ich musste augenblicklich an Hanna denken, und es tat mir ehrlich leid, dass sie nun auch mit diesem Kummer würde fertigwerden müssen.

„Was wird ihnen genau angelastet?", wollte ich wissen.

„Nun, nach dem, was Sie uns da gerade alles erzählt haben, werden wir die Ermittlungen wohl auch auf Freiheitsberaubung und gefährliche Körperverletzung ausweiten müssen. Bisher ging es nur um Vermögensdelikte. Aber anscheinend sind die beiden der Kern einer Bande, die vor buchstäblich nichts zurückschreckt. Der Haftbefehl, den die zuständige Staatsanwältin gestern beantragt und auch sofort bekommen hat, lautet darüber hinaus auch auf vorsätzliche Tötung."

„Mord?"

„Wenn Sie mich fragen, ja. Einstweilen ist aber nur von Totschlag die Rede."

„An Vogelhehr?"

Die Staatsanwaltschaft ging davon aus, dass der Täter im Auftrag von Heiner und Siegel gehandelt hatte. Zwar war Vogelhehrs Tod vielleicht nicht gewollt gewesen, sie hatten ihn jedoch billigend in Kauf genommen.

„Wir stehen aber insoweit noch ziemlich am Anfang der Ermittlungen", erläuterte Langner. „Es ist zu befürchten, dass sich mit der Zeit noch viel mehr auftut. Da ist zum Beispiel noch der verschwundene Banker, Peter Birgel. Außerdem …", an dieser Stelle machte er eine kleine, dramatische Pause und sah mich mit schräg gehaltenem Kopf an, „… besteht eine auffallende Ähnlichkeit der Verletzungen, die Dominik Vogelhehr erlitten hat, mit denen …"

Ich schluckte. Er hatte den Satz abgebrochen und beobachtete wieder sorgfältig meine Reaktion. Und ich hatte natürlich verstanden, worauf er anspielte.

„Nur mit dem Unterschied, dass ich überlebt habe", sagte ich.

Er nickte nachdrücklich. Und nach einer Weile fragte er mich:

„Was fühlen Sie dabei?"

Ehe ich etwas hätte antworten können, ging noch einmal die Tür auf.

„Sie sind jetzt da", sagte die uniformierte Polizistin von vorhin.

„Gut", erwiderte Langner. „Dann gehen wir mal rüber."

Karin war unsicher, wie sie sich verhalten sollte, und ich war es auch. So kam ein zögerliches Aufeinanderzugehen zustande, bei dem wir uns ansahen, als müsste der andere zunächst etwas erklären wollen. Aber wir sagten beide nichts außer jeweils einmal den Namen des anderen. Wie um einander zu identifizieren. Dann nahmen wir uns in den Arm.

Langner stand derweil zusammen mit Andreas am Fenster, schweigend. Ich bemerkte, dass sie gelegentlich zu uns herübersahen. Schließlich löste ich mich möglichst sanft aus Karins Umarmung und hörte mich sagen: „Setzen wir uns doch!"

Es folgte ein verlegenes Stühlerücken, bis wir schließlich alle vier an dem großen Tisch saßen, der normalerweise bis zu zehn oder zwölf Leuten für Konferenzen und Besprechungen dienen mochte. Der Tisch füllte den Raum fast vollständig aus und ließ hinter den um ihn stehenden, einfachen Holzstühlen kaum Platz bis zur Wand.

„Ich werde wohl", begann Langner dann, indem er sich Karin und mir zuwandte, „zunächst ein paar Dinge erläutern müssen. Frau Probst, um noch einmal in aller Deutlichkeit auf Ihre Frage von vorhin zu antworten: Herr Fischer steht nicht unter Mordverdacht. Nicht im Geringsten."

Karin griff erleichtert nach meiner Hand. Dann sagte sie leise: „Danke."

Anschließend war ich es, dem eine zentnerschwere Last von der Seele fiel, als er mir mitteilte, dass ich im Anschluss an dieses Gespräch würde gehen können.

„Der Kollege Pretzel war vielleicht etwas hart mit Ihnen", bei dieser Bemerkung grinste er vielsagend, „aber es bestehen tatsächlich keine nachhaltigen Verdachtsmomente Ihnen gegenüber."

In der Folge erklärte er uns ausführlich, was der derzeitige Erkenntnisstand der Ermittlungsbehörden war. Noch während ich gestern in seinem Büro in Tempelhof gesessen hatte, war er telefonisch von einem Mord nahe der Friedrichstraße in Kenntnis gesetzt worden. Der Name des Opfers war mit dem Fall, an dem er arbeitete, in Verbindung gebracht worden. Langner selbst war es dann, der den Zusammenhang zu mir herstellte: Ich war in der Nähe des Tatortes gewesen, ich wusste von dem Schlüssel, den Vogelhehr besaß, und ich war Vogelhehr gefolgt.

„Da ließ es sich gar nicht umgehen, Sie unverzüglich in Gewahrsam zu nehmen", sagte er beinahe entschuldigend. Und wie ich schon vermutet hatte, war es ein Leichtes gewesen, mich aufzuspüren. „Erinnern Sie sich, dass Sie an dem Abend zweimal angerufen wurden?"

Was er jetzt amüsant fand, verursachte mir doch auch im Nachhinein noch ein mulmiges Gefühl. Zwar ließ sich ein Handy, wie er mir erklärte, in Betriebsbereitschaft stets orten, es ging aber bedeutend leichter und schneller, wenn mit ihm telefoniert wurde. Deshalb hatte ich zwei Anrufe mit unterdrückter Nummer erhalten.

Andreas, der mir gegenüber saß, schwieg die ganze Zeit. Es war offensichtlich, dass er mit dem Kommissar in Kontakt gestanden hatte, und zwar, wie ich erfuhr, schon seit gestern Abend, kurz nach meiner Festnahme. Während Langner sprach, sah ich ihn immer mal wieder an. Er wich meinem Blick nicht aus, wirkte aber doch irgendwie fern. Beinahe so, als fühlte er sich hier eher zu dem Kommissar gehörig, der neben ihm saß, oder zu Karin als zu mir.

„Den Schlüssel übrigens", erklärte Langner weiter, „haben wir bei Vogelhehr nicht gefunden. Das war natürlich auch nicht zu erwarten. Rechtsanwalt Siegel hatte ihn bei seiner Verhaftung ebenfalls nicht. Wer auch immer Vogelhehr getötet hat, der dürfte nun im Besitz dieses

Kleinodes sein." Er sagte tatsächlich Kleinod. „Oder er hat ihn bereits an Heiner Korn weitergegeben. Die alles entscheidende Frage ist dabei, ob er auch weiß, zu welchem Schließfach er passt."

„Meinen Sie denn nicht, dass es ein Fach am Hauptbahnhof in Frankfurt ist?" Das war Karin, die das fragte.

„Das erscheint eigentlich am naheliegendsten, ja. Aber auf diesen Gedanken dürfte schon jeder gekommen sein, der den Schlüssel jemals hatte. Zum Beispiel derjenige, der ihn nachts im Autohaus Fischer aus Vogelhehrs Wagen entwendet hat. Also mit ziemlicher Sicherheit Heiner Korn oder einer seiner Leute. Warum bringt der dann den Schlüssel nach Berlin?"

Dann war Benjamin Korn also vermutlich nicht nach Frankfurt gefahren, um das Geld aus dem Schließfach zu holen. Was hatte er sonst dort gewollt? Und weshalb raste er derart mit seinem Auto, dass er – wie auf der Flucht – die Kontrolle über seinen Wagen verlor und mit hohem Tempo gegen eine Hauswand knallte?

„Herr Fischer?"

Ich musste mich zusammennehmen! Immerhin ging es um mich und letzten Endes um nicht weniger als darum, ob man mich für einen Straftäter hielt. Meine Kopfschmerzen nahmen weiter zu.

„Ja?"

„Haben Sie bei dem Verdacht, den Sie gegenüber Prof. Bramberger und den anderen Ärzten hatten, eigentlich jemals eine Verbindung zu dieser Betrugssache hergestellt?"

„Das kann ich eindeutig verneinen", sagte ich. „Wenn ich es mir recht überlege, war ich einfach nur davon überzeugt, jetzt eine andere Identität zu haben. Gerade auch, nachdem ich von dem Lehnitzsee-Fall erfahren hatte. Zuerst wusste ich natürlich nicht, was das Ganze sollte, aber nach und nach wurde ich mir sicher, dass ich als Benjamin Korn mit dieser Sache vertraut gewesen war. Und dass mein Sohn Heiner meinte, er könnte durch mich eine Chance haben, an die Information zu kommen, die er partout brauchte: wo sich das Geld befand. Wenn ich denn im dafür entscheidenden Organ meines Körpers der war, den er fragen musste: sein Vater."

Wir schwiegen alle für einen Moment und sahen vor uns hin. Draußen kam der dissonante Klang eines Martinshorns näher und erstarb dann im Hof. Schließlich ergriff Kommissar Langner wieder das Wort.

„Gut", sagte er befriedigt. „Sie sollen auch wissen, dass wir zu keiner Zeit in dieser Richtung ermittelt haben und das auch nicht tun werden.

Ich habe nur eines getan, und zwar mich erkundigt: Die Transplantation eines Gehirns, ob nun im Ganzen oder zu einem Teil, ist nach dem gegenwärtigen Stand der Medizin vollkommen ausgeschlossen. Und daran wird sich auch so bald nichts ändern. Sie, Herr Fischer, sind also mit absoluter Sicherheit nicht Dr. Benjamin Korn und nicht der Vater von Heiner Korn. Sie sind niemand anderes als René Fischer aus Frankfurt. Wenn Sie tatsächlich, wie Sie meinen, intellektuelle Fähigkeiten besitzen, von denen in Ihrem Umfeld niemand wusste und die niemand für möglich gehalten hat, dann haben Sie die irgendwo anders her. Aber hundertprozentig nicht von einem fremden Gehirn!"

Nach einigem Zögern sagte ich: „Ich bin mit dem Begreifen halt irgendwie immer etwas langsamer als die anderen."

Er nickte freundlich. Auch Andreas gab einen Laut von sich, der einem zugleich zustimmenden wie erleichterten Brummen ähnelte.

„Und noch etwas", fuhr der Kommissar fort. „Wir gehen nach wie vor davon aus, dass Dr. Benjamin Korn in Frankfurt durch einen tragischen Unfall ums Leben gekommen ist. Er fuhr zu schnell und verlor die Kontrolle über sein Fahrzeug. Jegliches Fremdverschulden schließen wir aus."

„Da irren Sie sich!", sagte ich mit Nachdruck.

Er sah mich verwundert an; diese Entschiedenheit hatte er in meiner momentanen Verfassung offenbar nicht von mir erwartet.

„Wie kommen Sie darauf?"

Jetzt schaltete Andreas sich ein.

„Herr Fischer ist der Überzeugung, dass es bei dem Unfall einen Beifahrer gegeben hat."

„Ja. Und ich bin mir sicher, dass ich selbst dieser Beifahrer war!"

21. Kapitel

Gut zwei Stunden später hatten die Kopfschmerzen ein Ausmaß angenommen, dass ich nicht mehr imstande war, etwas anderes als sie zu empfinden. Es war ein Schmerz wie kaltes, graues Metall. Er hatte an den Schläfen zwei Zentren, gerade da, wo man bei Schlachtvieh den Bolzenschussapparat ansetzt, um das Tier zu töten. Ich fühlte mich wie so ein Tier. Wehrlos und zur beliebigen weiteren Verfügung freigegeben.

„Du solltest dich ins Krankenhaus bringen lassen!", sagte Karin schon zum x-ten Mal, obwohl ihr klar war, dass man mich, solange ich bei Bewusstsein war, da nicht hinbekam. Ratlos, aber wohlmeinend hielt sie meine Hand in ihrer und war ansonsten zweifellos selbst damit beschäftigt, die Erkenntnisse und Erlebnisse der letzten Stunden zu verarbeiten.

Sie und ich saßen wieder in dem Besprechungsraum mit dem zu großen Tisch. Andreas war gegangen, um mit seinen Kindern das Spiel von Italien gegen Neuseeland anzusehen. Das war unmittelbar vor der langwierigen Aktion mit dem Phantombild gewesen, das dann doch nach meinen Angaben angefertigt worden war. Abends spielten auch noch die Brasilianer. Ich hatte ihm für seine Hilfe gedankt und wusste, dass das angesichts dessen, was er für mich getan hatte, viel zu wenig war. Kommissar Langner hatte sich soeben gleichfalls verabschiedet. Zuvor hatte er mir noch eine Packung mit einem starken Schmerzmittel besorgt, auf dessen Wirkung ich jetzt hoffte. Als er ging, war er mir ebenso mitgenommen erschienen, wie wir es waren. Mitgenommen und verwirrt, überrascht von der Entwicklung, die sich in seinem wie in meinem Fall abzuzeichnen schien.

Ich stützte den Kopf in beide Hände und presste die Daumen gegen meine Schläfen. So konnte ich mir zumindest einbilden, dass der Schmerz ein wenig erträglicher wurde. Karin sagte nichts, obwohl ihr anzumerken war, wie schwer ihr das fiel. Ich war gerade weit weg, unerreichbar für sie. Dabei hätte sie jetzt wohl nichts so sehr gebraucht wie ein Signal von mir, ein Signal, dass sie nicht im Begriff war, mich zu verlieren. An eine andere Frau, an eine wiederkehrende Erinnerung, an meine Vergangenheit.

Tania. Sie war seit Jahren die große Liebe von René Fischer gewesen, so viel wussten wir jetzt. Die endgültige Erkenntnis dessen, was im Grunde ja bereits zu vermuten gewesen war, hatte sich bei mir eingestellt, als Langner das Passwort erwähnte. Der Polizei in Frankfurt war es in kürzester Zeit gelungen, auf meinem Computer auch den Zugang zu dem Bereich zu finden, der sich hinter dem Usernamen „Wilhelm" verbarg und mir verschlossen geblieben war. Das Passwort war „Tania". Natürlich.

René Fischer – so viel hatte auch ein Berliner Kollege von Langner herausgefunden – war an der Freien Universität Berlin immatrikuliert. Seit sechs Jahren, und zwar am Fachbereich Rechtswissenschaften. Die E-Mails und Downloads auf meinem Rechner hatten das bestätigt. Viele Informationen, die für das Studium erforderlich waren, hatte ich mir von Kommilitonen schicken lassen, die größte Unterstützung hatte mir aber Tania gegeben. Und zu Klausuren und anderen wichtigen Terminen war ich immer mal wieder nach Berlin gekommen. Anscheinend war ich damit ganz erfolgreich gewesen, denn wie wir zuletzt noch erfahren hatten, stand ich mitten in der ersten juristischen Staatsprüfung, hatte in drei Tagen den Termin für die mündliche Prüfung und steuerte auf ein Prädikatsexamen zu. Ich staunte nicht schlecht, was Langners Mitarbeiter in so kurzer Zeit an einem Sonntag alles herausfinden konnten.

Langner selbst hatte sich das Staunen offensichtlich abgewöhnt, denn was er von mir erfuhr, nahm er äußerlich unbewegt – bis auf ein sich ständig leicht veränderndes Stirnrunzeln – zur Kenntnis. Dennoch konnte er am Ende nicht verbergen, dass ihn die neuen Gesichtspunkte und eingetretenen Veränderungen nicht unberührt ließen. Ich meinte sogar, ihm eine gewisse emotionale Anteilnahme an der Entwicklung meiner Geschichte anzumerken. Umso mehr beschäftigten ihn die Informationen, die in Zusammenhang mit dem Lehnitzsee-Fall von Bedeutung waren.

Wie ich darauf kam, dass ich selbst als Beifahrer in Benjamin Korns Auto gesessen hatte, als der Unfall passierte, wollte er wissen. Alle drei wollten das natürlich wissen. Und ich war selbst ein wenig überrascht davon, mit welcher Selbstverständlichkeit sich die Zusammenhänge vor mir auftaten, als ich erst einmal begann, eine Verbindung zwischen den Dingen herzustellen, die ich im Grunde längst hätte erahnen können.

„Als ich in dem Auto saß, in Vogelhehrs Auto, nachts, im Hof hinter Wilhelms Autohaus – du meine Güte, ist das tatsächlich erst sechs Tage her?"

„Da hattest du diesen Traum", warf Andreas ein.

„Ja. Ich träumte, dass ich mit eben diesem Auto durch Frankfurt raste, dann die Gewalt über den Wagen verlor und schließlich gegen eine

Häuserwand prallte. Am nächsten Tag, als ich die Unfallstelle aufsuchte, stellte ich fest, dass ich exakt von der Häuserwand geträumt hatte, an der Benjamin zu Tode gekommen war."

Langner sagte nichts. Auch seinem Blick konnte ich nicht entnehmen, wie er über das dachte, was ich da gerade zum Besten gab. Aber Andreas warf ein: „Und jetzt glaubst du, du hast das deswegen geträumt, weil du neben ihm auf dem Beifahrersitz gesessen hast?"

Ich blickte ihn nachdenklich an. Klang das zweifelnd? Es hätte mich nicht verwundern dürfen, aber so, wie er es sagte, machte er eher den Eindruck, als wenn er etwas von mir hören wollte, woran er selbst bereits dachte. Wahrscheinlich hatte er das Bild vor Augen, das Benjamin und einen Beifahrer zeigte, wie sie von einer Messkamera geblitzt wurden.

„Es gibt zwei Blitzerfotos", erläuterte ich so beherrscht wie möglich, was mir nicht ganz leicht fiel, denn ich war jetzt doch aufgeregt. „Wenn man die Aufnahmezeiten vergleicht, dürfte sich mit ziemlicher Sicherheit ergeben, dass zuerst Benjamin und kurz danach ein anderes Auto in die Blitzerfalle geraten ist. Auf Benjamins Bild ist zu sehen, dass jemand neben ihm saß; leider ist das Gesicht unkenntlich."

„Das wird immer so gemacht", bestätigte Langner überflüssigerweise.

„Das zweite Auto war ein Opel Corsa. Dabei handelt es sich um einen Vorführwagen, der auf das Autohaus Fischer zugelassen ist." Ich überlegte einen Moment, dann fuhr ich fort: „Die Vorführwagen stehen bei uns immer in vorderster Reihe. Wenn man den Schlüssel hat, kann man sie problemlos auf die Straße fahren; auch nachts. Die Schlüssel befinden sich allerdings in einem kleinen Safe hinter dem Tresen von Frau Brotbecke. Normalerweise."

„Ob Heiner Korn …?", warf Andreas ein.

„Am Steuer saß ein eher beleibter Mann. So viel ließ sich immerhin erkennen."

„Das kann täuschen", sagte der Kommissar. „Außerdem ist es ja möglich, dass er auch dafür seinen Handlanger eingesetzt hat. Den, der gestern Dominik Vogelhehr erschlagen hat."

Ich verkniff mir die Bemerkung, dass auch der nicht erheblich fülliger gewesen war. Stattdessen sagte ich: „Das Originalschreiben mit dem Foto liegt bei Leclerc. Man könnte es vielleicht noch einmal genau betrachten. Eine Kopie davon habe ich in meiner Wohnung."

Aber Langner stand natürlich eine viel bessere Möglichkeit offen.

„Ich werde mir die Originale von den Kollegen aus Frankfurt kommen lassen. Beide."

Was Leclerc anging, wollte er von einer Festnahme zunächst absehen. „Bei Rechtsanwälten ist das immer so eine Sache", sagte er.

Ich widersprach ihm nicht, obwohl er bei Siegel ja nicht gezögert hatte, sich einen Haftbefehl zu besorgen. Aber auch mein Eindruck ging eher dahin, dass Leclerc unbedarft und harmlos war. Für meine Entführung hatte er sich wohl benutzen lassen, doch eine maßgeblichere Beteiligung an der ganzen Sache traute ich ihm nicht zu.

„Viel wichtiger ist, dass wir Korn junior bald erwischen!", fuhr er fort. „Dann ergibt sich alles Weitere vermutlich von allein."

Wir waren alle zu der Ansicht gelangt, dass der Fall im Großen und Ganzen aufgeklärt war. Wenn sie Heiner hatten, würden sie auch den Schlüssel bekommen. Und den Totschläger. Die großen Betrüger dagegen, allen voran Zimmermann und Birgel, waren vermutlich längst weit fort, sodass sie eher durch Zufall irgendwann auffielen und festgesetzt werden konnten. Sehr viel Geld stand ihnen da, wo sie ihre neue Existenz fristeten, wahrscheinlich nicht zur Verfügung, wenn der größte Teil der Beute in dem noch zu findenden Schließfach lag.

Aber war eigentlich auch mein Fall aufgeklärt?

„Es würde dir sicher helfen, wenn du rausgehst. An die Luft", sagte Karin.

Als wir vor dem Haus standen, waren die Schmerzen zwar nicht besser, aber ich spürte, dass sie recht gehabt hatte. Die warme Sommerluft, der wie selbstverständlich fließende Straßenverkehr, dazu eine leichte Brise und der Geruch von Bäumen und Asphalt lenkten meine Sinne wohltuend ab. Ich sah noch einmal zurück. „Landeskriminalamt, Abteilung 1, Delikte am Menschen" stand auf einem Schild an dem Gebäude, aus dem wir gerade herausgekommen waren.

„Lass uns zum Tiergarten gehen."

„Anton war so nett, den Dienst für heute doch wieder selbst zu übernehmen", erzählte sie, während wir am Landwehrkanal entlanggingen. Ich hörte ihr nicht wirklich zu, aber es tat gut, sie bei mir zu haben. Es ging ein sanfter Wind, mit dessen Hilfe ich mir einbilden konnte, dass der Kopf ein wenig leichter wurde. „Er hat seine Eltern zu Besuch und wollte heute eigentlich zusammen mit seinem Freund ein großes Essen für sie machen. Aber ich habe ihm von dir erzählt und dass ich unbedingt nach Berlin fahren musste. Ich habe es einfach nicht ausgehalten, nachdem Andreas gestern Abend anrief."

Wir waren auf einen Weg in den Tiergarten abgebogen und trafen schließlich auf ein Gartencafé, das sehr belebt war. Zwei von vier Plätzen an einem Tisch wurden gerade frei, und wir setzten uns zu einem älteren Ehepaar, das der Sprache nach aus Skandinavien kommen mochte. Er war klein und schmächtig und trank einen Espresso, während seine korpulente Frau genüsslich in den Tiefen eines großen Sahneeisbechers bohrte.

„Ich glaube, ich nehme auch einen Espresso", sagte ich zu Karin. Sie blickte auf unsere beiden Tischpartner und lachte dann endlich wieder ihr wunderbares Lachen.

„Okay", erwiderte sie. „Ich auch."

Ich schloss die Augen und hörte Vogelzwitschern, fernen Autoverkehr und leises skandinavisches Brabbeln. Karin hatte wieder zu reden begonnen. Wie erstaunlich grün es hier war, mitten in Berlin, und wie schön das Wetter. Der Espresso wurde gebracht und sie überlegte, ob sie nicht doch auch ein Eis essen sollte. Dann überraschte sie mich mit dem Vorschlag, heute Nacht zusammen ein Hotelzimmer zu nehmen, und ich nickte. Das klang okay. Ich nahm mir vor, ihr für den Abend noch einen Kinobesuch vorzuschlagen.

Dann brachte sie das Thema auf Tania. Und obwohl es der völlig falsche Zeitpunkt war, war mir doch klar, dass sie vermutlich an kaum etwas anderes gedacht hatte. Wenn ich ehrlich war, war ich selbst in Gedanken eigentlich mehr bei ihr als bei Karin, obwohl diese jetzt greifbar und lebendig neben mir saß.

Als sie den Namen Tania aussprach, traf das in meinem Kopf auf eigenartige Weise zeitgleich mit dem Gefühl zusammen, dass die Schmerzmittel möglicherweise ein wenig zu wirken begannen. Es war, als wenn ein paar Wolken weiterzogen.

„Ich sollte sie anrufen", stellte ich fest.

Sie schwieg. Andreas hatte Tania versprochen, dass sie mit mir reden konnte. Noch heute, wenn ich mich richtig erinnerte. Sie wartete also vermutlich auf meinen Anruf, und Karin wusste das ebenfalls.

„Ja", sagte sie mit einiger Verzögerung. Mehr nicht.

„Aber ich habe ihre Nummer nicht."

Karin griff in ihre Handtasche, die sie auf dem Schoß hielt, holte etwas heraus und legte es vor mir auf den Tisch. Es war mein Handy. Das Handy, das Andreas mir vor zwei Tagen gegeben hatte.

„Die Nummer ist gespeichert. Unter Tania." Wie sie das sagte, war sie unglaublich weit weg.

Ich griff nach dem Handy.

„Darf es noch etwas sein?", fragte der junge Kellner.

Karin schüttelte den Kopf.

„Ich würde gern zahlen", sagte ich.

„Ach, nein", warf Karin etwas zu plötzlich und etwas zu laut ein, „ich glaube, ich hätte doch gern noch ein Eis. So einen Eisbecher, wie ihn die Dame hier hatte!"

„Okay, sehr gern."

Der Kellner wandte sich zufrieden ab, nicht ohne mich vorher mit einem Blick gestreift zu haben, der mir spöttisch vorkam.

Zögernd blickte ich auf das Handy in meiner Hand. Zum ersten Mal fiel mir auf, dass es einen dunkelroten Streifen um das Display hatte. Die zentrale Taste war schwarz und führte mit einem leisen, aus drei Tönen bestehenden Klang zum Menü. Dort wählte ich das Telefonbuch, in dem ich ein ganzes Stück hinunterscrollen musste, bis der Name „Tania" erschien. Die Nummer begann mit 030. Als ich die Ruftaste drückte, zitterten meine Hand und mein Kinn. Es läutete.

Sie meldete sich nach dem zweiten Klingeln mit ihrem Namen.

„Tania Tedesco."

Ich legte sofort wieder auf.

„Ich verstehe dich nicht", sagte Karin.

Ich verschränkte die Hände im Nacken und sah hinauf in die Bäume, deren Äste und Blätter sich leicht gegeneinander bewegten. Und ich stellte fest, dass die Kopfschmerzen jetzt verflogen waren. Sie hatten nur ein dumpfes Gefühl von Schwäche zurückgelassen, das etwas eigentümlich Wohliges mit sich brachte.

Dann wandte ich mich Karin zu.

„Tut mir leid. Ich musste das gerade abbrechen."

„Aber warum? Sag mir warum!"

Keine Frage, sie ärgerte sich über mich. Ja, warum hatte ich aufgelegt?

„Sie hat sich mit Tedesco gemeldet."

„Das wird ihr Name sein", stellte sie sarkastisch fest.

Ich richtete mich auf und lehnte mich über die Tischkante ihr entgegen.

„Verstehst du denn nicht? T, Punkt, Tedesco!" Aber sie verstand nicht.

„Hat Andreas dir nicht von ‚Advocabel' erzählt?"

„Was soll das sein?"

Ich holte Luft.

„Das ist ein …"

Doch ich wurde unterbrochen vom Klingeln des Handys, das zwischen uns auf dem Tisch lag. Das Display zeigte den Namen des Anrufers an: Tania.

„Entschuldige, bitte." Ich hätte nicht erklären können, weshalb ich aufstand und ein paar Schritte von dem Tisch fortging. „Ja?", sagte ich dann in das Handy.

„René?"

Ich musste zuerst schlucken, ehe ich antwortete: „Ja."

„Gott sei Dank."

Das war für den Moment alles. Ich ging langsam den schmalen Parkweg weiter in den Tiergarten hinein und hielt das Telefon am Ohr. Wir atmeten uns gegenseitig zu, ohne Worte zu bilden. Dennoch wussten wir, dass der andere da war, zugewandt, gegenwärtig. Ich sah sie vor mir, ihre zierliche Figur in dem schwarz-roten Sommerkleid, das schwarze Haar leicht im Wind wehend. Tania. Ich malte mit dem Fuß einen ungleichmäßigen Kreis in den staubigen Weg und begann zu sprechen, ohne nachzudenken.

„Tania, es ist unglaublich schwierig, das alles zu erklären. Ich weiß, du musst es sehr schwer gehabt haben. Wenn ich gekonnt hätte, hätte ich vieles anders gemacht. Aber ich war selbst vollkommen ahnungslos, ich wusste weder von meinem Leben hier noch von dem Leben in Frankfurt etwas." Ich hielt inne, und als sie stumm blieb, fragte ich: „Du weißt von der Amnesie?"

Ja, sie wusste davon. Sie hatte es gerade erst heute erfahren.

„Warum bist du nach Berlin gekommen?"

„Tja, das ist eine lange Geschichte." Praktisch meine gesamte mir bewusste Lebensgeschichte, dachte ich. „Irgendwie bin ich da in eine Betrugssache hineingeraten, die eigentlich gar nichts mit mir zu tun hat."

„Bist du in Schwierigkeiten?"

Ich begann zu erzählen, aber nach jedem halben Satz, mit dem ich etwas zu erklären versuchte, unterbrach sie mich aufgeregt und mischte zunehmend italienische Wörter und Phrasen in ihre Sprache. Mitunter musste ich schmunzeln. Auch im Tempo legte sie kontinuierlich zu. Dabei war das, was sie sagte, mehr oder weniger immer das Gleiche. Was für ein Unglück es war, dass ich diesen Unfall gehabt hatte, wie bedauernswert ich war und wie bedauernswert andererseits auch sie war, die sich seit Monaten Sorgen machte und nicht wusste, was werden würde. Dazwischen stellte sie wiederholt rhetorische Fragen, auf die sie keine Antwort erwartete und mich auch nicht zum Versuch einer Antwort ansetzen ließ.

„Tania, wir sollten …"

Mitunter nahm ich das Handy vom Ohr und lauschte dem Rauschen der Blätter und den Vögeln in den Bäumen, um gleich darauf festzustellen, dass aus dem Hörer immer noch weitgehend unveränderte Ergüsse und Lamenti kamen. Doch dann, ganz plötzlich – um ein Haar wäre es mir entgangen – fragte Tania: „Wann sehen wir uns?"

Ich konnte mir nicht helfen: Ich musste lauthals lachen angesichts dieser abrupten Wendung. Ihre Reaktion war aber eher irritiert.

„Was ist? Willst du nicht?"

„Doch, natürlich", beeilte ich mich zu sagen.

Und dann verabredeten wir uns für den nächsten Vormittag. Der Vorschlag kam von mir, und ich begründete ihn nicht. Ich erwähnte Karin nicht und verschwieg, dass ich den Abend gern anderweitig verbringen wollte, mit einer anderen Frau, von der ich vor Kurzem noch sicher gewesen war, dass ich sie liebte.

„Ciao", sagte sie, und es klang irgendwie zufrieden. Als könne sie das Telefonat nun erst einmal verarbeiten.

„Ciao", sagte ich ebenfalls, sah dann aber auf dem Display, dass sie schon aufgelegt hatte.

Karin blickte mich, als ich an ihren Tisch trat, fragend an, unsicher. „Und? Wie fühlst du dich jetzt?", wollte sie wissen.

„Glücklich", hätte ich sagen können, aber ich sagte: „Die Kopfschmerzen sind weg."

Karin und ich verbrachten gemeinsam etwas, das man einen netten Abend nennen konnte. Wir aßen ausgiebig, dann gingen wir ins Kino und schließlich ins Hotel. Andreas hatte es für uns ausgewählt und Karins Sachen, die er noch in seinem Auto gehabt hatte, dorthin gebracht. Wenn man bedenkt, was alles geschehen war, sprachen wir dafür relativ wenig. Wir hatten wohl beide das Bedürfnis, die Ereignisse erst einmal sacken zu lassen. Nach der Aufregung der letzten Tage, die im Wiedersehen auf dem Polizeirevier ihren Höhepunkt gefunden hatte, trat in uns beiden eine unvermutete Ruhe ein, eine Art Ruhe nach dem Sturm, der wir uns hingaben und in der wir all das, was noch geklärt werden musste, beiseiteschoben.

„Ist dieser Lehnitzsee-Fall denn nun wirklich aufgeklärt?", fragte sie einmal.

„Langner scheint ja davon auszugehen", antwortete ich. „Die Haupttäter wird man wohl nie erwischen, oder vielleicht durch reinen Zufall. Heiner Korn müssen sie noch kriegen, und dann wird es spannend werden, wie viel Geld wirklich in dem Schließfach liegt."

„Und was passiert dann damit?"

„Naja, es steht wohl den Anlegern zu. Zuerst wird die Beschlagnahme angeordnet werden, dann geht es an die Verteilung, also die Vollstreckung in das vorhandene Vermögen. Da kann man wohl annehmen, dass es noch einiges Hauen und Stechen geben wird, weil das Geld mit Sicherheit nicht für alle reicht und weil nicht jeder Anleger beweisen kann, wie viel er tatsächlich investiert hat."

„Du meinst, da steckt auch Schwarzgeld drin?"

„Ja, ganz sicher."

„Und wenn es Heiner doch gelingt, mit dem Geld abzuhauen?"

Das war natürlich auch nicht ausgeschlossen.

„Es ist schon komisch", sinnierte ich, „aber irgendwie würde ich es ihm auch wünschen. Zumindest, dass er einer Bestrafung entkommt."

„Das verstehe ich nicht", sagte Karin. „Der Mann hat dich zwei Tage lang eingesperrt, wiederholt mit K.-o.-Tropfen betäubt und am Ende im Dreck abgelegt wie ein Stück Müll, und das sogar, obwohl er es für möglich hielt, dass du sein Vater bist!"

An diesem Punkt stockte unsere Unterhaltung und wir schwiegen eine Weile vor uns hin, jeder auf der Suche nach einem anderen Thema.

„Was hat es nun eigentlich mit diesem Advokat-Dingens auf sich?"

Wir standen im Kino vor der noch geschlossenen Saaltür, als sie das fragte. Ich erklärte ihr, worum es sich bei dem Vokabel-Tool handelte. Dass wahrscheinlich ich es war, der es entwickelt hatte, und wir die Rechte daran auf Tanias Namen hatten sichern lassen.

„Warum das?"

„Na, weil René Fischer doch weiter die Rolle des Versagers spielen musste. Was hätten wohl Esther und Frank und alle anderen gedacht, wenn sich herausgestellt hätte, dass er so ein geniales Programm entwickelt hatte! Und dass er dafür – zweifellos – mächtig kassierte!"

„Was ich noch nicht verstehe: Warum hast du das alles so lange geheim gehalten? Das war doch total umständlich und aufwendig, und schön kann es auch nicht gewesen sein, für einen Taugenichts und Asozialen gehalten zu werden, obwohl du in Wahrheit auf dem besten Weg warst, ein erfolgreicher Jurist zu werden!"

Ja. Das war einer dieser Gedanken, die ich vor mir herschob.

Karin sah mich lange an und wartete auf eine Antwort. Als wir in den Kinosaal gelassen wurden, sah sie mich weiterhin fragend an, aber sie sagte nichts mehr. In unseren Sesseln saßen wir schweigend nebeneinander und sie öffnete eine Tüte mit Gummibären, die sie vorn am Tresen gekauft hatte.

Es war ihr Vorschlag gewesen, in den Film „Lourdes" zu gehen. Er war voriges Jahr in Venedig gelaufen und in Wien prämiert worden, startete gerade erst in den Kinos und zog dennoch nicht sehr viele Zuschauer an. Wahrscheinlich fehlte es ihm an der Action, die wahre Kinoerfolge ausmacht. Hier ging es um ein krankes Mädchen, das zu dem Wallfahrtsort in den Pyrenäen fährt und dabei nicht wirklich auf ein Wunder hofft. In Wahrheit ist es der Zuschauer, der sich die ganze Zeit mit der Hoffnung herumschlägt und am Ende nicht sicher sein kann, ob sie sich erfüllt hat oder nicht.

Auf dem Weg zum Hotel sprachen wir darüber. Nicht über Wunder und die Kirche oder den Glauben, sondern über die Schauspieler und ihre Rollen. Karin identifizierte sich sehr mit Christine, der Protagonistin. Sie schwärmte geradezu von ihrer Ausstrahlung und von der Gelassenheit, mit der sie ihre Rolle annahm. Ich war nicht sicher, ob sie damit die Schauspielerin oder das von ihr verkörperte Mädchen meinte. Einig waren wir uns darüber, dass es Lourdes überall gab, auch hier, wo wir gingen und standen. Dabei sprachen wir überhaupt nicht von mir, und ich wusste nicht einmal, ob sie an mich dachte. Daran, dass ich ebenfalls gern das Wunder einer unverhofften Heilung erfahren hätte, das Wiedererlangen meines Erinnerungsvermögens und damit des Lebens vor der Amnesie. Aber ich sprach nicht aus, was ich fühlte. Für Karin gab es mich nur ohne diese Vergangenheit, und mir war klar, dass sie da, wo ich vielleicht etwas zu gewinnen hatte, nur verlieren konnte.

Im Hotelzimmer angelangt, schliefen wir miteinander. Es war anders als sonst, was an der Stimmung liegen mochte, in die uns der Film versetzt hatte. Danach überfiel mich der Schlaf wie ein großes, schweres Tier.

Am Morgen war Karin mürrisch. Sie hätte schlecht geschlafen und lauter ärgerliches Zeug geträumt, sagte sie. Dann fiel ihr im Bad das Zahnputzglas runter und zerschellte zwischen ihren nackten Füßen auf den Fliesen. Wir brummten uns gegenseitig an.

Der Frühstücksraum war klein und leer, das Büffet nicht eben üppig, aber liebevoll angerichtet. Ich bediente mich beim Obstsalat, nahm

Toastbrot, Rührei und Wurst und trank Kaffee. Das Gleiche stellte ich Karin hin, die etwas später herunterkam, aber sie bevorzugte Müsli, Brötchen und Marmelade. Als sie sich schließlich zu mir setzte, begann ich zu fürchten, dass wir uns anschweigen würden.

„Hast du eigentlich mit meinem Vater gesprochen?", fragte ich sie deshalb sogleich. „Ich meine, bevor du hergekommen bist."

Aber sie stand noch einmal auf, um sich Orangensaft zu holen, ehe sie antwortete.

„Mit deiner Mutter. Erst am Freitag, nach deinem ersten Anruf, und dann noch einmal gestern aus dem Zug."

Ich war ihr dankbar dafür. Zwar war ich keineswegs sicher, ob ich überhaupt nach Frankfurt zurückkehren würde, aber zunächst weiter in Wilhelms Geschäft zu arbeiten war eindeutig eine Option. Und ich mochte meine Eltern.

„War Wilhelm nicht da?"

„Hm-hmm", verneinte sie mit vollem Mund.

Darüber wunderte ich mich.

„Wie – am Sonntagvormittag war er nicht zu Hause? War er vielleicht im Geschäft?"

„Glaub ich nicht. Sie hat gesagt, er sei weggefahren. Mehr nicht."

Das war ungewöhnlich. Aber ich sagte mir, dass er schließlich fahren konnte, wann und wohin er wollte. Trotzdem: wenn Wilhelm woanders hinfuhr als nach Hause oder ins Geschäft, dann hatte er etwas vor. Und er hatte nicht oft etwas vor.

„Entschuldige mich bitte einen Moment", sagte ich und stand auf.

In einem schmalen Gang, der von dem Frühstücksraum wegführte, hatte ich zwei Türen gesehen, und die mit einem „H" darauf steuerte ich jetzt an. Eigentlich hatte ich gar keinen akuten Anlass, höchstens um mir nach dem Hantieren mit Toast und Ei die Hände zu waschen. Aber irgendwie brauchte ich auch immer mal wieder diese kleinen Distanzen, weniger konkret zu Karin als zu den Gedanken und Gefühlen, die mich in ihrer Nähe oder in der Nähe von anderen Menschen anfielen und nicht losließen.

Alles in allem war ich guter Dinge, unbekümmert und ahnungslos, als ich die Tür zur Herrentoilette aufstieß.

22. Kapitel

Wäre er von hinten an mich herangetreten, während ich vor dem Handwaschbecken stand, hätte ich ihn im Spiegel sehen müssen. Aber ich hatte mich gerade dem Händetrockner zugewandt, als er aus dem Nebenraum heraustrat. Mit einem schnellen, festen Griff drehte er mir den linken Arm auf den Rücken, und ehe ich einen Laut von mir geben konnte, hatte er eine Hand auf meinen Mund gepresst.

„Halt bloß dein Maul", vernahm ich seine gepresste Stimme, und mir war sofort klar, mit wem ich es zu tun hatte. „Mach da auf!"

Er war kurz davor, mir die Schulter auszukugeln, so sehr schmerzte sein Griff. Hinzu kam, dass mir durch die verbogene und verkrampfte Haltung wieder die rechte Hüfte wehtat, ein Schmerz, den ich dem Überfall vor Andreas' Praxis zu verdanken und beinahe schon wieder vergessen hatte. Nein, kein Zweifel, es war besser, ich tat, was er wollte.

Er schob mich auf den Gang hinaus, der leer war. Vom Frühstücksraum her konnte uns niemand sehen. Wir gingen in die entgegengesetzte Richtung, ich vorneweg, wobei mich der hochgedrückte Arm in eine vornübergebeugte Haltung zwang, die Hand vor meinem Mund aber schmerzhaft den Kopf zurückzog. Bequem war das nicht. Ich gab gepresste Laute von mir, was mir von hinten einen Tritt mit dem Knie eintrug.

Der Gang bog um eine Ecke, dann erreichten wir eine Tür, die ich sogleich unaufgefordert öffnete. Sie führte ins Freie. Soweit ich es erkennen konnte, befanden wir uns in einem Hof, unmittelbar vor uns parkte ein weißer Transporter. Und obwohl ich nach rechts in Richtung Beifahrertür gedrängt wurde, gelang es mir, die Aufschrift des Wagens zu entziffern: Hakan Semioglu, Fliesenlegermeister.

„Da rein!", kam das Kommando, als wir neben dem Wagen standen.

Ich öffnete die Beifahrertür.

„Steig ein!"

Er lockerte den Griff um mein linkes Handgelenk und ich sondierte bereits, in welche Richtung ich laufen würde, wenn er um den Wagen herum zur Fahrerseite ging. Aber daraus wurde nichts.

„Rutsch durch! Du fährst!"

Und den Gedanken, auf der anderen Seite aus dem Auto zu entkommen, konnte ich ebenfalls gleich wieder vergessen. Denn als er seine Hand von meinem Mund nahm, sah ich im nächsten Moment eine Pistole auf mich gerichtet.

„Der Schlüssel steckt. Fahr los!"

Für einen Augenblick war ich wie versteinert.

„Fahr!", brüllte er.

Meine Hand zitterte, aber im zweiten Versuch brachte ich den Motor zum Laufen. Geradezu ging es vom Hof zur Straße hinaus, und ich ließ den Wagen dahin rollen. Dabei war es mir kaum möglich, mehr als das Nötigste wahrzunehmen; das war die pure Angst. Erst als er mich wiederholt anblaffte, ich sollte Gas geben, gelang es mir, mich zusammenzureißen. Der Transporter ließ sich sogar erstaunlich leicht fahren. Die Straßen waren einigermaßen leer, und die Richtungsanweisungen kamen jeweils so, dass ich sie mühelos befolgen konnte.

Aus dem Augenwinkel sah ich, dass er die Waffe im Schoß auf mich gerichtet hielt. Ich hatte keine Ahnung, ob sie echt war. Selbst wenn ich die Gelegenheit dazu gehabt hätte, sie genauer zu betrachten, hätte ich das wohl nicht beurteilen können. Aber ich war mir ziemlich sicher, dass er keine Spielzeug- oder Schreckschusspistole benutzen würde. Er nicht.

„Ihnen ist inzwischen klar", sagte ich nach einer Weile unter Aufbietung aller mir möglichen Entschlossenheit, „dass ich nicht Ihr Vater bin?"

„Halts Maul!"

Den Satz kannte ich schon. Aber er war diesmal mit einer gewissen, vielsagenden Verzögerung gekommen, aus der ich schloss, dass er es nicht gewusst hatte. Oder sich dessen jedenfalls noch nicht sicher war. Ich riskierte sogar einen kurzen Seitenblick, der mich feststellen ließ, wie verunsichert er gerade war.

„Guck nach vorn!"

Aha. Er hielt es also nach wie vor für möglich, dass ich Benjamin war. Teilweise jedenfalls. Hoffte er immer noch, ich könnte ihn zu dem Geld führen, indem mir wieder einfiel, wo ich es als Benjamin versteckt hatte?

An einer roten Ampel musste ich anhalten. Für eine Sekunde erwog ich, die Tür zu öffnen und mich hinausfallen zu lassen, wie es in einen Krimi der Art, wie ich ihn gerade erlebte, passen würde. Ob er schießen würde? Was brachte ihm das? Aber all diese Überlegungen führten zu nichts, denn ich wusste sehr genau, dass ich überhaupt nichts unternehmen würde, um ihm zu entkommen. Ich war schlicht und einfach kein Krimiheld.

Wir fuhren in Richtung Neukölln, stets durch kleinere Nebenstraßen. Bis nach Kreuzberg hinein kannte ich mich einigermaßen aus, danach war mir die Gegend fremd. Am Hermannplatz machte ich einen neuen Versuch: „Vorgestern habe ich mit Ihrer Mutter gesprochen." Wider Erwarten unterbrach er mich diesmal nicht sofort, deshalb fügte ich hinzu: „Sie weiß, wer ich wirklich bin."

Dann überraschte er mich, indem er mit gesenkter, beinahe sanfter Stimme sagte: „Ich habe auch mit ihr gesprochen. Aber sie weiß nichts. Gar nichts."

Danach schwiegen wir wieder.

Schließlich ging es durch ein mir vollkommen fremdes Gewerbegebiet, in dem er mich rechts auf einen kleinen Betriebshof einbiegen ließ. Wir hielten neben einem zweiten weißen Transporter, der kleiner war als unserer, aber die gleiche Aufschrift hatte. Heiner sprang hinaus, ich tat es ihm auf meiner Seite nach, musste aber sogleich einsehen, dass mir der Weg nach draußen versperrt war. Ein dicker, südländisch aussehender Mann schloss gerade das Hoftor. Und im nächsten Moment tauchte auch schon Heiner wieder mit seiner Pistole vor mir auf.

„So, wir gehen da rein!" Dazu schwenkte er die Waffe in Richtung des Gebäudes, vor dem wir geparkt hatten. „Hakan, kommst du?"

Wir betraten eine Art Lagerhalle, an deren Wand etliche Paletten mit kleinen Kisten standen, transportfertig. Nach den Beschriftungen zu urteilen handelte es sich teils um Fliesen, teils um Terrassenplatten. Weiter im Inneren des Raumes waren Musterstücke ausgestellt: Wand- und Bodenverkleidungen, verschiedenste Bordüren, daneben Gartenartikel aus Terrakotta und allerlei andere Dinge, die Hakan Semioglu, der Fliesenlegermeister, offenbar zum Verkauf anbot.

„Setz dich da hin! Und mach keinen Scheiß!"

Am inneren Ende der Halle befanden sich eine Tür und eine Art Küchenzeile, auf der Geschirr neben Arbeitsmaterial und Werkzeug abgestellt war. Davor gruppierten sich vier Stühle um einen beschmierten Tisch. Ich wählte den, der mir auf den ersten Blick am saubersten zu sein schien. Heiner setzte sich mir gegenüber und legte die Pistole vor sich auf den Tisch, Hakan stellte vier Kaffeebecher dazu, die den Eindruck erweckten, als wären sie eher zum Anrühren von Fugenkitt geeignet als dazu, aus ihnen zu trinken. Gleichwohl kippte der Meister Kaffee in drei von ihnen und schob einen zu mir hin. Ich rührte ihn nicht an.

„So, jetzt müssen wir mal Klartext reden", setzte Heiner an.

Kein Zweifel, er war immer noch ziemlich aufgeregt. Sein Kumpel, der sich zwischen uns setzte, wirkte da weitaus abgebrühter. Oder einfach gleichgültig. Auch er hatte Heiners Waffe in Reichweite, sodass ich jeden etwaigen Gedanken an Flucht oder Widerstand komplett unterdrückte.

„Erste Frage: Wer bist du? Zweite Frage: Hast du den Schlüssel? Und auch gleich die dritte Frage: Wo ist das Schließfach?"

Ich antwortete nicht.

„Was ist, hat es dir die Sprache verschlagen?"

Heiner und ich sahen einander minutenlang stumm in die Augen. Der dicke Hakan schickte indessen seinen Blick mehrfach verständnislos zwischen uns hin und her, sagte aber ebenfalls nichts. Am Waschbecken tropfte ein Wasserhahn, von draußen kam in unregelmäßigen Abständen das Kreischen einer elektrischen Säge. Irgendwo weiter vorn in der Halle fiel etwas um und schepperte wie eine zerbrechende Fliese. All das nahm ich wahr, ohne ihm Beachtung zu schenken, aber es verhalf mir dazu, in der Zeit und an dem Ort anzukommen, wo ich mich befand.

Und plötzlich wurde mir klar, dass er mir überhaupt nichts tun würde. So gelassen wie möglich sagte ich: „Sie wissen doch selbst am besten, wo der Schlüssel ist!"

Er sprang auf.

„Wenn ich das wüsste, hätte ich dich nicht danach gefragt!"

Es stimmte also: Er wusste nicht, wer den Schlüssel hatte! Schlagartig machte sich in mir eine große Ruhe breit. Heiner hoffte tatsächlich, dass ich ihm helfen würde.

„Okay", sagte ich, „dann sollten wir uns jetzt einmal in aller Ausführlichkeit erzählen, was wir eigentlich wissen."

Seine Überraschung war echt, da war ich mir vollkommen sicher. Die Überraschung, als er hörte, dass Vogelhehr tot war. Ermordet. Er hatte sich wieder gesetzt und war dann erneut erregt aufgesprungen.

„Ey, ich rate dir gut: Erzähl mir hier keinen Müll!"

„Das ist kein Müll. Jemand hat ihn am Samstag in Mitte mit einem Totschläger niedergestreckt. Und der, der das getan hat, hat ihm vermutlich auch den Schlüssel abgenommen."

Heiner fluchte. Dann brabbelte er etwas Unverständliches vor sich hin, aus dem ich allein das Wort „Mutter" entnehmen zu können meinte. Ich nickte.

„Vogelhehr hatte den Schlüssel von Ihrer Mutter."

„Also doch!" Es folgte ein wenig feines Schimpfwort. „Nichts, aber auch gar nichts kann sie richtig machen!"

Und dann veränderte er sich schlagartig in für mich völlig unerwarteter Weise. Er ließ sich auf seinen Stuhl gleiten, der Mund verzog sich zu einer Fratze und schließlich ließ er seinen Kopf auf den Tisch fallen, dass es mir schon allein vom Zusehen weh tat. Eine Weile ließ er den Kopf dort liegen, dicht neben seiner Pistole, dann hob er ihn erneut und ließ ihn wieder fallen, mehrfach.

Hakan blickte mich fragend an. Er hatte bisher kein Wort gesagt. Auch ich war für den Moment ratlos. Aber eigenartigerweise kam mir nicht im Entferntesten die Idee, jetzt davonzulaufen. Vermutlich wäre ich wegen des geschlossenen Tores auch nicht weit gekommen. Vielmehr entwickelte sich ein ganz irrationales Gefühl, nämlich der Wunsch, Heiner zu helfen. Wenn er von Vogelhehrs Tod nichts gewusst hatte und auch den Schlüssel nicht besaß, dann hatten wir ihn völlig zu Unrecht verdächtigt. Okay, die Entführung, das war zweifellos sein Ding gewesen. Aber ich hoffte nun doch inständig, dass er wenigstens kein Mörder war. Und dass er auch weder für Benjamins Tod noch für den Überfall auf mich im Frankfurter Bahnhofsviertel etwas konnte.

Doch dann geschah wieder etwas Unvorhergesehenes. Ebenso plötzlich, wie er sich in seine Verzweiflung ergeben hatte, fuhr er jetzt mit dem Kopf hoch, wandte ihn zur Seite und lauschte. Nach einigen Augenblicken sagte er in die Halle hinein:

„Ist gut, komm raus!"

Ich wandte meinen Kopf in seine Blickrichtung. Hinter dem am nächsten stehenden Regal klapperte etwas. Zögernde Schritte waren zu hören.

„Lass es, setz dich zu uns!", bekräftigte Heiner.

Und dann trat sie langsam, ängstlich hinter dem Regal hervor.

„Du hast versprochen, du ziehst mich da nicht mit rein!"

Vor uns stand Amelie. Alle drei musterten wir sie von oben bis unten. Sie trug eine sehr bunte Bluse, eine gelbe, kurze und extrem enge Hose, dazu rote Pumps. Ich musste an einen Papagei denken.

„Red keinen Unsinn, du steckst schon längst mit drin."

Heiner war in keiner Weise anzumerken, dass er gerade noch total neben sich gewesen war. Fast schien es, als wenn Amelies Auftreten ihm neues Selbstvertrauen gab. Oder zumindest Stolz. Er deutete auf den freien Stuhl, und Hakan goss Kaffee in die vierte, unbenutzte Tasse. Amelie kam zögernd herum und setzte sich zwischen uns.

„Zucker?", fragte sie.

Hakan stand auf und ging um den Tisch herum zu der Küchenzeile. Aus einem Hängeschrank nahm er eine Packung mit Würfelzucker, die er vor Amelie auf den Tisch stellte. Sie klappte die Packung auf, nahm nacheinander drei Stück Zucker heraus und ließ sie in ihren Kaffee fallen. Dann wandte sie sich mir zu.

„Wie geht es dir?", fragte sie.

Prompt fuhr Heiner dazwischen.

„„Wie geht es dir?"", äffte er sie nach. „Danke, gut, und dir?' Hey, was soll das werden? Wir sind hier nicht zum Kaffeeklatsch!"

„Ach nein?", konterte sie schneidend. „Dann lass doch mal wissen, wozu du hier bist!"

„Wir hatten uns gerade darauf verständigt", ging ich dazwischen in der Hoffnung, dass die beiden sich beruhigen würden, „einander zu erzählen, was wir wissen. Denn im Moment sieht es so aus, als wenn die Polizei ein paar falsche Vorstellungen hat. Vermutlich kann es für uns alle nur von Vorteil sein, wenn wir unser jeweiliges Wissen zusammentun."

„Wovon hat die Polizei falsche Vorstellungen?", erkundigte sich Amelie, wobei sie sich mehr an Heiner als an mich wandte.

Heiner senkte den Kopf.

„Dieser Vogelhehr ist tot. Und die Bullen scheinen zu glauben, dass ich ihn umgebracht habe."

„Scheiße", sagte Amelie und begann mit dem Finger in ihrem Kaffeebecher zu rühren, um den aufgelösten Zucker zu verteilen.

„Sie suchen nach Heiner", ergänzte ich. „Siegel haben sie schon festgenommen. Ich nehme an, Leclerc ist der Nächste."

„Wieso Leclerc? Was hat der denn damit zu tun?"

Wieder ging die Frage in Heiners Richtung, aber der sah mich jetzt ebenso verständnislos an.

„Naja, immerhin hat er euch ja wohl seine Kellerwohnung zur Verfügung gestellt."

„Ach so."

Allgemeines Schweigen. Ich blickte von einem zum anderen. Man hätte wirklich meinen können, wir wären hier einvernehmlich zum Kaffeetrinken zusammengekommen. Daran, dass ich nur mit Gewalt hierhergebracht worden war, schien gerade keiner zu denken. Für einen Augenblick kam mir der Gedanke zu sagen: So, ich geh dann mal; wo geht's hier denn raus?

„Was grinst du denn so?"

Heiner war nicht entgangen, dass ich mich amüsierte. Tatsächlich hatte ich ja aber nicht wirklich Grund dazu.

„Überhaupt", er richtete sich auf, „wieso hast du eigentlich gesagt, für uns alle wäre das von Vorteil, wenn wir hier über das Ganze reden?"

Plötzlich sah ich die Blicke aller auf mich gerichtet. Begriffen sie es nicht, oder verdächtigten sie mich tatsächlich, doch irgendwie in der Sache mit drin zu stecken? Ich erfuhr es im nächsten Moment.

„Ey, ich glaub's nicht! Du hast doch was mit Vaters Tod zu tun, stimmt's? Du hast ihm in den Lenker gegriffen oder sowas."

Er war aufgestanden und kam jetzt, indem er Hakans Stuhl umkurvte, bedrohlich auf mich zu.

„Hör auf, Heiner!", rief Amelie dazwischen, aber das konnte ihn nicht bremsen. Schon packte er mich am Kragen und zog mich von meinem Stuhl empor. Wieder bildete sein Mund eine Fratze, diesmal von Wut verzerrt. Damit machte er mir eindeutig mehr Angst als mit seiner Pistole.

„Warte, ich erkläre es dir!", presste ich hervor.

„Was willst du mir erklären?"

Sein Gesicht war ganz dicht vor meinem. Ich überlegte fieberhaft, was ich ihm anbieten konnte. Denn was er gerade über Benjamins Unfall gesagt hatte, hatte mich selbst vollkommen unvorbereitet getroffen.

„Wer Vogelhehr umgebracht hat", sagte ich schnell.

Ganz plötzlich ließ er mich los, schubste mich sogar noch ein wenig, sodass ich unsanft auf meinem Stuhl landete und um ein Haar damit nach hinten umgekippt wäre.

„Okay. Dann mal raus mit der Sprache!"

Er blieb auf dem Fleck stehen, wo er mich gerade noch festgehalten hatte. Ganz so, als wollte er sagen: Wenn jetzt nichts Brauchbares kommt, nehme ich dich mir wieder vor.

„Ich habe ihn gesehen."

„Wen?"

„Den Mann, der Vogelhehr erschlagen hat."

Das wirkte. Heiner kam erkennbar zu der Einsicht, dass ich ihm wirklich von Nutzen sein konnte. Vielleicht nicht in dem Sinne, wie er es sich vorgestellt hatte, als er mich hier herbrachte, nun aber doch, um ihm aus seiner verzwickten Lage herauszuhelfen.

Langsam, mich nicht aus den Augen lassend, ging er zu seinem Platz zurück, setzte sich und nahm die Pistole vom Tisch auf, ohne sie auf mich zu richten.

„Erzähl!"

Ich atmete durch.

„Deine Mutter hat Vogelhehr den Schlüssel gegeben, wie du weißt." Mir kam jetzt ganz automatisch das Du über die Lippen. „Ich habe Vogelhehr vor ihrem Haus stehen sehen, als er damit abzog. Und bin ihm nachgegangen."

„Wie, du glaubst", unterbrach er mich, „dass dieser Vogelhehr wusste, wo der Schlüssel hingehört?"

„Nein, das glaube ich nicht. Er wirkte eher etwas ratlos. Aber das Interessante ist, dass ihm noch jemand gefolgt ist."

„So? Wer?"

„Der Mann, der ihn eine halbe Stunde später erschlagen hat."

„Und den hast du gesehen?"

„Ich bin den beiden nachgegangen."

„Wie sah er aus?"

„Die Polizei hat schon ein Phantombild angefertigt. Sie wissen nicht, wer er ist. Aber sie meinen, sie kriegen ihn."

„Wie sah er aus?", insistierte er.

Ich beschrieb den Mann, so gut ich konnte. Seine dunkle Kleidung, die Boxernase, seine gedrungene, proletenhafte Erscheinung. Dabei musterte ich Heiner, weil ich es für denkbar hielt, dass er ihn anhand meiner Beschreibung erkannte, es aber nicht zugeben würde. Doch das schien nicht der Fall zu sein.

„Nee", sagte er knapp, „kenn' ich nicht."

„Was vermutest du?"

Er überlegte. Dann rückte er langsam mit der Sprache raus, indem er zwischen seinen auf den Tisch gelegten Armen hindurch in Richtung Fußboden sprach.

„Es gibt da einige Leute, die viel Kohle verloren haben und darüber gar nicht amüsiert sind. Denn selbst wenn das Geld wieder auftaucht, werden sie nichts davon abkriegen. War 'ne große Waschaktion. Karl weiß, was da für schmutzige Geschäfte gelaufen sind; ich wollte davon nichts hören."

„Und dein Vater?"

Er richtete seinen Blick auf mich. Eine endlose Weile, ohne zu antworten, sodass ich schon fast meinte, er hätte meine Frage nicht verstanden. Schließlich lehnte er sich auf seinem Stuhl zurück und seufzte einmal tief, ehe er ansetzte:

„Mein Vater, ja. Nein, der hatte überhaupt keine Ahnung. Der ist da so richtig blauäugig reingeschlittert. Und in seiner Blödheit hat ihn das dann ja wohl auch das Leben gekostet." Während er das sagte, bekamen seine Augen etwas unendlich Trauriges. Aber das war im nächsten Moment schon wieder verflogen. „Er ist Karl irgendwie auf die Schliche gekommen. Naja, kein Wunder; das war auch nicht gerade eine Glanzleistung von Karl. Wenn man gemeinsam eine Kanzlei führt, lässt sich so was natürlich nicht lange unter dem Deckel halten."

„Benjamin hat rausbekommen, dass Siegel hinter der ganzen Betrugskiste steckte?"

Das war nun für mich nicht völlig neu, aber es aus Heiners Mund zu hören, gab der Angelegenheit noch einmal eine andere Dimension.

„Nun glaub bloß nicht, er hätte da mit dringesteckt. Er hat Karl nur nicht verpfiffen, das war das Einzige, was man ihm vielleicht vorwerfen kann. Aber als sich dann mehr und mehr Mandanten an ihn wendeten, für die er den Notar und Gott weiß wen noch verklagen sollte, da wurde ihm langsam mulmig."

Klar, das leuchtete mir ein. Im Grunde hätte er seinen Kanzleipartner verklagen müssen, wenn er seine Mandanten wirkungsvoll vertreten wollte. Damit war er in einen unauflösbaren Zwiespalt geraten. Denn wenn er es nicht tat, grenzte das an Parteiverrat, was eine Straftat ist. Sagte er sich hingegen von Siegel los, drohte ihm ebenfalls Ungemach, weil er ihn ja gedeckt hatte. Zumindest seine Anwaltszulassung würde er so oder so verlieren. Also blieb ihm nur ein Weg, der ebenso ungewiss wie gefährlich war: Er musste an das Fondsvermögen kommen.

„Und du meinst", schloss ich meine Überlegungen ab, „deinem Vater ist es gelungen herauszufinden, wo das Geld war?"

Er nickte vor sich hin.

„Davon gehe ich aus."

„Was?", kreischte Amelie plötzlich. „Aber ... das müssen ja Millionen sein!"

Heiner lächelte gequält. Und sah sie herablassend an.

„Naja, Millionen vielleicht nicht gerade. Aber es würde schon reichen, um dir noch ein paar hübsche Klamotten zu kaufen."

Sie blickte hektisch zwischen ihm, mir und Hakan hin und her, als ginge es nur darum, aufzustehen und das Geld zu holen. Doch Heiner winkte in ihre Richtung ab.

„Vergiss es! Wahrscheinlich ist nicht mal was von der Knete in diesem vermaledeiten Schließfach!" Und dann beugte er sich in meine Richtung vor. „Oder fällt dir vielleicht doch noch etwas dazu ein?"

„Ich habe dir schon gesagt: Ich bin nicht dein Vater!"

„Pah! Das habe ich inzwischen auch begriffen. Wäre ja auch zu schön gewesen. Da haben sich die Mädels wohl ein bisschen was zusammengesponnen."

Ich stutzte.

„Welche Mädels?"

„Na, hier, deine – wie heißt sie?"

„Karin?"

„Karin, ja, und ihre Freundin Beate."

„Was für eine Beate?", fragte ich, aber im selben Moment wusste ich auch schon, wen er meinte. Beate, die Schwester von der Gynäkologie-Station, die gelegentlich für Karin aufpasste. Dann war Heiner also im Krankenhaus gewesen und hatte die beiden belauscht. Oder Schwester Beate ausgefragt Und er wird noch bei anderer Gelegenheit dort gewesen sein.

„Du solltest dir vielleicht mal überlegen, ob dein Herzblatt nicht eine Spur zu viel quatscht."

Dabei grinste er mich schief an. Ich überlegte, ob ich aufstehen und ihm eine runterhauen sollte, aber wenn ich ehrlich war, gab mir seine Bemerkung zu denken. Nicht dass ich Karin ein doppeltes Spiel zutraute, aber dass sie mitunter ihr Herz auf der Zunge trug, wusste ich ja schon seit unserer ersten Begegnung.

„So, aber nun mal Tacheles!", fuhr er fort, ohne sich bei dem vorigen Thema aufzuhalten. „Wenn du also nicht das Gehirn meines Alten mit dir herumträgst, erinnerst du dich dann wenigstens inzwischen an unsere gemeinsame Begegnung an der Tankstelle?"

Wenn es stimmte, was er erzählte, dann hatten wir uns vor meinem Besuch bei Leclerc schon genau einmal gesehen. Ich erfuhr, dass er Benjamin an einer Tankstelle in Sachsenhausen abgepasst und zur Rede gestellt hatte. Das war am Abend des 10. April. Benjamin hatte ihn eingeweiht, dass es ein Schließfach gab, das er, wie er es ausdrückte, als seine Lebensversicherung eingerichtet hatte. Falls ihm etwas zustieß, würde der Inhalt dieses Schließfaches die Verantwortlichen des Lehnitzsee-Betruges zur Strecke bringen, allen voran Karl-Rüdiger Siegel. Der war zwar nur einer der Mittäter, ebenso wie Peter Birgel, der Bankmann, aber auch gegen diese beiden würden die Beweise und Indizien ebenso wie gegen Jörn Zimmermann, den eigentlichen Drahtzieher, ausreichen, um sie für Jahre hinter Gitter zu bringen. Daneben waren einige selbstständige Anlageberater involviert, die gleichfalls aufgeflogen wären. Für den Fall jedoch, dass es Benjamin gelang, einen Großteil des Geldes aufzutreiben und den Geschädigten wieder zugutekommen zu lassen, hätte er davon abgesehen, von diesen Unterlagen Gebrauch zu machen. Das war es, was er als seine Lebensversicherung bezeichnete.

Und an jener Tankstelle vertraute er seinem Sohn an, wo sich der Schlüssel zu dem Schließfach befand, nämlich innen an der Oberseite des Handschuhfachs in seinem Mercedes.

„So, und jetzt kommen wir zu dir", sagte Heiner.

Mir schwante schon nichts Gutes, und nach all diesen neuen Erkenntnissen und Einsichten schwirrte mir derart der Kopf, dass ich nur zu gern darauf verzichtet hätte, nun auch noch das zu erfahren, was offensichtlich meinen Part an der ganzen unseligen Angelegenheit anbelangte. Den Teil, in dem ich in eine Geschichte eintrat, die mit meiner eigenen nicht das Geringste zu tun gehabt hatte, deren untrennbarer Bestandteil ich aber von dort an werden sollte. Ob es nun Bestimmung war oder Zufall, darüber ließ sich natürlich ebenso endlos spekulieren wie über die vielen Fragen, was alles hätte anders laufen können, wenn irgendeine beliebige andere Person in diesem Moment an dieser Tankstelle aufgetaucht wäre. Aber es führte kein Weg daran vorbei: Es war nun einmal ich gewesen, der an der Tankstelle in Sachsenhausen an die beiden heftig miteinander redenden Menschen herantrat und eine unbedarfte, gar nicht einmal ungewöhnliche Frage stellte.

„Ich habe bitte was? Was habe ich gefragt?", fuhr ich auf.

„Ob wir dich ein Stück mitnehmen könnten. Das heißt: natürlich mein Vater, denn ich hatte ja nicht die Absicht, mit ihm mitzufahren."

„Wo wollte ich denn hin?"

„Na, frag' erst mal, wo er hinwollte. Das hätte mich nämlich mehr als alles andere interessiert. Aber er weigerte sich, es mir zu sagen."

Ich war also zu Benjamin ins Auto gestiegen. Wir fuhren in Richtung Hauptbahnhof. Oder auch ganz woanders hin, denn der Bahnhof lag von Sachsenhausen aus gleich hinter der Mainbrücke. Es war also ebenso gut denkbar, dass der Unfall nur rein zufällig an dieser Stelle passiert war und sowohl Benjamin als auch ich weiter wollten, ganz woanders hin. Nach Bockenheim beispielsweise, wo ich mit Esther und Jan wohnte.

„Du hast also keine Ahnung, wie weit er mich mitnehmen wollte?"

Heiner schüttelte den Kopf.

„Aber wir hatten nicht dasselbe Ziel?"

„Kaum anzunehmen. Er kannte dich ja überhaupt nicht."

Ich überlegte einen Moment.

„Bist du dir da ganz sicher?"

Falls wir uns doch gekannt hatten, vielleicht sogar an dieser Tankstelle verabredet waren, ohne dass Heiner etwas davon wusste, dann steckte ich möglicherweise doch in Benjamins Sache mit drin.

„Ja, ganz sicher. Hundert pro. Du warst irgendwie – wie soll ich sagen – ziemlich neben der Spur. Hattest an der Tanke gerade zwei Flaschen Schnaps gekauft und wolltest nur mitfahren, egal wie weit."

„Schnaps? War ich denn betrunken?"

„Nee, das nicht. Du machtest eher den Eindruck, als wenn du das noch vor dir hattest."

„Was? Mich zu betrinken?"

Heiner nickte. Dann fragte er:

„Kennst du denn jemanden in Sachsenhausen?"

Über die Antwort musste ich nicht nachdenken.

„Ein Freund von mir hat da eine Pizzeria."

„Na, dann wirst du von dem gekommen sein."

Ich war bei Pasquale gewesen, nachdem ich mal wieder für längere Zeit abgetaucht war! Und dann kaufte ich an einer Tankstelle Schnaps, um mich zu betrinken, damit ich in dem Zustand, den alle Welt bereits von mir erwartete, wieder bei meiner Familie auftauchen konnte!

„Unglaublich", sagte ich vor mich hin. Heiner sah mich an, Amelie ebenfalls.

„Ist dir gerade was eingefallen?", fragte sie.

„Das nicht. Aber ich beginne so langsam zu verstehen, wie ich mein Leben vor dem Unfall gelebt habe."

„Und was machen wir jetzt?", fragte Amelie.

Es entstand eine Pause. Eine so lange, ratlose Pause, dass Hakan durch sie ermutigt wurde, zum ersten Mal etwas zu sagen.

„Sch hab' Hunger."

„Ach Hakan, lass stecken!"

„Sch hab' aber Hunger!"

„Ich werde jetzt bestimmt nichts für euch kochen", sagte Heiner. „Guck nach, ob noch was von gestern übrig ist!"

„Sch hab' schon geguckt. Is nich."

Heiner winkte ab, Amelie schüttelte den Kopf.

„Ja, was machen wir?", griff ich Amelies Frage auf. „Ich denke, das hängt davon ab, weshalb ich überhaupt hier bin."

Dabei blickte ich Heiner auffordernd an. Er schnaufte. Dann erhob er sich, ging um seinen Stuhl herum, blieb vor der Küchenzeile stehen und lehnte sich mit dem Hinterteil gegen die Spüle.

„Ich muss zuerst etwas von dir wissen", begann er.

„Ich denke mir, dass du schon alles weißt."

Er sah mich zweifelnd, mit zusammengekniffenen Augen an.

„Sicher?"

Darauf antwortete ich nicht.

„Mir erzählst du hier", fuhr er fort, „dass es diese Gehirntransplantation nicht gegeben hat. Okay, das glaube ich dir. Aber ich frage mich, ob es dabei bleiben wird."

Da er eine Pause machte, sah ich mich genötigt zu fragen:

„Wie meinst du das?"

„Ganz einfach: ich weiß nicht, ob ich dir trauen kann. Du bist nämlich gar nicht so blöd, wie du tust. Hast sogar Jura studiert, alle Achtung! Und verarschst die Leute reihenweise, ganz nach Belieben, wie es dir gefällt. Wen hast du nicht bis hierhin alles schon reingelegt mit deiner Gehirntauschgeschichte, hä?"

Ich musste ihm im Stillen zugestehen, dass er nicht ganz unrecht hatte. So unglaublich das war, ja: so unmöglich es war, hatte es doch irgendwie eingeleuchtet. Am übelsten hatte ich mich selbst getäuscht.

„Nach dem ganzen Hin und Her sind wir jetzt aber an dem Punkt, dass wir alle wissen, du heißt nicht nur René Fischer, du bist es sogar, und tralala, alles ist gut. Wozu der Schlüssel gehört? Kannst du nicht wissen. Wo das Geld ist? Natürlich keine Ahnung! Und Herr Dr. Benjamin Korn, der ruhe sanft; ist überhaupt nicht dein Ding. Du hast dich einfach nur geirrt. Kann ja mal passieren."

„Entschuldige mal!" Jetzt fuhr ich ihm doch dazwischen, denn sein Ton wurde gerade wieder aggressiver. „Du kannst ja gerne glauben, was du willst, meinetwegen gib mir auch die Schuld daran, dass du dem gleichen Irrtum aufgesessen bist wie ich. Aber jetzt, so, wie wir hier zusammen sitzen, sind wir an einem Punkt angekommen, wo das keine Rolle mehr spielt. Deine Fragen nach dem Geld und dem Schließfach kann ich dir nicht beantworten, und ich denke, das ist dir inzwischen auch klar. Okay, du hast mich mit Gewalt hierher gebracht, das ist natürlich ziemlich blöd von dir – und für dich! –, und in Leclercs Keller habe ich mich auch ziemlich beschissen gefühlt, was dir vermutlich herzlich egal ist. Und trotzdem habe ich dir gesagt, was ich weiß. Dass die Polizei glaubt, du hast Vogelhehr umbringen lassen, dass dir ein Riesenprozess droht wegen Mord und Betrug und Freiheitsberaubung und noch ein paar Dingen mehr, das weißt du von mir, und dass du gut beraten bist, all das, was du über diesen Lehnitzsee-Fall weißt, offenzulegen, damit die wahren Täter gefunden, oder besser: überhaupt erst einmal gesucht werden können. So. Und dabei helfe ich dir."

Ich war erstaunt, dass er mich widerspruchslos so lange reden ließ. Er blickte mich dabei sogar einigermaßen freundlich an, wie mir scheinen wollte. Deshalb nutzte ich die Gelegenheit zu noch einem letzten Satz: „Das gilt aber nur, wenn du aufhörst, deine Aggressionen an mir abzulassen, und wenn du mir endlich mal verrätst, was du nun noch von mir wissen willst, das du nicht schon weißt."

Ich war fertig. Er quittierte das mit einem mehrfachen Nicken. Dann griff er noch einmal nach seiner Kaffeetasse, führte sie an den Mund, stellte aber fest, dass sie schon leer war. Hakan reagierte nicht darauf. Er schien überhaupt fast gar nicht da zu sein.

„Gut", sagte Heiner dann. „Zwei Fragen. Du kannst sie mir beantworten oder auch nicht, spielt keine Rolle, ich glaube dir sowieso nicht. Aus reiner Vorsicht. Aber du sollst immerhin wissen, warum ich dir nicht traue. Erstens: Hat mein Vater dir im Auto irgendetwas gesagt? Ist da irgendwas zwischen ihm und dir gelaufen? Hat er dir zum Beispiel gesagt, wer da hinter ihm her war und warum? Das muss ich wissen, weil … ich habe keine Ahnung, warum er gestorben ist. Und wer daran schuld ist."

Wieder war da dieser unendlich traurige Blick. So sehr er auch über seinen Vater geschimpft und geflucht hatte, es war offensichtlich, dass er ihn sehr geliebt haben musste. Vermutlich war er ein Halt für ihn gewesen, den er verloren hatte. Ich wollte gar nicht darüber nachdenken, welche Hoffnung er möglicherweise in die Aussicht gesetzt hatte, dass sein Vater in mir weiterlebte.

„Naja, deine Antwort auf diese Fragen kenne ich. Ich sage sie für dich, dann brauchst du es nicht nochmal zu tun: Du weißt es nicht. Keine Ahnung. Dein Gehirn ist nicht sein Gehirn, und im Übrigen hast du sowieso alles vergessen, was vor dem Unfall passiert ist. So. Ist klar." Fast schien es, als redete er mit sich selbst wie mit einem begriffsstutzigen Kind. „Und jetzt kommt die zweite Frage. Pass gut auf, sie wird dich überraschen. Und wenn nicht, dann wird dich hoffentlich wenigstens überraschen, dass ich sie dir stelle. Denn ich bin auch nicht so blöd, wie du vielleicht denkst."

Er atmete einmal tief und hörbar durch. Kein Zweifel, Heiner war in diesem Moment extrem angespannt. Erregt.

„Die Frage lautet: Was hast du noch vor, aus der Rolle des Juristen mit dem fremden Gehirn zu machen?"

Ich verstand überhaupt nichts.

„Verstehst du nicht?"

„Nein, verstehe ich nicht."

Aber er machte keine Anstalten, erklären zu wollen, was er mit seiner eigentümlichen Frage meinte. Stattdessen sah er mich herausfordernd an. Und in diesem Blick lag zugleich so etwas wie Angst, Angst vor mir oder Angst vor dem, was ich jetzt sagen könnte. Da begriff ich.

„Oh nein!", rief ich aus. „Hast du wirklich geglaubt, ich nehme dir deinen toten Vater weg? Ich stehle seine Identität? Okkupiere sein Leben, seine Praxis, sein Haus, vielleicht sogar noch seine Frau? Und hast du gefürchtet, ich könnte dich um dein Erbe bringen, dich und deine Mutter und deine Schwester?"

So war es. Damit hatte ich den Nagel auf den Kopf getroffen. Heiner stand auf und verließ die Halle zum Hof hinaus.

Es schien, dass uns nun etwas miteinander verband. Uns trieb im Grunde das gleiche Interesse an: Beide wollten wir wissen, was wirklich in jener verhängnisvollen Nacht geschehen war. Und warum.

Er stand im Hof an den Transporter gelehnt und rauchte. Als er mich kommen sah, wurde seine Miene eine Spur finsterer, aber ich hielt es für möglich, dass das aufgesetzt war.

„Was ist, willst du abhauen?"

„Kann ich das denn?"

Er blies den Rauch kräftig aus, was sich wie ein verächtliches „Pah!" anhörte.

„Ich werde bestimmt nicht schießen."

„Die Waffe hat Hakan noch. Schießt der?"

„Ganz sicher nicht."

Dann schwiegen wir eine Weile. Er ließ seine Kippe zu Boden fallen, trat sie aus und zupfte eine neue Zigarette aus der Schachtel in seiner Brusttasche. Noch bevor er sie anzündete, sagte er ohne besonderen Nachdruck: „Sorry, dass ich dich hierher geschleppt habe." Sein Feuerzeug sprang erst beim vierten Versuch an. „Und das in Frankfurt, das war natürlich auch nicht so richtig okay."

Aber ich war weit davon entfernt, diesen Ansatz einer Entschuldigung anzunehmen. Stattdessen fragte ich: „Hat es dir denn was gebracht?"

Darauf antwortete er nicht. Heiner war kein Mensch, der seine Stimmungen auch nur im Geringsten kaschieren konnte. Und im Moment war er überhaupt nicht gut drauf.

„Wir müssen rauskriegen, wer diesen dämlichen Schlüssel hat!" Er sah mich mit wenig hoffnungsvollem Blick an. „Hast du nicht eine Idee?"

Ich schüttelte den Kopf.

„Falsche Frage", sagte ich.

Er verstand nicht.

„Wieso falsche Frage?"

„Wir müssen nicht denjenigen suchen, der den Schlüssel hat."

Der Gedanke war eigentlich lächerlich offensichtlich, und ich war einigermaßen stolz darauf, dass ich dieses Mal vielleicht nicht zu lange dafür gebraucht hatte, auf das Naheliegende zu kommen.

„Wen denn dann, Mann?"

Er sagte es mit einer Mischung aus Ungeduld und aufkeimender Hoffnung, was die Frage aber erneut aggressiv klingen ließ. Doch jetzt ließ ich mich nicht mehr von ihm aus dem Konzept bringen. Wir hatten eine Chance. Und wenn wir die hatten, dann hatten wir sie gemeinsam. Das spürte er ebenso wie ich.

„Den Schlüssel hat der Mörder von Vogelhehr, so viel steht fest. Und den sucht die Polizei bereits. Wenn er zu finden ist, dann sind die uns unter Garantie um mehrere Nasenlängen voraus. Nein, wir müssen nach jemand ganz anderem suchen, und das werden wir gemeinsam tun. Hast du mal ein Handy?"

Ich stellte die Frage so beiläufig und plötzlich, dass ich die Hoffnung hatte, er würde sich überrumpeln lassen. Aber dem war leider nicht so.

„Wozu?"

Nun gut, es war vielleicht ein bisschen naiv gewesen zu glauben, er würde mir sein Telefon einfach so rüberreichen.

„Ich will Karin und Andreas anrufen. Sie werden uns helfen."

„Keine Chance", sagte er. „Das machen nur wir zwei. Und jetzt sag, wen wir suchen!"

Wir fuhren nur wenige Querstraßen weiter, ehe Heiner den Wagen rechts in einen Parkhafen fuhr und sagte:

„Da sind wir."

Ich sah hinaus. Eine hohe, grüne Hecke wurde ein paar Meter weiter rechts von einem Eingang unterbrochen, über dem in großen Lettern der Name eines Kleingartenvereins geschrieben stand.

„Und du meinst, du findest das?"

„Ich glaub schon. Ist zwar ewig her, aber ich erkenne es wieder. So riesig kann die Anlage gar nicht sein, dass wir seine Hütte nicht in Kürze ausgemacht haben."

Ich hatte da so meine Zweifel. Vermutlich war er sowieso vollkommen auf dem Holzweg. Aber er hatte wieder Zuversicht gewonnen, und das war für mich Anlass genug gewesen, zuerst seinen Gedanken zu verfolgen. Meiner war ohnehin nicht so konkret.

Wir stiegen aus dem Transporter und schritten durch das Tor in die Kleingartenkolonie. Schon auf den ersten Metern eines staubigen Weges spürte man deutlich, dass es in den letzten Tagen zu wenig geregnet hatte. Die Bäume und Büsche rochen trocken, etliche Rasenflächen hatten große gelbe Stellen und von dem Schotter unter unseren Füßen wirbelte jeder Schritt kleine Wölkchen auf. In einigen Gärten liefen automatische Rasensprenger, hier und da sah man auch halbnackte Menschen meist fortgeschrittenen Alters die Bewässerung per Hand vornehmen. Trotz des Sommerwetters war die Anlage aber anscheinend nicht sehr belebt. Nun, es war Montag.

Heiner blieb mehrmals stehen, betrachtete nachdenklich eine der Lauben oder drehte sich um sich selbst, um anschließend festzustellen, dass der gesuchte Garten noch ein wenig woanders liegen müsste. Aber er würde ihn finden.

Was mich anging, zweifelte ich nicht nur daran. Ich glaubte auch nicht, dass das hier die richtige Spur war. Aber Heiner hatte spontan den Namen Peter Birgel ausgesprochen, als ich ihm offenbart hatte, wonach wir meiner Meinung nach forschen mussten.

„Dieser Birgel muss es sein!", hatte er beharrt. „Deshalb ist der auch abgetaucht. Ihm hat sich mein Vater anvertraut, er war seine angebliche Lebensversicherung. Ich sage es dir!"

Wenn ich ehrlich war, hatte ich mir mehr erhofft. Wenn schon nicht einen Geistesblitz, so doch wenigstens eine vage Erinnerung, an wen sich Benjamin gewendet haben könnte. Aber da war ich bei Heiner offenbar doch an der falschen Adresse. Nicht nur, dass er entschieden zu wenig mit seinem Vater gesprochen hatte, er besaß auch keinerlei Einfühlungsvermögen, was ihn anbetraf. Ich vermutete, dass die Distanz schuld war, die er Benjamin gegenüber aufgebaut hatte – oder auch umgekehrt. Heute machte er den Eindruck, als wenn es ihm leid tat, keinen intensiveren Kontakt mit seinem Vater gehabt zu haben, aber man konnte wetten, dass daraus auch unter anderen Umständen nichts geworden wäre. Zum Beispiel, wenn Benjamins Gehirn nun doch weitergelebt hätte: dann hätte er die Distanz zu mir mit Sicherheit nur so lange verringert, wie es ihm nützte. In Wahrheit musste er von seinem Vater derart enttäuscht gewesen sein, dass er gar keine andere Chance hatte, als ihn zeit seines Lebens zu hassen.

Nein, Peter Birgel, der verschwundene Bankangestellte, war es nach meiner Überzeugung nicht, dem Benjamin die Lage des ominösen Schließfaches anvertraut hatte. Denn Birgel war zweifellos ein Vertrauter von Siegel gewesen, gehörte also zu denen, denen er auf die Schliche gekommen war und über die sich vermutlich belastende Unterlagen in dem Schließfach befanden.

Aber irgendjemand musste es sein. Benjamins Aussage von einer Lebensversicherung ergab nur dann einen Sinn, wenn zum einen jemand wusste, wo er den Schlüssel versteckt hatte, und zum anderen, wo sich das betreffende Schließfach befand. Das musste nicht notwendigerweise dieselbe Person sein. War es auch nicht. In Sachsenhausen hatte er Heiner anvertraut, dass der Schlüssel in dem Handschuhfach seines Wagens klebte, nicht aber, wozu er passte. Das musste ein anderer wissen. Und ich hatte da auch schon eine leise Vermutung.

Aber nun waren wir erst einmal hier, weil Heiner darauf bestanden hatte. Total aufgeregt war er gewesen, als ihm bewusst wurde, dass er Birgels Unterschlupf möglicherweise kannte. „Das ist es!", hatte er ausgerufen und ließ sich um nichts in der Welt davon abbringen, sein Problem damit schon zur Hälfte gelöst zu haben. Auch mein Einwand, Birgel wäre hier längst gefunden worden, fruchtete nichts. Denn mit Sicherheit wusste Heiner nicht als Einziger davon, dass Karl-Rüdiger Siegel in der Kolonie an der Dieselstraße ein Wochenendhaus besaß, eine Laube, eine Datsche, in der man zwar nicht dauerhaft wohnen, aber doch gut für eine Weile unterkommen konnte.

Wir liefen wohl eine knappe Dreiviertelstunde über sämtliche Wege in der Anlage, viele mehrfach aus verschiedenen Richtungen, und Heiner verlor zu keinem Zeitpunkt die Zuversicht, dass er das Haus und den Garten, in dem er als Kind mehrfach gewesen war, wiederfinden würde. Ich musste mir eingestehen, dass ich ihn dafür ein wenig bewunderte. Es mochte mit meiner Amnesie zusammenhängen, aber ich hätte mir nie und nimmer vorstellen können, mir einer Erinnerung so sicher zu sein. Schon gar nicht, wenn immer mehr wichtige Zeit verstrich, ohne dass das Ergebnis greifbar zu werden versprach.

Und dann entdeckte er sie doch, die Laube. Wir mussten schon mehrfach an ihr vorbeigegangen sein, ohne dass er sie erkannt hatte, aber am Ende war es ein alter, verkrüppelter Apfelbaum im Vordergarten, der ihn ganz sicher sein ließ.

„Da sind wir drauf rumgeklettert, Steffie und ich. Das heißt, sie hatte immer Schiss, weiter als auf den dicken unteren Ast zu steigen. Aber ich saß am liebsten da ganz oben."

Er zeigte in den Wipfel und wirkte geradezu stolz wie ein kleiner Junge, wie der Junge, der er damals gewesen sein mochte. Stolz, bis da hinauf geklettert zu sein, und zugleich stolz, den Garten jetzt wiederentdeckt zu haben.

Wir gingen durch das niedrige Tor, das unverschlossen war. Der trockene Rasen neben den sauber gesetzten Kantensteinen wucherte von Löwenzahn und Giersch und war lange nicht mehr geschnitten worden. Auch durch die Platten, die den Weg und die daran anschließende kleine Terrasse bildeten, lugte das Unkraut. Kein Zweifel, um diesen Garten hatte sich in diesem Jahr noch niemand gekümmert. Wenn nicht länger. Und das war auch der Grund, weshalb Heiner ihn zunächst nicht wiedererkannt hatte.

Das Haus war sehr klein und wirkte nicht minder verkommen. Hineinsehen konnten wir nicht, denn nicht nur dichte Vorhänge verhängten den Blick, auch die Fensterscheiben waren außerordentlich trübe. Heiner ging einmal außen herum, während ich vor der Eingangstür wartete, und fluchte, als er auf der anderen Seite wieder zum Vorschein kam, über etliche Schrammen, die er sich unterwegs zugezogen hatte.

„Nichts", sagte er.

Es war offensichtlich, dass das Haus nicht bewohnt war. Schon seit längerer Zeit nicht. Er wirkte enttäuscht.

„Naja, war einen Versuch wert", sagte ich wohlwollend.

„Du hast es eh nicht geglaubt, oder?"

Wäre ich ganz sicher gewesen, dass das hier zu nichts führte, hätte ich das deutlicher gesagt. Aber allein die Tatsache, dass Siegel einen Kleingarten hatte und dass Heiner – und auch Benjamin – den gekannt hatten, fand ich interessant. Wenn wir schon niemanden hier antrafen, war doch nicht ausgeschlossen gewesen, dass irgendeine Entdeckung oder

Feststellung uns weiterbrachte. Nun sah es danach allerdings nicht aus. Allem Anschein nach war hier seit Monaten niemand gewesen.

Dennoch hatten wir beide im gleichen Moment den gleichen Gedanken. Wenn man schon mal hier war, weshalb sollte man nicht einen Blick hinein riskieren? Vielleicht fand sich irgendetwas Interessantes, das uns weiterbrachte. Sicher nicht gerade umfangreiches Material über die Lehnitzsee-Sache, noch weniger ein Hinweis auf das Schließfach. Aber allein der Umstand, an einem Ort zu sein, den Siegel zum Arbeiten oder für eine Auslagerung von Unterlagen genutzt haben konnte, war zu interessant, um diese Gelegenheit nun ungenutzt verstreichen zu lassen.

Wir unterzogen die Eingangstür einer genauen Betrachtung. Sie war aus dickem Holz und wirkte stabil. Das Sicherheitsschloss erweckte nicht den Eindruck, als ließe es sich leicht überlisten. Ich blickte um mich herum; sollte man die Tür aufbrechen oder ein Fenster einschlagen? War es das wert?

Aber in diesem Moment drückte Heiner die Klinke, und zu unserer Überraschung ging die Tür auf. Sie war überhaupt nicht verschlossen gewesen! Er sah mich an und grinste. Aber schon im nächsten Augenblick verzog sich sein Gesicht zu einer Grimasse, und mir erging es nicht besser. Denn aus dem Haus strömte ein monatelang darin eingesperrter, übler Gestank. Unwillkürlich traten wir beide einige Schritte zurück.

„Was stinkt denn da bloß?"

Ich zuckte mit den Schultern. Am liebsten wäre ich umgekehrt. Er aber ließ sich nicht abschrecken, und natürlich war die Gelegenheit unerwartet günstig. Wenn es hier etwas Interessantes zu finden gab, dann würden wir es jetzt finden.

Heiner stieß die Tür vollständig auf und wartete einen Moment, als könnte er es so dem Gestank ermöglichen, sich aus dem Haus zu verziehen. Aber jeder Schritt näher ließ ihn nur noch unerträglicher werden. Ich blieb zurück, während Heiner sich weiter vorwagte. Und dann blieb er abrupt stehen, starr, und gab einen Laut von sich, der zwar gedämpft war, dabei aber doch grenzenloses Entsetzen ausdrückte.

„Was ist?", fragte ich und ahnte es doch schon.

„Da liegt er", sagte Heiner dumpf und kam dann mit krampfhaft vor den Mund gepresster Hand herausgerannt.

23. Kapitel

Er übergab sich neben dem Apfelbaum, auf dem er als Kind gesessen hatte. Ich überlegte kurz, einen Blick in die Laube zu werfen, verzichtete dann aber darauf und ging zum Gartentor. Den Geruch nahm man auch hier noch wahr; ich fürchtete sehr, dass ich ihn den ganzen Tag nicht loswerden würde.

„Ist es Birgel?", fragte ich Heiner, als er – kreidebleich – herankam.

Er nickte nur. Dann sah er in die Richtung der immer noch offenstehenden Tür und schüttelte sich.

„Was machen wir jetzt?"

„Wir müssen wohl die Polizei informieren", stellte ich fest.

„Bist du verrückt? Das geht nicht!"

Ich sah ihn an. In seinen Augen stand Angst. Zu dem Problem, dass eine Fahndung nach ihm lief, kam nun noch hinzu, dass wir es ganz offensichtlich mit Verbrechern zu tun hatten, die vor dem Schlimmsten nicht zurückschreckten. Benjamin, Vogelhehr und jetzt Peter Birgel. Wobei Letzterer in der zeitlichen Reihenfolge wohl der Erste gewesen sein musste.

Nein, dass wir hier nicht auf die Polizei warten würden, war klar. Auch Heiners Handy konnten wir schwerlich benutzen. Ich schaute mich um. Der rechts benachbarte Garten war ebenso leer wie der linke, die Häuser jeweils still und verlassen. Aber in der hinten angrenzenden Parzelle schien jemand zu sein. Ich reckte den Hals und konnte einen blau-weiß-roten Liegestuhl erkennen, einen weißen Tisch, möglicherweise einen davor stehenden Mann.

„Komm, lass uns gehen!", sagte ich entschieden.

Wir machten einen kleinen Umweg, sodass wir vor dem Gartengrundstück vorbeikamen, in dem ich den Mann gesehen hatte.

„Hallo?", rief ich über den Zaun.

Unverzüglich trat eine Frau aus dem Haus, mit einem vollen Tablett in den Händen. Sie mochte an die Vierzig sein und trug einen knappen Bikini, den sie angesichts ihrer üppigen Figur besser zwei oder drei Nummern größer gewählt hätte.

„Was gibt es?"

Sie stellte das Tablett auf einer Bank ab und kam auf mich zu. Aus dem Augenwinkel bemerkte ich, wie Heiner sich hinter einen Baum zurückzog.

„Entschuldigen Sie die Störung!", begann ich. Aber wie erklärte man das jetzt. Da hinten liegt ein Toter? Würde sie das glauben? Oder zu

Tode erschrecken? Ich dachte nicht weiter nach und sagte nur: „In dem Nachbargarten da hinten ist anscheinend etwas passiert. Ein Mensch ist verletzt. Könnten Sie so gut sein und die Polizei anrufen?"

Sie blieb mitten auf dem Gartenweg stehen, soweit sie mir entgegengekommen war. Ihre Miene drückte Ratlosigkeit aus. Aber sie hatte mich verstanden.

„Danke!", sagte ich noch und wandte mich dann in Heiners Richtung ab. Gemeinsam rannten wir zum Auto.

„Meinst du, sie macht's?"

„Ich denke schon."

Er startete den Motor und fuhr los. Beide wollten wir nur weg von hier. Egal wohin. Der Transporter ratterte über Kopfsteinpflaster, ehe er wieder auf die Hauptstraße kam.

Heiner kramte, während er fuhr, eine Flasche Wasser hinter seinem Sitz hervor.

„Möchtest du auch eine?"

„Gern."

An dieser Stelle drängte sich natürlich die Überlegung auf, ob wir uns der Gefahr überhaupt aussetzen mussten. Gut, Heiner ging es darum nachzuweisen, dass er kein Betrüger und kein Mörder war. Ob das Grund genug für eine Verbrecherjagd war, bei der er sich unter Umständen in Lebensgefahr begab, musste er selbst beurteilen. Aber was mich anging, so hätte ich jetzt ohne weiteres aussteigen können. Hier aus diesem Transporter ebenso wie aus der ganzen nebulösen Aktion, bei der wir früher oder später auf den Mann oder die Menschen zu treffen drohten, die vor dem Äußersten nicht zurückschreckten.

„Wo fährst du eigentlich hin?", fragte ich.

Er sah mich kurz an und antwortete dann:

„Keine Ahnung."

Wir mussten beide lachen. Dann fuhr er rechts an den Straßenrand und hielt an.

„So", sagte er, nachdem er den Motor ausgestellt hatte. „Das mit der Datsche war also nichts. War 'ne Scheißidee. Jetzt kommst du mit deiner!"

Aber ich zögerte. Da war wieder dieses unklare Gefühl, dass irgendetwas noch nicht zusammenpasste. Es hatte mit dem toten Peter Birgel zu tun. Oder eher mit der Ungewissheit der Umstände seines Todes. Was war da passiert? Was stimmte hier nicht?

„Irgendwie kommt das alles nicht richtig hin", dachte ich laut. Oder vielleicht lag es wieder mal allein an mir, dass ich nicht begriff, was sich mir aufdrängen wollte.

„Was meinst du?", fragte Heiner. „Eigentlich passt doch alles ganz genau zusammen: Birgel wollte aussteigen, und sie haben ihn kaltgemacht. Wahrscheinlich hätte er ihnen mit dem, was er wusste, gefährlich werden können."

„Kann sein", murmelte ich.

Aber mir reichte das nicht. Ich musste an Benjamin denken. Möglicherweise ging sein Tod auf das Konto desselben Mannes. Der Unterschied war, dass Peter Birgel hier wochen- oder monatelang gelegen hatte, ohne dass ihn jemand fand. Um Benjamins Tod war dagegen ein Riesenwirbel entstanden. Der Streit der Ärzte, mein Verdacht eines heimlichen Organtausches, dem sich andere dann angeschlossen hatten, und nicht zu vergessen: das Verschwinden der Krankenunterlagen. Im Aufnahmebuch, in der Patientenkartei und in der EDV hatte man Benjamin getilgt – warum? Bisher hatte ich angenommen, dass das Heiners Werk gewesen war, aber nun schien es ja so, dass ich ihn falsch eingeschätzt hatte. Nur: wenn andere dahintersteckten, zum Beispiel die Schwarzgeld-Anleger, die ihr Geld nicht auf legalem Weg zurückbekommen konnten – weshalb sollten die oder ihre Handlanger sich die Mühe gemacht haben, Krankenhausdaten zu manipulieren?

„Heiner?"

„Was ist?"

„Warst du das? Hast du im Krankenhaus die Informationen über deinen Vater verschwinden lassen?"

Heiner startete den Motor wieder. Wir wussten jetzt, wohin wir fahren mussten.

Tatsächlich war Heiner wiederholt nachts in das Krankenhaus eingedrungen. Er schien jetzt auch überhaupt keinen Grund mehr zu sehen, mir irgendetwas von dem, was er getan hatte, zu verheimlichen. Fast schien es, als nutzte er geradezu dankbar die Gelegenheit, sich alles von der Seele zu reden.

„Es gibt da eine Klage", sagte er.

„Was für eine Klage? Wer verklagt wen?"

Ich hätte eigentlich selbst darauf kommen können. Hanna hatte ja ganz offen gesagt, dass sie davon überzeugt war, dass es einen Schuldigen am Tod ihres Mannes gab. Oder mehrere Schuldige. Wenn schon

Polizei und Staatsanwaltschaft keine Anstalten machten, sie zur Rechenschaft zu ziehen, dann gab es doch immerhin noch die Zivilgerichte. Und Hanna Korn war keine Frau, die eine Möglichkeit ausließ, ihre Ziele selbst zu verfolgen.

„Das Problem ist natürlich", sagte Heiner, „dass man nicht wirklich weiß, wer da als Beklagter in Betracht kommt. Und gegen Unbekannt kann man vor dem Landgericht nicht vorgehen."

Das war richtig. Also richtete sich die Klage erst einmal gegen alle, die in irgendeiner Weise damit zu tun hatten: Birgel, von dem es ja wenigstens eine ladungsfähige Anschrift gab, Zimmermann, dessen Aufenthalt im Laufe des Prozesses vielleicht noch herausgefunden werden konnte, und jeder, dessen Name in irgendeiner Weise in Zusammenhang mit der Betrugssache aufgetaucht war. Sogar Karl-Rüdiger Siegel hatte eine Klageschrift zugestellt bekommen, wie Heiner gerade erst vor zwei Tagen erfahren hatte.

„Und die Ärzte?", fragte ich ohne große Erwartung.

„Was für Ärzte?"

Aber es stellte sich heraus, dass Heiner zu keiner Zeit auf den Gedanken gekommen war, den ich so lange verfolgt hatte: dass Prof. Bramberger, Dr. Alexander und Dr. Haake-Reuter ebenfalls in einer zwielichtigen Geschichte steckten. Offenbar stellte nie jemand außer mir einen Zusammenhang zu den Ärzten her, keiner, der den Organtausch für möglich hielt, hegte je irgendeinen Verdacht gegenüber denen, die ihn vorgenommen haben mussten.

„Dann begreife ich nur nicht", sagte ich, „wieso die ganzen Unterlagen verschwinden sollten."

„Das ist eigentlich ganz einfach", antwortete er. „Okay, natürlich war es eine Schnapsidee. Aber ich hatte halt Angst, wenn du tatsächlich mein Vater wärst, dass er dann ja vielleicht auch juristisch gar nicht tot war."

„Du meinst, dann hätte deine Mutter auch keinen Schadensersatz verlangen können?"

„Dann hätte sie vor allem gar keinen Prozess um die Schuldfrage zum Tod meines Vaters führen können! Denn einen Tod meines Vaters hätte es nicht gegeben. Jedenfalls nicht so, dass wir ein Klagerecht gehabt hätten oder wie die Juristen das nennen."

„Rechtsschutzinteresse", half ich aus.

„Ja, genau. Verrückt, was? Und deshalb wollten wir zuerst einmal alle Hinweise darauf beseitigen, dass man ihn in dieses Krankenhaus gebracht hatte."

Doch als ihm dann die Idee gekommen war, sich mit Hilfe von Leclercs Kellerwohnung selbst davon zu überzeugen, ob ich mit Benjamins Gehirn weiterlebte, hatte er im Krankenhaus alles rückgängig gemacht. Und spätestens seit heute war ihm klar, dass sein Vater in seinem Leben nicht wieder auftauchen würde. Nie mehr.

„Gut", sagte ich. „Und nun die entscheidende Frage: Welchen Anwalt hat deine Mutter mit der Klage beauftragt?"

Die Kanzlei lag in Köpenick. Heiner kannte die Adresse, war aber nie dort gewesen. Ich selbst erinnerte mich nur sehr vage daran, sie auf mehreren Briefköpfen gelesen zu haben. Der Mann hieß Dr. Bruno Reinhardt und war bereits weit über sechzig.

Dr. Reinhardt hatte natürlich ein Problem. Das heißt, er hatte einen ganzen Sack voller Probleme. Vermutlich hätte er sich in seiner langen Laufbahn als Rechtsanwalt und Notar nicht träumen lassen, dass er kurz vor seinem wohlverdienten Ruhestand noch einmal in derartige Schwierigkeiten geraten würde. Dabei hatte er nichts anderes getan, als jeder andere Notar ebenfalls getan haben würde. Nur wäre ein anderer wohl entweder misstrauischer oder raffinierter gewesen, je nachdem, ob er die Bereitschaft besaß, an einem windigen Geschäft aktiv mitzuwirken oder nicht.

Dieser Notar, der sämtliche Beurkundungen in dem Lehnitzsee-Fall vorgenommen hatte, hatte offensichtlich weder von den großen Deals profitiert, noch war es ihm gelungen, schadlos aus ihnen herauszukommen. Genau genommen hatte er exakt den Dreck an der Backe, den die Leute verdienten, zu deren arglosem Werkzeug er sich hatte machen lassen. Aber die waren jetzt über alle Berge, wanden sich mehr oder weniger erfolgreich durch die trägen Mühlen der Ermittlungsbehörden oder – siehe Peter Birgel – lebten nicht mehr. Dr. Bruno Reinhardt hingegen stand im vollen Fokus all derer, die einen Schuldigen suchten.

„Dann besteht seine Kanzlei also noch", stellte ich fest, während Heiner den Transporter in die Karlshorster Straße lenkte. Mir war diese Gegend vollkommen fremd, aber das verwunderte mich schon längst nicht mehr.

„Na, du kannst davon ausgehen, dass er es nicht gerade leicht hat. Meine Mutter hat sich an ihn gewendet, weil sie ihn schon sehr lange kennt. Alles, was es jemals für unsere Familie zu beurkunden gab, hat er beurkundet. Testamente, Beglaubigungen, Grundstücksgeschäfte – auch den Kauf des Hauses in Eichkamp. Einfach alles."

„Waren Benjamin und er gut befreundet?"

„Das kann man so wohl nicht sagen. Aber sie kannten sich und arbeiteten bei vielen Gelegenheiten zusammen. Genauso wie mit Karl. Die beiden waren nur als Anwälte tätig, während Reinhardt die Notarsachen für sie machte."

Jetzt hatte Hanna ihm das Mandat für eine Schadensersatzklage übertragen, und mit seiner Hilfe und seinem Briefkopf hoffte sie an Informationen zu kommen, die den Tod ihres Mannes betrafen. Das bedeutete zugleich aber auch, dass sie ihm trotz der Fehler, zu denen er sich hatte verleiten lassen, vertraute. Und was viel wichtiger war: dass Benjamin ihm vermutlich ebenfalls vertraut hatte.

Ich sah aus dem Beifahrerfenster auf die vorbeirauschenden Häuser. „An der Wuhlheide", las ich ein Straßenschild laut vor. Das kam mir bekannt vor.

„Union", sagte er.

„Fußball?"

„Ja. Zweite Liga."

„Ach, daher."

Heiner fuhr jetzt langsamer. Wir befanden uns in der Köpenicker Bahnhofstraße.

„Da! Das Haus muss es sein", sagte er nach einer Weile.

Es stand in einer Reihe annähernd gleichartiger, sorgfältig restaurierter Wohnhäuser mit vier Stockwerken. Im Erdgeschoss, links und rechts des Hauseinganges, befanden sich ein Haushaltswarenladen und ein Billig-Shop. Unmittelbar rechts neben der Tür prangte ein Metallschild mit einem Berliner Bärenwappen und der eingelassenen Schrift: Dr. Bruno Reinhardt, Rechtsanwalt und Notar.

Einen freien Parkplatz gab es hier nicht. Heiner bog um die nächste Ecke. Da sah es zunächst nicht besser aus, aber nach einigen Metern fanden wir rechts eine Lücke, in die er den Transporter vorwärts hineinmanövrieren konnte. Er stellte den Motor ab und öffnete seine Tür.

„Heiner?" Schon im Aussteigen begriffen, wandte er sich noch einmal zu mir um. „Könntest du mich nicht wenigstens Karin eine SMS schicken lassen?"

Er zögerte. Aber dann schüttelte er den Kopf.

„Lass uns erst mal dem Notar einen Besuch abstatten. Dann ist es immer noch zeitig genug", fand er.

Ich war einverstanden. Jedenfalls dies würden wir noch gemeinsam machen. Zweifellos würde es mir von Nutzen sein, dass Dr. Reinhardt ihn kannte, und wenn wir ihm zusammen darlegten, worum es ging, würde er hoffentlich auch mit seinem Wissen herausrücken. Wenn er denn etwas wusste.

Wir mussten ein ziemliches Stück zurücklaufen.

„Was ich noch nicht ganz verstanden habe", sagte ich auf dem Weg, „ist, warum Benjamin überhaupt nach Frankfurt gefahren ist. Bisher dachte ich, das Schließfach wäre dort, aber das war ja wohl ein Irrtum."

„Genau das war es, was ich auch wissen wollte. Und was er mir nicht gesagt hat."

„Was vermutest du, hat er jemanden gesucht?"

„Es schien eher so, als wenn er genau wusste, wohin er wollte. Damals habe ich überhaupt nichts begriffen, aber inzwischen ist mir klar geworden, dass es da so eine Art Bande geben muss."

„Eine Bande?"

„Die hinter dem Geld her ist."

Ich blieb stehen. Ein paar Schritte weiter hielt auch er an und drehte sich zu mir um.

„Was ist?", fragte er.

„Ich bin nur gerade ein bisschen verblüfft. Bisher war ich es immer, der alles etwas später begriffen hat ..."

„Wie meinst du das?"

Ich setzte mich wieder in Bewegung, und wir gingen die Bahnhofstraße weiter hinunter.

„Na, wenn eins feststeht, dann doch das: dass es eine Bande gibt. Erst war da die Betrügerbande um Jörn Zimmermann, Peter Birgel und Karl-Rüdiger Siegel, und jetzt geht die Polizei davon aus, dass Siegel und du der Kern einer neuen Bande sind, die an das verschwundene Geld herankommen will. Und von der jemand zumindest Dominik Vogelhehr umgebracht hat. Gar nicht davon zu reden, dass sie Andreas und mich verprügelt haben."

Jetzt war Heiner stehengeblieben, und zwar weil wir vor dem Hauseingang des Notars angekommen waren.

„Aber genau das ist doch der Punkt, verstehst du nicht?" Er war plötzlich sehr aufgebracht. „Karl steckte in beiden Sachen drin: in der großen Abzock-Aktion und in der Suche nach dem Geld! Da hat er die Leute erst nach Strich und Faden beschissen und sah sich dann um seine Beute gebracht, weil das Geld weg war. Mit dem ersten Teil hatte ich überhaupt nichts und mein Vater nur mehr am Rande zu tun. Eher sozusagen auf der Gegenseite. Und der zweite Teil, der ja nun gründlich fehlgeschlagen ist, in den hat Karl mich reingezogen, weil er wusste, dass ich die Gründe für den Tod meines Vaters herausfinden wollte."

„Und das ist genau die Bande, nach der die Polizei fahndet."

„Aber das ist nicht die Bande, die ich meine!"

„Sondern?"

Er verdrehte die Augen zum Himmel und schüttelte dann den Kopf.

„Mensch, die Anleger!"

Es dauerte noch einen kurzen Moment, dann begriff ich es endlich.

„Du meinst", sagte ich zögernd, „Benjamin hat an zwei Fronten gekämpft?"

„So kann man es auch ausdrücken. Er wird in Frankfurt gewesen sein, weil er wusste, wer der Kopf der Bande war, die den Schwarzgeldanlegern und Geldwäschern ihre Kohle zurückholen wollte. Zurück, verstehst du? Die standen und stehen exakt auf der anderen Seite als Karl. Die wollen ihm – und wahrscheinlich auch mir – an den Kragen, weil sie sich ausrechnen, dass es ja irgendjemanden geben muss, der weiß, wo das verdammte Schließfach ist."

„Genau unsere Überlegung", sinnierte ich lahm.

„Eben. Nur mit dem feinen, bedeutsamen Unterschied, dass sie den Schlüssel haben."

Ich nickte vor mich hin. „Dann war Benjamin auf dem Weg zu diesem Jörn Zimmermann."

„Und Birgel musste sterben, weil er sich an meinen Vater gewendet hatte. Weil er wusste, dass Zimmermann ein doppeltes Spiel spielte. Und selbst wenn nicht, er wurde für sie zur Gefahr. Während Karl und ich ihnen noch nützlich sein konnten, war er nur eine potenzielle Bedrohung."

Das klang plausibel. Zimmermann also erst als großer Abzocker und dann als Racheengel für seine eigenen Opfer! Immerhin konnte man ihm nicht nachsagen, dass er keine klare Linie gehabt hätte: stets auf der Seite, wo es am meisten Geld zu holen gab, und das mit der größtmöglichen Rücksichtslosigkeit. Bis hin zum Mord. Und dennoch schaffte er es anscheinend, alle beständig im Unklaren darüber zu lassen, wo er sich aufhielt.

Heiner und ich sahen uns an.

„Wollen wir?", fragte ich auffordernd.

„Okay", sagte er und stieß die Haustür auf.

Reinhardts Praxis lag im ersten Obergeschoss. Eine breite, mit einem dunkelroten Läufer belegte Treppe führte hinauf. Das Treppenhaus war hell ausgeleuchtet, was das Alte und Muffige jedoch nicht vertreiben konnte, das trotz sorgfältiger Renovierung zurückgeblieben war. Das Geländer aus schwerem, dunklem Holz bestand aus gleichförmigen gedrechselten Säulen und trug einen breiten Handlauf, der sich ohne Unterbrechung von unten hinaufwand. Insgesamt verbreitete sich eine eindrucksvolle Atmosphäre: respekteinflößend, irgendwie majestätisch, und doch zugleich bodenständig und vertraut. Vermutlich war das genau richtig für einen älteren Notar und seine Klientel.

Wir gingen zügig die Stufen zum ersten Stockwerk hinauf. Aber plötzlich hielt Heiner inne.

„Da ist offen", flüsterte er und hielt mich mit ausgestrecktem Arm zurück.

Tatsächlich war die Tür zu der Wohnung, neben der ein weiteres Notarschild an der Wand hing, nur angelehnt.

„Findest du das ungewöhnlich?", fragte ich, ebenfalls flüsternd, aber keinesfalls beunruhigt. „Immerhin ist jetzt Bürozeit."

Aber er war äußerst angespannt, als witterte er eine Gefahr. Wir lauschten. Kein Geräusch drang aus der Wohnung. Durch den Spalt zwischen Tür und Rahmen war ein Stück tapetenverzierte Wand sichtbar. Nichts deutete darauf hin, dass hier etwas ungewöhnlich sein könnte.

Stille.

Ich machte eine Bewegung.

Eigenartigerweise kommt es vor, dass man eine Bewegung macht und gleichzeitig etwas geschieht, das nicht das Geringste damit zu tun hat – und dennoch hat man den subjektiven Eindruck, man selbst hätte das Ereignis ungewollt ausgelöst. Gerade so erging es mir in dem Moment, als der scharfe, schneidende Knall ertönte und ich mit dem Ellbogen gegen das Treppengeländer stieß. Heiner sprang zur Seite und prallte gegen die Wand. Ich begriff überhaupt nichts, hörte nur ein Rumpeln aus der Kanzleiwohnung dringen und rieb mir überflüssigerweise den Ellbogen.

„Komm weg hier!"

Das war Heiner. Er zog an meinem Hemd und brachte mich so dazu, ihm die Treppe aufwärts zu folgen. In Windeseile bogen wir zur nächsten Etage hinauf und hielten erst an, als wir außer Sichtweite von der Tür des Notariats waren. Obwohl es nur ein kurzer Spurt gewesen war, atmeten wir beide heftig. Der Schreck steckte uns noch in den Gliedern.

„War das …?"

„Ein Schuss, na klar!"

Ich war tatsächlich vollkommen fassungslos. Nicht im Geringsten hatte ich damit gerechnet, dass uns hier irgendeine Gefahr erwarten könnte.

„Wer könnte da geschossen haben?"

Heiner zuckte nur mit den Schultern. Mit Sicherheit dachte er wie ich an Vogelhehr. Der war zwar nicht erschossen worden, aber hier gab es eindeutig jemanden oder einige, die zur Anwendung des Äußersten an Gewalt bereit und imstande waren.

„Was machen wir?", hörte ich Heiner fragen. Ich sah ihn an; er war aschfahl.

„Weglaufen oder da reingehen", schlug ich vor.

„Ich geh da nicht rein!"

Vorsichtig lugte ich über das Treppengeländer und reckte den Hals, bis ich die Tür zu Reinhardts Kanzlei sehen konnte. Es hatte sich nichts verändert. Kein Geräusch war zu hören.

Ich wandte mich ihm wieder zu.

„Wo hast du die Pistole?"

„Was?"

„Die Waffe, die du bei Hakan noch hattest – wo ist die?"

Es dauerte einen Moment, bis meine Frage bei ihm ankam. Dann sagte er: „Die ist noch im Auto. In der Fahrertür."

Ich wartete einen Augenblick, aber mehr sagte er nicht.

„Du solltest sie holen!"

„Und dann?"

„Dann? Dann sehen wir weiter", sagte ich vorsichtig. „Ich beobachte inzwischen, ob sich hier was tut. Und notfalls gehe ich anschließend mit der Pistole allein da rein!"

Das saß. Die Andeutung, er könnte sich als ein Feigling erweisen, holte ihn gewissermaßen in die Realität zurück. Heiner war kein Mensch, der große Szenen anderen überließ.

„Nebenbei wäre es nicht schlecht, du würdest unterwegs dafür sorgen, dass die Polizei informiert wird. Zum Beispiel von einem der Geschäfte aus."

Da spürte ich Heiners Hand auf meiner Schulter. Ohne ein Wort zu sagen, erhob er sich, indem er sich bei mir aufstützte, und ging langsam, mit wachsamem Blick auf die angelehnte Tür die Treppe hinunter. Als er an der Wohnung vorbei war, beschleunigte er seine Schritte. Einen Augenblick später konnte ich unten die Haustür zufallen hören.

Ich war allein in diesem Treppenhaus.

Die Stille war bedrückend. Ich lauschte lange. War da ein Geräusch gewesen?

Vorsichtig erhob ich mich und schlich ein paar Stufen hinab. Von hier oben konnte ich erkennen, dass der Türrahmen knapp über der Höhe des Schlosses abgesplittert war. Die Tür musste aufgebrochen worden sein.

Da war es wieder! Es konnte ein Stöhnen sein, vielleicht stammte es aber auch nur von einer Schranktür oder einer Büromaschine. Auf jeden Fall war es unregelmäßig, kam jetzt aber zunehmend häufiger. Wo Heiner nur blieb!

Ich ging noch ein paar Stufen weiter und befand mich nun fast auf der Höhe des Treppenabsatzes. Zu sehen war nichts. Aber das Geräusch hielt ich jetzt doch für einen menschlichen Laut. Ohne große Hoffnung blickte ich über das Geländer nach unten, aber nichts deutete darauf hin, dass Heiner bald zurückkam.

Ich musste etwas tun!

Ich stand in einer kleinen Diele, die als Garderobe diente. An zwei Wänden hingen Hutablagen mit Haken für Mäntel und mit Bügeln, aber ohne irgendwelche Kleidungsstücke. In der Wand dazwischen befand sich eine Tür mit einem Symbol darauf, das andeutete, dass sich dahinter eine Toilette befand.

Auf den ersten Blick schien die Wohnung leer zu sein. Auch in dem sich an die Diele anschließenden Raum befand sich niemand. Zur Rechten stand eine Art Empfangstresen, der ebenso verwaist war wie das kleine Wartezimmer, in das ich links hineinblicken konnte. Mit Sicherheit arbeitete in diesem Büro normalerweise eine Reno-Gehilfin. Nahm ich an. So auch heute, an einem ganz gewöhnlichen Arbeitstag. Und der Platz, der mutmaßlich der ihre war, machte auch ganz den Eindruck, als wäre er sehr plötzlich und planlos verlassen worden.

War hier denn niemand? Aber da kam wieder dieses Geräusch, diesmal deutlicher vernehmbar. Zweifellos ein menschlicher Laut. Es war ein schmerzhaftes Stöhnen.

Eben war ich kurz davor, mich für die Richtung der offenen Tür zu entscheiden, die geradeaus führte, als mich ein ganz anderes Geräusch abrupt innehalten ließ. Ein Poltern. Es kam zweifellos genau von dort, von weiter hinten in der Wohnung, und klang wie herabfallende Kartons. Oder Akten.

Ohne zu überlegen, wandte ich mich um. Ich spürte, wie es mir im Nacken eisig kalt wurde und sich dort die Härchen aufrichteten. Dann reagierte ich. Entschlossen griff ich nach der alten Messingklinke einer Doppeltür an der Längswand des Raumes und drückte sie hinunter. Wie vermutet, gab es beim Öffnen ein quietschendes Geräusch. Es kam, wie ich nebenbei wahrnahm, nicht einmal von den schwergängigen Angeln her, sondern wurde dadurch verursacht, dass die Tür ein wenig auf dem Boden schleifte. Ich musste dagegendrücken, einen Widerstand überwinden, ehe ich in das dahinter liegende Zimmer eintreten konnte. Und sofort im Anschluss schloss ich die Tür wieder. Eilig. Mit eben demselben Quietschen. Und zum Abschluss gab es, weil ich die Klinke nicht richtig festgehalten hatte, auch noch ein Rumsen.

Dann war es endlich still. Nur ein leichtes, gehauchtes Stöhnen drang an mein Ohr.

Ich wandte mich um und sah ihn. Den Notar Dr. Bruno Reinhardt.

24. Kapitel

„Herr Dr. Reinhardt!"

Er saß auf dem Fußboden, mit dem Rücken gegen eine schwere Ledercouch gelehnt, die Arme irgendwie hinter sich auf der Sitzfläche des Möbels. Unter anderen Umständen mochte er eine imposante Erscheinung sein, ein großer, kräftiger Mann mit souveräner Ausstrahlung. Jetzt und hier wirkte er nur hilflos, ein alter Mann, dem die grauen Haarsträhnen in die Stirn fielen. Sein Kopf lag schräg auf seiner Schulter, die Augen hatte er geschlossen. Ich ging auf ihn zu und kniete neben ihm nieder.

„Sind Sie verletzt?", fragte ich, obwohl die blutige Wunde über seiner linken Hüfte nicht zu übersehen war. Immerhin brachte ihn das aber dazu, den Kopf zu bewegen. Dann schlug er die Augen auf und stöhnte wieder.

Ich war erleichtert.

„Wer sind Sie?", fragte er, und seine Stimme klang brüchig.

„Ein Freund von Hanna Korn", sagte ich der Einfachheit halber. „Was ist passiert?"

„Sind sie ... noch da?", brachte er mühsam hervor.

Doch bevor ich antwortete, ging ich zu dem Telefon auf seinem Schreibtisch, der breit und massiv vor dem Fenster stand, und wählte die Notrufnummer. Eine Schussverletzung, sagte ich, der Patient sei ansprechbar, der Täter aber möglicherweise noch in der Wohnung. Der Mann mit sehr junger Stimme am anderen Ende der Leitung wirkte verunsichert. Ich nannte meinen Namen und die Adresse und legte auf. Was zu tun war, würde er entscheiden müssen. Vermutlich erfuhr spätestens jetzt die Polizei von dem Vorfall.

Erneut ließ der Notar ein gequältes Stöhnen hören. Was war zu tun? Die Blutung stillen, kam mir in den Sinn wie ein Schlagwort, das ich irgendwo einmal gehört hatte.

„Gibt es Verbandszeug?", fragte ich.

Aber er winkte mit einer kaum wahrnehmbaren Bewegung seines Fingers ab. Seine Sorge galt im Moment zweifellos vor allem den Eindringlingen, die auf ihn geschossen hatten.

Doch ich hatte, ohne einen Grund dafür nennen zu können, gerade eher das Gefühl, in diesem Raum sicher zu sein. In dieser fatal irrigen Annahme glaubte ich, in Erfahrung bringen zu müssen, was geschehen war.

„Wo ist Ihre Mitarbeiterin?", fragte ich aufs Geratewohl.

„Raus", erklärte er gequält. Seinen weiteren Bemühungen entnahm ich, dass sie versucht hatte, die Täter nicht hereinzulassen, woraufhin diese die Tür aufgebrochen hatten. „Laufen Sie!", hatte ihr Chef ihr noch zurufen können.

„Haben Sie denen gesagt, wo sich das Schließfach befindet?"

Er konnte gerade noch als Antwort nachdrücklich den Kopf schütteln. Dann brach es wie ein plötzlicher Sturm los.

Ich fuhr herum. Die harten, entschlossenen Schritte nahm ich erst wahr, als bereits die Tür aufgestoßen wurde. Das Quietschen, als sie über die unebene Stelle auf dem Boden schleifte, war kürzer und lauter als bei meinem Eintreten. Zwei aufgebrachte Stimmen brüllten gleichzeitig etwas, was ich beides nicht verstand. Aber die Gesten waren eindeutig. Einer der beiden Männer hielt eine gewehrartige Waffe in den Händen und schwenkte sie aufgeregt herum, der andere wirkte mit einem silberfarbenen Teleskopstock nicht weniger gefährlich. Dann krachte ein Schuss.

Für einen Sekundenbruchteil war ich wie benommen. Der Klang des Schusses war anders gewesen als der, den wir vorhin im Treppenhaus gehört hatten. Es war eher eine Art kurze Salve. Ich sah zu dem Notar hin; er wirkte panisch vor Angst, schien aber nicht erneut getroffen worden zu sein.

„Da rüber!", brüllte eine Stimme, die mich meinte. Ich stand starr.

„Wo ist das verdammte Geld?" Das war der andere, und die Frage galt dem Notar.

Der regte sich jetzt.

„Ich sage doch: auf dem Konto!"

„Quatsch nicht!"

Und plötzlich packte mich der mit dem Schlagstock. Er riss mir der Kopf zurück, indem er seinen Arm um meinen Nacken klemmte. Irgendetwas knackte hinter meinem rechten Ohr. Unter dem Kinn spürte ich schmerzhaft den Druck seiner schweren Armbanduhr, die mit einer Kante in meine Haut einschnitt. Zugleich drückte etwas Metallenes gegen meine Schläfe, und das war bestimmt nicht der Schlagstock. Ein brenzliger Geruch ging davon aus.

„Mach das Maul auf!"

„Das Geld ist nicht hier!"

„Natürlich ist es nicht hier, Idiot! Wo ist das Scheißschließfach?"

„Das darf ich nicht …"

Ich sah den Schlag kommen, der Dr. Reinhardt treffen würde. Der Mann holte gar nicht weit aus, man hätte hoffen können, er würde nicht viel Schaden anrichten. Die Rückseite der Waffe, die wie ein angeschraubter Winkelmesser aussah, traf den Notar in die Rippen, und ich meinte etwas brechen zu hören. Der Schrei war kurz und laut und ging dann in ein Jammern über.

Und dann fiel noch ein Schuss.

Wir waren zweifellos alle gleichermaßen überrascht, am meisten jedoch der Mann, der bei dem Notar stand. Er fuhr herum, die Augen ungläubig aufgerissen, wenn er etwas sagen oder rufen wollte, dann blieb ihm das gerade im Halse stecken. Mit wie in Zeitlupe einknickenden Knien fiel er rückwärts auf den Notar.

„Bratanac!", rief sein Kumpan hinter mir, oder so etwas Ähnliches. Dann ließ er mich los, wollte zu dem anderen hinüberlaufen, hielt aber mitten in der Bewegung inne.

Ich folgte seinem Blick zur Tür. Da stand Heiner mit der Pistole in der Hand. Unbewegt. Doch nach seinem Blick zu schließen war er selbst nicht weniger überrascht von der Situation als alle anderen.

„Raus hier!", sagte er dann und meinte die beiden Männer.

Der, der mich gerade noch bedroht hatte, begriff als Erster die Chance, die sich ihnen bot. Er packte den anderen am Handgelenk, und tatsächlich gelang es dem, sich aufzurichten. Seine Waffe ließ er dabei fallen. Ohne dass ich hätte sagen können, wo und wie schwer er verletzt war, sah ich die beiden aus dem Zimmer stürmen, an Heiner vorbei, der ihnen mit ausdruckslosem Gesicht nachsah.

Dann ließ ich mich in den Sessel sinken, der neben mir an der Wand stand.

Als die Polizei eintraf, war Heiner verschwunden. Ich war total durcheinander, wenn auch physisch okay. Abgesehen von einem Verspannungsgefühl im Nacken und einem kleinen Ritz am Hals.

KOK Pretzel saß vor mir auf der Lehne des Ledersofas. In Zivil. Im ersten Moment, als ich ihn auftauchen sah, hatte ich den Wunsch gehabt, davonzulaufen. Aber dann wurde mir klar, dass er Polizist war; ich verband nur nach wie vor ein Gefühl der Bedrohung mit ihm, nachdem er mich gestern noch reichlich unverblümt einer unklaren Anzahl von Verbrechen verdächtigt hatte.

Jetzt war er weit freundlicher. Beinahe sanft. Immerhin wusste er, dass ich gerade einiges Unerfreuliche erlebt hatte.

„Welche Sprache könnte das gewesen sein?", wollte er wissen.

„Keine Ahnung", sagte ich müde. „Irgendwas Osteuropäisches, würde ich sagen. Es klang wie ‚Bratanac', und er hat das ‚R' gerollt."

Der Notarzt hatte Dr. Reinhardt versorgt und mitgenommen. Dann erst hatten sie in einem der hinteren Räume den zweiten Verletzten entdeckt. Heiner hatte ihn am Bein erwischt. Sein Kumpel war entkommen, ehe die Polizei da war.

„Und was haben Sie …" Pretzel brach den Satz ab. Er war spürbar bemüht, mich nicht erneut wie einen Verdächtigen zu behandeln, was ihm anscheinend nicht ganz leicht fiel. Vermutlich erschien ihm jeder, dessen Rolle bei einer Straftat nicht restlos klar war, wie ein möglicher Täter.

„Ich war hier, um den Notar zu sprechen", half ich ihm. „Ich gehe davon aus, dass er die Lage des Schließfaches kennt."

„Das mit diesem Schlüssel?", fragte er wenig geistreich.

Ich nickte. Sehr viel lieber hätte ich jetzt mit KHK Langner gesprochen. Aber der war nicht für Tötungsversuche zuständig und hatte außerdem heute frei, nachdem er am Sonntag hatte arbeiten müssen. Das hatte mir Pretzel jedenfalls erklärt.

„Er muss es gewusst haben, und die Täter wussten ebenfalls, dass er es wusste. Aber er hat es ihnen nicht verraten."

Ich musste zugeben, dass ich den alten Mann einigermaßen bewunderte. Er mochte da in eine üble Sache hineingeraten sein, aber hier hatte er Loyalität gewahrt, keine Frage. Und das für einen ziemlich hohen Preis, wenn man die Verletzungen bedachte, die sie ihm beigebracht hatten.

„Und er hat von einem Konto gesprochen?"

Pretzel gähnte; deutlicher konnte er kaum unter Beweis stellen, dass ihn die Wirtschaftsstraftaten, die sein Kollege verfolgte, von Herzen langweilten. Dennoch machte er sich Notizen.

„Der eine fragte: Wo ist das Geld? Und er sagte: Auf dem Konto. Was er damit gemeint haben kann, ist mir nicht klar."

Eigentlich konnte es nur um das Geld der Anleger gehen. Doch wie war es möglich, dass sich das auf einem Konto befand und der Notar davon wusste?

„Dann ist in dem Schließfach also kein Geld?"

„Da fragen Sie den Falschen; ich weiß es nicht. Aber die beiden Männer, die scheinen geglaubt zu haben, dass sich auch da Geld befindet. Jedenfalls waren sie viel mehr daran interessiert zu erfahren, wo das Schließfach ist, als irgendetwas über das Konto."

Nun, was auch immer das für ein Konto war: Die Bande, die den Geldwäschern und Schwarzgeldanlegern ihre Verluste wieder hereinholen sollte, würde da nicht herankommen, so viel stand fest.

Pretzel schrieb noch eine Weile, lustlos. Dann fragte er: „Wie können wir Sie erreichen?"

Ja, wie konnten sie mich erreichen? Mein Handy hatte vermutlich Karin. Es wurde höchste Zeit, dass ich sie anrief.

„Meinen Sie, ich kann hier mal telefonieren?"

Er zuckte mit den Schultern, was ich als Zustimmung wertete. Deshalb stand ich auf und ging um den Schreibtisch des Notars herum, auf dem das Telefon stand. Karins Nummer wusste ich im Schlaf. Aber dann hielt ich inne, den Hörer noch in der Hand. Pretzel war aufgesprungen.

„Kommen Sie hier herein. Wie geht es Ihnen? Nehmen Sie doch bitte Platz! Sind Sie okay?"

Er überschlug sich förmlich. Nie hätte ich geglaubt, dass dieser Möchtegern-Cowboy derart scharwenzeln konnte. Und dann erkannte ich auch, wem dieses Verhalten galt.

Berta Cornelius war eine sehr stämmige, stattliche Frau in den Sechzigern. Man konnte sie auch als voluminös oder, noch weniger galant, als schwer übergewichtig bezeichnen. Eine Respekt einflößende Erscheinung, wie sie jetzt den Raum betrat. Ein Schlachtschiff, weit davon entfernt, abgetakelt zu sein.

Der schmächtige, drahtige Kommissar wirkte neben ihr wie ein Schuljunge, führte sie aber erstaunlich behände zu dem Sessel, in dem gerade noch ich gesessen hatte. Dabei war er sichtlich bemüht, ihren Blick nicht auf die Blutflecken gelangen zu lassen, die vor dem Sofa entstanden waren, wo erst der Notar und dann auch der zweite Täter gelegen hatten. Zwei uniformierten Polizisten, die nacheinander ihre Nasen hereinsteckten, gab er ein Zeichen, draußen zu bleiben.

„Fühlen Sie sich besser?"

Frau Cornelius nickte. Dann entnahm sie ihrer Handtasche ein besticktes Taschentuch, ohne anschließend mehr damit zu tun, als es in den Händen zu halten. Sie wirkte, als wäre sie nicht nur in dieser Situation und an diesem Ort, sondern auch in dieser Zeit fehl am Platze. Eine Frau ganz aus dem letzten Jahrhundert, fast hätte man sagen wollen: aus dem vorletzten. Und damit erschien sie mir wie die perfekte Unterstützung für einen Mann wie den Notar Dr. Bruno Reinhardt, der auf seine Weise ebenfalls Tradition, alte Tugenden, kurz: Vergangenheit zu verkörpern schien.

Pretzel hatte sich einen Stuhl herangezogen und beugte sich zu ihr vor.

„Meinen Sie, Sie können mir ein paar Fragen beantworten?"

Aber da nahm ihr Gesicht einen Ausdruck von Entrüstung an. Aufrecht und geradezu würdevoll saß, nein: thronte sie in ihrem Sessel. Natürlich würde sie jede Frage beantworten können. Beeindruckt, vor allem aber gespannt darauf, was sie sagen würde, ließ ich mich auf dem wuchtigen Mahagonisessel des Notars hinter dem Schreibtisch nieder. Erst jetzt fiel mir auf, dass ich den Telefonhörer immer noch in der Hand hielt, und legte ihn auf die Gabel zurück.

Leider verlor der Kommissar viel zu schnell das Interesse an einer Befragung, als er feststellte, dass sie über die Täter und den Tathergang in der Kanzlei nicht viel sagen konnte. Nachdem die beiden Männer gewaltsam eingedrungen waren, hatte sie den Rat ihres Chefs befolgt und schleunigst das Haus verlassen. In einer Apotheke an der nächsten Ecke war sie versorgt worden, da sie Herzbeschwerden bekommen hatte und einer Ohnmacht nahe war. Der Apotheker hatte die Polizei benachrichtigt, ebenso wie wenig später der junge Mann, der meinen Notruf entgegengenommen hatte. Eine Täterbeschreibung war ihr kaum möglich.

„Das waren Jugoslawen", sagte sie entschieden, was Pretzel zu einem gequälten Lächeln veranlasste. „Junge Männer mit harten Gesichtern, beide bis an die Zähne bewaffnet."

Eine nähere Beschreibung des flüchtigen Täters war ihr nicht möglich. Dazu hatte ich bereits entschieden mehr sagen können als sie. Mir war sogar plötzlich bewusst geworden, dass es sich dabei um denselben Mann gehandelt hatte, der Dominik Vogelehr gefolgt war. Nur trug er heute keine Lederjacke. Schließlich ging es noch um Berta Cornelius' Personalien und die Einzelheiten darüber, welche gesundheitlichen Beschädigungen sie möglicherweise durch den Überfall davongetragen hatte.

Ich stand aus dem Schreibtischstuhl auf und wandte mich zu dem Fenster herum. Direkt darunter drehte sich das Blaulicht eines Einsatzfahrzeugs. Vor dem Haus gab es eine Absperrung, einige Passanten waren neugierig stehengeblieben, manche reckten ihre Hälse, aber zu sehen gab es offensichtlich nichts. Die Straße war grau. Es hatte sich zugezogen, sah aber nicht nach Regen aus. Gegenüber lag ein Café, in dessen großem Fenster sich das Blaulicht spiegelte. Ein weiteres Auto fuhr vor, schwarz, auf dem Dach ebenfalls ein Blaulicht, das sich um ein Geringes langsamer drehte als das andere und im Spiegelbild des Café-Fensters den Eindruck rhythmischen Pulsierens einer blauen Straßenszene entstehen ließ.

Ein Mann stieg aus dem Auto. Er trug einen beigefarbenen Leinenanzug. Ich kannte ihn. Es war Kriminalhauptkommissar Langner.

Langner brachte sehr schnell ungleich mehr in Erfahrung als sein Kollege. Das mochte daran liegen, dass er in eine ganz andere Richtung ermittelte als der Mann von der Mordkommission. Er verstand es aber auch, der alten Dame das Gefühl zu geben, dass man sowohl um ihr Befinden besorgt war als auch großen Wert auf ihre Aussage legte.

„Ist es Ihnen möglich, uns einmal die hinteren Räume zu zeigen?", fragte er und nahm sie geradezu galant am Arm. Und noch ehe ich fragen konnte, ob es okay war, wenn ich mitkam, forderte er mich mit einer knappen Kopfbewegung genau dazu auf.

Ein mulmiges Gefühl überkam mich, als wir den Raum betraten, in dem die beiden Männer gewütet hatten. Sämtliche Schränke und Schubläden waren geöffnet, etliche Akten und sonstige Papiere lagen auf dem Fußboden verstreut, wobei diejenigen links neben der Tür blutverschmiert waren. Auf ihnen hatte offenbar der verletzte Täter gelegen, ehe man ihn fand und ins Krankenhaus brachte.

„Du meine Güte!", sagte Frau Cornelius nur leise und hielt beide Hände vor den Mund.

Langner ließ ihr eine Weile Zeit. Der Anblick entwickelte seine Wirkung. Mit Worten hätte man nicht nachdrücklicher die Notwendigkeit verdeutlichen können, eine Erklärung für das zu finden, was hier geschehen war. Und dafür, was in den letzten Tagen, Wochen und Monaten aus vermutlich ganz ähnlichen Gründen geschehen war.

Dann stellte Langner die Frage:

„Frau Cornelius, Sie sind so etwas wie die rechte Hand von Herrn Dr. Reinhardt, richtig?" Sie nickte leicht und langsam. „Kann ich annehmen, dass alles, was er weiß, auch Sie wissen?"

Jetzt blickte sie ihn an. Es schien, als wäre sie gerade erst wieder daran erinnert worden, dass ihr Chef in den letzten anderthalb Stunden Opfer eines Verbrechens und schwer verletzt worden war.

„Du meine Güte!", entfuhr es ihr ein zweites Mal.

Langner beugte sich ein wenig zu ihr hin, besorgt. Dann fegte er einige lose Blätter von einem einfachen Holzstuhl, der in der Mitte des Raumes stand, und bot ihr den Platz an. Aber sie schüttelte den Kopf.

„Danke, nein. Ich stehe lieber."

Fast klang es so, als wenn sie nur eben eine Weisung entgegennehmen und dann wieder an ihren Arbeitsplatz gehen wollte. Gerade so, wie sie es vermutlich seit dem einen oder anderen Jahrzehnt in diesen Räumen gewöhnt war. Und dann sagte sie: „Ja. Worum auch immer es geht – was ich Ihnen nicht sagen kann, erfahren Sie auch von dem Herrn Doktor nicht."

Wir beide sahen sie an. Die Ergebenheit für ihren Chef, die sie so deutlich erkennen ließ, wirkte bei dieser resoluten Frau irgendwie anrührend. Zugleich aber hatte sie uns gerade ein Signal gegeben, dass womöglich endlich einige wichtige Fragen zu den notwendigen Antworten führen konnten.

Langner zögerte nicht länger.

„Frau Cornelius, wissen Sie, wo sich das Schließfach befindet, das Dr. Benjamin Korn in der Angelegenheit des sogenannten Wohnparadieses Lehnitzsee eingerichtet hat?"

Sie wandte den Kopf zuerst in meine Richtung, dann sah sie den Kommissar geradeheraus an. Ich hielt mit dem Atmen inne.

„Selbstverständlich!", sagte sie mit Nachdruck. „Es ist die Nummer Null-Vier-Fünf bei den Schließfächern im Bahnhof Zoologischer Garten."

Ich fand sie fabelhaft.

„Und wissen Sie auch, was da drin ist?"

Aber da schüttelte sie den Kopf.

„Das hat uns Herr Dr. Korn nicht mitgeteilt." Sie sagte tatsächlich „uns". „Die Anweisung lautete: in dem Fall, dass ihm etwas zustößt, niemand anderem als der Polizei die Lage des Schließfaches mitzuteilen. Was es enthält, ist unbekannt. Herr Dr. Reinhardt vermutete aber, dass es sich nicht um Geld handelt."

„Moment, Moment!" Jetzt wirkte sogar Langner eine Spur erregter. „Wieso hat er das vermutet? Und weshalb hat er uns nicht längst informiert? Er wusste doch, dass Korn zu Tode gekommen war."

Berta Cornelius wollte sich nun doch hinsetzen. Etwas umständlich ließ sie sich auf dem Holzstuhl nieder, der mit einem leisen Knarren vergeblich protestierte.

Dann beantwortete sie die zuletzt gestellte Frage zuerst: „Nun, da hat der Herr Doktor sehr mit sich gerungen. Ich muss sogar zugeben, dass ich ihm davon abgeraten habe, gleich zur Polizei zu gehen. Er steckte doch selbst in solchen Schwierigkeiten!"

Das war es: Der Notar hatte gehofft, sein Wissen würde ihm in den zahlreichen gegen ihn laufenden Klageverfahren helfen können. Dazu meinte er, nur abwarten zu müssen. Denn schließlich gab es irgendjemanden, der den Schlüssel zu diesem Schließfach hatte, von dem er nur wusste, wo es lag. Außerdem rechnete er damit, dass es noch eine dritte eingeweihte Person gab, und zwar eine, die eine dritte Information besaß: die Information darüber, was sich in dem Schließfach befand und warum es so wichtig war. Indes – Dr. Reinhardt hatte vergeblich gewartet.

„Aber damit hat er doch gegen den Auftrag verstoßen, den ihm Korn gegeben hatte!", sagte Langner.

Frau Cornelius zog indigniert eine Augenbraue hoch.

„Keineswegs! Der Herr Doktor hat sich immer sehr genau an die Aufträge seiner Mandanten gehalten." Sie war regelrecht entrüstet. „Und in diesem Fall lautete der Auftrag exakt so, wie ich es Ihnen schon gesagt habe: niemand anderem als der Polizei die Lage des Schließfaches mitzuteilen. Das hat er getan!"

„Niemand anderem …"

„Eben!"

Ich musste schmunzeln. Diese Frau wusste sehr genau, was sie sagte. Ich nahm an, dass sie ganz persönlich unter den Schwierigkeiten litt, in die ihr Chef geraten war, vermutlich mindestens so sehr wie er selbst. Aber sie bewahrte ihre Haltung, und die Möglichkeit, dass in ihrem Arbeitsbereich ein Fehler gemacht worden wäre, schied für sie von vornherein vollständig aus.

Langner nickte vor sich hin. Er wirkte nicht amüsiert, aber es war ihm anzumerken, dass er sehr angestrengt nachdachte. Da war gerade noch etwas gewesen. Eine weitere Frage, die er gestellt hatte und die noch nicht beantwortet worden war. Eine wichtige Frage.

„Frau Cornelius", setzte er an, „Sie haben eben auch gesagt, der Notar hätte gewusst, dass kein Geld in dem Schließfach ist."

„Er hat es nicht gewusst", unterbrach sie ihn. „Aber er hat es geahnt. Gewissheit haben wir erst seit heute Morgen."

Jetzt sahen Langner und ich uns an, verständnislos.

„Wie das?"

Sie nickte mit Nachdruck, ehe sie weitersprach.

„Heute früh kam der Kontoauszug. Mit der Post. Wir hatten überhaupt nicht damit gerechnet."

„Was für ein Kontoauszug?"

Aber sie ließ sich nicht aus dem Tritt bringen.

„Eigentlich gab es auf dem Konto schon seit über einem halben Jahr keine Bewegungen mehr. Die Verträge waren ja alle abgewickelt. Es war gerade noch genug Geld darauf, um die Gebühren abzudecken."

„Sie meinen ein Notaranderkonto?", schaltete ich mich ein.

„Ja. Das Konto, über das die Kaufverträge und die Beteiligungsverträge abgewickelt worden waren. Zwischenzeitlich hat es mal über zehn Millionen Euro ausgewiesen!" Sie schüttelte den Kopf und blickte auf ihre Hände, die sie im Schoß gefaltet hielt. „Aber seit ... seit der Sache war es leergeräumt."

„Seit welcher Sache?" Das war jetzt wieder Langner.

Frau Cornelius sah auf.

„Es hat alles seine Ordnung gehabt! Das Geld wurde ganz vertragsgemäß freigegeben. Alle Gelder! Die Investoren hatten es jeweils mit einer Zweckbestimmung angewiesen, und die Anweisungen wurden ausgeführt. Völlig korrekt!"

Zum ersten Mal erschien ein Glanz von Tränen in den Augen der Frau, und mir wurde klar, dass sie hier gerade für ihren Chef focht. Einen Kampf austrug, der ebenso substanzlos wie vergeblich war. Denn die Fehler, die er gemacht hatte und die sie nicht verhindern konnte, lagen viel weiter zurück; das Geld der geprellten Anleger hätte gar nicht erst auf dieses Konto kommen dürfen.

„Die letzte Überweisung erfolgte im Oktober oder November", fuhr sie fort. „Ich könnte nachsehen, wenn Sie wollen." Aber Langner schüttelte den Kopf. „Seitdem geschah nichts mehr; das Geld war weg. Der Herr Doktor hat das Konto nur noch für den Fall fortbestehen lassen, dass etwas zurückfließt. Die Hoffnung darauf hat er nie aufgegeben. Immer hat er gemeint, dass man die Verbrecher schon noch kriegen würde. Naja ..." Das letzte Wort begleitete sie mit einem Seufzer.

„Und was ist dann heute Morgen geschehen? Da kam ein Auszug von diesem Konto? Eine Abrechnung?"

„Keine Abrechnung, nein. Ein gewöhnlicher Kontoauszug. Die Bank schickt nur noch vierteljährlich Kontoauszüge. Man kann die Konten auch am Computer einsehen, Online-Banking oder wie das heißt. Aber wir vertrauen lieber auf die gute alte Methode, das ist sicherer."

Ich ahnte, was jetzt kommen würde. Und ich sah Langner an, dass er das Gleiche dachte. Er bekam einen roten Kopf, neigte sich der Reno-Gehilfin noch ein wenig näher zu und brachte gepresst hervor:

„Auf dem Konto war Geld eingegangen?"

Es war schier unglaublich. Über eine Million und achthunderttausend Euro lagen seit zweieinhalb Monaten auf dem Notaranderkonto des Dr. Bruno Reinhardt, und niemand hatte davon gewusst. Das war zwar nicht annähernd der Betrag, um den die Anleger insgesamt betrogen worden waren, aber doch eine ganz beträchtliche Summe, die vielleicht eine für alle Beteiligten akzeptable Vergleichslösung ermöglichte. Natürlich mit Ausnahme derer, die keine Nachweise über ihre Einlagen erbringen konnten, weil es sich um Schwarzgeld gehandelt hatte.

Frau Cornelius brauchte nicht nachzusehen, als sie gefragt wurde, woher die Überweisung gekommen war. Es handelte sich um ein Konto in der Schweiz, dessen Inhaber – wie in derlei Fällen üblich – nicht namentlich genannt war. Und auch das Datum der Überweisung konnte sie ohne einen Zweifel angeben: Es war Montag, der 12. April. Zwei Tage nach Benjamins Tod.

Karin war am Ende nicht mehr besorgt, sondern nur noch sauer. So drückte sie es aus. Und obwohl es ungerecht war, konnte ich sie irgendwo verstehen.

Ja, ich hatte sie anrufen wollen. Das war nicht möglich gewesen. Ich erzählte ihr knapp von Heiner und unseren gemeinsamen Erlebnissen. Aber dann hatte ich sie doch angerufen. Dabei war ich mir dessen nicht einmal bewusst gewesen. Am Schreibtisch des Notars hatte ich ihre Handynummer gewählt, und offenbar hatte es eine Verbindung gegeben, ohne dass ich es gemerkt hatte. Karin konnte jedenfalls einiges mithören, eine Frauenstimme und eine Männerstimme, und zwischendrin eine Art Stöhnen oder Seufzen, das sie unzweifelhaft mir zuordnen konnte. Dann hatte ich aufgelegt, ohne ein Wort.

„Wo sehen wir uns?", fragte ich.

„Ich bin bei Andreas", sagte sie nur. Ich bemühte mich, nichts dabei zu finden.

„Ich komme zu euch."

Jetzt stand ich vor dem Haus des Notars auf der Straße und überlegte, in welcher Richtung der nächste S-Bahnhof liegen mochte. Langner hatte mir angeboten, ich könne mit einem Streifenwagen mitfahren, aber das hatte ich dankend abgelehnt. Nicht wieder in einem Polizeiauto! Er selbst hatte es plötzlich außerordentlich eilig gehabt. Das war auch nicht verwunderlich nach dem, was wir unvermutet noch von Berta Cornelius erfahren hatten.

„Selbstverständlich kann ich Ihnen sagen, ob hier etwas fehlt", hatte sie gesagt.

„Und was ist das?", hatte Langner nachgefragt, offenbar noch nicht ganz überzeugt.

„Der Ordner."

Langner lief langsam dunkelrot an.

„Welcher Ordner, bitte?"

Sie sprach von einem Hängeregistraturordner, der den letzten Band einer langen Reihe zusammengehörender Vorgänge bildete und Unterlagen und Schriftwechsel zum Lehnitzsee-Fall enthielt. Genauer: zu Dr. Reinhardts persönlicher Angelegenheit im Lehnitzsee-Fall. Von Schmähschreiben und Drohbriefen bis hin zu den Klageschriften, mit denen alle ratlosen Geschädigten den Notar zur Rechenschaft zu ziehen versuchten. Ein Ordner, in dem sie das abgelegt hatte, was in dieser Angelegenheit in den vergangenen Monaten zusammengekommen war. Und was Bruno Reinhardt selbst verfasst hatte. Dazu gehörten, wie Frau Cornelius nicht ohne einen vernehmbaren Stolz auf ihren Chef sagte, sehr sorgfältige Notizen über alle Fakten und Informationen, die in den gegen ihn laufenden Prozessen von Wichtigkeit sein konnten. Zum Beispiel auch, wo sich das von Dr. Benjamin Korn eingerichtete Bahnhofsschließfach befand.

Das Schließfach. Die Täter besaßen nun also beides: den Schlüssel und das Wissen von der Lage. Langner hatte schleunigst alle verfügbaren Kräfte in Bewegung gesetzt.

Von links waren wir mit dem Wagen gekommen, überlegte ich jetzt. Rechts konnte es zum Bahnhof Köpenick gehen. Und tatsächlich erblickte ich in dieser Richtung auch schon das grüne Schild mit dem großen „S".

Langsam bekam ich das Gefühl, nach all den Wirrnissen in die Realität zurückzufinden. Die warme, trotz des Autoverkehrs einigermaßen frische Luft zu atmen, half mir dabei. Ich dachte an Heiner. Ob ihm wohl klar war, dass sich alles in einer für ihn günstigen Richtung entwickelte? Immerhin wusste die Polizei jetzt, dass unvergleichlich professionellere und brutalere Kräfte hinter dem Geld und dem Schließfach her waren. Und dass die es auch mit ziemlicher Sicherheit waren, die Vogelhehr und Birgel umgebracht hatten.

Und Benjamin?

Nur sehr langsam schlenderte ich in Richtung S-Bahnhof. Gedankenverloren kickte ich ein Steinchen vor mir her. Aber an der nächsten

Straßenecke stutzte ich. Sah ich richtig? Um sicherzugehen, ging ich einige Schritte in die Straße hinein, und tatsächlich: da stand er noch, der Transporter. Genau da, wo Heiner ihn geparkt hatte. Ich überlegte nur kurz und wusste dann, wo ich Heiner finden würde.

25. Kapitel

Auf der Straße hatte sich längst alles beruhigt. Die Polizeiwagen waren fort, keine Passanten blieben mehr stehen, der Autoverkehr floss. Ich öffnete die Tür zu dem Café und trat ein.

Heiner saß direkt am Fenster, an einem kleinen Tisch mit drei Stühlen. Er grinste, als er mich hereinkommen sah.

„Guter Platz, eh?"

Einmal mehr wusste ich nicht, ob ich ihn clever oder töricht finden sollte.

„Du hast von hier alles beobachten können?"

„Leider nur, wer rein und raus gegangen ist. Aber den Rest konnte ich mir ganz gut vorstellen."

Ich bestellte am Tresen zwei belegte Baguettebrötchen und ein großes Mineralwasser.

„Und? Bist du zufrieden?"

Er war auf jeden Fall sehr erleichtert. Das umso mehr, als ich ihm von den Ergebnissen der Befragungen erzählte. Zwar blieb er misstrauisch und glaubte noch nicht so recht daran, den Mordverdacht endgültig los zu sein, aber der größte Druck war von ihm gewichen, das war deutlich zu spüren. Auch ließ er sich nicht ohne einen gewissen Stolz von mir für seinen Auftritt danken. Und bewundern.

„Al Capone hätte es nicht wirkungsvoller hingekriegt. Du warst der perfekte Kinogangster!"

Er lachte.

„Dabei haben mir die Knie so was von geschlottert, kann ich dir sagen!"

Anschließend war er sofort aus der Kanzlei gerannt. Die beiden Männer hatten sich wieder in die hinteren Räume verdrückt, und er befürchtete schon, sie würden einen nächsten Angriff auf den Notar und mich starten, aber dann sah er die Polizei kommen. Wenig später kam der Schläger, der unverletzt geblieben war, aus dem Hauseingang gestürmt, einen Aktendeckel unter dem Arm.

„Das war der Vorgang, in dem der Notar die Lage des Schließfachs notiert hat."

Mit einiger Genugtuung diskutierten wir nun die Konsequenzen der Vorfälle. Durchaus möglich, so dachten wir, dass just in diesem Moment der Showdown am Bahnhof Zoo stattfand, mit dem Versuch des Mannes, das Schließfach zu öffnen, und seiner Festnahme.

„Vielleicht war er ja aber auch schneller als die Bullen", überlegte Heiner.
„Denkbar. Dann weiß er jetzt wohl, dass in dem Fach kein Geld war. Viel besser dürfte das für ihn auch nicht sein. Sein Auftraggeber wird jedenfalls toben."
Darauf sagte Heiner nichts.
„Wie auch immer. Umso erfreulicher sind die Neuigkeiten für alle die, die legal in den Lehnitzsee-Fonds investiert haben. Die können nun immerhin damit rechnen, wenigstens einen nicht ganz unbeträchtlichen Teil ihrer Anlagen zurückzubekommen."
„Eins Komma acht Millionen?", staunte Heiner. „Donnerwetter! Damit hätte sich schon was anfangen lassen …"
Ich sah ihn forschend an.
„Täusche ich mich, oder hattest du tatsächlich doch ein wenig auf das Geld spekuliert?"
Aber da schwieg er wieder. Was ebenfalls so gut wie eine Antwort war. Hanna hatte es ja gesagt: Er war der Ansicht gewesen, das Geld stünde Benjamins Erben zu, also auch ihm. Vielleicht nicht so ganz von Rechts wegen, aber doch irgendwie moralisch, weil Benjamin eben wegen dieses Geldes ums Leben gekommen war. Nur deswegen hatte er sich darauf eingelassen, sich gemeinsam mit Siegel auf die Suche nach dem Schließfach zu machen.
„Und wenn das geklappt hätte? Was hättest du gemacht?"
„Ganz klar: wir hätten geteilt."
Er glaubte wohl wirklich, was er sagte.
„Sei nicht blöd!", widersprach ich. „Siegel hätte dich schön im Regen stehen lassen! Schließlich muss er es gewesen sein, dem Benjamin das Geld auf irgendeine Weise abgenommen hat."
„Aber sie waren seit vielen Jahren Partner. Steffie und mich kannte Karl von klein auf."
„Trotzdem. Er muss eine mächtige Wut auf Benjamin bekommen haben", sagte ich, „und da hätte er gewiss nicht mit dem Sohn seines abtrünnigen Sozius geteilt!"
„Glaub bloß nicht, dass ich bescheuert bin!", fuhr er mich plötzlich an. „Das hätte ich schon hingebogen." Und dann wurde er auf einmal sehr nachdenklich: „Hältst du es für möglich, dass Karl meinen Vater umgebracht hat?"
Nun war ich es, der eine Antwort schuldig blieb. Stattdessen biss ich herzhaft in mein Brötchen und kaute vor mich hin. Mir war dieser Gedanke selbst auch schon gekommen.

„Sag mal, hast du eine Vorstellung, wer diese Überweisung vorgenommen haben kann? Zwei Tage nach dem Tod deines Vaters? Ob da noch jemand ganz anderer mit im Spiel war?"

Aber er schüttelte den Kopf.

„Nee. Das wird er schon noch selbst gewesen sein", sagte er. „Ich stelle mir vor, dass er irgendwie an die Kontodaten gekommen ist. Einschließlich PIN und TAN oder was man da so braucht. Wahrscheinlich hat er sie in Karls Unterlagen gefunden. Schweizer Nummernkonto – da war ihm klar, was für Geld da drauf sein musste. Er wird die Überweisung veranlasst haben, unmittelbar bevor er nach Frankfurt fuhr. Ausgeführt wurde sie dann natürlich erst am nächsten Montag." Und nach einem Moment Stille fügte er an: „Scheiße. Ich hätte die Kohle gut gebrauchen können."

„Woher kanntest du eigentlich diesen Anwalt, Leclerc?", fragte ich möglichst beiläufig. Dieser Teil der Geschichte war für mich noch reichlich ungeklärt.

Anscheinend war ihm der Themawechsel ganz willkommen. Er machte eine wegwerfende Handbewegung und sagte:

„Ach, der. Ein Kollege meines Vaters. Karl kannte ihn auch. Das ist so ein Weichei, mit dem kannst du machen, was du willst. Ein Versager halt."

„Und der hat dir so ohne weiteres sein Untergeschoss überlassen, um da einen Menschen einzusperren? Ich meine, er muss doch gewusst haben, dass er sich damit zumindest wegen Beihilfe strafbar macht!"

„Naja." Jetzt grinste Heiner vor sich hin. „Wir hatten da was, womit wir ihn ein bisschen unter Druck setzen konnten. Eine alte Geschichte, mehr so aus der Schmuddelecke."

Und dann fiel mir plötzlich Karin ein. Was vertat ich hier eigentlich meine Zeit, während sie bei Andreas auf mich wartete!

Als ich in der S-Bahn saß, ging mein Puls langsam wieder ein wenig runter. Ich war vom Café zum Bahnhof gerannt, völlig überflüssigerweise, denn einen früheren Zug hatte ich damit auch nicht bekommen. Immerhin hatte ich festgestellt, dass die S-3 direkt bis nach Charlottenburg durchfuhr. Ich brauchte nicht einmal umzusteigen. Ich holte tief Luft und fühlte mich irgendwie befriedigt. Oder besser: auf einem guten Weg. Eigentlich fehlte mir nur noch eine Information, ein Baustein, damit sich mir die Abläufe und Zusammenhänge jener Nacht einigermaßen klar präsentierten. Und das war die Frage, wer der Mann in dem Auto hinter uns gewesen war. Der Mann, der Benjamin in den Unfall und damit in den Tod getrieben hatte. Der Mann, der anschließend höchstwahrscheinlich mich verfolgt und im Bahnhofsviertel halbtot geschlagen hatte.

Gerade hielten wir am Bahnhof Zoologischer Garten. Ob das Schließfach in diesem Moment bereits geräumt war? Ob es den Tätern gelungen war, der Polizei zuvorzukommen? Oder hatte Langner das Fach öffnen lassen, weil es vordringlich darauf ankam, die darin enthaltenen Informationen auszuwerten?

Die S-Bahn-Türen schlossen sich bereits wieder, als ich mich doch noch zwischen ihnen hindurchschob. Dann stand ich auf dem Bahnsteig, wurde ein paarmal angerempelt und atmete die warme, nach Lokomotiven und Straßenverkehr riechende Luft. Schließlich steuerte ich auf die Rolltreppe zu, die in die Bahnhofshallen hinabführte.

Die beiden Hallen im Bahnhof Zoo kannte ich nur als sehr belebt, von eiligen Menschen buchstäblich kreuz und quer durchschritten. Ja: ich kannte sie. Hier war ich schon häufig zuvor gewesen, da hatte ich keinen Zweifel. Ich blieb kurz am Rand stehen, unmittelbar neben dem Zeitschriftengeschäft, und versuchte die Gefühle festzuhalten, die ganz nahe an eine Art Erinnerung herankamen. Aber mehr als die Gewissheit, das alles hier zu kennen, wollte sich nicht einstellen.

Vermutlich war ich regelmäßig hier ausgestiegen, wenn ich aus Frankfurt kam. Hauptbahnhof, Zoo, und dann zu Tania. Und wieder zurück. Aus der Regionalbahn in die U-Bahn. Oder zum Bus.

Aber wo gab es hier Schließfächer?

Ich trat durch eine Doppeltür nach draußen, fand mich aber unvermutet in einer kleinen Seitenstraße wieder. Jebensstraße, stand auf den beiden Schildern an der nächsten Ecke. Hier war ich verkehrt. Ich drehte um, ging wieder hinein, und genau das führte dazu, dass ich den unscheinbaren Gang nach links erblickte. Ein Gang, der unter den Gleisen hindurch zu einem weiteren Durchgang führte, und darin befanden sie sich – die Schließfächer des Bahnhofs Zoo.

Es waren viele, und der Durchgang war menschenleer. Das Fach mit der Nummer 045 lag in der obersten Reihe, für kleine Menschen schwer erreichbar. Es war verschlossen.

Ich blickte mich um. Falls Kommissar Langner und seine Leute diesen Ort beobachteten, dann taten sie das sehr unauffällig. Hier war jedenfalls definitiv niemand. Und was mochte es bedeuten, dass das Fach verschlossen war? War noch niemand hier gewesen, oder wurde es bereits wieder neu benutzt, von jemand ganz anderem? Das kam mir nicht eben wahrscheinlich vor.

Und das bedeutete ja wohl, dass sich dort, hinter dieser massiven Klappe, noch all das Material befand, das Benjamin vor seinem Tod als seine Lebensversicherung betrachtet hatte. Vergebens.

Wieder sah ich mich um. War es denkbar, dass dieser Durchgang mit den Schließfächern immer derart still und leer war? Während in den Hallen daneben und vor dem Bahnhof äußerste Betriebsamkeit herrschte? Oder hatte die Polizei diesen Bereich geräumt und abgesperrt, sodass nur jemand hineintappte, der unter ihrer Beobachtung stand? Mir wurde ungemütlich.

Zügig setzte ich mich wieder in Bewegung. Auch hier gab es einen Ausgang zur Jebensstraße. Sie war unverändert still im Vergleich zu der anderen Seite, Autos parkten am Straßenrand, darunter ein paar Meter weiter rechts ein dunkelbrauner Kleinbus mit schwarz getönten Scheiben. Denkbar, dass die Polizei so ein Modell benutzte, zum Beispiel um den hinteren Bahnhofseingang zu beobachten. Ich bildete mir sogar ein, einen solchen Wagen heute schon einmal irgendwo gesehen zu haben. Wo könnte das gewesen sein? In der Köpenicker Bahnhofstraße, vor dem Haus des Notars?

Egal, ich würde hier nichts weiter erfahren oder erreichen. Mit dem Entschluss, wieder zu dem Bahnsteig zurückzukehren, von dem die S-Bahn fuhr, wandte ich mich die Straße links hinunter.

„Scheiße, du hast ihm zu viel verpasst", hörte ich jemanden sagen, als ich zu mir kam. Mir war übel und ich meinte einen leichten Chlorgeruch wahrzunehmen.

„Halt die Klappe und kümmer dich um die Kleine!"

Wo war ich da wieder gelandet? Es schien mir ratsam, mich noch eine Weile bewusstlos zu stellen, zumindest bis ich wusste, wo ich war und was hier vorging. Aber es gelang mir nicht. Ich konnte ein Stöhnen nicht unterdrücken.

„Er kommt zu sich."

„Seh ich auch. Und nun?"

Etwas raschelte.

„Wie besprochen." Und dann: „Nein, warte noch!"

Noch bevor ich die Augen öffnete, spürte ich, dass mein Kopf gegen eine Scheibe lehnte. Dann sah ich das erste Bild. Da war eine Frau mit einem Kopfverband. Sie saß mir gegenüber, und wir befanden uns in einem Auto. Der Kopfverband war blutig, das Gesicht der Frau sehr blass. Sie sah mich nicht an. Ihr Blick ging vielmehr irgendwo Richtung Boden. Es war auch möglich, dass sie die Augen geschlossen hatte.

Plötzlich griff eine Hand nach meinem Kinn und wandte meinen Kopf herum. Die Übelkeit verstärkte sich.

„Na, wie geht's?"

Ich würgte statt einer Antwort.

„Ratte!"

Der Mann rollte das „R". Und ich wusste sofort, mit wem ich es zu tun hatte.

„Sei nicht so unfreundlich zu ihm!", sagte ein anderer.

Langsam wurden die Bilder klarer. Der, der neben mir saß und mit immer noch sehr festem Griff mein Kinn zwischen Daumen und Zeigefinger hielt, war der Killer, der Vogelhehr verfolgt und den Notar überfallen hatte. Da bestand kein Zweifel. Der andere saß im Dunkeln gegenüber; ihn kannte ich nicht. Ich sehnte mich zurück in die Ohnmacht, aus der ich gerade erwacht war, aber es gab keine Chance, dem hier zu entrinnen. Was auch immer sie mit mir vorhatten.

„Was wollen Sie?", wollte ich fragen, brachte aber nur so etwas wie „Wawa?" heraus.

„Er lallt", bemerkte der Killer und schnaufte, als wollte er lachen und konnte es nicht.

„Wir geben ihm noch ein bisschen Zeit. Der ist gleich wieder fit."

Allmählich gelang es mir, die Augen ganz zu öffnen und meine Umgebung wahrzunehmen. Die Frau mir gegenüber schien bewusstlos zu sein, stöhnte aber immer mal leise. Durch die getönten Scheiben des Wagens konnte ich die Jebensstraße sehen. Der Mann im Dunkeln trug einen Anzug und eine schräg gestreifte Krawatte, die schief saß. Er selbst saß auch schief. Irgendwie hatte er insgesamt etwas sehr Schiefes, Unaufrechtes, Instabiles an sich und ich begann zu vermuten, dass es eine Behinderung war, die ihm diese Wirkung verlieh. Ob es sich bei ihm um Jörn Zimmermann, den Oberbetrüger, handelte? Und bei der Frau um seine italienische Verlobte? Wohl eher nicht. Mir kam das alles sehr unwirklich vor.

„Na, fühlen Sie sich besser?"

„Hm", machte ich, ohne damit etwas sagen zu wollen. Meiner Stimme vertraute ich noch nicht. Immerhin ließ der Mann neben mir endlich mein Kinn los.

„Passen Sie auf, ich habe eine Bitte an Sie", sagte der mit dem Anzug. Er sprach nicht gleich weiter, aber er beobachtete mich. Ich nahm an, dass er es eilig hatte mit seiner – wie er es nannte – Bitte, mir aber sehr wohl ansah, dass ich noch nicht restlos bei mir war. Oder er wollte meine Reaktion sehen, die jedoch nur darin bestand, dass ich meinen Kopf wieder gegen das Fenster lehnte.

„Soll ich ihm …?", setzte der Killer an. Aber er verstummte und unternahm nichts.

„Ihnen wird nichts geschehen", sagte der andere stattdessen, was auf mich nicht wirklich beruhigend wirkte.

„Was wollen Sie?" Jetzt gelang mir der Satz.

„Nur einen einfachen Gefallen." Ich meinte, ein kleines satanisches Grinsen aus seiner Stimme herauszuhören. Eins war sicher: Zu trauen war dem nicht. „Sie sollen etwas für mich holen. Aus einem Schließfach."

Natürlich.

„In dem Schließfach ist kein Geld!" Ich hatte keine Ahnung, weshalb ich das sagte. Es war auch eine ziemlich schlechte Idee. Der Mann wirkte für einen Moment irritiert. Er beugte sich näher zu mir herüber, was ihn noch schiefer erscheinen ließ.

„Was weißt du über den Inhalt?" Nicht nur der plötzliche Übergang zum Du zeigte mir, dass ich bei ihm einen empfindlichen Nerv getroffen hatte. „Machst du mit den Bullen gemeinsame Sache?"

„Das ist eine Falle, Boss!"

„Halt die Klappe!"

„Wir hätten doch die da schicken sollen … au, ah!"

Der Mann neben mir schrie auf und hielt sich die Wade, wohin ihm sein Boss offenbar gerade einen kräftigen Tritt verpasst hatte.

„Du sollst die Klappe halten! Mit ihm geht das viel besser, wirst du sehen. Den halten sie nicht auf."

„In dem Schließfach sind nur Unterlagen", sagte ich schnell, „Damit sollen die Täter überführt werden, die an dem Betrug beteiligt waren."

„Na, du weißt ja tolle Sachen!" Das sollte wohl ironisch klingen. Und überlegen. Für mich klang es aufgesetzt, schüchterte mich aber trotzdem ein. „Wenn ich es dir sage, gehst du da drüben hinein. Da siehst du dann an der rechten Wand eine ganze Menge Schließfächer, große und kleine. Das, zu dem der Schlüssel passt, den ich dir geben werde, ist eins von den kleineren. Es trägt die Nummer Null-Vier-Fünf. Du nimmst einfach den Inhalt raus und bringst ihn wieder hierher."

„Warum sollte ich das tun?"

Anstelle einer Antwort deutete der Mann nur auf die Frau, die mir gegenübersaß. Sofern man überhaupt von Sitzen sprechen konnte. Sie war zusammengesunken, weil sie offenbar geschlagen worden war. Der blutige Kopfverband deutete darauf hin, dass sie einigen Widerstand gegen das geleistet hatte, was man von ihr verlangt hatte. Mein Verdacht fiel auf meinen Sitznachbarn. Er musste sie ziemlich heftig am Kopf verletzt haben, dann hatte man ihr mehr schlecht als recht eine Binde um die Verletzung gewickelt.

Aber was mich am meisten entsetzte, war, dass ich sie nicht erkannt hatte. Erst jetzt, als der Mann in dem Anzug die Geste machte, eine Geste, die voraussetzte, dass mir diese Frau nicht fremd war, da verstand ich. Und erkannte sie: Es war Karin.

26. Kapitel

Obwohl der Durchgang nach wie vor menschenleer war, fühlte ich mich bei jedem Schritt beobachtet. Langner und seine Leute mussten ganz in der Nähe sein. Vielleicht hatten sie irgendwo Kameras installiert, mit deren Hilfe sie den Ort überwachten. Oder der Bettler dort vorn gehörte zu ihnen, der allerdings draußen stand und überhaupt keinen Blick in meine Richtung warf. Dass hier absolut nichts Derartiges ablief, konnte ich mir nicht vorstellen.

Aber auch die anderen saßen mir – gefühlt – im Nacken. Zwar war nicht anzunehmen, dass der Killer oder der Behinderte ihr Fahrzeug verlassen hatten und damit ihre Deckung aufgaben, aber ich konnte auch nicht ausschließen, dass da noch ein Dritter oder Vierter war. Irgendeiner, der überwachte, ob ich auch alles so tat, wie sie es von mir verlangt hatten. Heiner hatte von einer Bande gesprochen, und angesichts der Summen, um die es ging, und der Vielzahl von Personen, die beteiligt gewesen waren, handelten die beiden da hinten in dem dunkelbraunen Kleinbus gewiss nicht allein.

Mein Gott, Karin!

Ich bemühte mich, nicht zu langsam und auch nicht auffallend schnell zu gehen. Aber bei jedem Schritt war ich unsicher. Den kleinen schwarzen Schlüssel hielt ich verkrampft in der rechten Hand.

Für einen Moment blieb ich vor dem Fach stehen. Null-Vier-Fünf. Was, wenn der Schlüssel jetzt nicht passte? Oder wenn ich nachzahlen musste? Immerhin war die Mietzeit für das Schließfach mittlerweile mit Sicherheit erheblich überzogen worden.

Aber der Schlüssel passte und ließ sich auch drehen. Wer da die fällige Nachgebühr eingeworfen haben mochte – und wann –, daran verschwendete ich keinen Gedanken. Und ich zwang mich dazu, den Drang, mich umzusehen, zu unterdrücken. Zuerst öffnete ich die Klappe nur ein wenig, um sicherzugehen, dass mir nichts entgegenfiel. Dann drückte ich sie ganz zur Seite und stellte mich auf die Zehenspitzen, um den Inhalt vollständig sehen zu können.

Und staunte nicht schlecht! Sie hatten mir eine Plastiktüte mitgegeben, und die brauchte ich jetzt auch. Keine Aktentasche, keinen Koffer, sondern eine simple, blaue Plastiktüte mit dem Aufdruck eines Billigdiscounters. Wahrscheinlich hielten sie das für unauffällig.

Zuoberst befanden sich etliche Bündel mit Geldscheinen. Also doch! Die Summe konnte ich nicht schätzen. Es handelte sich um Fünfzig-

und Hunderteuroscheine, jedes Bündel daumendick. Einige Zehntausend Euro mochten das wohl sein.

Nachdem ich sie in der Tüte verstaut hatte, stieß ich auf die Akten. Oder eigentlich waren es nur drei dünne Hefter, wie man sie überall bekommt, häufig gratis, zum Beispiel als Handout mit einer Autowerbung oder einem Exposé. Es drängte mich, sie wenigstens einmal kurz durchzusehen. Aber dann besann ich mich und steckte sie zu dem Geld in die Tüte.

Mit einem letzten Blick überzeugte ich mich davon, dass das Fach nun leer war. Ich fuhr sogar noch einmal mit der Hand über den gesamten Boden des Faches. Glücklicherweise. Denn in der Tat stieß meine Hand auf noch etwas. Einen Umschlag. Ich nahm ihn heraus und besah ihn von beiden Seiten. Es war ein gewöhnlicher weißer Briefumschlag, zugeklebt und nicht beschriftet.

Ich steckte ihn ein und stieß die Klappe an, um sie nicht ganz offenstehen zu lassen. Das tat ich wohl etwas zu heftig, denn es gab einen leichten Knall, als sie gegen den Rahmen des Faches schlug. Ich fuhr zusammen. Das Geräusch war nicht laut gewesen, aber es hallte in dem Gang wider, und mir wurde bewusst, wie angespannt meine Nerven waren. Ich wünschte mich hier weg!

Dann wandte ich mich wieder in die Richtung des Ausgangs, von dem ich gekommen war. Gemessenen Schrittes, wie man so sagt. Ohne die Eile an den Tag zu legen, die mich in Wirklichkeit innerlich trieb. Mit jeder Faser war ich darauf vorbereitet, dass jeden Moment etwas geschehen würde. Polizisten mit Waffen etwa, oder wieder jemand, der mich niederschlug. Mit dem, was dann tatsächlich geschah, hatte ich allerdings überhaupt nicht gerechnet.

Zuerst war da nicht mehr als ein dumpfer Knall. Er kam zweifellos von der Jebensstraße her, aus der Richtung, in die ich ging. Und noch bevor ich die Tür nach draußen öffnete, sah ich Rauch, der sich in rascher Geschwindigkeit ausbreitete, auch zu mir hin. Erschrocken blieb ich stehen und sah durch die noch geschlossenen Glastüren hinaus. Was mochte das sein – Tränengas? Künstlicher Nebel? Mit Entsetzen registrierte ich, dass es der braune Kleinbus war, dem der Angriff galt. Der Wagen, in dem sich auch Karin befand! Und dann fiel der erste Schuss.

Ja, ich war feige. Vielleicht würde ich es Karin später erklären müssen, aber darüber machte ich mir im Moment keinerlei Gedanken. Ich trat ein paar Schritte zurück, weiter in den Durchgang hinein, in dem die

Schließfächer lagen. Eine dunkle Gestalt stieß in einer Geschwindigkeit, der ich in meinem nahezu apathischen, geschockten Zustand nicht folgen konnte, die Tür auf, rempelte mich an und nahm die Plastiktüte an sich, die ich in der Hand hielt. Ich leistete nicht den geringsten Widerstand. Kaum war ich überhaupt imstande, die Geschehnisse um mich herum wahrzunehmen.

Weitere Gestalten folgten. Alle rannten, aber niemand rief oder sagte etwas. Das verlieh der ganzen Aktion etwas Unwirkliches, und zusammen mit dem Rauch, der immer noch von dem Auto herüber- und auch hier hereinwehte, kam ich mir beinahe wie in einem gespenstischen Traum vor. Einem Albtraum, in dem die Frau, die ich hätte beschützen müssen, vergeblich auf Hilfe wartete.

Dann fiel wieder ein Schuss. Gefolgt von Rufen, die ich nicht verstehen konnte. Ich presste mich an die Wand des Ganges, in dem ich stand, und spürte nur ein heftiges Zittern von meinem Körper Besitz ergreifen. Zu handeln oder auch bloß wegzulaufen war ich außerstande.

Aber sehen konnte ich etwas. Etwas, das ich lieber nicht gesehen hätte. Draußen bewegten sich Menschen in Polizeikleidung. Die von Schultern getragenen, großen weißen Buchstaben des Wortes „Polizei" leuchteten mehrmals hinter den Glasscheiben auf. Als erneut ein Schuss fiel, polterte ein solcher Mann gegen den Türrahmen, sodass die ganze Laibung erzitterte. Aber er schien nicht verletzt worden zu sein, sondern zog sich nur wieder zurück, außerhalb meines Sichtfeldes. Und dann flog etwas Helles durch die Luft. Ich konnte überhaupt nicht zuordnen, woher es kam und was es war. Nur das Nächste, was folgte, war nicht zu übersehen: Mit einem Geräusch, das eher ein Puffen als ein Knall war, schossen Flammen umher, und einen Moment später fing das ganze Auto, das ich so gerade noch sehen konnte, Feuer. Der braune Kleinbus! Das Auto, in dem Karin saß! Und jetzt wurden auch Schreie hörbar, unartikuliert zum Teil, aber es mochten auch Worte wie „Feuer" und „Hilfe" darunter sein. Einen einzigen Schuss vernahm ich noch, dann verschwammen die Bilder und Klänge um mich herum und ich glitt mit dem Rücken an der Wand hinab, gegen die ich mich gelehnt hatte.

Nein, ich hatte nicht das Bewusstsein verloren. Diesmal nicht. Aber ich hatte mich wie in einer Schockstarre befunden, in der ich Details des Geschehens um mich herum nicht wirklich registriert hatte. Deshalb war ich notärztlich versorgt worden, als der Polizeieinsatz vorbei war.

Und ich konnte wirklich nicht behaupten, dass ich stolz darauf gewesen wäre, durch was ich an diesem Tag – und überhaupt seit meiner Ankunft in Berlin – alles hindurchmusste.

Jetzt saß ich vor einem Becher mit Kaffee. Schwarz. Das heißt, der Becher war grün. Ich starrte vor mich hin, nahm dann und wann einen Schluck und war froh, dass man mich erst einmal in Ruhe ließ.

Kommissar Langner war da gewesen, hatte sich anscheinend von meinem Zustand überzeugt und war wieder verschwunden. Eine Polizistin in einer Uniform, die überall ein wenig spannte, war sehr freundlich und hatte mir den Kaffee gemacht. Jetzt setzte sie sich mir gegenüber hin, auf der anderen Seite des grünen Bechers mit dem schwarzen Kaffee.

„Besser?"

Ich nickte.

„Ihrer Freundin geht es gut, soll ich Ihnen sagen."

Ich hob den Kopf und sah sie an. Und nickte. Mehr als die stumpfe Aufnahme der Information brachte ich nicht zuwege.

Ich trank von dem Kaffee.

Ich atmete ruhig und gleichmäßig.

Um mich herum gab es Geräusche, die ich allmählich wahrzunehmen begann. Dann erst sah ich auch, dass ich mich in einem Raum befand, der offensichtlich zu so etwas wie einem Polizeirevier gehörte. Mit Plakaten und Kalendern an den Wänden, zwei gegeneinandergestellten Schreibtischen, Regalen und einem Wasserautomaten. Die Geräusche kamen durch zwei offene Türen aus den Nebenräumen. Hier waren nur die Polizistin und ich.

„Die Aktion ist optimal gelaufen", sagte sie und lächelte. Ich versuchte mich zu freuen, wusste aber nicht, worüber. „Drei Täter verhaftet, einer nur leicht verletzt. Ein Kollege auch, aber nicht schlimm."

Ich nickte und sah sie dabei an.

„Leider hat man uns hier vorher nicht informiert. Ich wäre gern dabei gewesen. Aber das LKA, naja ..."

Ich hatte keine Vorstellung davon, was sie über das LKA andeuten wollte. Ich machte mir auch nicht die Mühe, darüber nachzudenken. Langsam traten die erlebten Dinge wieder in meine Erinnerung ein, und das war nicht angenehm. Aber hatte sie nicht gesagt, dass es Karin gut ginge?

Der Kaffee schmeckte mit jedem Schluck weniger nach Kaffee.

„Haben Sie den Einsatz der Rauchbombe mitbekommen?", plauderte die Polizistin weiter. „Die haben ja eine erstaunliche Wirkung.

Ich habe nur nachher gesehen, wie das brennende Fahrzeug gelöscht wurde. Das hat ja gequalmt! Also allein dafür gehören die schon eingebuchtet!"

Die Bilder kamen wieder. Eine Rauchbombe also, von der Polizei eingesetzt. Und das Auto der Täter angezündet. Wo war Karin da gewesen? Ob es ihr gelungen war, rechtzeitig zu entkommen? Auch die Tüte fiel mir ein, die mir aus der Hand gerissen worden war. War das ein Polizist gewesen, der sie genommen hatte? Oder doch einer der Verbrecher? Ich dachte an das viele Geld und stieß auf die im Moment vielleicht eher abwegige Frage, wie ich mein Leben künftig eigentlich finanzieren sollte.

„Kann ich Sie einen Moment alleinlassen?", wurde ich jetzt gefragt. „Ich muss drüben gerade mal weitermachen. Diebstahlanzeige, Protokoll schreiben." Sie sah mich an, als müsste ich wissen, was das für sie bedeutete. „Wenn Sie etwas brauchen, melden Sie sich!"

Ich brauchte nichts. Nur einmal ging ich zur Toilette. Ansonsten saß ich vor meinem leeren Kaffeebecher und lebte in dem innigen Gefühl, nichts zu brauchen. Froh, dass hier nichts geschah.

Bis Kommissar Langner wiederkam.

„Moinmoin", sagte er gut gelaunt, obwohl es Abend sein musste. Ich sah auf meine Armbanduhr, konnte dann aber kaum glauben, dass es schon nach halb neun war. Die unvermeidliche Frage, wie es mir ging, schloss sich an.

„Danke", sagte ich nur. Dann setzte er sich hinter den zweiten Schreibtisch mir gegenüber, lehnte sich auf seinen Ellbogen vor und wippte mit den gefalteten Händen auf und ab.

„Ich habe einen ganzen Köcher voller guter Nachrichten."

Jetzt hätte ich sagen können: Schießen Sie los!, tat es aber nicht.

„Erstens: Ihre Freundin ist okay. Sie liegt in der Schlosspark-Klinik, kann aber sicher schon bald entlassen werden. Halb so schlimm. Physisch jedenfalls."

Darüber, was sie psychisch durchgemacht haben mochte, sagte er nichts. Ich konnte das bis dahin noch keine so gute Nachricht finden.

„Zweitens: die Typen sitzen. Wir werden sie morgen in die Mangel nehmen. Weil wir ja – drittens – jetzt die Unterlagen haben. Hab sie nur kurz durchgesehen, scheinen alles dezidiert aufzulisten. Auch wenn es auf den ersten Blick nicht viel ist, reicht es doch, um alle für einige Jahre einzubuchten." Die, die ihr kriegt, setzte ich in Gedanken hinzu.

„Und drittens, nein, viertens: Herr Nocke holt Sie gleich hier ab. Er sucht nur noch 'nen Parkplatz."

Dann lobte er mich noch für das, was ich getan hatte. Wollte nicht versäumen, mir seine Anerkennung auszusprechen, wie er es ausdrückte. Für mich blieb offen, ob er damit die Aktion im Bahnhof meinte, das Spektakel beim Notar oder vielleicht auch die ganze Odyssee mit Heiner. Ich hatte zwar mit all dem wohl einiges zur Aufklärung des Falles beigetragen, wurde aber irgendwie das Gefühl nicht los, als hätte er stets alles schon ein kleines bisschen vorher gewusst. In der Kanzlei von Dr. Reinhardt war es mir so vorgekommen, und erst recht natürlich jetzt, als ich das Schließfach ausräumte.

„Selbstverständlich haben wir erwartet", erzählte er ungefragt, „dass die Täter sofort an das Fach gehen. Aber es war ja durchaus nicht sicher, dass sie den entsprechenden Hinweis in der Akte auch gleich gefunden hatten. Den Hinweis auf die Lage des Schließfachs. Der muss wohl durchaus ein wenig versteckt gewesen sein. Jedenfalls waren wir natürlich froh, als wir feststellten, dass das Fach noch ungeöffnet war."

Wo und wie er sich mit seinen Leuten versteckt hatte, blieb mir ein Rätsel. Details verriet er nicht, und ich fragte nicht danach. Dafür erfuhr ich Einzelheiten über den Gebrauch von Rauchbomben zum Zweck der Vernebelung. Nach der Munterkeit zu urteilen, mit der er mir das erklärte, kam ein solcher Einsatz nicht häufig vor.

„Dass es eine Geisel gab, machte die Sache natürlich kompliziert." Ich brauchte einen Moment, um zu begreifen, dass er mit der Geisel Karin meinte. „Personen zu sichern geht immer vor. Außerdem war zu erwarten, dass die Täter bewaffnet waren. Also: äußerste Vorsicht!"

Es wurde eine Heldenstory, bei der ich ihn nicht bremste. Zwischenzeitlich kam Andreas hinzu, setzte sich auf einen weiteren freien Stuhl und stellte Fragen, die Langner dazu veranlassten, Teile der Geschichte ein zweites Mal zu erzählen. Mir kam es so vor, als wenn Andreas' Begrüßung mir gegenüber eher kühl ausfiel, aber da konnte ich mich auch täuschen.

„Sie sagten, Sie haben drei Täter verhaftet. Kannten Sie die vorher?"

„Einer war der mutmaßliche Mörder von Dominik Vogelehr. Kann sein, dass auch Peter Birgel auf sein Konto geht, das werden wir nachprüfen."

Ich sah Andreas an, der dem Kommissar förmlich an den Lippen hing. Er schien mir fremd, wie er da saß, im kurzärmeligen, leichten und doch durchgeschwitzten Hemd, konzentriert in eine Richtung gewandt, die nicht meine war. Ja, das war es wohl: Ich war es gewöhnt, dass die Menschen, die mich angingen, sich mir auch zuwandten. Gerade in einer Situation, die für mich schwierig war oder gewesen war. Aber befand ich mich nicht seit über zwei Monaten ausschließlich in derlei Situationen? Erwartete ich zu viel von den anderen?

„Ein weiterer befand sich außerhalb des Fahrzeugs", fuhr Langner gerade fort. „Kein unbeschriebenes Blatt. Macht Handlangerdienste für alle Arten von Organisierten und wird schon länger gesucht. Ein Vorstrafenregister, das kaum auf eine Klopapierrolle passt."

Andreas lachte erheitert über diese Formulierung. Dann wandte er den Kopf zu mir, wie um sich zu vergewissern, dass ich das ebenso lustig fand wie er. Und schlagartig wurde seine Miene ernst.

„Was ist mit dir?"

Ja, was war wohl mit mir? Ich war nur heute gerade mehrmals knapp dem Tod entkommen, das war mit mir. Nein, wenn ich es mir ehrlich eingestand, war da auch noch etwas anderes. Es hatte mit ihm und Karin zu tun.

„Nichts", sagte ich.

„Lassen Sie ihn", warf Langner in plötzlichem Bemühen von Einfühlsamkeit ein. „Herr Fischer wird erst einmal Ruhe brauchen."

„Du kannst bei mir schlafen", sagte Andreas, und ich nickte. Langner nickte auch.

„Ich wäre Ihnen beiden dankbar, wenn Sie morgen gegen Mittag in mein Büro kommen könnten. Es müssen natürlich Protokolle gemacht werden, vermutlich kommt der zuständige Staatsanwalt mit dazu. Und es sind auch noch einige Fragen offen."

Das konnte man wohl sagen, dass noch einige Fragen offen waren. Die meisten, die mir auf den Nägeln brannten, hatten mit Karin zu tun. Wie hatten sie sie aus dem Auto herausbekommen, ehe es in Flammen aufging? Und wie war sie überhaupt zu dieser Kopfverletzung gekommen? Was hatten Andreas und sie den ganzen Tag gemacht, und weshalb war er nicht bei ihr gewesen und hatte ihr geholfen, als sie in die Gewalt der Verbrecher geriet?

Aber die Frage, die ich dem Kommissar stellte, war eine ganz andere: „Wer war eigentlich der dritte Mann, den Sie festgenommen haben? Der mit dem Anzug und der Behinderung – war das Jörn Zimmermann?"

Langner blickte eine Weile schweigend in meine Richtung, ohne mich wirklich anzusehen. Anscheinend überlegte er, wie viel er mir sagen sollte. Dann gab er sich sichtlich einen Ruck.

„Richtig, das wird Sie interessieren. Nein, der Mann ist nicht Jörn Zimmermann. Aber Ihr Tipp war nicht schlecht. Es handelt sich bei ihm offenbar tatsächlich um denjenigen, der hinter der ganzen üblen Geschichte steckt."

Er meinte damit, wie zu vermuten gewesen war, nicht die Geschichte, die durch die Informationen aus den Unterlagen im Schließfach weitestgehend aufgeklärt wurde. Die Betrugsgeschichte. Nein, jetzt ging es vielmehr um das ganze große Szenario, das im Auftrag all derer entstanden war, die steuerlich nicht erfasstes Vermögen in den sogenannten Lehnitzsee-Fonds investiert hatten. Das Schwarzgeld also. Mit Rücksicht auf die fortgeschrittene Tageszeit fasste Langner sich eher kurz. Wie diese kriminelle Allianz zustande gekommen war, wer alles dahintersteckte und was für Straftaten auf das Konto dieser Bande gingen, würde erst die Ermittlungstätigkeit der nächsten Tage und Wochen ergeben können.

„Bei ihm liefen die Fäden zusammen. Es ist zu vermuten, dass er schon von Beginn an einen großen Teil der Transaktionen lanciert hat. Also: Klienten geworben, die unversteuerte Einnahmen möglichst gewinnbringend anlegen und damit zugleich waschen wollten. Alles natürlich cash. Dann wurde das Geld in den Fonds eingebracht. Sein Kontaktmann war Karl-Rüdiger Siegel, ansonsten scheint er überhaupt nicht selbst in Erscheinung getreten zu sein. Ob er Zimmermann überhaupt gekannt hat, wage ich zu bezweifeln. Die beiden haben sozusagen jeweils an den alleräußersten Enden eines weit gespannten Netzes gestanden, der eine warb die Gelder ein, der andere vereinnahmte sie. Und ist damit abgehauen. Aber ich verspreche Ihnen: Egal, wo der steckt, wir kriegen ihn auch noch!"

Es fiel mir nicht schwer, den Kommissar nach der erfolgreichen Festnahmeaktion nun auch noch für diese Zuversicht zu bewundern. Und wenn ich ehrlich war, traute ich es ihm tatsächlich zu. Er würde Zimmermann auch noch auf den Bermudas oder sonst wo in der Welt auftreiben.

„Und wo kommen diese eins Komma acht Millionen her?", wollte Andreas wissen.

Auch das konnte Langner erklären. Siegel war es offenbar gelungen, etliche der Einlagen auf ein eigenes Konto umzuleiten. Vielleicht handelte es sich dabei sogar um den eher legalen Teil der ganzen Angelegenheit, nicht um das Schwarzgeld. Jedenfalls mussten Zimmermanns Gegenspieler mitbekommen haben, dass da noch etwas zu holen war, und damit begann der Wettlauf um den Inhalt des Schließfachs. Ein Wettlauf, an dem auch Siegel und Heiner sowie – eher ahnungslos – Vogelhehr teilgenommen hatten.

„Was natürlich niemand von ihnen wusste, war die Tatsache, dass Benjamin Korn den größten Teil des Geldes gar nicht in das Schließfach gepackt, sondern dem Notar auf sein Anderkonto überwiesen hatte. Er traute seinem ehemaligen Kumpel Siegel nicht mehr, und das aus gutem Grund. Zusätzlich muss er irgendwie – sicherlich bei der gründlichen Durchsicht von Siegels Unterlagen – auf den Namen des Mannes gestoßen sein, der den ganzen schmutzigen Teil des Anlagegeschäftes zu verantworten hatte. Auf den, der die Leute dazu brachte, ihr überwiegend illegal erworbenes Vermögen massenweise in den Fonds zu pumpen, obwohl er wusste, dass sie es nie wiedersehen würden. Und der sich dann selbst zum Anwalt seiner Opfer gemacht hat, indem er mit kriminellen Methoden versuchte, ihnen einen Teil ihres Geldes wiederzubeschaffen. Mit Sicherheit gegen gutes Honorar."

Andreas hörte mit offenem Mund zu und war das Staunen selbst. Ich dagegen fühlte mich müde.

„Benjamin ist ihm also auf die Schliche gekommen? Dann wollte er ihn in Frankfurt aufsuchen und zur Rede stellen?"

„Es sieht so aus. Zu seinem Unglück hat sein Widerpart das kommen sehen."

„Eh, Moment mal …" Jetzt schaltete ich mich doch mal ein, weil ich die Unterhaltung gern so langsam zu einem Ende gebracht hätte. Aber eines hatte ich noch nicht verstanden. „Der mit der Behinderung, den hat Benjamin also in Frankfurt besuchen wollen. Und der soll für seinen Tod verantwortlich sein? Dazu kann ich nur sagen, dass es sich mit Sicherheit nicht um den beleibten Mann auf dem Blitzerfoto gehandelt hat!"

Die beiden sahen mich einen Augenblick lang gleichermaßen erstaunt an. Ob sie nicht erwartet hatten, dass ich noch einmal etwas sagen würde? Oder war meine Bemerkung so unpassend, dass sie keiner weiteren Antwort wert war?

Aber dann begann Kriminalhauptkommissar Langner auf einmal zu lachen. Unvermittelt, herzlich und irgendwie befreit. Ich kam mir nur blöd vor.

Auch Andreas, der jetzt zwischen uns hin und her blickte, wusste nicht, was er von Langners Heiterkeitsausbruch halten sollte. Zuletzt blieb sein Blick an mir hängen, als er zu der Frage ansetzte: „Kann mir das mal einer …?"

„Ist gut, ist gut!", wurde er unterbrochen. „Mein Fehler!" Das Lachen ebbte nur langsam ab. „Ich habe total vergessen, dass Sie das ja überhaupt nicht wissen können."

„Was nicht wissen können?" Ich bemühte mich, verärgert zu klingen.

„Das mit dem Foto!" Er rieb sich mit beiden Zeigefingern die äußeren Augenwinkel und wurde allmählich wieder ernst. „Die Geschichte mit dem Foto, ja. Das ist eigentlich kaum zu glauben."

Andreas und ich sagten nichts. Ich wurde jetzt tatsächlich zunehmend ärgerlich.

„Okay. Der Blitzer in der Frankfurter Innenstadt. Wenn Platz ist, so wie an einem späten Abend Anfang April, dann rasen sie da alle. Einer der einträglichsten Standorte überhaupt, sagen die Frankfurter Kollegen. Könnte man fast auf die Idee kommen, zu privatisieren!"

Wieder lachte er. Vielleicht war ja der Stress schuld, den er bei dem Einsatz gehabt hatte, und den baute er jetzt ab, indem er alles nur noch komisch fand. Mir ging er auf die Nerven.

„Gut, da fährt also der Berliner Anwalt durch, Dr. Benjamin Korn. Es macht klick, das Foto kennen Sie. Wenig später macht es noch einmal klick. Wie Sie ganz richtig festgestellt haben, handelte es sich dabei um einen Kleinwagen, der auf die Firma Fischer zugelassen war. Autohaus Fischer in Frankfurt. Das Verwarnungsgeld ist übrigens noch nicht bezahlt!" Er sah mich mit geneigtem Kopf an, fast als sollte es vorwurfsvoll wirken. Wenn er jetzt wieder gelacht hätte, hätte ich ihm vielleicht doch eine reingehauen. Aber er fuhr fort: „So, und jetzt kommt's: Es gibt noch ein drittes Foto! Aufgenommen zwischen den beiden gerade genannten."

„Noch ein Foto?", fuhr Andreas auf. „Aber das würde ja bedeuten ..."

Es würde wohl bedeuten, überlegte ich, dass nicht der Mann in unserem Corsa Benjamin verfolgt hatte, sondern jemand anderes. Der Vorführwagen hatte womöglich mit der ganzen Geschichte nicht das Geringste zu tun.

„Genau", sagte Langner, ohne Andreas' angefangenen Satz zu vollenden. „Und was meinen Sie, wer das war?"

Es bereitete ihm sichtliches Vergnügen, sein Wissen nur tröpfchenweise herauszulassen.

„Der Mann, den Sie heute verhaftet haben?", riet Andreas.

„Exakt! Jedenfalls war er der Halter des erfassten Fahrzeugs. Ob er auch gefahren ist, ist nicht sicher. Die Kamera, die die Kollegen an der Stelle verwenden, ist ein reichlich altes Modell und lässt von den Personen nicht viel erkennen. Aber er könnte es gewesen sein." Während er das sagte, wiegte er den Kopf bedächtig hin und her. „Für eine Anklage wäre es wohl etwas dünn, aber ich bin doch der Überzeugung, dass er es auch war, der am Steuer saß."

„Der Mann mit der Behinderung? Er hat Benjamin Korn verfolgt?"

„Jedenfalls fuhr er nur wenige Meter hinter ihm. Zwischen den beiden Fotos lag ein Zeitraum von wenigen Sekunden. Eigentlich müsste er sogar gesehen haben, wie der Wagen vor ihm geblitzt wurde. Aber man kann sich andererseits auch vorstellen, dass beide in dieser Situation überhaupt nicht darauf geachtet haben."

Andreas schwieg andächtig. Auch ich musste zugeben, dass Langners Ermittlungsergebnisse mich beeindruckten. Zusätzlich verspürte ich Erleichterung darüber, dass nicht Wilhelm der ominöse Verfolger gewesen sein konnte. Oder wer auch immer den Opel gefahren hatte.

Ich sah auf die Uhr.

„Wenn ich ehrlich bin, würde ich jetzt gern allmählich eine Matratze unters Ohr bekommen."

Andreas stand auf.

„Du hast recht. Lass uns zu mir fahren!"

Wir standen beide schon in der Tür, als uns auffiel, dass Langner sitzen geblieben war. Und uns angrinste.

„Wollen Sie denn gar nicht wissen, wie der Halter des Verfolgerfahrzeugs heißt?"

Aber da hätte er den Namen schon gar nicht mehr zu sagen brauchen. Ich fragte mich sogar, weshalb mir das nicht selbst schon viel früher bewusst geworden war. Es lag ja so was von auf der Hand!

„Sein Name ist", verkündete er dennoch, ohne sein Grinsen ablegen zu können, „Roland Leclerc."

Obwohl ich todmüde war, konnte ich nicht schlafen. Das heißt, zunächst mochte ich ein wenig eingenickt sein, aber dann war ich erschreckt hochgefahren, ich konnte nicht einmal sagen, wovon. Und ab da war es vorbei, nicht mit der Müdigkeit, aber mit dem Schlaf.

In der Dunkelheit des Zimmers in Andreas' Bürowohnung sah ich den Ablauf der Geschehnisse an jenem Abend vor mir. Sie liefen ab wie ein Film, als säße ich im Kino. Da fuhr in der Nacht ein Auto vorbei, und es blitzte kurz am Straßenrand, ein rotes Licht. Dann noch eins, Sekunden später. Das zweite Auto. Etliche weitere Autos würden in dieser Nacht hier noch geblitzt werden, darunter eins vom Autohaus

Fischer. Aber diese beiden, die fuhren in die gleiche Richtung. Bis das erste von ihnen an einer Häuserwand abrupt zu stehen kam. Nahezu Totalschaden, und ein toter Mann am Steuer. Benjamin.

Ich setzte mich auf und machte Licht. Die Fortsetzung des Films wollte ich nicht sehen. Ich wusste, dass sie mich zeigen würde, wie ich Richtung Bahnhof lief, gehetzt von einem Verfolger, den ich nicht kannte und von dem ich nicht einmal ahnte, was er von mir wollte. Er würde mich einholen und niederschlagen. Dann in den Beutel sehen, den ich bei mir trug, und nichts darin finden. Ich nahm an, dass ihn die Schnapsflaschen nicht interessierten. Die wird wohl irgendein Penner an sich genommen haben, der mich fand, ehe der Notarztwagen kam. Auch er hatte seine kleine Rolle in diesem Film, und wenn die Kamera ihm gefolgt wäre, hätte sie vielleicht jemanden gezeigt, der in dieser Nacht auf seine bescheidene Art glücklich war.

Die Bilder wiederholten sich. Lange. Erst eine beträchtliche Zeit später gelang es mir, doch noch etwas Schlaf zu finden.

27. Kapitel

Die Schlosspark-Klinik ist mit Sicherheit eines der am schönsten gelegenen Großstadtkrankenhäuser der Welt. Sie grenzt an den wundervollen Park hinter dem Schloss Charlottenburg, und von vielen Zimmern aus mussten die Patienten einen großartigen Blick über die liebevoll gepflegte Gartenanlage, auf das Schloss und die sich dahinschlängelnde Spree haben. Auch das Gebäude selbst konnte man durchaus nicht als abstoßend bezeichnen, und falls ich jemals wieder in ein Krankenhaus eingeliefert werden müsste, würde ich mir wünschen, dass es die Schlosspark-Klinik wäre.

Aber es gelang mir an diesem Morgen nicht, auch nur einen Fuß über ihre Schwelle zu setzen. Ich war da gewesen, unmittelbar vor dem Haupteingang, hatte durch die Glastür sogar den Empfangstresen in der Aufnahmehalle sehen können. Zwei junge Frauen in weißen Kitteln standen dort, sonst war der Raum leer. Wenn ich die Hand ein Stück nach vorn bewegte, öffneten sich die Türen. Ich brauchte nur hindurchzugehen. Aber es war mir nicht möglich. Ein Krankenhaus würde für mich immer ein Gefängnis bleiben, das ich nicht freiwillig betreten konnte.

Andreas hatte mich schon sehr früh geweckt. Um kurz vor sieben. In spätestens einer halben Stunde, so erklärte er mir, würde Frau Kind erscheinen, die stets als Erste ins Büro kam. Er bot mir an dazubleiben, hätte mich aber, wie er sagte, nicht so gern in Unterhosen durch seine Kanzlei schlurfen sehen, wenn hier der Betrieb am Laufen war. Ich grinste und gähnte. Und ging duschen.

Er hatte mir sogar frische Sachen mitgebracht, von sich zu Hause. Wäsche, Socken, ein blaues Oberhemd und eine schwarze Hose mit Bügelfalte. Ich fühlte mich wie ein anderer Mensch in all den Sachen, nur die Hose passte nicht, und ich zog wieder meine alte an.

Meine erste Frage hatte Karin gegolten.

„Es geht ihr ganz gut, wirklich", sagte er mit Nachdruck. „Sie wollen sie nur heute noch für ein paar Untersuchungen dabehalten. Sie hatte eine Kopfplatzwunde, die aber nicht einmal genäht werden musste. Außerdem Verdacht auf Gehirnerschütterung. Und natürlich war sie ziemlich geschockt."

Er hatte Kaffee gekocht. Wir tranken ihn beide im Stehen.

„Wie ist es eigentlich dazu gekommen?", wollte ich wissen.

Aber da hatte ich das unbestimmte Gefühl, dass er mir nicht ganz die Wahrheit sagte. Vielleicht war es auch nur das Drumherum, das er verschwieg. Irgendetwas, das ich nicht zu wissen brauchte.

„Stell dir vor, sie haben wieder unten vor der Kanzlei gewartet. Genau wie bei dir. Karin war vorgegangen, weil ich noch etwas holen wollte."
Da hatten sie sie niedergeschlagen, und Andreas sah nur noch den dunkelbraunen Kleinbus davonfahren. So sagte er es, und so mochte es auch gewesen sein. Darüber, wie und seit wann sie den Tag zusammen verbracht hatten, sagte er nichts, und ich fragte nicht.

Jetzt saß ich im Park des Charlottenburger Schlosses auf einer Bank und versuchte, meine Gefühle zu sortieren. Es war ein total kurioser Wirrwarr von Gefühlen, und zum ersten Mal seit Tagen war mir wieder ein bisschen schwindelig geworden, ehe ich mich auf dieser Bank niedergelassen hatte. Ich saß im Schatten, vor mir nichts als Bäume, rechts, ein Stück in der Ferne, erstreckte sich der barocke Bau der Großen Orangerie. Lange saß ich dort und gewann so etwas wie die Einsicht, dass es nicht möglich ist, nur mit reiner Willenskraft ein anderer zu werden, als man war. Auch dann nicht, wenn man sein früheres Ich gar nicht kennt.

Während ich mich von der Bank erhob, warf ich noch einmal einen Blick auf den Klinikbau. Schade, Karin. Aber es ging nicht. Langsam machte ich mich auf den Rückweg, denn ich hatte noch eine Verabredung, die ich mit Sicherheit nicht versäumen wollte.

Schon von außen vermittelte das Gebäude etwas Vertrautes, Gewohntes, ohne dass ich es definitiv wiedererkannt hätte. Eine üppige, sauber beschnittene Hecke umgab eine kleine Grünfläche, die zu betreten untersagt war. Die Haustür war alt und schwer; Andreas öffnete sie mühelos, nachdem der Summer ertönt war.

Ähnlich wie mit der Fassade erging es mir mit dem Treppenhaus. Ich mochte bereits früher hier gewesen sein, vermutlich sogar sehr häufig, aber ich hatte das Gefühl, dass es mich nicht wirklich aufnahm. Desgleichen die Wohnungstür, das Klingelschild. Der Namenszug „Tedesco" hatte schon am Klingelbrett unten auf mich gewirkt wie ein Codewort, das ich kannte, ohne etwas damit anfangen zu können.

Es war überhaupt kein Problem gewesen, hatte Andreas gesagt, das Treffen mit Tania um einen Tag zu verschieben. Bei dieser Gelegenheit erfuhr er, dass sie als freie Übersetzerin tätig war und dieser Arbeit überwiegend zu Hause nachging. Italienisch natürlich, Deutsch und Englisch. Kein Französisch, obwohl sie auch diese Sprache leidlich sprach.

Es würde übrigens noch jemand da sein, hatte sie gesagt. Ich fragte Andreas, wer, und erfuhr nicht, ob er es selbst nicht wusste oder es mir gerade nicht sagen wollte.

Als Tania die Tür öffnete, blieb mir für einen Moment der Atem stehen. Glücklicherweise lockerte Andreas die Situation auf, indem er sich Tania freundlich vorstellte und mir einen Knuff in den Rücken gab.

Wir gaben uns die Hand. Zweifellos war das eine Form der Begrüßung, wie es sie zwischen uns noch nie gegeben hatte. Unsere Augen begegneten sich, suchend, unsicher. Ich versuchte, nicht zu schwitzen. „Hallo, Tania", sagte ich, und es klang holprig. Ihr geantwortetes „Hallo" kam nur als ein Flüstern heraus. Dann wandte sie sich um und ging uns voraus, den Korridor entlang. Das leichte blaue Kleid, das sie trug, schwang an den Beinen im Gegenrhythmus ihres Schrittes hin und her. Sie führte uns in ihr Wohnzimmer. Und ich blieb wie vom Donner gerührt stehen, als ich den breiten Rücken dort am Fenster sah. Einen sehr breiten Rücken in einem hellblauen Hemd.

„Andreas", sagte Tania, indem sie in der Mitte des Raumes stehenblieb, „Sie kennen sich ja noch nicht." Und der massige Mann am Fenster wandte sich zu uns herum. „Das ist Wilhelm Fischer. Renés Vater."

Die Einrichtung von Tanias Wohnung war modern und geschmackvoll. Der sehr eckige Sessel, in dem ich saß, war sogar bequem. Helle Farben dominierten: Weiß, hier und da ein blasses Grün, auf dem Boden war Laminat in einem gebleichten Braun verlegt. Ich sah mich um und wusste, dass ich hier fremd war, auch wenn das bis vor nicht allzu langer Zeit mein zweites Zuhause gewesen sein mochte. Wir saßen jeder an einer anderen Seite des niedrigen, länglichen Tisches mit hellem Marmormuster. Tania hatte zwei Wasserflaschen und vier Gläser daraufgestellt, aber Wilhelm und Andreas tranken Kaffee, sie selbst nichts. Ich goss mir zum zweiten Mal Wasser nach.

In dem Gespräch, das nur mühsam in Gang kam, war es zunächst natürlich darum gegangen, weshalb Wilhelm hier war. Er hatte mich in den Arm genommen, wie wir es zuletzt gelegentlich taten, aber ich hatte eine gewisse Distanziertheit wohl nicht verbergen können. Jetzt saßen wir einander gegenüber, wenn auch in einiger Entfernung mit der ganzen Länge des Tisches zwischen uns, in zwei gleichen Sesseln, wobei seiner infolge des Gewichts, das er zu tragen hatte, eine deutlich veränderte Form annahm.

„Wann hast du davon erfahren?", fragte ich ihn jetzt.

Aber statt seiner antwortete zunächst Tania:
„Ich habe bei deinen Eltern angerufen."
Wilhelm nickte. „Das war ungefähr Anfang Mai. Deine Mutter ging ran und ich sah nur, wie sie den Hörer in der Hand hielt, kein Wort sagte und immer blasser wurde. Dann gab sie mir das Telefon. Werd' ich nie vergessen. Im Flüsterton sagte sie: Da ist eine Frau aus Berlin, die was mit unserem René hat, behauptet sie."
Er schluckte, unterbrach sich kurz, griff nach seiner Kaffeetasse und sah dann, dass sie schon leer war. Für seine Verhältnisse redete er heute ungewöhnlich viel, und das setzte sich auch fort. Mit in die Nähe seines Ohres gehaltener Hand wirkte er so, als erlebte er das Telefonat, das er vor eineinhalb Monaten geführt hatte, hier und jetzt gerade zum zweiten Mal.
Tania schenkte ihm indessen Kaffee nach.
„Herr Fischer, Sie kennen mich nicht, hat sie gesagt. Es wird Ihnen unwahrscheinlich vorkommen, aber ich bin seit sechs Jahren sehr eng mit Ihrem Sohn befreundet. Ich weiß, dass er Ihnen nichts davon erzählt hat. Niemand in Frankfurt hat eine Ahnung davon. Aber jetzt weiß ich mir keinen Rat mehr. Und dann fing sie an zu weinen."
Ich blickte von einem zum anderen. Andreas war ebenso gebannt wie ich. Tania, wie sie da in der Mitte des weißen, dreisitzigen Sofas saß, wirkte irgendwie verlassen. Die Augen hielt sie niedergeschlagen. Wilhelms Augen dagegen waren feucht. Der gute dicke alte Mann war tatsächlich gerührt!
Nach meiner Rückkehr nach Frankfurt hätte ich mich bei ihr melden sollen, wie ich es immer tat, wenn ich nach meiner Zeit bei ihr wieder nach Hause gekommen war. Aber nichts passierte. Kein Anruf, keine E-Mail, nichts. Nach einiger Zeit hatte sie selbst versucht, mich anzurufen, obwohl wir strikt vereinbart hatten, dass sie das nicht tat. Erfolglos. Auch auf ihre Mails reagierte ich nicht. Dann suchte sie die Telefonnummer von Pasquales Pizzeria heraus, und von ihm erfuhr sie immerhin, dass ich in Frankfurt angekommen war.
„Ja", warf ich ein, „ich weiß inzwischen, dass ich bei Pasquale in Sachsenhausen gewesen sein muss, bevor ich zu Benjamin in das Auto stieg."
„Du bist jedes Mal erst zu ihm gegangen, wenn du aus Berlin kamst", erläuterte Tania, obwohl sie sichtlich Schwierigkeiten damit hatte, mir Dinge zu erklären, die ich eigentlich wie selbstverständlich hätte wissen müssen. „Er hat dir ein kleines Zimmer überlassen, in dem du manchmal

auch übernachtet hast. Pasquale stellte keine Fragen, das hat dir an ihm gefallen."

„Und das war sicher auch sehr praktisch", ergänzte ich. „Du kanntest ihn nicht?"

„Nein. Und du warst auch nicht wirklich mit ihm befreundet. Es war mehr eine Art ... Zweckgemeinschaft."

„Zweck? Was war es, das er davon hatte?"

Tania zuckte mit den Schultern.

„Genau weiß ich es nicht. Du hast ihm einmal geholfen, als er Schwierigkeiten hatte. Irgendetwas Rechtliches."

„Pasquale bildete also quasi die Schleuse, durch die ich mich aus dem einen Leben hinausschleichen und in das andere gelangen konnte. Und zurück. Ich nehme an, er wusste von beiden Seiten nicht wirklich etwas über mich." Tania nickte. „Und weil er dir nicht weiterhelfen konnte, hast du dich entschlossen meine Eltern anzurufen?"

„Ich habe lange gezögert, aber ich war wirklich vollkommen verzweifelt. Du konntest ja tot sein, und ich würde nichts davon erfahren!" Nach einer kurzen Pause fügte sie hinzu: „Naja, beinahe warst du es ja auch."

Von Wilhelm erfuhr sie, dass ich mit schweren Verletzungen im Krankenhaus lag. Das Weitere konnte ich mir denken. Sie war auch augenscheinlich nicht in der Verfassung, darüber zu sprechen. Allein die Erinnerung an die Zeit der langen, quälenden Ungewissheit setzte ihr zu. Eine Zeitlang sagte keiner von uns etwas.

Aber dann war es Andreas, der das Schweigen unterbrach:

„Ich habe noch nicht verstanden, weshalb Sie jetzt hierhergekommen sind."

Die Frage galt Wilhelm. Und tatsächlich hatte er dazu noch überhaupt nichts gesagt, obwohl unser Gespräch genau damit begonnen hatte, dass ich das hatte wissen wollen.

Wilhelm senkte den Kopf.

„Um ehrlich zu sein, ich hatte Angst, dass das alles nicht stimmt. Und dass es wieder von vorn losgeht."

Wir wussten wohl alle nicht recht, was er meinte. Außer vielleicht Tania. Aber keiner sagte etwas.

„René war seit Tagen verschwunden", fuhr er mit gesenkter Stimme fort. „Vorigen Dienstag. Wieder mal. Wie früher." Dann sah er auf und mir direkt in die Augen. „Ich hatte so sehr gehofft, du würdest dein Leben ändern. Dass diese furchtbare Geschichte, die dich fast das

Leben gekostet hätte, wenigstens dazu führen würde, dir eine einigermaßen menschenwürdige Existenz zu ermöglichen!"

Er hatte nach mir gesucht. Esther, Frank Leuschner, Frau Brotbecke – alle waren sie ebenso ratlos wie er. Sogar mit Pasquale hatte er gesprochen, den ich wohl gelegentlich erwähnt hatte, aber der wusste schon gar nichts. Erst nach vier Tagen erfuhr Wilhelm schließlich durch Karin, dass ich nach Berlin gefahren war.

„Es ist mir ja gar nicht mehr so wichtig, dass du in unserem Betrieb arbeitest. Aber deine Mutter und ich, wir waren so glücklich, dich wiederzuhaben. Und wie vernünftig und entschlossen du geworden warst im Vergleich zu früher!"

Ich kam aus dem Staunen gar nicht heraus: Er, der nie ein Wort zu viel sagte, geschweige denn über seine Emotionen sprach, öffnete hier gerade das Innere seiner Seele – es fehlte nur noch, dass er von Stolz auf seinen Sohn gesprochen hätte. Und von Liebe. Aber ganz so weit ging es denn doch nicht.

„Das tat einfach so gut", sagte er nur. „Und plötzlich drohte es wieder verlorenzugehen."

Wilhelm blickte erneut zu Boden und schniefte kurz. Dann zog er umständlich ein Taschentuch aus seiner Hosentasche und schnäuzte sich geräuschvoll.

Es war für uns alle offensichtlich, dass es ihm schwerfiel weiterzusprechen.

„Am Sonntagvormittag rief dein Vater hier an. Vorgestern", fuhr Tania statt seiner fort. „Madonna, war der gute Mann aufgeregt! Eine halbe Stunde habe ich gebraucht, um herauszubekommen, wen ich da überhaupt in der Leitung hatte! Seit meinem Anruf damals war zwischen uns ja totale Funkstille gewesen, weil er nicht wollte, dass ich mich wieder in dein Leben einmische. Dio mio!"

Wochenlang hatte sie vergeblich darauf gewartet, dass ich mich bei ihr meldete. Sie verstand nicht, weshalb ich nichts von mir hören ließ. Dass sie bei mir im Krankenhaus gewesen war, musste mir doch klar werden, wenn ich die Bücher und Anziehsachen fand, meinte sie. Einige Zeit lang konnte mein Schweigen natürlich bedeuten, dass ich noch nicht aus dem Koma erwacht war, dass es mir noch nicht gut genug ging, um mein Doppelleben wieder aufzunehmen, und dass ich einfach Zeit brauchte. Aber nachdem seit meinem letzten Abschied von ihr Wochen und Monate vergangen waren, gelangte sie allmählich zu der Überzeugung, dass ich mich von ihr abgekehrt hatte. Das knappe, aber deutliche Statement meiner Eltern in dem einen und einzigen Telefonat Anfang Mai tat das Seine dazu: Man hatte mich, davon war sie überzeugt, dazu gebracht, mich ausschließlich zu meiner Familie zurückzuziehen und nicht in das Leben mit ihr in Berlin zurückzukehren.

Von meiner Amnesie wusste sie zu dieser Zeit nichts. Davon hatte sie gerade erst vor zwei Tagen erfahren. Am Sonntag, von Wilhelm.

„Da erst begann ich zu verstehen. Du hattest all die Zeit keine Erinnerung an mich, und als wir uns am Freitag auf der Straße begegneten, konntest du überhaupt nicht wissen, wer ich war! Poverino!"

„Du bist völlig verstört gewesen", fuhr Wilhelm jetzt fort, und ich brauchte einen Moment, bis ich begriff, dass er Tania ansprach. Bis dahin war mir gar nicht aufgefallen, dass die beiden per du waren. „Deshalb habe ich gesagt, warte, ich komme zu dir nach Berlin. Und ich muss zugeben, dass ich das nicht ganz uneigennützig getan habe."

Jetzt stutzte ich.

„Wie meinst du das?"

Aber er antwortete nicht. Stattdessen fiel Tania ein:

„Du meine Güte, ich bin ja eine schlechte Gastgeberin! Möchtet ihr vielleicht eine Kleinigkeit zu essen haben? Wartet, ich habe da in der Küche noch …"

Sie fegte aus dem Zimmer. Ich sah auf Wilhelm, der einen hochroten Kopf hatte und schwieg. Andreas' Blick wechselte fragend zwischen ihm und mir hin und her. Offensichtlich ging es meinem Vater nicht sehr gut.

„Herr Fischer, sind Sie okay?"

Als er keine Antwort bekam, stand Andreas auf, legte Wilhelm eine Hand auf die Schulter und beugte sich zu ihm hinab.

„Brauchen Sie etwas?"

Wilhelm atmete hörbar und schwer. Kurzentschlossen langte Andreas ihm an den Hals und öffnete seinen obersten Kragenknopf.

„Hier, Sie sollten einen Schluck Wasser trinken."

Ich reichte mein Glas hinüber, und wir waren beide erleichtert, als mein Vater danach griff und es an den Mund führte.

„Danke", sagte er, und wir warteten. Dann seufzte er tief und nickte ein paarmal, als hätte er soeben einen Entschluss gefasst. Den nächsten Satz sagte er so leise, dass weder Andreas noch ich ihn beim ersten Mal verstanden:

„Es ist alles meine Schuld."

Es war natürlich ganz und gar nicht Wilhelms Schuld gewesen, aber bis gerade eben hatte er es allen Ernstes noch geglaubt. Geglaubt, dass Benjamin Korn seinetwegen sterben musste und dass ich seinetwegen schwer verletzt worden war. Und all das hatte er monatelang eisern für sich behalten.

„Tania war der erste Mensch, dem ich mich anvertraut habe."

Er sah jetzt bereits wieder viel besser aus, der Druck war von ihm gewichen und damit die Beklemmungen, die uns gerade noch das Schlimmste hatten befürchten lassen. Schließlich kam sogar so etwas wie ein Lächeln auf sein Gesicht zurück.

„Es ist schon eine Art Ironie des Schicksals, dass mich erst die Frau dazu bringen konnte, die mein Sohn über Jahre geliebt hat, ohne dass wir etwas davon wussten."

Tania lächelte auch.

„Aber warum?", wollte ich wissen. „Und warum erst jetzt?"

Mein Verschwinden vor einer Woche war es gewesen, das wie ein Schock auf ihn gewirkt hatte. Nachdem er über Karin endlich das erste Lebenszeichen von mir erhalten hatte, musste in ihm ein kompletter Umbruch stattgefunden haben. Er entschloss sich dazu, das, was er die ganze Zeit quälend mit sich herumgetragen hatte, an den Tag zu bringen. Und dieser Entschluss mündete darin, dass er am Sonntag nach Berlin fuhr. Zu Tania, der er alles erzählte. Nur wusste Tania über die wahren Geschehnisse praktisch ebenso wenig wie er.

„Ich habe seine ganze konfuse Geschichte zuerst überhaupt nicht verstanden", erzählte sie. „Von einem Auto, mit dem er gefahren war, hinter einem anderen her, das dann verunglückte – mein Gott, was für ein Durcheinander das war!"

Dann griff sie nach einem der Biscotti, die sie in einer großen Schale auf den Tisch gestellt hatte. Sie war die Einzige, die davon aß.

„Moment", hakte ich ein, „du warst in dem Auto? In dem Corsa, unserem Vorführwagen, da hast du am Steuer gesessen?"

„Ja!", sagte er, und es kam mit einem abrupten, kurzen Lachen heraus. Jetzt, nachdem er wusste, was sich wirklich in jener Nacht zugetragen hatte, erinnerte er sich mit einer ganz neuen, erleichterten Heiterkeit an das, was ihn so lange Zeit aufs Schwerste bedrückt hatte. „Ja, ich bin dem Mercedes hinterhergefahren. Das war gar nicht so einfach mit dem kleinen Wagen. Es kam mir fast so vor, als wenn der Mann, bei dem du im Auto saßest, bemerkt hatte, dass ihm jemand folgte. Zeitweise verlor ich ihn sogar aus den Augen, bis …"

Als er nicht weitersprach, sagte ich den Satz zu Ende: „… bis du an die Unfallstelle kamst."

Als er sie erreichte, stieg er aus und sah fassungslos auf das, was da geschehen war und für das er sich verantwortlich fühlte. Ob er noch den Versuch unternommen hatte, Benjamin Hilfe zu leisten, das würde er mir bei anderer Gelegenheit im Einzelnen erzählen können. Immerhin stellte er aber fest, dass sein Sohn nicht mehr in dem Auto saß. Vermutlich sah er sich um, ging vielleicht in der Dunkelheit die eine oder andere Seitenstraße ein paar Schritte hinein, aber ein weiterer Mensch, der vielleicht ebenfalls verletzt war, war nicht zu entdecken. Auch kein weiteres Auto; dass Benjamin noch von jemand anderem verfolgt worden war, hatte Wilhelm nicht bemerkt.

Am nächsten Tag erfuhr er, dass sein Sohn mit schwersten Verletzungen ins Krankenhaus eingeliefert und noch in der Nacht notoperiert worden war.

Wieder fragte ich: „Warum?", und Andreas stellte die gleiche Frage, ergebnislos. Warum war Wilhelm in dieser Nacht in dem Corsa unterwegs gewesen, warum war er Benjamin und mir hinterhergefahren? An dieser Stelle lieferte auch Tania keine Antwort, obwohl sie sie zu kennen schien.

„Lass deinem Papà Zeit!", sagte sie nur.

Das sagte sich so leicht. Sicher, es bestand kein Grund zur Eile, ich würde mir ohnehin noch sehr viel Zeit lassen müssen, wenn ich all das Geschehene verstehen und verarbeiten wollte. Auch Wilhelm und ich gemeinsam würden noch viel Zeit haben, hoffte ich.

Tania stand auf.

„Möchtet ihr noch etwas? Essen, trinken?"

Ich fragte mich, ob sie immer so unruhig war oder ob das an der besonderen Situation lag. Hatte ich tatsächlich mit ihr zusammengelebt, sie geliebt – eine Frau, die eine solche Hektik verbreitete? Aber nein, sei nicht ungerecht, sagte ich mir. Es gab nur immer wieder diese Momente, in denen mir der René Fischer der Vergangenheit so unendlich fremd vorkam.

„Nein, danke", antwortete Andreas. „Wir müssen sowieso los."

Damit meinte er sich und mich. Er hatte sich ebenfalls erhoben und blickte auf mich herab. Richtig, Kommissar Langner hatte uns ja zu sich bestellt.

„Sag, mal …", begann ich zögernd.

Andreas nickte.

„Hab ich mir schon gedacht. Ich denke, das ist okay. Ich werde ihm sagen, du kommst morgen oder du rufst ihn an. Für heute wird er erst einmal mit mir vorliebnehmen müssen, auch wenn ich ihm selbst nicht viel erzählen kann. Naja, immerhin das, was ich von dir weiß."

„Danke", sagte ich.

„Ach, noch etwas." Er kramte kurz in der Herrenhandtasche, die er bei sich trug. „Hier. Dein Handy. Also – eigentlich ja meins. Behalte es einstweilen!"

Ich dankte ihm noch einmal. Dann brachte Tania ihn zur Tür.

Als Wilhelm und ich allein waren, hob er nach längerer Zeit mal wieder den Blick und sah mich geradeheraus an. Ich hielt dem stand. Und schaffte es, was schwieriger war, ihn nichts zu fragen. Was hatte ihn dazu gebracht, sich an jenem Abend in einen seiner Vorführwagen zu setzen und durch die Stadt zu fahren?

Doch ganz allmählich, während diese Frage in meinem Kopf immer größer wurde, begann sich da bei mir ein Gedanke aufzubauen. Eine Idee, vielleicht dazu geeignet, der Beginn auf dem Weg zu einer Lösung, einer Antwort zu werden.

Wilhelm musste von seinem Autohaus, das in der Nähe von Höchst lag, nach Sachsenhausen gefahren sein. Dass er durch reinen Zufall auf Benjamin und mich gestoßen war, daran glaubte ich nicht, wollte ich nicht glauben. Warum Sachsenhausen? Die Erklärung dafür lag wie selbstverständlich auf der Hand.

„Du hast Pasquale gekannt", sagte ich, ohne eine Erwiderung zu erwarten.

Wilhelm zeigte keine Regung, allenfalls vielleicht ein leichtes Zucken im Augenwinkel, das nichts zu besagen hatte.

Gerade vor wenigen Minuten hatte er davon erzählt, wen er auf der Suche nach mir alles gesprochen, befragt, angerufen hatte: Frau Brotbecke, Esther, Karin. Aber auch Pasquale hatte er erwähnt, was mich nicht verwunderte, denn dass wir uns kannten, war ja kein Geheimnis. Er hatte sogar schon vor dem Unfall zu meinen wenigen Facebook-Freunden gehört, also konnte Wilhelm ihn und seine Pizzeria durchaus ebenfalls kennen.

„Du wusstest auch, dass ich jedes Mal bei Pasquale abstieg, wenn ich aus Berlin zurückkam."

Wieder reagierte er nicht. Aber jetzt nahm ich sein Schweigen als Ermutigung. Er ahnte zweifellos, dass ich auf dem richtigen Weg war, und er wehrte sich nicht dagegen.

„Nein", korrigierte ich mich, „von Berlin hast du damals noch nichts gewusst."

Aber dass meine Eskapaden, welcher Art auch immer sie sein mochten, regelmäßig in Sachsenhausen endeten, das war ihm klar gewesen. Doch woher? Und wie konnte er ausgerechnet an jenem Sonnabend, nachdem ich erneut seit zehn Tagen verschwunden war, ahnen, dass ich bei Pasquale wieder auftauchen würde? Von Tania wusste er nichts; die würde ihn erst rund vier Wochen später anrufen, Anfang Mai. Jetzt, am 10. April, hatte Wilhelm noch nicht die leiseste Ahnung, wo ich mich während meiner Abwesenheiten herumtrieb. Aber er war dabei, es herauszufinden. Und er bekam Hilfe von einem, der selbst so gut wie nichts wusste.

„So war es: Pasquale hat dich an dem Tag angerufen!", sagte ich. „Wie hast du das geschafft? Irgendwie hast du ihn dazu gebracht, dir Bescheid zu sagen, wenn ich wieder auftauchte!"

Täuschte ich mich, oder veränderten sich seine Mundwinkel um eine Winzigkeit? Sein Blick war nach wie vor gerade auf mich gerichtet, aber er mochte um eine Spur müder geworden sein.

„Im Grunde musstest du dafür überhaupt nichts von mir wissen. Nichts davon, wo ich war und was ich machte, nicht einmal, dass ich überhaupt bei Pasquale verkehrte. Es genügte ein einziger Anruf, etwa mit der Bemerkung: Pasquale, seien Sie doch bitte so freundlich, mir kurz Bescheid zu geben, wenn mein Sohn das nächste Mal bei Ihnen ist!"

Va bene, Signore, wird gemakt-e! Ich konnte ihn geradezu hören. Pasquale stellte keine Fragen. Dass es ein reiner Versuchsballon gewesen war, davon hatte er keine Ahnung. Nicht davon, dass mein Vater – nach vielleicht monate- oder gar jahrelangem Suchen – auf die ebenso abwegige wie geniale Idee verfallen war, ihm zu unterstellen, er würde mein unverantwortliches, verwerfliches, eine ganze Familie unglücklich machendes Verhalten seit langer Zeit decken. Nichts davon ahnte Pasquale bei dem Anruf, und er erfuhr es auch danach nicht. Wilhelm sagte vielleicht gerade noch danke und legte dann auf.

„An diesem Sonnabend war es so weit", schlussfolgerte ich. „Ich war zurückgekehrt, ohne dass Pasquale gewusst hätte, woher. Ich zog mich wahrscheinlich bei ihm um, ließ meine Berliner Sachen dort und nahm das an mich, was ich in Frankfurt bei mir hatte. Viel wird es nicht gewesen sein, wahrscheinlich nur ein Jutebeutel."

Jetzt erschien es mir eindeutig, dass in seinen Augen eine Entspannung lag, eine Erleichterung darüber, dass ich wusste, was ich nicht hatte wissen sollen. Aber umso unnachgiebiger wurde mein auf ihn gerichteter Blick.

„Du bist mir nachgefahren. Zuerst zu der Tankstelle. Da sahst du mich in den Mercedes eines fremden Mannes einsteigen. Dem bist du dann gefolgt."

„Ja", sagte er nur.

Ich atmete zwei-, dreimal tief. Bei der Beantwortung der letzten Frage würde er mir helfen müssen; dieser eine kleine Baustein fehlte mir noch.

„Warum, Wilhelm? Dafür den Grund, den begreife ich noch nicht."

Da senkte er den Blick wieder zu Boden und sagte nichts mehr. Er war wieder so weit von mir entfernt wie zuvor, als Andreas noch bei uns gesessen hatte.

Aber unvermutet erhielt ich dennoch eine Antwort.

„Weil er Angst hatte, dass du deinen Vater triffst!", kam Tanias Stimme von der Zimmertür her.

Wer jemals einen großen, beleibten, alten Mann, den er zudem noch gern mag, hat haltlos weinen sehen, der wird wohl kaum umhin gekommen sein, selbst mit den Tränen zu kämpfen. Wilhelm hatte sein großes weißes Taschentuch hervorgeholt und hielt es sich ausgebreitet vor das Gesicht, um dahinter seine Tränen laufen zu lassen. Dazu zuckten seine Schultern, sein ganzer massiger Körper war in eigenartig wippender Weise in Bewegung. Bis er aufstand und vor das Fenster trat, abgewandt. Genauso hatte er da gestanden, als ich vorhin in dieses Zimmer gekommen war. Ob er in diesem Moment schon geahnt hatte, dass alles ans Tageslicht kommen würde?

Mit einem kaum wahrnehmbaren Nicken hatte er Tania sein Einverständnis gegeben. Danke, Wilhelm, danke, hatte sie gesagt, spürbar erleichtert, wobei anstelle des „h" in „Wilhelm" jedes Mal eine winzige Pause die zwei Silben seines Namens trennte.

„Schon viel, viel länger, als du ahnst, quält es ihn, dass er nicht weiß, wer dein Vater ist. Dein richtiger Vater. Er hat deine Mutter beschworen, es ihm zu sagen, er hat sogar gedroht, sie zu verlassen, aber sie muss tief drinnen eine außerordentlich harte Person sein."

Nun stand er dort am Fenster, das Gesicht von uns abgekehrt, sein hellblaues Hemd war zerknittert und mir fiel erst jetzt auf, dass es farblich nicht zu der beigefarbenen Hose passte, die ein merkwürdig verdrehter schwarzer Gürtel hielt. Seine Schultern hatten aufgehört zu zucken. Ich nahm an, dass ihm allmählich klar wurde, wie viel weniger er falsch gemacht hatte, als er hatte glauben wollen. Zudem schien mir, dass Tania und er sich recht gut miteinander verstanden. Beide verband eigenartigerweise etwas, das ausgerechnet mir fehlte: das heimliche Wissen um die Vergangenheit. Jeder von ihnen hatte ein Geheimnis gewahrt, an dem er schwer trug und das der andere nun kannte. Und ich – ich kannte es auch erst jetzt.

Später setzte Wilhelm sich wieder zu uns und nahm gern das von Tania angebotene Bier an. Und dann ein zweites. Es lag nicht an ihm, dass es Tania und mir nicht gelang, die Fremdheit zwischen uns zu lösen. Wir saßen kaum auf die Länge unserer beiden Arme voneinander entfernt und fanden doch in keiner Weise zueinander.

Es war wohl ein Verständigungsproblem. Sie redete zu viel und ich zu wenig. Mitunter sah ich sie an, hörte nicht auf ihre Worte und war fasziniert davon, wie schmal ihre Fußgelenke waren. Oder wie feminin die Bewegungen, die sie im Sitzen mit der Taille machte. Ihre Hände waren beim Sprechen unablässig in Bewegung und kamen mir vor wie Fledermäuse, deren Absicht und Flugrichtung man nie vorherwissen konnte. Dabei geschah es wohl, dass ich es versäumte, mich für das zu interessieren, was sie sagte.

Gut möglich, dass Wilhelm das bewusst wurde, vielleicht musste er aber auch einfach nur zur Toilette. „Entschuldigt mich einen Moment", sagte er und ließ Tania und mich allein. Er schloss sogar die Zimmertür hinter sich.

Nur für einen kurzen Moment entstand ein Schweigen zwischen uns, dann setzte das Reden wieder ein. „Wir haben sehr viel miteinander erlebt", sagte sie, indem sie abwechselnd auf den Tisch, zum Fenster oder an die Wand blickte. „Jedes Jahr einmal zwei Wochen Urlaub an der Adria, ein paar Kilometer nördlich von Rimini, du wirst dich nicht erinnern. Wir tranken Montepirolo, badeten im Meer und besichtigten Bologna, San Marino, Florenz. Es gibt Fotos und sogar ein paar Videoaufnahmen."

„Du hast mir Italienisch beigebracht, nehme ich an?"

Sie lachte, ohne dabei amüsiert zu wirken. „Ja, und du wolltest mir das deutsche Rechtsdenken nahebringen. Porca miseria!"

„Haben wir darüber gestritten?"

„Ma no! Aber ich habe dich nicht verstanden. Was für dich gerecht war und was ungerecht ... und dabei hast du selber die halbe Welt getäuscht!"

Ich öffnete den Mund, brachte aber nichts heraus. Warf sie mir jetzt vor, ein Doppelleben geführt zu haben? Ich sah sie an und fand sie zugleich sehr schön und sehr hart. Eine Strähne ihres schwarzen Haares hing auf der Seite, nach der sie den Kopf geneigt hielt, neben ihrem Gesicht herunter. Ihr Zeigefinger malte ein enges Muster auf die Tischplatte.

Dann blickte sie auf und sagte den Satz: „Und ich habe das alles für dich bezahlt!"

Für einen Augenblick glaubte ich, falsch gehört zu haben. Aber ihr Blick, der meinem gerade noch beständig ausgewichen war, haftete nun fest auf mir. So verharrten wir eine Weile, dann sagte ich einfach: „Es tut mir leid. Und ich bin dir sehr dankbar."

„Eh, nein, René …!"

Sie war aufgesprungen, aber gerade in diesem Moment kam Wilhelm wieder herein. Breit und mit einer Hand noch auf der Klinke stand er in der Tür. Ein kühler Luftzug strömte in das Zimmer und fuhr zwischen uns.

„Seid mir nicht böse, aber ich würde gern heute noch wieder nach Hause kommen."

Zum Abschied bat ich Tania, mir die Foto- und Filmaufnahmen von uns bei einer anderen Gelegenheit zu zeigen. Ja, es würde ein anderes Mal geben. Wir verabschiedeten uns mit der vagen Vereinbarung für ein Wiedersehen. Diesmal gaben wir uns nicht die Hand, sondern jeweils ein in die Luft gehauchtes Küsschen links und rechts. Und wir waren beide so betreten, dass wir froh waren, erst einmal wieder den Abstand zwischen uns lassen zu können, der zuvor noch so befremdlich gewesen war.

„Kann ich dich irgendwohin mitnehmen?", fragte Wilhelm, als wir auf der Straße standen, aber ich verneinte.

„Ich versuche erst einmal, einen klaren Kopf zu bekommen. Und dann ist ja hier noch dies und das zu regeln. Ich muss noch meine Aussagen machen, und ich werde Karin wiedersehen."

„Gehst du doch noch zu ihr ins Krankenhaus?"

„Na, ich glaube, ich warte lieber, bis sie rauskommt. Das könnte aber schon morgen sein."

Er sah mich an und ich spürte, dass er etwas sagen wollte, das er sich dann doch verkniff. Stattdessen kramte er seinen Autoschlüssel aus der Hosentasche und erklärte: „Ich fahre dann schon mal. Es ist nicht gut, das Geschäft zu lange allein zu lassen."

Ich dachte an Frau Brotbecke, an Klaudie und den Meister und sagte: „Sie werden die zwei Tage ganz gut ohne dich klargekommen sein."

Er sah mich an, stellte aber nicht die Frage, ob ich bei ihm weitermachen würde. Ich hätte sie ihm in diesem Moment auch nicht beantworten können.

Dann nahm ich den dicken Mann in die Arme.

Die Fanmeile auf der Straße des 17. Juni war brechend voll. Ich brauchte eine ganze Weile, bis es mir gelang, an einem der Bierstände eine Fassbrause zu bekommen. Nicht viel einfacher gestaltete es sich, mir mit dem vollen Plastikbecher in der Hand einen Weg durch die Menge zu bahnen. Schließlich wählte ich einen Weg an den Rand, von wo die Videowand durch ein paar Bäume des Tiergartens hindurch nicht viel schlechter zu sehen war als von der überfüllten Straße aus.

Andererseits tat es mir gut, mich als kleiner anonymer Punkt in einer großen Menschenmenge zu fühlen. Die Fröhlichkeit und Unbeschwertheit konnte man förmlich greifen. Fast schien es, als würden hier mehr der Sommer und die Freiheit, gemeinsam zu so vielen auf der Straße zu stehen, gefeiert als ein Fußballspiel oder die Weltmeisterschaft. Zudem war kaum damit zu rechnen, dass die heute gezeigten Spiele noch eine große Bedeutung bekamen. Deutschland spielte erst morgen, Südafrika und Frankreich besaßen kaum noch Chancen auf ein Weiterkommen. Ein paar Meter vor mir begann ein Junge in seine Vuvuzela zu blasen, die Umstehenden brachten ihn aber schnell wieder davon ab. Noch weiter entfernt schwang jemand eine französische Fahne. Ich musste an den Lourdes-Film denken und daran, dass „le clerc" französisch für „Schreiber" war. „Allez les bleus!", rief jemand beim Anstoß und erntete Gelächter.

„Hey, René!"

Ich drehte mich um. Im selben Moment landete eine Hand auf meiner Schulter.

„Witzig, dass wir uns hier treffen! Lange nicht gesehen. Hast du nicht jetzt irgendwann die Mündliche?"

„Morgen", sagte ich und starrte ihn an.

„Wie, morgen? Und da stehst du jetzt so cool hier rum?"

Er war mit Sicherheit mehr als zehn Jahre jünger als ich. Ein großer, schlaksiger Typ, dem man den Jurastudenten an jeder Pore ansah. Die Brille war bestimmt teuer gewesen, hatte aber einen Fettfleck auf dem linken Glas, der im Licht der Sonne glänzte.

„Ey, was hast du denn mit deinem Kopf gemacht?" Er deutete auf die Stelle, wo die Haare allmählich wieder drüber wuchsen, berührte sie aber nicht. „Ohne Helm gefahren, was?" Dazu lachte er.

„So was Ähnliches."
Es war nicht seine Schuld. Im Grunde war nicht einmal er es, den ich nicht mochte. Er kam nur gerade stellvertretend für eine halbe Welt von Menschen, die ich im Moment wirklich nicht gebrauchen konnte.
„Ich glaub's ja nicht!", sagte er, als von mir nichts weiter kam, und es blieb offen, ob er damit meinen Kopf oder die mündliche Prüfung meinte.
„Ich gehe nicht hin."
Darauf sagte er jetzt gar nichts mehr.
„Ich werde anrufen und absagen. Oder ich gehe hin und sage ab. Vielleicht kann ich ja eine Krankschreibung nachreichen."
Ich bezweifelte allerdings, dass ich diese Prüfung jemals würde ablegen können. Sechs Jahre Jurastudium hatten mir unter dem Strich gerade mal so viel gebracht, dass ich einige Paragraphen und Fachausdrücke kannte und dass ich meinem Freund Frank oder auch meinem Vater rechtliche Ratschläge erteilen konnte. Aber über einen Wissensfundus, der die Amnesie unbeschadet überstanden hätte und mit dem man die „Befähigung zum Richteramt" erwerben konnte, verfügte ich nicht. Nicht mehr.
Wenn ich ehrlich war, wollte ich es auch nicht. Benjamin Korn war Jurist gewesen, und für eine kurze Zeit, die mir widersinnig lang vorkam, war ich Benjamin Korn gewesen. Beinahe. In Wahrheit war er exakt so lange tot, wie ich ohne Erinnerung lebte. Aber auch lebendige Rechtsanwälte hatte ich kennengelernt: Karl-Rüdiger Siegel, Bruno Reinhardt, Roland Leclerc. Da bereitete es mir nicht die geringsten Schwierigkeiten zu entscheiden, dass ich nicht wie einer von ihnen werden wollte. Unter keinen Umständen, selbst wenn ich dafür sechs Jahre harte Arbeit – und den Aufwand für ein fragwürdiges Doppelleben – wegwarf.
Aber wenn ich so genau wusste, was ich nicht wollte – was wollte ich eigentlich?
„Du bist bestimmt für Frankreich, was?"
Mein früherer Kommilitone, dessen Namen ich nicht einmal wusste, verfolgte das Fußballspiel auf der Leinwand und hatte jedes Interesse an mir, so er denn eines gehabt hatte, fallen gelassen.
„Ich weiß nicht", antwortete ich zugleich auf seine und meine eigene Frage. Eigentlich wollte ich noch etwas hinzufügen, aber gerade in diesem Moment ging eine gesteigerte Aufregung durch die Menge, ein Anschwellen von Lauten und unvollständigen Sätzen, das sich bis zu

einem ganz bestimmten Punkt steigerte – einem Punkt, den man in jedem Fußballstadion erleben kann und der den eigentlichen und vielleicht einzigen Reiz des Fußballspiels ausmacht. Es ist der Punkt, auf den nur zwei Dinge folgen können, zwei Reaktionen, die so unterschiedlich sind wie Freude und Leid oder wie das Leben und der Tod. Zwei Zustände, wie es keine zwei unterschiedlicheren geben kann: ein vielfältiges, lautes, kollektives Ausatmen in einem langgezogenen „Ohh…" – oder ein explodierender Schrei, der Torschrei.

„Tooor!", schrie die Menge. Auch mein Mitstudent schrie und hüpfte dabei auf und ab. Südafrika führte gegen Frankreich mit 1:0. Ich trank den Rest meiner Fassbrause aus und machte eine Geste, die bedeuten sollte, dass ich nach einem Abfallbehälter suchte. Aber das war komplett unnötig, ich wurde überhaupt nicht beachtet. Die Menschen um mich herum hatten in einem unbedeutenden Fußballspiel ein wenig bedeutsames Tor gesehen, und das gab mir die Gelegenheit, mich unbemerkt von ihnen zu entfernen.

Der Jubel ebbte hinter mir ab. Weil ich mich entfernte und weil das Spiel weiterging. Ich würde wahrscheinlich noch eine ganze Zeit brauchen, bis ich mich irgendwo wirklich dazugehörig fühlte. Der erste Schritt, so viel war mir klar, würde es sein, nicht mehr mit einer Lüge zu leben, wenn ich dem alten René Fischer entkommen wollte.

Von der Straße, auf die ich gelangte, konnte ich in einiger Entfernung das geschwungene gelbe Scharoun-Gebäude der Philharmonie sehen und weiter dahinter die Hochhäuser des Potsdamer Platzes. In meiner Hosentasche schnurrte das Handy. Ich zog es heraus und las: Karin.

Karin. Vermutlich hatte sie das Krankenhaus inzwischen verlassen und alles, was geschehen war, von Andreas erfahren. Ob sie wohl wütend auf mich war? Ob sie sich von mir belogen fühlte? Musste sie nicht annehmen, dass es das Paar Tania/René wieder gab oder immer noch gab oder zumindest gefühlt zwischenzeitlich wieder gegeben hatte? Ich selbst wusste nur, dass ich auf diese Fragen zurzeit keine Antworten hatte.

Gerade, als ich den Anruf wegdrücken wollte, hatte sie aufgelegt.

Von der Fanmeile her drangen unablässig die Laute der Menge herüber. Möglich, dass das gerade eben ein weiteres Tor gewesen war. Ich blieb stehen und atmete die warme Luft, die nach Bäumen und Sommer roch. Ich war froh darüber, dass ich lebte, und ich wusste, dass das durchaus nicht selbstverständlich war. Doch Pläne – Pläne konnte ich später machen.

Ich steckte das Handy wieder in die Tasche. Dieses Mal, ohne dass es einen wirklichen Grund dafür gab, wollte ich es in die Gesäßtasche schieben. Und da erst stellte ich fest, dass in eben dieser Tasche schon etwas war. Ein Papier.

Ich zog es heraus, und sofort fiel mir wieder ein, worum es sich handelte. Ich hatte es am Bahnhof eingesteckt, ohne näher nachzudenken. Klar, ich hatte mich in einer psychischen Ausnahmesituation befunden, und so war es zu erklären, dass ich den Umschlag, der auf dem Boden des Schließfaches gelegen hatte, nicht in die Tüte zu dem Geld und den Unterlagen, sondern einfach in die Hosentasche gesteckt hatte. Und jetzt hielt ich ihn hier wieder in den Händen.

Ich zögerte. Gab es wirklich einen Grund, ihn nicht zu öffnen? Es gab einen. Und ich hatte in diesem Moment eine Art Vision: dass der Brief, von wem auch immer er verfasst war, mit den Worten „Lieber René!" begann.

Mir wurde schwindelig und übel. Ich blickte mich um, fand aber nichts, worauf ich mich hätte setzen können. Kurzerhand ließ ich mich auf dem Boden nieder und lehnte mich gegen das Mäuerchen, das den Vorgarten eines reichlich hochherrschaftlich erscheinenden Hauses gegen die Straße abgrenzte.

Dann riss ich den Umschlag auf.

Das oberste Blatt war mit Zahlen vollgeschrieben. Auf den ersten Blick konnte ich keine Systematik erkennen, aber es schien möglich, dass es sich um Geldbeträge, Zahlungsdaten und Kontonummern handelte. Dazwischen tauchten immer wieder Buchstaben auf, die abgekürzte Namen bezeichnen mochten oder auch etwas ganz anderes. Ich nahm an, dass Kommissar Langner damit etwas würde anfangen können.

Das zweite Blatt war die Fotokopie von einem Online-Überweisungsvorgang. Eine Million achthunderttausend Euro. Empfänger: Notar Dr. Bruno Reinhardt. Als Datum des Auftrags war Freitag, der 9. April 2010 angegeben. Einen Tag vor Benjamins Tod.

Es folgte ein weißes, unbeschriebenes Blatt, und dann war da tatsächlich noch ein Brief. Er begann ohne Anrede und ohne Einleitung und war offensichtlich in großer Eile geschrieben worden: „1,8 Mio. EUR gehen jetzt von dem UBS-Konto auf das NAK Reinhardt. Dabei handelt es sich um die Summen, die K.S. beiseitegeschafft hat. Zimm muss in Südfrankreich sein, Ferienhaus in den Bergen, Birgel weiß wo. Neu: ROLAND LECLERC. Rief aus Frankfurt an, Kollege, vertritt weitere

Opfer. Heiner, wenn du das hier in die Hände bekommst, ist vielleicht etwas schiefgelaufen. Lass dich vor allem nicht mit Karl ein, er hat uns alle getäuscht! Das Geld, das ich hier dazulege, war in der Kanzlei versteckt. Es ist nicht gezählt. Die Unterlagen enthalten Hinweise auf eine Gruppe von Kriminellen, geh damit gleich zur Polizei! Wer ihr Kopf ist, werde ich noch rausfinden."

Das war alles. Kein Schlusswort, kein Name. Ich saß lange da, die Knie knapp unter dem Kinn, und fühlte eine ungewohnte Leere. Irgendwie war es eine neue Art von Leere.

Wenn ich etwas an dem ändern könnte, was in jener Nacht in Frankfurt geschehen war, dann müsste ich nicht überlegen, was. An das Fehlen und Nichtwiederkehren meiner Erinnerung hatte ich mich gewöhnt, es ließ mir sogar eine ungeahnte Vielzahl von Möglichkeiten, die durch sie entstandene Leere auszufüllen. Nein, worum es mir wirklich, wirklich leidtat, war etwas ganz anderes: Zu gern hätte ich Benjamin Korn kennengelernt. Ich könnte mir vorstellen, dass wir uns gut verstanden hätten.

Das Handy meldete mir eine Nachricht auf der Mailbox.

„René", sagte Karin, „ich warte in unserem Hotel auf dich. Dasselbe Zimmer. Wenn du kommst, bin ich da, nicht nur heute, sondern gern auch für immer." Dann versagte ihr die Stimme, es rauschte noch ein bisschen, schließlich hatte sie aufgelegt.

Ich erhob mich und schlug den Weg in Richtung Potsdamer Platz ein. Die Linie 2 der U-Bahn musste ich nehmen, das wusste ich, die hatte mich auch stets zu Tania geführt. Diesmal würde sie mich zu Karin führen.